Os Buddenbrook

COLEÇÃO THOMAS MANN
Coordenação
Marcus Vinicius Mazzari

A morte em Veneza e *Tonio Kröger*
Doutor Fausto
Os Buddenbrook
A montanha mágica
As cabeças trocadas

Thomas Mann

Os Buddenbrook
Decadência de uma família

Tradução
Herbert Caro

Posfácio
Helmut Galle

5ª reimpressão

Copyright © 1922 by S. Fischer Verlag Berlin
Copyright do posfácio © 2016 by Helmut Galle

Grafia atualizada segundo o Acordo Ortográfico da Língua Portuguesa de 1990, que entrou em vigor no Brasil em 2009.

Título original
Buddenbrooks: Verfall einer Familie
O texto desta edição foi estabelecido a partir da edição *Große kommentierte Frankfurter Ausgabe*, publicada pela S. Fischer Verlag em 2002 (vol. 1.1)

Capa e projeto gráfico
RAUL LOUREIRO
Crédito da foto
Retrato do autor, *c.* 1900.
Hulton/ Getty Images
Preparação
ANA CECÍLIA AGUA DE MELO
Revisão
HUENDEL VIANA
THAÍS TOTINO RICHTER

Dados Internacionais de Catalogação na Publicação (CIP)
(Câmara Brasileira do Livro, SP, Brasil)

Mann, Thomas, 1875-1955.
  Os Buddenbrook: decadência de um família/ Thomas Mann; posfácio Helmut Galle; tradução Herbert Caro. — 1ª ed. — São Paulo: Companhia das Letras, 2016.

  Título original: Buddenbrooks: Verfall einer Familie.
  ISBN 978-85-359-2691-0

  1. Ficção alemã 2. Mann, Thomas, 1875-1955. Os Buddenbrook. I. Galle, Helmut. II. Título.

16-00326   CDD-833

Índice para catálogo sistemático:
1. Ficção : Literatura alemã 833

[2022]
Todos os direitos desta edição reservados à
EDITORA SCHWARCZ S.A.
Rua Bandeira Paulista, 702, cj. 32
04532-002 — São Paulo — SP
Telefone: (11) 3707-3500
www.companhiadasletras.com.br
www.blogdacompanhia.com.br
facebook.com/companhiadasletras
instagram.com/companhiadasletras
twitter.com/cialetras

SUMÁRIO

Os Buddenbrook 9

PRIMEIRA PARTE 9
SEGUNDA PARTE 51
TERCEIRA PARTE 91
QUARTA PARTE 167
QUINTA PARTE 235
SEXTA PARTE 285
SÉTIMA PARTE 363
OITAVA PARTE 405
NONA PARTE 503
DÉCIMA PARTE 551
DÉCIMA PRIMEIRA PARTE 625

Posfácio —
Os Buddenbrook — Popular e subestimado,
Helmut Galle 681

Cronologia 705

Sugestões de leitura 708

PRIMEIRA PARTE

I.

— Que significa isto? Que significa isto?...
— Pois é, que diabos, que significa isto? *C'est la question, ma très chère Demoiselle!*
A consulesa Buddenbrook lançou um olhar ao marido e veio acudir à filhinha. Estava sentada, ao lado da sogra, num sofá estilo Empire, pintado de branco, com cabeças de leão douradas e almofadas de tecido amarelo. Perto, numa poltrona, estava o cônsul, junto da janela o avô, com a criança nos joelhos.
— Tony! — disse a consulesa. — Acredito que Deus...
A pequena Antonie tinha oito anos. Franzina, no seu vestidinho de levíssima seda furta-cor, afastava um pouco a bonita cabecinha loira do rosto do avô, e tentava, com esforço, recordar-se do trecho, enquanto os olhos azulados fitavam o salão, sem nada perceberem. Repetiu mais uma vez:
— Que significa isto? — e, continuando devagar: — Acredito que Deus... — acrescentou rapidamente, enquanto a sua fisionomia se desanuviava —... me criou como a todas as demais criaturas...
E, de repente, encontrou-se numa pista lisa, recitando, radiante e abandonadamente, todo o parágrafo do catecismo, palavra por palavra, na forma revista publicada recentemente, em 1835, sob os auspícios do venerando e sapientíssimo Senado da cidade. Quando se começa a carreira, pensou ela, a gente se sente como num trenó, deslizando com os irmãos, no inverno, pelo declive do morro de Jerusalém; fica-se estonteada e não se pode parar, nem mesmo querendo.
— ... assim como roupas e calçados — declamou —, comidas e bebidas, casa e granja, esposa e filhos, terras e gado...

Ao ouvir isso, porém, o velho Johann Buddenbrook não pôde mais. Riu às gargalhadas, na sua risada aguda e abafada que havia muito preparara clandestinamente. Riu-se pelo prazer de ter achado uma ocasião de troçar do catecismo, e talvez fosse somente com essa intenção que arranjaria o pequeno exame. Interrogou Tony acerca das suas terras e do seu gado, averiguou por quanto ela venderia o saco de trigo, e ofereceu-se para negociar com ela. O seu rosto redondo, corado e bonachão, emoldurado por cabelos empoados, de um branco impecável, era completamente incapaz de tomar ares de malícia. Uma espécie de rabicho minúsculo caía-lhe sobre a gola larga do paletó cor de rato. Com os seus setenta anos, o velho Buddenbrook ainda se conservava fiel à moda da sua mocidade, renunciando somente aos grandes bolsos e aos alamares. Nunca usara calças compridas. A sua larga papada descansava sobre o peitilho de rendas brancas, numa expressão satisfeita.

Todos acompanharam a sua risada, mais do que tudo pela reverência que se devia ao chefe supremo da família. A sra. Antoinette Buddenbrook — em solteira, Duchamps — tinha o mesmo riso cascateante do marido. Era uma senhora corpulenta, com grossos cachos brancos que lhe pendiam sobre as orelhas. Usava vestido preto, listrado de cinza-claro, sem enfeites, um vestido que punha em evidência a sua simplicidade e modéstia. As mãos alvas, ainda belas, repousavam sobre o colo, segurando uma bolsinha de veludo. De um modo estranho, no decorrer dos anos, suas feições tinham se tornado parecidas com as do marido. Apenas o feitio e a mobilidade dos olhos escuros indicavam a linhagem semilatina: descendia, pelo avô, de uma família franco-suíça, e nascera em Hamburgo.

Sua nora, a consulesa Elisabeth Kröger Buddenbrook, ria à maneira dos Kröger, num riso que começava com uma espécie de espirro através dos lábios, premendo o queixo contra o peito. Como todos os Kröger, era sumamente elegante, e, apesar de não ser precisamente bela, com a voz serena e discreta e os gestos calmos, seguros e brandos, inspirava a todos um sentimento de confiança e clareza. O cabelo ruivo, penteado em forma de pequena coroa ao alto da cabeça, cobria as orelhas com largos cachos artisticamente arranjados. Correspondia à cor do cabelo uma tez extraordinariamente branca e delicada com pequenas sardas esporádicas. A boca era estreita e o nariz um tanto comprido. Característico do rosto era o fato de não haver nenhuma concavidade entre o queixo e o lábio inferior. A consulesa Elisabeth vestia uma blusa curta, de mangas fofas, e a saia, bem justa, era de seda vaporosa com desenhos de flores. Exibia um pescoço de perfeita beleza, adornado por uma fita de cetim na qual luzia um adereço de grandes brilhantes.

O cônsul, na sua poltrona, inclinou-se para a frente num gesto algo nervoso. Trajava casaco cor de canela, de golas largas e mangas claviformes que se estreitavam no pulso. As calças apertadas eram de fazenda branca lavável, guarnecidas de listras pretas. O queixo aninhava-se num alto colarinho engomado, cingido por uma gravata de seda, cuja largura tomava toda a abertura do colete variegado. Herdara do pai os olhos encovados, azuis e atentos, se bem que a sua expressão fosse algo sonhadora. As feições, porém, eram mais sérias e mais agudas; o nariz vigoroso e curvo tinha forte saliência, e as faces, cobertas até a metade pela barba loira e crespa, eram muito menos carnudas que as do velho.

A sra. Buddenbrook dirigiu-se à nora, apertando-lhe o braço. Baixou os olhos para o colo e disse com um riso, baixinho:

— Oh, *mon vieux*, ele é sempre o mesmo... não é, Bethsy? — (Pronunciava "sempre" como "sâmpre").

A consulesa, sem responder, esboçou um gesto com o dedo, de sorte que o bracelete de ouro tiniu levemente. Em seguida, num dos seus modos peculiares, correu a mão delgada desde o canto da boca até o penteado, como que para pôr para trás uma mecha de cabelos que se tivesse desviado.

Mas o cônsul, tendo na voz uma mistura de sorriso cortês e de suave censura, disse:

— Ora, papai, o senhor volta a ironizar as coisas sagradas!...

A família achava-se na sala das Paisagens, no primeiro andar da antiga e espaçosa casa na Mengstrasse. A firma Johann Buddenbrook comprara-a havia algum tempo, e os Buddenbrook só recentemente a habitavam. As tapeçarias espessas e elásticas, um pouco afastadas da parede, mostravam extensas paisagens, nas mesmas cores delicadas do fino tapete que cobria o chão. Havia cenas idílicas ao gosto do século XVIII, com vinhateiros alegres, camponeses laboriosos e pastoras graciosamente enfeitadas de fitas coloridas, sentadas à beira de um lago reluzente, segurando no colo cordeirinhos limpos ou abraçando pastores carinhosos... Pairava sobre a maior parte desses quadros um pôr do sol amarelado que se harmonizava com o estofo dourado dos móveis brancos e com as cortinas de seda também amarela das duas janelas.

Em relação ao tamanho da peça, o mobiliário não era excessivo. A mesa redonda de pernas finas, retas e levemente douradas encostava-se à parede oposta ao sofá, na frente de um pequeno harmônio sobre cuja tampa havia um estojo de flauta. Além das poltronas sóbrias, distribuídas ao longo das paredes a espaços regulares, via-se apenas, perto da janela, a mesinha de costura e, em frente ao sofá, uma frágil escrivaninha de luxo, coberta de bibelôs.

Através duma porta envidraçada, fronteira às janelas, enxergava-se vagamente um alpendre, ao passo que à esquerda da entrada havia uma porta de dois batentes, alta e branca, que dava para a sala de jantar. Noutra parede, num nicho semicircular e atrás duma grade de ferro batido, artisticamente trabalhada, crepitava a lareira.

O frio tinha chegado cedo. Lá fora, do outro lado da rua, a folhagem das pequenas tílias, plantadas em redor do cemitério de Santa Maria, já agora, em meados de outubro, se tingia de amarelo. O vento assobiava nos cantos e nas saliências da alterosa igreja gótica. Caía uma garoa fina e fria. Em atenção à sra. Buddenbrook, a velha, já tinham sido colocadas as janelas duplas.

Era quinta-feira, dia em que regularmente, de duas em duas semanas, a família se reunia. Hoje, porém, além dos parentes que residiam na cidade, alguns amigos íntimos da casa tinham recebido convites "para um jantar simples". E agora, pelas quatro da tarde, no fim do dia, os Buddenbrook estavam à espera dos convidados...

A pequena Antonie não se incomodara com o avô, na sua viagem de trenó; apenas se amuou um pouquinho, fazendo um muxoxo, de modo que o lábio superior, um tanto saliente, se adiantou ainda mais sobre o inferior. A menina chegara à base do seu morro de Jerusalém, mas, incapaz de parar bruscamente a corrida rápida, ultrapassou a meta...

— Amém! — gritou. — Eu sei uma coisa, vovô!

— *Tiens!* Ela sabe uma coisa — disse o velho, fingindo-se louco de curiosidade. — Ouviu, mamãe? Ela sabe alguma coisa! Será que ninguém me quer dizer...

— Quando há um raio *quente* — continuou Tony, acompanhando cada palavra com um aceno de cabeça — é o relâmpago que está caindo. Mas quando há um raio *frio* é o trovão que cai!

Depois disso cruzou os braços, olhando as fisionomias risonhas como quem está certo da vitória. Mas o sr. Buddenbrook não gostou dessa sabedoria. Insistiu em saber quem ensinara semelhante asneira à menina. Soube que fora Ida Jungmann, a nova governanta das crianças, natural de Marienwerder. O cônsul achou que deveria tomar partido de Ida.

— O senhor é severo demais, papai. Por que não teria a criança as suas pequenas ideias sobre estes assuntos, na sua idade...

— *Excusez, mon cher!... Mais c'est une folie!* Você bem sabe o quanto tal obscurecimento do cérebro infantil me é odioso! Mas como? É o trovão que cai? Que raios a partam. Deixem-me em paz com a sua prussiana...

Era verdade que o velho tinha opinião pouco favorável sobre Ida Jungmann. Dele não se podia dizer que era um espírito estreito. Conhecia um bom pedaço do mundo. Fizera, no ano de 1813, uma viagem ao sul da Alemanha, numa carruagem de duas parelhas, para comprar trigo que se destinava ao aprovisionamento do Exército prussiano. Estivera em Amsterdam e Paris. Como homem esclarecido, não chegava a condenar tudo quanto se situava além dos portões da cidade paterna com as suas cumeeiras medievais. Mas, fora das relações profissionais, o velho Buddenbrook, mais do que seu filho, o cônsul, tinha a tendência para traçar limites rigorosos, acolhendo sempre com desagrado os forasteiros na sua vida social. Certo dia, os filhos, numa viagem à Prússia Ocidental, encontraram aquela moça, uma órfã, filha de um dono de hotel falecido momentos antes da chegada dos Buddenbrook à cidade de Marienwerder. Levaram-na para casa como uma espécie de enjeitada. Ida tinha agora vinte anos. Mas naquela ocasião, o cônsul, como recompensa de sua ação piedosa, tivera de sustentar com o pai uma discussão em que o velho falou unicamente francês e baixo-alemão... Ida Jungmann, todavia, mostrava-se bastante útil na casa e no cuidado com as crianças. Pela sua lealdade e pelas ideias prussianas que tinha acerca das classes sociais, estava, no fundo, talhada para a sua posição naquela casa. Ida era uma criatura de princípios aristocráticos que fazia uma fina diferença entre os círculos da altíssima e da alta sociedade, e também entre a classe média e a classe média inferior. Orgulhava-se de pertencer aos círculos mais distintos como servidora dedicada, e desaprovava estritamente quando, por exemplo, Tony travava amizade com uma menina que, segundo a opinião de Ida Jungmann, apenas podia ser incluída na classe média superior...

Nesse momento a prussiana apareceu no alpendre, entrando pela porta envidraçada: uma jovem alta, ossuda, em vestido preto, de cabelo liso e rosto honesto. Conduzia pela mão a pequena Klothilde, criança extraordinariamente magra que usava um vestidinho de algodão floreado. Klothilde tinha o cabelo loiro-cinzento, sem brilho, e aparentava uma expressão de solteirona taciturna. Descendia duma linha lateral da família, totalmente empobrecida; era filha de um sobrinho do velho Buddenbrook, que trabalhava perto de Rostock como administrador duma fazenda. Como a criança tinha a mesma idade de Antonie, e era uma criatura dócil, os Buddenbrook educavam-na consigo.

— Está tudo prronto — disse Ida, carregando um "r" gutural, letra que antigamente não soubera pronunciar de maneira alguma. — Klothilde ajudou muito na cozinha, para Trina quase que não sobrou trabalho.

O sr. Buddenbrook, para disfarçar, examinou o seu peitilho com um sorriso irônico motivado pela pronúncia estranha de Ida, ao passo que o cônsul acariciava a face da pequena sobrinha.

— Está muito bem assim, Thilda — disse ele. — Trabalha e espera, reza o provérbio. A nossa Tony é que deveria seguir este exemplo. Tem uma tendência demasiado forte para a ociosidade e a desordem...

Tony baixou a cabeça e olhou de soslaio para o avô. Sabia que este ia defendê-la, como sempre.

— Não, senhor — disse ele —, levante a cabeça, Tony! *Courage!* Nem tudo é para todos. Cada um à sua maneira. Thilda é boazinha, mas nós também temos nossos méritos. Falo *raisonnable*, não é, Bethsy?

Dirigia-se à nora, que costumava apoiar-lhe as opiniões, enquanto a sra. Antoinette, na maioria das vezes, tomava o partido do cônsul, mais por prudência do que por convicção. Dessa forma, as gerações, por assim dizer, num *chassez-croisez* de quadrilha, estenderam-se as mãos.

— O senhor é muito bondoso, papai — disse a consulesa. — Tony vai esforçar-se para ser uma moça inteligente e aplicada... Os meninos já voltaram do colégio? — ela perguntou a Ida.

Mas, ao mesmo tempo, Tony — que do joelho do avô podia ver o espelho colocado ao lado da janela, e que servia para "espiar a rua" — gritou:

— O Tom e o Christian vêm subindo o Johannisstrasse... e também o sr. Hoffstede e o tio doutor...

O carrilhão da igreja de Santa Maria iniciou um hino — pang, ping, ping... pung — quase sem ritmo, de modo que mal se podia identificar a melodia, mas ainda assim com grande solenidade. Em seguida, o pequeno e o grande sino anunciaram alegre e dignamente que eram quatro horas. Nesse momento, o tinido da campainha de entrada ressoou forte lá embaixo, através do amplo vestíbulo. Chegaram de fato Tom e Christian, juntamente com os primeiros convidados, o poeta Jean Jacques Hoffstede e o dr. Grabow, médico da casa.

2.

O sr. Jean Jacques Hoffstede era o poeta da cidade. Com certeza trazia no bolso alguns versos para festejar o dia. Não era muito mais moço que Johann Buddenbrook pai, e, a não ser pela cor verde do casaco, vestia-se pela mesma moda que o amigo. Mas era mais magro e mais ágil do que este, e tinha pequenos olhos vivos, esverdeados e o nariz comprido e pontudo.

— Muito obrigado — disse ele, depois de ter apertado as mãos dos cavalheiros e após alguns cumprimentos às senhoras (principalmente à consulesa, a quem venerava em extremo), cumprimentos dos mais esquisitos, daqueles que a nova geração simplesmente não conseguia mais fazer. Acompanhou-os de um sorriso agradavelmente sereno e cortês.

— Muito obrigado pelo amável convite, meus prezados amigos. Encontramos estes dois rapazes — e apontaram para Tom e Christian, ao seu lado, vestidos de blusas azuis, com cintas de couro — na Königstrasse, quando voltavam das aulas. Magníficos, estes meninos... não é verdade, senhora consulesa? Thomas tem um caráter sólido e sério; sem dúvida deve tornar-se comerciante. Christian, este me parece um pouco cabeça de vento, não acha? Um pouquinho *incroyable*... Mas não posso negar meu *engouement*. A meu ver, ele vai se formar; tem inteligência e talento brilhante...

O sr. Buddenbrook serviu-se da sua caixa de rapé dourada.

— É um macaquinho, e nada mais! Você não quer que ele se transforme logo num poeta, Hoffstede?

Ida fechou as cortinas. A sala foi subitamente inundada pela luz um tanto trêmula, mas discreta e agradável, das velas do lustre e dos castiçais postos na escrivaninha.

— Então, Christian — disse a consulesa, cujos cabelos reluziam num brilho dourado —, o que aprendeu esta tarde? — Soubera que Christian tivera aulas de primeiras letras e de canto.

Christian era um menino de sete anos e que já agora se parecia com o pai de modo quase ridículo. Tinha os mesmos olhos pequenos, redondos e encovados, e já se esboçava nele o mesmo nariz curvo e de forte saliência. Abaixo dos pômulos, algumas linhas indicavam que a forma da fisionomia não conservaria aquela redondeza infantil.

— A gente riu a valer — começou ele a tagarelar, passeando os olhos de um rosto a outro. — Atenção, vou mostrar-lhes o que disse o sr. Stengel a Siegfried Köstermann.

Inclinou-se para a frente, meneando a cabeça, e admoestou insistentemente um interlocutor invisível:

— Por fora, meu bom rapaz, por fora você é polido e elegante: sim, senhor, mas por dentro, meu bom rapaz, por dentro você é preto... — disse essas palavras engolindo os erres e pronunciando "preto" como "p'eto". Em seu rosto manifestava-se a indignação causada pelo polimento e pela elegância de "fo'a", o que produziu um efeito de tão irresistível comicidade que todos desataram a rir.

— Um macaquinho e nada mais! — repetiu o velho Buddenbrook, entre risadas cascateantes. O sr. Hoffstede, porém, não cabia em si de admiração.

— Engraçado! — gritou. — Inimitável! Para quem conhece Marcellus Stengel! É ele em carne e osso! Sim, senhor, é maravilhoso!

Thomas, que não tinha semelhante talento, ficava ao lado do irmão mais moço, rindo-se de coração e sem inveja. Os seus dentes, pequenos e amarelados, não eram nada bonitos. Mas tinha um nariz de talhe extraordinariamente fino. Os olhos e a forma do rosto assemelhavam-se bastante aos do avô.

A maioria dos presentes acomodou-se nas cadeiras e no sofá. Conversava-se com as crianças e falava-se sobre a casa e sobre o frio, que naquele ano chegara cedo demais... O sr. Hoffstede, junto à escrivaninha, admirava um magnífico tinteiro de porcelana de Sèvres, representando um cão de fila malhado de preto. O dr. Grabow, homem da idade do cônsul, de rosto comprido, bondoso e brando, provido de suíças escassas, olhava os bolos, os pães de passas e os diversos saleirinhos cheios sobre a mesa. Tratava-se do "sal e pão", presente habitual na ocasião de mudanças, e que parentes e amigos da casa haviam enviado. Mas, para evidenciar que as dádivas não provinham de origem baixa, o pão simples fora substituído por um pão de mel, doce e pesado, enquanto o sal vinha em pequenos saleiros de ouro maciço.

— Acho que vai haver trabalho para mim — disse o doutor, apontando para os doces, numa advertência às crianças. E acenando com a cabeça, numa expressão de aprovação, levantou um valioso galheteiro.

— É de Lebrecht Kröger — disse o velho Buddenbrook, sorrindo de satisfação. — Sempre generoso, o meu querido parente. Eu não lhe dei um presente como este quando construiu a sua casa de recreio, lá perto do portão da Fortaleza. Mas ele foi sempre assim... presenteador, elegante, um cavalheiro à la mode...

O ruído da campainha ressoara várias vezes pela casa. Chegou o pastor Wunderlich, idoso, rechonchudo, de cabelo empoado, rosto branco, alegre e contente, onde piscavam olhos animados, cor de cinza. Viúvo havia muitos anos, incluía-se por si mesmo no grupo dos solteirões do tempo passado, solteirões do tipo do corretor Grätjens, que o acompanhava. Este era um homem macilento que costumava pôr diante do olho a mão fechada em forma de óculo como se examinasse um quadro. Grätjens tinha o renome de ser grande conhecedor de arte.

Vieram também o senador dr. Langhals, com a esposa, amigos da casa de há muito tempo, e mais o negociante de vinhos Köppen, um gorducho de cara bastante corada que parecia encaixada entre as ombreiras altas. Vinha com a esposa, igualmente muito corpulenta...

Já passava das quatro e meia quando chegaram finalmente os Kröger, os velhos e os moços, o cônsul Kröger e os seus filhos Jakob e Jürgen, que tinham a mesma idade de Tom e Christian. Quase ao mesmo tempo entraram os pais da consulesa Kröger, o sr. Oeverdieck, atacadista de madeiras, com a esposa; um velho casal afetuoso que conservara o hábito de chamar-se, diante de todos, de nomes carinhosos, como se ainda fossem noivos.

— Gente fina chega tarde — disse o cônsul Buddenbrook, beijando a mão da sogra.

— Mas chegam em massa — acrescentou Johann Buddenbrook, incluindo toda a família Kröger num vasto abraço. Deu ao velho Kröger um aperto de mão.

Lebrecht Kröger, o cavaleiro à la mode, era um tipo alto e distinto. Usava ainda cabelos levemente empoados, mas vestia-se na última moda. No colete de veludo brilhavam duas fileiras de botões de pedras preciosas. O seu filho Justus, de suíças escassas e bigode torcido, parecia-se muito com o pai, tanto no físico como na postura. Tinha os mesmos gestos elegantes e comedidos.

Não valia mais a pena sentar-se. Permaneciam de pé, conversando provisória e despreocupadamente, à espera do essencial. E Johann Buddenbrook pai não tardou em oferecer o braço à sra. Köppen, dizendo com a voz elevada:

— Então, como estamos todos com apetite, *Mesdames et Messieurs*...

Ida Jungmann e a empregada abriram os dois batentes da porta branca que dava para a sala de jantar. Lentamente, num andar confiante, os convidados a transpuseram. Na casa dos Buddenbrook podia-se contar com comida farta...

3.

Quando começou o movimento geral, o cônsul Buddenbrook enfiou a mão no bolso interno do lado esquerdo, onde havia um papel. De repente, o sorriso convencional desapareceu do seu rosto, dando lugar a uma expressão atenta e preocupada. Sobressaíam-lhe os músculos nas fontes, como se apertasse os dentes. Apenas para guardar as aparências, deu alguns passos em direção à sala de jantar, mas depois estacou, procurando com os olhos a mãe, que, entre os últimos convidados, ao lado do pastor Wunderlich, estava a ponto de transpor o limiar.

— Com licença, meu caro pastor... Só duas palavras, mamãe!

E enquanto o pastor, alegremente, fez que sim, o cônsul Buddenbrook obrigou a velha senhora a voltar à sala das Paisagens, conduzindo-a para perto da janela.

— Em poucas palavras: chegou uma carta de Gotthold — disse ele baixinho e rapidamente, olhando-a nos olhos escuros e interrogativos. Tirou do bolso o papel dobrado e lacrado.

— É a letra dele... Já é a terceira carta que vem, e papai só respondeu à primeira... Que se vai fazer? Esta chegou às duas horas e eu devia tê-la entregue a papai há muito tempo. Mas justamente não lhe quis estragar o bom humor. Que acha a senhora? Temos ainda tempo de pedir-lhe para sair...

— Não, Jean, você tem razão; espere mais um pouco — disse a sra. Buddenbrook, tocando, como costumava fazer, o braço do filho com um breve movimento. — Que pode haver nesta carta? — acrescentou, aflita. — Este rapaz não transige. Meteu na cabeça aquela indenização pela sua parte na casa... Não, Jean, esqueça isso agora... Talvez à noite, antes de ele se deitar...

— Mas que fazer? — repetiu baixinho o cônsul, meneando a cabeça.
— Eu mesmo muitas vezes tive vontade de pedir a papai que transigisse... Não quero que se diga que eu, o meio-irmão, tenha feito na casa dos pais o meu ninho e que esteja intrigando contra Gotthold... Devo evitar a aparência desta situação mesmo diante de papai. Mas para ser franco... afinal de contas sou associado. E além disso Bethsy e eu pagamos, por enquanto, um aluguel absolutamente normal para o segundo andar... Quanto à minha irmã de Frankfurt, tudo está arranjado. O marido dela, já agora, em vida de papai, receberá uma soma em troca da desistência, que importa apenas na quarta parte do preço da casa... Isto é um negócio vantajoso que papai liquidou depressa e de modo perfeito. E se papai se mostra tão hostil para com Gotthold, então...
— Bobagens, Jean! A sua posição neste caso me parece inteiramente limpa. Mas Gotthold pensa que eu, a madrasta, esteja cuidando somente dos meus filhos, e que, de propósito, lhe aliene o pai. Isso é que é triste...
— Mas a culpa é dele! — replicou o cônsul, quase em voz alta. Depois, com um olhar para a sala de jantar, moderou a voz. — São culpa dele estas relações lamentáveis! Julgue a senhora mesma: por que ele não podia ser razoável? Por que tinha de casar-se com essa Demoiselle Stüwing e com essa... loja?
A essas palavras o cônsul deu uma risada indignada e confusa.
— É uma das suas fraquezas, essa aversão que papai tem contra a loja, mas Gotthold deveria ter respeitado essa pequena vaidade...
— Ah, Jean, o melhor seria que seu pai transigisse!
— Mas será que posso aconselhar isso a ele? — cochichou o cônsul, passando a mão pela testa num gesto nervoso. — Pessoalmente, estou interessado, e por isso deveria dizer: pague, papai! Mas sou também associado; tenho de representar os interesses da firma; e como papai, diante de um filho rebelde e desobediente, não acha ter a obrigação de privar o capital de giro da firma de uma importância dessas... Trata-se de mais de onze mil táleres. É um dinheirão... Não, não lhe posso aconselhar isso... mas também não posso desaconselhar. Não quero saber dessas coisas. Só que esta cena com papai é *désagréable* para mim...
— Mais tarde, à noite, Jean! Vamos. Estão esperando...
O cônsul escondeu o papel no bolso interno. Ofereceu o braço à mãe, e, juntos, transpuseram o limiar da sala de jantar, brilhantemente iluminada, onde os convidados acabavam de acomodar-se em torno da mesa comprida.

No fundo azul-celeste das tapeçarias, divindades alvas, entre colunas esbeltas, salientavam-se plasticamente. As pesadas cortinas vermelhas estavam fechadas; em cada canto da sala ardiam, sobre altos candelabros dourados, oito velas, além das que havia, em castiçais de prata, na mesa. Acima do aparador pesado, diante da sala das Paisagens, estava suspenso um quadro grande, representando um golfo italiano cujo caráter nevoento e azulado, nessa iluminação, impressionava extraordinariamente. Junto às paredes havia sofás enormes, de espaldares retos, forrados de damasco encarnado.

Todo vestígio de preocupação e inquietação desaparecera da sra. Buddenbrook. Sentou entre o pastor Wunderlich e o velho Kröger, que presidia a mesa, do lado das janelas.

— *Bon appétit!* — disse ela, com um breve e cordial aceno de cabeça, enquanto deixava vagar um olhar rápido por toda a mesa, até as crianças.

4.

— Como já disse, Buddenbrook, os meus respeitos! — A voz poderosa do sr. Köppen dominava a conversa geral. A empregada de braços nus e vermelhos, numa grossa saia listrada, e com uma touquinha branca no alto da cabeça, com a ajuda de Ida e da empregada da consulesa, do segundo andar, acabara de servir a sopa quente de legumes e o pão torrado. As colheres, cautelosamente, puseram-se em movimento. — Os meus respeitos! Esta abundância de espaço, esta distinção... francamente, assim se pode viver, francamente...
— O sr. Köppen não mantivera relações com os antigos donos da casa. Fazia pouco que enriquecera. Não descendia propriamente duma família de patrícios, e por infelicidade não pudera ainda desabituar-se de alguns vícios de dicção, por exemplo, do uso repetido do "francamente".

— E não custou quase nada — observou de modo lacônico o sr. Grätjens, que devia estar a par do assunto. Através da mão fechada em forma de óculo o corretor examinou com atenção o golfo italiano.

Tanto quanto possível, cavalheiros e senhoras acomodaram-se alternadamente, e a cadeia dos parentes estava interrompida pelos amigos da casa. Contudo, essa disposição não pôde ser perfeita, de maneira que os velhos Oeverdieck, como de costume, estavam sentados um quase no colo do outro, olhando-se com carinho. O velho Kröger destacava-se, alto e ereto entre a senadora Langhals e a sra. Antoinette, e repartia com as duas os seus gestos elegantes e anedotas reservadas.

— Quando foi que construíram esta casa? — perguntou o sr. Hoffstede ao velho Buddenbrook. Este mantinha com a sra. Köppen uma conversa jovial e meio sarcástica.

— Foi no *Anno Domini*... espere um pouco... foi em 1680, se não me engano. Meu filho, melhor que eu, conhece essas datas...

— Oitenta e dois — confirmou o cônsul, inclinando-se para a frente. O seu lugar na mesa, ao lado do senador Langhals, era mais afastado. Não tinha vizinha de mesa. — A construção foi terminada no inverno de 1682. Foi naquela época que Ratenkamp & Cia. começou a prosperar esplendidamente... Que coisa triste a decadência dessa firma nos últimos vinte anos.

Sucedeu uma interrupção geral da conversação, que durou quase meio minuto. Cada um ficou olhando o seu prato, absorto pela lembrança dessa família outrora tão brilhante, que construíra e habitara aquela casa, e que saíra dela empobrecida e decaída.

— Pois é; uma lástima — disse o corretor Grätjens —, principalmente quando se considera a loucura que foi a causa da ruína. Se Dietrich Ratenkamp, naqueles dias, não se tivesse associado com aquele Geelmaack! Deus sabe que eu pus as mãos na cabeça quando esse indivíduo começou a administrar a firma. Sei de fonte fidedigna, meus senhores, quais as especulações horríveis que fez nas costas de Ratenkamp, e de que jeito assinou duplicatas e promissórias a torto e a direito, sempre em nome da firma. E finalmente a coisa acabou... Os bancos andavam desconfiados, os fundos faltavam... Os senhores não imaginam... Acham que existia alguém para, pelo menos, controlar o depósito de mercadorias? Geelmaack, talvez? Devastaram o estoque como ratos, ano após ano! Mas Ratenkamp não se importava...

— Ele estava como que paralisado — disse o cônsul. No seu rosto marcara-se uma expressão sombria e fechada. Inclinado para a frente, mexia a colher na sopa. De vez em quando os seus olhos pequenos, redondos e encovados, lançavam um breve olhar à outra extremidade da mesa.

— O homem tinha um certo constrangimento interior, e acho que esse constrangimento é compreensível. Que foi que o induziu a associar-se com Geelmaack, que tinha pouco capital para empregar, e cuja reputação não era propriamente boa? Parece que Ratenkamp sentia dentro de si a necessidade de desfazer-se de parte da responsabilidade terrível, porque previa que estava chegando cada vez mais perto de um fim inevitável. A firma envelhecera, a família tradicional era *passée*. Com certeza, Wilhelm Geelmaack lhes deu apenas o último impulso para a ruína...

— Então, prezado senhor cônsul — disse o pastor Wunderlich com um sorriso prudente, vertendo vinho tinto no seu copo e no da vizinha —, então o senhor acha que, sem a associação com Geelmaack e sem aquela sua conduta desenfreada, tudo teria acontecido do mesmo modo?

— Isso talvez não — respondeu o cônsul, pensativo, e sem se dirigir a nenhum interlocutor em particular —, mas creio que, necessária e inevitavelmente, Dietrich Ratenkamp teve de reunir-se a Geelmaack para cumprir com o destino... Deve ter agido sob a pressão duma necessidade inexorável... Ah, estou convencido de que ele se deu conta, mais ou menos, da maneira como procedia seu associado, e de que não era tão ignorante a respeito das coisas que se passavam no seu depósito. Mas ficava inerte...

— *Assez*, Jean — disse o velho Buddenbrook —, isto é outra vez *une de tes idées*...

O cônsul, com sorriso distraído, saudou o pai com o copo. Lebrecht Kröger replicou:

— Não, senhores, prefiro agarrar-me ao alegre presente.

Com gesto cauteloso e elegante, empunhou o gargalo da garrafa de vinho branco em cuja rolha se erguia um pequeno cervo de prata. Inclinando-a um pouquinho, olhou atentamente o rótulo e leu o nome "C. F. Köppen".

— Sim, senhor — disse, acenando com a cabeça em direção do negociante de vinhos —, que faria a gente sem você!

As empregadas mudaram os pratos de porcelana de Meissen, de bordas douradas. A sra. Antoinette não afastava os olhos delas, e Ida Jungmann gritou ordens pelo porta-voz que ligava a sala de jantar com a cozinha. Servia-se o peixe. O pastor Wunderlich disse, enquanto enchia o prato com circunspecção:

— O tal alegre presente não é, todavia, tão natural assim. Os moços que, em companhia dos velhos, como nós, o estão gozando, parece que não imaginam que já tenha havido outros tempos... Eu posso afirmar que, em muitas ocasiões, acompanhei pessoalmente os destinos dos nossos amigos Buddenbrook. E sempre que vejo estes objetos — a estas palavras dirigiu-se à sra. Antoinette, levantando uma das pesadas colheres de prata — fico pensando se não são daquelas peças que, em 1806, tinha nas mãos o nosso amigo, o filósofo Lenoir, sargento de Sua Majestade o imperador Napoleão... E então me lembro do nosso encontro na Alfstrasse, Madame...

A sra. Buddenbrook baixou os olhos com um sorriso metade acanhado, metade cheio de recordações. Da outra ponta da mesa, Tom e Tony, que não comiam peixe e seguiam com atenção a conversa dos adultos, gritaram quase em uníssono:

— Ah, sim, vovó, conte a história!

Mas o pastor, que sabia que ela não gostava de contar aquele incidente um tanto desagradável, começou em lugar dela, mais uma vez, a narração da pequena e velha anedota que as crianças com o máximo prazer teriam ouvido cem vezes, e que talvez um ou outro dos convidados ainda não conhecesse:

— Em poucas palavras, imaginem uma tarde de novembro, fria e chuvosa que era um horror, e eu, no exercício da minha profissão, descendo pela Alfstrasse, absorto em pensamentos sobre aqueles tempos tristes. Fora-se embora o príncipe Blücher, e os franceses estavam na cidade. Mas percebia-se pouco o nervosismo reinante. As ruas estavam tranquilas; as pessoas permaneciam nas casas precavidamente. O açougueiro Prahl, que, de mãos nos bolsos, gritara do portão de sua casa, com voz de trovão: "Mas isto é uma barbaridade, uma barbaridade...", levara, sem mais nem menos, pum!, um tiro na cabeça... Pois é, pensei eu comigo mesmo: "Vá fazer uma visita aos Buddenbrook; é bem possível que essa gente precise de algum consolo. O homem está acamado com erisipela e os soldados alojados na casa devem estar dando trabalho à senhora".

"E, neste mesmo instante, imaginem quem vinha ao meu encontro? A nossa veneranda Madame Buddenbrook. Mas em que estado se encontrava ela? Correndo através da chuva, sem chapéu, apenas com um xale nos ombros. Tropeçava mais do que andava. A sua *coiffure* estava num desarranjo completo. Não, Madame, não exagero, nem se podia falar duma *coiffure*...

"'Mas que *surprise* agradável', disse eu, e tomei a liberdade de puxar-lhe a manga do vestido, pois ela nem me vira. Tinha um mau pressentimento no coração. 'Por que tanta pressa, querida amiga?' Ela me percebe, me encara e profere impetuosamente: 'Ah, o senhor pastor... Vá com Deus! Vou me atirar no Trave!'.

"'Deus me livre!', disse eu, e senti que empalidecia. 'Não faça isso, cara senhora... mas diga-me: que aconteceu?' Segurei-a com toda a força que o respeito me permitia. 'Que aconteceu?...', repete ela, estremecendo. 'Eles mexeram na prataria, Wunderlich! Foi isso que aconteceu! E Jean, de cama, com erisipela, não me pode ajudar. E se tivesse de pé também não me poderia ajudar. Eles roubaram as minhas colheres, as minhas colheres de prata, foi isso que aconteceu, Wunderlich, e vou me atirar no Trave!'

"Pois bem, fiquei segurando a nossa amiga e disse o que se costuma dizer numa situação assim: '*Courage*, cara amiga, e tudo ficará bem. Vamos falar com aquela gente. Calma, pelo amor de Deus! Vamos falar com eles...'. Conduzi-a pelas ruas até a casa. Na sala de jantar, encontramos a soldadesca como Madame a deixara, uns vinte homens que se ocupavam do grande baú onde se guardava a prataria.

"'Com qual dos senhores poderia eu conferenciar?', perguntei polidamente. Ora, aquela gente começou a rir-se e a gritar: 'Com todos nós, papai!'. Mas depois um deles avançou e se apresentou: um homem alto como uma árvore, bigode tingido de preto, e cujas manoplas vermelhas saíam de punhos engaloados: 'Lenoir', disse, fazendo continência com a esquerda, pois a direita empunhava um feixe de cinco ou seis colheres. 'Sargento Lenoir. Que deseja o senhor?'

"'Senhor oficial', digo, tocando no seu *point d'honneur*, 'será que a ocupação com estas coisas está de acordo com o seu brilhante posto?... A cidade não se fechou para o imperador...' E ele responde: 'Mas o que é que o senhor quer? A guerra é assim. Os homens precisam de baixelas...'.

"'Mas o senhor devia ter certas considerações', repliquei, e de repente me veio uma ideia. 'Esta senhora', disse eu, pois que em tal situação se diz muita coisa, 'a dona da casa, não é alemã. É quase patrícia sua, é francesa...' 'Francesa, como?', repetiu. E que acham os amigos que esse valentão comprido acrescentou?... 'Então ela emigrou?', disse. 'Nesse caso é uma inimiga da Filosofia!'

"Eu fiquei estupefato, mas consegui abafar o riso. 'Estou vendo', disse eu, 'que o senhor é um homem de espírito. Repito que me parece indigno do senhor ocupar-se dessas coisas.' Durante um momento, o homem permaneceu calado. Depois, corando subitamente, arremessou as seis colheres no baú e gritou: 'Mas quem lhe disse que eu tencionava outra coisa a respeito destas colheres senão olhá-las um pouquinho de perto? São objetos bonitos. Pode ser que um ou outro entre os homens leve uma peça como lembrança...'.

"Pois bem: o pessoal levou bastante coisa como lembrança. Não adianta apelar para a justiça humana ou divina... Parece que não conheciam outro Deus a não ser aquele terrível baixote..."

5.

— Viu-o alguma vez, senhor pastor?
Mudavam-se novamente os pratos. Surgiu um enorme presunto, cor de tijolo, defumado e cozido, acompanhado por um molho de cebolinhas pardo e avinagrado. Junto seguia-se tal quantidade de legumes que todos os presentes teriam podido servir-se de uma única travessa. Lebrecht Kröger encarregou-se do ofício de trinchar. Erguendo levemente os cotovelos, estendeu os dedos indicadores pelas costas da faca e do garfo e cortou com circunspecção as fatias macias. Servia-se também a "panela russa", obra-prima da consulesa Buddenbrook, uma mistura de frutas conservadas em álcool e de gosto picante...
Não; o pastor Wunderlich lastimava nunca ter encontrado Bonaparte. Mas o velho Buddenbrook e Jean Jacques Hoffstede viram-no cara a cara, o primeiro em Paris, logo antes da campanha russa, quando assistia a um desfile de tropas no pátio do palácio das Tulherias, e o segundo em Dantzig...
— Por Deus — disse Hoffstede, arrumando no garfo uma porção de presunto, brócolis e batatas, que enfiou na boca, alçando as sobrancelhas —, por Deus, ele não tinha aparência afável. Mas dizem que Dantzig se mostrou muito camarada. Naquele tempo contava-se uma piada. O dia inteiro, ele costumava fazer "jogo de azar" com os alemães, e isso de modo bastante perigoso; mas de noite jogava cartas com os generais. "*N'est-ce pas, Rapp*", disse ele uma vez, apanhando uma mão-cheia de moedas de ouro das que estavam na mesa, "*que les allemands aiment beaucoup ces petits napoléons?*" "*Oui, Sire*", respondeu Rapp, "*plus que le Grand!*"
Houve uma boa risada na roda — pois Hoffstede contara o caso

com muita graça, imitando até a expressão fisionômica do imperador. O velho Buddenbrook disse:

— Fora de brincadeira, tenho todo o respeito pela grandeza da personalidade dele... Que homem!

O cônsul meneou a cabeça com seriedade.

— Ah, não, nós moços não compreendemos mais a venerabilidade de um indivíduo que assassinou o duque de Enghien, e que no Egito massacrou oitocentos prisioneiros...

— Quem sabe se tudo isso não é exagerado e falsificado — disse o pastor Wunderlich. — Pode ser que o duque tenha sido um senhor leviano e sedicioso, e, quanto àqueles prisioneiros, a sua execução, com certeza, foi o resultado duma sentença necessária e deliberada de um correto tribunal de guerra...

E falou de um livro, publicado havia alguns anos, e que lera recentemente — obra de um dos secretários do imperador —, que merecia plena atenção.

— Mas, de qualquer modo — insistiu o cônsul, espevitando uma vela que bruxuleava no castiçal —, não entendo a admiração que se tributa a esse monstro. Como cristão, como pessoa de princípios religiosos, não tenho lugar no meu coração para tais sentimentos!

Falava inclinando a cabeça levemente para o lado, e o seu rosto tomou uma expressão de fanatismo enlevado. Entretanto, parecia que o seu pai e o pastor trocavam um sorriso discreto.

— Sim, senhor — gracejou Johann Buddenbrook —, muito bem, mas os pequenos napoleões não eram tão ruins assim; não é? Meu filho sente mais entusiasmo por Louis Philippe — acrescentou.

— Entusiasmo? — repetiu Jean Jacques Hoffstede em tom de zombaria. — Que combinação curiosa! Philippe Égalité e entusiasmo...

— Pois é, sou da opinião de que, efetivamente, temos de aprender muita coisa com a Monarquia de Julho — disse o cônsul séria e fervorosamente. — A relação amigável e benéfica que o constitucionalismo francês mantém com os novos ideais práticos e com os interesses da época... é coisa extremamente digna de elogios...

— Ideais práticos... hum... — O velho Buddenbrook brincava com a caixa de rapé, concedendo uma pequena pausa às mandíbulas. — Ideais práticos, n-não, não gosto nada disso. A gente tem institutos industriais e institutos técnicos e escolas comerciais em cada esquina; e de repente o ginásio e a cultura clássica são considerados *des bêtises*; e ninguém no mundo pensa em outra coisa senão em minas... e em indústrias... e em ganhar dinheiro... Excelente, tudo isso, excelente! Mas do outro lado, do ponto de vista da eternidade, é também um pouquinho *stupide*, não é? Não sei por que essas coisas me chocam... Não quero dizer nada contra elas, Jean... A Monarquia de Julho é muito boa...

O senador Langhals, assim como Grätjens e Köppen, apoiaram o cônsul... Sem dúvida, a gente devia sentir todo o respeito pelo governo francês e pelas tendências parecidas que se manifestavam na Alemanha... O rosto do sr. Köppen, no decorrer do jantar, tingira-se cada vez mais de vermelho. Ofegava sonoramente. A fisionomia do pastor Wunderlich, porém, permanecia alva, fina e animada, apesar de beber calmamente um copo depois do outro.

Lentamente, muito lentamente, consumiam-se as velas. Às vezes, quando uma corrente de ar fazia cintilar as chamas, pairava por cima da mesa um leve perfume de cera.

Achavam-se sentados em pesadas cadeiras de espaldares altos, comendo coisas boas e pesadas, servidas numa pesada baixela de prata, e bebendo bons vinhos igualmente pesados. E, nos intervalos, os presentes conversavam. Pouco depois, os negócios eram o tema da palestra. Sem querer, os convidados empregavam cada vez mais o dialeto regional, modo de falar cômodo e descansado, que parece exprimir ao mesmo tempo a concisão do comerciante e a indolência da gente abastada, e que, de vez em quando, eles exageravam numa autoironia jovial. Falavam da Bolsa, e o assunto causava sorrisos satisfeitos.

As senhoras tinham acompanhado esse rumo da conversa por pouco tempo. A sra. Kröger estava com a palavra, explicando, da maneira mais apetitosa, qual o melhor método de cozinhar carpas em vinho tinto...

— Depois de cortadas em pedaços regulares, minha querida, ponha-as na caçarola, com cravos-da-índia, cebolas e biscoitos. Depois bote tudo no fogo com um pouco de açúcar e uma colher de manteiga. Mas, pelo amor de Deus, minha querida, não as lave, deixe todo o sangue dentro...

O velho Kröger intercalou as piadas mais oportunas, ao passo que seu filho Justus, que se encontrava com o dr. Grabow, em outra ponta da mesa, perto das crianças, começava uma conversa jovial com Ida. Esta fechou os olhos, mantendo, segundo o seu hábito, os talheres em posição vertical e movimentando-os levemente. Até os velhos Oeverdieck tornaram-se animadíssimos. A velha consulesa inventara um novo apelido carinhoso para o marido. — Bichinho do meu coração! — disse repetidas vezes, e a sua touca tremia de ternura.

Mas todos os diversos assuntos da conversação reuniram-se num só, quando Jean Jacques Hoffstede abordou o seu tema predileto: a viagem que fizera à Itália quinze anos atrás, em companhia de um rico parente de Hamburgo. Descreveu aspectos de Veneza, de Roma e do Vesúvio; falou da Vila Borghese, onde o falecido Goethe escrevera parte do *Fausto*; entusiasmou-se com a lembrança dos chafarizes do Renascimento, que irradiam frescor, e das alamedas de árvores bem podadas onde se podia passear agradavelmente. Neste momento, alguém mencionou o grande parque maltratado situado perto do portão da Fortaleza, e que pertencia aos Buddenbrook.

— Sim, palavra de honra — disse o velho Buddenbrook —, estou ainda com raiva de mim mesmo porque, naquele tempo, não me resolvi a mandar arranjá-lo convenientemente! Há poucos dias passei por ele. É uma vergonha aquele matagal! E que propriedade bonita não seria se a relva fosse cultivada e as árvores podadas com mais gosto, em forma de cones ou de cubos!

Mas o cônsul protestou energicamente:

— Deus me livre, papai!... Gosto tanto de dar passeios por aquele matagal. Para mim tudo perderia o encanto se essa natureza maravilhosamente livre fosse arrumada pedantemente.

— Mas, considerando que essa natureza livre me pertence, seria o diabo se eu não tivesse o direito de arranjá-la à minha vontade...

— Ah, papai, quando fico ali, deitado na relva, crescida sob os arbustos abundantes, parece-me antes que sou eu quem pertence à natureza, e que não tenho o menor direito sobre ela...

— Ei, Christian, não coma tanto — gritou subitamente o velho Buddenbrook. — A Thilda não faz mal comer muito; esta menina come por sete homens...

Era verdadeiramente admirável o apetite que desenvolvia aquela criança magra e taciturna de rosto comprido e um tanto velho. Ao lhe perguntarem se queria mais um prato de sopa, respondeu vagarosa e humildemente: "Si... im fa... az fa... vor!". Do peixe e do presunto escolhera duas vezes dois dos maiores pedaços com grandes porções de legumes. Inclinada sobre o prato, míope e diligente, devorava tudo; sem pressa e sem falar, engolia bocados enormes. Como resposta à alocução do velho dono da casa, soltou apenas humildemente e com um sorriso acanhado as palavras arrastadas e ingênuas: "É... ti... tio?". Mas não se deixou intimidar: continuou comendo, apesar de a comida não produzir efeito visível e a despeito de todas as zombarias; comia com o apetite instintivamente voraz de gente pobre que tem uma mesa franca em casa de parentes ricos; comia com um sorriso impassível, cobrindo o prato com as boas coisas, paciente, tenaz, faminta e magrinha.

6.

Chegou, em duas grandes travessas de cristal, o pudim de Pletten, uma construção de camadas de *macrones*, framboesas, biscoitos e creme de ovos. Na outra ponta da mesa levantou-se uma chama azulada: as crianças recebiam a sua sobremesa preferida: um pudim com molho de rum em chamas.

— Thomas, meu filho, por favor — disse Johann Buddenbrook, tirando do bolso da calça um molho de chaves. — Na segunda adega, você sabe, na segunda prateleira à direita, duas garrafas das que ficam atrás do Bordeaux tinto...

E Thomas, que já sabia do que se tratava, foi correndo e voltou com as garrafas inteiramente cobertas de pó e de teias de aranha. Mal escoara desse vasilhame pouco vistoso o vinho malvasia cor de ouro, velho e doce, que enchia agora os copinhos de cristal, e já Wunderlich se levantava. Os convivas emudeceram. O pastor, de copo na mão, proferiu um brinde eivado de graça. Falava inclinando a cabeça um pouquinho para o lado, com um sorriso fino e sarcástico na fisionomia alva. Com a mão livre fazia gestos elegantes, expressando-se naquela linguagem desembaraçada e cômoda que gostava também de empregar no púlpito...

— E agora, meus prezados amigos, façam-me o favor de esvaziar comigo um copo deste líquido delicioso, num voto de prosperidade para os nossos venerandos anfitriões, no seu magnífico novo lar... bebamos à prosperidade da família Buddenbrook, dos seus membros presentes e ausentes... *Vivant!*

"Dos ausentes?", refletiu o cônsul, fazendo a reverência diante dos copos que se estendiam para ele. "Alude ele somente àqueles de Frankfurt ou talvez aos Duchamps de Hamburgo? Ou será que o velho

Wunderlich tem pensamentos secretos?" Levantou-se para tocar o copo do pai, olhando-o cordialmente.

Depois disso, o corretor Grätjens ergueu-se da cadeira, o que, dada a sua altura, levou algum tempo. Terminado esse trabalho, brindou com a sua voz um pouco esganiçada à firma Johann Buddenbrook pelo seu desenvolvimento crescente, pelo seu porvir venturoso, e à honra da cidade.

E Johann Buddenbrook agradeceu por todas essas palavras amáveis, em primeiro lugar na qualidade de chefe supremo da família, e em segundo como patrão da firma. Mandou que Thomas fosse buscar mais uma garrafa de malvasia, pois errara no cálculo de que duas seriam suficientes.

Lebrecht Kröger falou também. Pediu licença para ficar sentado, porque essa atitude lhe parecia mais familiar. Mas fez gestos distintos com a cabeça e as mãos e proferiu um brinde em homenagem às duas donas da casa, a sra. Antoinette e a consulesa.

No fim do seu discurso o pudim de Pletten estava quase consumido e a malvasia para acabar. Vagarosamente, com um leve pigarro, levantou-se o sr. Jean Jacques Hoffstede, acompanhado por um "ah" geral. As crianças, do seu canto, até bateram palmas.

— Pois bem, *excusez*, mas não me pude abster... — disse ele, esfregando ligeiramente o nariz pontiagudo. Retirou um papel do bolso do casaco. Na sala fez-se um profundo silêncio.

A folha que tinha na mão mostrava desenhos engraçados, notando-se, no lado de fora, um círculo ovalado formado por uma multidão de flores e arabescos dourados. Hoffstede leu as palavras escritas nesse círculo:

— "Por ocasião da festa alegre da inauguração da casa recém-adquirida pela família Buddenbrook. Em outubro de 1835." — O poeta virou a folha e começou a recitar com a voz já um tanto trêmula:

Amigos! A vós ergo este brinde
— que em vós meu plectro se inspirou —
nestes suntuosos salões festivos
com que a ventura vos presenteou.

A ti, ó velho companheiro,
à tua esposa, e pela união
dos filhos teus, canto e consagro
os altos votos desta canção.

*Graça castíssima e fortaleza
vejo ante mim, e não me engano:
A linda Vênus Anadiomene
ao braço ativo de Vulcano!...*

*Que a negra asa da tristeza
nunca vos toque, torva e sombria,
e que vos tragam os dias todos
novos momentos de alegria!*

*Que nesta casa amiga e rica
viceje sempre a flor suprema
do Bem, é tudo o que vos deseja
quem vos dedica este poema!...*

Fez uma reverência, e de todos os lados irromperam aplausos entusiásticos.

— Lindo, Hoffstede — gritou o velho Buddenbrook. — À sua saúde! De verdade, é formidável!

Mas, quando a consulesa tocou o copo do poeta, tinha nas faces coradas um leve rubor, pois bem notara a reverência galante que o poeta lhe fizera ao falar em "Vênus Anadiomene".

7.

A alegria geral chegara ao auge. O sr. Köppen sentia visível necessidade de abrir alguns botões do colete, mas isso, infelizmente, era impossível, pois nem os senhores de idade se atreviam a fazê-lo. Lebrecht Kröger mantinha-se ainda no seu assento na mesma atitude ereta do início do jantar; o pastor Wunderlich permanecia alvo e formal; o velho Buddenbrook, em verdade, recostava-se um pouquinho, mas conservava ainda as mais cerimoniosas maneiras; apenas Justus Kröger estava sensivelmente embriagado.

Mas onde estava o dr. Grabow? A consulesa levantou-se discretamente e saiu. Verificara que, na outra ponta da mesa, as cadeiras de Ida, de Christian e do doutor estavam desocupadas. Vinha do alpendre um gemido abafado. Deixou a sala rapidamente, seguindo a empregada que acabava de servir manteiga, queijo e frutas — e de fato, lá na meia obscuridade, sobre o banco redondo forrado que cercava a coluna do centro, sentava-se, deitava-se ou acocorava-se o pequeno Christian, gemendo lamentavelmente e baixinho.

— Ah, meu Deus, senhora consulesa — disse Ida, que se achava ao lado do doutor —, Christian, o coitado sente-se tão mal!...

— Ai, mamãe, estou mal, mal como o diabo! — choramingou Christian enquanto os seus olhos redondos e encovados passeavam irrequietos de cá para lá. A expressão "como o diabo" não era senão o efeito do seu imenso desespero, mas a consulesa replicou:

— Quando usamos palavras assim, o Bom Deus vem castigar-nos com coisas ainda piores.

O dr. Grabow tomou o pulso do menino. O seu rosto bondoso parecia tornar-se mais comprido e mais brando ainda.

— Uma pequena indigestão... nada de grave, senhora consulesa — tranquilizou ele; e, continuando na sua fala profissional e pedante: — Seria melhor levá-lo para a cama... Um purgantezinho e talvez uma xícara de chá de macela para provocar transpiração. E um regime rigoroso; não é, senhora consulesa? Repito: regime rigoroso. Um pedacinho de pombo, um pouquinho de pão francês...

— Não quero pombo! — gritou Christian, fora de si. — Não quero comer, nun... ca mais quero comer! Estou mal, mal como o diabo!

A exclamação parecia causar-lhe algum alívio, tal o fervor com que a proferia.

O dr. Grabow sorriu, um sorriso indulgente e quase melancólico. Ah, não havia dúvida de que o rapaz voltaria a comer! Viverá como todo o mundo. Passará os seus dias numa vida sedentária, assim como os seus pais, parentes e amigos, e quatro vezes por dia consumirá aqueles pratos escolhidos e pesados. Pois seja como Deus quiser. Ele, Friedrich Grabow, não era daqueles que iriam revolucionar o estilo de vida dessas famílias de comerciantes sólidos, abastados e contentes. Viria quando fosse chamado, recomendando um ou dois dias de regime rigoroso — um pedacinho de pombo, um pouquinho de pão francês —, sim, senhor, e afirmaria, em boa consciência, que, desta vez, a coisa tinha sido sem importância. Apesar da sua pouca idade, frequentemente tomara a mão de honestos cidadãos que, depois de terem comido o seu derradeiro pedaço de carne defumada ou o último peru da sua vida, encomendavam a alma a Deus: alguns, de repente, surpreendidos na sua cama antiga e solidamente construída. Uma apoplexia, diziam então, uma paralisia, uma morte repentina e imprevista... Sim, senhor, e ele mesmo, Friedrich Grabow, poderia citar as repetidas vezes em que "a coisa tinha sido sem importância", aquelas vezes em que nem mesmo fora chamado, quando, depois do almoço, de volta ao escritório, se anunciava uma estranha tonturazinha... Pois seja como Deus quiser! Ele mesmo, Friedrich Grabow, não era daqueles que desdenham os perus recheados. Ainda hoje, o presunto ao molho de cebolinhas... diabo, como estava delicioso!... e depois — já quase sem fôlego — esse pudim de Pletten... *macrones*, framboesas e creme de ovos, sim, senhor...

— Como lhe disse, senhora consulesa... regime rigoroso: um pedacinho de pombo, um pouquinho de pão francês...

8.

Na sala de jantar, o festim estava a ponto de terminar.

— Bom proveito, *Mesdames et Messieurs*, que lhes faça bom proveito! No salão há charutos para quem quiser e um cafezinho para todo mundo, e, se minha mulher for generosa, teremos também um copinho de licor... As mesas de bilhar, ao fundo, estão naturalmente ao seu inteiro dispor. Jean, faça o favor, encarregue-se de guiar os senhores aos fundos da casa. Sra Köppen, quer dar-me a honra?...

Os convidados, satisfeitos, trocando votos bem-humorados acerca do bom proveito do jantar, voltaram à sala das Paisagens, através da larga porta de dois batentes. Ao mesmo tempo, o cônsul reunia em torno de si os amadores de bilhar.

— O senhor não quereria arriscar uma partida, papai?

Não, Lebrecht Kröger preferia ficar com as senhoras, mas insinuou que Justus devia seguir para o salão de bilhar. O senador Langhals, assim como Köppen, Grätjens e o dr. Grabow, era do partido do cônsul, ao passo que Jean Jacques Hoffstede tinha a intenção de acompanhá-los mais tarde.

— Depois, vou depois! Johann Buddenbrook quer tocar flauta, e devo ouvi-lo. *Au revoir, Messieurs!*

Quando os seis senhores atravessaram o alpendre, ouviram-se na sala das Paisagens os primeiros sons da flauta. A consulesa acompanhava ao harmônio, e surgia uma melodiazinha clara e graciosa que se espalhava delicadamente pelas amplas peças da casa. O cônsul ficava escutando enquanto podia ouvir alguma coisa. Teria gostado de voltar à sala das Paisagens, para entregar-se, numa poltrona, às suas divagações e aos seus pensamentos. Mas os deveres de anfitrião...

— Leve algumas xícaras de café e alguns charutos à sala de bilhar — disse ele à empregada que passava pela área.

— Sim, Line! Café, não? Traga café! — repetiu o sr. Köppen com uma voz que lhe subia do estômago cheio, fazendo, ao mesmo tempo, uma tentativa de beliscar o braço vermelho da moça. O "c" da palavra café saía do fundo da garganta como se já o engolisse e provasse.

— Estou convencido de que a sra. Köppen viu tudo através da vidraça — observou o cônsul Kröger.

O senador Langhals perguntou:

— É ali em cima que você está morando, Buddenbrook?

À direita, uma escada conduzia para o segundo andar, onde estavam os quartos do cônsul e da sua família. Mas existia também uma série de cômodos ao lado esquerdo da área. Fumando, os cavalheiros desciam pela larga escada de corrimão com gradil pintado de branco. O cônsul estacou no patamar.

— Neste entressolho ainda há três divisões — explicou ele —, a varanda, o quarto de meus pais e uma sala pouco usada que dá para o jardim. Ao lado há um corredor estreito. Mas vamos adiante! Olhem, as carroças de transporte passam por baixo da entrada e atravessam todo o pátio, de lado a lado, até a Bäckergrubestrasse.

O vasto pátio, onde qualquer ruído ecoava, estava calçado de grandes azulejos retangulares. Atrás da porta de guarda-vento, bem como do outro lado da casa, encontravam-se salas de escritório. A cozinha, de onde vinha ainda o cheiro azedo do molho de cebolinhas, estava situada à esquerda da escadaria, no caminho que conduzia aos porões. Em frente, a considerável altura, viam-se, suspensos das paredes, pequenos cômodos, estranhos e toscos, de madeira pintada de branco, que serviam de quartos para as empregadas e aonde se podia chegar apenas por meio de uma escada íngreme e desprotegida que partia do térreo. Ao lado havia uma porção de enormes armários antigos e um baú lavrado.

Através de alta porta envidraçada e por sobre alguns degraus tão baixos que não constituíam obstáculos para as carroças, chegava-se ao outro pátio, a cuja esquerda se via o tanque. Atrás aparecia o jardim bem-arranjado, envolto agora no cinzento e na umidade do outono. Os canteiros estavam protegidos contra o frio por meio de esteiras de palha. No fundo, o portão da fachada de um pavilhão rococó fechava o jardim.

Do pátio, os cavalheiros tomavam outro caminho, à esquerda, ladeado por duas paredes, que dava para os fundos da casa. Degraus escorregadios conduziam a um porão abobadado com assoalho de terra batida, que servia de depósito. Do teto descia um cabo de guindaste para içar os sacos de trigo. Mas o grupo subiu por uma escada limpa, à direita, e no primeiro andar o cônsul abriu aos convidados a porta branca da sala de bilhar.

Cansado da caminhada, o sr. Köppen atirou-se numa das sóbrias cadeiras que se alinhavam ao longo das paredes da ampla sala de aspecto rígido e frio.

— Eu, por enquanto, vou só olhar — gritou ele, sacudindo do seu casaco as finas gotas de chuva. — Com mil diabos, Buddenbrook, que viagem esta através da sua casa!

Como na sala das Paisagens, a lareira crepitava atrás duma grade de latão. Pelas três janelas altas e estreitas enxergavam-se telhados de um vermelho úmido, pátios cor cinza e cumeeiras pontudas...

— Uma partida de carambola, senhor senador? — perguntou o cônsul, retirando os tacos das estantes. Depois, fazendo a volta das mesas, fechou os buracos nos cantos dos dois bilhares.

— Quem jogará conosco? Grätjens? O doutor? *All right!* Grätjens e Justus; a outra mesa fica então para vocês... Köppen, você tem de jogar também!

O negociante de vinhos levantou-se, com a boca cheia de fumaça do charuto. Escutou a ventania forte que assobiava por entre as casas, atirando às vidraças uma rajada de chuva e enfiando-se com um uivo pela chaminé.

— Com os diabos! — disse ele, soltando a fumaça. — Você acha que o *Wullenweber* poderá entrar no porto, Buddenbrook? Que tempo dos diabos!

De fato, as notícias que chegaram de Travemünde não eram das melhores. O cônsul Kröger também o confirmou, enquanto passava giz na ponta do taco. Tempestades em todas as costas. Deus sabe que mesmo em 1824, ano daquela grande enchente de Petersburgo, o tempo não estivera muito pior...

Finalmente veio o café. Serviram-se, tomaram um gole e começaram a jogar. Entre as tacadas falavam da União Aduaneira, e o cônsul mostrou-se entusiasmado por essa instituição.

— Que grande obra, meus senhores! — gritou, virando-se vivamente depois duma tacada. — A nossa turma devia associar-se na primeira ocasião...

O sr. Köppen não estava de acordo com essa opinião; pelo contrário, opôs-se bufando literalmente:

— E a nossa independência? E a nossa autonomia? — perguntou ofendido, apoiando-se no taco, como que pronto para lutar. — Que restará delas? Será que Hamburgo tem a ideia de aderir a esta invenção prussiana? Não seria melhor, Buddenbrook, que a gente se deixasse anexar logo? Deus me livre! Não, senhor, qual a vantagem que tiraríamos da União Aduaneira? É isto que eu queria saber. Tudo vai muito bem aqui, ou não vai?

— Você vai bem, com o seu vinho tinto, Köppen. E os produtos russos, talvez, vão bem igualmente. Nem me refiro a isso. Mas, fora daí, já não se importa mais nada. E quanto à exportação, sim, mandamos algum trigo para a Holanda e para a Inglaterra; não há dúvida... Não! Infelizmente, não é verdade que tudo vai bem. Deus sabe que antigamente se faziam outros negócios nesta praça... Mas na União Aduaneira, os dois estados de Mecklemburgo e o de Schleswig-Holstein estariam abertos para nós. Nem se pode calcular quanto os negócios por conta própria iriam aumentar...

— Com licença, Buddenbrook — começou Grätjens, inclinado-se sobre a mesa de bilhar. Movia o taco na mão ossuda, apontando cautelosamente. — Esta União Aduaneira... não compreendo essas coisas. O nosso sistema é tão simples e tão cômodo, não é? A declaração confirmada pelo juramento de cidadão...

— É uma bela e antiga instituição — concedeu o cônsul.

— Como? Senhor cônsul, não posso compreender como o senhor acha isto "belo"! — O senador Langhals estava um pouco indignado. — Não sou comerciante, é verdade, mas, para falar francamente, essa coisa do juramento de cidadão, pouco a pouco, tornou-se abuso, se me é lícito dizê-lo. Tornou-se uma formalidade a que ninguém dá importância. E o Estado é que fica chupando o dedo. Contam-se coisas insuportáveis. Estou convencido de que, da parte do Senado, a entrada da União Aduaneira...

— Então haverá encrencas! — O sr. Köppen, cheio de cólera, bateu com o taco no chão. Disse "encrencas", sem considerar a elegância de linguagem. — Haverá encrencas! Eu conheço a fundo estas coisas. Não, senhor senador, e com todos os devidos respeitos, mas me parece que o senhor está meio pancada. Deus me livre! — Continuou a discursar fervorosamente acerca de comissões de tarifa e do bem do povo, do juramento do cidadão e dos estados livres.

Felizmente entrou Jean Jacques Hoffstede, de braço dado com o pastor Wunderlich: dois senhores despreocupados e alegres de uma época mais feliz.

— Então, meus caros amigos — começou o poeta —, tenho para vocês uma coisinha humorística; uma piada, um versinho traduzido do francês... Prestem atenção!

Instalou-se tranquilamente numa cadeira, em frente aos jogadores, que se encostavam às mesas, apoiando-se nos tacos. Tirou um papel do bolso, esfregou o nariz pontiagudo com o dedo indicador ornado dum anel sinete e leu com uma acentuação alegre e ingenuamente épica:

A grande Pompadour saiu de trenó
Com o duque de Saxe, numa bela tardinha.
Frelon, ao ver os dois, gritou: "Ah, vejam só!
A espada do rei e a sua... bainha!"

O sr. Köppen ficou meio desnorteado, por alguns segundos. Depois, abandonando as "encrencas" e o bem do Estado, acompanhou os outros numa risada que ecoou pela sala. O pastor Wunderlich olhava através duma janela, mas, a julgar pelo movimento dos ombros, ria-se também, silenciosamente.

Permaneceram ainda algum tempo na sala de bilhar, pois Hoffstede preparara uma porção de piadinhas da mesma espécie. O sr. Köppen abrira todo o colete e estava de excelente humor; sentia-se melhor naquele ambiente do que na sala de jantar. A cada tacada proferia frases joviais em baixo-alemão, e de vez em quando recitava, arrebatado de entusiasmo:

A grande Pompadour saiu de trenó...

O versinho, na sua rude voz de baixo, soava estranhamente...

9.

Já era bem tarde, cerca de onze horas, quando os convidados, outra vez reunidos na sala das Paisagens, começaram a retirar-se, quase todos ao mesmo tempo. A consulesa, logo depois de ter recebido o beija-mão de todos os senhores, subiu aos seus aposentos para informar-se do estado de Christian. Encarregou Ida da inspeção das empregadas que removiam a baixela. A sra. Antoinette retirou-se para o entressolho. Mas o cônsul acompanhou os convidados, pela escada, através do pátio e do portão da casa, até a rua.

Um vento forte soprava a chuva obliquamente. Os velhos Kröger, abrigados por espessas capas de peles, entraram depressa na sua carruagem majestosa, que os esperava havia muito tempo. Diante da casa ardiam candeeiros de azeite, alguns içados em altas varetas, outros suspensos em grossas correntes que atravessavam a rua. A sua luz amarela tremia e cintilava. Por vezes se viam, nas fachadas das casas, terraços avançados para a rua que, numa descida íngreme, dava para o rio Trave. Em outras casas havia rampas ou bancos. Por entre a calçada mal conservada brotava a grama. Do outro lado, a igreja de Santa Maria estava inteiramente escondida na sombra, envolta pela escuridão e pela chuva.

— *Merci* — disse Lebrecht Kröger, apertando a mão do cônsul, que, junto da carruagem, se despedia dele. — *Merci*, Jean; foi uma festa primorosa. — Depois disso, a portinhola fechou-se ruidosamente, e a carruagem partiu sacolejando. O pastor Wunderlich e o corretor Grätjens, por sua vez, afastavam-se com muitos agradecimentos. O sr. Köppen, numa capa de cinco pelerines e cartola cinzenta de abas largas, de braço com a esposa, disse na sua voz profunda:

— Boa noite, Buddenbrook! Entre, para não pegar um resfriado.

E, escute, muito obrigado! Comi como não fazia há muito tempo... e o meu tinto de quatro marcos parece que convém a você, não é? Pois então, mais uma vez, boa noite!

O casal descia em direção do rio, com o cônsul Kröger e a sua família, ao passo que o senador Langhals, o dr. Grabow e Jean Jacques Hoffstede tomavam o caminho contrário.

O cônsul Buddenbrook, no seu traje de casimira leve, com as mãos enterradas nos bolsos da calça clara, sentia o frio. Ficou por um instante a alguns metros do portão da casa, ouvindo os passos que ainda ressoavam nas ruas vazias, molhadas e fracamente iluminadas. Virando-se, deixou o olhar subir para a fachada da sua casa cor de cinza e de cumeeira alta. Os seus olhos demoraram-se na tabuleta esculpida em letras antiquadas, por cima do portão: *"Dominus providebit"* — o Senhor providenciará. Abaixando um pouquinho a cabeça, entrou em casa e fechou diligentemente o portão, que rangeu com um ruído áspero. Cerrou a porta de guarda-vento e atravessou, a passos lentos, o pátio ressoante. Perguntou à cozinheira, que descia pela escada com uma bandeja cheia de copos:

— Onde está o patrão, Trina?

— Na sala de jantar, senhor cônsul.

O rosto da moça tingiu-se dum vermelho igual ao dos braços, porque, recém-chegada do interior, intimidava-se facilmente.

O cônsul subiu. Ainda no alpendre, a sua mão fez um movimento para o bolso do casaco onde estava o papel. Entrou na sala. A um canto queimavam ainda, num candelabro, restos de vela, iluminando a mesa vazia. No ar pairava, com perseverança, o cheiro azedo do molho de cebolinhas.

No fundo da sala, perto das janelas, Johann Buddenbrook, satisfeito, andava de cá para lá com as mãos nas costas.

10.

— Pois então, Johann, meu filho, como vai essa força? — Estacou, estendendo ao filho a mão alva, um pouco curta e fina, peculiar aos Buddenbrook. A sua figura vigorosa, iluminada pela luz inquieta, que apenas salientava a peruca empoada e o peitilho de rendas, destacava-se fracamente do vermelho-escuro das cortinas. — Ainda não está cansado? Eu estava passeando por aqui, e escutando o barulho do vento. Que tempo terrível! E o capitão Klodt, que está para chegar de Riga...

— Ora, papai, com a ajuda de Deus tudo irá bem...

— Mas será que posso confiar nisso? Ah! sim. É verdade. Você está sempre em ótimas relações com Deus Nosso Senhor...

Diante desse bom humor, o cônsul sentiu-se mais disposto.

— Pois é, para irmos direto ao assunto — começou ele —, eu não somente queria dizer-lhe boa noite, papai, mas... O senhor não vai zangar-se, não? Não quis importuná-lo com esta carta que chegou hoje à tarde, para não estragar a noite alegre.

— Monsieur Gotthold... *voilà!* — O velho fingiu ficar completamente calmo diante do papel azulado e lacrado que tomou da mão do filho. — "Ao sr. Jacques Buddenbrook. Particular..." Um homem de *conduite*, o senhor seu meio-irmão, Jean! Será que respondi àquela sua segunda carta? No entanto, escreve uma terceira... — Enquanto o seu rosto corado se tornava mais e mais sombrio, abriu a carta. Desdobrando o papel fino, virou-se para que a letra recebesse a luz do candelabro. Com a costa da mão deu no papel uma pancadinha enérgica. Até a caligrafia lhe parecia revelar certa arrenegação e rebelião, pois os caracteres eram altos, verticais e decalcados com vigor, ao contrário da letra dos Buddenbrook, pequena e leve, que corria obliquamente sobre o papel. Havia muitas palavras sublinhadas por penadas rápidas e enfáticas.

O cônsul aproximou-se da parede onde se achavam as cadeiras. Mas não se sentou, porque o pai estava em pé. Segurando, num gesto nervoso, um dos altos espaldares, observava o velho que lia, de cabeça inclinada para o lado, com as sobrancelhas franzidas. Seus lábios movimentavam-se levemente:

Meu pai:
    Parece que espero sem motivo que a sua equidade seja bastante grande para avaliar a *indignação* que senti quando a minha segunda carta, tão *insistente*, tratando do bem conhecido assunto, ficou sem resposta, depois de ter recebido uma réplica (nem sequer falemos de que espécie) por ocasião da primeira. Vejo-me, porém, compelido a declarar que a atitude com a qual o senhor aprofunda, pela sua teimosia, o abismo que infelizmente se abriu entre nós é um *pecado*, do qual um dia, perante o juízo de Deus, o senhor será inteiramente responsável. Há vários anos obedeci, mesmo contra a sua vontade, ao impulso do meu coração, casando-me com aquela que é agora minha esposa, e ofendi o seu orgulho sem limites, ao tomar conta duma loja. Naquela época foi bastante lastimável o modo como o senhor me abandonou cruel e completamente. Mas a maneira como me trata agora brada aos céus, e se o senhor pensa que permanecerei satisfeito e passivo diante desse silêncio, está *redondamente* enganado.
    O preço da sua recém-adquirida casa na Mengstrasse foi de cem mil marcos. Sei, além disso, que seu associado e filho do segundo casamento, *Johann*, mora nessa casa como locatário, e que ele, depois do seu traspasse, receberá — sem mencionar a firma — também a casa, na qualidade de proprietário único. Com minha meia-irmã de Frankfurt e com o marido dela, o senhor chegou a um arranjo do qual não me cabe ocupar-me. Mas com respeito a mim, seu filho primogênito, o senhor exagera a sua ira *pouco cristã*, até recusar-me, sem cerimônias, qualquer indenização pela minha parte na casa! Fiquei calado quando, na ocasião do meu casamento e da minha instalação, o senhor, pagando-me cem mil marcos, fixou-me, no seu testamento, de uma vez por todas, um legado de apenas outros cem mil marcos. Naquele tempo, eu nem sequer estava suficientemente informado sobre a sua situação financeira. Agora, porém, conheço melhor o caso. Não tenho nenhum motivo para considerar-me deserdado por princípio, e *reclamo*, neste caso especial, uma indenização de trinta e três mil e trezentos e trinta e cinco marcos, isto é, uma terça parte do preço da compra.

  Não quero fazer conjecturas sobre as influências *execráveis* que motivaram esse tratamento que tive de suportar até agora. Mas *protesto* contra este, com todo o meu senso de cristão e de *comerciante*, e pela última vez anuncio-lhe solenemente que não mais o apreciarei como *cristão*, como *pai* e como *comerciante*, caso o senhor não se resolva a respeitar as minhas pretensões.

Gotthold Buddenbrook

  — Desculpe se não me agrada recitar outra vez esta ladainha a você! *Voilà!*
Com um gesto furioso, Johann Buddenbrook atirou o papel ao filho. O cônsul pegou a carta quando esta adejava na altura de seus joelhos. Observava os passos do pai com olhos tristes e desconcertados.
  O velho apanhou o apagador comprido que estava encostado à parede, perto da janela. Passou ao longo da mesa, num andar enérgico e irado, dirigindo-se ao candelabro do canto oposto.
  — *Assez!* estou lhe dizendo. *N'en parlons plus*, e basta! Vamos para a cama! *En avant!* — Uma depois da outra, sem voltar, foram desaparecendo as chamas, sob o pequeno funil de metal preso na ponta da vareta. Ardiam somente duas velas quando o velho tornou a dirigir-se ao filho, que mal se podia distinguir na escuridão do fundo da sala.
  — *Eh bien*, por que você fica quieto assim? Que acha disso? Tem de dizer qualquer coisa!
  — Mas que posso dizer, meu pai? Estou desnorteado.
  — Você fica facilmente desnorteado — observou Johann Buddenbrook num sarcasmo raivoso, apesar de saber perfeitamente que não havia muita verdade nessa afirmação, e que o seu filho e associado, muitas vezes, se mostrara superior a ele na capacidade de aproveitar uma ocasião.
  — Influências más e execráveis... — continuou o cônsul. — Eis a primeira linha que acabo de decifrar! E o senhor não imagina o quanto isso me tortura? Ele nos atira o reproche da falta de sentimento cristão!
  — Será que você se deixa intimidar por essas garatujas miseráveis? Johann Buddenbrook aproximou-se, cheio de raiva, arrastando atrás de si o apagador.
  — Falta de sentimento cristão! Ora vejam! Que gosto refinado, francamente, o que se exprime nessa cobiça piedosa! Que gente são vocês, os moços! A cabeça abarrotada de patranhas cristãs e fantásticas...

e do tal idealismo! E nós, velhos, somos os cruéis escarnecedores... E, ao lado disso, a Monarquia de Julho e os ideais práticos! E essa gente prefere dizer ao velho pai as maiores asneiras em vez de renunciar a alguns milhares de táleres!... E ele se digna a desdenhar-me como comerciante! Pois bem, como comerciante, sei perfeitamente o que significam *faux-frais*! *Faux-frais!* — repetiu, rolando ferozmente o "r".
— Humilhando-me e transigindo em tudo, não faria desse patife exaltado um filho mais obediente...

— Querido papai, que posso responder-lhe?... Não quero que ele tenha razão naquelas coisas que escreve acerca das "influências". Estou interessado como sócio, e justamente por isso não devia aconselhá-lo a insistir no seu ponto de vista, porém... Sou um cristão tão bom quanto Gotthold, porém...

— Porém! Você tem razão, deveras, de dizer "porém", Jean! Como se passaram as coisas na realidade? Naquele tempo, quando ele estava ardendo de amor pela sua digna Mademoiselle Stüwing, quando me fazia uma cena depois da outra, e quando, finalmente, apesar da minha rigorosa interdição, contratou esta *mésalliance*, naquele tempo lhe escrevi: "*Mon três cher fils*, você vai se casar com a sua loja, ponto final! Não o deserdo, não faço *spectacle*, mas a nossa amizade acabou-se. Eis aqui cem mil marcos que lhe dou como dote, e lego-lhe outros cem mil no meu testamento, mas isso chega para você. Basta, e nenhum tostão a mais...". Diante disso, ele se conservou silencioso. Que interessa a ele que a gente faça negócios? Que você e a sua irmã recebam uma importância muito maior? Se com uma parte da futura herança de vocês se comprou uma casa...

— Papai, queira compreender o dilema em que me encontro! Por amor à concórdia da família, eu devia aconselhar... mas... — O cônsul deu um suspiro abafado, encostando-se na cadeira. Johann Buddenbrook apoiou-se na vareta do apagador, espreitando atentamente através do lusco-fusco, inquieto, para perscrutar a fisionomia do filho. Consumira-se a penúltima vela, apagando-se por si mesma. Uma única ficara ainda bruxuleando, ao fundo. De vez em quando, um vulto branco e alto, com um sorriso tranquilo, salientava-se na tapeçaria, para logo desaparecer novamente. — Papai, esta disputa com Gotthold me abate — disse o cônsul em voz baixa.

— Bobagens, Jean, deixe de sentimentalismo! Que é que o abate?

— Papai... hoje estávamos reunidos tão alegremente, festejando um dia bonito; estávamos orgulhosos e contentes de ter realizado, de ter alcançado alguma coisa... de termos elevado nossa firma, nossa família a uma altura em que gozamos da mais alta estima e consideração... Mas, papai, esta contenda amarga com o meu irmão, com o seu filho primogênito... Não devia haver uma fenda secreta no edifício que erigimos com a ajuda benigna de Deus... Uma família deve ser uma unidade, deve ser solidária entre si, papai, senão o Mal entra em casa...

— Tolice, Jean, caraminholas! Um rapaz obstinado...

Fez-se uma pausa. A última chama diminuía mais e mais.

— Que é que você está fazendo, Jean? — perguntou Johann Buddenbrook. — Não o vejo mais.

— Estou calculando — respondeu o cônsul de modo lacônico.

A vela chamejou um instante, e pôde-se ver como ele olhava firmemente a chama que dançava diante dos seus olhos tão frios e tão atentos como não tinham estado durante toda aquela noite. O seu corpo endireitou.

— Por um lado, o senhor dá trinta e três mil e trezentos e trinta e cinco marcos a Gotthold e quinze mil ao pessoal de Frankfurt, isto é, um total de quarenta e oito mil e trezentos e trinta e cinco marcos. Por outro lado, o senhor dá somente vinte e cinco mil marcos aos de Frankfurt, o que significa, para a firma, uma vantagem de vinte e três mil e trezentos e trinta e cinco marcos. Mas isso não é tudo ainda. Supondo que o senhor pague a Gotthold uma indenização pela sua parte na casa, o trato ficará violado. Nesse caso, o ajuste que o senhor fez com ele, naquela ocasião, não foi definitivo, e ele poderá reclamar, depois da sua morte, uma herança igual à minha e a da minha irmã. E então isso constituirá, para a firma, um prejuízo de centenas de milhares de marcos, prejuízo que não se pode calcular, e que eu, como futuro chefe da firma, não poderei aguentar... Não, papai! — concluiu com um enérgico gesto da mão, endireitando-se ainda mais. — Tenho de dar-lhe o conselho de não transigir!

— Pois é! Ponto final! *N'en parlons plus! En avant!* Vamos dormir!

A derradeira e pequena chama apagou-se sob o funil de metal. Numa escuridão espessa, os dois atravessaram o alpendre. Lá fora, no patamar, deram-se um aperto de mão.

— Boa noite, Jean. E, escute, *courage*! Esses desgostos são da vida... Até amanhã, à hora do café.

O cônsul subiu pela escada ao seu apartamento, e o velho, guiando-se, às apalpadelas, no corrimão, entrou no entressolho. Depois, o casarão antigo, diligentemente fechado, caiu na escuridão e no silêncio. Descansavam orgulho, esperança e preocupação, enquanto ali fora, nas ruas tranquilas, tamborilava a chuva e assobiava o vento outonal em torno das esquinas e cumeeiras.

SEGUNDA PARTE

I.

Passaram-se dois anos e meio. Em meados de abril, e mais cedo do que nunca, chegara a primavera. Ao mesmo tempo verificou-se um acontecimento que fazia cantarolar de contente o velho Buddenbrook e causava grande alegria ao seu filho.

Num domingo, de manhã, às nove horas, o cônsul estava sentado na varanda, perto da janela, em frente duma grande escrivaninha parda, cuja tampa abaulada se enrolava por meio de um mecanismo engenhoso. Tinha diante de si uma volumosa pasta de couro, repleta de papéis. Retirara dela um caderno de capa estampada e bordas douradas. Inclinado sobre ele, escrevia com zelo, na sua letra que corria através das páginas, minúscula e fininha; escrevia atento, interrompendo-se apenas para molhar a pena no pesado tinteiro de bronze...

As duas janelas estavam abertas. Do jardim, onde o sol brando inundava os primeiros botões de flores, e onde algumas aves dialogavam atrevidamente, entrava o ar primaveril, fresco e perfumado, e inflava levemente, de vez em quando, as cortinas. Do outro lado da varanda, o sol reluzia sobre o linho branco da mesa, por vezes salpicado de migalhas de pão, e dançava de xícara em xícara, rebrilhando sobre o dourado das bordas.

Através da porta aberta, que dava para o quarto de dormir, ouvia-se a voz de Johann Buddenbrook pai, trauteando para si uma velha melodia engraçada:

Um homem bom e modelar,
Um sujeito complacente:
Faz sopa, cuida do bebê
E tem cheiro de aguardente...

Estava sentado junto ao bercinho de cortinas de seda verde, perto da cama alta, com dossel, onde se encontrava a consulesa. Movendo constantemente a mão, o velho mantinha o berço em oscilação regular. Para maior facilidade do serviço, a consulesa e o seu marido tinham se instalado, por algum tempo, no entressolho, ao passo que Johann Buddenbrook e a sra. Antoinette habitavam o terceiro quarto. Esta, com um avental por cima do vestido listrado, e uma touca de rendas sobre os grossos cachos brancos, remexia nos linhos e nas flanelas, que se amontoavam numa mesa dos fundos.

O cônsul Buddenbrook mal olhou para o quarto vizinho, tão ocupado estava com o trabalho. O seu rosto revelava um sentimento de devoção séria e quase sofredora. Tinha a boca levemente aberta, e, às vezes, um véu cobria-lhe os olhos. Escrevia:

Hoje, 14 de abril de 1838, às seis horas da manhã, minha querida esposa Elisabeth — em solteira, Kröger —, com a ajuda benevolente de Deus, deu à luz uma filhinha que, no batismo sagrado, há de receber o nome de Klara. Sim, Nosso Senhor ajudou-a benignamente, se bem que, segundo a opinião do dr. Grabow, o parto tenha começado um pouco cedo e, a princípio, nem tudo parecesse favorável, de maneira que Bethsy teve de suportar grandes dores. Oh, Nosso Senhor Sabaoth, onde haverá outro Deus além de ti, que nos ajudas em perigos e misérias, e nos ensinas a bem reconhecermos a tua vontade, para que te respeitemos e nos mostremos fiéis aos teus desejos e mandamentos! Ah, Senhor, guia-nos e governa-nos, a nós todos, enquanto vivermos na Terra...

A pena continuava a correr, ligeira, expedita, produzindo, de vez em quando, um arabesco à maneira dos guarda-livros. E cada linha invocava a Deus. Duas páginas após, dizia:

Fiz, em favor de minha filha mais moça, um seguro de cento e cinquenta táleres. Guia-a, Senhor, nos teus caminhos, e dá-lhe um coração puro para que, um dia, ela possa entrar nos páramos da paz eterna! Pois sabemos muito bem quanto é difícil crer com toda a força da alma em que o querido menino Jesus seja inteiramente nosso, visto que o coração humano, na sua franqueza e mesquinhez...

Depois de três páginas, o cônsul escreveu "Amém", mas a pena continuava a correr, deslizando sobre ainda muitas folhas com um ruído fino, e descrevia a fonte deliciosa que refresca o peregrino cansado e as santas feridas do Salvador a sangrar, falava dos dois caminhos, do largo e do estreito, e da imensa magnificência de Deus. Não se pode negar que o cônsul, depois duma ou doutra frase, sentia vontade de largar a pena, de ir ver a esposa ou de dar um pulo ao escritório. Mas então? Seria que tão facilmente se cansava de palestrar com o seu Criador? Se parasse agora seria roubar a Nosso Senhor... Não, justamente para castigar os seus desejos ímpios, citava ainda parágrafos extensos das Escrituras, rezava em favor dos pais, da esposa, dos filhos e de si mesmo, acrescentando até uma prece para o seu irmão Gotthold... e, finalmente, depois duma derradeira sentença, tirada da Bíblia, e após um último e triplo "Amém", derramou areia dourada sobre o papel, recostando-se na cadeira com um suspiro de alívio.

De pernas cruzadas, o cônsul lentamente folheava as páginas anteriores, para reler, de vez em quando, um trecho das datas e meditações que lhe ocorriam. Mais uma vez regozijava-se, grato, na percepção de que, sempre e em todos os perigos, a mão de Deus, visivelmente, o abençoara. Tivera a varíola, num ataque tão forte que todo mundo desesperara da sua salvação, e no entanto sarara. Certa vez, ainda em menino, assistira aos preparativos de um casamento. Fazia-se muita cerveja (pois existia o velho costume de fabricá-la em casa), e, para esse fim, erguia-se diante da casa uma grande caldeira. Foi então que essa caldeira virou, apanhando a criança, com tal estrondo e com tanta violência que a vizinhança acorrera. Seis homens tiveram de forcejar para reerguer o enorme recipiente. A cabeça do menino ficou contundida, e o sangue escorria por todo o corpo. Carregaram-no para uma loja, e, como ainda vivesse, buscou-se um médico e um cirurgião. Consolavam o pai para que se conformasse com a vontade de Deus, considerando impossível que o menino sobrevivesse... Porém, prestem atenção: Deus Todo-Poderoso abençoara os remédios, restituindo à criança uma saúde perfeita!...

Tendo revivido no espírito esse acidente, o cônsul apanhou mais uma vez a pena e escreveu atrás do seu último "Amém":

Deveras, Nosso Senhor, hei de louvar-te eternamente!

Outra vez, bem moço ainda, fizera uma viagem a Bergen. Ali, Deus o salvara do perigo de afogar-se.

Com a maré alta, quando chegaram os pescadores das regiões polares, tínhamos grande trabalho para passar através das escunas, a fim de alcançarmos o nosso trapiche. Numa ocasião dessas estava eu na borda da embarcação, fincando os pés contra as toleteiras e as costas contra uma escuna, no esforço de empurrar o barco para a frente. Mas infelizmente aconteceu que se quebraram os toletes, feitos de madeira de carvalho. Caí na água, de cabeça para baixo. Voltei uma vez à superfície, mas ninguém estava bastante perto para me poder segurar. Na segunda vez, o barco passou por cima da minha cabeça. Havia muita gente que teria gostado de me salvar, mas, primeiro, tiveram de afastar o barco para evitar que este e a escuna se fechassem sobre mim. Todo o trabalho teria sido inútil, se não tivesse arrebentado naquele momento o cabo duma escuna de pescador. Por este motivo a escuna desprendeu-se, de maneira que, pela vontade de Deus, ganhei espaço. Na terceira vez, somente os meus cabelos chegaram à superfície, mas como todos os homens da embarcação, uns aqui, outros acolá, estavam inclinados sobre a água, um dentre eles, na proa do barco, logrou apanhar-me pelos cabelos, e eu peguei no seu braço. Ele próprio mal podia manter-se firme, e por isso gritou e uivou com tamanha força que os outros o ouviram. Depressa cingiram-lhe os quadris, segurando-o com toda a força, de modo que pudesse resistir. Eu, também, continuava a me agarrar, apesar de ele me morder o braço, e, assim, finalmente, o homem me salvou...

Seguia-se uma oração muito comprida que o cônsul releu de olhos úmidos.
Num outro trecho dizia-se:

Eu poderia citar muita coisa, se quisesse revelar minhas paixões, porém...

Mas o cônsul passou rápido sobre isso, para começar a ler uma ou outra linha que escrevera nos tempos do seu enlace e da sua primeira felicidade paternal. Esse matrimônio, para falarmos francamente, não fora propriamente o que se chama de um casamento de amor. O pai lhe dera uma palmada no ombro, chamando-lhe a atenção para a filha do rico sr. Kröger, que poderia trazer um dote considerável para a firma. E ele, de todo o coração, concordou, e daí em diante passou a venerar a esposa como a companheira que Deus lhe confiara...
A história do segundo casamento do pai não tinha sido muito diferente.

Um homem bom e modelar,
Um sujeito complacente...

Ouvia-se ainda o velho a cantarolar no quarto vizinho. Lástima que demonstrasse tão pouco interesse por esses antigos documentos e papéis. Tinha os pés firmemente plantados no presente, só raramente se ocupando com o passado da família, apesar de, outrora, ter acrescentado, na sua letra um tanto tortuosa, algumas anotações ao grosso caderno de bordas douradas. Estas, antes de tudo, tratavam do seu primeiro matrimônio.

O cônsul abriu essas páginas, escritas num papel mais forte e menos liso do que o que ele mesmo alinhavara no caderno. Já começavam a amarelecer... Com efeito, Johann Buddenbrook amara a primeira esposa, filha dum comerciante de Bremen; amara-a dum modo comovente. Aquele ano, único e breve, que lhe fora dado viver a seu lado, parece ter sido o mais belo da sua vida. *"L'année la plus heureuse de ma vie"*, lia-se ali, e essas palavras estavam grifadas por uma linha sinuosa, sem consideração pelo risco de que a sra. Antoinette pudesse lê-las.

Mas então nascera Gotthold, e a criança matou Josephine... A respeito desse fato havia no papel áspero observações estranhas. Parece que Johann Buddenbrook sentira um ódio franco e encarniçado pelo novo ente, desde que os seus primeiros movimentos atrevidos começaram a causar à mãe dores terríveis. Odiara-o quando nasceu vivo e de boa saúde, ao passo que Josephine falecera, enterrando no travesseiro a cabeça exangue. Nunca perdoara o assassínio da mãe a esse intruso sem escrúpulos que crescia vigorosa e despreocupadamente... O cônsul não podia compreender isso. "Ela morreu", pensou, "cumprindo com o mais alto dever da mulher. Eu, no lugar dele, teria transferido o meu amor carinhoso para o ente a quem ela dera a vida, e que lhe legara ao morrer." O pai, porém, nunca considerara o filho mais velho senão como o destruidor execrável da sua felicidade. Mais tarde casou-se com Antoinette Duchamps, descendente duma família rica e conceituada de Hamburgo, e os dois viviam, um ao lado do outro, cheios de mútuo respeito e consideração...

O cônsul continuava a folhear o caderno de cá para lá. Leu, nas últimas páginas, as pequenas histórias dos seus próprios filhos, lembrando-se do sarampo de Tom e da icterícia de Antonie, e recordando-se do momento em que Christian sarara da varicela. Reviveu as diversas viagens a Paris, à Suíça e a Marienbad, feitas em companhia da esposa. Passou para as folhas de pergaminho, gastas e salpicadas de amarelo, onde o velho Buddenbrook, o pai do seu pai, traçara os seus arabescos largos com uma tinta parda, esmaecida. Essas anotações tinham como início uma genealogia detalhada, seguindo os vestígios da linha principal. Pelo fim do século XVI, um Buddenbrook, o mais antigo que se conhecia, vivera em Parchim. O seu filho fora nomeado vereador em Grabau. Lia-se que um outro Buddenbrook, alfaiate, se casara em Rostock, e que, "vivendo em ótimas condições" — observação que estava sublinhada —, gerara uma porção extraordinária de crianças, vivas e mortas. Outro que já se chamava Johann estabelecera-se em Rostock como comerciante. E finalmente, decorridos muitos anos, o avô do cônsul viera para cá, fundando a firma de cereais. Desse antepassado já se conheciam todas as datas: quando tivera a escarlatina e a varíola; quando caíra dum terceiro andar sobre uma estufa, escapando com vida, apesar de ter rolado por uma série de obstáculos. Existiam apontamentos minuciosos sobre uma febre violenta que o fizera delirar. O avô acrescentara às notícias muito boas exortações para a descendência, entre as quais, desenhada em letras góticas e cuidadosamente emoldurada, destacava-se a frase:

> Meu filho, de dia dedica-te com gosto aos negócios, mas faze-o de maneira que, de noite, possas dormir tranquilamente.

E demonstrava-se circunstanciadamente que a velha Bíblia, impressa em Wittemberg, pertencia ao autor da anotação; este decretava, na mesma ocasião, que ela devia passar para o seu filho primogênito, o qual, por sua vez, a deixaria para o seu filho mais velho...

O cônsul Buddenbrook puxou para si a pasta de couro para retirar dela e reler um ou outro dos documentos que havia ali. Existiam velhíssimas cartas, amarelecidas e meio rasgadas, escritas por mãos inquietas aos filhos que trabalhavam no estrangeiro. Os destinatários, às vezes, tinham apontado nelas: "Recebi bem esta carta e tomei com empenho o conteúdo". Encontravam-se diplomas de cidadania com o brasão e o selo da Cidade Livre de Hansa; havia apólices, poemas de felicitações e certidões de padrinho. E aquelas comoventes cartas comerciais onde, por exemplo, escrevia um filho ao pai e associado palavras tranquilizadoras sobre o preço do trigo, mais ou menos firme, acrescentando a isso o rogo instante de transmitir *imediatamente* lembranças à esposa e aos filhos... Existia um diário separado que o cônsul redigira numa viagem à Inglaterra e ao Brabante; um caderno em cuja capa se via uma gravura do mercado e do castelo de Edimburgo. E havia finalmente uns documentos tristes, aquelas cartas hostis que Gotthold escrevera ao pai, e como conclusão alegre o último brinde poético de Jean Jacques Hoffstede...

Ouviu-se o badalar apressado de um carrilhão. Na torre da igreja de um quadro de cores pálidas, que representava um mercado antigo, estava embutido um relógio verdadeiro que acabava de bater as dez horas. O cônsul fechou a pasta de documentos familiares, guardando-a cuidadosamente numa gaveta da escrivaninha. Depois dirigiu-se ao quarto de dormir.

Ali, as paredes estavam guarnecidas com pano escuro, pintado de flores, da mesma fazenda das altas cortinas da cama da parturiente. Acabados os temores e as dores, algo de restabelecimento e de paz pairava no ar suavemente aquecido por uma estufa e embebido de um cheiro misto de água-de-colônia e remédios. Através das cortinas fechadas, penetrava apenas uma luz de crepúsculo.

Os dois velhos, lado a lado, inclinados sobre o berço, observavam a criança que dormia. A consulesa, porém, num elegante casaquinho de rendas, os cabelos ruivos cuidadosamente penteados, estendia a sua linda mão ao marido, com um sorriso feliz no rosto ainda um pouco pálido. Mesmo agora, tinia no seu pulso um bracelete de ouro. Segundo o seu hábito, virava a palma da mão para cima, o que parecia aumentar a cordialidade do gesto.

— E então, Bethsy, como vai?

— Muito, muito bem, meu amor!

Apertando a mão direita da esposa, o cônsul aproximou o rosto da criança, que respirava ruidosa e rapidamente. Inalou, por um instante, o cheiro cálido e comovedoramente humano que se desprendia dela.

— Que Deus a acompanhe — disse baixinho, beijando a fronte da pequena criatura, cujos dedinhos amarelos e enrugados tinham inegável semelhança com os pés duma galinha.

— Ela mamou que foi uma maravilha — observou a sra. Antoinette, do outro lado do berço. — O seu peso está aumentando bastante...

— Vocês não acham que ela se parece com Antoinette? — A fisionomia de Johann Buddenbrook pai, neste dia, estava simplesmente radiante de orgulho e de felicidade. — Que raios me partam... ela tem um brilho naqueles olhos negros...

A velha senhora, modestamente, fez que não.

— Tão cedo assim, nem se pode falar de semelhanças... Você vai à igreja, Jean?

— Vou, são dez horas. Não há tempo a perder. Só estou esperando as crianças...

E já se ouviam as crianças. Faziam, na escada, um barulho inconveniente, apesar do "psiu" tranquilizador de Klothilde. Entraram depois, agasalhadas nas suas pequenas capas de peles, pois na igreja de Santa Maria havia ainda uma temperatura invernal. Movimentavam-se com precaução e sem ruído, primeiro por causa da irmãzinha, e segundo porque era necessário entregarem-se a um recolhimento espiritual antes da missa. Os seus rostos estavam vermelhos e animados. Mas que dia de festa, este dia de hoje! A cegonha — com certeza um animal de músculos vigorosos — trouxe, além da irmãzinha, uma porção de coisas maravilhosas: uma nova pasta de couro de foca para Thomas, e para Antonie uma grande boneca com cabelos — era isto o mais sensacional —, cabelos de verdade. Klothilde, a menina boazinha, ganhou um livro infantil com gravuras coloridas, mas, grata e silenciosa, ocupava-se quase exclusivamente com os saquinhos de doces que também haviam chegado. Christian, por fim, recebeu um completo teatro de fantoches, com o sultão, a morte e o diabo...

Deram um beijo na mãe, que lhes permitiu lançarem um olhar cauteloso por trás da cortina verde. Feito isso, foram à igreja, calados e de passos comedidos, em companhia do pai, que vestia sobretudo e tinha na mão o livro de orações. Seguia-os o berreiro estridente do novo membro da família, que, de repente, acordara...

2.

Ao aproximar-se o verão, às vezes já em maio ou em junho, Tony Buddenbrook ia sempre visitar os avós que moravam fora do portão da Fortaleza. E sempre, nessas ocasiões, havia enorme alegria.

Pois a vida era deliciosa ali, no campo, na vila luxuosamente mobiliada, com as vastas dependências, as habitações da criadagem e as cocheiras, a que se juntavam o imenso pomar, a horta e o jardim, que se estendia num suave declive até as margens do Trave. Os Kröger viviam à larga; havia uma diferença entre a sua riqueza brilhante e a abastança sólida e, todavia, um tanto tosca da casa paterna, o que demonstrava claramente que, no lar dos avós, tudo era algo mais suntuoso do que em sua casa. E isso impressionava grandemente a pequena Demoiselle Buddenbrook.

Aqui nem se pensava numa ajuda na casa ou mesmo na cozinha, ao passo que na Mengstrasse, onde o avô e a mãe, é verdade, não davam grande importância a isso, o pai e a avó não se cansavam de admoestá-la, lembrando-lhe o exemplo da prima Thilda, tão devota, tão religiosa e tão aplicada. A mentalidade feudal da família materna ressurgia na menina quando, sentada numa cadeira de balanço, podia dar ordens à empregada ou ao mordomo... Além desses, a criadagem do velho casal se constituía de duas empregadas e um cocheiro.

Por muito que se diga em contrário, é sempre agradável acordar num largo quarto de dormir, forrado de fazenda clara, e encontrar-se, ao primeiro movimento da mão, o cetim pesado do cobertor; é coisa notável o fato de que, de manhã, na sala que dá para o terraço, inundada pelo ar matutino do jardim que entra pelo vão da porta envidraçada, a gente recebe, em vez de café ou chá, uma xícara de chocolate; sim, senhor, todos os dias uma xícara de chocolate com uma grande fatia de bolo fresco, como se a gente fizesse aniversário.

Tony tinha de tomar essa refeição sozinha, com exceção dos domingos, pois os avós não se levantavam senão muito tempo após o começo das aulas. Depois de ter devorado o bolo e bebido o chocolate, apanhava a pasta com os livros, descia correndo pelo terraço e atravessava o jardim bem conservado que havia na frente.

Era extraordinariamente bonita a pequena Tony Buddenbrook. Por baixo do chapéu de palha, o cabelo copioso, cujo loiro, no decorrer dos anos, se tornava mais escuro, brotava numa ondulação natural, e o lábio superior um pouco saliente dava ao rostinho vivo de alegres olhos azulados uma expressão de intrepidez que se mostrava também em toda a sua pequena e graciosa figura. Mesmo as perninhas esbeltas, cobertas de meias muito brancas, movimentavam-se num andar elástico, equilibrado e confiante. Muitas pessoas conheciam e cumprimentavam a filhinha do cônsul Buddenbrook, quando ela, saindo pelo portão do jardim, entrava na alameda de castanheiros. Uma vendedora de legumes, por exemplo, que da sua aldeia guiava a pequena carroça para a cidade, fazia-lhe um aceno com a cabeça, coberta por um largo chapéu de palha com fitas esverdeadas, gritando-lhe jovialmente: "Bom dia, senhorita!". Ou talvez o carregador Matthiesen, um homenzarrão com bombachas largas, meias brancas e sapatos de bico, tirasse, ao passar por Tony, reverentemente a cartola coçada...

Tony parou um instante, para esperar Julinha Hagenström, sua vizinha; as duas crianças costumavam fazer juntas o caminho da escola. Julinha era menina de ombros um tanto altos, com grandes olhos negros e brilhantes; morava bem próximo, numa vila inteiramente coberta de hera. Seu pai, o sr. Hagenström, cuja família só havia pouco tempo residia na cidade, casara-se com uma moça de Frankfurt — uma tal Semlinger — que tinha cabelos pretos, extraordinariamente espessos, e usava nas orelhas os maiores brilhantes da cidade. O sr. Hagenström era sócio duma casa de exportação — Strunck & Hagenström — e demonstrava grande zelo e muita ambição nos assuntos municipais. Mas as famílias rigorosamente conservadoras, como os Möllendorpf, os Langhals e os Buddenbrook, estranharam um pouco o seu casamento, e Hagenström, apesar das suas atividades em comitês, grêmios, conselhos administrativos etc., não gozava de grandes simpatias. Parecia encontrar certo gosto em fazer, sempre e sempre, oposição aos membros das famílias tradicionais, refutando-lhes astutamente as opiniões e impondo as suas, na intenção de mostrar-se muito mais esperto e indispensável do que eles. "Hinrich Hagenström é muito chato no seu jeito de criar dificuldades", dizia o cônsul Buddenbrook a respeito dele. "Parece ter um prazer particular em me perseguir; opõe-me obstáculos onde pode... Hoje houve uma cena no Comitê Central de Caridade; e alguns dias atrás, no Departamento Financeiro, houve outra..." E Johann Buddenbrook acrescentava: "Que sujeito cacete!...". De outra feita, os Buddenbrook, pai e filho, sentaram-se à mesa encolerizados e abatidos.

Que acontecera? Ah, nada!... Disseram que tinham perdido um grande pedido de centeio para a Holanda; Strunck & Hagenström o surrupiara no último momento; que espertalhão esse Hinrich Hagenström...

Tony ouvira amiúde explosões assim, de modo que não simpatizava muito com Julinha Hagenström. Andavam juntas porque eram vizinhas, mas na maioria das vezes brigavam.

— O meu pai tem mil táleres — disse Julinha, e no seu íntimo julgava exagerar horrivelmente. — E quanto tem o seu pai?...

Tony calava-se, invejosa e humilhada. Depois dizia tranquilamente, desconversando:

— Mas o chocolate que acabei de tomar era tão gostoso... Que é que você toma de manhã, Julinha?

— Ah, sim, antes que me esqueça... — respondeu Julinha —, quer que eu lhe dê uma maçã? Quer? Mas não vou dar, não e não!... — A essas palavras cerrava os lábios e os olhos negros ficavam úmidos de contentamento...

Às vezes, Hermann, o irmão de Julinha e alguns anos mais velho do que ela, ia com as duas ao colégio. Havia mais um irmão, de nome Moritz, mas este, criança doentia, recebia o ensino em casa. Hermann era loiro, e o seu nariz achatado cobria um pouco o lábio superior. Como respirasse pela boca, tinha o costume de chupar os lábios.

— Tolice — disse ele. — Papai tem muito mais de mil táleres. — Despertava o interesse de Tony pelo fato de não levar pão como lanche, mas sim uma espécie de bolo de limão, recheado de passas de uva, coberto ainda de mortadela ou ganso defumado. O gosto parecia ser esse...

Para Tony, isso significava uma coisa inédita: bolo de limão com ganso defumado... devia ser maravilhoso! E, quando o rapaz lhe permitia um olhar na bolsa do lanche, era visível o desejo da menina de provar um pedaço. Certa manhã, disse-lhe Hermann:

— Hoje não, Tony, porque me faria falta. Mas amanhã levarei uma fatia a mais, e esta será para você, se me der alguma coisa.

Na manhã seguinte, Tony entrou na alameda e esperou durante cinco minutos sem que Julinha aparecesse. Esperou mais um minuto, e então chegou Hermann sozinho. Balançava pela alça a bolsa do lanche, chupando suavemente os lábios.

— Então — disse ele —, estou com um sanduíche de bolo de limão com ganso defumado; e não há nem um pouquinho de gordura, é tudo pura carne... Que me dá por isto?

— Hum... um xelim? — sugeriu Tony. Encontravam-se no meio da alameda.

— Um xelim? — repetiu Hermann. Parecia engolir alguma coisa, e subitamente disse:

— Não, eu quero é outra coisa.

— O quê? — perguntou Tony; estava pronta a dar qualquer coisa pela guloseima...

— Um beijo! — gritou Hermann Hagenström. Apertou Tony nos braços, aplicando-lhe beijos a esmo, sem, todavia, tocar-lhe o rosto, pois ela, com uma incrível destreza, mantinha a cabeça para trás. Levava a mão esquerda, com a pasta de livros, contra o peito dele, dando-lhe com a direita, com toda a força, três ou quatro bofetadas na cara... Hermann recuou cambaleando. Mas, no mesmo instante, a irmã Julinha apareceu por trás duma árvore, atirando-se sobre Tony, espumando de raiva, como uma diabinha preta. Arrancou-lhe o chapéu da cabeça, arranhando-lhe miseravelmente as faces... Depois desse acontecimento, a amizade estava para findar.

Não fora, aliás, timidez o que fizera Tony recusar o beijo ao jovem Hagenström. Era ela uma criaturinha bastante ousada, cuja traquinice preocupava muito os pais, principalmente o cônsul. Apesar de ser inteligente e de aprender facilmente na escola tudo quanto se exigia dela, a sua conduta estava longe de ser satisfatória, e isso de tal maneira que, por fim, a diretora da escola, que se chamava srta. Agathe Vermehren, apareceu na Mengstrasse, transpirando de acanhamento. E com toda a consideração deixou ao critério da consulesa a punição da sua filhinha — visto que esta, não obstante inúmeras advertências carinhosas, tinha novamente praticado, na rua, travessuras manifestas.

Não havia precisamente nada de mau no fato de Tony, nos seus passeios através da cidade, conhecer todo mundo. O cônsul aprovava isso de todo o coração, pois, segundo a sua opinião, nisso se revelava ausência de altivez, amor ao próximo e espírito de camaradagem. A criança, em companhia de Thomas, fazia alpinismo nos montões de trigo e de aveia empilhados nos assoalhos dos celeiros à beira do Trave; tagarelava com os operários e com os escrivães que ali trabalhavam em pequenos escritórios mal iluminados, situados no térreo; ajudava mesmo a içar os sacos. Conhecia os açougueiros que andavam pelas ruas nos seus aventais brancos e com espécies de tabuleiros de madeira sobre os ombros; conhecia as leiteiras que vinham do campo com os seus tarros de folha, e de vez em quando fazia uma viagenzinha nas suas carroças; conhecia os mestres grisalhos que trabalhavam nas pequenas barracas de madeira, construídas nas arcadas do mercado; conhecia as peixeiras, as fruteiras e as verdureiras da feira, bem como os mensageiros que se postavam na esquinas, mascando fumo... Muito bem, mas...

Havia ali um moço pálido, de cara rapada e de idade indefinível, que de manhã costumava passear na Breite Strasse, com um sorriso triste nos lábios; um homem tão nervoso que, a qualquer ruído inesperado que se fizesse por trás dele — por exemplo, um grito repentino —, dava um pulo de susto. E, apesar de o coitado não ter culpa alguma nisso, Tony o fazia dançar cada vez que o via. Também não era muito bonito o hábito de gritar "Olha a chuva" ou "Cogumelo" sempre que encontrava uma mulherzinha minúscula de cabeça enorme que, indiferente ao tempo, andava pelas ruas protegida por um gigantesco guarda-chuva todo furado. Era igualmente condenável que uma menina com duas ou três amiguinhas simpatizantes aparecesse diante da casinha duma velha vendedora de bonecas, num beco estreito perto da Johannisstrasse, e que essa menina perguntasse à pobre velha — que, em verdade, tinha olhos estranhamente vermelhos —, numa cortesia simulada, se, por acaso, nessa casa morava uma tal família Cuspideira, para, depois, disparar gritando... Todas essas coisas fazia Tony Buddenbrook, e parecia não ter nenhum remorso. Quando uma das suas vítimas a ameaçava, a menina dava um passo para trás, levantando a cabecinha bonita com o lábio superior um tanto saliente, e proferia um "ah bah" meio indignado, meio irônico, como que para dizer: "Não ouse fazer-me algum mal! Parece que você não sabe que sou filha do cônsul Buddenbrook...".

Passeava na cidade como uma pequena rainha que se reserva o direito de ser cruel ou amável com os súditos, segundo seu gosto e caprichos.

3.

A opinião de Jean Jacques Hoffstede a respeito dos filhos do cônsul Buddenbrook era inegavelmente justa.

Thomas, desde o seu nascimento, estava destinado à profissão de comerciante. Seguia cursos da seção moderna no antigo colégio de abóbadas ogivais. Era um moço inteligente, ágil e ajuizado; de resto, divertia-se deliciosamente quando Christian, que frequentava o ginásio, demonstrando igual talento, mas muito menos seriedade, imitava, com habilidade extraordinária, os professores — antes de tudo o ilustre sr. Marcellus Stengel, que ensinava canto, desenho e outras matérias agradáveis desse gênero.

Esse sr. Stengel tinha sempre meia dúzia de lápis maravilhosamente apontados nos bolsos do colete. Usava uma peruca ruiva como pelo de raposa e um casaco castanho-claro, sempre aberto, que lhe chegava quase aos tornozelos. O colarinho engomado era tão alto que parecia cobrir-lhe as fontes. O sr. Stengel era um indivíduo espirituoso que gostava de fazer distinções filosóficas, como, por exemplo: "Você tinha de desenhar uma linha, meu filho, e que fez? Fez um traço!". (Pronunciava "lin'a" em vez de "linha".) Ou, ironizando um rapaz preguiçoso: "Você ficará no quarto ano não somente durante anos, mas durante anos inteiros!...". O seu tema predileto nas aulas de canto era a bela canção "A floresta verde". Quando a ensinava, mandava alguns alunos saírem para o corredor, a fim de, na ocasião em que o coro entoasse: "Andemos alegres florestas adentro...", repetirem, suavemente e pianíssimo, a última palavra como se fosse um eco. Um dia, porém, encarregara dessa tarefa a Christian Buddenbrook, seu primo Jürgen Kröger e seu amigo Andreas Giesecke, filho do chefe dos bombeiros, e esses três rapazes, em vez de produzirem um brando eco, atiraram escada abaixo a caixa de carvão. Por causa dessa travessura ficaram de castigo, tendo de comparecer, de tarde, à casa do professor Stengel. Mas, ali, a coisa passou-se de um modo bastante agradável. O sr. Stengel esquecera-se do motivo do castigo, mandando a governanta servir aos alunos Buddenbrook, Kröger e Giesecke uma, "mas uma só", xícara de café, depois do que os jovens foram despedidos.

Sem dúvida, eram todos homens bondosos e sem malícia aqueles excelentes sábios que exerciam a sua profissão sob as abóbadas do antigo colégio, amavelmente governados por um velho e benigno diretor, grande amador de rapé. Estavam de pleno acordo na opinião de que a ciência e a alegria não se excluem entre si, esforçando-se cada um deles por realizar a sua tarefa com prazer e benevolência. Existia ali um antigo clérigo, que ensinava latim no curso médio, um tal pastor Hirte,* homem alto, com suíças castanhas e olhos animados, para quem a felicidade na vida consistia, de fato, nessa coincidência do nome com o título, e que nunca se cansava de mandar traduzir o vocábulo latino "pastor". A sua locução preferida era: "Ele é de uma estreiteza sem limites...", e nunca ficou esclarecido se com isso tencionava ou não fazer um gracejo. Às vezes, na intenção de tornar os alunos perplexos, imitava com a boca o espocar duma garrafa de champanhe. Gostava de andar a passos largos através das classes, descrevendo aos diferentes alunos, com uma vivacidade formidável, como se passaria a sua futura vida; fazia isso com o propósito de avivar-lhes a fantasia. Mas depois começava a trabalhar seriamente com eles, fazendo-os recitar os versinhos que escrevera sobre as regras dos gêneros e sobre algumas construções difíceis, versinhos feitos com inegável talento, e que o pastor Hirte declamava com uma acentuação do ritmo e das rimas inimitavelmente triunfante...

Da juventude de Tom e de Christian não há coisas importantes a relatar. Naqueles dias fazia sempre sol na casa Buddenbrook, pois os negócios da firma iam muito bem. Somente de vez em quando havia uma pequena tempestade, uma desgraçazinha como esta:

O sr. Stuht, na Glockengiesserstrasse, mestre-alfaiate, com um ventre enorme que lhe caía sobre as calças e era coberto com uma camisa de lã (a sra. Stuht "frequentava a mais alta sociedade", comprando roupas velhas) —, esse sr. Stuht fizera dois ternos para os jovens

---

* A palavra alemã "Hirte" significa "pastor". [Esta e as demais notas de rodapé são do tradutor.]

Buddenbrook. O preço era de setenta marcos, mas, obedecendo ao desejo dos rapazes, Stuht concordara em mandar, sem cerimônias, uma conta de oitenta marcos, entregando-lhes a diferença. Tratava-se de um simples negociozinho entre eles, que, em verdade, não era absolutamente limpo, mas de modo nenhum fora do costume... Mas aconteceu que, por desgraça ou por obra de qualquer destino negro, a coisa foi descoberta. O sr. Stuht, num casaco preto por cima da camisa de lã, teve de comparecer ao escritório particular do cônsul. Tom e Christian, na sua presença, foram submetidos a um interrogatório severo. O sr. Stuht, ao lado da poltrona do cônsul, mantendo-se em pé, de pernas abertas, com a cabeça inclinada, numa atitude respeitosa, fez um discurso sonoro, alegando que "isso são coisas da vida", e que ficaria bem contente em receber, pelo menos, setenta marcos, "pois a coisa não pegara...". O cônsul estava fortemente irritado pela peça que lhe tinham pregado. Mas, depois de ter seriamente deliberado consigo, chegou à conclusão de que devia aumentar a mesada dos filhos; pois está escrito: "Não nos deixeis cair em tentação".

Evidentemente, Thomas Buddenbrook prometia mais do que o irmão. A sua conduta era comedida e inspirada por uma alegria sisuda. Christian, pelo contrário, parecia caprichoso, tendendo, por um lado, para uma comicidade tola, e sendo, por outro, capaz de assustar toda a família da maneira mais estranha...

Estavam sentados à mesa, almoçando. Serviam-se frutas. Os membros da família comiam, conversando comodamente. Mas, de repente, Christian, empalidecendo, coloca no prato um pêssego que começara a comer. Os seus olhos redondos e encovados, por cima do nariz demasiadamente grande, se dilatam.

— Nunca mais vou comer pêssego — diz ele.

— Por que não, Christian?... Que tolice... Que é que você tem?

— Imaginem que, por engano, eu... imaginem se eu engolisse esse enorme caroço, e se ele me ficasse trancado na garganta... e se não pudesse respirar... Eu me levantaria num pulo, fazendo esforços horríveis para engolir... E vocês todos também se levantariam de um golpe...

— E subitamente acrescenta um "oh" rápido, gemido, cheio de pavor; erguendo-se nervosamente da cadeira, vira-se para o lado, como querendo fugir.

A consulesa e Ida, de fato, levantam-se a um tempo.

— Grande Deus... Christian, mas você não o engoliu? — Pois toda a aparência do menino sugeria o contrário.

— Não, não — responde Christian, acalmando-se pouco a pouco —, mas imaginem se eu o engolisse!...

O cônsul, igualmente pálido de susto, começa a resmungar, e o avô, por sua vez, dá uma pancada indignada na mesa, vituperando tais palhaçadas... Mas Christian, durante muito tempo, não comerá mais pêssego...

4.

Não era simples decrepitude aquilo que prostrava a velha sra. Antoinette Buddenbrook, uns seis anos depois do dia em que a família fez a sua entrada no casarão da Mengstrasse. Num dia frio de janeiro deitou-se na sua alta cama com dossel, para não mais sair do quarto do entressolho. A idosa senhora conservava-se vigorosa até o fim, exibindo os bandós encaracolados, grossos e brancos, numa dignidade inquebrantável. Em companhia do marido e dos filhos, comparecia a todos os banquetes de importância que se realizavam na cidade, e, quanto à representação da família nas reuniões que os próprios Buddenbrook promoviam, não ficava atrás da sua elegante nora. Mas um dia, de repente, começou a manifestar-se uma enfermidade meio indefinível. A princípio não passava de leve dor ilíaca contra a qual o dr. Grabow prescreveu um pouquinho de pombo e pão francês. Mas desenvolveu-se uma cólica, complicada por vômitos, causando, com rapidez incrível, um decaimento das forças. Surgiu um estado de progressiva caducidade, que inspirava cuidados.

No patamar da escada, o dr. Grabow teve curta mas séria conversa com o cônsul. Depois foi consultado mais um médico, homem rechonchudo, de barba preta e olhos sombrios. Este entrava e saía seguidamente ao lado de Grabow, e as suas visitas pareciam mudar a fisionomia da casa. A família andava na ponta dos pés, cochichando palavras tristes. Proibia-se às carroças passarem pelo pátio. Surgira na casa algo novo, estranho, extraordinário, um segredo que um lia nos olhos do outro; irrompera nas vastas salas a ideia da morte, dominando-as tacitamente.

Entretanto, não se podia descansar, porque chegavam visitas. A doença durava catorze ou quinze dias, e já na primeira semana chegou de Hamburgo o velho senador Duchamps, irmão da moribunda, em companhia da sua filha, ao passo que alguns dias mais tarde vieram a irmã do cônsul e o seu marido, banqueiro de Frankfurt. Todos eles permaneciam na casa dos Buddenbrook, e Ida não tinha mãos a medir, mandando arranjar todos os quartos e preparando bons almoços com caranguejos e vinhos do Porto, enquanto na cozinha se assava carne e se faziam bolos...

No entressolho, Johann Buddenbrook estava sentado junto à cama da doente, apertando a mão da sua velha Antoinette. Com as sobrancelhas alçadas e o lábio inferior um pouco pendente, olhava diante de si, sem falar. O relógio de parede fazia o seu sombrio tique-taque, avançando devagar. A doente tinha a respiração tênue e opressa... Uma enfermeira, vestida de preto, ocupava-se com a preparação de um caldo de carne que ainda queriam obrigar a doente a tomar. De vez em quando, um membro da família entrava sem ruído, para sair logo depois.

O velho talvez estivesse recordando-se de como, havia quarenta e seis anos, sentara-se junto ao leito de morte da primeira esposa. Talvez comparasse o desespero que naquela ocasião se apossara dele à melancolia pensativa com que observava agora, envelhecido, o rosto transformado, inexpressivo e horrivelmente indiferente da velha senhora, dessa mulher que nunca lhe proporcionara grande felicidade, nem grande dor, mas que vivera ao seu lado durante muitos, longos anos com tato e prudência e que, naquele momento, se ia embora vagarosamente.

O ancião não pensava muito. Dirigia apenas um olhar fixo para a sua vida e para a vida em geral, meneando levemente a cabeça. E essa vida parecia-lhe de repente tão distante e tão estranha; essa azáfama barulhenta de que ele mesmo fora o centro, e que, insensivelmente, se afastara dele, soando agora de longe ao seu ouvido admirado... Às vezes dizia consigo, a meia-voz: "Engraçado!... Engraçado!".

A sra. Buddenbrook exalou o seu último suspiro, subitamente e sem luta. O velório foi feito na sala de jantar. Mas a atitude do velho não mudou, nem mesmo quando os carregadores levantaram o caixão coberto de flores, para saírem com ele a passos lerdos. Não chorava, mas conservava aquele menear da cabeça, suave e admirado, e esse "Engraçado!", proferido quase que num sorriso, tornava-se sua locução predileta... Sem dúvida, Johann Buddenbrook também estava às portas da morte.

Passou a ficar sentado no círculo da família, calado e ausente, e quando segurava a pequena Klara no joelho, para, talvez, cantar-lhe uma das suas canções humorísticas, por exemplo:

O ônibus vai por ali...
ou
O besouro na janela faz zum-zum...

acontecia de se calar subitamente, para pôr a netinha no chão e virar-lhe as costas, dizendo um "Engraçado!" que parecia resultar duma longa cadeia de pensamentos meio inconscientes... Um dia disse:
— Escute, Jean... *assez!*
E logo correram pela cidade circulares cuidadosamente impressas, com duas assinaturas: Johann Buddenbrook tomava a liberdade de comunicar ao comércio que, por causa da idade avançada, abandonava as atividades comerciais que até então exercera, e que, por isso, a casa comercial Johann Buddenbrook, fundada pelo seu saudoso pai em 1768, passava, com ativo e passivo, sob a mesma firma, a partir da data do documento, para o seu filho e antigo associado Johann Buddenbrook, como proprietário único, seguindo-se a solicitação ao comércio para que tivesse também no filho aquela confiança que tanto honrara o pai...

Com a mais alta estima e consideração de Johann Buddenbrook pai, que, daqui em diante, deixará de assinar-se.

Depois da publicação desse aviso, o velho recusava-se a pôr o pé no escritório, e desde então a sua apatia aumentava assustadoramente. Em meados de março, apenas poucos meses após a morte da esposa, bastava um resfriadozinho primaveril para fazê-lo acamar-se. E pouco mais tarde, numa noite, chegou a hora em que, com a família ao redor do leito, o velho disse ao cônsul:
— Felicidades, Jean... e *courage!*
E a Thomas:
— Ajude o seu pai!
E a Christian:
— Seja um homem de valor!
Depois disso, caiu em silêncio. Olhou todos os presentes, proferiu um último "Engraçado!" e virou-se para a parede...
Até a hora da morte não mencionara Gotthold; ao convite que o cônsul lhe mandara por escrito para comparecer ao leito de morte do pai, o filho mais velho respondera com o silêncio. Mas, na madrugada seguinte e antes de serem publicadas as participações de óbito, quando o cônsul saía para despachar o mais necessário no escritório, deu-se o

estranho: Gotthold Buddenbrook, proprietário da loja de linhos Siegmund Stüwing & Cia., na Breite Strasse, atravessou a passos rápidos o pátio. Era um homem de quarenta e seis anos, baixinho e corpulento, de loiras suíças espessas, entremeadas de fios brancos. As suas pernas curtas vestiam calças de grossa fazenda enxadrezada, largas como um saco. Subiu a escada ao encontro do cônsul, alçando até a aba do chapéu cinzento as sobrancelhas franzidas.

— Johann — disse numa voz alta e agradável, sem estender a mão ao irmão. — Como vão as coisas?

— Ele faleceu esta noite! — respondeu o cônsul comovido. E apanhou a mão direita do irmão que segurava um guarda-chuva. — Ele, o melhor de todos os pais!...

Gotthold abaixou tanto as sobrancelhas que as pálpebras se fecharam. Depois de curto silêncio disse com certa instância:

— E até o fim não se alterou nada, Johann?

O cônsul, imediatamente, largou-lhe a mão, e deu até um passo para trás. Enquanto se aclaravam seus olhos redondos e encovados, disse:

— Nada.

As sobrancelhas de Gotthold voltaram a subir até a aba do chapéu. Fixou no irmão os olhos atentos:

— E que posso esperar da equidade de *você?* — disse com uma voz abafada.

O cônsul, por sua vez, abaixou o olhar. Mas depois, sem levantá-lo outra vez, fez um gesto decidido com a mão direita, respondendo suave, mas firmemente:

— Neste momento grave e sério estendi a minha mão fraternal para você. Mas quanto aos assuntos comerciais, sempre serei diante de você o chefe da venerável firma cujo proprietário único me tornei hoje. Você nada pode aguardar de mim que contradiga as obrigações que *esse* cargo me impõe. Os outros sentimentos que tenho devem ficar calados.

Gotthold foi-se embora... Voltou, porém, para o enterro, quando a multidão dos parentes, conhecidos, amigos, deputações, carregadores de trigo, guarda-livros e operários enchia os quartos, as escadas e os corredores, ao passo que todos os carros de praça da cidade se enfileiravam ao longo da Mengstrasse; voltou, para regozijo sincero do cônsul, trazendo mesmo a esposa — que em solteira se chamara Stüwing — e as três filhas, já adultas: Friederike e Henriette, duas jovens altas e magrinhas, e Pfiffi, a mais moça, que tinha dezoito anos e, ao contrário, era baixinha e corpulenta demais.

O pastor Kölling, da igreja de Santa Maria, fez a oração fúnebre, à beira do túmulo, escavado no jazigo da família Buddenbrook, que ficava à orla do bosque do cemitério, perto do portão da Fortaleza. O pastor era homem robusto, de cabeça pesada, senhor de uma dicção rude. Elogiou a vida do defunto, moderada e agradável aos olhos de Deus, diferente daquela dos "voluptuosos, vorazes e beberrões". (Empregou essa expressão, apesar de que alguns entre os presentes meneassem a cabeça, lembrando-se da discrição do velho Wunderlich, falecido havia pouco.) Terminadas as solenidades e formalidades, no momento em que os setenta ou oitenta carros de aluguel iniciavam o caminho de volta à cidade... ofereceu-se Gotthold Buddenbrook para acompanhar o irmão, dizendo que queria falar a sós com ele. E imagine-se que nessa ocasião, sentado ao lado do meio-irmão no assento traseiro da carruagem alta, larga e lerda, cruzando as pernas curtas, Gotthold mostrou-se conciliador e comedido. Disse que reconhecia cada vez mais que o cônsul devia agir à sua maneira, e que não queria conservar do pai uma memória desfavorável. Renunciou a todas as suas pretensões, e isso com tanto mais vontade quanto estava disposto a retirar-se de todos os negócios, para aposentar-se, com a herança e com os recursos que, além desta, lhe sobravam. Acrescentou que a loja de linho lhe dava pouco prazer, visto que andava tão mal que não valia a pena investir nela ainda mais dinheiro... "A resistência teimosa contra o pai não lhe deu resultado!", pensava o cônsul, erguendo devotamente o olho interior. E Gotthold, provavelmente, pensava a mesma coisa.

Na Mengstrasse, porém, acompanhou o irmão à copa, onde os dois, friorentos nas suas casacas, depois de terem ficado durante tanto tempo expostos ao vento da primavera, beberam juntos um velho conhaque. Gotthold trocou algumas palavras corteses com a cunhada; ao despedir-se acariciou as cabeças das crianças. E na próxima reunião da família apareceu na vila dos Kröger... Já estava liquidando os negócios.

5.

O cônsul lastimava amargamente que o pai não tivesse podido assistir à entrada do neto mais velho na firma. Esta teve lugar na Páscoa do mesmo ano.

Thomas tinha dezesseis anos quando terminou o curso no colégio. Crescera muito nos últimos tempos, e desde a sua confirmação — ocasião em que o pastor Kölling, em termos fortes, lhe recomendara que vivesse uma vida abstinente — usava roupas de homem, que lhe davam a aparência de ainda mais alto. Uma corrente de relógio, comprida e dourada, que o avô lhe legara, pendia-lhe do pescoço. Havia nela um medalhão com o brasão da família, esse escudo melancólico que mostrava uma planície confusamente esgrafiada, uma espécie de pântano em cuja borda havia um salgueiro solitário e pobre. O anel de sinete com a pedra verde, mais antigo ainda, e que provavelmente já fora usado pelo abastado alfaiate de Rostock, passara, com a grande Bíblia, para o cônsul.

A semelhança com o avô desenvolvera-se em Thomas tão nitidamente quanto a de Christian com o pai. Sobretudo o queixo redondo e enérgico e o nariz de talhe fino e reto lembravam os do velho. Os cabelos repartidos no lado esquerdo formavam duas entradas nas fontes, cujas veias se salientavam estranhamente. Em comparação com o seu loiro-escuro, pareciam extraordinariamente claros e descorados os cílios compridos e as sobrancelhas, uma das quais costumava levantar-se mais do que a outra. Os gestos, a fala e o riso, que mostrava dentes bastante defeituosos, eram serenos e sisudos. Encarava a sua profissão com zelo e seriedade...

Foi um dia extremamente solene aquele em que o cônsul, depois da hora do café, o levou consigo ao escritório, para apresentá-lo ao sr. Marcus, procurador da firma, ao sr. Havermann, o caixa, assim como ao resto do pessoal. Havia muito que já existia boa camaradagem entre eles. Mas, naquele dia, Thomas sentou-se pela primeira vez na cadeira giratória, diante da sua escrivaninha, carimbando, arquivando e copiando atentamente. E foi na tarde daquele mesmo dia que o pai o conduziu também aos depósitos à margem do Trave, que tinham, cada qual, o seu nome: "Tília", "Carvalho", "Leão" e "Baleia". Ali, Thomas também conhecia todos, mas agora era apresentado oficialmente na sua qualidade de colaborador...

Thomas dedicava-se com toda a força ao trabalho, imitando a aplicação tenaz e silenciosa do pai, que se esfalfava, cerrando os dentes e enchendo o seu diário com muitas preces que imploravam a ajuda de Deus; pois tratava-se para ele de recuperar as somas importantes que, por ocasião da morte do velho, perdera aquele ídolo venerado que era a "firma"... Certa vez, altas horas da noite, o cônsul teve com a esposa uma conversa bastante detalhada sobre a situação financeira.

Eram onze e meia. As crianças e Ida dormiam lá fora nos quartos ao lado do corredor, pois o segundo andar estava agora vazio, sendo usado somente de vez em quando para hospedar visitas. A consulesa estava sentada no sofá amarelo, ao lado do marido, que, fumando um charuto, passava os olhos pela seção comercial do *Observador da Cidade*. Ela inclinava-se sobre um bordado de seda, movimentando levemente os lábios, pois contava, com a agulha na mão, uma fileira de pontos. Junto dela, na elegante mesinha de costura de arabescos dourados, ardiam as seis velas dum castiçal. O lustre não estava aceso.

Johann Buddenbrook, que, pouco a pouco, se aproximava da casa dos quarenta e cinco, envelhecera visivelmente nos últimos anos. Seus olhos pequenos e redondos pareciam agora demasiado encovados; o nariz grande e curvo avançava ainda mais acentuadamente, como as maçãs do rosto. Dava a impressão de que uma esponja de pó de arroz lhe tivesse tocado de leve o cabelo loiro e diligentemente alisado suas fontes. A consulesa, por sua vez, saía da casa dos trinta, conservando no entanto a sua aparência, não precisamente bela, mas de algum modo brilhante. Sua tez, de um branco pálido com sardas esporádicas, nada perdera da delicadeza. O brilho das velas transluzia através do cabelo ruivo, artisticamente penteado. Desviando um pouquinho para o lado os olhos azuis muito claros, disse ela:

— Há uma coisa, meu caro, que você poderia tomar em consideração: talvez seja oportuno contratar um mordomo... Eu me convenci disso. Quando penso na casa dos meus pais...

O cônsul baixou lentamente o jornal sobre os joelhos e tirou o charuto da boca. Entretanto, os seus olhos tornaram-se mais atentos, visto que se tratava de gastos de dinheiro.

— Mas olhe, minha cara e adorada Bethsy — começou ele, prolongando a alocução, para pôr em ordem as objeções. — Um mordomo? Depois da morte dos meus saudosos pais conservamos em casa as três empregadas, além de Ida, e me parece...

— Ah, Jean, a casa é tão grande, que fica até desagradável. Eu digo a Line: "Olhe, Line, há muito tempo que você não tira o pó dos fundos da casa!". Não posso sobrecarregar o pessoal, pois já é bastante trabalho para as moças manter a ordem e a limpeza na frente... Um mordomo seria tão cômodo para fazer essas coisas... Deve ser possível encontrar um homem honesto do interior, que não faça exigências exageradas... Mas antes que me esqueça, Jean: Louise Möllendorpf quer despedir Anton; eu vi que ele sabe servir à mesa corretamente...

— Para dizer a verdade — disse o cônsul, mexendo-se na cadeira com visível mal-estar —, essa ideia nunca me ocorreu. Atualmente não frequentamos a sociedade, nem fazemos reuniões...

— Não, mas frequentemente recebemos visitas. Eu não sou responsável por isso, apesar de ter, como você sabe, Jean, muito prazer com a presença delas. Digamos que apareça, por exemplo, um dos seus fregueses do estrangeiro; você o convida para o jantar; ele ainda não reservou um quarto no hotel; claro que passa a noite na nossa casa. Depois chega um missionário que pode ficar conosco uns oito dias... Para a semana que vem esperamos a visita do pastor Matthias, de Kannstatt... Em suma, os salários são tão insignificantes...

— Mas eles se acumulam, Bethsy! Temos de pagar quatro pessoas aqui na casa, e você não se lembra dos inúmeros homens que estão a serviço da firma!

— Mas será que a gente não pode dar-se ao luxo de um mordomo? — perguntou a consulesa com um sorriso, olhando para o marido e inclinando a cabeça. — Quando penso em todo o pessoal na casa dos meus pais...

— Os seus pais, minha cara Bethsy! Mas não; devo perguntar-lhe se tem uma ideia clara da nossa situação financeira...

— Não, Jean, em verdade não tenho suficientes conhecimentos dela...

— Pois bem, não é difícil informá-la a respeito — disse o cônsul. Acomodou-se no sofá, cruzou as pernas, sugou o charuto e começou a sua exposição, cerrando um pouquinho os olhos. Proferiu os algarismos com uma facilidade extraordinária:

— Em poucas palavras: o meu saudoso pai tinha, antes do casamento da minha irmã, mais ou menos novecentos mil marcos, sem contar, naturalmente, os imóveis e o valor da firma. Deduzindo-se os oitenta mil do dote de Frankfurt e os cem mil que se pagaram por ocasião da instalação de Gotthold, sobram setecentos e vinte mil. Sobreveio a compra desta casa, que, apesar da entrada pela venda da pequena casa na Alfstrasse, custou, inclusive os melhoramentos e as necessárias aquisições, uns cem mil marcos redondos: ficam seiscentos e vinte mil. Pagou-se uma indenização de vinte e cinco mil aos de Frankfurt: restam quinhentos e noventa e cinco mil. E este teria sido o estado das coisas no tempo da morte de papai, se todas essas despesas não tivessem sido contrabalançadas, no decorrer dos anos, por um lucro da firma de mais ou menos duzentos mil marcos. Assim o total dos haveres somava setecentos e noventa e cinco mil marcos. Desde então fizeram-se ainda os pagamentos das heranças: cem mil marcos a Gotthold e duzentos e sessenta e sete mil para Frankfurt; isso, e ainda alguns mil marcos de legados menores que, segundo o testamento de papai, foram pagos ao hospital do Espírito Santo, à Caixa de Socorro das Viúvas de Comerciantes etc., dão um capital restante de cerca de quatrocentos e vinte mil marcos, que, pelo seu dote, aumenta de mais cem mil. Esta é, em conta redonda, sem considerar pequenas oscilações dos haveres, mais ou menos a nossa situação financeira. Não somos tão extraordinariamente ricos, minha querida Bethsy, e, com tudo isso, você tem de levar em conta que os negócios se tornaram menores e que, no entanto, as despesas ficaram as mesmas, visto que o estilo da firma não permite reduzir os gastos... Agora você está bem a par?

A consulesa fez um aceno de cabeça um tanto hesitante, olhando o bordado no seu colo.

— Perfeitamente, Jean — disse ela, apesar de não ter compreendido a dedução na sua totalidade e de não saber por que esses grandes algarismos a impediam de contratar um criado.

O cônsul sugou o charuto até deixá-lo em brasa. Depois, exalando a fumaça com a cabeça inclinada para trás, continuou:

— Talvez você esteja pensando que um dia, quando Deus chamar a si os seus queridos pais, receberemos ainda uma fortuna considerável. E tem razão. Porém... não convém fazer a esse respeito cálculos demasiado imprudentes. Eu sei que o seu pai sofreu grandes prejuízos, e isso, como também se sabe, por causa de Justus. Justus é um homem extraordinariamente agradável, mas os negócios não são o seu forte e ele, além disso, sem culpa nenhuma, teve má sorte. Com vários fregueses sofreu perdas extremamente pesadas. Em consequência, o seu capital ficou reduzido, o que o obrigou a fazer empréstimos por meio de transações bancárias bastante desfavoráveis. E o seu pai, diversas vezes, teve de entrar com grandes importâncias para evitar uma catástrofe. Coisas assim podem repetir-se, e receio que se repitam, pois — desculpe minha franqueza, Bethsy! — aquela leviandade folgazã, tão simpática no seu pai, que se retirou dos negócios, torna-se perigosa quando se manifesta no seu irmão que é comerciante... Você me compreende?... Ele não é muito circunspecto; não é?... É um pouco leviano e anda sempre com grandes ideias... De resto, os seus pais não se privam de nada, fato que me regozija sinceramente, e vivem uma vida principesca, o que aliás... corresponde à sua situação financeira...

A consulesa mostrou um sorriso indulgente. Sabia do preconceito que o marido tinha contra as tendências da sua família para o luxo.

— Chega — continuou ele, colocando a ponta do charuto no cinzeiro. — Quanto a mim, confio antes de tudo em que Deus me conserve a força para o trabalho, para que, com a sua benigna ajuda, possa fazer voltar a fortuna da firma à altura de outrora... Espero, Bethsy, que agora você esteja mais a par do assunto...

— Completamente, Jean, completamente! — respondeu apressada a consulesa, abandonando, de momento, a questão do mordomo. — Mas vamos para a cama, não é? Já é muito tarde.

Passados alguns dias, quando o cônsul, na hora do almoço, voltou bem-humorado do escritório, resolveram, contudo, contratar o Anton dos Möllendorpf.

6.

— Devemos mandar Tony para o internato da srta. Weichbrodt — disse o cônsul Buddenbrook, e o fez de modo tão enérgico que assim ficou resolvido.

Thomas habituava-se com muito jeito aos negócios; Klara desenvolvia-se sã e alegre; e a boa Klothilde tinha um apetite que devia agradar a todos. Mas Tony e Christian estavam longe de dar grandes motivos de satisfação. Quanto ao último, não havia somente o fato de que se via obrigado a tomar, todas as tardes, o café em companhia do sr. Marcellus Stengel, até que, um dia, a consulesa, achando isso exagerado, convidou o professor, por meio de um cartãozinho delicado, para uma conferência na Mengstrasse. O sr. Stengel apareceu, trazendo na cabeça a sua peruca de domingo, trajando o seu colarinho mais alto e um colete onde se eriçava uma multidão de lápis apontados como lanças. A consulesa sentou-se com ele na sala das Paisagens, enquanto Christian, na sala de jantar, ouvia clandestinamente o colóquio. O excelente pedagogo, apesar de certo acanhamento, expôs eloquentemente as suas opiniões, falando da importante diferença entre uma "lin'a" e um "traço", mencionando a "floresta verde" e a caixa de carvão, e usando, constantemente, durante a sua visita, a locução "Em consequência disso...", que lhe parecia harmonizar com aquele ambiente distinto. Decorrido um quarto de hora apareceu o cônsul, que mandou Christian embora e exprimiu ao sr. Stengel o quanto lastimava o fato de ter o seu filho dado motivos para descontentamento...

— Não diga, senhor cônsul, Deus me livre! É um menino prendado, um rapaz alegre, o aluno Buddenbrook... E em consequência disso... Porém um tanto travesso, se me é lícito dizê-lo... Hum... e em consequência disso...

O cônsul, cortesmente, acompanhou-o até o portão, onde o sr. Stengel se despediu... Mas isso não era o pior.

O pior era o seguinte fato, que se tornou conhecido: o aluno Christian Buddenbrook recebera, certa noite, licença dos pais para frequentar, em companhia dum amigo, o teatro municipal onde se representava o *Wilhelm Tell*, de Schiller. No papel de Walter, o filho de Tell, aparecia uma jovem, uma tal Demoiselle Meyer-de-la-Grange, que costumava usar no palco, independentemente dos papéis que desempenhava, um broche brilhante. Era notório que essa joia era legítima, pois todo mundo sabia que fora um presente do jovem cônsul Peter Döhlmann, filho de um atacadista de madeiras que falecera havia pouco. O cônsul Döhlmann, como também Justus Kröger, fazia parte duma turma de moços que a cidade qualificava de "pândegos". O seu estilo de vida era um tanto estouvado. Apesar de ser casado e de ter até uma filhinha, levava, desde muito tempo separado da esposa, vida de solteiro. A fortuna que herdara do pai fora bem considerável, e, por assim dizer, tomava conta da firma; falava-se, todavia, que, andava consumindo o capital. Habitualmente estava no clube ou no restaurante da Prefeitura, para almoçar; todas as manhãs era visto, às quatro horas, em qualquer parte da rua, e frequentemente empreendia "viagens de negócios" a Hamburgo. Mas, antes de tudo, era apreciador fanático do teatro e não perdia um espetáculo, tomando interesse particular pelo pessoal do elenco. Demoiselle Meyer-de-la-Grange era a última das jovens artistas que, no decorrer dos anos, ele condecorava com brilhantes...

Para entrarmos na matéria: a dita moça tinha no papel de Walter Tell uma aparência tão bela — também nessa ocasião usava o broche de brilhante — e representava tão comovedoramente, que o entusiasmo fez brotar lágrimas nos olhos do aluno Buddenbrook, o qual se deixou mesmo arrebatar a ponto de fazer uma coisa que apenas uma sensibilidade demasiado forte podia justificar. Durante o intervalo, numa loja de flores em frente do teatro, comprou um ramalhete por um marco e oito xelins e meio. E o homenzinho de catorze anos, com o nariz enorme e olhos encovados, atravessou, com as flores na mão, o caminho dos bastidores, e como ninguém o detivesse, encontrou Demoiselle Meyer-de-la-Grange, que conversava com o cônsul Peter Döhlmann na entrada do vestiário. O cônsul quase caiu contra a parede de tanto rir, quando Christian surgiu com o ramalhete. Mas o novo pândego, fazendo seriamente uma mesura a Walter Tell, entregou-lhe as flores e disse numa voz um pouco aflita e com grande sinceridade:

— Ah, senhorita, representou maravilhosamente!

— Vejam só Christian Buddenbrook! — gritou o cônsul Döhlmann na sua fala arrastada. E a srta. Meyer-de-la-Grange, alçando os sobrolhos bonitos, perguntou:

— É filho do cônsul Buddenbrook? — E acariciou bondosamente as faces do novo adorador.

Foi esse o fato que Peter Döhlmann relatou na mesma noite no clube e que se propalou com uma rapidez extraordinária através da cidade, chegando até o conhecimento do diretor do colégio. Este solicitou ao cônsul Buddenbrook uma audiência a respeito. E o pai, como considerou o caso? Ficou menos zangado do que surpreendido e abatido... Quando comunicou os fatos à consulesa, estava na sala das Paisagens como que desesperado.

— Eis o nosso filho. É assim que se desenvolve...

— Meu Deus, Jean, o seu pai teria rido diante disso... E vou contar a história quinta-feira na casa dos meus pais. Papai vai se divertir deliciosamente com ela...

Mas então o cônsul zangou-se seriamente:

— Pois é! Sim, senhora! Estou convencido de que ele se divertirá! Ficará contente com o fato de que a sua frivolidade e as suas tendências ímpias continuem vivendo não somente na pessoa de Justus, aquele... pândego, mas, visivelmente, também num dos seus netos. Por minha vida, você me obriga a dizer isso! Ele faz visitas a essa fêmea! Gasta a mesada com essa mulher à toa! Não sabe ainda o que está fazendo, isso não, mas já mostra a tendência! Já mostra a tendência!

Ah, sim, era um caso sério, e o cônsul horripilou-se tanto mais quanto Tony também, como já indicamos, não se portava muito bem. É verdade que, com o tempo, ela renunciou a dar sustos naquele moço pálido e a fazer visitas à vendedora de bonecas; mas a sua maneira de atirar a cabeça para trás tornou-se cada vez mais atrevida, e, sobretudo depois de passar o verão com os avós, manifestava uma inclinação perigosa para a altivez e a vaidade.

Um dia, o cônsul, com muito pesar, surpreendeu-a lendo, com Ida, *Mimili*, um romance de Clauren. Folheou o volume, calado, e trancou-o para sempre no seu armário. Logo depois, revelou-se que Tony — Antonie Buddenbrook! — passeava sozinha fora do portão da cidade, acompanhada apenas por um colegial, amigo dos irmãos. A sra. Stuht, aquela senhora que frequentava a mais alta sociedade, viu o par e, por ocasião duma compra de roupas na casa dos Möllendorpf, disse que até a srta. Buddenbrook já estava na idade em que a gente... E a senadora Möllendorpf comentou, humoristicamente, o assunto com o cônsul. Os tais passeios foram abolidos. Mas tornou-se evidente que a srta. Tony buscava ou depositava bilhetinhos naquelas grandes árvores ocas, atrás do portão da Fortaleza, cujo enchimento de argamassa estava incompleto. E essas cartas tinham como remetente ou destinatário aquele mesmo colegial. Quando esse fato se revelou, pareceu necessário pôr Tony, que então tinha quinze anos, sob custódia mais severa, mandando-a para o internato da srta. Weichbrodt, na Mühlenbrinkstrasse nº 7.

7.

Therese Weichbrodt era corcunda; tão corcunda que não era muito mais alta que uma mesa. Tinha quarenta e um anos, mas, como nunca dera grande importância às aparências, vestia-se como uma senhora de sessenta ou setenta anos. Nos cachos grisalhos e estofados repousava uma touca com fitas verdes que lhe caíam sobre os ombros estreitos e infantis. No miserável vestidinho preto jamais se vira o mínimo enfeite... a não ser um grande broche oval com o retrato da mãe de dona Therese, pintado sobre porcelana.

A pequena srta. Weichbrodt tinha olhos inteligentes e perspicazes, nariz levemente curvo e lábios estreitos que sabia cerrar com muita decisão... De resto, a sua figura diminuta e todos os seus gestos revelavam uma energia que, apesar de parecer burlesca, inspirava respeito. E o seu modo de falar aumentava grandemente o efeito. Falava com movimentos bruscos e rápidos do maxilar inferior, meneando a cabeça, viva e acentuadamente, numa linguagem correta, livre de qualquer expressão dialetal, clara e precisa. Tomava cuidado em não engolir nenhuma consoante. Exagerava, porém, tanto o som das vogais que pronunciava "menteigue" em vez de "manteiga", e chamava de "Babby" aquele ladrador obstinado que era o seu cachorrinho Bobby. Era impressionante, não há dúvida, quando admoestava uma menina: "Não seja tão *estôpida*, minha filha!", dando com o indicador curvo duas breves pancadinhas na mesa. E quando Mademoiselle Popinet, a professora de francês, botava açúcar demais no seu café, a srta. Weichbrodt tinha um jeito todo especial de fitar o teto da sala, tamborilando com a mão na toalha da mesa, e de dizer: "Eu, em seu lugar, botaria o *açocareiro* inteiro!" — um jeito que fazia corar violentamente a Mademoiselle Popinet.

Nos seus tempos de criança — Deus, como ela devia ter sido minúscula quando criança! — Therese Weichbrodt chamava-se a si mesma de "Sesemi", e conservava essa variante de seu nome, permitindo às alunas mais aplicadas, tanto internas como externas, dar-lhe esse tratamento. "Chame-me Sesemi, minha filha", disse logo no primeiro dia a Tony Buddenbrook, dando-lhe com um estalido um beijo rápido na fronte. "Eu gosto de ouvir esse nome..." A sua irmã mais velha, a sra. Kethelsen, chamava-se Nelly.

A sra. Kethelsen tinha quarenta e oito anos, aproximadamente, e a morte do marido deixara-a na vida sem quaisquer recursos. Habitava um pequeno quarto de sobrado na casa da irmã e participava das refeições em comum. Trajava-se como Sesemi, mas, ao contrário desta, era extraordinariamente alta. Nos pulsos descarnados usava umas manguinhas de lã. Não era professora e absolutamente não sabia ser severa; era meiga e jovial. Quando uma discípula da srta. Weichbrodt fazia uma travessura, Nelly rebentava num riso bonachão e cordial, riso semelhante a um choro, até que Sesemi, dando uma pancada na mesa, gritasse um "Nelly!" ríspido, que a fazia calar-se intimidada.

A sra. Kethelsen obedecia à irmã mais moça, deixando-se censurar por ela como uma criança. Sesemi, de fato, menosprezava-a sinceramente. Therese Weichbrodt era uma mulher culta, quase sábia, que tivera que passar por pequenas lutas bem sérias para conservar a sua crença ingênua, a sua religiosidade positiva e a confiança de que seria indenizada, no outro mundo, pela sua vida cheia de dificuldades e sem brilho. A sra. Kethelsen, porém, era ignorante, inocente e simplória. "A boa Nelly!", dizia Sesemi. "Céus, é uma criança. Nunca lhe ocorreu uma dúvida, nunca teve de travar um combate. Ela é feliz..." Tais palavras exprimiam tanto desdém quanto inveja, e isso mostrava em Sesemi certa fraqueza, se bem que perdoável.

O andar térreo da casinha de tijolos vermelhos, situada num ponto alto do subúrbio e cercada por um jardim cuidadosamente arranjado, estava ocupado pelas salas de ensino e pelo refeitório, ao passo que no sobrado e também no sótão ficavam os dormitórios. As discípulas da srta. Weichbrodt não eram numerosas, pois o internato aceitava somente meninas de mais idade, e o colégio ministrava, também às alunas externas, apenas os cursos dos três últimos anos. Além disso, Sesemi fazia questão de que só as filhas de famílias indubitavelmente distintas frequentassem sua casa... Como vimos, Tony Buddenbrook foi recebida com grande carinho. Therese fez, até, um "bispo" para o jantar, um ponche doce e vermelho que se bebia frio, e que ela preparava magistralmente... "Quer mais um pouquinho de *bespo?*", perguntava ela, sacudindo cordialmente a cabeça... E aquilo soava tão tentadoramente que ninguém podia resistir.

A srta. Weichbrodt estava sentada sobre duas almofadas de sofá a uma das extremidades da mesa. Presidia à refeição com firmeza e circunspecção. Endireitando rijamente o corpinho torto, dava pancadinhas vigilantes na mesa. Gritava "Nelly!" e "Bãbby!", e humilhava Mademoiselle Popinet, com um único olhar, quando esta ia apropriar-se de toda a geleia do filé de vitela frito. Tony recebera um lugar entre duas outras pensionistas, Armgard von Schilling, filha de um fazendeiro de Mecklemburgo, loira e robusta, e Gerda Arnoldsen, natural de Amsterdam. Esta era uma figura estranha e elegante, com bastos cabelos ruivo-escuros, olhos castanhos, pouco distantes entre si, e um belo rosto branco que denotava certa altivez. Em frente dela, tagarelava a francesa que tinha um tipo de negra e usava enormes brincos de ouro. Na outra ponta da mesa estava o lugar de Miss Brown, inglesa macilenta, com um sorriso seco, e que também morava na casa.

Graças ao "bispo" de Sesemi, fizeram logo amizade. Mademoiselle Popinet contou que na noite passada tivera outra vez um pesadelo... *Ah, quelle horreur!* Costumava então gritar "Socorro... ladrons!", até todo mundo se levantar de um pulo. Soube-se depois que Gerda Arnoldsen não tocava piano como as outras, mas violino, e que o seu pai — a mãe não vivia mais — lhe prometera um autêntico Stradivarius. Tony não tinha talento para a música, talento que faltava à maioria dos Buddenbrook e a todos os Kröger. Nem sequer sabia identificar os hinos que se cantavam na igreja de Santa Maria... E o órgão na Nieuwe Kerk de Amsterdam tinha uma *voz humana*, de um som maravilhoso, ah, sim!... Armgard von Schilling falou das vacas da sua fazenda.

Essa Armgard, desde o primeiro momento, impressionara profundamente a Tony, e isso por ser a primeira aristocrata que conheceu. Que felicidade chamar-se Von Schilling! Os seus próprios pais possuíam a mais bonita das antigas casas da cidade, e os avós eram gente distinta, mas chamavam-se simplesmente "Buddenbrook" e "Kröger", o que era, sem dúvida, uma lástima. A neta do elegante Lebrecht Kröger ardia de admiração pela nobreza de Armgard. Clandestinamente pensava, às vezes, que esse "von" soberbo ficaria muito melhor junto ao nome dela. Pois Armgard, Deus do céu, nem sequer sabia valorizar a sua sorte; andava no mundo com a sua trança grossa, os olhos azuis e bondosos e a arrastada fala provinciana, sem se importar com a sua nobreza; não era nobre de maneira alguma, não insistia em sê-lo, e não tinha a mínima distinção de atitudes. Mas na cabecinha de Tony arraigava-se a palavra "distinto" com uma tenacidade incrível, e a menina empregava-a a respeito de Gerda Arnoldsen com uma ênfase elogiosa.

Gerda era um pouco diferente e tinha algo de estranho e de exótico. Gostava, não obstante a oposição de Sesemi, de pentear com certa extravagância o lindo cabelo ruivo. Muitas meninas achavam que era uma "coisa boba" essa de tocar violino, e é de observar que "coisa boba" significava uma forma muito áspera de reprovação. Mas todas deviam concordar com Tony em que Gerda Arnoldsen era menina distinta. Distinta na figura bem desenvolvida para a sua idade, nos hábitos e nas coisas que possuía. Tudo era distinto: por exemplo, as peças de toucador, peças de marfim que vinham de Paris, o que Tony sabia apreciar especialmente, pois havia também na casa dos pais objetos que estes ou os avós tinham trazido de Paris, e que lhes eram muito caros.

As três meninas juntaram-se logo numa união amigável. Frequentavam os cursos do mesmo ano e habitavam coletivamente o maior dos dormitórios no sobrado. Que horas divertidas e agradáveis aquelas em que se recolhiam às dez, conversando ao despir-se, apenas a meia-voz, pois no quarto vizinho começava Mademoiselle Popinet a sonhar com ladrões... Esta dormia em companhia da pequena Eva Ewers, uma hamburguesa, cujo pai, amador e colecionador de objetos de arte, se domiciliara em Munique.

As cortinas de listras pardas estavam corridas, e a lâmpada baixa, envolta em fazenda vermelha, luzia sobre a mesa. Suave perfume de violetas e de roupa limpa enchia o quarto, onde dominava em surdina uma atmosfera tranquila, saturada de cansaço, despreocupação e sonhos.

— Céus — disse Armgard, sentada, meio despida, na beira da cama —, como o dr. Neumann sabe falar! Entra na classe, senta-se à mesa e fala de Racine.

— Ele tem uma testa bonita, bem alta — observou Gerda, penteando o cabelo à luz de dois castiçais que iluminavam o espelho entre as janelas.

— Tem, sim! — disse Armgard prontamente.

— E você, Armgard, começou a falar dele só para ouvir isso, você, que não deixa de olhá-lo com esses olhos azuis, como se...

— Você gosta dele, não? — perguntou Tony. — Oh, não posso desatar meu cordão, faça o favor, Gerda... muito obrigada. Então, você gosta dele, Armgard? Vai se casar com ele; é um bom casamento: ele vai ser promovido a professor de ginásio.

— Mas como vocês são cacetes. Não o amo nem um pouquinho. Com certeza não me casarei com um professor, mas com um homem do campo...

— Um aristocrata? — Tony deixou cair a meia que tinha na mão, olhando o rosto de Armgard pensativamente.

— Isso não sei ainda. Mas ele deve ter uma grande fazenda... Ah, como fico contente pensando nisso! Imaginem: levantar-me às cinco da manhã, administrar a casa... — Puxou o cobertor para cima e pôs-se a fitar o teto com o olhar sonhador.

— Com a sua imaginação você vê quinhentas vacas — disse Gerda, observando a amiga através do espelho.

Tony não estava pronta ainda, mas, mesmo assim, deixou-se cair sobre o travesseiro. Cruzou as mãos embaixo da nuca e olhou, por sua vez, o teto com olhos meditativos.

— Vou me casar com um comerciante, naturalmente — disse ela. — Ele deve ter muito dinheiro para que a gente possa montar uma casa elegante. É o que devo à minha família e à firma — acrescentou com convicção. — Sim, vocês vão ver, é isso que vou fazer.

Gerda terminara o seu penteado de noite. Escovava os dentes brancos, servindo-se do espelho de marfim.

— Eu, *provavelmente*, não me casarei — disse ela com certo esforço, porque o pó dentifrício lhe entravava a língua. — Não vejo motivo para isso. Não tenho vontade nenhuma. Vou voltar a Amsterdam para tocar duetos com papai, e mais tarde vou viver com a minha irmã casada...

— Que pena! — gritou Tony vivamente. — Mas que pena, Gerda! Você devia casar-se aqui e ficar sempre aqui... Escute, você poderia, por exemplo, casar-se com um dos meus irmãos...

— Aquele que tem o nariz grande? — perguntou Gerda, bocejando com um suspiro leve e indolente, enquanto cobria a boca com o espelho.

— Ou o outro, é indiferente... Santo Deus, que casa bonita vocês poderiam montar! O Jakobs forneceria os móveis, o Jakobs que tem a casa de móveis na Fischstrasse; ele tem um gosto distinto. E eu visitaria vocês todos os dias...

Mas nesse momento ouviu-se a voz de Mademoiselle Popinet.

— *Ah! voyons, Mesdames!* Às camas, *s'il vous plaît!* Hoje à noite não se casarão mais!

Mas nos domingos e nas férias Tony voltava à Mengstrasse ou à casa dos avós. Que sorte fazer bom tempo no domingo de Páscoa, porque assim se podia ir buscar coelhos e ovos no imenso parque dos Kröger! Que veraneio bom aquele, na praia, quando a gente se hospedava no Grande Hotel, comendo à *table d'hôte*, tomando banhos e dando passeios num burrinho! Em alguns anos, quando o cônsul realizava bons negócios, faziam viagens de maior extensão. Mas, antes de tudo, que festa de Natal, com três distribuições de presentes nas casas dos pais, dos avós e de Sesemi, onde, então, se bebia "bispo" até arrebentar... E, no entanto, a noite de Natal em casa foi a mais linda, pois o cônsul fazia questão de que a festa da natividade de Nosso Senhor fosse celebrada com solenidade, brilho e alegria. A família estava festivamente reunida na sala das Paisagens; no alpendre acotovelavam-se a criadagem e alguns pobres velhos, cujas mãos azuladas de frio o cônsul apertava. De fora surgia então um canto a quatro vozes, executado pelos meninos do coro da igreja de Santa Maria. Todos tinham o coração palpitante de emoção. Depois, quando já penetrava pela fresta da alta porta branca o perfume do pinheiro, recitava a consulesa lentamente o capítulo da história do Natal da velha Bíblia da família, e enquanto a melodia que vinha de fora se perdia no ar entoavam "Noite feliz...", passando numa procissão solene para a sala de jantar, a vasta sala com as estátuas brancas na tapeçaria. Ali se erguia até o teto a árvore enfeitada com lírios brancos, cintilante, resplandecente e exalando um suave aroma. A mesa com os presentes ocupava a sala em toda a sua extensão, das janelas até a porta. E lá fora, na rua coberta de neve gelada, tocavam os realejos dos velhos italianos, e na praça ressoava o bulício da feira de Natal. Com exceção da pequena Klara, as crianças participavam da ceia realizada no alpendre, onde se serviam carpas e perus recheados em enormes quantidades...

Nesses anos, Tony Buddenbrook visitara duas fazendas mecklemburguesas. Passou algumas semanas do verão em companhia da sua amiga Armgard na propriedade do sr. Von Schilling, situada em frente de Travemünde, do outro lado da baía. E fez outra viagem com a prima Thilda ao lugar onde o sr. Bernhard Buddenbrook trabalhava como administrador. Essa fazenda chamava-se "Desgraça" e não rendia nenhum tostão, mas servia de qualquer jeito para veraneio.

Assim passavam os anos, e foi, afinal, uma juventude feliz a de Tony.

TERCEIRA PARTE

I.

Numa tarde de junho, pouco depois das cinco horas, a família estava sentada no jardim, diante do portão da Fortaleza, onde acabava de tomar café. Os móveis do pavilhão, trabalhados em madeira nodosa e simplesmente falquejados, tinham sido tirados para fora. Pois o ar estava abafado e quente ali dentro, na sala caiada de branco, com o alto espelho de parede em cuja moldura se viam desenhos de pássaros em voo, e com as portas de dois batentes no fundo, portas envernizadas que, em realidade, não eram verdadeiras, apenas possuíam trincos simulados.

O cônsul, sua esposa, Tony, Tom e Klotilde acomodaram-se num semicírculo em torno da mesa redonda onde cintilava a louça já servida. Christian estava um pouco afastado, estudando a segunda *Catilinária* de Cícero. Da sua expressão transparecia um grande desgosto. O cônsul lia o *Observador*, fumando o seu charuto. A consulesa abandonou o bordado de seda; sorrindo, olhava a pequena Klara, que, com Ida, procurava violetas no gramado. Tony, com a cabeça apoiada nas mãos, estava absorta na leitura dos *Irmãos de Serapion,* de E. T. A. Hoffmann. Tom, suavemente, fazia-lhe cócegas na nuca com um cálamo, mas Tony, por prudência, fingia ignorá-lo. Klothilde, com a sua aparência de solteirona magrinha, num vestido de algodão pintado de flores, estava perto da mesa. Lia uma novela que se chamava *Cega, surda, muda e todavia feliz,* e de vez em quando juntava migalhas dos biscoitos que encontrava na toalha, formando uma pilha que apanhava com as pontas dos dedos e devorava com circunspecção.

O céu, onde boiavam imóveis algumas nuvens brancas, lentamente empalidecia. O jardinzinho urbano, com os atalhos e canteiros simétricos, desenhava-se ao sol da tarde, limpo e colorido. Às vezes pairava no ar o perfume dos resedás que orlavam os canteiros.

— Olhe, Tom — disse o cônsul bem-humorado, retirando o charuto da boca —, aquele negócio de centeio com Van Henkdom & Cia. parece que vai dar certo.

— Quanto é que vão pagar? — perguntou Thomas com interesse, deixando de incomodar Tony.

— Sessenta táleres pelos mil quilos... Nada mau, não é?

— Formidável! — Tom sabia que era um negócio excelente.

— Tony, a sua posição não está *comme il faut* — observou a mãe, ao que Tony, sem levantar os olhos, tirou um cotovelo da mesa.

— Não faz mal — disse Tom. — Ela pode sentar-se como quiser, mas sempre será Tony Buddenbrook. Thilda e ela são indiscutivelmente as belezas da família.

Klothilde ficou pasmada.

— Cé... us, To... om! — disse ela, e era incrível como sabia arrastar essas curtas sílabas. Tony suportou a ironia sem responder, pois Tom era superior a ela; não havia remédio. Ele com certeza acharia uma réplica, para ouvir risadas de aplauso. Assim, Tony limitou-se a dilatar um pouquinho as narinas, encolhendo os ombros. Mas, quando a consulesa começou a falar do futuro baile na casa do cônsul Huneus, deixando escapar alguma coisa sobre novos sapatos de verniz, Tony, vivamente interessada, tirou o outro cotovelo da mesa.

— Vocês falam e falam — queixou-se Christian —, e esta coisa é tão horrivelmente difícil! Eu também queria ser comerciante!...

— Ora essa, você quer é outra coisa todos os dias — disse Tom.

Nesse instante, Anton atravessou o pátio, trazendo numa bandeja um cartão de visita. Acompanharam-no com olhos curiosos.

— Grünlich, agente — leu o cônsul. — Vem de Hamburgo. Um homem agradável, bem recomendado, filho de um pastor. Tenho negócios com ele. Há uma coisa que... Anton, vá dizer a esse senhor — com a sua licença, Bethsy? — que ele se dê o incômodo de passar para cá.

Aproximou-se através do jardim, a passos curtos, um homem de estatura mediana, aparentando trinta e dois anos. Andava espichando a cabeça para a frente e segurando na mesma mão o chapéu e a bengala. Vestia casaco com abas compridas de fazenda de lã verdoenga. Sua fisionomia, abaixo dos escassos cabelos loiro-claros, era rosada e sorridente. Ao lado do nariz havia uma verruga bizarra. O homem tinha o queixo e o lábio superior rapados e usava, à moda inglesa, longas suíças amarelecidas.

Já de longe fazia gestos obsequiosos com o grande chapéu cinzento-claro. Quando se aproximou da família, estacou, depois de um último passo muito comprido, e fez uma reverência diante de todos os presentes, descrevendo um semicírculo com o tronco.

— Eu incomodo, estou irrompendo num ambiente familiar — disse ele em voz branda e com reserva distinta. — Têm bons livros nas mãos, estão palestrando... Tenho de pedir desculpas!

— Seja bem-vindo, meu caro sr. Grünlich! — disse o cônsul. Este e os filhos levantaram-se e apertaram a mão do estranho. — Folgo muito em também poder recebê-lo fora do escritório, no círculo da minha família. Posso apresentar-lhe o sr. Grünlich, Bethsy, um prezado amigo da firma... Minha filha Antonie... Minha sobrinha Klothilde... O senhor já conhece Thomas... Este é Christian, o meu segundo filho, que frequenta o ginásio.

O sr. Grünlich, a cada um dos nomes, respondeu com uma mesura.

— Repito — continuou ele — que não tenciono fazer o papel de intruso... Vim por causa de negócios, e se o senhor cônsul me fizer o obséquio de dar um passeio comigo através do jardim...

A consulesa replicou:

— O senhor nos dá um grande prazer contentando-se algum tempo com a nossa companhia, antes de falar de negócios com o meu marido. Sente-se, por favor!

— Mil agradecimentos — disse o sr. Grünlich, comovido. Assentou-se depois na borda da cadeira trazida por Thomas, endireitou a posição, segurando nos joelhos o chapéu e a bengala; e, cofiando as suíças com a mão, deixou ouvir um pigarro, um leve "a-hem", que parecia dizer: "Muito bem, isto foi o prefácio. E agora?".

A consulesa iniciou a parte principal da conversa.

— O senhor mora em Hamburgo? — perguntou, inclinando a cabeça para o lado. O bordado descansava-lhe no colo.

— Moro, sim, senhora consulesa — respondeu o sr. Grünlich com outra mesura. — Estou domiciliado em Hamburgo, porém, muitas vezes, encontro-me em viagem; estou sempre muito ocupado; os meus negócios são extraordinariamente animados... a-hem-hem, pois é, não posso negá-lo.

A consulesa alçou as sobrancelhas e moveu a boca, como que para dizer: "Ah, sim?".

— Atividade incansável é para mim uma condição básica da vida — acrescentou o sr. Grünlich, virando-se para o cônsul. Pigarregou novamente quando se deu conta do olhar com que a srta. Antonie o fitava, aquele olhar frio e examinador que as meninas empregam para analisar moços estranhos, e que parece pronto a transformar-se imediatamente em desdém.

— Temos parentes em Hamburgo — observou Tony, só para dizer alguma coisa.

— Os Duchamps — explicou o cônsul —, a família da minha saudosa mãe.

— Ah, estou perfeitamente informado — apressou-se o sr. Grünlich a responder. — Tenho a honra de pertencer ao grupo de conhecidos dessa excelentíssima família. Todos eles são pessoas magníficas, homens de coração e de espírito, a-hem-hem... Com efeito, se houvesse em todas as famílias mentalidade igual à dessa, o mundo andaria melhor. Ali se encontram crença em Deus, caridade, religiosidade íntima, em poucas palavras, verdadeiro espírito cristão, que é o meu ideal. E essa família, senhora consulesa, sabe conciliar tudo isso com uma nobre mundanidade, uma distinção e uma elegância brilhantes, qualidades que reputo encantadoras.

Tony pensou: "Donde conhece ele os meus pais? Diz exatamente o que eles gostam de ouvir...". Mas o cônsul aplaudiu:

— Esta combinação fica muito bem a um homem.

E a consulesa não pôde deixar de estender, com suave tinir do bracelete, a mão ao estranho, virando cordialmente a palma para cima.

— O senhor fala como se lesse os meus pensamentos mais profundos.

A isso o sr. Grünlich fez uma reverência. Endireitando-se e cofiando as suíças, pigarreou como que para dizer: "Pois bem, continuemos!".

A consulesa falou sobre os dias de maio de 1842, tão terríveis para a cidade natal do sr. Grünlich...

— Com efeito — observou o sr. Grünlich —, que grave desgraça, que aflição lastimável, aquele incêndio! Um prejuízo de cento e trinta e cinco milhões, sim, isso foi calculado com muita precisão. De resto, devo, da minha parte, muita gratidão à Providência... pois pessoalmente não sofri nada. O fogo devastou sobretudo as paróquias de São Pedro e de São Nicolau... Mas que jardim delicioso — interrompeu a si mesmo, servindo-se, agradecido, de um dos charutos do cônsul.

— É excepcionalmente grande para um jardim de cidade. E que abundância multicor de flores!... Santo Deus, confesso o meu fraco pelas flores e pela natureza em geral! Aquelas dormideiras ali adornam de um modo singular...

O sr. Grünlich elogiou o estilo distinto da casa; elogiou, num encômio geral, toda a cidade; elogiou, também, o charuto do cônsul. Para cada um preparou uma frase amável.

— Será que posso ousar perguntar o que está lendo, srta. Antonie? — começou com um sorriso.

Por um motivo qualquer, Tony, de repente, cerrou as sobrancelhas. Respondeu sem encarar o sr. Grünlich:

— Os *Irmãos de Serapion*, de Hoffmann.

— Com efeito, esse escritor produziu obras magníficas — observou Grünlich. — Mas, desculpem-me, esqueci o nome do seu segundo filho, senhora consulesa.

— Christian.

— Bonito nome! Eu gosto, permitam-me dizê-lo — o sr. Grünlich dirigiu-se novamente ao dono da casa —, eu gosto de nomes que demonstram por si que o seu portador é cristão. Na sua família, ao que saiba, transmite-se o nome de Johann... quem não se lembraria com isso do discípulo predileto do Senhor?... Eu, por exemplo, com a sua amável licença — continuou com eloquência —, eu me chamo Bendix, como a maioria dos meus antepassados... e esse nome não é senão uma contração dialetal de Benedito. E que lê o sr. Christian? Ah, Cícero! Uma leitura difícil, as obras desse grande orador romano. *Quousque tandem, Catilina*... a-hem-hem, pois é, ainda não esqueci de todo o meu latim.

O cônsul disse:

— Neste ponto, eu não estava de acordo com o meu saudoso pai. Tive sempre muitas objeções contra esse incessante abarrotamento dos jovens cérebros com as línguas grega e latina. Existem tantas coisas sérias e importantes que são indispensáveis no preparo para a vida prática...

— Eu estava para dizer o mesmo, senhor cônsul — respondeu o sr. Grünlich, apressadamente —, só que não cheguei a expressar esta minha opinião: trata-se de uma leitura difícil, e, como esqueci de acrescentar, nem sempre irrepreensível. Abstraindo do resto, lembro-me de alguns trechos destes discursos, literalmente indecentes.

Fez-se uma pausa. Tony pensou: "Agora é a minha vez", pois o olhar do sr. Grünlich, subitamente, endireitando-se com um pequeno pulo na cadeira, fez um gesto brusco, exagerado e, contudo, elegante, para o lado da consulesa, e cochichou exaltadamente:

— Por favor, senhora consulesa, olhe só!... Por amor de Deus, senhorita — interrompeu-se em voz alta, como se Tony devesse ouvir apenas estas palavras —, suplico-lhe: fique ainda um momento nessa mesma posição... Observe — continuou, cochichando de novo — como o sol ilumina o cabelo da senhorita sua filha!... Nunca vi cabelo mais lindo... — disse ele. O entusiasmo tornou-o sério de repente, e pronunciou essa frase ao acaso como se falasse a Deus ou ao seu coração.

A consulesa sorriu satisfeita, e o cônsul observou:

— Não encha de ilusões a cabeça da garota!

Tony cerrou novamente as sobrancelhas sem dizer nada. Alguns minutos após, o sr. Grünlich levantou-se.

— Mas não posso importunar por mais tempo, meu Deus, não posso, senhora consulesa; não serei mais importuno. Vim por causa de negócios... mas quem podia resistir... Agora chama-me o dever. Senhor cônsul, posso rogar-lhe o obséquio...

— Acho que não preciso afirmar-lhe — disse a consulesa — quanto folgaria se o senhor, durante a sua estada na cidade, se contentasse com a hospedagem da nossa casa...

O sr. Grünlich, durante um momento, pareceu emudecido de gratidão.

— Fico-lhe grato de toda a minha alma, senhora consulesa — disse com visível emoção. — Mas não devo abusar da sua amabilidade. Ocupo alguns aposentos no hotel Cidade de Hamburgo...

"*Alguns* aposentos", pensou a consulesa, e era justamente nisso que ela devia pensar segundo as intenções do sr. Grünlich.

— De qualquer modo — concluiu ela cordialmente, estendendo-lhe, mais uma vez, a mão —, faço votos para que esta não seja a última vez que nos vemos.

O sr. Grünlich beijou a mão da consulesa e esperou um instante para que Antonie também lhe desse a sua, o que, porém, não sucedeu. Descreveu um semicírculo com o tronco; recuou um passo, fez outra mesura e, atirando a cabeça para trás, pôs com um gesto largo o chapéu cinzento. Depois foi-se embora, acompanhado pelo cônsul...

— Um homem agradável! — repetiu este, reunindo-se novamente à família e acomodando-se na cadeira.

— Eu o acho uma besta — tomou Tony a liberdade de observar, e isso com certa ênfase.

— Tony! Meu Deus! Como pode dizer isso! — gritou a consulesa meio irritada. — Um moço tão cristão!

— Um homem tão bem-educado e tão sociável! — completou o cônsul. — Você não sabe o que diz...

Acontecia, de vez em quando, que os pais, por cortesia, trocavam assim o ponto de vista. Tinham, dessa maneira, mais certeza da sua unidade.

Christian, enrugando o nariz grande, disse:

— Como ele sempre fala com importância!... "Estão palestrando..." A gente não palestrava. E "as dormideiras adornam de um modo singular"! Às vezes, ele finge falar consigo mesmo em voz alta: "Importuno... tenho de pedir desculpas!... Nunca vi cabelo mais lindo..." — e Christian imitou o sr. Grünlich com tanta perfeição que até o cônsul riu.

— Pois sim, ele se faz muito importante! — começou Tony novamente. — O tempo todo só falou de si mesmo! Os negócios *dele* estão animados, *ele* gosta da natureza, *ele* prefere tal e tal nome, *ele* se chama Bendix... Que nos importa isso, digam-me?... Ele diz tudo isso só para impressionar! — gritou subitamente com verdadeira raiva. — À senhora, mamãe, e ao senhor, papai, disse *unicamente* o que gostam de ouvir, só para insinuar-se!

— Mas isso não é um defeito, Tony — disse o cônsul severamente. — Em companhia de estranhos, cada um gosta de mostrar suas qualidades. Nós todos nos esforçamos por falar com prudência e por agradar... Claro...

— Eu acho que ele é um homem bom — disse Klothilde branda e arrastadamente, apesar de ser a única pessoa da qual o sr. Grünlich não se ocupara de todo. Thomas absteve-se de qualquer juízo.

— Basta — concluiu o cônsul. — Ele é um homem cristão, valoroso, ativo e muito culto, e você, Tony, uma moça de dezoito, quase dezenove anos, que ele tratou com tanta cortesia galanteadora, você devia restringir essa mania de criticar. Nós todos somos homens fracos, e você, desculpe, é, em verdade, a última a ter o direito de atirar pedras... Tom, vamos trabalhar!

Tony murmurou consigo: "Suíças amareladas!", franzindo as sobrancelhas como já fizera muitas vezes.

2.

Tony, de volta de um passeio, encontrou, alguns dias mais tarde, o sr. Grünlich na esquina da Mengstrasse com a Breite Strasse.

— Como fiquei sinceramente aflito, senhorita, por não tê-la achado em casa — disse ele. — Tomei a liberdade de apresentar os meus cumprimentos à senhora sua mãe, e lastimei que a senhorita não estivesse presente... Mas como estou encantado por encontrá-la agora!

A srta. Buddenbrook estacou quando o sr. Grünlich começou a falar. Mas os olhos, semicerrados, tornaram-se de repente escuros, e o seu olhar não subia senão até o peito do sr. Grünlich. A boca mostrava aquele sorriso irônico e totalmente desalmado que as moças usam para julgar e rejeitar um homem... Os seus lábios movimentavam-se — que resposta daria? Ah! devia ser uma palavra que, de uma vez por todas, repelissse, aniquilasse esse Bendix Grünlich... Mas tinha de ser, também, hábil, espirituosa, demonstrativa, uma frase que, ao mesmo tempo, o ferisse profundamente e lhe inspirasse respeito...

— Este prazer não é mútuo! — disse ela, fixando sempre o olhar no peito do sr. Grünlich. Depois de ter disparado essa seta astutamente envenenada, deixou-o onde estava e, atirando a cabeça para trás, foi para casa, corada de orgulho por causa da sua presença de espírito e do seu sarcasmo. Ali soube que o sr. Grünlich fora convidado para, no próximo domingo, participar dum assado de vitela...

E ele veio. Veio numa sobrecasaca elegante, se bem que um pouco fora de moda, campanulada, com muitas dobras, e que lhe dava uma aparência séria e respeitável. De resto, continuava rosado e sorridente, com o escasso cabelo diligentemente penteado e as suíças frisadas e cheirosas. Comeu o ragu de mariscos, a sopa Julienne, os linguados fritos, a vitela assada com couve-flor e purê de batatas, o pudim de marasquino e o pão preto com queijo roquefort, inventando para cada prato novos louvores que proferia com delicadeza. Levantou, por exemplo, a colherinha, fitando uma das estátuas da tapeçaria, e disse a si mesmo em voz alta: "Deus me perdoe, não me posso conter; já consumi um pedaço grande, mas esse pudim é tão maravilhoso; devo pedir mais um pedacinho à nossa bondosa anfitriã!". E com isso piscou jovialmente um olho à consulesa. Falou com o cônsul sobre os negócios e a política, emitindo opiniões sólidas e valiosas; conversou com a consulesa acerca de teatro, reuniões e vestidos; encontrou palavras amáveis para Tom, Christian, a pobre Klothilde, e mesmo para a pequena Klara e para Ida... Tony permanecia taciturna, e ele, da sua parte, não arriscava aproximar-se dela. Apenas, às vezes, com a cabeça inclinada para o lado, lançava-lhe um olhar aflito e ao mesmo tempo encorajador.

Quando o sr. Grünlich se despediu, nessa noite, consolidara-se a impressão que a sua primeira visita causara. "Um homem perfeitamente educado!", disse a consulesa. "Um moço cristão e muito respeitável!", disse o cônsul. Christian sabia agora imitar ainda melhor os gestos e a fala de Grünlich, e Tony deu o boa-noite de rosto sombrio, pois suspeitava vagamente que não veria pela última vez esse senhor que conquistara com tão extraordinária rapidez os corações de seus pais.

De fato, quando voltava, à tarde, de uma visita ou de uma festa de meninas, encontrava o sr. Grünlich na sala das Paisagens, lendo para a consulesa o *Waverley*, de Walter Scott, com uma pronúncia modelar, pois, explicava ele, as viagens que fizera a serviço dos seus negócios animados tinham-no conduzido também à Inglaterra. Tony acomodava-se então com outro livro em lugar um pouco afastado, e logo o sr. Grünlich perguntava na sua voz branda: "Parece, senhorita, que o livro que leio não lhe agrada?". Ao que ela, atirando a cabeça para trás, dava uma resposta mordaz e sarcástica, como por exemplo: "Absolutamente!".

Mas ele não se deixava perturbar. Começava a falar de seus pais, prematuramente falecidos, narrando a vida do pai, que fora um pregador, um pastor, um homem ao mesmo tempo sumamente cristão e altamente mundano... E então, sem que Tony tivesse estado presente à sua visita de despedida, o sr. Grünlich partiu para Hamburgo.

— Ida — disse ela à sra. Jungmann, que lhe fazia às vezes de confidente —, Ida, o homem foi-se embora!

Mas Ida Jungmann respondeu:

— Você vai ver, filhinha...

Oito dias mais tarde sucedeu aquela cena na copa... Tony, descendo às nove horas, admirava-se de encontrar o seu pai ainda na mesa de café, em companhia da consulesa. Depois de ter recebido um beijo na fronte, sentou-se no seu lugar, fresquinha, esfomeada e com olhos de sono. Tomou açúcar e manteiga e serviu-se de queijo verde.

— Que bom, papai, encontrá-lo ainda em casa de manhã! — disse ela, apanhando o ovo quente com o guardanapo e quebrando-o com a colherinha.

— Esperei hoje a nossa dorminhoca — disse o cônsul. Fumava o seu charuto e dava com o jornal dobrado pancadinhas rítmicas na mesa. A consulesa, por sua vez, terminava lentamente e com gestos graciosos a primeira refeição, recostando-se depois no sofá.

— Thilda já aplica a sua atividade na cozinha — disse o cônsul acentuadamente — e eu, também, já estaria trabalhando, se nós, a sua mãe e eu, não tivéssemos de falar com a nossa filhinha de um assunto importante.

Tony, a boca cheia de pão, olhou a fisionomia do pai e depois a da mãe numa expressão misturada de curiosidade e de espanto.

— Tome primeiro o seu café, minha filha — disse a consulesa, e quando Tony, largando, apesar disso, a faca, gritou:

— Mas diga logo de que se trata, papai, por favor! — o cônsul, sem deixar de brincar com o jornal, repetiu:

— Tome antes o seu café!

Enquanto Tony, calada e sem apetite, bebia o café e comia o ovo e o sanduíche de queijo, começou a imaginar do que se tratava. A frescura matinal desaparecera-lhe do rosto. Empalidecera um pouquinho e, rejeitando o mel, disse logo, em voz baixa, que estava pronta...

— Minha querida filha — disse o cônsul depois de um momento de silêncio —, a questão sobre que temos de falar surge desta carta. — E, em vez de bater agora com o jornal na mesa, dava pancadinhas com um grande envelope azulado. — Em breves palavras: o sr. Bendix Grünlich, que nós todos conhecemos como homem valoroso e amável, escreve-me que, durante a sua estada nesta cidade, afeiçoou-se profundamente pela nossa filha, e pede, formalmente, a sua mão. E o que pensa a nossa filha a esse respeito?

Tony estava recostada na cadeira, com a cabeça caída, e rodava na mão direita a argola de prata do guardanapo. Mas subitamente abriu os olhos, olhos que se tornaram completamente escuros e se encheram de lágrimas. E com voz inquieta exclamou:

— Que quer esse homem de mim?... Que lhe fiz eu?... — E rebentou em choro.

O cônsul lançou um olhar à esposa e pôs-se a fitar, um tanto confuso, a sua xícara vazia.

— Minha cara Tony — disse a consulesa com meiguice —, para que este *échauffement*? Você pode ter toda a certeza — não é? — de que os seus pais só têm em vista o que é bom para você e de que não podem aconselhá-la a desdenhar essa posição que se ofereceu a você. Olhe, suponho que não tem ainda sentimentos decididos acerca do sr. Grünlich, mas isto virá, garanto, isto virá com o tempo... Uma menininha como você nunca sabe com toda a clareza o que quer realmente... Na cabecinha há tanta confusão quanto no coração... Devemos dar tempo ao coração e abrir a cabeça aos conselhos de pessoas experimentadas que, sistematicamente, cuidam da nossa felicidade...

— Mas não o conheço nem um pouquinho... — proferiu Tony com desespero, apertando contra os olhos o pequeno guardanapo de cambraia, manchado de ovo. — Sei somente que tem suíças amareladas e faz negócios animados... — Seu lábio superior, tremendo pelo choro, causava uma impressão indescritivelmente comovedora.

O cônsul, com um movimento de repentina ternura, aproximou dela a cadeira. Acariciou-lhe o cabelo com um sorriso.

— Minha pequena Tony — disse —, que pode você saber dele? Você é uma criança, e olhe, não saberia mais a respeito dele se, em lugar de quatro semanas, ele tivesse passado conosco umas cinquenta e duas... Você é uma menininha que ainda não tem olhos para ver o mundo, e que deve ter confiança nos olhos de outras pessoas que pensam somente no seu bem...

— Não compreendo isto... não compreendo isto... — soluçou Tony fora de si, estreitando como uma gatinha a cabeça na mão afagadora. — Ele vem para cá... diz coisas agradáveis a todo mundo... depois parte outra vez... e escreve que quer... Não compreendo isto... Com que direito... Que lhe fiz eu?...

O cônsul sorriu novamente:

— Você já disse isso uma vez, Tony, e essa frase demonstra perfeitamente o seu espírito infantil. Minha filhinha não deve pensar que eu queira persegui-la e vexá-la... Todas essas coisas podem ser ponderadas tranquilamente, e devem sê-lo, pois se trata de um assunto sério. É isso que responderei provisoriamente ao sr. Grünlich, e assim nem rejeitarei nem aceitarei a sua solicitação... Há nisso muita coisa para ser meditada... Pois bem... Está vendo? Estamos de acordo. Agora papai vai trabalhar... Adeusinho, Bethsy...

— Até logo, Jean, meu bem...

A consulesa ficou sozinha com a filha.

— De qualquer jeito você devia tomar um pouco de mel, Tony — disse ela. — A gente precisa comer bastante...

As lágrimas de Tony esgotavam-se pouco a pouco. Tinha a cabeça quente e cheia de ideias... Céus! Que coisa! Soubera que um dia se tornaria esposa de um comerciante, contratando um matrimônio bom e vantajoso, como correspondia à dignidade da firma e da família... Mas agora, de repente e pela primeira vez, lhe sucedia que alguém desejava verdadeira e seriamente casar-se com ela! Que atitude devia tomar nesse instante? Para ela, Tony Buddenbrook, transformavam-se numa realidade inesperada todas aquelas expressões graves e temíveis que até então só encontrara nas suas leituras: o "consentimento", a "sua mão"... "por toda a vida"... Grande Deus, como as coisas mudaram de feição tão bruscamente!

— E a senhora, mamãe? — disse ela. — A senhora também me aconselha a dar o meu... consentimento? — Hesitou um segundo antes de pronunciar a palavra "consentimento", porque lhe parecia demasiado sonora e insólita. Mas finalmente proferiu-a pela primeira vez na vida e com dignidade. Começava a envergonhar-se um pouco da sua falta de sangue-frio. O casamento com o sr. Grünlich não lhe parecia menos absurdo do que dez minutos antes, mas a importância da sua posição vinha enchê-la de certo prazer.

A consulesa disse:

— Aconselhar, minha filha? Será que papai a aconselhou? Ele não a desaconselhou, foi só isso. E seria imperdoável, da parte dele como da minha, se o fizéssemos. A união que se oferece a você, minha querida Tony, é exatamente o que se chama um bom partido... Você encontraria em Hamburgo uma posição excelente e viveria uma vida confortável...

Tony permanecia imóvel. Surgiu, de repente, diante de seus olhos alguma coisa de cortinas de seda como aquelas no salão dos avós... Será que a sra. Grünlich tomaria chocolate de manhã? Não convinha perguntar.

— Como o seu pai já disse, você tem tempo para pensar — continuou a consulesa. — Mas devemos preveni-la de que uma ocasião como esta de encontrar a felicidade não aparece todos os dias e de que casamento é justamente o que lhe prescrevem o dever e a determinação.

Sim, minha filha, sobre isto também tenho de chamar-lhe a atenção: o caminho que hoje se abriu para você é o caminho prescrito pelo seu destino. Você bem sabe disso...

— Sei — disse Tony, pensativa. — Claro. — Tinha plena consciência das suas obrigações diante da família e da firma, e orgulhava-se dessas obrigações. Ela, Antonie Buddenbrook, que o carregador Matthiesen cumprimentava, tirando respeitosamente a cartola surrada, ela, que, na qualidade de filha do cônsul Buddenbrook, andava pela cidade como uma pequena rainha, estava compenetrada da história de sua família. Já aquele mestre-alfaiate de Rostock "vivera em ótimas condições", e desde então as coisas tinham evoluído de modo cada vez mais brilhante. Era o seu destino aumentar, da sua parte, o brilho da família e da firma Johann Buddenbrook, contratando um casamento rico e distinto... Tom, por sua vez, trabalhava no escritório para os mesmos fins... Sim, essa espécie de casamento era sem dúvida o que se podia chamar de acertado, mas justamente esse sr. Grünlich... Via-o diante de si, com as suíças amareladas, com o rosto rosado e sorridente, com a verruga ao lado do nariz; via os seus passos curtos e cria sentir o contato da lã da sua roupa e ouvir a sua voz suave...

— Eu sabia — disse a consulesa — que a minha filha era capaz de ouvir ponderações tranquilas... será que ela já tomou uma resolução?

— Deus me livre! — gritou Tony com ênfase e indignação. — Que tolice essa de casar-me com Grünlich! O tempo todo fiz troça dele em termos sarcásticos... Realmente não compreendo que ainda goste de mim! Ele devia ter um pouco de amor-próprio...

Começou a gotejar pingos de mel sobre uma fatia de pão.

3.

Nesse ano, os Buddenbrook não fizeram viagem de veraneio durante as férias de Christian e de Klara. O cônsul alegava estar ocupado demais pelos negócios, e a questão pendente acerca de Antonie contribuía também para que a família ficasse na Mengstrasse, numa atitude de espera. Fora enviada ao sr. Grünlich uma carta muito diplomática, escrita pelo cônsul, mas o desenrolar dos fatos foi dificultado pela teimosia de Tony, manifestada da maneira mais infantil. "Deus me livre, mamãe, não posso suportá-lo", dizia ela, acentuando exageradamente cada palavra; ou então declarava solenemente: "Pai", em outras ocasiões Tony tratava o cônsul de "papai", "nunca lhe darei o meu consentimento".

E a coisa teria, com certeza, ficado nesse estado durante muito tempo ainda se, uns dez dias após aquela conversa na copa, não tivesse acontecido o seguinte...

Foi numa tarde azul e quente. A consulesa saíra, e Tony estava sentada sozinha na sala das Paisagens, lendo um romance, quando Anton lhe entregou um cartão de visita. Antes de ela ter tempo de ler o nome, entrou na sala um senhor numa sobrecasaca campanulada, com calças cor de ervilha. Era — entenda-se — o sr. Grünlich, e na sua fisionomia desenhava-se uma expressão de ternura súplice.

Tony, assustada, procurou levantar-se, fazendo um gesto como se quisesse fugir para a sala de jantar... Como era possível falar outra vez com um senhor que lhe solicitara a mão? O coração lhe batia até o pescoço. Tornara-se muito pálida. Enquanto sabia o sr. Grünlich a considerável distância, achava graça nas graves negociações com os pais e na repentina importância da sua pessoa e da decisão que tomaria.

Mas agora ele voltava! Estava em frente dela! Que aconteceria? Sentiu novamente que ia chorar.

A passos rápidos, com os braços abertos e a cabeça inclinada para o lado, na atitude de quem quer dizer: "Aqui estou! Mate-me se quiser!", o sr. Grünlich aproximou-se dela.

— Que providência! — gritou ele. — Encontrei *você*, Antonie! — Disse "Antonie".

Tony, com o romance na mão, empertigou-se junto à cadeira. Fez um muxoxo e, acompanhando cada palavra com um meneio da cabeça, proferiu com profunda indignação:

— Como se atreve?

Todavia, as lágrimas já lhe estrangulavam a garganta.

A emoção do sr. Grünlich era demasiado grande para que pudesse importar-se com essa objeção.

— Como podia esperar mais tempo?... Não devia eu voltar para cá? — perguntou com insistência. — Recebi há uma semana a carta do seu *querido* pai, essa carta que me encheu de esperança! Será que podia ficar mais tempo ainda numa meia incerteza, srta. Antonie?... Lancei-me numa carruagem... Vim para cá a toda pressa... Aluguei alguns aposentos no hotel Cidade de Hamburgo... e aqui estou, Antonie, para receber de seus lábios a última, a decisiva palavra, que me fará mais feliz do que sei dizer!

Tony estava pasmada. A perplexidade lhe estancou as lágrimas. Então era esse o efeito da carta prudente que o pai escrevera, daquela carta que adiara por um tempo indeterminado qualquer decisão! Balbuciou três ou quatro vezes:

— O senhor está enganado... O senhor está enganado...

O sr. Grünlich puxara uma poltrona para bem perto da cadeira de Tony. Sentou-se e obrigou-a também a acomodar-se novamente. Inclinado para a frente, segurava-lhe a mão que caía desanimada, continuando numa voz comovida:

— Srta. Antonie... Desde o primeiro momento, desde aquela tarde... Lembra-se daquela tarde?... quando a vi pela primeira vez, no círculo da sua família, quando vi a sua figura tão distinta, tão fantasticamente graciosa... o seu nome está escrito — disse "gravado", corrigindo-se a si mesmo —, gravado no meu coração em caracteres indeléveis. Desde aquele dia, Antonie, é meu único e supremo desejo conquistar para toda a vida a sua linda mão. E, daquilo que a carta do seu *querido* pai me deixou apenas esperar, a senhorita fará uma realidade venturosa... não é? Posso contar com a sua simpatia... posso ter certeza dela?

Com isso pegou também a outra mão dela, olhando-a profundamente com olhos ansiosamente arregalados. Neste dia não usava luvas de fio de escócia. Suas mãos eram compridas, alvas e sulcadas por altas veias azuis.

Tony cravava-lhe o olhar no rosto corado, na verruga do nariz e nos olhos, que eram tão azuis quanto os de um ganso.

— Não, não! — proferiu rápida e timidamente, acrescentando: — Não lhe dou o meu consentimento! — Esforçou-se para falar em voz firme, mas já estava chorando.

— Como mereci esta sua hesitação e esta dúvida? — perguntou ele em voz abafada, que parecia cheia de censura. — Você é uma menina mimada e criada com todo o carinho... mas juro-lhe, sim, dou-lhe minha palavra de honra de que a tratarei nas palmas das mãos, de que, sendo minha esposa, não sentirá falta de nada, de que em Hamburgo viverá uma vida digna de você...

Tony levantou-se de um pulo, libertando a mão. Com as lágrimas brotando dos olhos, gritou desesperada:

— Não... não, eu disse: "Não"! Rejeitei a sua proposta! Não me compreende, meu Deus?...

O sr. Grünlich, porém, levantou-se também. Deu um passo para trás. Abriu os braços, estendendo para ela as palmas das mãos, e falou com toda a seriedade de um homem de honra e de decisão:

— Sabe, Mademoiselle Buddenbrook, que não posso suportar que a senhorita me ofenda assim?

— Mas não o ofendo, sr. Grünlich — disse Tony, arrependendo-se de ter sido tão violenta. Santo Deus, por que devia isto suceder justamente a ela? Nunca imaginara assim uma proposta de casamento. Pensava que a gente somente precisasse dizer: "O seu pedido muito me honra, mas não posso aceitá-lo", para que tudo ficasse liquidado.

— O seu pedido muito me honra — proferiu tão calma quanto pôde —, mas não posso aceitá-lo... Bem, e agora tenho de... deixá-lo. O senhor me desculpe, mas não tenho mais tempo.

Mas Grünlich barrou-lhe o caminho.

— A senhorita me rejeita? — perguntou com voz rouca...

— Sim — disse Tony, acrescentando, por prudência: — Infelizmente...

O sr. Grünlich deu um suspiro violento. Recuou três grandes passos. Inclinando o corpo para o lado, apontou com o dedo indicador o tapete e gritou numa voz terrível:

— Antonie!...

Encararam-se assim durante um momento: ele em atitude sinceramente irritada e imperiosa, e Tony pálida, com as faces intumescidas de tanto choro, trêmula, apertando contra a boca o lenço úmido. Por fim, o sr. Grünlich virou-se para atravessar duas vezes a sala como se estivesse em sua casa. Parou depois junto da janela, olhando pela vidraça o começo do crepúsculo.

Tony andou devagar e com certa precaução para a porta envidraçada. Estava apenas no meio da sala quando o sr. Grünlich se encontrou novamente a seu lado.

— Tony! — disse ele bem baixinho, pegando suavemente a sua mão, e então ajoelhou-se... ajoelhou-se lentamente diante da jovem. As suas suíças amareladas tocavam as costas da mão dela. — Tony... — repetiu —, olhe como estou... Eis o que fez de mim... Tem um coração, um coração que sente?... Escute o que lhe digo... Você vê um homem que está aniquilado, arruinado, se... sim, que morrerá de desgosto — interrompeu-se com alguma precipitação — se você desdenhar o seu amor! Estou de joelhos... Será que você tem coração para dizer-me: "Detesto-o"?...

— Não, não! — disse Tony apressadamente num tom consolador de pena e emoção. Grande Deus, quanto amor devia ele sentir por ela para levar a um tal extremo essa atitude que, no fundo, lhe era completamente indiferente e estranha! Era possível que isso lhe acontecesse? Tal coisa lia-se nos romances, e agora, na vida de todos os dias, ajoelhava-se súplice diante dela um senhor de sobrecasaca! A ideia de casar-se com Grünlich lhe parecera simplesmente absurda porque o achara besta. Mas, céus, nesse momento, ele não era besta de todo! A sua voz e a sua fisionomia expressavam um receio tão sincero, um rogo tão indubitável e tão desesperado...

— Não, não — repetiu, inclinando-se muito comovida sobre ele —, não o detesto, sr. Grünlich; como pode o senhor dizer tal coisa! Mas agora levante-se... por favor...

— Então não quer a minha morte? — perguntou novamente, e outra vez ela disse, consolando-o quase à maneira de uma mãe:

— Não... não...

— Isto é uma promessa! — gritou o sr. Grünlich, levantando-se de um pulo. Mas, apenas viu o susto de Tony, ajoelhou-se novamente, esforçando-se por tranquilizá-la: — Muito bem, muito bem... não diga mais nada, Antonie! Basta por hoje. Com a sua licença, deixemos o assunto... Mais tarde falaremos outra vez... Fica para mais tarde... sim... Adeus, por enquanto... adeus... Voltarei! Adeus!

Levantou-se depressa, apanhando na mesa o grande chapéu cinzento. Beijou-lhe a mão e saiu correndo pela porta envidraçada.

Tony viu-o apanhar a bengala no alpendre e desaparecer no corredor. Quedou-se no meio da sala, totalmente confusa e exausta, o lenço úmido na mão lassa.

4.

O cônsul Buddenbrook disse à esposa:
— Se pelo menos eu pudesse imaginar algum motivo delicado que impeça Tony de contratar esse casamento! Mas ela é uma criança, Bethsy! Tem a mania de divertir-se, de dançar nos bailes; gosta de ser cortejada pelos moços e acha graça nisso, pois sabe que é bonita e de boa família... Pode ser que, clandestina e inconscientemente, ela ande à procura de alguém, mas eu a conheço e sei que ainda não descobriu o que se chama o seu coração... Se a gente lhe perguntasse, ela se lembraria de um e de outro e refletiria, mas não encontraria ninguém... É uma criança, uma borboleta, uma cabeça de vento... Se ela consentir, achará o lugar que lhe convém, poderá instalar-se comodamente como lhe der na veneta, e depois de uns poucos dias acabará por amar o seu marido... Ele não é belo, não, meu Deus, belo não é... mas de qualquer jeito é perfeitamente aceitável, e afinal de contas não se pode exigir uma ovelha de cinco pernas... se você me permite essa expressão de comerciantes... Se ela quiser esperar por alguém que seja belo e, além disso, ainda um bom partido... muito bem, Deus a acompanhe! Tony Buddenbrook sempre encontrará alguma coisa. Contudo, por outro lado... há certo risco, e, para empregarmos novamente um termo de comerciantes: pode-se ir à pesca todos os dias mas nem sempre se apanha peixe! Ontem de manhã, por ocasião duma conversa demorada com Grünlich, que é sério e persistente nas suas solicitações, vi os seus livros comerciais... Ele mesmo os mostrou para mim... Livros, Bethsy, que são verdadeiras joias! Exprimi-lhe a minha completa satisfação. A firma é nova, mas acha-se numa situação boa, muito boa. A sua fortuna monta a cerca de cento e vinte mil táleres, e isso, visivelmente, não é senão uma base

provisória, pois anualmente ele tem lucros consideráveis... As informações que recebi, a meu pedido, dos Duchamps, igualmente não são más: não têm conhecimento da situação de Grünlich, mas sabem que vive como um gentleman, frequentando a melhor sociedade, e dizem que os seus negócios são notoriamente animados e muito ramificados... O que soube por outras pessoas de Hamburgo, por exemplo, o banqueiro Kesselmeyer, foi também absolutamente satisfatório. Em breves palavras: você bem sabe, Bethsy, que não posso abster-me de desejar ardentemente esse casamento, que representaria uma grande vantagem tanto para a família quanto para a firma! Meu Deus, lastimo que a menina se encontre numa posição desagradável, cercada por todos os lados; tenho pena de vê-la andar aflita e quase sempre calada; mas de maneira nenhuma posso decidir-me a rejeitar sem mais aquela a proposta de Grünlich... Há mais uma coisa, Bethsy, que não me canso de repetir: Deus sabe que nos últimos anos a situação da firma não é muito brilhante. Não digo que lhe falta a bênção do céu, Deus me livre, não digo, e o trabalho leal traz os seus frutos honestos. Mas os negócios andam devagar... oh, devagar demais, e só se faz alguma coisa porque sempre uso de extrema precaução. Não fizemos progressos consideráveis desde que papai se finou. Para um comerciante, deveras, é uma época ruim... Pois é, a gente acha pouco prazer nisso. A nossa filha está em idade de se casar, e se oferece uma ocasião para ela, um partido que todo mundo acha vantajoso e honroso. Pois então, que o aceite! Não convém esperar, Bethsy, não convém! Vá falar com ela mais uma vez. Eu mesmo, hoje de tarde, já a animei o quanto pude...

Tony encontrava-se numa posição desagradável; nisso, o cônsul tinha razão. Não dizia mais "Não", mas também não era capaz de pronunciar o "Sim"; Deus do céu, não era capaz! Ela mesma não compreendia muito bem por que não podia resolver-se a dar o seu consentimento.

Entretanto, primeiro o pai falara com ela, seriamente, a sós, e depois a mãe a convidara a sentar-se do seu lado, para arrancar-lhe uma decisão definitiva... Tio Gotthold e a sua família não foram iniciados no assunto, porque sempre tomavam atitudes um tanto irônicas para com os parentes da Mengstrasse. Mas até Sesemi Weichbrodt soubera da coisa e dava bons conselhos, pronunciando conspicuamente as palavras. Até Ida Jungmann dizia: "Toninha, minha filha, não se preocupe; de qualquer jeito você ficará na alta sociedade...". Tony nem sequer podia fazer uma visita àquele querido salão de cortinas de seda na casa dos avós, junto ao portão da Fortaleza, sem que a velha sra. Kröger começasse: "*À propos*, ouvi falar de um assunto; espero, menina, que você escute a voz da razão...".

Certo domingo, quando Tony se encontrava com os pais e irmãos na igreja de Santa Maria, o pastor Kölling discursou em termos vigorosos sobre o texto que diz que a mulher deve abandonar pai e mãe, para seguir o homem, e de repente tornou-se agressivo. Tony, assustada, cravou nele os olhos, receando que ele a olhasse... Não, graças a Deus, virava a cabeça grande para outro lado, pregando mais em geral por cima da multidão piedosa. E, todavia, era demasiado claro que isso significava um novo ataque e que cada palavra se referia a ela. Uma mulher jovem, quase que criança — declarou ele —, que não tenha vontade nem raciocínio próprios, e que, apesar disso, se oponha às resoluções carinhosas dos pais, seria digna de castigo, seria daquelas que Nosso Senhor vomita para fora da sua boca... Essa locução era uma das preferidas do pastor Kölling, e quando a proferiu com entusiasmo, um olhar penetrante, acompanhado por um gesto ameaçador do braço, feriu Tony... Ela viu o pai, ao seu lado, levantar a mão como que para dizer: "Chega, não seja violento demais...". Não havia dúvida de que o pastor Kölling estava em conluio com ele ou com a mãe. Tony quedava-se em seu assento, corada e desanimada, com a impressão de que todos os olhos do mundo pousavam nela... e no domingo seguinte recusou-se firmemente a ir à igreja.

Andava taciturna, já não ria tanto, perdera o apetite e, às vezes, suspirava tão miseramente como se lutasse com uma decisão a tomar, para depois fitar a família com um olhar cheio de lamentos... Devia-se ter compaixão dela. Emagrecia de fato, e a sua frescura diminuía. Finalmente, disse o cônsul:

— Isto não pode continuar assim, Bethsy. Não se deve maltratar a criança. É preciso que ela saia um pouquinho da cidade, para acalmar-se e tornar a si. Você vai ver que então tomará juízo. Eu não posso ausentar-me daqui, e as férias estão quase terminadas... mas nós todos podemos muito bem ficar em casa. Ontem encontrei por acaso o velho Schwarzkopf de Travemünde, o Diederich Schwarzkopf que é capitão do porto. Deixei escapar umas palavras, e ele se mostrou disposto, com muito prazer, a hospedar a menina durante algum tempo em sua casa... Vou lhe pagar alguma coisa como recompensa razoável... Ali, Tony encontrará uma casa confortável e poderá tomar banhos de mar e de sol e coordenar os seus pensamentos. Tom irá com ela, e assim tudo estará arranjado. O melhor seria que ela fosse amanhã...

Tony gostou muito da ideia. Em verdade, via muito raramente o sr. Grünlich, mas sabia que estava na cidade, que negociava com os pais e que esperava... Santo Deus, qualquer dia ele podia novamente surgir diante dela para gritar e suplicar! Em Travemünde, numa casa estranha, ela estaria mais garantida contra ele... Assim, arrumou depressa e com grande alegria as malas, e depois, num dos últimos dias de julho, subiu, em companhia de Tom, na majestosa carruagem dos Kröger. Despediu-se no melhor humor possível e, com um suspiro de alívio, saiu pelo portão da Fortaleza.

5.

O caminho para Travemünde segue em direção ao rio, atravessa-o por meio duma balsa, e continua reto. Ambos o conheciam perfeitamente. A estrada cinzenta deslizava rápida sob o trotar dos dois gordos baios de Lebrecht Kröger, cavalos mecklemburgueses, cujos cascos batiam o chão com um ruído surdo e rítmico. O sol queimava, e a poeira escondia um pouco da paisagem. A família almoçara à uma hora, mais cedo do que de costume, e Tom e Tony partiram às duas em ponto. Assim chegariam pouco depois das quatro, pois o cocheiro dos Kröger tinha orgulho de fazer em duas horas um trajeto que os carros de aluguel só faziam em três.

Tony, meio sonolenta, meneava a cabeça sob o chapéu de palha grande e raso. O guarda-sol cinzento estava encostado ao toldo traseiro da carruagem. A sua cor de cânhamo correspondia à do vestido apertado e simples de Tony. Calçava sapatos de cordões entrelaçados e meias brancas. Cruzando graciosamente as pernas, recostava-se confortável e elegantemente no assento, e essa atitude harmonizava-se perfeitamente com o estilo da carruagem.

Tom, que já tinha vinte anos, vestia roupa discreta de casimira azulada. O chapéu caía-lhe sobre a nuca enquanto fumava um cigarro russo. Não era muito alto, mas o bigode, mais escuro do que os cabelos e os cílios, começava a crescer-lhe vigorosamente. Levantando um pouquinho, como costumava fazer, uma sobrancelha, olhava as nuvens de pó e as árvores que, à beira da estrada, passavam rapidamente.

Tony disse:

— Nunca na vida estive tão feliz por ir a Travemünde quanto agora... primeiro por várias razões; Tom, não há motivo para zombar de mim! Eu queria que certo par de suíças amareladas estivesse mais longe ainda... Mas, fora disso, encontraremos na casa dos Schwarzkopf, à beira-mar, um Travemünde totalmente diferente do que conhecemos... Absolutamente não me importarei com os veranistas da alta sociedade... Conheço essa gente bem demais. E não estou disposta a isso... Além do mais, aquele... homem acharia ali todas as portas abertas. Ele não faz cerimônias; você vai ver: um dia, ele aparecerá a meu lado, com o seu sorriso adocicado...

Tom atirou o cigarro para fora e retirou outro da cigarreira cuja tampa artisticamente marchetada mostrava uma *troika* perseguida pelos lobos. Era presente de algum freguês russo do cônsul. Os cigarros, aquelas coisinhas picantes com a ponta amarela, eram o vício de Tom. Fumava um atrás do outro, tendo mesmo o costume perigoso de inalar nos pulmões a fumaça, que ia expelindo lentamente à medida que falava.

— Hum — fez ele —, isso sim, o parque do balneário está cheio de hamburgueses. O próprio cônsul Fritsche, que comprou o hotel, é de Hamburgo... Papai diz que, no momento, ele faz ótimos negócios... Mas acho que você vai perder muita coisa se não participar do grupo... Peter Döhlmann está lá, claro; nesta época nunca está na cidade. Parece que a sua firma anda por si mesma, devagarzinho... Engraçado, isso! Não é?... E tio Justus, com certeza, virá nos domingos para fazer uma visita à roleta... E haverá os Möllendorpf e os Kistenmaker, acho que não faltará ninguém; e o Hagenström...

— Ah, sim! Claro! Como poderia faltar a Sarah Semlinger...

— Desculpe, filhinha, ela se chama Laura! Sejamos justos.

— E a Julinha foi com eles. Este verão, Julinha *deve* ficar noiva de August Möllendorpf, e Julinha *ficará* noiva! Então serão definitivamente da sociedade! Sabe, Tom, acho isso uma vergonha! Essa família de aventureiros...

— Meu Deus... Strunck & Hagenström fazem bastante progresso, comercialmente, e isso é o essencial...

— Naturalmente, e todo mundo conhece o jeito deles... Abrem caminho com os cotovelos, você sabe, sem escrúpulos nem distinção... Vovô dizia a respeito de Hinrich Hagenström: "Ele tira leite do chifre da vaca...". Eram essas as suas palavras.

— Pois sim, mas tudo isso não tem mais importância agora. Hoje em dia, dinheiro escreve-se com maiúscula. E essa coisa de noivado é um negócio absolutamente correto. Julinha chegará a ser uma Möllendorpf, e August terá uma posição lucrativa...

— Qual o quê, Tom, você só quer irritar-me... Desprezo essa gente...

Tom pôs-se a rir.

— Santo Deus! Acho que teremos de conformar-nos com eles. É como disse papai há alguns dias: eles são os que sobem... Ao passo que, por exemplo, os Möllendorpf... E não se pode negar as capacidades dos Hagenström. Hermann já se mostra muito útil à firma, e Moritz, apesar da sua fraqueza pulmonar, terminou brilhantemente o ginásio. Dizem que é inteligentíssimo e que estudará direito.

— Bem... mas de qualquer jeito estou contente, Tom, porque existem ainda outras famílias que não precisam envergonhar-se diante deles, e porque nós, os Buddenbrook, por exemplo, somos...

— Calma — disse Tom —, deixemos de fanfarronadas. Cada família tem os seus pontos fracos — continuou ele, baixando a voz e olhando as largas costas do cocheiro Jochen. — Deus sabe qual é a situação de tio Justus. Papai sempre anda sacudindo a cabeça quando fala dele, e vovô Kröger acho que teve de socorrê-lo várias vezes com grandes somas de dinheiro... E com os primos também as coisas não andam como deviam. Jürgen, que quer ingressar na universidade, ainda não conseguiu ser aprovado no último exame do ginásio. E ouvi dizer que Dalbeck & Cia., de Hambugo, não estão de todo satisfeitos com Jakob. A mesada, apesar de ser considerável, nunca lhe basta; e o que tio Justus lhe recusa, tia Rosalie lhe manda... Não, na minha opinião, a gente não devia atirar pedras. E você, se quiser contrabalançar o casamento dos Hagenström, deve casar-se com Grünlich!

— Será que nos sentamos neste carro para falar disso? Sim, sim, talvez devesse fazê-lo! Mas agora não quero pensar nisso. Quero esquecê-lo simplesmente. Agora vamos para os Schwarzkopf. Não me lembro deles... é gente simpática, não é?

— Oh, o velho Diederich Schwarzkopf é um grande sujeito... Não se refere a si mesmo nesses termos, senão quando toma mais de cinco copos de grogue. Um dia, ao nos visitar no escritório, foi conosco à Associação dos Navegantes... E bebia como uma esponja. O pai dele nasceu num navio que viajava para a Noruega, e mais tarde tornou-se capitão duma escuna da mesma linha. Diederich recebeu boa educação. O posto de capitão do porto é uma posição bem paga e de grande responsabilidade. É um velho lobo do mar... mas sempre galanteador para com as senhoras. Você vai ver como ele a cortejará.

— E a mulher dele?

— Não conheço a mulher. Não duvido que seja camarada. De resto, têm um filho, que, no meu tempo, frequentava o quarto ou quinto ano do ginásio. Acho que agora é universitário... Olhe, o mar! Só falta um quarto de hora...

Andavam por uma alameda de faias novas, alongando-se à beira do mar, que jazia azul e calmo sob os raios do sol. Surgiu o farol redondo e amarelo. Contemplaram durante alguns minutos a baía e o molhe, os telhados vermelhos da cidadezinha e o pequeno porto com o velame e o cordame das embarcações. Passaram por entre as primeiras casas, deixando atrás a igreja, e seguiram ao longo da Primeira Fila, que se estendia pela margem do rio, até uma casinha bonita cuja varanda estava coberta de hera espessa.

O sr. Schwarzkopf, capitão do porto, estava à porta. Ao aproximar-se a carruagem, tirou o gorro de marinheiro. Era um homem robusto e espadaúdo, de rosto vermelho, olhos azulados e uma barba encanecida e espinhosa, que ia, em forma de leque, de uma orelha à outra. Do canto da boca, caído, pendia-lhe um cachimbo de madeira. Salientava-se, duro e vermelho, o lábio superior raspado. Schwarzkopf dava uma impressão de dignidade e correção. Por baixo do casaco aberto, ornado de galões dourados, luzia um colete de linho branco. Quedava-se de pernas abertas, com o ventre um pouco avançado.

— Às ordens, Mademoiselle — disse ele, ajudando cuidadosamente Tony a sair da carruagem. — É deveras uma grande honra para mim, sim, senhor; honra-me muito que a senhorita queira contentar-se durante algum tempo com a minha casa... Os meus cumprimentos, sr. Buddenbrook! Como vai o papai? E a senhora consulesa?... Muito prazer, sinceramente!... Entrem, por favor! Acho que a minha mulher preparou qualquer coisa de comer... Você vai para a estalagem do Petersen — disse ele, num dialeto arrastado, ao cocheiro que carregava as malas para dentro da casa. — Ali, os cavalos serão bem tratados... O senhor passará a noite conosco, não é, sr. Buddenbrook?... Mas como? Os cavalos devem descansar e, além disso, o senhor não chegaria à cidade antes do escurecer...

— Palavra, a gente fica aqui pelo menos tão bem quanto lá no hotel Balneário — disse Tony, um quarto de hora mais tarde, quando estavam sentados em redor da mesa de café. — Que ar maravilhoso! Sente-se até aqui o cheiro de algas. Ah, como estou contente de estar outra vez em Travemünde!

Por entre as colunas da varanda, coberta de verde, via-se o largo rio que brilhava ao sol, o rio com as chatas e os trapiches, e, no outro lado, a casa do ancoradouro situada na península de Priwal. As vastas xícaras com as bordas azuis pareciam bacias. Como eram grosseiras, diferentes da porcelana graciosa e fina de casa! Mas na mesa havia, no lugar de Tony, um ramalhete de flores silvestres, e tudo era convidativo, sem falar do apetite causado pela viagem.

— Pois é, Mademoiselle, a senhorita vai ver como descansará bem aqui — disse a dona da casa. — Parece um pouco estafada, se posso expressar-me assim. Isso vem do ar da cidade, e, além disso, há tanto baile...

A sra. Schwarzkopf, filha de um pastor de Schlutup, aparentava cinquenta anos. Era uma cabeça mais baixa que Tony e bastante magrinha. Os seus cabelos ainda pretos, lisos e diligentemente penteados, estavam arrumados numa rede de largas malhas. Usava vestido pardo com gola e punhos brancos de tricô. Era limpa, branda e amável, recomendando enfaticamente o pão de passas feito em casa, que se encontrava num cesto em forma de bote, cercado de nata, açúcar, manteiga e mel em favo. O cesto estava enfeitado por um debrum de bordado com miçangas, trabalho da pequena Meta. Esta, menina boazinha de oito anos, com uma trancinha loura como trigo, num vestido axadrezado, ficava ao lado da mãe.

A sra. Schwarzkopf pediu desculpas por causa do quarto destinado a Tony, que já ali estivera arrumando-se logo depois da chegada. Disse que era tão simples...

— Qual nada — disse Tony —, é uma graça! — Tinha vista para o mar, o que era o essencial. E com essas palavras ensopou na xícara de café a quarta fatia de pão de passas. Tom falou com o velho sobre o *Wullenwewer*, que estava na cidade para ser consertado...

De repente entrou na varanda um moço de vinte anos aproximadamente, com um livro na mão. Tirou da cabeça o chapéu de feltro cinza e fez uma mesura um tanto acanhada.

— Olá, meu filho — disse o capitão do porto —, você chegou tarde... — Apresentou-o então: — Eis o meu filho... — e pronunciou um nome que Tony não entendeu. — Está fazendo estudos para ser doutor, e passa as férias com a gente...

— Muito prazer — disse Tony da forma como lhe haviam ensinado. Tom levantou-se para dar a mão ao moço. O jovem Schwarzkopf, com outra mesura, pôs o livro de lado e, corando novamente, sentou-se à mesa.

Era de estatura mediana, bastante delgado e o mais loiro possível. Quase não era visível o esboço do bigode, tão descorado quanto o cabelo rapado que lhe cobria a cabeça. Correspondia a isso uma tez extraordinariamente clara, uma pele comparável à porcelana porosa e que em qualquer ocasião podia tingir-se de vermelho. O azul dos olhos era um pouco mais escuro que o do pai, mas tinha a mesma expressão: não muito viva mas bondosa e perscrutadora. As feições eram bem proporcionadas e bastante agradáveis. Quando começou a comer mostrou dentes unidos, excepcionalmente bons, brilhantes como marfim polido. Vestia um jaquetão cinzento e fechado com abas por cima dos bolsos e uma prega nas costas.

— Sim, peço desculpas por chegar tarde — disse. A sua voz era um tanto lerda e áspera. — Estava na praia, lendo um pouquinho, e não olhei o meu relógio em tempo. — Em seguida pôs-se a mastigar taciturnamente, lançando, às vezes de baixo, um olhar investigador para Tom e Tony.

Mais tarde, quando a dona da casa ainda uma vez obrigou Tony a servir-se, disse o moço:

— Pode ter confiança no mel em favo, srta. Buddenbrook... É um produto puro e natural... Com isso, a gente sabe o que consome. A senhorita deve comer bastante, sabe?... Este ar da praia faz emagrecer; acelera o ciclo nutritivo no corpo. Se a senhorita não comer suficientemente vai definhar... — Tinha uma maneira simpática e ingênua de falar, inclinando-se para a frente e encarando, de vez em quando, outra pessoa que não aquela a quem se dirigia.

A mãe ouvia-o com ternura, e procurava ler na fisionomia de Tony a impressão causada por essas palavras. Mas o velho Schwarzkopf disse:

— Não vá bancar o importante, seu doutor, com esse tal "ciclo nutritivo"... Ninguém quer saber disso! — enquanto o moço, rindo e outra vez enrubescendo, fitava o prato de Tony.

O capitão do porto, várias vezes, pronunciou o nome do filho, mas Tony, absolutamente, não pôde compreendê-lo. Era qualquer coisa como "Mor" ou "Morte"... impossível de entender no dialeto arrastado que o velho falava.

Depois da refeição, Diederich Schwarzkopf, com o casaco largamente aberto por cima do colete branco, olhava tranquilamente o sol. Ele e o filho começaram a fumar os curtos cachimbos de madeira, e Tom voltou aos seus cigarros. Os moços entraram numa conversa animada sobre velhas histórias do ginásio, da qual Tony participava alegremente. Citavam o sr. Stengel: "Você devia desenhar uma lin'a, meu filho, e que fez? Um traço!". Que pena que Christian não estivesse presente; ele sabia imitá-lo muito melhor...

Uma hora, Tom, apontando para as flores no lugar de Tony, disse-lhe:
— O sr. Grünlich diria: isto adorna de um modo singular!

Tony, vermelha de ira, deu-lhe um empurrão, relanceando um olhar embaraçado para o jovem Schwarzkopf.

Tinham tomado o café mais tarde do que de costume e ficaram juntos durante muito tempo. Já eram seis e meia, e, por cima da Priwal, começava a cair o crepúsculo. O capitão se levantou.

— Bem, desculpem-me, mas tenho ainda de trabalhar, lá embaixo, na casa dos pilotos... Jantaremos às oito, se todo mundo concorda... Ou talvez um pouquinho mais tarde? Que acha, Meta?... E você... — de novo pronunciou o nome do filho — não fique vadiando aqui... Vá ocupar-se outra vez dos seus ossos... Mademoiselle Buddenbrook gostará de tirar as coisas das malas. Ou se preferirem passear na praia... Mas não os incomode, meu filho.

— Meu Deus, Diederich, por que ele não pode ficar sentado aqui? — disse a sra. Schwarzkopf com suave censura. — E se os hóspedes quiserem ir à praia, por que não pode ir junto? Ele está de férias, Diederich! Então as visitas não são também para ele?

6.

Tony acordou, na manhã seguinte, no seu pequeno quarto limpinho com os móveis forrados de algodão claro, pintado de flores. Abriu os olhos com aquele sentimento animado e alegre que nos inspira uma nova fase da vida.

Sentou-se na cama e, cingindo os joelhos com as mãos, deitou para trás a cabeça desgrenhada. Com os olhos semicerrados mirou a faixa de luz, estreita e deslumbrante, que entrava através das venezianas fechadas. Pôs-se ociosamente a rebuscar na memória os acontecimentos do dia anterior.

Os seus pensamentos mal roçavam a pessoa do sr. Grünlich. Ficava para trás a cidade com aquela cena horrível na sala das Paisagens e as admoestações da família e do pastor Kölling. Aqui, ela acordaria despreocupadamente todos os dias... Esses Schwarzkopf, que gente boa! Ontem à noite fizeram um ponche de laranjas — sim, senhor! —, e esvaziaram os copos fazendo votos por uma convivência feliz. Como estavam alegres! O velho Schwarzkopf narrara histórias do mar, e o moço falara de Göttingen, onde frequentava a universidade... Porém que coisa estranha ainda não saber o nome dele! Fizera muito esforço para entendê-lo, mas durante o jantar não mais fora pronunciado, e não convinha perguntar. Cansava o cérebro... Meu Deus, como se chamaria o rapaz? Mort?... Morte?... De qualquer modo, causara-lhe boa impressão esse Mor ou Morte. Tinha um riso delicado e bondoso, quando, por exemplo, ao pedir água, usava, em vez do nome, algumas letras e algarismos, de maneira que o velho ficava bravo. Sim, mas aquilo era a fórmula científica da água... não da água de Travemünde, é verdade, pois a fórmula *desse* líquido seria muito mais complicada. Em qualquer momento, a gente poderia encontrar nele uma medusa... As altas autoridades tinham as suas próprias ideias sobre a água doce... E a isso novamente o pai o censurou, pois falara desrespeitosamente das autoridades. A sra. Schwarzkopf sempre procurava ver a admiração no rosto de Tony, e, de fato, o moço palestrava de um modo bem divertido, douto e ao mesmo tempo engraçado... Ocupara-se bastante dela, o moço. Ela se queixara de que a cabeça lhe ficava quente quando comia; achava que tinha sangue demais... E que respondera ele? Depois de tê-la examinado, dissera: sim, as artérias temporais estavam muito cheias, mas esse fato não significava que não houvesse falta de sangue ou de glóbulos vermelhos na cabeça... Talvez ela estivesse um tanto anêmica...

O cuco, saindo do relógio esculpido que pendia da parede, cantou muitas vezes com voz clara e estridente. "Sete, oito, nove", contou Tony. "Está na hora de levantar!" E deixou a cama com um pulo, para abrir as venezianas. O céu estava um tanto nublado, mas o sol brilhava. Via a área do farol com a torre, e longe, além dela, o mar crespo, limitado à direita pela curva da costa mecklemburguesa, e que se estendia em listras esverdeadas e azuis, até confundir-se com o horizonte vaporoso. "Depois tomarei um banho", pensava Tony, "mas antes vou almoçar suficientemente, para que o 'ciclo nutritivo' não me faça emagrecer..." E, risonha, começou a lavar-se e a vestir-se com movimentos precisos e alegres.

Foi pouco depois das nove e meia que deixou o quarto. A porta da peça onde dormira Tom estava aberta. Já de madrugada voltara para a cidade. O cheiro do café subia até o sobrado bastante alto onde só ficavam os quartos de dormir. Aquilo parecia o perfume peculiar da casa, e aumentava à medida que Tony descia a escada de corrimão tosco, para passar pelo corredor onde se encontravam a sala de jantar, o salão e o gabinete do capitão do porto. No seu vestido de linho branco, entrou na sala de jantar, animada e de bom humor.

A sra. Schwarzkopf, em companhia do filho, estava sentada à mesa, cuja louça em parte já tinha sido retirada. Usava, por cima do vestido pardo, um avental axadrezado de azul. Tinha diante de si um cestinho com molhos de chaves.

— Mil desculpas — disse ela, levantando-se —, desculpe, Mademoiselle Buddenbrook, não termos esperado com o café. A gente simples sai cedo das camas. Há tantas coisas que fazer... Schwarzkopf está no escritório... Mademoiselle não fica zangada, não é?

Tony desculpou-se por sua vez.

— A senhora não vá pensar que durmo sempre tanto tempo. Ando com a consciência pesada, mas aquele ponche de ontem à noite...

A esse ponto, o filho da casa desatou a rir. Estava atrás da mesa, com o curto cachimbo de madeira na mão e um jornal diante de si.

— Sim, você tem culpa — disse Tony. — Bom dia!... O tempo todo, você me fez beber... O que mereço agora é café frio e nada mais. Já devia ter almoçado e tomado um banho...

— Não, isso seria cedo demais para uma moça. Às sete horas, a água ainda está bastante fria, sabe, onze graus... isso corta, depois do calor da cama...

— Quem lhe disse que quero tomar um banho morno, Monsieur? — E Tony sentou-se à mesa. — Oh, a senhora me guardou café bem quente... Muito obrigada, posso servir-me sozinha!

A dona da casa observava como a hóspede começava a comer.

— Mademoiselle dormiu bem a primeira noite? Pois é, meu Deus, os colchões são apenas de crina vegetal... Somos gente simples... Mas agora desejo-lhe um bom apetite e um dia alegre. Mademoiselle, com certeza, encontrará muitos conhecidos na praia... Se quiser, meu filho a acompanhará. Perdão, mas não posso fazer-lhe mais companhia; preciso ocupar-me da comida. Temos frios. Vou tratar de engordá-la.

— Eu prefiro o mel em favo — disse Tony, quando os dois ficaram sozinhos. — Olhe, com ele a gente sabe o que consome!

O jovem Schwarzkopf levantou-se e colocou o cachimbo no parapeito da varanda.

— Mas, por favor, continue fumando! Não, isso não me incomoda nem um pouquinho. Em casa, quando desço para tomar o café, há sempre na sala a fumaça do charuto de papai... Diga-me uma coisa — perguntou de repente —, é verdade que um ovo vale tanto quanto cem gramas de carne?

O rapaz corou até a raiz dos cabelos.

— Quer fazer troça de mim, srta. Buddenbrook? — perguntou, entre sorridente e agastado. — Ontem à noite recebi um sabão do meu pai por ter tomado ares profissionais e ter bancado o importante, como ele disse...

— Não, mas realmente: perguntei sem a mínima intenção! — Tony, de tão confusa, por um momento deixou de comer. — Bancar o importante! Como pode dizer uma coisa assim?... Eu gostaria de aprender muito... Sou apenas uma tola, sabe? Meu Deus, na escola de Sesemi Weichbrodt sempre estava entre as mais preguiçosas. E acho que o senhor sabe tanta coisa... — No fundo do coração ela pensava: bancar o importante? Em companhia de estranhos, cada um gosta de mostrar suas qualidades; nós todos nos esforçamos para falar com prudência e para agradar... Claro...

— Pois é, um vale mais ou menos o outro — disse ele lisonjeado.
— Quanto a certas substâncias nutritivas...

Depois, enquanto Tony comia e o jovem Schwarzkopf continuava fumando o seu cachimbo, começaram a falar de Sesemi Weichbrodt, dos tempos que Tony passara no internato, das suas amigas, de Gerda Arnoldsen, que voltara para Amsterdam, e de Armgard von Schilling, cuja casa branca se podia enxergar da praia, num dia claro...

Mais tarde, terminada a refeição, Tony, limpando a boca, apontou para o jornal:

— Alguma coisa de novo?

O jovem Schwarzkopf riu-se, sacudindo a cabeça com uma expressão de compaixão motejadora.

— Ah, não!... Que poderia haver neste jornal? Sabe, este *Observador da Cidade* é um jornaleco miserável!

— É?... Mas papai e mamãe sempre o assinaram...

O moço corou outra vez.

— Hum — fez ele —, eu também o leio, como a senhorita está vendo, porque não tenho outra coisa ao meu alcance. Mas o fato de que o atacadista cônsul Fulano de Tal celebre as suas bodas de prata não é para abalar o mundo... Pois sim! A senhorita ri... mas devia ler outros jornais, a *Gazeta de Königsberg*, editada por Hartung, por exemplo, ou o *Jornal Renano*... Ali, a senhorita encontraria assuntos mais interessantes! Que o rei da Prússia diga o que quiser...

— Que foi que ele disse?

— Sim... não, infelizmente não posso citar essa frase em presença de uma moça... — e corou mais uma vez. — Exprimiu-se numa forma bastante indignada sobre esse gênero de imprensa — continuou ele, com um sorriso esforçadamente sarcástico, que chocou Tony durante um instante. — Esses jornais não tratam com muita indulgência o governo, sabe? E os aristocratas, os curas e os fidalgos... e são muito hábeis na arte de iludir a censura...

— É? E o senhor? Também trata os aristocratas sem indulgência?

— Eu? — perguntou ele com algum embaraço.

Tony levantou-se.

— Bem, falaremos sobre isso em outra ocasião. Vou à praia agora, que acha disso? Olhe só, o céu desanuviou-se quase completamente. Hoje não choverá mais. Estou com uma vontade louca de atirar-me na água. O senhor não quer acompanhar-me?

7.

Ela pusera o largo chapéu de palha e abrira a sombrinha, pois, apesar de um ventinho que soprava do mar, o calor era violento. O jovem Schwarzkopf, com o chapéu cinzento, andava ao seu lado, um livro na mão, olhando-a de vez em quando, de esguelha. Passaram pela Primeira Fila e atravessaram o parque balneário, que exibia, silencioso e sem sombra, os atalhos cobertos de seixos e os canteiros de rosas. O pavilhão de música, escondido entre moitas de lariços, estava vazio, e à sua frente viam-se o hotel Balneário, a confeitaria e duas casas de estilo suíço, ligadas entre si por uma comprida galeria. Eram onze e meia, aproximadamente, e os veranistas ainda se encontravam na praia.

Os dois foram através da praça de jogos infantis com os seus bancos e o grande balanço, e, ladeando o edifício dos banhos térmicos, passeavam lentamente pelo campo do farol. O sol torrava o gramado, produzindo aquele cheiro quente e aromático de trevos e ervas. Moscas azuis vagavam sussurrando pelo ar. Um marulhar monótono e brando vinha da água, onde, à distância, cristas de espuma lançavam, às vezes, um esplendor passageiro.

— Que está lendo? — perguntou Tony.

O moço, tomando o livro com ambas as mãos, folheou-o rapidamente do princípio até o fim.

— Ah, isto não é nada para a senhorita! Só sangue e entranhas e misérias... Olhe, aqui se fala do edema pulmonar, que na nossa linguagem se chama de fluxão sufocativa. As vesículas pulmonares se enchem de um líquido aquoso... o que representa um grave perigo. Acontece nos casos de pneumonia. No último caso, a gente não pode mais respirar e morre simplesmente. E tudo isso é tratado aqui friamente, do ponto de vista científico...

— Horroroso! Mas quando alguém quer tornar-se doutor... Vou tratar de fazê-lo o médico da nossa família, um dia, quando o dr. Grabow se aposentar. O senhor vai ver!

— Imagine!... E que livro lê a senhorita, se posso tomar a liberdade de perguntar?

— O senhor conhece Hoffmann? — perguntou Tony.

— Aquele do *Diretor de orquestra* e da *Panela de ouro*? Sim, é muito bonito... Mas, sabe? Acho que é leitura para senhoras. Os homens, hoje em dia, devem ler outro assunto.

— Tenho de perguntar-lhe uma coisa — disse Tony depois de alguns passos, tomando uma súbita resolução. — E essa coisa é: qual é o seu nome? Não pude compreendê-lo... e isso me põe totalmente nervosa. Cheguei mesmo a cismar a respeito...

— Cismou mesmo?

— Pois sim, e agora não complique a coisa! Acho que não convém perguntar, mas sou curiosa, naturalmente... Aliás não existe nenhum motivo por que precise sabê-lo.

— Bem, chamo-me Morten — disse ele, corando como nunca.

— Morten? É um bonito nome!

— Não diga isso! Bonito...

— Sim, meu Deus... claro que é mais bonito do que chamar-se Fritz ou Hans. É alguma coisa de especial, de estrangeiro...

— A senhorita é romântica, Mademoiselle Buddenbrook. Leu Hoffmann demais... O caso é simplesmente assim: meu avô era de origem norueguesa e chamava-se Morten. Puseram-me o nome dele. É só isso.

Tony, cautelosamente, abriu caminho através do junco alto e cortante que havia nas margens da praia estéril. Estendia-se diante deles uma fileira de chalés com telhados cônicos, deixando livre a vista sobre as cadeiras de praia. Estas, colocadas à beira-mar, estavam cercadas por famílias de veranistas, deitados na areia quente: senhoras com óculos azuis, para se protegerem do sol, lendo livros da biblioteca pública; senhores vestidos de roupas claras, desenhando ociosamente com suas bengalas na areia; crianças tostadas, as cabeças cobertas por grandes chapéus de palha, trabalhando com pás, rojando-se pelo chão, escavando buracos à procura de água, fazendo bolos de areia em moldes de madeira, furando túneis e chafurdando descalças nas ondas baixas, para pôr barquinhos a nado... À direita, o edifício de madeira do estabelecimento balneário avançava para o mar.

— E agora, a gente vai bem na direção do chalé dos Möllendorpf — disse Tony. — Seria melhor darmos uma voltinha.

— Com muito prazer... mas a senhorita não queria encontrar os seus amigos?... Enquanto isso ficarei sentado nas pedras.
— Encontrá-los?... Ah, sim, acho que devia dizer-lhes bom-dia... Mas não gosto muito disso, sabe? Vim cá para achar sossego.
— Sossego? De quem?
— Hum... de quem...
— Escute, srta. Buddenbrook, eu também tenho de perguntar-lhe uma coisa... mas em outra ocasião, mais tarde, quando tivermos mais tempo. Agora permita-me que me despeça. Fico sentado nas pedras lá nos fundos...
— Não quer que o apresente, sr. Schwarzkopf? — perguntou Tony com importância
— Ah, não! Isso não... — disse Morten apressadamente. — Muito obrigado. Acho que não pertenço a esse ambiente, sabe? Ficarei sentado nas pedras...

Era um grupo bastante grande, aquele de que Tony se aproximava, enquanto Morten Schwarzkopf seguia à direita para os altos penedos, batidos pelas ondas, que se erguiam ao lado do estabelecimento balneário. Encontravam-se nesse grupo as famílias Möllendorpf, Hagenström, Kistenmaker e Fritsche. Com exceção do cônsul Fritsche, de Hamburgo, proprietário do hotel Balneário, e de Peter Döhlmann, o famoso "pândego", havia ali unicamente senhoras e crianças, pois era dia útil e a maioria dos homens estava na cidade, por causa dos negócios. Na varanda do chalé, o cônsul Fritsche, senhor idoso, de rosto raspado e distinto, ocupava-se com um telescópio, assestando-o sobre um veleiro que surgia ao longe. Peter Döhlmann, com um chapéu de palha de abas largas, barbas de marujo, conversava com as senhoras que estavam deitadas na areia, sobre *plaids*, ou sentadas em cadeirinhas de lona: a senadora Langhals Möllendorpf com um lorgnon de cabo comprido e cabelos grisalhos mal penteados; a sra. Hagenström com Julinha, sempre baixotinha, que ostentava, como a mãe, grandes brilhantes nas orelhas; a consulesa Kistenmaker com as filhas; e a consulesa Fritsche, uma pequena senhora rugosa que usava uma touca e fazia o papel de gerente do balneário. Corada e cansada, não pensava senão em reuniões, bailes infantis, rifas e excursões a vela... A sua dama de companhia estava a alguma distância. As crianças brincavam à beira-mar.

Kistenmaker & Filhos era a próspera casa de vinhos que nos últimos anos começava a fazer sombra a C. F. Köppen. Os dois filhos, Eduard e Stephan, já trabalhavam na firma paterna... O cônsul Döhlmann carecia inteiramente daquelas maneiras refinadas que tinha, por exemplo, Justus Kröger. Era um pândego ingênuo, cuja especialidade estava numa rusticidade bonachona, e que podia permitir-se, na sociedade, liberdades extraordinárias, pelo fato de saber perfeitamente que gozava de simpatias, sobretudo no meio feminino, o qual, por causa de seus modos comodistas, atrevidos e barulhentos, o considerava um tipo original. Certa vez, num jantar em casa dos Buddenbrook, um prato demorava a aparecer. A dona da casa já estava embaraçada, e a roda desocupada começava a impacientar-se. Nesse momento penoso, o cônsul Döhlmann conseguiu restabelecer o bom humor geral, gritando em sua voz alta e arrastada por cima da mesa comprida: "Quanto a mim, já acabei, senhora consulesa!".

Com a mesma voz ruidosa e grosseira, estava, naquele momento, contando anedotas escabrosas que temperava com locuções em baixo-alemão... Uma ou outra vez, a senadora Möllendorpf dizia fora de si, cansada de tanto rir: "Grande Deus, senhor cônsul, pare um instante com isso!".

Os Hagenström receberam Tony Buddenbrook friamente, e o resto do grupo a recebeu com grande cordialidade. Até o cônsul Fritsche desceu a toda pressa a escada do chalé, pois esperava que, pelo menos no ano seguinte, os Buddenbrook voltassem a frequentar o balneário.

— Às ordens, Mademoiselle! — disse o cônsul Döhlmann, esforçando-se por conseguir uma pronúncia distinta, pois sabia que as suas maneiras não eram do agrado da srta. Buddenbrook.

— Mademoiselle Buddenbrook!

— A senhorita está aqui?

— Como é encantadora!

— E quando chegou?

— Que vestido lindo!

— Onde está a senhorita?

— Com os Schwarzkopf?

— Na casa do capitão do porto?

— Como isso é original!

— Terrivelmente original!

— A senhorita está na cidade? — repetiu o cônsul Fritsche, sem deixar perceber a má impressão que isso lhe causava.

— Mas a senhorita nos visitará na nossa próxima reunião? — perguntou a sua esposa.

— Ah, está em Travemünde por pouco tempo apenas? — indagou outra senhora...

— Não acha, querida, que os Buddenbrook se tornam exclusivos demais? — cochichou a sra. Hagenström para a senadora Möllendorpf...

— E ainda não tomou banho? — perguntou alguém. — Qual das senhoritas ainda não esteve na água hoje? Maria, Julinha, Luisinha? Claro que as suas amiguinhas vão acompanhá-la, srta. Antonie...

Algumas moças separaram-se do grupo, para tomarem banho com Tony, e Peter Döhlmann não deixou de conduzir as senhoritas ao longo da praia.

— Céus, você se lembra ainda das caminhadas de outrora para a escola? — perguntou Tony a Julinha Hagenström.

— Lembro-me! Você era sempre maliciosa — disse Julinha com um sorriso cheio de compaixão.

Andavam além da praia sobre as tábuas que davam para o estabelecimento balneário. Quando passaram pelas pedras onde Morten Schwarzkopf estava sentado com o seu livro, Tony, de longe, acenou-lhe algumas vezes com as mãos e com a cabeça. Alguém perguntou:

— A quem está cumprimentando, Tony?

— Oh, aquele é o sr. Schwarzkopf filho — disse Tony. — Acompanhou-me até a praia...

— Filho do capitão do porto! — investigou Julinha Hagenström, lançando de seus olhos negros e brilhantes um olhar crítico em direção a Morten, que, por sua vez, perscrutava o grupo elegante com certa melancolia. Tony, porém, replicou em voz alta:

— Lastimo só uma coisa: que August Möllendorpf não esteja aqui conosco... Acho que, durante a semana, a praia deve ser bastante aborrecida!

8.

E assim começou para Tony Buddenbrook uma série de lindas semanas de veraneio, semanas mais divertidas e mais agradáveis que todas quantas passara em Travemünde. Desabrochava, pois nada mais a absorvia. A intrepidez e a despreocupação anteriores mostravam-se novamente nos seus gestos e palavras. O cônsul, que, nos domingos, ia a Travemünde com Tom e Christian, contemplava-a com satisfação. Comiam, então, na *table d'hôte*, tomando o café sob o toldo da confeitaria, ao som da orquestra do balneário, e depois, no cassino, olhavam o jogo de roleta em torno da qual se acotovelava gente folgazã, como Justus Kröger e Peter Döhlmann. O cônsul não jogava nunca.

Tony expunha-se ao sol, tomava banhos de mar, comia frios com pão de mel ralado e fazia longos passeios em companhia de Morten pela estrada que dava para a vila vizinha, ao longo da praia, até o Templo Marítimo, situado no alto de um morro, donde se descortinava uma ampla vista sobre a terra e o mar, ou por trás do hotel Balneário, no bosque em cujo ponto mais elevado estava pendurado o grande sino que repicava na ocasião das refeições... Ou faziam excursões de barco pelo Trave, até Priwal, à procura de âmbar...

Morten era um companheiro interessante, não obstante as suas opiniões, que, às vezes, pareciam um pouco violentas e críticas. A respeito de tudo tinha sempre um juízo formado, que proferia com decisão, embora corando. Tony ficava aflita e chegava a censurá-lo, quando declarava, com um gesto desajeitado e furioso, que todos os aristocratas eram idiotas e miseráveis. Mas orgulhava-se muito porque ele emitia diante dela, aberta e confidencialmente, o seu conceito do mundo, coisa que escondia aos próprios pais... Certa vez, disse:

— Há mais uma coisa que devo contar-lhe: no meu quarto, em Göttingen, tenho um esqueleto completo... sabe, uma carcaça de ossos, remendada lamentavelmente com pedacinhos de arame. Pois é, vesti esse esqueleto com um velho uniforme de policial... ah! ah! Não acha uma boa ideia? Mas, por amor de Deus, não diga nada ao meu pai!

Era natural que Tony, muitas vezes, se encontrasse com conhecidos da cidade, na praia ou no parque do balneário, e que a convidassem para esta ou aquela reunião ou excursão a vela. Então, Morten ficava sentado "nas pedras". As tais "pedras" tornaram-se, desde o primeiro dia, uma locução usadíssima entre os dois. "Ficar sentado nas pedras" significava: "Estar abandonado e aborrecido". Quando havia um dia de chuva, envolvendo o mar por toda parte num véu cinzento, Tony dizia:

— Hoje nós dois temos de ficar sentados nas pedras... quer dizer, na varanda ou no salão. Só resta você tocar para mim algumas das suas canções estudantis, apesar de elas me causarem um tédio horrível.

— Sim — dizia Morten —, sentemo-nos aqui!... Mas, sabe, quando a senhorita está presente, não há mais pedras! — No entanto, coisas assim não dizia em presença do pai. A mãe podia ouvi-las.

— E agora? — perguntou o capitão do porto, quando, depois do almoço, Tony e Morten se levantaram ao mesmo tempo, para sair... — Aonde vai a mocidade?

— Oh, a srta. Antonie me permitiu acompanhá-la até o Templo Marítimo.

— Ah, sim, permitiu?... Mas não acha, senhor meu filho, que talvez seja mais indicado ficar sentado no seu quarto para recordar o ponto sobre o sistema nervoso? Terá esquecido tudo quando voltar a Göttingen...

A sra. Schwarzkopf, porém, contradizia com brandura:

— Mas, meu Deus, Diederich! Por que não pode ele ir junto? Deixe-o ir junto! Está de férias! Então a visita não é também para ele?

E assim iam juntos...

Caminhavam ao longo da praia, próximo à beira da água, onde a areia, molhada pela maré alta, estava batida e consistente, de modo que se podia andar sem dificuldade. Esparsas por ali, encontravam-se pequenas conchas brancas comuns, e outras, maiores, alongadas, opalinas. Por entre elas havia algas verde-gaio com frutas redondas e ocas que davam um estalo quando pisadas; e medusas, tanto as simples da cor da água, quanto as alaranjadas e venenosas, que nos queimam a perna quando as tocamos, no banho...

— Quer saber como eu era tola outrora? — perguntou Tony. — Pretendia retirar das medusas as estrelas coloridas. Levei para casa uma porção de medusas, embrulhadas num lenço, e deixei-as ao sol, no terraço, para que se evaporassem... então as estrelas haviam de sobrar; não é? Pois bem... Quando fui ver, achei uma mancha úmida bastante grande que cheirava como algas podres...

Andavam acompanhados pelo marulhar rítmico das ondas mansas, enquanto lhes fustigava o rosto o vento fresco e salgado que soprava forte e desimpedido, zunindo aos ouvidos e causando uma tonteira agradável, uma espécie de atordoamento surdo... Caminhavam, ouvindo o sibilar monótono da ventania, enquanto em torno deles reinava aquela paz imensa do mar que dá um sentido misterioso ao mínimo ruído...

À esquerda viam-se declives alcantilados de barro amarelo e de entulho, que se estendiam uniformes, avançando em promontórios sempre novos, que escondiam as curvas da costa. Ali, a praia tornava-se pedregosa demais, de maneira que subiam pela ladeira, para continuarem, em cima, a caminhada para o Templo Marítimo, no atalho que subia pelo mato. O templo, um pavilhão redondo, era uma construção de tábuas e troncos toscos cujas paredes interiores estavam cobertas de epígrafes, iniciais, corações e poemas... Numa das pequenas câmaras, que davam para o mar e exalavam um cheiro de madeira como cabines de banhistas, Tony e Morten sentaram-se no estreito banco de feitio rústico que havia ao fundo.

A essa hora da tarde, o ambiente ali em cima era silencioso e solene. Alguns pássaros tagarelavam, e o suave ramalhar das árvores mesclava-se com o marulho das águas que se estendiam lá embaixo, ao longe. À distância enxergavam-se as enxárcias de um navio. Abrigados contra o vento, que até então lhes soprara nos ouvidos, sentiram de repente o silêncio que os fazia meditar.

Tony perguntou:

— O navio está indo ou vindo?

— Como? — disse Morten na sua voz lerda; e, como que despertado de qualquer ausência profunda, acrescentou rapidamente: — Está indo! É o *Burgomestre Steenbock*, que navega para a Rússia... Eu não queria viajar nele — continuou depois de uma pequena pausa. — Parece que lá as coisas estão ainda mais indignas do que aqui!

— Puxa vida — disse Tony. — Agora você quer outra vez atacar os aristocratas, Morten; sua cara o diz. Não acho isso nada correto em você... Você já conheceu algum deles?

— Não! — gritou Morten quase indignado. — Graças a Deus, não!
— Pois é, está vendo? Mas eu conheço... uma moça, é verdade, a Armgard von Schilling, que mora ali em frente, aquela de que lhe falei. Pois bem, ela era mais bondosa do que você e eu; quase não sabia que se chamava "von"; andava comendo salsichas e falando das suas vacas...
— Com certeza há exceções, srta. Tony — disse ele com ardor —, mas escute... A senhorita é uma moça que vê tudo do seu ponto de vista pessoal. Conhece um aristocrata e diz: "Mas ele é um homem direito!". Claro... mas não é necessário que se conheça um só para condenar a todos! Pois trata-se do princípio, sabe? E da instituição! Sim, para isso não há resposta!... Mas então? Um sujeito só precisa nascer para ser um nobre, um eleito... para poder olhar-nos a nós outros por cima e com desprezo... nós que, apesar de todos os nossos méritos, não podemos chegar à sua altura?... — Morten falava com uma irritação ingênua e bonachona, esboçando gestos retóricos com a mão, que abandonou logo porque ele mesmo via que eram desajeitados. Mas continuou discursando. Estava disposto. Sentado ali, inclinava-se para a frente, com o polegar entre os botões do jaquetão, procurando aparentar uma expressão de teimosia nos seus olhos bondosos. — Nós, a burguesia, o Terceiro Estado, como nos chamaram até agora, queremos que exista unicamente a nobreza do mérito. Não mais reconhecemos a nobreza preguiçosa. Negamos a ordem atual das classes... Queremos que todos os homens sejam livres e iguais, que ninguém fique avassalado por outra pessoa, mas que todos estejam sujeitos apenas às leis! Não deve mais haver privilégios, nem despotismo! Todos têm de ser filhos do Estado, com os mesmos direitos, e como já não existem intermediários entre leigos e Nosso Senhor, assim deve também o burguês estar em relação direta com o Estado! Almejamos a liberdade de imprensa, de profissões, de comércio... Desejamos que todos os homens possam competir entre si sem preferência de ninguém, e que o merecimento receba o seu prêmio! Mas somos escravizados, andamos com uma mordaça e... Que foi que quis dizer? Ah sim, preste-me atenção: há quatro anos que foram renovadas as leis da Liga a respeito das universidades e da imprensa. Que leis bonitas! Não se pode escrever nem ensinar nenhuma verdade que, por acaso, não esteja de acordo com a atual ordem de coisas... Está me compreendendo? A verdade é suprimida, não pode manifestar-se... e por quê? Por amor de uma situação idiota, antiquada, caduca, que todo mundo sabe que será abolida, de qualquer jeito, mais dia menos dia... Acho que você nem entende a infâmia desse

procedimento! A força, a força bruta, estúpida, de que dispõe a polícia do momento, sem a mínima compreensão do espírito dos tempos modernos...E, abstraindo de tudo isso, só quero dizer uma coisa... O rei da Prússia cometeu uma grande injustiça! Naquele tempo, *anno* treze, quando os franceses estavam no país, ele nos chamou, prometendo-nos a Constituição... E nós viemos, libertamos a Alemanha...

Tony, que o contemplava de lado, apoiando o queixo na mão, refletiu seriamente durante um segundo se, de fato, ele podia ter ajudado a expulsar Napoleão.

— ... mas será que é de opinião que essa promessa foi cumprida? Ah, não!... O atual rei é um falastrão, um sonhador, um romântico, como você, srta. Tony... Pois deve-se observar uma coisa: apenas os filósofos e os poetas acabam de refutar e abandonar uma "verdade", uma opinião ou um princípio, e, devagarzinho, surge um rei que chega nesse instante a descobrir essa verdade, de maneira que a considera a mais moderna e melhor, tomando-a por base da sua conduta... Pois sim, isto é a natureza dos reinos! Os reis não somente são homens, senão homens muito medíocres, sempre atrasados algumas léguas... Ah, a Alemanha teve o mesmo destino que um estudante que era membro duma sociedade estudantil: na época das guerras da libertação, era um moço corajoso e entusiasta; agora tornou-se um filisteu miserável...

— Sim, sim — disse Tony —, tudo isso está muito bem. Mas permita-me uma pergunta: que lhe importa isso? Você não é prussiano...

— Oh, tudo isso é a mesma coisa, srta. Buddenbrook! Sim, chamo-a assim de propósito; seria ainda melhor se dissesse Demoiselle Buddenbrook, para atribuir-lhe todas as devidas honras! Será que na nossa terra os homens são mais livres, mais iguais e mais fraternais do que na Prússia? Aqui como ali existem barreiras, distância e aristocracias! A senhorita mesma tem simpatia para com os nobres... quer saber por quê? Porque a senhorita é uma nobre! Ah! ah! não sabia disso? Seu pai é um grande senhor, e a senhorita é uma princesa. Um abismo separa-a de nós outros que não pertencemos a esse círculo de famílias dirigentes. Pode ser que um dia a senhorita dê um passeio na praia com um de nós, para divertir-se, mas quando voltar ao seu círculo de eleitos e privilegiados então podemos ficar sentados nas pedras... — Havia na sua voz uma emoção totalmente estranha.

— Morten — disse Tony tristemente —, você ficou zangado quando estava sentado nas pedras! E insisti tanto em apresentá-lo...

— Oh, não, a senhorita considera outra vez as coisas do ponto de vista pessoal de mocinha, dona Tony! Eu falo em princípios... Digo que na nossa terra não existe mais fraternidade humana do que na Prússia... E se eu falasse do ponto de vista pessoal — continuou ele depois de pequena pausa, abaixando a voz — não o faria a respeito do presente, mas talvez do futuro... quando a senhorita tiver definitivamente desaparecido no seu ambiente de distinção, transformando-se em Madame Fulana de Tal, e... eu ficarei, durante toda a minha vida, sentado nas pedras...

Calou-se, e Tony também não disse mais nada. Já não o olhava, mas fitava a parede de tábuas no outro lado. Por muito tempo reinou um silêncio angustiado.

— A senhorita está lembrada — começou Morten novamente — de que um dia eu lhe disse que tinha uma coisa para perguntar-lhe? E essa coisa me ocupa desde a primeira tarde em que chegou à nossa casa, sabe?... Não procure adivinhá-la! É impossível que saiba o que quero dizer. Vou perguntar-lhe outro dia, noutra ocasião. Não tenho pressa, pois, no fundo, não tenho nada com isso. É pura curiosidade... Não, hoje quero revelar-lhe outra coisa, algo bem diferente... Olhe aqui!

Com isso, Morten tirou do bolso do jaquetão a extremidade duma fita estreita com listras coloridas. Encarou Tony numa mistura de expectação e de triunfo.

— É bonita — disse ela sem compreender. — Que significa isso?

Morten respondeu com solenidade:

— Significa que, em Göttingen, pertenço a um sociedade de estudantes... agora a senhorita sabe a coisa! Tenho também um gorro com estas cores, mas botei-o, durante as férias, na cabeça do esqueleto no uniforme de policial... Pois, aqui, não poderia mostrar-me com ele, compreende?... Será que posso confiar em que a senhorita guarde o segredo? Se o meu pai soubesse da coisa, aconteceria uma desgraça...

— Não direi nem uma palavra, Morten. Não, pode contar comigo!... Mas não sei nada dessas coisas... Vocês todos conjuraram-se contra os aristocratas? Que é que vocês querem?

— Queremos a liberdade! — disse Morten.

— A liberdade?

— É isso, a liberdade, sabe? A liberdade... — repetiu, fazendo um gesto vago com a mão, um tanto acanhado, mas cheio de entusiasmo, para fora, para baixo, para além do mar, não para aquele lado, onde a costa mecklemburguesa limitava a baía, mas para o outro, onde o mar estava aberto, estendendo-se em tiras cada vez mais estreitas, azuis, amarelas e cinzentas, levemente encrespado, magnífico e imenso, em busca de um horizonte esmaecido...

Tony seguiu-lhe com os olhos a direção da mão. Faltava pouco para que se reunissem as mãos pousadas lado a lado no banco tosco. Ambos fitavam os mesmos lugares distantes. Durante muito tempo permaneceram calados, enquanto as ondas lhes enviavam seu marulhar tranquilo e monótono... E, subitamente, Tony pensou estar unida com Morten numa compreensão grande e indefinida, cheia de pressentimento e de saudade, compreensão daquela coisa que ele chamara "liberdade".

9.

— Que coisa estranha, Morten, a gente não consegue entediar-se na praia. Imagine qualquer outro lugar onde se ficasse deitado de costas, durante três ou quatro horas, sem fazer nada, sem pensar sequer...

— Ah, sim... De resto, devo confessar-lhe que, antigamente, às vezes me entediava, srta. Tony; mas isso foi há algumas semanas...

Com a chegada do outono apareciam os primeiros ventos fortes. Nuvens cinzentas, leves e esfarrapadas singravam rápidas o céu. O mar turvo e revolto cobria-se de espuma por toda parte. Ondas altas e vigorosas se aproximavam, encrespando-se numa calma inexorável que inspirava medo; caíam majestosamente, formando uma concavidade verde-escura, brilhante como metal polido, para afinal esmagarem-se fragorosamente na areia.

Já acabara por completo a estação de veraneio. Aquela parte da praia que a multidão dos banhistas costumava povoar ficou quase deserta, com apenas algumas cadeiras. Muitas das barracas de madeira já tinham sido desmontadas.

Tony e Morten passaram a tarde numa zona mais afastada, onde começavam os barrancos de terra amarela e onde as águas atiravam a escuma contra o penedo das Gaivotas. Morten construíra um montão de areia batida no qual Tony se recostava, cruzando as pernas com as meias brancas e os sapatos de cordões. Vestia jaqueta larga e cinzenta, bastante quente para o clima outonal. Morten estava deitado de lado, apoiando o queixo na mão, e com o rosto voltado para ela. De vez em quando, uma gaivota passava por eles num voo rápido, deixando ouvir o seu grito de ave presa. Os dois olhavam as algas, que as verdes paredes das ondas traziam à tona; viam os vagalhões, que irrompiam num ritmo ameaçador, rebentando nos rochedos que se opunham a eles, e ouviam o estrondo louco e constante, que atordoa e emudece, fazendo-nos perder a noção do tempo.

Finalmente, Morten, com um jeito de quem desperta, perguntou:

— Agora a senhorita vai partir em breve, não é, srta. Tony?

— Não... por quê? — disse Tony, distante e meio absorta.

— Mas, meu Deus, estamos a 10 de setembro... as minhas férias, de qualquer forma, já estão no fim... Quantos dias podem faltar ainda? Está com saudades das reuniões na cidade?... Diga-me uma coisa: os rapazes com quem costuma dançar são simpáticos?... Não, não foi isso que eu quis perguntar! Agora tem de dar-me uma resposta — disse ele, apertando, numa súbita resolução, o queixo na mão e cravando os olhos nela. — Esta é a pergunta que lhe reservo há tanto tempo... sabe? Então: quem é o sr. Grünlich?

Tony sobressaltou-se, encarando-o com rápido olhar. Depois deixou vagar os olhos como quem se lembra de um sonho distante. Ressuscitou nela aquele sentimento que experimentara nos tempos que se seguiram ao pedido de casamento do sr. Grünlich: o sentimento da importância pessoal.

— Era *isso* que você queria saber, Morten? — perguntou seriamente. — Bem, vou dizer-lhe. É verdade que estive bastante embaraçada, compreende, quando Thomas, na primeira tarde, mencionou aquele nome; mas, como você o ouviu... O sr. Grünlich, Bendix Grünlich, é um freguês de meu pai, comerciante abastado de Hamburgo, que, na cidade, pediu a minha mão... Mas não! — respondeu apressadamente a um gesto de Morten. — Rejeitei-o! Não pude decidir-me a dar-lhe o meu consentimento para toda a vida.

— E por que não... se posso perguntar? — disse Morten desajeitadamente.

— Por quê? Santo Deus, porque não *posso* suportá-lo! — gritou quase indignada... — Você devia ter visto como andava e como se comportava! Entre outras coisas tinha suíças amareladas...Coisa totalmente fora do natural! Tenho certeza de que se penteava com aquele pó que a gente usa para dourar nozes de Natal... E além disso era falso. Bajulava os meus pais e dizia coisas doces a todo mundo, de maneira vergonhosa...

Morten interrompeu-a:

— Mas que dizer...? A senhorita deve me dizer mais uma coisa... Que quer dizer: "Isto adorna de um modo singular"?

Tony rebentou num riso nervoso e dissimulado:

— Pois é, Morten... Assim falava ele. Em vez de dizer: "Isto fica bonito" ou "Isto enfeita o quarto", dizia: "Isto adorna de um modo singular"... Tão besta era ele, juro-lhe! E, com tudo isso, ainda era extremamente maçante. Não me deixava tranquila, apesar de eu nunca o tratar senão com ironia. Certa vez, fez-me uma cena em que quase chorou... Imagine: um homem que chora...

— Deve tê-la adorado muito — disse Morten baixinho.

— Mas que me importa isso! — gritou Tony, admirada, virando-se para o outro lado do montão de areia...

— A senhorita é cruel, srta. Tony... Será que é sempre tão cruel assim? Diga-me uma coisa... A senhorita não gostou desse sr. Grünlich, mas já sentiu simpatia por outro homem? Às vezes fico pensando: será que ela tem um coração frio? Afirmo-lhe uma coisa... e isto é tão verdadeiro que posso jurá-lo: um homem não é besta pelo fato de chorar quando a senhorita não tem interesse por ele... É pura verdade. Não tenho certeza, absolutamente não tenho certeza de que eu também não... Olhe, a senhorita é uma criatura distinta e mimada... Será que sempre zomba das pessoas que lhe pedem coisas de joelhos? Tem, de fato, um coração frio?

Depois de uma breve risada, o lábio de Tony começou a tremer. Fixou no moço os olhos grandes e aflitos que lentamente se tornavam brilhantes pelas lágrimas.

— Não, Morten — disse baixinho. — Você não deve pensar assim a meu respeito... Não deve, não!

— Mas eu não faço isso! — gritou Morten com um riso que deixava perceber emoção e júbilo abafados com dificuldade... Virou-se por completo, de modo que ficou de bruços ao lado dela. Apoiando os cotovelos no chão, pegou, entre as suas, a mão direita da jovem. Os olhos bondosos, azulados, fitavam-lhe o rosto com uma expressão de encanto e entusiasmo.

— E você... você não vai fazer troça de mim quando lhe disser que...

— Eu sei, Morten — interrompeu-o em voz baixa, olhando para a areia que se ia coando por entre os dedos da mão esquerda.

— Você sabe!... E você... você, srta. Tony...

— Sim, Morten, sou muito sua amiga. Gosto muito de você. Mais do que de todos os outros que conheço.

Morten sobressaltou-se, gesticulando com os braços como se não soubesse o que fazer. Levantou-se de um pulo, para logo deitar-se novamente ao lado dela. Numa voz sufocada, trêmula, esganiçada, que, em face de tanta felicidade, voltou a tornar-se sonora, gritou:

— Oh, fico-lhe tão grato, tão grato! Olhe, agora estou feliz, tão feliz como nunca na minha vida!

E pôs-se a beijar-lhe as mãos. Mas de repente acrescentou baixinho:

— Em breve você partirá para a cidade, Tony, e as minhas férias também terminarão daqui a uns quinze dias... Então terei de voltar a Göttingen. Mas quer prometer-me que não se esquecerá desta tarde até eu voltar... já doutor... para pedir a sua mão ao seu pai, por mais difícil que isso pareça? E que não aceitará, enquanto isso, um sr. Grünlich qualquer? Ah, não demorará muito; você vai ver! Trabalharei como um... e não é tão difícil assim...

— Sim, Morten — disse ela, feliz e ausente, fitando-lhe os olhos, a boca e as mãos que seguravam as suas...

Ele lhe estreitou a mão ainda mais junto ao peito, perguntando-lhe em surdina, numa voz suplicante:

— E agora, não quer... Não podemos... confirmar isso?...

Ela não respondeu. Nem mesmo o encarou. Apenas inclinou suavemente a cabeça, deslizando sobre o montão de areia. E Morten, vagarosa e desajeitadamente, lhe beijou a boca. Depois, ambos olharam a areia, cada um para o seu lado, bastante envergonhados.

10.

Prezadíssima Demoiselle Buddenbrook:

Quantos dias já se passaram desde que o abaixo assinado não tornou a ver o rosto da mais encantadora criatura? Estas linhas demasiado breves devem dizer-lhe que as suas feições jamais esmaeceram no coração dele, e que durante essas semanas cheias de receios e saudades, o autor destas linhas lembrou-se incessantemente daquela deliciosa tarde no salão da casa de seus pais, onde a senhorita deixou escapar uma promessa. É verdade que se tratava apenas de meia promessa, mas, ainda assim, quanto me fez feliz! Desde então decorreram longas semanas durante as quais a senhorita se retirou do mundo para recolher-se e para conhecer-se a si mesma. Depois de tanto tempo, espero que tenha terminado o período da minha provação. O abaixo assinado toma a liberdade de enviar-lhe, prezadíssima Demoiselle, com toda a estima e consideração, a pequena aliança inclusa, que servirá de penhor da ternura imperecível que ele lhe reserva. Com os mais devotos cumprimentos, beijo-lhe carinhosamente as mãos e subscrevo-me,

servidor delicadíssimo de V. Sa.,

Grünlich

Meu querido papai:

Santo Deus, como fiquei furiosa. Recebi de Grünlich a carta e a aliança, que seguem junto, de modo que estou com dor de cabeça de tanta excitação. Não sei fazer nada melhor do que devolver ambas as coisas por seu intermédio. Grünlich não *quer* compreender-me, e essa coisa que ele chama tão poeticamente uma "promessa" simplesmente não existe. Por isso, rogo-lhe insistentemente que lhe explique, sem cerimônia, que não estou disposta, *hoje mil vezes menos do que nunca*, a dar-lhe o meu consentimento e que ele finalmente me deixe

tranquila, porque assim só se *torna ridículo*. Ao senhor, o melhor pai do mundo, posso confessar que me comprometi, por outra parte, com alguém que me ama e que eu amo mais do que sei dizer. Oh, papai! poderia encher muitas páginas sobre ele; falo do sr. Morten Schwarzkopf, que quer formar-se em medicina, e que solicitará a minha mão logo que se tiver diplomado. Eu sei que é uso na família casar-se com um comerciante, mas Morten pertence à outra metade da gente respeitável, que são os sábios. Não é rico, coisa que tem importância para o senhor e para mamãe, mas devo dizer-lhe, meu querido papai: apesar de ser moça, sei que a vida ensina a muita gente que nem sempre a riqueza traz felicidade. Com mil beijos, sou
    a sua filha obediente

                                                  Antonie

P.S. — Acho que o ouro da aliança é de poucos quilates; e além disso é muito fina.

Minha querida Tony:
    Acuso o recebimento da sua carta. Quanto ao seu conteúdo, comunico-lhe que, cumprindo com o meu dever, não deixei de informar, na devida forma, o sr. Gr. sobre a sua opinião a respeito dos fatos. E o resultado foi tal que me abalou profundamente. Você é moça já feita e encontra-se numa situação tão séria, que não tenho vergonha de mencionar-lhe as consequências que um procedimento leviano de sua parte pode causar. O sr. Gr. explodiu desesperado com a notícia que lhe dei, gritando que a amava tanto, e que se sentia tão incapaz de aguentar a sua perda que estava decidido a suicidar-se, caso você perseverasse na sua resolução. Não podendo considerar como sério aquilo que me escreve acerca da sua outra inclinação, peço-lhe que contenha a ira causada pela remessa da aliança, e que reconsidere tudo, outra vez, seriamente. Segundo a minha convicção cristã, querida filha, é dever de um ente humano respeitar os sentimentos de outrem, e não sabemos se você não será responsável perante o Supremo Juiz pelo fato de um homem, cujos sentimentos desprezou teimosa e friamente, ter atentado contra a própria vida. Mas quero recordar-lhe uma coisa que, verbalmente, muitas vezes lhe dei a entender, e regozijo-me por ter ocasião de repeti-la por escrito. Pois, apesar de a comunicação verbal ter um efeito mais vivo e mais direto, a linguagem escrita tem a vantagem de poder ser escolhida e apurada com vagar, de ser fixada de uma vez por todas e de poder ser lida, sempre de novo, produzindo, nessa forma maduramente ponderada e calculada pelo autor, efeitos duradouros.

Nós, minha filha, não nascemos para aquilo que, com olhos improvidentes, consideramos nossa pequena felicidade pessoal, pois não somos indivíduos livres nem independentes, que vivem por si sós, mas sim elos de uma corrente. Não se poderia imaginar a nossa existência, tal como ela é, sem a lição daqueles que nos precederam. Foram eles que nos indicaram o rumo a seguir, da mesma forma por que eles mesmos tiveram de obedecer por sua vez, rigorosamente, sem olhar à direita nem à esquerda, a uma tradição venerável e experimentada. Parece-me que o seu caminho, há longas semanas, se estende diante de você, clara e visivelmente traçado. Não poderia ser minha filha, nem a neta de seu saudoso avô, nem sequer um membro digno da nossa família, se, obcecada pela teimosia e pela leviandade, tencionasse realmente seguir o seu próprio rumo desregrado. Rogo-lhe, minha querida Antonie, que pondere bem estas coisas no seu espírito.

A sua mãe, Thomas, Christian, Klara e Klothilde (que passou algumas semanas com o pai na fazenda da Desgraça), assim como Ida, enviam-lhe de todo o coração os seus melhores votos. Ansiamos por abraçá-la muito breve.

Com afeição incondicional de

Seu pai

11.

Chovia com intensidade. Confundiam-se entre si o céu, a terra e o mar, enquanto rajadas de vento atiravam a chuva contra as vidraças de tal modo que a água, escorrendo como riachos, as tornava opacas. Nos canos da chaminé parecia ressoarem vozes queixosas e desesperadas...

Quando Morten Schwarzkopf, logo depois do almoço, foi à varanda, com o cachimbo na mão, para ver como estava o céu, encontrou-se diante de um senhor de sobretudo comprido e apertado, de xadrez amarelo, e de chapéu cinzento. Um carro de aluguel, fechado, cujo toldo brilhava de umidade, e com as rodas totalmente encharcadas de lama, estava parado diante da casa. Morten fitava desconcertado o rosto rosado do senhor, que tinha as suíças como que tingidas com aquele pó que se usa para dourar as nozes de Natal.

O senhor de sobretudo olhou Morten como se faz com um criado, cerrando levemente os olhos, aparentando não vê-lo. Perguntou numa voz branda:

— Pode-se falar com o senhor capitão do porto?

— Pois não... — gaguejou Morten. — Acho que o meu pai...

Nesse instante o senhor mirou-o com interesse; os seus olhos eram tão azuis quanto os de um ganso.

— O senhor se chama Morten Schwarzkopf? — perguntou o recém-chegado.

— Sim, senhor — respondeu Morten, procurando manter-se impassível.

— Imagine-se! Com efeito... — observou o senhor de sobretudo; e continuou: — Tenha a bondade, moço, de avisar o senhor seu pai da minha chegada. O meu nome é Grünlich.

Morten conduziu o cavalheiro através da varanda. No corredor, abriu-lhe a porta que, à direita, dava para o gabinete, e voltou ao salão para informar o pai. Enquanto o sr. Schwarzkopf saía, o rapaz sentou-se à mesa redonda, apoiando nela os cotovelos. Sem olhar a mãe, que junto à janela embaciada cerzia meias, parecia absorto na leitura daquele "jornaleco miserável" que nada mais sabia relatar a não ser as bodas de prata do cônsul Fulano de Tal... Tony tinha subido para descansar.

O capitão do porto entrou no gabinete com a expressão de um homem que se sente satisfeito com o almoço consumido. Estava aberta a túnica do uniforme por cima do colete branco que lhe cobria o ventre bojudo. Do rosto vermelho destacava-se nitidamente a barba encanecida de marujo. A sua língua, por entre os dentes, lambia gostosamente os lábios, e, enquanto isso, a boca de bonachão fazia os movimentos mais extravagantes. Fez uma breve mesura com um movimento brusco que parecia dizer: "É assim que se cumprimenta, não é?".

— Boa tarde — disse ele —, estou às suas ordens.

O sr. Grünlich, por seu lado, fez uma reverência circunspecta, baixando um tanto a comissura dos lábios. Com isso, pigarreou levemente: "A-hem-hem".

O gabinete era uma peça bastante pequena cujas paredes, até a altura de alguns pés, estavam revestidas de lambris de madeira, mostrando na parte restante a caiação nua. Diante da janela, fustigada incessantemente pela chuva, havia cortinas amareladas pela fumaça. À direita da porta via-se uma mesa tosca e comprida, inteiramente coberta de papéis. Acima dela, na parede, pendiam um grande mapa da Europa e outro, menor, do mar Báltico. No centro do teto estava suspenso o modelo de um navio com todas as velas, esmeradamente trabalhado.

O capitão do porto convidou a visita a acomodar-se no sofá chanfrado, forrado de oleado preto e rachado, que ficava em frente à porta. Ele mesmo se instalou numa poltrona, juntando as mãos por cima do ventre, ao passo que o sr. Grünlich, de sobretudo rigorosamente fechado, com o chapéu nos joelhos, sentou-se bem na borda extrema do sofá, sem se encostar ao espaldar.

— Meu nome — disse ele — é *Grünlich*, Grünlich de Hamburgo. Como referência, menciono que posso considerar-me íntimo companheiro de negócios do atacadista cônsul Buddenbrook.

— *À la bonne heure!* É muita honra para mim, sr. Grünlich. Mas não gostaria o senhor de instalar-se um pouco mais comodamente? Quer tomar um grogue depois da viagem? Vou logo avisar na cozinha...

— Tomo a liberdade de observar — disse o sr. Grünlich reservadamente — que o meu tempo é limitado, que tenho a carruagem à minha espera, e que apenas me vejo obrigado a pedir-lhe atenção para duas palavras.

— Estou às suas ordens — repetiu o sr. Schwarzkopf, um tanto intimidado. Seguiu-se então uma pausa.

— Senhor capitão! — começou o sr. Grünlich, sacudindo decididamente a cabeça e atirando-a ao mesmo tempo para trás. Depois calou-se outra vez para reforçar o efeito da alocução. Cerrou a boca como esses saquinhos de dinheiro que se fecham por um cordão. — Senhor capitão — repetiu ele, acrescentando rapidamente: — O assunto que me conduziu aqui concerne diretamente à jovem senhorita que, há algumas semanas, está na sua casa.

— Mademoiselle Buddenbrook? — perguntou o sr. Schwarzkopf.

— Sim, senhor — replicou o sr. Grünlich numa voz abafada, inclinando a cabeça. Formaram-se nos seus cantos da boca duas acentuadas rugas. — Eu... me vejo obrigado a informar-lhe — continuou num tom de voz levemente cadenciado, enquanto os seus olhos andavam numa atenção desmedida de um ponto do gabinete para outro e dali para a janela — que, há algum tempo, pedi a mão da dita Demoiselle Buddenbrook, que me encontro na posse do pleno consentimento de ambos os pais, e de que a própria senhorita, sem que o casamento tivesse sido formalmente contratado, me concedeu direitos à sua mão em palavras indiscutíveis.

— É mesmo? Credo! — perguntou o sr. Schwarzkopf vivamente... — Não sabia nada disso! Parabéns, sr... Grünlich! Meus sinceros parabéns! Puxa, o senhor encontrará uma ótima esposa. É de boa fortuna.

— Muito penhorado — disse o sr. Grünlich enfática mas friamente. — A circunstância, porém — continuou ele, levantando a voz até quase cantar —, que me faz procurar, nesse assunto, o senhor, meu prezado capitão do porto, é a seguinte: bem recentemente estão surgindo *dificuldades* a essa união, e essas dificuldades... saem de sua casa... — Pronunciou as últimas palavras com acento interrogativo como que para dizer: "Será verdade o que fiquei sabendo?".

Schwarzkopf respondeu alçando apenas um pouco as sobrancelhas grisalhas, e apertando com ambas as mãos — mãos queimadas de marujo com pelos loiros — os braços da poltrona.

— Sim, senhor. Com efeito. Assim me informaram — disse o sr. Grünlich tão resoluto quanto aflito. — *Ouvi* que o seu filho, o senhor *studiosus medicinae*, se permitiu... é verdade que foi sem saber... violar os meus direitos; *ouvi* que se aproveitou da atual estada da senhorita, para obter dela certas promessas...

— Como? — gritou o capitão do porto, apoiando-se violentamente nos braços da poltrona, para levantar-se de um pulo... — Que raios... Mas isso seria... — E com dois passos atirou-se para a porta. Abrindo-a precipitadamente, gritou pelo corredor numa voz que teria sido capaz de abafar a mais forte ressaca: — Meta! Morten! Venham cá, depressa! Entrem ambos!

— Eu lastimaria muito — disse o sr. Grünlich com um sorriso delicado — se, fazendo valer os meus direitos mais antigos, tivesse contrariado os seus próprios projetos paternais, senhor capitão...

Diederich Schwarzkopf virou-se, cravando na sua fisionomia os atentos olhos azuis, acentuados por inúmeras rugas. Parecia esforçar-se em vão por compreender o sentido das palavras.

— Senhor! — disse então numa voz que soava como se um gole de grogue muito forte lhe queimasse a garganta... — Sou apenas um homem simples, e não me entendo muito bem em *médisances* e finuras... mas se por acaso o senhor insinua que... bem, então fique sabendo que está redondamente enganado, senhor, e que julga meu caráter absolutamente mal! Eu sei quem é o meu filho, sei também quem é Mademoiselle Buddenbrook, e tenho respeito e também orgulho demais, senhor, para fazer tais projetos paternais! E agora falem vocês, respondam! Que é que há? Que história é essa que estou ouvindo? Hein?

A sra. Schwarzkopf e o filho quedavam-se na porta; a primeira, sem a mínima ideia do que se tratava, ocupava-se em arranjar o avental; Morten mostrava a expressão de um pecador obstinado... Quando eles entraram, o sr. Grünlich não se levantara de todo. Pelo contrário, permanecia numa atitude rígida e tranquila, na borda do sofá, com o sobretudo abotoado até o pescoço.

— Você procedeu como um menino! — apostrofou o capitão, dirigindo-se a Morten.

O moço, com o polegar entre os botões do jaquetão, tinha os olhos sombrios, comprimindo os lábios e enchendo as bochechas teimosamente.

— Sim, pai — disse finalmente —, a srta. Buddenbrook e eu...

— É? Está bem, então vou lhe dizer uma coisa: você é um bobalhão, um palhaço, um grande idiota! E amanhã mesmo vai para Göttingen! Entendeu? Amanhã mesmo! Todas essas coisas são criancices, criancices travessas, e basta!

— Diederich, meu Deus — disse a sra. Schwarzkopf, juntando as mãos —, não se pode dizer uma coisa assim sem mais nada. Quem sabe... — Calou-se, e via-se como diante dos seus olhos se desmoronava uma bela esperança.

— O senhor deseja falar com a senhorita? — dirigiu-se o capitão do porto, numa voz rouca, ao sr. Grünlich.

— Ela está no quarto, dormindo — explicou a sra. Schwarzkopf comovida e cheia de compaixão.

— Lastimo muito — disse o sr. Grünlich, apesar de um tanto aliviado. Levantou-se. — De resto, repito que o meu tempo é limitado. A minha carruagem está esperando. Tomo a liberdade — continuou, fazendo diante do sr. Schwarzkopf um vasto cumprimento com o chapéu — de exprimir-lhe, senhor capitão do porto, a minha plena satisfação e o meu reconhecimento pela sua conduta valorosa e enérgica. Passe bem! Sempre às ordens! Adeus!

Diederich Schwarzkopf não fez nem uma tentativa para apertar-lhe a mão. Deixou, apenas, cair um pouquinho para a frente o tronco pesado, num movimento rápido e brusco, que parecia dizer: "É assim que se cumprimenta, não é?".

Passando por entre Morten e a mãe, o sr. Grünlich saiu a passos comedidos.

12.

Thomas apareceu na carruagem dos Kröger. Chegara o dia.

O rapaz veio às dez da manhã; e tomava, em companhia da família, uma pequena refeição na sala. Estavam todos juntos como naquele primeiro dia, com a única diferença de que o verão se fora, o tempo estava demasiado frio e tempestuoso para que pudessem ficar na varanda... e Morten estava ausente. Partira para Göttingen. Tony e ele nem sequer puderam despedir-se à vontade. O capitão do porto ficara perto deles, dizendo: "Basta! Ponto final! Vamos embora!".

Às onze horas, os dois irmãos embarcavam na carruagem em cuja parte traseira tinham amarrado a grande mala de Tony. A moça estava pálida e tiritava de frio, apesar da sua jaqueta quente. O cansaço, o nervosismo da viagem e certa melancolia, que, de vez em quando, se apoderava dela, causavam-lhe um sentimento doloroso que lhe comprimia o peito. Beijou a pequena Meta; apertou a mão da dona da casa e fez um aceno de cabeça para o sr. Schwarzkopf quando este dizia:

— Bem, não nos esqueça, Mademoiselle! E não leve nada a mal, viu? Pronto! Boa viagem e as nossas recomendações ao senhor seu pai e à senhora consulesa...

Com isso, a portinhola fechou-se ruidosamente, enquanto os gordos baios se punham em marcha e os Schwarzkopf abanavam com os lenços.

Tony, recostando a cabeça no canto da carruagem, olhava pela janela. O céu estava coberto de nuvens alvacentas e o Trave encrespava-se em pequenas ondas que corriam ligeiras, impulsionadas pelo vento. Às vezes, gotinhas de chuva tamborilavam nas vidraças. Na saída da Primeira Fila, havia gente sentada nos portões das casas, cerzindo redes.

Acorreram crianças descalças, fitando a carruagem com olhares curiosos. *Elas* não precisavam ir embora...

Quando o carro deixou atrás as últimas casas, Tony inclinou-se para a frente, a fim de ver, mais uma vez, o farol. Recostou-se depois, cerrando os olhos, que estavam cansados e sensíveis. Quase não dormira durante a noite, por causa da excitação. Levantara-se cedo para arrumar a mala e não tivera vontade de tomar café. Estava com um gosto insípido na boca ressequida. Sentia-se tão fraca que nem sequer se esforçava por reter as lágrimas quentes que a cada instante lhe brotavam lentamente dos olhos.

Apenas fechara as pálpebras, novamente estava na varanda em Travemünde. Via diante de si Morten Schwarzkopf em carne e osso; via-o como lhe falava, inclinado para a frente, observando, às vezes, outro interlocutor com um olhar bondoso e interrogativo; via-o mostrar, numa risada, os dentes bonitos, de cuja beleza, visivelmente, não tinha ideia... e, com essa visão, tornou-se mais calma e alegre. Recordava-se de tudo quanto ouvira e aprendera dele nas muitas conversas que tiveram, e isso lhe causava uma satisfação que a fazia feliz, quando a si mesma prometia solenemente conservar essa memória como coisa sagrada e intangível. Que o rei da Prússia cometera uma grande injustiça; que o *Observador da Cidade* era um jornaleco miserável; e mesmo que, havia quatro anos, as leis da Liga acerca das universidades foram renovadas — tudo isso representaria para ela, daí em diante, verdades veneráveis e consoladoras; seria um tesouro secreto que poderia contemplar quando quisesse. Ia pensar nisso no meio da rua, no círculo da família, durante as refeições... Quem sabe? Talvez seguisse o seu caminho predestinado, casando-se com o sr. Grünlich. Isso lhe era indiferente, mas, quando ele falasse, ela pensaria de repente: "Sei alguma coisa que você ignora... Os aristocratas são desprezíveis por princípio...".

Tony mostrava um sorriso contente... Mas de repente percebia, através do ruído das rodas, a fala de Morten, numa clareza incrivelmente viva; distinguia a sua voz bondosa, um tanto lenta e arrastada; ouvia literalmente o que dizia: "Hoje, nós dois temos de ficar sentados nas pedras, srta. Tony...". E essa pequena recordação abalou-a. Apertou-se o seu peito de dor e saudade e, sem resistência, deixou jorrarem as lágrimas... Estreitando-se no seu cantinho, cobriu o rosto com o lenço e chorou amargamente.

Thomas, com o cigarro na boca, olhava a estrada, meio desconcertado.

— Tony, coitadinha — disse finalmente ele, acariciando-lhe a manga da jaqueta. — Tenho tanta pena de você... Compreendo o quanto você está sofrendo... Sabe? Mas que se pode fazer? Isso é para ser suportado. Você pode acreditar... eu também conheço essas coisas...

— Ah não, Tom, não conhece nada — soluçou Tony.

— Oh, não diga isso. Consta, por exemplo, que em princípios do ano que vem terei de ir para Amsterdam. Papai arrumou um emprego para mim... na firma de Van der Kellen & Cia... Será uma despedida por muito, muito tempo...

— Ah, Tom... uma despedida dos pais e dos irmãos! Isso não é nada...

— Si-im — disse ele melancolicamente. Suspirou como se quisesse dizer mais alguma coisa, e calou-se então. Fez caminhar o cigarro de um canto da boca ao outro, alçando uma sobrancelha e virando a cabeça para o lado. — E estas coisas não duram muito tempo — recomeçou ele depois de alguns minutos. — Isto passa. A gente esquece...

— Mas é que, justamente, não quero esquecer! — gritou Tony completamente desesperada. — Esquecer... será que esquecer consola?

13.

Chegaram à balsa; chegaram à avenida Israelsdorf, ao morro de Jerusalém e ao campo da Fortaleza. Passando pelo portão da Fortaleza, onde, à esquerda, se erguiam os muros da prisão, o carro correu rapidamente pela Burgstrasse e subiu o morro Koberg... Tony contemplava as casas com as cumeeiras cinzentas, as lanternas a óleo, suspensas sobre a rua, as tílias em frente do hospital do Espírito Santo, quase totalmente desfolhadas... Santo Deus, aí nada mudara! Tudo permanecia inalterado e venerável, enquanto ela se lembrava de tudo isso como de um velho sonho digno de ser esquecido! Essas cumeeiras cinzentas representavam o Antigo, o Costumeiro e o Tradicional que voltavam a recebê-la e onde ela teria de viver novamente. Não chorava mais. Deixava os olhos vagarem com curiosidade. A tristeza da despedida estava quase amortecida pelo aspecto dessas ruas e das fisionomias conhecidas havia muito tempo, que os seus olhos iam encontrando. Nesse instante — a carruagem andava sacolejando pela Breite Strasse — passou pelo carregador Matthiesen, que tirou profundamente a cartola surrada, e a cara rabugenta do homem expressava tão nitidamente a consciência que tinha dos seus deveres que parecia dizer: "Eu seria um patife se não fizesse isto!...".

A carruagem dobrou a esquina da Mengstrasse, e os gordos baios pararam, bufando e pateando, diante da casa dos Buddenbrook. Tom, cortesmente, ajudou a irmã a descer, enquanto Anton e Line acorriam para desarrumar a mala. Mas tiveram de esperar antes de poderem entrar na casa. Três enormes carroças de carga esforçavam-se por fazer a sua entrada através do portão da casa. Vinham uma logo depois da outra, carregadas até em cima de sacos de trigo, em que se lia, em letras garrafais, o nome da firma, *Johann Buddenbrook*. Sacudindo-se pela vasta área, desceram os baixos degraus que davam para o pátio, produzindo um estrondo surdo que ecoava ao longe. Parte do trigo destinava-se ao depósito nos fundos da casa, e o resto ia para os armazéns Baleia, Leão ou Carvalho...

O cônsul, com a caneta atrás da orelha, saiu do escritório, quando os dois irmãos entraram no pátio. Estendeu os braços para a filha.

— Seja bem-vinda, minha querida Tony!

Ela o beijou, olhando-o com olhos ainda congestionados pelo choro, e onde se expressava certo constrangimento. Mas ele não estava zangado, nem fez menção de nada. Disse apenas:

— Já é tarde, mas esperamos com o almoço.

A consulesa, Christian, Klothilde, Klara e Ida Jungmann estavam reunidos no patamar para recebê-la...

A primeira noite na Mengstrasse, Tony dormiu-a num sono profundo e tranquilo. Na manhã seguinte, 22 de setembro, desceu para a copa, calma e mais bem-disposta. Era muito cedo ainda: nem sete horas. Somente Ida estava presente, preparando o café da manhã.

— Olhe só, Toninha, minha filha — disse ela, fitando-a com os pequenos olhos pardos e sonolentos. — Levantou tão cedo assim?

Tony sentou-se à escrivaninha, cuja tampa estava aberta. Juntando as mãos atrás da cabeça, olhou, durante alguns minutos, o calçamento do pátio, que mostrava um brilho preto de umidade, e o jardim amarelecido e encharcado. Depois começou a mexer, curiosa, nos cartões de visita e na correspondência que havia na escrivaninha...

Perto do tinteiro encontrava-se aquele famoso diário de capa estampada e bordas douradas, com as folhas de papel diferentes. Parecia ter sido usado ainda à noite, e era estranho que o pai, fora do costume, não o tivesse posto na pasta de couro, fechando-o na gaveta especial.

Tomou o diário, folheou-o e, subitamente, ficou absorta pela leitura. O que lia eram, na maioria, coisas simples, que conhecia havia muito tempo, mas cada um dos que as tinham escrito herdara dos seus antecessores um modo de narrar solene e sem exagero; formara-se assim, por instinto e sem propósito, um estilo de crônica em que se expressava o respeito que uma família tinha a si mesma, assim como à tradição e à história, respeito discreto e por isso sumamente cheio de dignidade. Para Tony isso não representava nada de novo, porque muitas vezes tivera ocasião de ocupar-se dessas folhas. Mas nunca o seu conteúdo a impressionara tanto quanto naquela manhã. A importância da história familiar lhe subia à cabeça... Apoiando os cotovelos na escrivaninha, lia com crescente abandono, cheia de orgulho e seriedade.

Do seu próprio curto passado, também, não faltava nenhum acontecimento. O nascimento, as doenças infantis, o primeiro dia de escola, a entrada no internato da srta. Weichbrodt, a confirmação... tudo isso encontrava-se ali, relatado na letra pequena, fluente e comercial do cônsul, com diligência e um respeito quase religioso pelos fatos: pois mesmo o fato mais insignificante não emanava da vontade de Deus, sendo obra dele, que dirigia maravilhosamente os destinos da família? Que mais seria escrito, para o futuro, no espaço deixado junto ao nome que ela herdara da avó Antoinette? E qualquer coisa que se escrevesse seria lida por membros posteriores da família com a mesma piedade com que ela estava agora cismando sobre os acontecimentos anteriores.

Soltando um suspiro, recostou-se no espaldar, enquanto o coração lhe palpitava solenemente. Sentia reverência por si mesma. Causava-lhe arrepios o sentimento de sua própria importância, sentimento que havia muito lhe era costumeiro, mas que o espírito que acabava de exercer influência sobre ela aumentava grandemente. "Como os elos duma corrente", escrevera o pai... Pois bem! Justamente pelo fato de ser elo de uma corrente, tinha ela uma importância significativa, cheia de responsabilidade... tinha a vocação para colaborar, pelas suas ações e decisões, no destino de sua família!

Folheou o volumoso caderno em direção contrária, até aquela folha de papel áspero que resumia, na letra do cônsul, toda a genealogia dos Buddenbrook em datas compreensíveis, rubricadas e unidas por meio de chaves: desde o casamento do primeiro antepassado com Brigitta Schuren, filha de um pastor, até o enlace do cônsul Johann Buddenbrook com Elisabeth Kröger, celebrado em 1825. Desse matrimônio, dizia o diário, nasceram quatro filhos... Seguia-se a lista dos nomes de batismo com os anos e dias de nascimento. Atrás do nome do filho mais velho já estava anotado que, na Páscoa de 1842, entrara como aprendiz na firma paterna...

Durante muito tempo, Tony olhou o seu próprio nome e o espaço livre que havia atrás dele. E então, subitamente, de um golpe, com uma expressão enérgica e nervosa — engoliu saliva, enquanto os lábios faziam, num instante, movimentos ligeiros —, apanhou a caneta, empurrando-a no tinteiro, em lugar de molhá-la simplesmente. Com o dedo indicador curvo, inclinando a cabeça ardente sobre o ombro, escreveu na sua letra desajeitada, que subia rapidamente da esquerda para a direita: "... Em 22 de setembro de 1845, ela contratou casamento com o sr. Bendix Grünlich, comerciante de Hamburgo".

14.

— Estou completamente de acordo com você, meu prezado amigo. Esta questão é importante e deve ser liquidada. Em breves palavras: o dote tradicional das moças da nossa família é de setenta mil marcos.

O sr. Grünlich lançou ao seu futuro sogro um olhar rápido e investigador de negociante.

— Com efeito... — disse, e esse "com efeito" era exatamente tão comprido quanto a suíça esquerda de cor amarelada que cofiava circunspectamente com os dedos... Chegou à extremidade dela quando terminara o "com efeito"... — Meu caro pai — continuou ele —, o senhor conhece a profunda reverência que tenho às tradições e aos princípios veneráveis! Porém... essa bela virtude não significaria, no presente caso, certo exagero?... Uma casa comercial engrandece... Uma família floresce... Numa palavra, as condições tornam-se outras e melhores...

— Meu prezado amigo — disse o cônsul —, você tem à sua frente um comerciante condescendente! Meu Deus... nem sequer me deixou terminar, pois, caso contrário, já saberia que estou decidido e disposto a ir ao seu encontro conforme as circunstâncias, acrescentando, sem cerimônia, uns dez mil marcos aos setenta mil.

— Quer dizer: oitenta mil... — disse o sr. Grünlich, e então fez um gesto que parecia dizer: "Não é demais; vá lá que seja!".

Ficou tudo assentado da maneira mais amigável, e o cônsul, quando se levantou, fez tilintar, de tão contente, o grande molho de chaves que tinha no bolso. Pois eram somente os oitenta mil que alcançavam a "importância tradicional do dote"...

Isso feito, o sr. Grünlich despediu-se, para voltar a Hamburgo. Tony sentia pouco os efeitos da sua nova situação. Ninguém a impedia de dançar nos bailes dos Möllendorpf, dos Langhals e dos Kistenmaker, ou na casa dos pais, de patinar no campo da Fortaleza ou nos prados do Trave, recebendo as homenagens da rapaziada... Em meados de outubro, teve ocasião de assistir à reunião que se realizava em casa dos Möllendorpf por causa do contrato de casamento do filho mais velho com Julinha Hagenström.

— Tom — disse ela —, eu não vou. Acho isso uma vergonha! — Mas foi apesar de tudo, e divertiu-se deliciosamente.

De resto, adquirira com as penadas que acrescentara à história da família a licença de fazer, em companhia da consulesa, ou sozinha, compras de grande estilo em todas as lojas da cidade e de providenciar o seu enxoval — um enxoval *distinto*. Durante muitos dias ficavam sentadas na copa, junto à janela, duas costureiras, embainhando, bordando monogramas e devorando uma porção de sanduíches de queijo...

— Mamãe, o Lentföhr já mandou a roupa branca?

— Não, minha filha, mas chegaram estas duas dúzias de guardanapos para chá.

— Muito bem... mas ele tinha prometido mandar tudo até hoje de tarde. Meu Deus, os lenços devem ser embainhados.

— Ida, Mademoiselle Bitterlich pergunta quais as rendas para as fronhas.

— Estão no roupeiro do alpendre, à direita, Toninha.

— Line!...

— Você poderia muito bem ir buscá-las sozinha, minha querida.

— Credo, dizer que, para me casar, tenho eu mesma de subir as escadas!

— Já pensou na fazenda para o vestido de noiva, Tony?

— *Moirée antique*, mamãe!... Não vou à igreja sem *moirée antique*!

Assim decorreram outubro e novembro. Em dezembro apareceu o sr. Grünlich para passar as vésperas do Natal no círculo da família Buddenbrook, não recusando também o convite para a festa em casa dos velhos Kröger. Sua conduta em face da noiva era inspirada por aquela delicadeza que se podia esperar dele. Nada de solenidade desnecessária. Nada que pudesse impedir a sua vida social. Nada de carícias grosseiras! Um beijo discreto, dado na fronte, em presença dos pais, selara o contrato de casamento... Às vezes Tony estranhava um pouquinho que a atual felicidade de Grünlich não parecesse corresponder àquele desespero que manifestara por ocasião da recusa. Apenas sucedia que a contemplava com a fisionomia satisfeita de um proprietário... É verdade que, de vez em quando, encontrando-se por acaso a sós com ela, se sentia disposto para brincadeiras e gracejos. Então era capaz de fazer uma tentativa para atraí-la aos seus joelhos, aproximando as suíças do seu rosto, e de perguntar-lhe numa voz trêmula de alegria: "Então é verdade que a conquistei? Será que a apanhei finalmente?...". Ao que Tony respondia: "Meu Deus, você perde a medida!", libertando-se habilmente dele.

Logo depois da festa de Natal, o sr. Grünlich voltou para Hamburgo, pois seus "negócios animados" exigiam inexoravelmente a sua presença. E os Buddenbrook achavam-se, tacitamente, de acordo com ele sobre o fato de que Tony, antes do contrato de casamento, tivera tempo bastante para conhecê-lo.

O problema da habitação foi solucionado por meio de cartas. Tony, que se regozijava extraordinariamente com a ideia de viver numa grande cidade, manifestava o desejo de morar no centro de Hamburgo, onde se encontrava, também — na Spitalerstrasse —, o escritório do sr. Grünlich. Mas o noivo conseguiu com a sua perseverança máscula a autorização para adquirir uma vila nos arredores da cidade, em Eimsbüttel... um lugar romântico, afastado do mundo, um ninho idílico e muito próprio para um jovem casal... *procul negotiis*, não, senhor, não olvidara ainda todo o seu latim!

Assim passou dezembro, e em princípios do ano 46 realizou-se o casamento. Houve uma suntuosa festa na véspera das bodas, a que esteve presente metade da cidade. As amiguinhas de Tony — entre elas Armgard von Schilling, que viajara para a cidade numa carruagem alta como uma torre — dançavam com os amigos de Tom e Christian; entre eles Andreas Giesecke, filho do chefe dos bombeiros e atualmente *studiosus juris*; e Stephan e Eduard Kistenmaker, da firma Kistenmaker & Filhos. Dançavam na sala de jantar e no corredor, para esse fim cobertos de talco... O cônsul Peter Döhlmann incumbiu-se de quebrar nos azulejos do grande alpendre toda a louça de barro que encontrava, costume tradicional nas vésperas de casamento.

A sra. Stuht da Glockengiesserstrasse teve outra oportunidade para frequentar a mais alta sociedade, ajudando Ida e a costureira a vestir Tony no dia do casamento. Disse que jamais vira uma noiva tão bonita. Apesar da sua gordura, estava de joelhos, levantando os olhos cheios de admiração, para fixar os raminhos de murta na *moirée antique* branca... Isso acontecia na copa. O sr. Grünlich, numa casaca de abas compridas e num colete de seda, esperava diante da porta. O rosto corado mostrava uma expressão séria e correta. Na verruga do lado esquerdo do nariz via-se algum pó de arroz, e as suíças amareladas estavam penteadas com todo o cuidado.

Em cima, no alpendre, onde o enlace devia realizar-se, estava reunida a família — um número considerável de pessoas! Estavam ali os velhos Kröger, já um pouco caducos, mas ainda assim figuras muito distintas. Compareceram o cônsul Kröger e a sua esposa com os filhos Jürgen e Jakob, este último chegado de Hamburgo, assim como a família Duchamps. Veio também Gotthold Buddenbrook com a mulher — em solteira Stüwing — e as filhas Friederike, Henriette e Pfiffi, que, infelizmente, jamais se casariam... Compareceu a linha lateral de Mecklemburgo, representada pelo pai de Klothilde, o sr. Bernhard Buddenbrook, que viera da fazenda da Desgraça e olhava com olhos arregalados a casa sobremodo senhorial dos ricos parentes. Os tios de Frankfurt apenas mandaram presentes, pois a viagem era complicada demais... No seu lugar estavam presentes, como os únicos que não pertenciam à família, o dr. Grabow, médico da casa, e Mademoiselle Sesemi Weichbrodt, a velha amiga, que tinha por Tony uma afeição materna. Sesemi, num vestidinho preto, guarnecera a sua touca de novas fitas verdes. "Seja feliz, minha boa menina!", disse ela, quando Tony apareceu no alpendre ao lado de Grünlich. E, espichando-se sobre as pontas dos pés, deu-lhe na testa um beijo com um pequeno estalo... A família estava satisfeita com a aparência da noiva: Tony tinha um aspecto bonito, despreocupado e alegre, apesar de um tanto pálido pela curiosidade e pela ânsia da viagem.

No alpendre, todo enfeitado de flores, erguia-se, à direita, um altar. O pastor Kölling celebrou o ato e, com palavras vigorosas, exortou os noivos a serem moderados. Tudo decorria segundo a ordem e o costume. Tony pronunciou um "sim" ingênuo e bonachão, ao passo que o sr. Grünlich fez antes "a-hem-hem" para preparar a garganta. Depois, comeram-se enormes quantidades de coisas extraordinariamente boas...

Na sala de jantar, os convidados, com o pastor no meio, continuavam devorando o almoço enquanto o cônsul e a esposa acompanhavam o jovem casal até a saída da casa. Lá fora, o ar estava carregado de neve e cerração. A grande carruagem de viagem, cheia de malas e valises, esperava diante do portão.

Tony, várias vezes, exprimiu a convicção de que, em breve, voltaria para visitar os pais e que estes, por sua vez, não deveriam tardar com a sua visita a Hamburgo. Depois subiu, confiantemente, na carruagem, deixando a consulesa agasalhá-la cuidadosamente com o cobertor de peles quentes. O marido acomodou-se também no seu lugar.

— Escute, Grünlich — disse o cônsul —, as novas rendas estão na pequena valise, bem no fundo. Antes de chegar a Hamburgo, você as botará embaixo do sobretudo, não é? Estes direitos alfandegários... acho que a gente deve evitá-los o quanto possível. Adeusinho. Mais uma vez, adeus, minha querida Tony! Que Deus a acompanhe!

— Será que vocês acharão boas acomodações em Arendsburg? — perguntou a consulesa.

— Estão reservadas, mamãe, está tudo reservado! — respondeu o sr. Grünlich.

Anton, Line, Trina e Sofie despediram-se de "Madame Grünlich"...

Estavam por fechar a portinhola, quando Tony foi acometida de uma repentina emoção. Não obstante as complicações que isto causava, desembaraçou-se outra vez do cobertor e desceu desconsideradamente por cima dos joelhos de Grünlich, que começou a resmungar. Abraçou o pai apaixonadamente.

— Adeus. Papai... Meu bom papai! — E depois cochichou bem baixinho: — Está contente comigo?

O cônsul, sem falar, estreitou-a um instante nos braços. Depois, largando-a, apertou-lhe as mãos numa ênfase comovida...

Com isso, tudo estava pronto. Fechou-se ruidosamente a portinhola; o cocheiro deu um estalo com a língua; os cavalos puseram-se em marcha, tão rapidamente que as vidraças vibraram, e a consulesa abanou com o lencinho de cambraia que tremulava no vento até que o carro, descendo barulhentamente pela rua, desapareceu no nevoeiro.

O cônsul ficara pensativo, ao lado da esposa, que, com um gesto gracioso, se envolvia mais apertadamente na sua capa de peles.

— É assim que ela se vai, Bethsy.

— Sim, Jean, a primeira que vai embora... Você acha que será feliz com ele?

— Ah, Bethsy, ela está contente consigo mesma. Isso proporciona a mais sólida felicidade que se possa alcançar na Terra.

Voltaram então aos seus convidados.

15.

Thomas Buddenbrook descia pela Mengstrasse até as Cinco Casas. Evitava a Breite Strasse para não ser obrigado a cumprimentar a cada passo uma porção de conhecidos. Com as mãos abrigadas nos largos bolsos do sobretudo quente de cor cinza-escura, caminhava, meio enlevado, através da neve gelada e cristalina que lhe rangia sob os sapatos. Seguia o seu próprio caminho, que todos os outros ignoravam... O céu resplandecia numa luz azul-clara; o ar estava frio, cortante e perfumado. Era um dia calmo, com o tempo firme, limpo e bonito, o termômetro marcava cinco graus abaixo de zero. Uma incomparável manhã de fevereiro.

Ladeando as Cinco Casas, Thomas atravessou a Bäckergrubestrasse. Esta, paralela à Mengstrasse, ia dar numa descida íngreme que levava ao Trave. Thomas seguiu-a até uma casinha com uma modestíssima loja de flores, de porta estreita e uma pequena vitrine miserável, onde se viam, enfileirados numa prateleira de vidro verde, alguns vasos com plantas bulbíferas.

Thomas entrou, enquanto a sineta de zinco, colocada por cima da porta, começava a ladrar como um cachorrinho vigilante. Lá dentro, diante do balcão, havia uma velhota gorducha e baixinha, de mantelete turco, que conversava com a jovem vendedora. Escolhia entre várias mudas de flores, examinando, farejando, resmungando e tagarelando, de maneira que, constantemente, se via obrigada a enxugar a boca com o lenço. Thomas Buddenbrook cumprimentou-a polidamente, ficando a um canto da loja... Era uma pobre parente dos Langhals, solteirona singela e palradora, portadora de um nome da alta sociedade sem fazer parte dela, que a admitia, não por ocasião dos grandes bailes e reuniões, mas somente nas rodas íntimas de café. Quase todo mundo a chamava "tia Lottinha". Tendo no braço um vaso enrolado em papel de seda, ela virou-se para a porta, enquanto Thomas, cumprimentando-a outra vez, disse em voz alta à caixeira:

— Algumas rosas, por favor... A espécie é indiferente. *La France* serve...

Depois, quando tia Lottinha desapareceu, fechando a porta atrás de si, disse mais baixinho:

— Foi-se. Pode largá-la tranquilamente, Anna... Bom dia, Anninha! Aqui estou eu... vim com o coração dolorido.

Anna usava um avental branco por cima do simples vestido preto. Era maravilhosamente bonita. Tinha o corpo delgado duma gazela e um tipo de fisionomia quase malaia: com as maçãs do rosto um tanto salientes, olhos negros estreitos e uma tez de marfim como em parte alguma se encontraria igual. As mãos, da mesma cor, eram finas e de extraordinária beleza para uma caixeirinha.

Ela se dirigiu, por trás do balcão, para o canto direito da lojinha, que não podia ser visto através da vitrine. Thomas seguiu-a pelo lado de fora, e, inclinando-se por cima do balcão, beijou-lhe os lábios e os olhos.

— Coitadinho, você está completamente gelado! — disse ela.

— Cinco graus! — disse Tom... — Mas não senti nada. Vim para cá muito abatido.

Sentando-se no balcão, ficou com a mão dela entre as suas.

— Pois é, Anna... Entendeu? Hoje a gente tem de ser razoável. Chegou o tempo.

— Oh, meu Deus! — disse ela suspirosa, amarrotando o avental, cheia de receio e aflição.

— Um dia isso tinha de acontecer, Anna... Olhe! Não chore! Nós nos prometemos ser razoáveis, não é?... Que se pode fazer? Temos de nos conformar.

— Quando...? — perguntou Anna, soluçando.

— Depois de amanhã.

— Ah, meu Deus... por que depois de amanhã? Mais uma semana... por favor!... Mais cinco dias!...

— Não pode ser, Anninha querida. Já está tudo resolvido e combinado... Eles me esperam em Amsterdam... Não posso tardar nem um dia, por mais que eu queira!

— E Amsterdam é tão longe, tão horrivelmente longe!...

— Amsterdam? Qual nada! E a gente pode ficar *pensando* um no outro, não é? E vou escrever. Você vai ver: escreverei logo que chegar lá...

— Você se lembra ainda... — disse ela — um ano e meio atrás? Na feira?...

Ele a interrompeu comovido:

— Mas claro, um ano e meio! Céus!... Achei que você era uma italiana... Comprei um cravo que pus na lapela... Vou levá-lo para Amsterdam... Que poeira e que calor havia no parque, hein?...

— Sim, você foi buscar-me um refresco na barraquinha mais próxima... Lembro-me como se fosse hoje! Havia em toda parte um cheiro de filhós e de gente...

— Mas era bonito! E logo percebemos nos nossos olhos o que sentíamos um pelo outro...

— E você quis andar de carrossel comigo... mas isso não era possível, pois eu tinha de vender flores. A patroa me teria repreendido...

— Sim, não era possível, Anna, eu sei.

Ela disse baixinho:

— E isso foi a única coisa que lhe recusei.

Outra vez, ele a beijou nos lábios e nos olhos.

— Adeus, Anninha, minha querida e boa Anninha!... Pois a gente tem de começar a dizer adeus!

— Mas você voltará ainda amanhã?

— Claro, a esta mesma hora. E também depois de amanhã, bem cedo, se achar um jeito de ausentar-me... Mas agora vou dizer-lhe uma coisa, Anna... Terei de viajar para bem longe, sim, Amsterdam é longe, em todo o caso... e você ficará aqui. Mas tome cuidado, não se perca! Compreende? Pois até agora, Anna, você não se perdeu; isto eu lhe digo!

Chorando, ela levou o avental ao rosto com a mão que estava livre.

— E você?... E você?...

— Só Deus sabe como irão as coisas, Anna. Não ficamos jovens para sempre... Você é uma moça sabida, e nunca me falou de casamento e coisas assim...

— Não, Deus me livre!... Como poderia pedir-lhe isto!...

— A gente vive arrastado pela correnteza, sabe... Se eu continuar vivendo tomarei conta da firma e me casarei com um bom partido... Sim, sou franco com você, na despedida... E com você, também... sucederá assim... Desejo-lhe toda a felicidade possível, minha querida e boa Anninha! Mas não se perca, ouviu? Pois até agora você não se perdeu; isto eu lhe digo!...

Ali dentro fazia calor. Havia na lojinha um perfume úmido de terra e de flores. Lá fora, o sol invernal já desaparecia. Um arrebol suave e puro, que parecia pintado sobre porcelana, enfeitava o horizonte além do rio. Escondendo o queixo na gola arregaçada do sobretudo, os transeuntes passavam rapidamente pela vitrine, sem ver os dois jovens que naquele canto da lojinha se despediam um do outro.

QUARTA PARTE

I.

30 de abril de 1846

Minha querida mamãe:

Mil agradecimentos pela sua carta, na qual me comunicou o contrato de casamento de Armgard von Schilling com o sr. Von Maiboom de Pöppenrade. A própria Armgard me mandou também uma participação (coisa muito elegante, com bordas douradas!) e juntou uma carta, em que fala do noivo em termos encantados. Diz que é um homem belíssimo e de caráter distinto. Como ela deve estar feliz! Todos estão casando: recebi outra participação de Eva Ewers, de Munique. Arranjou um gerente de cervejaria.

Mas agora tenho de perguntar-lhe uma coisa, minha querida mamãe: por que não se ouve ainda nada a respeito de uma visita do casal Buddenbrook a esta cidade? Será que esperam um convite oficial de Grünlich? Isso não valeria a pena, pois acho que ele nem pensa em tal coisa, e quando eu o lembro, responde: "Claro, querida, mas o seu pai tem mais o que fazer". Ou, acaso, acham que me incomodam? Ah, não, de maneira alguma! Ou receiam causar-me nova nostalgia? Santo Deus, sou uma mulher razoável; fiz as minhas experiências na vida e amadureci.

Acabo de tomar café em casa da sra. Käselau, que mora aqui perto. É gente simpática, e os nossos vizinhos, à esquerda, que se chamam Gussmann (as casas ficam bastante afastadas uma da outra), são pessoas agradáveis. Temos dois bons amigos, que também habitam a nossa zona: o dr. Klaassen (de quem lhe falarei mais tarde) e o banqueiro Kesselmeyer, amigo íntimo de Grünlich. Não imagina quanto esse velho senhor é engraçado! Tem suíças brancas, bem curtas, e os poucos cabelos grisalhos que lhe sobram parecem penugem e tremulam à menor aragem. Faz com a cabeça movimentos tão curiosos como uma ave e é bastante loquaz; por isso o chamam de "gralha". Mas Grünlich proíbe-me de fazer isso, pois diz que a gralha rouba, ao passo que o sr. Kesselmeyer é homem honesto. Ao andar, ele se inclina para a frente, gesticulando com os braços. A penugem vai-lhe somente até a metade do crânio, e dali em diante a nuca é totalmente vermelha e rugosa. É extremamente alegre! Às vezes me dá uma palmadinha na face, dizendo: "Você é uma mulher boazinha; que sorte para Grünlich tê-la conseguido!". Procura então um pincenê (anda sempre com três no bolso, e os cordões compridos enredam-se constantemente no colete branco!) e, metendo-o no nariz, que se encrespa totalmente, olha-me, de boca aberta, com um ar tão divertido que lhe rio bem na cara. Mas não me leva a mal.

Grünlich anda muito ocupado. De manhã vai à cidade em nossa pequena charrete amarela, e muitas vezes só volta bem tarde. De vez em quando fica sentado comigo, lendo o jornal.

Quando frequentamos alguma reunião, por exemplo em casa de Kesselmeyer ou do cônsul Goudsticker no Alsterdamm ou do senador Bock na Rathausstrasse, temos de tomar uma carruagem de aluguel. Várias vezes pedi a Grünlich que adquirisse uma carruagem, pois aqui, fora da cidade, a gente precisa disso. Ele me fez também meia promessa, mas é estranho que não goste de frequentar a sociedade em minha companhia, e fica visivelmente contrariado quando converso na cidade com outras pessoas. Será ele ciumento?

Já lhe descrevi minuciosamente a nossa *villa*, que realmente é muito bonita, e alguns móveis recentemente comprados embelezaram-na ainda mais. A senhora não teria nenhuma objeção a fazer à sala que se encontra no sobrado: tudo guarnecido de seda marrom. A sala de jantar, que fica ao lado, tem lindos painéis; as cadeiras custaram vinte e cinco marcos cada uma. Estou sentada no gabinete que nos serve de sala de estar. Além disso, existe ainda uma peça para fumar e jogar. O salão, noutro lado do corredor, que ocupa a outra metade do térreo, recebeu cortinas amarelas e ficou muito distinto. Em cima, há quartos de dormir, de vestir e de banho, bem como as peças da criadagem. Para a carruagem amarela temos um pequeno *groom*. Estou mais ou menos contente com as duas empregadas. Não sei se são inteiramente de confiança, mas, graças a Deus, não preciso preocupar-me com ninharias! Em poucas palavras: tudo está como convém ao nome de nossa família.

E agora vem uma coisa, minha querida mamãe, a mais importante, que reservei para o fim: há alguns dias senti alguma coisa um pouco estranha — sabe? —, como se não estivesse de boa saúde, mas de qualquer forma diferente. Um belo dia, expus os sintomas ao dr. Klaassen. Este é um homenzinho pequeno com uma cabeça enorme, na qual põe um chapéu ainda maior de abas largas. Anda sempre com uma bengala de bambu, de castão redondo, feito de um osso qualquer, e aperta essa bengala contra a barba comprida que é quase verde, porque, durante muitos anos, a tingia de preto. Pois então, a senhora deveria tê-lo visto! Não me deu nenhuma resposta. Mexeu nos óculos, piscando os olhinhos avermelhados e acenando para mim com o nariz grosso como uma batata. E com isso riu-se às escondidas, encarando-me de modo tão impertinente que eu não sabia o que fazer. Depois examinou-me e disse que tudo estava muito promissor, mas que eu devia beber alguma água mineral, porque talvez estivesse um tanto anêmica. Oh, mamãe, conte a história com muito cuidado ao bom papai, para que a anote no diário da família. Logo que me for possível, ouvirá mais alguma coisa a respeito!

Lembranças sinceras para papai, Christian, Klara, Thilda e Ida Jungmann. Escrevi, há pouco tempo, a Thomas, para Amsterdam.

A sua filha obediente,

Antonie

Em 2 de agosto de 1846.

Meu querido Thomas:

Com muito prazer recebi as suas linhas sobre o tempo que passou em Amsterdam em companhia de Christian. Devem ter sido uns dias alegres. Ainda não me chegaram notícias sobre a continuação da viagem do seu irmão à Inglaterra, via Ostende, mas queira Deus que tudo tenha corrido normalmente. Tomara que não seja ainda tarde para Christian, depois de ter abandonado a profissão científica, aprender alguma coisa útil com o seu chefe, Mr. Richardson! Que a sua carreira comercial seja acompanhada pelo sucesso e pela bênção de Deus! Mr. Richardson (Theadneedle Street) é, como você sabe, um bom companheiro de negócios da minha firma. Folgo em ter colocado ambos os meus filhos em casas que mantêm relações amigáveis comigo. Já agora você pode experimentar as vantagens que isso traz: sinto grande satisfação pelo fato de o sr. Van der Kellen ter aumentado o seu salário, neste trimestre, permitindo-lhe, além disso, fazer negócios por fora. Estou convencido de que você se mostrou e se mostrará digno de tal generosidade, procedendo corretamente.

Com tudo isso, lastimo que a sua saúde não esteja perfeita. Aquilo que você me escreveu acerca do nervosismo me lembra a minha própria mocidade, quando trabalhava em Antuérpia e me vi forçado a fazer um tratamento em Ems. Se qualquer coisa semelhante for necessária na sua situação, meu filho, disponho-me, naturalmente, a ajudá-lo ativa e espiritualmente, se bem que prefira evitar tais despesas com nós outros, nestes tempos de inquietação política.

A sua mãe e eu, todavia, empreendemos, em meados de junho, uma viagem a Hamburgo para visitarmos a sua irmã Tony. O seu marido não nos convidara, mas recebeu-nos com grande cordialidade, dedicando os dias que passamos com eles tão exclusivamente à nossa companhia que chegou a negligenciar os seus negócios e quase não me deixou tempo para fazer uma visita aos Duchamps, que moram na cidade. Antonie encontrava-se no quinto mês de gravidez; o médico afirmou-me que tudo correria de forma normal e satisfatória.

Queria ainda fazer menção a uma carta do sr. Van der Kellen pela qual soube, com muito prazer, que gosta também de recebê-lo no círculo da sua família. Você chegou agora àquela idade, meu filho, em que o homem começa a tirar os frutos da educação que os pais lhe proporcionaram. Que lhe sirva de conselho o fato de que eu mesmo, na sua idade, tanto em Bergen quanto em Antuérpia, sempre me esforcei por ser agradável e obsequiador às esposas dos meus patrões, procedimento esse que me foi sumamente vantajoso. Além da honra e do prazer dessas relações amigáveis com a família do chefe, surge na patroa uma intercessora proveitosa, caso ocorra a circunstância — indesejável, sim, mas possível — de um descuido nos negócios ou algo que, de vez em quando, diminua a benevolência do chefe.

Quanto aos seus projetos comerciais que se referem ao futuro, meu filho, regozijo-me deles por causa do vivo interesse que se exprime nisso, mas não posso inteiramente concordar com você. Você acha que a venda dos produtos das cercanias da nossa cidade natal — trigo, colza, couros e peles, lã, óleo, tortas de linhaça, ossos etc. — seja o negócio mais indicado e mais lucrativo nessa cidade. Por isso, além de trabalhar como consignatário, você tenciona ocupar-se sobretudo com negócios deste ramo. Numa época em que havia ainda muito pouca concorrência nessa especialidade de negócios — agora ela aumentou grandemente — ventilei também essa ideia e fiz mesmo algumas experiências, conforme as ocasiões e o tempo disponível. A minha viagem à Inglaterra tinha como finalidade principal a de ali procurar relações para tais tentativas. Para esse fim subi até a Escócia, travando amizades úteis. Mas logo percebi o caráter perigoso que tinham os negócios de exportação para esse país, deixando, por isso, de expandi-los no futuro. Sempre me lembrava do lema que herdamos do nosso antepassado, o fundador da firma: "Meu filho, dedique-se, de dia, com gosto aos negócios, mas faça-o de maneira que, de noite, possa dormir tranquilamente!".

Tenho a intenção de conservar esta divisa como sagrada até o fim da minha vida, apesar de que, às vezes, se possa duvidar dela diante de pessoas que, sem tais princípios, parecem prosperar mais. Refiro-me a Strunck & Hagenström, que progridem enormemente, ao passo que as nossas coisas andam com demasiado vagar. Você sabe que a casa, desde a diminuição de capital causada pela morte do seu avô, não mais se desenvolveu, e dirijo preces a Deus para que me deixe passar-lhe a firma pelo menos na sua situação atual. No nosso procurador, o sr. Marcus, tenho felizmente um auxiliar versado e circunspecto. Se ao menos a família da sua mãe quisesse administrar um pouco melhor o seu dinheiro!... A herança é coisa muito importante para nós!

Ando fortemente sobrecarregado de trabalhos comerciais e de serviços públicos. Sou decano do Grêmio dos Navegadores Noruegueses, e pouco a pouco fui sendo eleito representante classista no Departamento Financeiro, na Junta Comercial, na Deputação de Revisões de Contas e no Pão-dos-Pobres de Santana.

A sua mãe, Klara e Klothilde mandam-lhe um bom abraço. Além disso, vários senhores — os senadores Möllendorpf e Oeverdieck, o cônsul Kistenmaker, o corretor Gosch, C. F. Köppen, bem como do escritório o sr. Marcus e os capitães Kloot e Klötermann — enviam-lhe lembranças por meu intermédio. Que Deus o abençoe, meu querido filho! Trabalhe, reze e economize!

Com todo o amor,

Seu pai

Em 8 de outubro de 1846

Meus queridos e venerados pais:

O abaixo assinado encontra-se na situação agradável de poder informá-los de que, há meia hora, sua filha, minha queridíssima esposa Antonie, deu à luz uma criança. Conforme a vontade de Deus, é uma filha, e não acho palavras para exprimir quanto me sinto feliz e emocionado. O estado da nossa querida parturiente, assim como o da criança, é ótimo, e o dr. Klaassen mostrou-se absolutamente satisfeito com o desenrolar dos fatos. A sra. Grossgeorgis, a parteira, disse também que tudo se passou sem a mínima dificuldade. — A emoção obriga-me a largar a pena. Recomendo-me aos meus ilustríssimos pais com o mais respeitoso carinho.

B. Grünlich

P.S. Se fosse um garoto, eu teria um nome muito bonito para ele. Mas, como não é, preferia chamá-la de Meta, mas Gr. quer Erika.

Tony

2.

— Que foi, Bethsy? — perguntou o cônsul, sentando-se à mesa e levantando o prato que cobria a sua sopa. — Não se sente bem? Que é que há! Parece-me que você está com cara de doente.

O círculo da família na vasta sala de jantar tornara-se muito menor. Além dos pais, participavam dela, todos os dias, apenas Mademoiselle Jungmann, Klara, que tinha dez anos agora, e Klothilde, magrinha, devota e voraz como sempre. O cônsul deixou vagar os olhos... Todas as fisionomias pareciam aflitas e aborrecidas. Que acontecera? Ele mesmo estava nervoso e preocupado, pois reinava inquietação na Bolsa por causa daquele caso complicado de Schleswig-Holstein... Mas pairava no ar ainda outra inquietação: mais tarde, quando Anton saiu para buscar a carne, o cônsul ficou sabendo o que sucedera em casa. A cozinheira Trina, aquela moça que até então fora leal e dedicada, mostrara-se de súbito abertamente rebelde. Para maior desgosto da consulesa, ela mantinha, havia algum tempo, uma amizade, espécie de aliança espiritual, com um açougueiro, e esse homem eternamente coberto de sangue devia ter influenciado da maneira mais nociva no desenvolvimento das suas opiniões políticas. Quando a consulesa a censurou por causa de um molho de cebolinhas estragado, Trina pusera os braços nus na cintura, pronunciando-se deste modo: "Espere só, senhora consulesa. Isso não fica assim por muito tempo... O mundo será de outro jeito. E aí eu é que vou ficar sentada no sofá num vestido de seda, e a senhora é que vai servir...". Naturalmente, foi logo despedida.

O cônsul sacudiu a cabeça. Ele mesmo percebia nos últimos tempos muita coisa que inspirava cuidados. Era verdade que os velhos estivadores e operários nos depósitos eram bastante razoáveis para não meterem tolices na cabeça; mas este ou aquele dentre os moços manifestava, pela conduta, que o espírito moderno de sedição se insinuara perfidamente... Na primavera, verificara-se um conflito nas ruas, apesar de já existir o projeto de uma nova Constituição adaptada às exigências dos tempos modernos. Este projeto fora, pouco mais tarde, proclamado como lei básica do Estado por um decreto do Senado, não obstante a oposição de Lebrecht Kröger e mais alguns velhos teimosos. Foram eleitos representantes do povo, e reunira-se uma assembleia. Mas o ambiente continuava intranquilo. A desordem ia pelo mundo inteiro. Todos queriam reformar a Constituição e o direito eleitoral, havendo diferenças entre os cidadãos. "Estado corporativo!", diziam alguns; o cônsul Johann Buddenbrook estava entre eles. "Direito eleitoral para todos!", diziam outros; Hinrich Hagenström fazia o mesmo. Outros ainda gritavam: "Direito eleitoral corporativo!" e talvez soubessem o que queriam dizer com isso. E além do mais andavam no ar palavras de combate como "abolição da diferença entre cidadãos e plebeus" ou "extensão do direito da cidadania aos não cristãos...". Não era de admirar que a Trina dos Buddenbrook tivesse ideias como aquela do sofá e do vestido de seda! Ah, coisas piores estavam para chegar! Os acontecimentos ameaçavam tomar um rumo assustador...

Foi num dos primeiros dias de outubro de 1848 — um dia de céu azul onde vagavam, rápidas, algumas nuvens brancas. O sol inundava-o com uma luz de prata, mas já não tinha força bastante para que pudesse dispensar o fogo que crepitava atrás da grade alta e polida da lareira na sala das Paisagens.

A pequena Klara, criança loiro-escura de olhos bastante austeros, estava sentada na mesinha de costura, junto à janela, com um bordado nas mãos. Klothilde, entregue ao mesmo trabalho, encontrava-se no sofá, ao lado da consulesa. Não era muito mais velha do que a sua prima casada, tinha apenas vinte e um anos. Mas o rosto comprido já começava a mostrar linhas acentuadas, e o cabelo liso e dividido ao meio — cabelo que nunca fora loiro mas sempre de um cinza embaciado — contribuía muito para completar o retrato de uma solteirona. Ela estava satisfeita com essa evolução, nada fazendo para remediá-la. Talvez tivesse necessidade de envelhecer rapidamente para fugir logo de qualquer dúvida ou esperança. Não possuindo nem um vintém, sabia que não haveria ninguém no mundo para casar-se com ela, e encarava humildemente o seu futuro num pequeno quarto, vivendo da pequena mesada que o tio poderoso lhe conseguiria duma instituição de auxílios a moças pobres de boa família.

A consulesa, por sua vez, estava absorta pela leitura de duas cartas. Tony escrevia sobre o desenvolvimento precoce da pequena Erika, e Christian contava coisas da sua vida e das suas ocupações em Londres, sem dar detalhes a respeito das suas atividades na firma de Mr. Richardson... A consulesa, que se aproximava dos quarenta e cinco, queixava-se amargamente do destino das mulheres loiras, que envelheciam rapidamente. A tez delicada que corresponde aos cabelos ruivos murcha nessa idade, apesar de todos os cosméticos refrescantes, e o próprio cabelo encaneceria inexoravelmente, se não possuíssemos, graças a Deus, a receita duma tintura parisiense para evitar provisoriamente esse mal. A consulesa estava decidida a jamais ficar grisalha. Caso a tinta se tornasse inútil, usaria uma peruca da cor que tinham os seus cabelos na mocidade... No penteado ainda artístico havia um pequeno laço, enfeitado de rendas brancas: era o começo, o esboço duma touca. A saia de seda caía-lhe aos pés, larga e fofa. As mangas amplas estavam forradas com entretela. Como sempre, alguns braceletes de ouro tiniam-lhe suavemente nos pulsos.

Eram três da tarde. De repente, ouviu-se da rua uma gritaria, uma espécie de berros e assobios turbulentos e o ruído de muitos passos. E esse barulho crescia ao aproximar-se...

— Mamãe, que é isso? — disse Klara, olhando no espelho colocado à janela. — Toda essa gente... Que é que eles têm? Por que estão tão alegres?

— Meu Deus! — gritou a consulesa, atirando as cartas na mesa. Levantou-se cheia de angústia e correu à janela. — Será que... Oh, grande Deus, sim! É a revolução... A plebe vem vindo...

Era verdade que durante todo o dia já houvera tumultos na cidade. Na Breite Strasse, atiraram uma pedra na vitrine da casa de fazendas Benthien — e só Deus sabia o que é que a vidraça do sr. Benthien tinha que ver com a alta política.

— Anton! — gritou a consulesa numa voz trêmula para a sala de jantar, onde o criado arrumava a prataria... — Anton, desça depressa! Feche o portão! Corra o ferrolho! A plebe vem vindo...

— Sim, senhora consulesa — disse Anton. — Mas será que posso arriscar-me a isso? Sou um empregado... Se eles veem a minha libré...

— Que gente má — disse Klothilde em palavras arrastadas, sem interromper o bordado.

Nesse instante, atravessando o alpendre, o cônsul entrou pela porta envidraçada. Tinha o sobretudo no braço e o chapéu na mão.

— Vai sair, Jean? — perguntou a consulesa, assustada.

— Sim, querida, tenho de ir à Assembleia...

— Mas a população, Jean! A revolução...

— Ah, meu Deus, Bethsy! Isto não é tão sério assim!... Estamos na mão de Deus. A multidão já passou. Vou sair pelos fundos...

— Jean, se me quer bem... Será que você vai expor-se a esse perigo? Tem a intenção de deixar-nos aqui sozinhas?... Ah, estou com medo, estou com tanto medo!

— Mas, minha querida, pelo amor de Deus! Você fica nervosa sem razão... Aquela gente vai fazer algum barulho no mercado e na frente da Prefeitura... O Estado talvez tenha de pagar mais algumas vidraças, e é só.

— Aonde você vai, Jean?

— À Assembleia... Acho que chegarei tarde lá. Os negócios causaram a minha demora. Seria uma vergonha se eu faltasse hoje. Pensa que o seu pai deixará de ir? Por velho que seja...

— Então vá com Deus, Jean!... Mas tome cuidado, suplico-lhe, seja cauteloso! E tome conta do meu pai! Imagine se lhe acontece alguma desgraça...

— Não se preocupe, querida...

— Quando você volta? — gritou-lhe a consulesa.

— Hum, às quatro e meia, cinco, mais ou menos... Conforme. Há coisas importantes na ordem do dia, e depende...

— Oh, estou com medo, estou com medo! — repetia a consulesa, andando de um lado da sala para outro, e lançando por tudo olhares desnorteados.

3.

O cônsul Buddenbrook caminhou rapidamente através do vasto prédio. Quando saiu para a Bäckergrubestrasse, ouviu passos atrás de si. Viu o corretor Gosch, que, pitorescamente envolto numa comprida capa, ia também à sessão da Assembleia, e subia a ladeira da rua. Levantando com uma das mãos magras e longas o chapéu de jesuíta e fazendo com a outra um gesto cortês e humilde, disse numa voz abafada e misantropa:
— Senhor cônsul... salve!
Esse corretor, Siegismund Gosch, solteirão de aproximadamente quarenta anos, era, não obstante o seu porte, o homem mais honesto e bonachão do mundo. Sucedia apenas que era um espírito singular e um tanto extravagante. O rosto raspado era marcado pelo nariz curvo, pelo queixo saliente e pontudo, por feições acentuadas e pela boca larga e caída cujos lábios estreitos ele apertava dum modo sinistro e maligno. Esforçava-se — com certo sucesso — por exibir uma cabeça feroz, perfeita e diabólica de intrigante, uma figura de características perversas, cínicas e temíveis, mistura de Mefistófeles e Napoleão... O cabelo grisalho caía-lhe profundamente sobre a testa, dando uma impressão sombria. Lastimava sinceramente não ser corcunda.
Era um vulto estranho e simpático entre os habitantes da velha cidade hanseática. Pertencia a eles pelo fato de manter, de um modo absolutamente burguês, uma pequena mas sólida firma de corretagem, respeitada apesar da sua modesta envergadura. Havia, porém, no seu escritório escuro e apertado uma grande estante de livros, cheia de obras poéticas de todos os idiomas. Corria o boato de que Gosch, desde a idade de vinte anos, trabalhava numa tradução das tragédias completas de Lope de Vega... Um dia, numa representação de amadores do *Dom Carlos*, de Schiller, fizera o

papel de Domingos. Foi o apogeu da sua vida... Jamais empregava uma palavra que não fosse distinta, e até nas conversas sobre negócios, quando emitia as locuções comuns, rangia os dentes e falava com uma expressão de quem quer dizer: "Ah, patife! Malditos sejam os seus antepassados!". Em vários sentidos, Gosch era herdeiro e sucessor do saudoso Jean Jacques Hoffstede; apenas o seu caráter era mais sombrio e mais patético, e não tinha nada daquela alegria espontânea que o amigo de Johann Buddenbrook pai salvara do século passado... Certa vez perdera na Bolsa, de um golpe, seis táleres e meio em duas ou três apólices que comprara com intenções especulativas. Dessa feita, a sua vocação dramática arrastou-o de tal maneira que dava a impressão de estar representando. Deixou-se cair num banco na atitude de quem tivesse perdido a batalha de Waterloo. Apertando contra a testa o punho cerrado, repetiu várias vezes, com olhar blasfemo: "Ah, com todos os diabos!". Como, no fundo, o aborreciam os pequenos lucros certos que fazia na venda deste ou daquele prédio, essa perda, esse golpe trágico, com que o céu ferira a sua pessoa de intrigante, causou-lhe um prazer que durante semanas o fez feliz. Quando alguém lhe dirigia a palavra: "Ouvi dizer, sr. Gosch, que teve um prejuízo. Que pena!...", costumava responder: "Oh, meu prezado amigo! *Uomo non educato dal dolore rimana sempre bambino!*". Claro que ninguém entendia isso. Era, talvez, de Lope de Vega? De qualquer jeito não havia dúvida de que esse Siegismund Gosch era homem culto e estranho.

— Que tempos, estes em que vivemos! — disse o corretor ao cônsul Buddenbrook, enquanto caminhava junto dele, apoiando-se, de ombros encolhidos, na sua bengala. — Uma época tempestuosa e revolta!

— Tem razão — respondeu o cônsul. — Os tempos estão movimentados. Deve-se esperar com curiosidade a sessão de hoje. O princípio corporativo...

— Não, escute! — continuou o sr. Gosch. — Estive na rua o dia inteiro, observando a plebe. Encontrei rapazes magníficos, com os olhos chamejantes de ódio e de entusiasmo.

Johann Buddenbrook começou a rir:

— Você é engraçado, meu amigo! Parece que gosta disso, não é? Não, senhor, com a sua licença... Tudo isso é criancice! Que quer essa gente? Uma porção de moços mal-educados que se aproveitam da ocasião para fazer algum barulho.

— Evidentemente! Mas não se pode negar... Estava presente quando o açougueiro Berkemeyer quebrou a vidraça do sr. Benthien... Parecia uma pantera! — O sr. Gosch pronunciou a última palavra cerrando os dentes com mais força ainda do que costumava. Depois continuou: — Ah, não, não se pode negar que essa coisa tem o seu lado sublime! É, afinal, algo de diferente, sabe? Algo fora do cotidiano. Violência, tempestade, selvageria... Um temporal!... Pois bem, o povo é ignorante! Mas o meu coração, este meu coração bate com ele...

Já tinham chegado à casa simples, pintada de amarelo, em cujo térreo se encontrava a sala das sessões da Assembleia. O recinto pertencia ao restaurante e café-dançante da viúva Suerkringel, que, em certos dias, o punha à disposição dos senhores deputados. À direita do estreito corredor ladrilhado ficavam as salas do restaurante, exalando um cheiro de cerveja e comida; à esquerda encontrava-se a entrada da sala, uma porta feita de tábuas verdes, sem maçaneta nem fechadura, tão apertada que ninguém teria esperado um salão tão grande atrás dela. A sala, de paredes brancas, era fria, sem enfeites, e parecia um galpão em cujo teto caiado sobressaíam as traves. As três janelas bastante altas, de esquadrias verdes, não tinham cortinas. Em frente delas erguiam-se as filas de assentos em forma de anfiteatro. No sopé existia uma mesa coberta de pano verde, onde se viam um grande sinete, autos de processos e utensílios de escrita. Este lugar se destinava ao presidente, ao secretário e aos comissários do Senado que estivessem presentes. Na parede oposta à porta, havia alguns cabides altos, cobertos de sobretudos e de chapéus.

Ao entrar pela porta estreita, deparou-se ao cônsul e ao seu companheiro uma vozeria confusa. Eram visivelmente os últimos a chegar. A sala estava cheia de cidadãos que, com as mãos nos bolsos, nas costas ou no ar, se agrupavam discutindo. Dos cento e vinte membros do corpo legislativo, pelo menos cem estavam presentes. Alguns deputados das zonas rurais preferiram ficar em casa, por causa da situação reinante.

Próximo à entrada ficava um grupo de gente miúda — alguns lojistas sem importância, um professor de ginásio, o "pai dos órfãos", sr. Mindermann, e o sr. Wenzel, popular barbeiro. Este, baixinho, robusto, de bigode preto, fisionomia inteligente e mãos vermelhas, fizera ainda de manhã a barba do cônsul. Mas aqui era seu igual. Servia exclusivamente a alta sociedade: só os Möllendorpf, Langhals, Buddenbrook e Oeverdieck, e devia a sua eleição para a Assembleia à onisciência nos assuntos urbanos, às boas maneiras e à habilidade, a que se juntava um amor-próprio sensível através de toda a submissão.

— Senhor cônsul, já sabe a última novidade? — gritou com ardor, olhando seriamente o seu protetor.

— Que é que devo saber, meu caro Wenzel?

— Hoje de manhã, não se tinha ainda notícia disso... Desculpe-me, senhor cônsul, mas é a última novidade! O povo não vai fazer demonstrações na Prefeitura nem no mercado! Virá aqui ameaçar a Assembleia! Foi o relator Rübsam quem os incitou...

— Não diga isso, Wenzel — retrucou o cônsul. Apertou-se por entre os primeiros grupos até o centro da sala onde descobrira o seu sogro em companhia dos senadores dr. Langhals e James Möllendorpf, que tinham vindo assistir à sessão. — Será que é verdade, senhores? — perguntou, dando-lhes um aperto de mão...

De fato, toda a Assembleia estava cheia desse boato: os amotinados viriam até ali para fazer demonstrações; já se podia ouvi-los...

— Aquela canalha! — disse Lebrecht Kröger com um desprezo frio. Chegara na sua carruagem. A figura alta e distinta do antigo "cavalheiro à la mode" começava, em tempos normais, a dobrar-se sob o peso dos oitenta anos. Mas hoje ele se empertigava, com os olhos meio cerrados, abaixando num desdém aristocrático as comissuras, por cima das quais se erguiam verticalmente as curtas pontas do bigode branco. No colete de veludo alvo brilhavam duas filas de botões de pedras preciosas...

Perto desse grupo via-se Hinrich Hagenström, um senhor gorducho e baixote, de suíças ruivas, meio grisalhas. Tinha o casaco aberto, com uma grossa corrente de relógio sobre o colete enxadrezado de azul. Estava ao lado do sócio, sr. Struck, e não fez nem um gesto para cumprimentar o cônsul.

O sr. Benthien, negociante de fazendas, homem de aparência abastada, reunira em torno de si grande número de deputados. Contou-lhes minuciosamente como lhe haviam quebrado a vidraça...

— Um tijolo, senhores, metade de um tijolo! Craque... Através da janela, e caiu num fardo de fazenda verde... Aquela corja! Mas agora é o governo que deve agir...

De um canto da sala ouvia-se constantemente a voz do sr. Stuht, que, num casaco preto por cima da camisa de lã, participava da discussão, repetindo sempre, com uma ênfase furiosa: "Que *infamía* bárbara!...". O sr. Stuht pronunciava "infamía"...

Johann Buddenbrook foi cumprimentar o velho amigo C. F. Köppen e o seu concorrente, o cônsul Kistenmaker. Apertou a mão do dr. Grabow e trocou algumas palavras com o chefe dos bombeiros, Giesecke, com o arquiteto Voigt, com o dr. Langhals, irmão do senador e presidente da Assembleia, e com alguns comerciantes, professores e advogados...

Apesar de a sessão não ter sido aberta, os debates estavam animadíssimos. Todos os senhores praguejavam contra aquele escriba, aquele jornalista Rübsam, que, sabiam, excitara o povo à rebelião... E para que tudo isso? A Assembleia estava reunida para ver se era melhor conservar o princípio corporativo na representação do povo ou introduzir o direito de eleição geral e igual para todos. Essa última alternativa já fora proposta pelo Senado. Mas que queria o povo? Queria simplesmente acabar com os patrícios, e era só. Com os diabos! esta situação era a mais desagradável de todas as que esses senhores tinham enfrentado na vida! Aglomeravam-se em torno dos comissários do Senado para saber a sua opinião. Cercavam também o cônsul Buddenbrook, que devia saber como o burgomestre Oeverdieck encarava as coisas. Desde que, no ano passado, o senador dr. Oeverdieck, cunhado do cônsul Justus Kröger, fora eleito presidente do Senado os Buddenbrook tornaram-se por consequência parentes do burgomestre — o que contribuía grandemente para aumentar a sua reputação pública.

Subitamente cresceu o estrondo que vinha de fora... A revolução chegara às janelas da sala das sessões! De um golpe cessou, lá dentro, a troca de opiniões excitadas. Os deputados, silenciosos e assustados, juntaram as mãos sobre o ventre, olhando as caras uns dos outros, ou as janelas, onde surgiam punhos ameaçadores. Uma gritaria turbulenta, bruta e ensurdecedora enchia o ar. Mas então, de inopino, como se os próprios amotinados se tivessem envergonhado da sua conduta, fez-se lá fora um silêncio tão profundo como o da sala. E nessa ausência de qualquer ruído ouviu-se apenas, da fila mais baixa das cadeiras, onde se acomodara Lebrecht Kröger, uma única palavra, ressoando pelo silêncio, fria, vagarosa e acentuada:

— *Canalhas!*

Logo depois, num canto qualquer, ecoou um grito sombrio e indignado:
— Que *infamía* bárbara!

E então elevou-se, de repente, dominando a Assembleia, a voz nervosa, trêmula e misteriosa do negociante de fazendas Benthien:
— Meus senhores, escutem, meus senhores... Eu conheço a casa... A gente pode subir ao sótão; lá existe um alçapão... onde eu caçava gatos, quando garoto... Dali pode-se facilmente passar para o telhado da casa vizinha e safar-se.

— Covardia indigna! — disse o corretor Gosch por entre os dentes cerrados. Encostava-se de braços cruzados à mesa do presidente. Inclinando a cabeça, fitava as janelas com um olhar terrível.

— Como covardia? Por quê? Que raios me partam! Essa gente atira tijolos! Para mim chega...

Nesse instante, o barulho que vinha de fora aumentou outra vez; mas, sem elevar-se à força tumultuosa de antes, estrondeava agora tranquila e incessantemente, deixando ouvir um murmúrio calmo, cantante e quase divertido. De vez em quando se distinguiam assobios ou exclamações como "princípio!" ou "direito de cidadania!". A Assembleia escutava com apreensão.

— Meus senhores — disse depois de alguns minutos o presidente, sr. dr. Langhals, falando por cima dos deputados numa voz abafada. — Espero que concordem agora em abrir a sessão...

Foi uma proposta humilde mas que não encontrou apoio em parte alguma.

— Esta não me serve! — disse alguém com uma decisão inabalável que não permitia objeções. Era um homem rústico, de nome Pfahl, natural da zona rural de Ritzerau, o deputado da aldeia Klein-Schretstaken. Ninguém se lembrava de ter ouvido a sua voz nos debates da Assembleia, mas na situação atual a opinião mesmo do cérebro mais simples tinha a sua importância... Intrépido e dono de um instinto político acertado, o sr. Pfahl falara com a voz da Assembleia inteira.

— Deus nos livre! — disse o sr. Benthien, indignado. — Nos assentos ali de cima, a gente pode ser vista da rua. E eles atiram tijolos! Não, com todos os diabos, para mim chega...

— E esta porta maldita é tão estreita! — gritou desesperado o negociante de vinhos Köppen. — Quando a gente sai, esmaga-se um contra o outro... Esmaga-se, sim, senhor!

— *Infamía* bárbara! — disse sombriamente o sr. Stuht.

— Meus senhores — recomeçou o presidente com insistência —, peço-lhes ponderação... Dentro de três dias devo remeter ao burgomestre da cidade um exemplar do relatório da sessão de hoje... Além do mais, a cidade espera a sua publicação na imprensa... Em todo caso, queria saber se se deve votar a abertura da sessão...

Mas, com exceção de uns poucos deputados que apoiavam o presidente, não se encontrou ninguém que quisesse passar à ordem do dia. Um voto formal teria sido inútil. Não se devia irritar o povo. Ninguém sabia o que a multidão pleiteava. Não se podia tomar uma resolução que de qualquer maneira a contrariasse. Devia-se esperar, sem fazer nada. O relógio da igreja de Santa Maria bateu quatro e meia...

Concordaram em manter-se ali tranquilamente. Começavam a acostumar-se àquele ruído que lá fora crescia, diminuía, cessava e recomeçava. Pouco a pouco, os deputados tornaram-se mais calmos, instalando-se comodamente nos assentos das filas mais baixas... Começava a criar asas a atividade comercial de todos esses bons cidadãos. Aqui e ali, arriscavam-se a falar sobre assuntos comerciais; aqui e ali, fechavam-se até negócios... Os corretores aproximavam-se dos atacadistas... Os senhores, presos no recinto, conversavam como se estivessem reunidos durante violento temporal, falando de diversos assuntos e apenas às vezes escutando o trovão com rostos sérios e cheios de respeito. Bateram cinco, e depois cinco e meia. Caía o crepúsculo. De vez em quando, alguém suspirava pensando na esposa que esperava com o café. Então, o sr. Benthien permitia-se lembrar-lhes o alçapão. Mas a maioria era da opinião do sr. Stuht, que dissera, meneando fatalisticamente a cabeça:

— Sou gordo demais para isso!

Johann Buddenbrook, recordando-se da advertência da consulesa, mantinha-se ao lado do sogro. Observando-o com certa preocupação, disse interrogativamente:

— Espero que essa pequena aventura não lhe cause mágoas, papai!

Por baixo do topete alvo como a neve, duas veias azuis salientavam-se assustadoramente na testa de Lebrecht Kröger. Enquanto uma das mãos aristocráticas do ancião brincava com os botões opalescentes do colete, a outra, ornada de grandes brilhantes, tremia-lhe sobre os joelhos.

— Qual nada, Buddenbrook — respondeu estranhamente cansado. — Estou *ennuyé*, e mais nada! — Mas desmentiu-se a si mesmo, explodindo de súbito: — A gente devia impor respeito àquele infame escriba com pólvora e chumbo... Essa ralé! Canalhas!

O cônsul procurou aplacá-lo.

— Pois sim, claro... O senhor tem razão: é uma comédia indigna... Mas que se pode fazer? Temos de mostrar boa cara. Está escurecendo. Com certeza, eles irão embora...

— Onde está a minha carruagem? Ordeno que me tragam a carruagem! — gritou Lebrecht Kröger completamente fora de si. Rebentou de raiva. Tremia por todo o corpo. — Pedi que viesse às cinco horas! Onde está? A reunião não se realiza... Que vou fazer aqui? Não estou disposto a admitir que se faça troça de mim! Quero a minha carruagem! Será que estão insultando o meu cocheiro? Dê uma olhada, Buddenbrook!

— Meu caro sogro, pelo amor de Deus, calma! Sossegue! O senhor está se alterando demasiadamente... isso pode causar-lhe mal! Pois não... vou ver imediatamente onde está a sua carruagem. Eu mesmo estou cansado desta situação. Falarei com essa gente, e tentarei convencê-la a ir para casa...

E apesar dos protestos de Lebrecht Kröger, apesar de ele lhe dar a ordem fria e desdenhosa: "Alto, Buddenbrook, fique aqui! Não se esqueça da sua dignidade!", o cônsul atravessou a sala a passos rápidos.

Nas proximidades da pequena porta verde, Siegismund Gosch o alcançou. Apanhando-lhe o braço com a mão ossuda, perguntou-lhe num cochicho horripilante:

— Aonde vai, senhor cônsul?

A fisinomia do corretor estava sulcada por milhares de rugas profundas. O queixo pontiagudo avançava numa decisão feroz quase até o nariz. O cabelo grisalho caía-lhe sombriamente sobre as fontes e a testa. Encaixava a cabeça com tanta energia entre os ombros que de fato conseguia dar a impressão de ser aleijado.

— Como vê — gritou ele —, estou resolvido a falar com o povo!

O cônsul replicou:

— É melhor você deixar isso comigo, Gosch... Acho que tenho mais conhecidos entre eles...

— Seja! — respondeu o corretor numa voz surda. — Você tem mais personalidade do que eu. — E, elevando a voz, continuou: — Mas hei de acompanhá-lo, estarei ao seu lado, cônsul Buddenbrook! Que se desencadeie sobre mim a fúria dos escravos rebelados...

— Ah, que dia! Que noite! — disse Gosch ao sair... Nunca, sem dúvida, se sentira tão feliz. — Ah, senhor cônsul! Eis aí o povo!

Passando pelo corredor, os dois saíram pelo portão. Estacaram no mais alto dos três degraus que descem para a calçada. A rua oferecia um aspecto estranho. Estava deserta, e apenas nas janelas abertas, e já iluminadas, viam-se caras curiosas, que olhavam a multidão negra dos revolucionários, aglomerada diante do edifício da Assembleia. Essa multidão não era muito mais numerosa do que os deputados reunidos na sala. Consistia em jovens estivadores e operários de armazém, em carregadores, em alunos das escolas primárias, em alguns marujos de cargueiro e na gente que habitava os becos, as vielas, os morros e os fundos das casas de subúrbio. Havia entre eles também algumas mulheres, que, provavelmente, esperavam dessa empresa resultados semelhantes aos vaticinados pela cozinheira dos Buddenbrook. Vários rebeldes, cansados de ficar de pé, tinham se sentado na calçada, com os pés na sarjeta, devorando sanduíches.

Eram quase seis horas e, apesar do crepúsculo avançado, as lanternas a óleo pendiam apagadas nas suas correntes. Esse fato, essa manifesta e inédita violação da ordem, foi a primeira coisa que agastou grandemente o cônsul Buddenbrook, e foi mais por isso que começou a falar num tom bastante lacônico e contrariado:

— Então, pessoal, que significa essa bobagem?

Os homens, interrompendo o piquenique na calçada, levantaram-se de um pulo. Aqueles que se encontravam mais para trás, no outro lado da rua, espichavam-se nas pontas dos pés. Alguns estivadores que estavam a serviço do cônsul tiraram o gorro. Permaneciam atentos, acotovelando-se e falando em voz abafada: "É o cônsul Buddenbrook! O cônsul Buddenbrook vai fazer um discurso! Cale a boca, Hans; senão ele fica zangado! Aquele é o corretor Gosch! Olhe só... Parece um macaco! É meio doido, não é?".

— Carl Smolt! — recomeçou o cônsul, dirigindo os pequenos olhos encovados para um estivador de aproximadamente vinte e dois anos e de pernas tortas. Smolt, com o gorro na mão e um pedaço de pão na boca, estava próximo dos degraus. — Então, Carl Smolt, fale você! Fale à vontade! Vocês ficaram aí berrando a tarde toda...

— Pois é, seu cônsul... — gaguejou Carl Smolt, mastigando. — O caso é... mas... Agora a gente vai... a gente faz uma revolução...

— Que tolice é essa, Smolt?!

— Hum, seu cônsul, o senhor pensa assim, mas agora a gente vai... vai... A gente não está contente com as coisas... Queremos agora uma nova coisa e é só. É isso que a gente quer...

— Escute, Smolt, e vocês também! Se têm um pouco de bom senso, vão pra casa e deixem de fazer revolução e de perturbar a ordem...

— A ordem sagrada! — interrompeu-o o sr. Gosch, numa voz sibilante...

— A ordem, digo! — concluiu o cônsul Buddenbrook. — Nem sequer acenderam as lanternas... É demais essa história de revolução!

Mas Carl Smolt, tendo finalmente engolido o bocado de pão, apoiando-se na multidão aglomerada atrás dele, postou-se de pernas abertas diante do cônsul, para fazer objeções...

— Olhe, seu cônsul: é o senhor que diz isso! Mas isso é só por causa do princípio geral das eleições...

— Céus, que grande cretino! — gritou o cônsul. — Você só diz asneiras.

— Olhe, seu cônsul — disse Carl Smolt, um pouco intimidado —, todas essas coisas são assim como são. Mas a revolução deve ser, não há dúvida. Em toda parte estão fazendo revolução, em Berlim e em Paris...

— Smolt, que querem vocês? Explique-me!

— Olhe, seu cônsul, eu só posso lhe dizer: a gente quer agora é uma república, e mais nada...

— Mas, grande bobalhão!... Vocês já têm uma república!

— Então, seu cônsul... então queremos mais uma.

Alguns entre os espectadores, que entendiam melhor do assunto, rebentaram numa risada rude e jovial. E, apesar de poucos terem entendido a resposta de Carl Smolt, essa alegria foi se propagando até que toda a multidão dos republicanos explodiu num riso largo e bonachão. Nas janelas do edifício da Assembleia apareceram as fisionomias curiosas de alguns senhores com copos de cerveja na mão... O único que se sentia aflito e decepcionado por esse desenvolvimento das coisas era Siegismund Gosch.

— Então, pessoal? — disse finalmente o cônsul Buddenbrook. — Acho que é melhor vocês irem todos pra casa!

Carl Smolt, totalmente confuso pelo efeito que produzira, respondeu:

— Está bem, seu cônsul, está muito bem assim. Então vamos deixar as coisas como estão. Estou contente porque o seu cônsul não me leva a mal. Até logo, seu cônsul...

A multidão começou a dispersar-se no melhor humor possível.

— Smolt, espere um pouquinho! — gritou o cônsul. — Diga-me uma coisa: não viu a carruagem dos Kröger, aquela carruagem do portão da Fortaleza?

— Claro, seu cônsul! Ela veio aqui! Foi lá pra baixo, pra sua casa, seu cônsul...

— Muito bem, Smolt, então dê um pulo até lá e diga ao Jochen que venha cá bem depressa. O patrão quer voltar para casa.

— Pois não, seu cônsul! — Carl Smolt pôs a toda pressa o gorro na cabeça, enterrando a pala na testa, e foi-se, descendo a rua a passos largos e sinuosos.

4.

Quando o cônsul Buddenbrook e Siegismund Gosch voltaram à Assembleia, a sala oferecia um aspecto mais confortável do que um quarto de hora antes. Estava iluminada por duas grandes lâmpadas de parafina, colocadas na mesa do presidente, e os deputados estavam juntos, sentados ou em pé, enchendo de cerveja os canecões, bebendo e conversando barulhentamente num ambiente de franca alegria. A sra. Suerkringel, viúva dedicada, viera em socorro dos seus hóspedes presos, oferecendo-lhes, com palavras eloquentes, uma refeiçãozinha, pois o cerco podia durar muito tempo. Assim, aproveitara-se do distúrbio para vender grande quantidade da sua cerveja clara e de alto teor alcoólico. No momento da volta dos emissários, o garçom, em mangas de camisa e com um sorriso benevolente, trouxe nova carga de garrafas. Não obstante a hora avançada e apesar de ser tarde demais para se ocuparem da modificação da Constituição, nenhum dos deputados parecia disposto a interromper a reunião alegre, para voltar para casa. De qualquer forma, a hora do café já tinha passado...

O cônsul, depois de ter recebido alguns apertos de mão dos colegas que o felicitavam pelo sucesso, foi sem demora ao encontro do sogro. Lebrecht Kröger parecia ser o único cujo humor não melhorara. Estava sentado na sua cadeira, numa atitude empertigada, fria e desdenhosa, respondendo à comunicação de que a carruagem estava para chegar numa voz sarcástica que tremia de raiva:

— Será que a plebe me dá licença de voltar para casa?

Com movimentos rijos, que nem de longe lembravam os gestos elegantes que lhe eram costumeiros, deixou que lhe envolvessem os ombros num manto forrado de peles. Quando o cônsul se ofereceu para acompanhá-lo, aceitou, com um "merci" negligente, o braço que o genro lhe estendia.

A majestosa carruagem, com duas grandes lanternas na boleia, estava parada diante da porta, e, para maior satisfação do cônsul, começavam a acender os lampiões da rua. Os dois subiram no carro. Teso, silencioso, sem recostar-se, de olhos meio cerrados, Lebrecht Kröger sentou-se à direita do cônsul, com um cobertor sobre os joelhos, enquanto o carro corria através das ruas. Por baixo das pontas curvas do bigode branco, as comissuras dos lábios caídos prolongavam-se em duas rugas verticais que se estendiam até o queixo. O rancor causado pela humilhação sofrida roía e devorava o ancião. Fitava com um olhar cansado e frio a almofada vazia à sua frente.

Nas ruas havia mais movimento do que numa noite de domingo. O ambiente era de festa, visivelmente. O povo, encantado pelo decorrer feliz da revolução, passeava bem-humorado. Cantava-se até. De vez em quando, ao passar da carruagem, a rapaziada, atirando gorros para o ar, gritava "hurrah!".

— Eu acho realmente, meu pai, que o senhor leva assim essa coisa demasiado a sério — disse o cônsul. — Considerando aquela palhaçada, pois não era mais do que isso... Uma farsa... — E, para conseguir uma resposta qualquer ou manifestação do velho, começou a falar vivamente sobre a rebelião em geral... — Tomara que a multidão dos que não têm nada compreenda quão inúteis aos seus próprios interesses são essas intentonas revolucionárias nos tempos que correm... Ah, meu Deus, é sempre a mesma coisa! Hoje de tarde tive uma pequena conversa com o corretor Gosch, esse homem esquisito que encara tudo com olhos de poeta e de dramaturgo... Olhe, meu sogro, a revolução foi preparada nas mesas de chá dos intelectuais de Berlim... E depois foi o povo quem lutou pela causa, arriscando a pele... Será que lucrará com isso?

— Você faria bem em abrir a janela ao seu lado — disse o sr. Kröger.

Lançando-lhe um olhar rápido, Johann Buddenbrook abaixou a pesada vidraça.

— Não se sente bem, meu pai? — perguntou ele, preocupado.

— Não. Absolutamente não — respondeu Lebrecht Kröger com frieza.

— O senhor precisa de uma pequena refeição e de descanso — disse o cônsul e, para fazer alguma coisa, apertou o cobertor de peles em torno dos joelhos do sogro.

Subitamente — a carruagem andava pela Burgstrasse, sacolejando — aconteceu uma coisa assustadora. Quando o carro, a uns quinze passos de um portão envolto na meia escuridão, passou por um grupo de garotos alegres e barulhentos, uma pedra do tamanho de um ovo veio voando através da janela aberta. A mão de qualquer Hans ou Karl a atirara, com certeza sem má intenção, e provavelmente a carruagem não fora o alvo. A pedra entrou pela janela, sem ruído, batendo surda no peito de Lebrecht Kröger, coberto pelo espesso manto de peles, e igualmente sem ruído rolou por cima do cobertor de peles, para terminar a sua viagem no chão.

— Idiota, sem-vergonha! — disse o cônsul, agastado. — Será que hoje à noite tudo sai dos eixos? Mas não o feriu, não é, meu sogro?

O velho Kröger ficou calado, assustadoramente calado. A escuridão que reinava no carro era profunda demais para distinguir-se a expressão de seu rosto. Estava sentado mais ereto, mais altivo e mais teso ainda, sem tocar no espaldar. Mas depois deixou escapar, do fundo do coração, uma única palavra, vagarosa, fria, pesada:

— Canalhas!

O cônsul, com receio de irritá-lo ainda mais, não respondeu. O carro, atravessando o portão ruidosamente, encontrou-se, três minutos mais tarde, na alameda larga e diante da grade de pontas douradas que cercava a propriedade dos Kröger. Na entrada do jardim que dava para uma rampa orlada de castanheiros, ardiam duas lanternas com botões dourados nas tampas. O cônsul ficou horrorizado quando viu o rosto do sogro. Estava amarelo e marcado por sulcos frouxos. A expressão fria, firme e desdenhosa que a boca conservava até então desfizera-se numa cansada, torta, caída e estúpida carranca de ancião... O carro estacou diante do terraço.

— Ajude-me — disse Lebrecht Kröger, embora o cônsul, que saíra primeiro, já tivesse retirado o cobertor, oferecendo-lhe o braço e o ombro para apoiar-se. Conduziu-o lentamente pelo atalho de saibro. Eram só poucos passos até a escada alva e brilhante que dava para a sala de jantar. Ao sopé dos degraus, o velho dobrou-se sobre os joelhos. A cabeça caiu-lhe sobre o peito com tanta força que o maxilar inferior, frouxo, bateu contra o superior, produzindo um estalo. Vidraram-se os seus olhos retorcidos...

Lebrecht Kröger, o cavalheiro à la mode, reunira-se aos seus ancestrais.

5.

Um ano e dois meses mais tarde, num dia nevoento de janeiro de 1850, o sr. e a sra. Grünlich, com a sua filhinha de três anos, estavam na sala de jantar, revestida de madeira castanho-clara. Acomodados nas cadeiras que haviam custado vinte e cinco marcos cada uma, tomavam o café da manhã.

As vidraças estavam quase opacas de tanta cerração. Atrás delas viam-se vagamente árvores e arbustos despidos de folhas. Na lareira baixa de azulejos verdes, que se encontrava num canto — ao lado da porta aberta que dava para a sala de estar onde havia plantas ornamentais —, crepitava a brasa vermelha, enchendo a peça dum calor suave e cheiroso. Do outro lado, cortinas de veludo verde, entreabertas, permitiam a vista para o salão forrado de seda marrom e para uma alta porta envidraçada, cujas frestas estavam cuidadosamente tapadas com rolos de algodão. Atrás dela, um pequeno terraço perdia-se na cerração alvacenta e impenetrável. À esquerda, uma terceira porta abria para o corredor.

O damasco branco, entrançado, que cobria a mesa redonda, estava atravessado por um trilho debruado de verde. Havia na mesa louça de bordas douradas, tão transparente que às vezes brilhava como madrepérola. Sussurrava um samovar. Num cesto raso de prata fina, representando uma grande folha denteada e levemente enrolada, encontravam-se pãezinhos e fatias de bolo. Sob uma redoma de cristal, via-se uma pilha de bolinhas de manteiga estriadas, enquanto outra cobria diversas espécies de queijo, amarelo, jaspeado e branco. Não faltava uma garrafa de vinho tinto, colocada diante do dono da casa, pois o sr. Grünlich preferia de manhã uma refeição quente.

Tinha as suíças recém-frisadas, e o rosto, a essa hora matutina, parecia mais rosado do que nunca. Já completamente vestido, estava sentado com as costas voltadas para o salão. Trajava roupa preta com calças claras, axadrezadas. Comia, à moda inglesa, uma costeleta levemente assada. A esposa achava esse costume, apesar de distinto, tão profundamente repugnante, que jamais pudera decidir-se a renunciar à costumeira refeição de pão e ovos quentes.

Tony usava um chambre; era doida por essa roupa. Nada lhe parecia mais distinto do que um négligé elegante, e, como em casa dos pais não pudera entregar-se a essa paixão, abandonava-se a ela com ainda mais fervor depois de casada. Possuía três dessas vestimentas delicadas e suaves em cuja fabricação se pode revelar mais gosto, refinamento e fantasia do que num vestido de baile. Naquele dia, Tony usava o chambre vermelho, cuja cor harmonizava perfeitamente com o matiz da tapeçaria acima do revestimento de madeira. A fazenda, pintada de grandes flores e mais macia do que algodão, estava toda bordada com um chuvisco de minúsculas contas do mesmo colorido... De um broche, à altura do pescoço, descia-lhe até a barra uma série de laços de veludo vermelho.

O espesso cabelo loiro, igualmente enfeitado por uma fita de veludo vermelho, estava ondulado por cima da testa. Apesar de Tony, como ela mesma sabia, já ter alcançado o apogeu físico, a expressão infantil, ingênua e atrevida do lábio superior um tanto saliente permanecera a mesma de sempre. As pálpebras dos olhos azulados estavam coradas pela água fria. As mãos — aquelas mãos alvas, um pouco curtas, de talhe fino, peculiares dos Buddenbrook — estavam, nos pulsos delgados, carinhosamente cingidas pelos punhos de veludo das mangas. Manejava a faca, a colher e a xícara com movimentos que, naquele dia, por qualquer motivo, eram um pouco bruscos e precipitados.

Ao seu lado, numa cadeirinha de criança, alta como uma torre, achava-se a pequena Erika, menina bem alimentada, de curtos cachos loiros; sua roupa de espessa lã azul-clara, feita a tricô, dava-lhe um aspecto divertido pela falta de forma. Com ambas as mãozinhas segurava uma grande xícara na qual todo o rostinho desaparecia, e ao engolir o leite fazia, às vezes, ouvir pequenos suspiros de arrebatamento.

Ao acabar, a sra. Grünlich tocou a campainha. Thinka, a criada, entrou no corredor, para retirar a criança da cadeira de braços e carregá-la para o quarto de cima.

— Pode dar com ela um passeio de carrinho, Thinka, um passeio de meia hora — disse Tony. — Só meia hora, e vista-a com a malha quente, ouviu? Há muita cerração. — Ficou então sozinha com o marido.

— Você está ficando ridículo — disse ela, depois de breve silêncio, reiniciando, evidentemente, uma conversa interrompida. — Que objeções tem a fazer? Diga. Eu não *posso* dedicar-me à criança o tempo todo!

— Você não tem amor à criança, Antonie.

— Amor à criança... qual nada! O que me falta é tempo! A casa requer muito. Acordo pensando em vinte coisas a fazer durante o dia, e deito-me com quarenta outras que ainda não estão feitas...

— Temos duas empregadas. E uma mulher tão moça...

— Duas empregadas. Muito bem. A Thinka tem de lavar a louça, engraxar os sapatos, limpar a casa e servir à mesa. A cozinheira está mais do que ocupada. Você come costeletas desde a madrugada... Considere bem as coisas, Grünlich: Erika, de qualquer jeito, precisará, cedo ou tarde, de uma *bonne* ou de uma governanta...

— Não está de acordo com a nossa situação contratar para ela, já agora, uma ama-seca.

— A nossa situação! Céus, você está se tornando ridículo, *de fato*! Será que somos mendigos? Será que estamos obrigados a privar-nos das coisas mais necessárias? Ao que eu saiba, eu lhe trouxe um dote de oitenta mil marcos...

— Ah, aqueles seus oitenta mil!

— Pois bem! Você fala deles com desdém... Não precisava disso... Casou-se comigo por amor... Muito bem. Mas será que ainda me ama? Você está desatendendo às minhas justas pretensões. A criança não terá ama... Da carruagem, que faz falta à gente como o pão do dia, nem se fala mais... Por que você nos faz morar constantemente no campo se não está de acordo com a nossa situação manter uma carruagem que nos possibilite frequentar decentemente a sociedade? Por que não gosta que eu vá à cidade? Preferiria que me enterrasse aqui de uma vez por todas e que não visse mais ninguém. Você é um sorumbático, Grünlich!

O sr. Grünlich pôs vinho tinto no copo e, levantando a redoma de cristal, passou para o queijo. Não deu resposta nenhuma.

— Será que ainda me ama? — repetiu Tony. — O seu silêncio é tão descortês que posso perfeitamente tomar a liberdade de lembrar-lhe certa cena na sala das Paisagens dos meus pais... Então você fez outro papel! Desde o primeiro dia, ficou comigo só à noite, e isso apenas para ler o jornal. No início, pelo menos, dava um pouquinho mais de atenção aos meus desejos. Mas há muito tempo isso também acabou. Você não se importa comigo...

— E você? Você me arruína.

— Eu?... Eu o arruíno?...

— Sim. Arruína-me com a sua preguiça, com a sua mania de ter criadagem e luxo...

— Ah! Não me censure pela boa educação que tive! Em casa dos meus pais não precisava mover uma palha. Aqui tive dificuldades para acostumar-me a dirigir uma casa, mas exijo que você não me negue os recursos mais simples. Papai é um homem rico; ele não teve ideia de que, em tempo algum, eu pudesse ter falta de empregados...

— Então espere pela terceira empregada até que essa riqueza nos seja útil.

— Será que você deseja a morte do meu pai?! Sabe que somos gente abastada, e que não cheguei à sua casa com as mãos vazias...

O sr. Grünlich, apesar de estar mastigando, sorriu; um sorriso superior, melancólico e silencioso, que perturbou Tony.

— Grünlich — disse ela com mais calma. — Você está sorrindo; fala da nossa situação... Será que me engano a respeito dela? Você fez maus negócios? Ou tem...

Nesse instante, alguém bateu à porta do corredor, com um leve tamborilar. Entrou o sr. Kesselmeyer.

6.

Como amigo da casa, o sr. Kesselmeyer entrou na sala sem ser anunciado. Estava sem chapéu nem sobretudo. Na porta, estacou. A sua aparência correspondia inteiramente à descrição que Tony fizera dela numa carta à mãe. O corpo rechonchudo não era gordo nem magro. Usava um casaco preto, já um tanto brilhante, calças justas e curtas da mesma fazenda e um colete branco, onde uma corrente de relógio comprida e fina cruzava dois ou três cordões de pincenê. As suíças brancas e aparadas que lhe cobriam as faces, deixando livres o queixo e os lábios, destacavam-se nitidamente do rosto vermelho. A boca pequena, ágil e jovial continha apenas dois dentes na mandíbula inferior. Enquanto o sr. Kesselmeyer ficava parado, confuso, ausente e pensativo com as mãos enterradas nos bolsos verticais das calças, comprimia o lábio superior com esses dois dentes caninos, amarelos e cônicos. A penugem preta e branca da cabeça tremulava levemente, apesar de não se sentir a mínima corrente de ar.

Finalmente retirou as mãos dos bolsos. Abaixando-se, deixou pender o lábio inferior e desembaraçou, a muito custo, um cordão de pincenê do emaranhado geral que havia no seu peito. Depois, de um golpe, fincou o pincenê no nariz, acompanhando o ato com a mais extravagante careta. Examinando o casal, fez:

— Haha.

Como usasse a interjeição muito amiúde, deve-se observar desde o início que costumava produzi-la numa tonalidade metálica, fanhosa e arrastada, que lembrava um gongo chinês, e ao fazê-lo deitava a cabeça para trás, encrespando o nariz, gesticulando com as mãos e abrindo vastamente a boca. Em outras ocasiões — abstraindo-se vários matizes

— era capaz de proferi-la lacônica, incidente e levemente, e nesse caso soava mais engraçada ainda, pois o "ah" que emitia era muito nasal e comprimido. Naquele dia, porém, disse um "Haha" rápido e alegre, que acompanhou por um meneio de cabeça, ligeiro e brusco, manifestando uma disposição extraordinariamente risonha... E todavia, não era indicado fiar-se nisso, porque constava que o banqueiro Kesselmeyer aparecia tanto mais folgazão quanto mais ameaçador era o seu humor. Quando, saltando e pulando, produzia milhares de "Hahas", fincando o pincenê no nariz e deixando-o cair imediatamente, abanando com os braços e fazendo o papel de quem não cabe em si de tanta tolice, então havia certeza de que a maldade lhe corroía a alma... O sr. Grünlich olhava-o de olhos semicerrados com manifesta desconfiança.

— Já tão cedo? — perguntou.

— Sim, sim... — respondeu Kesselmeyer, agitando o ar com uma das pequenas mãos vermelhas e rugosas, como se dissesse: "Paciência! haverá uma surpresa!...". — Tenho de falar com você! Falar com você, meu caro amigo, sem demora! — A sua fala era sumamente ridícula. Revolvia cada palavra com a língua, proferindo-as por fim com desmedido emprego de forças da pequena boca ágil e desdentada. Rolava o "r" como se tivesse o paladar lubrificado. O olhar do sr. Grünlich tornou-se mais desconfiado ainda.

— Venha cá, sr. Kesselmeyer — disse Tony. — Sente-se, por favor! O senhor chega oportunamente... Preste atenção. O senhor será o juiz. Acabo de ter uma desavença com Grünlich... Diga-me uma coisa: uma criança de três anos deve ou não ter ama-seca? Então...

Mas o sr. Kesselmeyer nem parecia reparar nela. Acomodado numa cadeira, cofiava com o dedo indicador as suíças aparadas, abrindo a minúscula boca o mais que podia e encrespando o nariz. Desse cofiar resultava um ruído enervante. Por cima do pincenê, Kesselmeyer fitou com uma fisionomia indizivelmente alegre a mesa elegante, o cesto de prata e o rótulo da garrafa...

— Pois é — continuou Tony —, Grünlich diz que eu o arruíno!

Nesse instante, o sr. Kesselmeyer olhou-a... depois olhou o sr. Grünlich... para, então, rebentar numa enorme risada.

— A senhora o arruína? — gritou ele. — Arru... A senhora? Então é a senhora que o arruína? Ah, meu Deus! Santo Deus! Imagine-se! Mas isto é formidável! É engraçadíssimo, deveras! — Depois disso entregou-se a uma onda de "Hahas" muito diferenciados.

O sr. Grünlich, visivelmente nervoso, mexia-se na cadeira. Ora metia o indicador comprido entre o pescoço e o colarinho, ora fazia deslizar por entre as mãos as suíças amarelecidas.

— Kesselmeyer! — disse ele. — Sossegue, por favor! Perdeu o juízo? Pare com esse riso! Quer tomar um copo de vinho? Quer um charuto? Mas de que se ri?

— De que estou rindo?... Sim, dê-me um copo de vinho e um charuto... De que estou rindo? Então você acha que a senhora sua esposa o arruína?

— Ela tende demais para o luxo — disse Grünlich, agastado.

Tony não contestou de maneira alguma. Recostada tranquilamente, com as mãos no colo, sobre os laços de veludo do chambre, disse, avançando atrevidamente o lábio superior:

— Pois bem... Sou assim. É natural. Herdei isso de mamãe. Todos os Kröger têm inclinação para o luxo.

Com a mesma calma teria declarado que era leviana, irascível ou vingativa. O seu senso de família, fortemente desenvolvido, como que a tornava alheia às ideias de vontade própria e de autonomia, a ponto de ela constatar e confessar, com uma estoicidade quase fatalista, os traços do seu caráter... sem fazer diferenças entre eles, nem esforços para corrigi-los. Sem o notar, era da opinião de que todos eles, quaisquer que fossem, significavam um legado, uma tradição da família, sendo por isso veneráveis e merecedores, em todo o caso, de serem tratados com respeito.

O sr. Grünlich terminara a refeição, e o cheiro dos dois charutos misturava-se com o vapor quente da lareira.

— Está bom o charuto, Kesselmeyer? — perguntou o dono da casa... — Tome mais um. Vou lhe dar mais um copo de vinho... Então quer falar comigo? Coisa urgente? Importante? Não acha que está muito quente aqui? Irei à cidade com você... Aliás, a sala de fumar está mais fresquinha... — Mas em resposta a todos esses esforços o sr. Kesselmeyer fez apenas um gesto negativo com a mão, como para dizer: "Isso de nada adianta, meu caro!".

Finalmente levantaram-se, e enquanto Tony ficava na sala de jantar, para vigiar a empregada que tirava a mesa, Grünlich conduziu o companheiro de negócios através da sala de estar. Torcendo pensativamente entre os dedos as pontas das suíças, precedia-o de cabeça baixa. Atrás dele, o sr. Kesselmeyer desapareceu na sala de fumar, remando com os braços.

Passaram-se uns dez minutos. Tony fora, por um instante, ao salão para passar pessoalmente o espanador pelo tampo brilhante da pequena escrivaninha de nogueira e as pernas curvas da mesa. Depois, lentamente, dirigiu-se, através da sala de jantar, para a sala de estar. Andava com calma e com evidente dignidade. Era visível que a sra. Grünlich não perdera nada da confiança que a srta. Buddenbrook tivera em si própria. Empertigava-se muito, apertando o queixo um pouquinho contra o peito, e olhava as coisas de cima. Numa das mãos tinha o cesto de chaves, gracioso e envernizado, enquanto metia a outra levemente no bolso do chambre vermelho-escuro. Assim deixava-se embalar pelas dobras compridas e moles, ao passo que a expressão ingênua e inconsciente da boca traía toda essa dignidade, que não passava de uma criancice infinitamente inocente e fútil.

Movimentava-se de cá para lá, na sala de estar, manejando o pequeno regador de latão, para molhar a terra preta das plantas ornamentais. Gostava muito das suas palmeiras, que contribuíam magnificamente para a distinção do aposento. Apalpou cuidadosamente o rebento novo dos grossos caules redondos, examinando com ternura os leques majestosamente desatados e podando às vezes, com a tesoura, uma ponta amarela... Subitamente espreitou. A conversa na sala de fumar, que já havia alguns minutos assumira forma animada, tornou-se agora tão alta que pôde entender cada palavra, não obstante a porta reforçada e a pesada cortina.

— Mas não berre tanto! Contenha-se pelo amor de Deus! — ouviu gritar o sr. Grünlich, cuja voz branda, não suportando o esforço exagerado, se esganiçou com um guincho... — Tome mais um charuto — acrescentou numa meiguice desesperada.

— Com o maior prazer, muito obrigado — disse o banqueiro. Surgiu uma pausa durante a qual, provavelmente, o sr. Kesselmeyer se serviu. Depois disse:

— Em poucas palavras: você quer ou não quer? Qual dos dois?

— Kesselmeyer, prorrogue mais uma vez!

— Como? Haha, não, *não*, meu caro! De maneira alguma! Nem se pode falar disso...

— Por que não? Que é que você tem? Pelo amor de Deus, seja sensato! Já que esperou tanto tempo...

— Nem um dia mais, meu caro! Pois então, digamos mais oito dias, mas nem uma hora mais! Será que a gente ainda pode confiar em...

— Nada de nomes, Kesselmeyer!

— Nada de nomes... muito bem! Será que a gente ainda pode confiar no seu mui estimável senhor so...

— Nada de referências, tampouco... Santo Deus, não seja tolo!

— Muito bem, nada de referências! Será que se pode ainda ter confiança em certa firma de cujo destino depende inteiramente o seu crédito? Quanto perdeu ela naquela falência em Bremen? Cinquenta mil? Setenta mil? Cem mil? Mais ainda? Todo mundo sabe que estava envolvida, fortemente envolvida... E tudo isso é palpite... Ontem era a firma... muito bem, nada de nomes! Ontem a tal firma era boa e, sem o saber, protegia você contra quaisquer apuros... Hoje ela anda fraca e B. Grünlich anda mais fraco ainda, fraquíssimo até... isto é claro, não é? Você não o sente? Você é o primeiro que se deve ressentir dessas oscilações... Como é que o tratam? Como o consideram? Será que Bock & Goudstikker estão ainda extraordinariamente confiantes e obsequiosos? E como se comporta o Banco de Crédito?

— Prorroga.

— Haha? Você está mentindo. Eu sei perfeitamente que já ontem ele lhe deu um pontapé! Um pontapé suma, sumamente animador! Imagine-se! Mas não se envergonhe. É natural que esteja interessado em fazer-me acreditar que os outros continuam tranquilos e sossegados... Nã-ão, meu caro amigo! Escreva ao cônsul! Esperarei uma semana.

— Que tal um pagamento por conta, Kesselmeyer?

— Pagamento por conta? Qual nada! Pagamentos por conta cobram-se, para nos dar a convicção passageira da solvência de alguém. Será que tenho necessidade de fazer experiências a tal respeito? Sei maravilhosamente bem como anda a sua solvência! Hahaha... Acho muito, muito divertida essa ideia do pagamento por conta...

— Mas modere a voz, Kesselmeyer! E deixe de soltar a cada instante essas malditas risadas! A minha situação é tão séria... pois bem, confesso que é séria. Mas tenho uma porção de negócios pendentes... Tudo pode virar para bem. Escute! Que acha disso: você prorroga, e eu lhe assino uma letra de vinte por cento...

— Nada disso... acho absolutamente ridículo, meu amigo! Nã-ão! Gosto de vender a tempo! Você me ofereceu oito por cento, e eu prorroguei. Você me ofereceu doze por cento, e eu prorroguei sempre. Agora, você poderia oferecer-me dezesseis por cento, e eu não pensaria em prorrogação; nem sequer pensaria nisso, meu caro amigo!... Desde que os Irmãos Westfahl, em Bremen, estão quebrados, cada um procura, no momento, liquidar os negócios que tem com a tal firma e garantir-se por todos os lados... Como já lhe disse, gosto muito das vendas no momento oportuno. Fiquei com as suas assinaturas enquanto não havia dúvidas sobre se Johann Buddenbrook estava solvente... Entrementes, podia acrescentar ao capital os juros atrasados e aumentar-lhe os juros! Mas a gente só fica com uma coisa enquanto está subindo ou pelo menos está solidamente fundada... Mas, quando começa a baixar, então vende-se... quer dizer que exijo o meu capital...

— Kesselmeyer, você é um sem-vergonha!

— Haha? Acho sumamente divertida, esta de sem-vergonha! Que é que você quer? De qualquer jeito, você tem de dirigir-se ao sogro! O Banco de Crédito está fulo, e você, além disso, não é o que se chama de imaculado...

— Não, Kesselmeyer... suplico-lhe: escute-me um instante tranquilamente! Sim, para falar com franqueza: confesso-lhe sem rodeios que a minha situação é séria. Você e o Banco de Crédito não são os únicos... Há letras que me foram apresentadas... Parece que todo mundo se conjurou...

— Claro! Nestas circunstâncias... Mas então vai de uma vez...

— Não, Kesselmeyer, escute. Faça o favor de tomar mais um charuto...

— Não terminei nem a metade deste! Deixe-me em paz com os seus charutos! Pague...

— Kesselmeyer, não me deixe cair agora... Você é meu amigo; você esteve sentado à minha mesa...

— Será que você não esteve à minha, meu caro?

— Pois não... mas não me negue agora o seu crédito, Kesselmeyer...

— Crédito? Ainda por cima *crédito*? Você está maluco? Mais um empréstimo...

— Sim, Kesselmeyer, rogo-lhe instantemente... Só muito pouco, uma ninharia! Preciso somente pagar algumas prestações por aqui e por ali, para novamente encontrar respeito e paciência... Mantenha-me, e você fará um alto negócio! Como lhe disse, há uma porção de coisas pendentes... Tudo vai virar para bem... Você sabe que sou ativo e esperto...

— Pois bem, você é um janota e um imbecil, meu caro amigo! Talvez você tenha a extrema bondade de dizer-me que recursos quer ainda descobrir? Acha que em qualquer parte do vasto mundo existe um banco que lhe passe pelo guichê um só vintém? Ou que encontrará mais um sogro? Ah, não! Esta sua cartada principal já foi jogada, não é? Coisas assim não fará pela segunda vez! Todos os meus respeitos! Não, realmente, meus sinceros cumprimentos...

— Mas, com todos os diabos, fale mais baixo...

— Você é um janota! Ativo e esperto... sim, mas sempre só em benefício de outros! Não conhece nenhum escrúpulo, e todavia nunca tirou vantagens disso. Faz patifarias e, caloteando, obteve capitais, só para pagar-me dezesseis por cento em vez de doze. Arrojou ao mar toda a sua honestidade, sem ter disso o mínimo lucro. Tem uma consciência de cachorro, e com tudo isso fica um infeliz, um pateta, um pobre bobalhão! Há gente assim; são extraordinariamente divertidos! Mas por que tem tanto medo de dirigir-se definitivamente ao tal senhor, para liquidar toda essa história? Será porque não se sente perfeitamente bem com isso? Porque naquela época, há quatro anos, alguma coisa não estava em ordem? Receia que certas coisas...

— Bem, Kesselmeyer, escreverei. Mas se ele se recusar? Se não me der a mão?

— Oh!... Haha! Então vamos abrir uma pequena falência, uma falenciazinha altamente divertida, meu caro! Isso não me preocupa, de modo nenhum! Eu, pessoalmente, já me arranjei mais ou menos pelos juros que você conseguiu aqui e ali... e na massa falida estarei privilegiado, meu prezado amigo! E você vai ver: não ficarei logrado. Conheço as entradas e saídas da sua casa, ilustre! Já estou de antemão com o inventário no bolso... Haha! tomarei providências para que não se extravie nenhum cestinho de prata para pão, nenhum chambre de seda...

— Kesselmeyer, você esteve sentado à minha mesa...

— Deixe-me em paz com a sua mesa! Daqui a oito dias venho buscar a sua resposta. Irei a pé para o centro. Um pouco de movimento vai me fazer muito bem. Bom dia, meu caro! Desejo-lhe um dia bem alegre...

Pareceu a Tony que o sr. Kesselmeyer se levantara: sim, fora-se embora. Ouviu do corredor os seus peculiares passos arrastados e, em fantasia, viu-o remar com os braços.

Quando Grünlich entrou na sala de estar, Tony estava ali, com o regador de latão na mão, e olhou-o nos olhos.

— Por que fica assim... por que me olha?... — disse ele mostrando os dentes. Descreveu com as mãos vagas curvas no ar, cambaleando com o tronco. Seu rosto corado não possuía a capacidade de empalidecer totalmente. Estava vermelho como a cara de quem tem escarlatina.

7.

O cônsul Johann Buddenbrook chegou à vila às duas horas da tarde. Numa capa de viagem cor de cinza, entrou no salão dos Grünlich, para abraçar a filha com certa intensidade dolorosa. Estava pálido e parecia envelhecido. Os pequeninos olhos lhe ficavam no fundo das órbitas. O nariz salientava-se, grande e acentuado, por entre as faces descaídas, enquanto os lábios pareciam ter se tornado mais delgados. A barba, que recentemente não mais usava em duas tiras onduladas, lhe subia pelo pescoço por baixo do queixo e das mandíbulas, à metade coberta pelo alto colarinho engomado e pelo largo plastron. Esta barba e também o cabelo estavam totalmente grisalhos.

O cônsul passara por dias difíceis e cansativos. Thomas adoecera de hemorragia pulmonar; o pai soubera da desgraça por uma carta do sr. Van der Kellen. Deixando os negócios na mão do seu circunspecto procurador, viajara para Amsterdam a toda pressa e pelo caminho mais curto. Manifestara-se que, apesar de a enfermidade do filho não encerrar perigo imediato, uma estância climática do sul, na França meridional, era altamente aconselhável. E como calhasse que para o filho do patrão também se projetava uma viagem de recreio, os dois moços foram juntos para Pau, logo que Thomas se achou em condições de viajar.

Apenas de volta a casa, o cônsul fora ferido por aquele golpe que, durante um momento, abalara a sua firma até os fundamentos: aquela falência de Bremen pela qual perdera oitenta mil marcos de uma vez... Por quê? As letras sacadas sobre os Irmãos Westfahl e a seguir descontadas recaíram sobre a firma, depois de os compradores terem suspendido os pagamentos. Não que a garantia tivesse fraquejado: a firma mostrara do que era capaz; mostrara o que podia fazer imediatamente, sem hesitações, nem embaraços. Mas isso não impedira que o cônsul tivesse de experimentar toda a repentina frieza, reserva e desconfiança que tais reveses e tamanhos enfraquecimentos de capital de giro costumam provocar por parte dos bancos, dos "amigos" e das firmas estrangeiras...

Pois bem, erguera-se, enfrentando tudo isso; tranquilizara, arranjara, reagira... Nesse instante, porém, no meio dos telegramas, das cartas e dos cálculos irrompera mais isto sobre ele: Grünlich, B. Grünlich, marido da filha, estava insolvente e, numa longa carta confusa e infinitamente lamentável, pedira, suplicando e gemendo, uma ajuda de cem até cento e vinte mil marcos! O cônsul, depois de comunicar o fato à esposa em termos lacônicos, superficiais e moderados, respondera friamente, sem assumir obrigações, que solicitava uma entrevista com o sr. Grünlich, na casa deste, e em presença do banqueiro Kesselmeyer. Feito isso, partira.

Tony recebeu-o no salão. Gostava imensamente de receber visitas nesta sala forrada de seda marrom, e como, sem perceber as coisas claramente, tivesse um sentimento intenso e solene da importância da sua situação atual, não fez, naquele dia, uma exceção com o pai. Aparentava saúde e tinha aspecto bonito e sério, no seu vestido cinzento-claro, enfeitado de rendas no peito e nos pulsos, com mangas amplas e crinolina muito vasta, conforme a última moda. Um pequeno broche de brilhantes fechava a gola.

— Bom dia, papai! *Finalmente*, apareceu outra vez! Como está mamãe? Tem boas notícias de Tom? Mas tire a capa e sente-se, por favor, querido papai! Não quer arrumar-se um pouco? Mandei preparar para o senhor os aposentos de visitas no primeiro andar... Grünlich também está fazendo a toalete...

— Deixe-o, minha filha; vou esperá-lo aqui embaixo. Você sabe que vim para ter uma conversa com o seu marido... uma conversa muito, muito séria, minha querida Tony. O sr. Kesselmeyer já chegou?

— Sim, papai, está na sala de estar, olhando o álbum...

— Onde está Erika?

— Em cima, com Thinka, na sala das crianças; ela vai bem. Está banhando a boneca... Naturalmente sem água... uma boneca de cera... só finge banhá-la, sabe?

— Claro. — O cônsul deu um suspiro e continuou: — Não creio, minha querida filha, que você esteja informada acerca da situação... da situação do seu marido...

Acomodara-se numa das poltronas que cercavam a grande mesa, ao passo que Tony estava sentada aos seus pés num assento em forma de três coxins de seda, amontoados um em cima do outro. Os dedos da mão direita do cônsul brincavam suavemente com os brilhantes no pescoço da filha.

— Não, papai — respondeu Tony —, devo confessar-lhe que não sei de nada. Meu Deus, sou uma tola, sabe? não tenho ideia nenhuma! Há alguns dias fiquei escutando um pouquinho quando Kesselmeyer falou com Grünlich... No fim tive a impressão de que o sr. Kesselmeyer estava brincando outra vez... Sempre fala de um jeito tão ridículo! Uma ou duas vezes entendi o seu nome...

— Entendeu o meu nome? Em que sentido?

— Não, do sentido não sei nada, papai! Desde aquele dia, Grünlich esteve rabugento... insuportável mesmo; isso posso dizer! Até ontem... Ontem esteve de humor brando e perguntou-me umas dez ou doze vezes se o amava, se eu queria intervir a seu favor junto ao senhor, caso ele tivesse alguma coisa a solicitar-lhe...

— Ah...

— Sim... e me comunicou que lhe escrevera e que o senhor ia chegar... Foi bom ter vindo! Esta coisa é pavorosa... Grünlich preparou a mesa verde, a de jogar... Há nela uma porção de papéis e de lápis. É ali que mais tarde terá uma palestra com ele e com Kesselmeyer...

— Escute, minha cara filha — disse o cônsul, acariciando-lhe o cabelo... — Agora tenho de perguntar-lhe uma coisa séria. Diga-me... é verdade que você ama o seu marido de todo o coração?

— Mas claro, papai — respondeu Tony com a mesma fisionomia infantilmente hipócrita que produzira outrora quando lhe perguntavam: "Tony, promete que nunca mais molestará a vendedora de bonecas?". O cônsul permaneceu calado durante um momento.

— Será que você o ama tanto — insistiu ele — que não poderia viver sem ele... de maneira alguma, hein? Nem sequer se, pela vontade de Deus, se modificasse a sua situação, e se não mais fosse capaz de cercá-la de todas essas coisas?

E a mão do cônsul descreveu um movimento rápido, abrangendo os móveis e as cortinas da sala, o relógio de mesa, dourado, que se achava na prateleira sob o grande espelho, e finalmente o seu vestido.

— Mas claro, papai — repetiu Tony naquele tom consolador que assumia quase sempre, quando se falava seriamente com ela. O seu olhar, passando ao lado do pai, fitava a janela atrás da qual descia, sem ruído, um véu fino e denso de garoa. Os seus olhos estavam cheios daquela expressão que as crianças costumam mostrar quando alguém, durante a leitura de contos de fadas, comete a falta de tato de intercalar observações generalizadas sobre moral e deveres... uma expressão misturada de acanhamento e impaciência, de piedade e aborrecimento.

Durante um minuto, o cônsul contemplou-a sem falar, cerrando pensativamente os olhos. Estava ele satisfeito com a resposta? Ele ponderara tudo maduramente em casa e na viagem...

É compreensível que a primeira e a mais sincera resolução de Johann Buddenbrook tenha sido a de evitar quanto possível um auxílio ao genro, qualquer que fosse a importância. Mas, quando se lembrava com que insistência recomendara — para usarmos um eufemismo — esse casamento, e quando se recordava do olhar com que a filha, depois da festa do enlace, se despedira dele, perguntando: "Está contente comigo?", devia confessar uma culpa bastante deprimente, contraída para com a filha, e dizer a si mesmo que esse problema tinha de ser decidido unicamente conforme a vontade dela. Sabia bem que ela não concordara com essa união por motivos de amor, mas contava com a possibilidade de que esses quatro anos, o hábito e o nascimento da criança pudessem ter alterado muita coisa; era possível que Tony, agora, se sentisse ligada, de corpo e alma, ao marido, refutando qualquer ideia de separação com boas razões cristãs e mundanas. Nesse caso, ponderava o cônsul, deveria condescender em gastar qualquer importância em dinheiro. Era verdade que o dever de cristã e a dignidade de mulher exigiam que Tony acompanhasse o marido, incondicionalmente, também para a desgraça; mas, se realmente ela manifestasse essa decisão, o cônsul não se sentia autorizado para, no futuro, deixá-la carecer, inocentemente, de todas as belezas e comodidades da vida, às quais estava acostumada desde criança... Sentia-se, então, obrigado a impedir uma catástrofe, sustentando B. Grünlich a qualquer preço. Em poucas palavras: o resultado das suas ponderações fora o desejo de levar consigo a filha junto com a criança, deixando o sr. Grünlich seguir o seu caminho. Que Deus não quisesse essa solução extrema! Em todo caso recapitulava o artigo do código civil que, em caso de incapacidade do marido de alimentar a esposa e os filhos, permitia o divórcio. Antes de tudo, porém, devia investigar as opiniões da filha...

— Vejo — disse ele, continuando a acariciar-lhe ternamente o cabelo —, vejo, minha querida filha, que você está inspirada por princípios bons e dignos de louvor. Porém... não posso acreditar que esteja encarando as coisas como, infelizmente, devem ser encaradas: isto é, como fatos reais. Não lhe perguntei o que faria, nesse ou naquele caso, eventualmente, mas sim o que fará agora, hoje, imediatamente. Não sei o quanto você sabe ou imagina das circunstâncias... e tenho, portanto, o triste dever de dizer-lhe que o seu marido se vê obrigado a suspender os pagamentos que, comercialmente, não é mais capaz de cumprir... acho que você me compreende...

— Grünlich está na bancarrota? — perguntou Tony baixinho, soerguendo-se dos coxins e apanhando a mão do cônsul num gesto rápido.

— Sim, minha filha — disse ele com seriedade. — Não suspeitava disso?

— Nunca tive suspeitas determinadas... — gaguejou ela. — Mas então Kesselmeyer não estava brincando? — prosseguiu, cravando os olhos no tapete marrom, diante de si. — Oh, meu Deus — proferiu bruscamente, recaindo sobre o assento. Somente nesse instante deu-se de fato conta de tudo quanto encerrava a palavra "bancarrota", de tudo quanto, já como criança, provara de sentimentos vagos e pavorosos a tal respeito... "Bancarrota"... era coisa mais horripilante do que a morte, significava tumulto, derrocada, ruína, ignomínia, vergonha, desespero e miséria... — Ele está na bancarrota! — repetiu. Estava tão abatida e deprimida por essa palavra fatal que não pensava em socorro, nem naquele que podia vir por parte do pai.

Este a olhou de sobrancelhas alçadas, com os olhos pequeninos e encovados, que pareciam tristes e cansados, revelando, todavia, uma tensão extraordinária.

— Pergunto-lhe então — disse suavemente —, minha querida Tony, se você está disposta a acompanhar o seu marido até a pobreza? — Logo em seguida, confessando a si mesmo que, instintivamente, escolhera a palavra "pobreza" como meio de intimidação, acrescentou: — Ele pode reerguer-se pelo trabalho...

— Mas claro, papai — respondeu Tony. Mas isso não impediu que rebentasse em lágrimas. Abafou o soluço no lencinho de cambraia, orlado de rendas, e que trazia iniciais A.G. Conservara inteiramente o seu choro de criança: chorava sem cerimônia, nem afetação. Enquanto isso o lábio superior causava uma impressão indescritivelmente comovedora.

O pai continuou a examiná-la com os olhos.

— É sério isso, minha filha? — perguntou, tão desnorteado quanto ela.

— Não devo eu?... — soluçou ela. — Eu devo, não é...

— Absolutamente não! — respondeu ele vivamente; mas na consciência da sua culpabilidade corrigiu-se logo: — Não a obrigaria incondicionalmente a isso, minha cara Tony. Suposto que os seus sentimentos não a ligassem com o seu marido de um modo inquebrantável...

Olhou-o com os olhos banhados em lágrimas, sem compreender.

— Por quê, papai?...

O cônsul, esquivando-se um pouco, achou uma escapatória.

— Minha boa filha, você pode acreditar-me que sentiria muito expô-la a todas as circunstâncias iníquas e penosas que a desgraça do seu marido, assim como a liquidação da firma e da sua casa, acarretarão imediatamente... Desejo ampará-la contra esses agravos do início, levando você e a nossa pequena Erika, por enquanto, para a nossa casa. Acho que você me será grata por isso...

Por um instante, Tony ficou calada, enxugando as lágrimas. Soprou no lenço meticulosamente, antes de comprimi-lo contra os olhos para evitar inflamação. Depois perguntou num tom decidido, sem levantar a voz:

— Papai, será que Grünlich tem culpa? Ele cai na desgraça por leviandade e improbidade?

— Muito provavelmente!... — disse o cônsul. — Quer dizer... não... não sei, minha filha. Já lhe disse que a explicação com ele e com o seu banqueiro está ainda por se fazer...

Tony pareceu nem sequer prestar atenção a essa resposta. Inclinada sobre os três coxins de seda, fincou o cotovelo no joelho e o queixo na mão, fitando a sala, de cabeça profundamente abaixada, e com um olhar sonhador.

— Ah, papai — disse baixinho, quase sem mover os lábios —, não teria sido melhor se, naquele tempo...

O cônsul não lhe podia ver o rosto, que mostrava aquela expressão que pairava sobre ele em muitas tardes de verão quando, em Travemünde, se encostava à janela do pequeno quarto... Um dos seus braços repousava sobre os joelhos do pai, enquanto a mão estava pendente, lassa e sem apoio. E até essa mão revelava um abandono infinitamente melancólico e terno, uma saudade cheia de recordações e de doçura, que vagava ao longe.

— Melhor...? — perguntou o cônsul Buddenbrook. — Se não tivesse acontecido o quê, minha filha?

De todo o coração estava ele disposto para confessar que teria sido melhor não contrair esse casamento, mas Tony disse apenas com um suspiro:

— Ah, nada!

Era visível que os pensamentos a arrastavam, e que estava bem distante, tendo quase esquecido a "bancarrota". O cônsul viu-se obrigado a pronunciar o que teria preferido confirmar apenas:

— Acho que adivinho os seus pensamentos, minha querida Tony — disse ele —, e eu também, por minha vez, não hesito em confessar-lhe que me arrependo desse passo que, há quatro anos, me pareceu acertado e útil... que me arrependo dele sinceramente. Não creio ter culpa perante Deus. Creio ter cumprido o meu dever, ao esforçar-me por criar para você uma existência digna da sua origem... O céu resolveu de outra maneira... mas você não acreditará que o seu pai, naquela época, tivesse leviana e desconsideradamente arriscado a sua felicidade. Grünlich travou relações comigo, munido das melhores recomendações: filho de pastor, homem cristão e de boa sociedade... Mais tarde pedi informações comerciais que soavam absolutamente favoráveis. Examinei a situação... Tudo isso está escuro, muito escuro, e fica para ser esclarecido. Mas você não me acusa, não é...

— Não, papai! Como pode dizer tal coisa! Olhe, não se preocupe, papai, coitadinho... Está pálido; não quer que eu vá buscar-lhe algumas gotas estomacais? — Cingindo-lhe o pescoço com os braços, beijou-o em ambas as faces.

— Agradeço-lhe — disse ele. — Está bem... deixe; muito obrigado! Pois bem, passei por dias cansativos... que se pode fazer? Tive muitos desgostos. São provações que Deus nos manda. Mas isso não impede que não possa sentir-me sem culpa para com você, filhinha. Agora tudo depende da pergunta que já lhe fiz, mas que ainda não me respondeu com a necessária clareza. Fale francamente comigo, Tony: você aprendeu a amar o seu marido nesses anos de matrimônio?

Tony chorou novamente e, cobrindo os olhos com ambas as mãos que seguravam o lencinho de cambraia, proferiu por entre soluços:

— Oh... por que pergunta, papai? Nunca o amei... ele sempre me foi repelente... Não sabe disso?

Seria difícil dizer o que se passou na fisionomia de Johann Buddenbrook. Os seus olhos tinham uma expressão assustada e triste, e todavia cerrou os lábios, de modo que se formaram rugas nas comissuras e nas bochechas, assim como costumava acontecer quando fechava um negócio vantajoso.

— Quatro anos... — disse baixinho.

De repente, estancaram-se as lágrimas de Tony. Com o lenço úmido na mão, empertigou-se sobre o assento, para dizer furiosamente:

— Quatro anos... Ah, sim! Às vezes, de noite, ficava sentado comigo e lia o jornal, nesses quatro anos!...

— Deus lhe fez presente duma filha... — disse o cônsul, comovido.

— Sim, papai... e quero muito bem a Erika... apesar de Grünlich dizer que não tenho amor à criança... Nunca me separaria dela, isso lhe digo... mas Grünlich, não! E agora, além do resto, ainda essa bancarrota! Oh, papai, se o senhor quisesse levar-nos para casa, a mim e a Erika... com todo o prazer! Agora sabe tudo!

Outra vez o cônsul cerrou os lábios. Estava extremamente contente. Todavia, o ponto principal tinha ainda de ser aclarado. Mas considerando a decisão manifestada por Tony, não se arriscou muito:

— Com tudo isso, minha filha — disse ele —, você parece esquecer totalmente que uma ajuda seria possível... isto é, por meu intermédio. O seu pai já lhe fez a confissão de que não se sente absolutamente livre de culpa para com você e no caso... no caso de você esperar dele... de confiar nisso... ele viria em socorro, evitando a falência, e pagando, por bem ou por mal, as dívidas do seu marido, a fim de salvar a firma...

Olhou-a atentamente, e a sua expressão encheu-o de satisfação; exprimia desapontamento.

— De quanto se trata? — perguntou Tony.

— Isso não vem ao caso, minha filha... De uma importância muito, muito grande! — E o cônsul Buddenbrook acenou várias vezes com a cabeça, como se o esforço de pensar nessa importância a sacudisse lentamente. — Com tudo isso — prosseguiu —, não lhe posso ocultar que a minha firma, além deste caso, sofreu prejuízos, e que a retirada desta importância significaria para ela um enfraquecimento de que dificilmente... dificilmente se poderia restabelecer. Não lhe digo isso para...

Não terminou a frase. Tony levantara-se dum pulo; dera até alguns passos para trás e, ainda com o úmido lencinho de rendas na mão, gritou:

— Muito bem! Chega! Nunca!

Tinha uma aparência quase heroica. A palavra "firma" caíra como um raio. Muito provavelmente produziu efeito mais decisivo ainda do que a antipatia contra o sr. Grünlich.

— O senhor não fará isso, papai! — continuou, totalmente fora de si. — Será que também quer ir à bancarrota? Chega! Nunca!

Nesse instante abriu-se, um pouco hesitantemente, a porta do corredor. Entrou o sr. Grünlich.

Johann Buddenbrook levantou-se com um gesto que expressava: "Liquidado!".

8.

O sr. Grünlich estava com o rosto manchado de vermelho, mas trajava com o maior esmero. Vestia sobrecasaca preta, larga e distinta, e calças cor de ervilha, tudo no mesmo estilo daquelas primeiras visitas na Mengstrasse. Estacou numa atitude lassa e dirigindo o olhar para o chão, disse em voz branda e débil:
— Pai...
O cônsul fez uma mesura fria, endireitando, depois, o plastron com alguns gestos enérgicos.
— Agradeço-lhe por ter vindo — acrescentou o sr. Grünlich.
— Era o meu dever, meu amigo — retrucou o cônsul. — Apenas receio que esta seja a única coisa que eu possa fazer no seu caso.
Depois de um olhar rápido que o genro lhe lançou, afrouxou mais a sua atitude.
— Ouvi — continuou o cônsul — que o seu banqueiro, o sr. Kesselmeyer, está à nossa espera... Qual é o lugar que você determinou para a entrevista? Estou às suas ordens...
— Tenha a bondade de acompanhar-me — murmurou o sr. Grünlich.
O cônsul Buddenbrook beijou a fronte da filha, dizendo:
— Vá encontrar a sua filhinha, Antonie!
Depois, em companhia de Grünlich, que ora o precedia, ora ficava atrás dele, abrindo-lhe os reposteiros, caminhou através da sala de jantar para a de estar.
Quando o sr. Kesselmeyer, que estava junto à janela, se virou, ergueu-se a penugem preta e branca da sua cabeça, para, outra vez, recair suavemente sobre o crânio.

— O sr. Kesselmeyer, banqueiro... o sr. cônsul Buddenbrook, atacadista, meu sogro... — disse o sr. Grünlich com seriedade e modéstia. O rosto do cônsul permanecia imóvel. O sr. Kesselmeyer inclinou-se de braços pendentes, metendo os dois dentes caninos, amarelos, sobre o lábio superior e dizendo:

— Seu criado, senhor cônsul! Estou com a mais viva satisfação de ter este prazer!

— Tenha a bondade de desculpar a demora, Kesselmeyer — disse o sr. Grünlich. Mostrava-se cheio de polidez para um e outro.

— Poderíamos ir ao caso? — observou o cônsul, deixando vagar os olhos à procura de alguma coisa... O dono da casa apressou-se em responder:

— Façam-me o favor, senhores...

Enquanto passavam para o gabinete de fumar, disse o sr. Kesselmeyer jovialmente:

— Teve uma viagem agradável, senhor cônsul? Ah, sim, com chuva? Pois é; esta estação não presta; é feia e suja! Se, pelo menos, houvesse algum frio e um pouco de neve! Mas nada disso: só chuva e lama! É sumamente, sumamente desgostoso...

"Que homem estranho", pensou o cônsul.

No centro da pequena peça com tapeçarias escuras, salpicadas de flores, achava-se uma mesa bastante grande, retangular e forrada de verde. Lá fora, a chuva aumentara. A escuridão era tão grande que o sr. Grünlich acendeu logo as três velas que estavam sobre a mesa em castiçais de prata. No pano verde encontravam-se cartas comerciais, azuladas, timbradas com o nome da firma, e documentos gastos pelo uso, com rasgões em toda parte, cobertos de algarismos e de assinaturas. Além disso, via-se um livro-caixa volumoso e uma combinação de tinteiro e areeiro de metal, onde se eriçava uma porção de lápis e penas de ganso bem aparadas.

O sr. Grünlich fez as honras da casa com aqueles gestos silenciosos, discretos e reservados que se usam para cumprimentar a assistência de um enterro.

— Faça-me o favor de tomar a poltrona, meu caro pai — disse suavemente. — Sr. Kesselmeyer, teria a amabilidade de sentar-se aqui?

Finalmente estabeleceu-se a ordem. O banqueiro ficou em frente ao dono da casa, enquanto o cônsul, na poltrona, presidia do lado mais comprido da mesa. As costas da poltrona tocavam a porta do corredor.

O sr. Kesselmeyer, abaixando-se, o beiço inferior pendente, desenredou, do colete, um pincenê. Ao fincá-lo sobre o nariz, franziu-o e abriu a boca. Depois disso, cofiou as suíças raspadas, o que produziu um ruído irritante. Apoiou as mãos nos joelhos e, acenando em direção à papelada, observou lacônica e alegremente:

— Haha! Aí está toda a salada mista!

— Os senhores me dão licença de me pôr a par do estado das coisas — disse o cônsul, apanhando o caixa. Subitamente, porém, o sr. Grünlich estendeu ambas as mãos por cima da mesa num movimento protetor — as mãos compridas, marcadas por altas veias azuladas, que tremiam visivelmente. Gritou em voz comovida:

— Um momento! Mais um momento, pai! Oh, permita-me fazer, preliminarmente, uma observação introdutória! Mas claro, o senhor vai ficar a par, e nada escapará ao seu olhar... Mas acredite-me: vai ficar a par da situação de um infeliz, não de um culpado! Considere-me um homem, pai, que sem descanso reagiu contra o destino, mas que foi prostrado por ele! Neste sentido...

— Hei de ver, meu amigo, hei de ver! — disse o cônsul com evidente impaciência, e o sr. Grünlich retirou as mãos para deixar curso livre ao destino.

Passaram-se demorados e terríveis minutos de silêncio. À luz irrequieta das velas, os três cavalheiros estavam sentados, uns perto dos outros, encerrados entre paredes escuras. Não se ouvia nenhum movimento a não ser o ruído do papel com o qual lidava o cônsul. Além disso, somente o barulho da chuva que caía lá fora.

O sr. Kesselmeyer, de polegares enfiados nas cavas do colete, tamborilava com os outros dedos sobre os ombros, enquanto o seu olhar passava de um ao outro com indizível alegria. O sr. Grünlich estava sentado sem encostar-se, com as mãos na mesa; cravara melancolicamente os olhos no chão diante de si, deixando, de vez em quando, deslizar um tímido olhar lateral para o sogro. O cônsul, folheando o livro, acompanhava colunas de algarismos com a unha do indicador; comparava datas e lançava, a lápis, as suas cifras pequenas e ilegíveis sobre o papel. O seu rosto fatigado expressava o pavor causado pela situação de que se estava "pondo a par"... Finalmente pôs a mão esquerda sobre o braço do sr. Grünlich e disse visivelmente abalado:

— Coitado de você!

— Pai... — proferiu o sr. Grünlich com dificuldade. Duas grandes lágrimas desceram pelas faces do homem lamentável, perdendo-se nas suíças amareladas. O sr. Kesselmeyer acompanhou com o máximo interesse o caminho dessas duas gotas; levantou-se até um pouquinho, e, inclinando-se para frente, fitou de boca aberta a cara do seu vis-à--vis. O cônsul Buddenbrook estava violentamente comovido. Enternecido pela desgraça que o ferira a ele próprio, sentiu como a compaixão o arrastava. Mas conseguiu rapidamente dominar os sentimentos.

— Como foi possível isso — disse ele com desconsolado menear da cabeça... — Nestes poucos anos!

— É brinquedo! — respondeu, bem-humorado, o sr. Kesselmeyer. — Em quatro anos a gente pode ir água abaixo lindamente! Quando se considera que saltos alegres os Irmãos Westfahl em Bremen davam ainda há pouco tempo...

O cônsul fixou nele os olhos semicerrados, sem vê-lo, nem ouvi--lo. De modo nenhum dera expressão aos verdadeiros pensamentos sobre os quais cismava... Por quê, perguntava a si mesmo, desconfiado e contudo sem compreender, por que acontecia tudo isso, justamente agora? Dois ou três anos atrás, B. Grünlich já poderia ter se achado na mesma situação de hoje; isto se via à primeira vista. Mas dispusera de créditos inesgotáveis; recebera capitais de parte dos bancos; repetidamente, casas sólidas como as do senador Bock e do cônsul Goudstikker lhe tinham dado assinaturas para as suas empresas e as suas letras haviam circulado como dinheiro. Por que justamente agora, agora mesmo — e o chefe da firma Johann Buddenbrook sabia perfeitamente o que queria dizer com este "agora" —, por que se produziu agora este colapso por toda parte, este retraimento total de qualquer confiança, que se realizou como que por combinação, e este assalto geral a B. Grünlich, com o abandono de toda consideração e mesmo de todas as formas de cortesia? O cônsul teria sido ingênuo demais se ignorasse que a reputação da sua própria casa, depois do contrato de casamento entre Grünlich e a filha, tinha de ser proveitosa também para o genro. Mas dependia o crédito deste tão exclusiva, tão visível e tão absolutamente do da firma Johann Buddenbrook? O próprio Grünlich não fora nada? E as informações que o cônsul pedira, os livros que verificara? Seja como for, a sua resolução de não tocar nesse caso nem com a ponta do dedo era mais firme do que nunca. Veriam todos que se tinham enganado nas suas previsões! Evidentemente, B. Grünlich soubera criar a opinião de que estava solidário com Johann Buddenbrook. De uma vez por todas era preciso obviar esse engano que parecia ter se propagado assustadoramente! E esse Kesselmeyer, também, teria de ficar admirado! Esse palhaço possuiria uma consciência? Era manifesta a maneira vergonhosa como unicamente especulara com a suposição de que Johann Buddenbrook não abandonaria o marido da filha; assim continuara dando créditos a Grünlich, quebrado havia muito, mas fizera-o assinar juros cada vez mais atrozes...

— Tanto faz! — disse o cônsul laconicamente. — Vamos ao caso. Se estou aqui para dar o meu parecer de comerciante, lastimo dever pronunciar que esta situação é, sim, a de um homem infeliz, mas também altamente culpado.

— Pai... — gaguejou o sr. Grünlich.

— Este termo me soa *mal* aos ouvidos! — disse o cônsul breve e duramente. — Os créditos do senhor — prosseguiu, virando-se passageiramente para o banqueiro — com o sr. Grünlich importam em sessenta mil marcos...

— Com os juros atrasados, e com aqueles que foram acrescentados ao capital, sessenta e oito mil e setecentos e cinquenta e cinco marcos e quinze xelins — respondeu satisfeito o sr. Kesselmeyer.

— Muito bem... E o senhor absolutamente não estaria disposto a ter mais alguma paciência?

O sr. Kesselmeyer simplesmente rebentou em riso. Riu-se de boca aberta, num riso explosivo, sem o mínimo desprezo, até com certa bonomia. Encarou o cônsul como que a convidá-lo para acompanhar a gargalhada.

Turvaram-se os olhos pequeninos e encovados de Johann Buddenbrook, orlando-se de repente de bordas vermelhas que se estendiam até as maçãs. Perguntara apenas pro forma e sabia muito bem que uma prorrogação de um só credor teria alterado a situação apenas insignificantemente. Mas o modo como esse homem a rejeitou humilhou-o e exasperou-o ao extremo. Com um único movimento da mão, afastou de si tudo quanto havia à sua frente e, bruscamente atirando o lápis sobre a mesa, disse:

— Então declaro que, daqui em diante, não tenho vontade alguma de ocupar-me com esse caso.

— Haha! — gritou o sr. Kesselmeyer, abanando com as mãos no ar... — Eis uma palavra de homem; eis o que se chama linguagem digna. O senhor cônsul arranjará o caso duma maneira muito simples. Sem grande palavreado! Sem cerimônias!

Johann Buddenbrook nem sequer o olhou.

— Não tenho remédio para você, meu amigo — dirigiu-se ele tranquilamente para o sr. Grünlich. — As coisas têm de prosseguir no caminho pelo qual entraram... Não estou no caso de detê-las. Cobre ânimo e procure em Deus força e consolo. Devo considerar esta entrevista como terminada.

De um modo surpreendente, a fisionomia do sr. Kesselmeyer assumiu uma expressão séria, o que lhe dava aparência bem estranha. Depois, fez um aceno animador em direção a Grünlich. Este quedava-se imóvel, e apenas torcia sobre a mesa as mãos ossudas, com tanta violência que os dedos estalavam levemente.

— Pai... senhor cônsul... — disse em voz trêmula. — O senhor não... não poderá desejar a minha ruína, a minha miséria! Preste-me atenção! Trata-se, no total, de um déficit de cento e vinte mil... O senhor pode salvar-me! É um homem rico! Considere a importância como quiser... como ajuste definitivo, como herança da sua filha, como empréstimo a juros... Trabalharei... O senhor sabe que sou ativo e esperto...

— Disse a minha derradeira palavra — replicou o cônsul.

— Com licença... O senhor não *pode*? — perguntou o sr. Kesselmeyer, olhando-o, de nariz franzido, através do pincenê. — Se posso tomar a liberdade de fazer com que o senhor cônsul reconsidere... temos justamente aqui uma excelente ocasião para demonstrar a força da firma Johann Buddenbrook...

— O senhor faria bem deixando só comigo o cuidado da reputação da minha casa. Para evidenciar minha solvência não preciso atirar o meu dinheiro ao atoleiro mais próximo...

— Ora, ora! "Atoleiro", haha, é sumamente divertido! Mas não acha o senhor cônsul que a falência do senhor seu genro... faria... hum... lançaria também uma luz falsa e desfavorável sobre a sua própria situação?

— Nada posso fazer senão recomendar-lhe mais uma vez deixar comigo o cuidado do meu nome comercial — disse o cônsul.

Desnorteado, o sr. Grünlich olhou o rosto do banqueiro. Recomeçou outra vez:

— Pai... imploro-lhe: pense bem no que está fazendo! Será que se trata só de mim? Ah, eu... pouco importa que eu pereça! Mas a sua filha, a minha mulher, aquela que amo tanto, e que conquistei numa luta tão dura... e a nossa filhinha, a criança inocente de nós dois... ela também cairia na miséria! Não, meu pai, eu não suportaria isso! Suicidar-me-ia. Sim, matar-me-ia com as minhas próprias mãos... Acredite-me! E que o senhor, então, se absolva de qualquer culpa!

Pálido, o coração palpitante, Johann Buddenbrook se reclinou contra a poltrona. Pela segunda vez chegou até ele a tempestade de sentimentos que se desencadeava nesse homem e cuja manifestação tinha o aspecto de absoluta sinceridade; como naquele tempo em que comunicara ao sr. Grünlich a carta que a filha mandara de Travemünde, teve de ouvir essa mesma ameaça horrível e outra vez estremeceu, por causa da reverência absoluta que a sua geração tinha aos sentimentos humanos, reverência que sempre divergia do seu sóbrio e prático sentido de negócios. Mas esse ataque não durou mais de um segundo. "Cento e vinte mil marcos...", repetiu no seu íntimo, para depois dizer tranquila e firmemente:

— Antonie é minha filha. Saberei impedir que ela sofra inocentemente.

— Que quer o senhor dizer com isso? — perguntou Grünlich, pasmado.

— Ficará sabendo — disse o cônsul. — Por enquanto, não tenho nada a acrescentar às minhas palavras. — Com isso levantou-se, empurrando energicamente a cadeira, e virou-se para a porta.

O sr. Grünlich permanecia sentado, mudo, ereto, fora de si, e a boca movimentava-se convulsivamente, sem que palavra alguma conseguisse desprender-se dela. A alegria do sr. Kesselmeyer, porém, voltou em consequência desse movimento conclusivo e definitivo do cônsul... cresceu, ultrapassando todos os limites e tornando-se formidável! O pincenê caiu-lhe do nariz, que subiu por entre os olhos, enquanto a boca minúscula, onde os dois dentes caninos se erguiam solitariamente, ameaçava rasgar-se. As mãozinhas vermelhas remaram no ar; a penugem vibrou, e o rosto totalmente contraído, desfeito pelo bom humor exagerado, orlado pelas suíças brancas e rapadas, assumiu a cor do cinábrio.

— Haha! — gritou em voz esganiçada. — Acho isto sumamente... sumamente divertido! Mas o senhor deveria refletir bem, cônsul Buddenbrook, antes de botar no lixo um exemplar tão mimoso, tão escolhido de genrozinho! Jamais existirá no vasto universo de Deus outro sujeito de tanta atividade e esperteza! Haha! Há quatro anos, quando, pela primeira vez, estávamos com a faca sobre a garganta... quando a corda nos cingia o pescoço, aquele estratagema de que lançamos mão, proclamando de repente, na Bolsa, o contrato de casamento com Mademoiselle Buddenbrook, ainda antes de ele ser realmente fechado... Todos os meus respeitos! Sim, senhor, que coisa notável!

— Kesselmeyer! — berrou o sr. Grünlich, fazendo gestos convulsivos com as mãos, como quem se defende contra um fantasma. Correu para um canto da peça, onde se assentou numa cadeira, escondendo o rosto nas mãos e abaixando-se tanto que as extremidades das suíças lhe repousavam nas coxas. Algumas vezes até alçava os joelhos.

— Como foi que fizemos isso? — continuou o sr. Kesselmeyer. — Como conseguimos apanhar a filhinha e os oitenta mil marcos? Oh-oh, isto se arranja! Se a gente possui atividade e um vintém de esperteza arranja-se tudo! Ao senhor papai, que nos salvou, apresentamos livros muito bonitos, livros limpinhos onde tudo estava em perfeita ordem... só que não completamente de acordo com a triste realidade... Pois, nessa triste realidade, três quartos do dote já eram dívidas!

O cônsul quedou-se na porta pálido como a morte, com a maçaneta na mão. Arrepios lhe desciam pelas costas. Parecia-lhe que, nesse pequeno gabinete sob a luz irrequieta, ele estava sozinho com um vigarista e um macaco louco de maldade.

— Tenho apenas desdém pelas suas palavras, senhor — proferiu ele com pouca segurança. — Tenho tanto mais desdém pelas suas calúnias ensandecidas quanto tocam também a mim mesmo... a mim, que não sou daqueles que desgraçam levianamente a sua filha. Pedi, sobre o meu genro, informações dignas de confiança... e o resto foi vontade de Deus!

Virou-se. Não quis ouvir mais nada. Abriu a porta. Mas seguiu-o o berro do sr. Kesselmeyer:

— Haha? Informações? De quem? De Bock? De Goudstikker? De Petersen? De Massmann & Timm? Todos eram credores! Todos estavam grandemente interessados! Como todos estavam felizes por serem garantidos pelo casamento!

O cônsul fechou a porta com estrondo.

9.

Dora, a cozinheira sobre cuja honestidade Tony tinha certas dúvidas, estava na sala de jantar.
— Vá pedir à sra. Grünlich que desça — ordenou o cônsul. — Prepare-se, minha filha — disse este, quando Tony apareceu. — Apronte-se a toda pressa e faça que Erika também esteja logo pronta para a viagem... Iremos para a cidade, de carruagem... Pernoitaremos no hotel e amanhã viajaremos para casa.
— Sim, papai — disse Tony. Estava com o rosto corado, espavorido e desconcertado. Fez gestos desnecessários e apressados para endireitar a cintura, sem saber como começar os preparos e sem poder acreditar na completa realidade dessa aventura.
— Que devo levar, papai? — perguntou com medo e emoção... — Tudo? Todos os vestidos? Uma ou duas malas? É verdade mesmo que Grünlich está na bancarrota? Santo Deus! Mas será que então poderei levar as minhas joias? Papai, as empregadas têm de ser despedidas? Não posso mais pagá-las... Hoje ou amanhã, Grünlich devia dar-me a mesada...
— Deixe isso, minha filha. Estas coisas serão arranjadas depois. Leve somente o mais necessário... uma mala... uma pequena! Vão mandar-lhe o que lhe pertence. Mas depressa, ouviu? Temos...
Nesse instante abriram-se as cortinas: o sr. Grünlich entrou no salão. A passos rápidos, com os braços abertos e a cabeça inclinada para o lado, na atitude de quem quer dizer: "Aqui estou! Mate-me se quiser!", correu ao encontro da esposa e, perto dela, deixou-se cair de joelhos. O seu aspecto era de causar dó. As suíças amareladas estavam desgrenhadas, a sobrecasaca amarrotada, o plastron desfeito e o colarinho aberto. Na testa notavam-se pequenas gotas.

— Antonie! — disse ele. — Olhe-me, veja como estou... Você tem um coração, um coração sensível? Escute-me... você está vendo na sua frente um homem que está aniquilado, arruinado, se... sim, um homem que morrerá se você desdenhar o seu amor! Aqui estou ajoelhado... Será que você tem alma para dizer-me: "Abomino-o... Vou abandoná-lo...".

Tony chorou. A mesma cena de outrora na sala das Paisagens. Outra vez viu o rosto desfigurado pelo medo e os olhos súplices que se cravaram nela; e novamente percebeu com pasmo e emoção que esse medo e essa suplicação eram sinceros e livres de hipocrisia.

— Levante-se, Grünlich — disse ela entre soluços. — Por favor, levante-se! — E fez um esforço para alçá-lo pelos ombros. — Não o abomino! Como pode dizer tal coisa! — Sem saber o que mais poderia dizer, dirigiu-se para o pai, completamente desnorteada. O cônsul, apanhando a mão dela, fez uma mesura diante do genro e foi com ela para a porta do corredor.

— Você vai embora? — gritou o sr. Grünlich, erguendo-se de um pulo.

— Já lhe expliquei — disse o cônsul — que não posso admitir que minha filha seja entregue à desgraça, sem ter a mínima culpa. E acrescento que você também não pode fazer isso. Não, senhor, você desmerece a posse de minha filha. E seja grato ao seu Criador por ter conservado tão puro e tão ignorante o coração dessa jovem que se separa de você sem abominação! Adeus!

Nesse momento, porém, o sr. Grünlich perdeu a cabeça. Teria podido falar de uma separação de pouca duração, de uma volta e de uma vida nova, salvando, talvez, assim a herança. Mas chegara ao fim do raciocínio, da atividade e da esperteza. Teria podido apanhar o grande prato de bronze, inquebrável, que se encontrava na prateleira do espelho. Mas apanhou o vaso fino, pintado de flores, que se achava ao lado, arremessando-o ao chão, de modo que se quebrou em milhares de cacos...

— Ah! muito bem! — gritou. — Vá-se embora! Acha que vou chorar por causa de você, sua tola? Ah, não, a senhora está enganada! Casei-me com você *unicamente* por causa do seu dinheiro, mas como absolutamente não bastou, suma-se de casa! Estou farto de você... farto... farto!

Sem falar, Johann Buddenbrook conduziu a filha para fora. Ele mesmo, porém, voltou mais uma vez. Aproximando-se de Grünlich, que, mãos nas costas, ficava junto à janela, cravando o olhar na chuva, tocou-lhe suavemente o ombro e disse baixinho, em tom de admoestação:

— Cobre ânimo! *Reze!*

10.

Um ambiente de depressão reinou por muito tempo na vasta casa da Mengstrasse, depois que a sra. Grünlich, em companhia da filhinha, fizera novamente a sua entrada ali. A família andava nas pontas dos pés e não gostava de falar muito "daquele acontecimento"... com exceção da protagonista do caso, que, pelo contrário, se apaixonava ao falar a esse respeito, sentindo-se, nessas ocasiões, realmente no seu elemento.

Tony instalou-se com Erika no segundo andar, nos cômodos que outrora, nos tempos dos velhos Buddenbrook, haviam ocupado os pais. Ficou um tanto decepcionada quando não veio à memória do pai contratar uma empregada especial para servi-la, e passou meia hora pensativa quando ele lhe explicou em palavras brandas que, por enquanto, nada lhe convinha senão uma existência retraída, renunciando à vida social da cidade; pois, apesar de ela, segundo o julgamento humano, não ter culpa do destino que Deus lhe enviara como provação, a sua posição de mulher divorciada lhe impunha, em primeiro lugar, extrema reserva. Mas Tony possuía o belo dom de adaptar-se com talento, habilidade e vivo prazer a qualquer situação da vida. Comprazeu-se logo no papel de uma vítima de desgraça imerecida. Vestia-se de preto e usava o lindo cabelo loiro-cinzento alisado e repartido como nos seus tempos de menina. Indenizava-se da falta de vida social proferindo, em casa, observações sobre o seu matrimônio, sobre o sr. Grünlich e sobre a existência e o destino em geral, observações feitas com enorme ênfase e uma satisfação infatigável, causada pela gravidade e importância da sua situação.

Nem todos lhe davam essa oportunidade. A consulesa, embora convencida de que o marido agira em cumprimento correto dos seus deveres, erguia levemente a bela mão branca quando Tony começava a falar, e dizia: "*Assez*, minha filha; não gosto de ouvir falar desse affaire".

Klara, que só tinha doze anos, não entendia nada do assunto, nem prima Klothilde, por ser estúpida demais. "Oh, Tony, que lástima!", era tudo quanto sabia produzir em palavras arrastadas e cheias de pasmo. Mas a moça encontrou uma ouvinte aplicada na pessoa de Ida Jungmann, que já contava trinta e cinco anos, podendo vangloriar-se de ter encanecido no serviço da mais alta sociedade. "Não precisa preocupar-se, Toninha, minha filha", dizia ela, "você ainda está bem moça e vai casar-se outra vez." De resto, dedicava-se com amor e lealdade à educação da pequena Erika, contando-lhe as mesmas recordações e histórias que, havia quinze anos, as crianças do cônsul tinham escutado: antes de tudo, o caso de um tio que, em Marienwerder, morrera de soluço, por ter se "machucado no coração".

Mas era com o pai que Tony, depois do almoço ou de manhã, à hora do café, tinha as mais demoradas e agradáveis conversas. De um golpe, a relação que existia entre eles tornara-se muito mais estreita do que antes. Até então, em consideração à sua posição poderosa na cidade e à sua capacidade comercial, incansável, sólida, austera e piedosa, Tony sentira para com ele antes reverência tímida que ternura. Mas, durante aquela explicação que tiveram no salão de Tony, o cônsul se lhe aproximara pelo lado humano. Enchera-a de orgulho e emoção o fato de o pai lhe ter dado a honra de uma palestra séria e íntima, deixando a decisão a critério dela, e de esse homem sacrossanto ter lhe confessado quase humildemente que não se sentia isento de culpa. É certo que à própria Tony nunca teria ocorrido essa ideia, mas, como o pai a externara, acreditou, e os sentimentos que tinha para com ele tornaram-se mais meigos e mais suaves. Quanto ao cônsul, este não alterou o seu modo de ver as coisas. Era de opinião de que devia, com amor redobrado, compensar o destino rude da filha.

De modo nenhum Johann Buddenbrook procedera pessoalmente contra o genro fraudulento. Tony e a mãe em verdade souberam, no decorrer de algumas conversas, os meios desleais que o sr. Grünlich usara para obter oitenta mil marcos; mas o cônsul evitava absolutamente entregar o caso ao conhecimento público ou ainda à justiça. Sentindo-se gravemente amargurado no seu orgulho de comerciante, suportava em silêncio a vergonha de ter sido esfolado tão grosseiramente.

Logo após a abertura da falência da firma B. Grünlich — que causara prejuízos consideráveis a várias casas de Hamburgo — intentou, porém, decididamente a ação de divórcio... E era sobretudo esse processo, e o pensamento de que ela, ela mesma, representava o centro de um verdadeiro processo, que causava em Tony um indizível sentimento de dignidade.

— Pai — perguntou ela, pois em tais conversas jamais chamava o cônsul de "papai" —, pai, como progride o nosso caso? O senhor acha que tudo irá bem, não é? O artigo é totalmente claro; estudei-o a fundo. "Incapacidade do marido de alimentar a família..." Os juízes têm de compreendê-lo. Se existisse um filho, Grünlich ficaria com ele...

Em outra ocasião disse:

— Pensei muito sobre os anos do meu matrimônio, pai. Ah, sim! Era por isso que o homem absolutamente não queria que morássemos no centro, coisa que eu desejava tanto. Era por isso que não gostava que eu tivesse relações na cidade, frequentando a sociedade! Parece que lá, mais do que em Eimsbüttel, havia perigo de que de algum modo eu ficasse sabendo como andavam as coisas dele... Que grande patife!

— Não somos nós que temos de fazer justiça, minha filha — replicou o cônsul.

Quando o divórcio foi pronunciado, proferiu ela com fisionomia importante:

— Já tomou nota disso nos documentos da família, pai? Não? Oh, então deixe-me fazê-lo... Por favor, dê-me a chave da escrivaninha.

E, com zelo e orgulho, escreveu embaixo daquelas linhas que, quatro anos atrás, acrescentara ao seu nome: "Em fevereiro do ano de 1850, este matrimônio foi dissolvido pela força da lei".

Depois disso, largando a pena, cismou um momento.

— Pai — disse ela —, sei bem que esse acontecimento significa uma mancha na história da nossa família. Pois bem, já meditei muito a esse respeito. É exatamente como se houvesse uma mancha de tinta neste livro. Mas não se preocupe... Cabe a mim raspá-la! Sou moça ainda... Não acha que sou ainda bonita? Apesar de Madame Stuht me ter dito, ao rever-me: "Céus, Madame Grünlich, como envelheceu!". Ora, a gente não pode por toda a vida ficar aquela tola que era há quatro anos... Claro que a vida nos altera... Mas em poucas palavras: vou me casar outra vez! O senhor vai ver; tudo será reparado por outro partido vantajoso! Não acha também?

— Isso está na mão de Deus, minha filha. Mas absolutamente não convém falar agora sobre essas coisas.

Além disso, Tony começou naquela época a servir-se amiúde da locução: "Assim é a vida...". E, ao pronunciar a palavra "vida", tinha um alçar dos olhos, bonito e sério, que dava para imaginar os olhares profundos que deitara à vida e ao destino humanos...

A roda da sala de jantar aumentou ainda mais, e Tony achou novas ocasiões para desapertar-se, quando, em agosto desse ano, Thomas voltou de Pau para casa. Ela amava e venerava de todo o coração esse irmão que, naquele tempo da partida de Travemünde, conhecera e apreciara a sua mágoa, e a quem ela considerava o futuro chefe da firma e da família.

— Sim, senhor — disse ele —, nós dois já passamos por muita coisa, Tony... — Alçou então uma sobrancelha, deixando passar o cigarro russo para o outro canto da boca. Provavelmente pensava naquela pequena florista que, havia pouco, se casara com o filho da sua patroa, para agora dirigir por conta própria a loja de flores na Fischergrubestrasse.

Thomas Buddenbrook, embora ainda um tanto pálido, era de aparência extremamente elegante. Parecia que os últimos anos lhe haviam aperfeiçoado a educação. O cabelo, de tanto escová-lo, formava pequenas elevações por cima das orelhas; o bigode estava torcido à moda francesa em finíssimas pontas, que estirava horizontalmente com ferro de frisar. Tudo isso e o corpo baixote, bastante espadaúdo, davam à sua figura ares de militar. Mas as veias azuladas e demasiado visíveis que se lhe salientavam nas fontes, donde o cabelo recuava em duas entradas, bem como uma leve tendência para calafrios, que o bom dr. Grabow em vão combatia, indicavam que o seu físico não era bastante forte. Quanto aos detalhes da estatura, ao queixo, ao nariz e às mãos — que mãos de Buddenbrook maravilhosamente típicas! —, tornara-se mais parecido ainda com o avô.

Falava um francês misturado com sons espanhóis e todo mundo estranhava a simpatia que tinha por certos autores modernos de caráter satírico e polêmico... Na cidade, essa inclinação encontrava compreensão apenas na pessoa do sr. Gosch, aquele corretor sombrio, enquanto o pai a condenava rigorosamente.

Isso não impedia, porém, que se pudessem ler nos olhos do cônsul o orgulho e a felicidade que o primogênito lhe causava. Com emoção e regozijo abraçou-o, logo após a chegada, recebendo-o novamente como colaborador no seu escritório, onde ele mesmo voltou a trabalhar com maior satisfação, principalmente depois da morte da velha sra. Kröger, sucedida no fim do ano.

Era preciso suportar com paciência o passamento da anciã. Tornara-se velhíssima, e no fim vivera em completa solidão. Reunira-se com

Deus, e os Buddenbrook receberam grande quantidade de dinheiro, uns cem mil táleres redondos e gordos que aumentaram de modo bastante desejável o capital da firma.

Outra consequência do óbito foi que Justus, cunhado do cônsul, logo que teve em mãos o resto de sua herança, cansado dos eternos fracassos comerciais, liquidou a sua firma, a fim de aposentar-se. Justus Kröger, o pândego, filho folgazão do cavalheiro à la mode, não era um homem feliz. Com a sua condescendência e leviandade alegre, jamais conseguira obter uma posição segura, sólida e indubitável no mundo comercial; perdera, de antemão, parte considerável da herança paterna, e recentemente dera-se que Jakob, o filho primogênito, lhe causava graves preocupações.

Esse moço, que, em Hamburgo, escolhera para si companhias devassas, custara, no decorrer dos anos, insólita quantia de marcos ao pai. E, quando o cônsul Kröger se recusara a pagar mais ainda, sua esposa, mulher fraca e meiga, outorgara clandestinamente novas importâncias ao filho licencioso. Por esse motivo houvera divergências lastimáveis entre o casal. E, quase ao mesmo tempo que B. Grünlich suspendia os pagamentos, acontecera, para coroar tudo isso, outra coisa, algo de sinistro, na casa Dalbeck & Cia., de Hamburgo, onde Jakob Kröger trabalhava... Houvera lugar um delito, uma falta de probidade... Não se falava do caso, nem se dirigiam perguntas a Justus Kröger; mas dizia-se que Jakob havia encontrado em Nova York um emprego como viajante, e que embarcaria brevemente. Uma única vez, pouco antes da viagem, fora visto na cidade, aonde, provavelmente, viera para obter da mãe um aumento do dinheiro para a viagem que o pai lhe mandara: um jovem em trajes de janota e de aspecto doentio.

Em poucas palavras, as coisas chegaram a tal ponto que o cônsul Justus, como se tivesse apenas *um* herdeiro natural, falava de "meu filho"... referindo-se a Jürgen. É verdade que este nunca incidira em delito, mas o seu espírito parecia demasiadamente estreito. Terminara a muito custo o ginásio e, havia algum tempo, encontrava-se em Jena, onde se dedicava à jurisprudência, evidentemente sem muito prazer nem sucesso.

Johann Buddenbrook ressentia-se de modo bastante doloroso da evolução pouco honrosa que tomara a família da esposa. Olhava os seus próprios filhos com expectativa tanto mais angustiada. Tinha razão em ter plena confiança no valor e na seriedade do filho mais velho. Mas quanto a Christian, Mr. Richardson lhe escrevera que o moço, com inegável talento, se havia assenhoreado da língua inglesa, mas que na firma não demonstrava suficiente interesse, manifestando demasiada tendência para os divertimentos da metrópole, por exemplo o teatro. O próprio Christian, nas suas cartas, evidenciava viva necessidade de arribação. Solicitava com fervor a licença para aceitar um emprego "além-mar", isto é, na América do Sul, talvez no Chile. "Isto é desejo de aventuras e nada mais", disse o cônsul, e ordenou-lhe que aperfeiçoasse os seus conhecimentos mercantis com Mr. Richardson, durante mais um ano, provisoriamente. Então trocaram-se mais algumas cartas sobre os seus projetos e, no verão de 1851, Christian Buddenbrook de fato partiu num veleiro para Valparaíso, onde arranjara uma posição. Viajou diretamente da Inglaterra, sem regressar antes à pátria.

Abstraindo dos dois filhos, o cônsul observou com satisfação com quanta decisão e consciência de si mesma Tony defendia na cidade a sua posição de rebento da família Buddenbrook... apesar de ter sido de prever que, na sua situação de mulher divorciada, ela teria de arrostar com toda sorte de preconceitos e malícias por parte das outras famílias.

— Ah! — disse ela, de rosto corado, ao voltar de um passeio, atirando o chapéu ao sofá da sala das Paisagens... — Essa Möllendorpf, essa Hagenström ou Semlinger, essa Julinha, essa criatura... Imagine, mamãe! Ela não me cumprimenta... não, senhora, ela não me cumprimenta! Espera que eu a cumprimente primeiro! Que acha disso? Passei por ela de cabeça erguida na Breite Strasse e olhei-a direitinho na cara...

— Você exagera, Tony... Não, tudo tem seus limites. Por que não podia ser a primeira a cumprimentar Madame Möllendorpf? Vocês são da mesma idade, e ela é mulher casada, assim como você o era...

— Nunca, mamãe! Santo Deus, que gentalha!

— *Assez*, minha querida! Deixe de palavras pouco delicadas...

— Oh, pode acontecer que a gente se deixe arrebatar...

O ódio que tinha àquela "família de aventureiros" era alimentado pela simples ideia de que os Hagenström, agora, talvez pudessem sentir-se autorizados a menosprezá-la. Contribuía para isso igualmente a boa sorte que fazia prosperar essa estirpe. O velho Hinrich morreu em princípios do ano de 1851, e seu filho, Hermann — aquele Hermann do bolo de limão e da bofetada —, dirigia, ao lado do sr. Strunck, a casa de exportação, que ia às maravilhas. Apenas um ano mais tarde, casou-se com a filha do cônsul Huneus, o homem mais rico da cidade, o qual, pelo comércio de madeiras, chegara a deixar dois milhões a cada um dos seus três filhos. Moritz, irmão de Hermann, apesar do mal de peito, fizera um curso de direito extraordinariamente brilhante. Estabeleceu-se na cidade como jurisconsulto. Reputado como capaz, astuto, espirituoso e até letrado, rapidamente atraiu considerável clientela. Na sua aparência, não havia nada dos Semlingers: tinha o rosto amarelo e dentes pontudos defeituosos.

Era necessário estar alerta até na própria família. Desde que tio Gotthold se afastara dos negócios, caminhava despreocupadamente, com as pernas curtas nas calças largas, através de sua casa modesta, chupando pastilhas peitorais de uma lata. E a partir desse tempo, a sua opinião a respeito do meio-irmão privilegiado tornara-se, com os anos, cada vez mais branda e mais resignada; o que, aliás, não excluía que, diante das suas três filhas solteiras, provasse certa satisfação tácita pelo casamento fracassado de Tony. Mas para falarmos da sua esposa, a antiga Demoiselle Stüwing, e sobretudo das três meninas, que agora já tinham vinte e seis, vinte e sete e vinte e oito anos, estas demonstravam pela desgraça da prima e pela ação de divórcio um interesse quase exagerado e muito mais vivo do que outrora tiveram pelos noivos e pelo próprio enlace. Nas reuniões da família que, desde a morte da velha sra. Kröger, se realizavam outra vez na Mengstrasse, às quintas-feiras, Tony tinha muito que fazer com elas...

— Meu Deus, coitadinha! — disse Pfiffi, a mais moça, que era baixinha e corpulenta e tinha um jeito engraçado de agitar-se a cada palavra, enquanto se umedeciam as comissuras dos seus lábios. — Então, agora a sentença está pronunciada? Você chegou exatamente ao lugar de onde partiu...

— Oh! pelo contrário! — disse Henriette, que, igual à sua irmã mais velha, era extraordinariamente alta e macilenta. — Você está em condições muito mais tristes do que se jamais se tivesse casado.

— Deveras — confirmou Friederike. — Nesse caso acho incomparavelmente melhor não casar nunca.

— Ah, não! minha querida Friederike! — disse Tony, enquanto deitava a cabeça para trás, à procura de uma réplica bastante vigorosa e elegante. — A respeito dessas coisas, parece-me que você está redondamente enganada; não acha?! Assim, pelo menos cheguei a conhecer a vida, sabe? Não sou mais uma tolinha! E, além disso, tenho ainda mais oportunidades para casar-me novamente do que muitas outras que o fariam pela primeira vez.

— Olhem só! — disseram as primas em uníssono, e isso de modo sarcástico e incrédulo.

Sesemi Weichbrodt, porém, era bondosa e delicada demais para mencionar o caso. De vez em quando, Tony visitava a sua antiga preceptora na Mühlenbrinkstrasse nº 7, naquela casinha vermelha que ainda recebia vida por certo número de meninas, apesar de o pensionato começar, pouco a pouco, a ficar fora da moda. Acontecia também, às vezes, que se convidava a valorosa solteirona para a Mengstrasse, a fim de participar de um filé de veado ou de um ganso recheado. Erguia-se então nas pontas dos pés, para dar na fronte de Tony um beijo comovido e expressivo que produzia um leve estalo. A sra. Kethelsen, a irmã inepta, vinha recentemente ensurdecendo com grande rapidez, e por esse motivo não entendera quase nada da história de Tony. Em ocasiões cada vez mais inoportunas, explodia na sua risada ingênua e quase chorona de tanta cordialidade, de maneira que Sesemi, constantemente, se via forçada a dar palmadinhas na mesa e a gritar: "Nelly!".

Escoavam-se os anos. A impressão causada, na cidade e na família, pelo caso da filha do cônsul Buddenbrook esvanecia mais e mais. A própria Tony só de vez em quando se lembrava do seu matrimônio, ao reparar nesta ou naquela semelhança com Bendix Grünlich no rosto da pequena Erika, que se desenvolvia em boa saúde. Entrementes, Tony voltara a vestir-se de cores e a usar o cabelo ondulado por cima da testa. Frequentava, como antes, as reuniões do seu círculo de conhecimentos.

Em todo caso, estava bastante contente por ter anualmente ocasião, durante o verão, para deixar a cidade por um tempo considerável... pois, infelizmente, o estado de saúde do cônsul exigia agora viagens para estações balneárias mais distantes.

— A gente não sabe o que quer dizer: envelhecer! — disse ele. — Apanho uma mancha de café nas minhas calças, e nem sequer posso aplicar água quente, sem, imediatamente, ter um ataque violentíssimo de reumatismo... E que coisas eu podia permitir-me antigamente! — Às vezes sofria também de acessos de tontura.

Iam a Obersalzbrunn, a Ems ou a Baden-Baden; fizeram até, a partir de Kissingen, uma viagem tão instrutiva quanto divertida para Munique, via Nuremberg, e, pela região de Salzburgo, para Viena, e ao voltar para casa passaram por Praga, Dresden e Berlim... E a sra. Grünlich, embora obrigada, nos últimos tempos, por motivo de fraqueza nervosa do estômago, a submeter-se a rigoroso regime nas estações balneárias, considerava essas viagens como variação extremamente desejável; pois em absoluto não escondia que se aborrecia um pouquinho em casa.

— Oh, meu Deus, pai, sabe que a vida é assim — disse ela, fitando pensativamente o teto da sala... — Certamente conheço a fundo a vida... justamente por isso acho um tanto lúgubre a perspectiva de ficar todo o tempo sentada aqui em casa como uma menina tola. Oxalá, papai, o senhor não julgue que eu não goste de estar aqui... nesse caso mereceria uma surra; seria o cúmulo da ingratidão! Mas a vida é assim, sabe...

Agastava-a principalmente o espírito cada vez mais religioso que reinava no vasto casarão paterno; pois as inclinações piedosas do cônsul manifestavam-se com tanto mais força quanto ele se tornava idoso e enfermo, e a consulesa, desde que envelhecia, começava também a comprazer-se nessa tendência espiritual. Sempre houvera na casa dos Buddenbrook o costume de rezar uma oração antes das refeições; havia algum tempo, porém, existia a lei de que, de manhã e à noite, a família e a criadagem se deviam reunir na copa, para ouvirem um trecho da Bíblia, recitado pelo dono da casa. Além disso, aumentavam de ano em ano as visitas de pastores e de missionários, pois a digna casa dos patrícios da Mengstrasse, onde — seja dito à parte — havia comida excelente, era, de há muito, conhecida como porto hospitaleiro no mundo dos sacerdotes luteranos e reformados da missão interna e externa. De todas as partes da pátria vinham ocasionalmente cavalheiros de roupas pretas e cabelos compridos, para ali se demorarem durante alguns dias... na certeza de conversas agradáveis a Deus, bem como de alguns pratos saborosos e de auxílios em moeda sonante, prestados às suas finalidades sagradas. Os pregadores da cidade também frequentavam a casa como amigos...

Tom era por demais discreto e razoável para sequer esboçar um sorriso, mas Tony simplesmente escarnecia desses hóspedes, e infelizmente até se esforçava por ridicularizar os clérigos, assim que se lhe oferecia uma ocasião.

Por vezes, quando a consulesa sofria de enxaqueca, cabia à sra. Grünlich administrar a casa e fixar o cardápio. Um dia, em que um pregador forasteiro, cujo apetite causava alegria geral, se hospedara na casa, Tony, perfidamente, mandou fazer sopa de toucinho, prato especial da cidade: um caldo preparado com ervas avinagradas e no qual boiava todo o cardápio do dia — presunto, batatas, ameixas azedas, passas de pera, couve-flor, ervilhas, vagens, nabos e outras coisas —, tudo adubado com molho de frutas. Quem não estivesse, desde criança, acostumado a essa comida, seria incapaz de tragá-la.

— Gosta disso, senhor pastor? Gosta disso? — perguntava Tony sem cessar... — Não gosta? Oh, meu Deus, quem poderia imaginá-lo!

— A essas palavras fazia uma cara verdadeiramente maliciosa, passando levemente a ponta da língua pelos lábios, como costumava fazer quando inventava uma traquinice.

Resignado, o cavalheiro gorducho depôs a colher dizendo ingenuamente:

— Aprovarei o próximo prato.

— Mas claro, haverá ainda um pequeno *après* — apressou-se a consulesa a responder... pois um "próximo prato" era inimaginável depois dessa sopa. E, apesar de alguns sonhos com geleia de maçã, que se seguiram, o sacerdote logrado teve de levantar-se da mesa, sem estar satisfeito, enquanto Tony ria furtivamente e Tom, com mais controle de si mesmo, franzia a testa...

Noutra vez, Tony encontrava-se no vestíbulo, conversando sobre assuntos caseiros com a cozinheira Stine quando o pastor Mathias de Kannstatt, que novamente passava alguns dias na casa, de regresso de um passeio, tocou a campainha da porta de guarda-vento. Com o andar de pato das moças do campo, Stine foi abrir, e o pastor, na intenção de dirigir-lhe uma frase amável e de examiná-la um pouquinho, perguntou jovialmente:

— Você ama o Senhor?... — Tencionava, talvez, dar-lhe uma gorjeta, caso ela professasse a sua lealdade para com o Salvador.

— Ora, senhor pastor... — disse Stine com hesitação, corando e arregalando os olhos. — Qual dos dois? O velho ou o moço?

A sra. Grünlich não deixou de contar a anedota em voz alta à mesa, de modo que até a consulesa rebentou no riso espirrado dos Kröger.

Mas o cônsul olhou para o seu prato, sério e indignado.

— Um mal-entendido... — disse, consternado, o pastor Mathias.

11.

O que se segue aconteceu no veranico do ano de 1855, numa tarde de domingo. Os Buddenbrook estavam sentados na sala das Paisagens, à espera do cônsul, que, embaixo, ficara vestindo-se. Tinham combinado com a família Kistenmaker um programa de dia de festa: um passeio a um parque de diversões situado diante do portão da cidade. Com exceção de Klara e Klothilde, que, todas as noites de domingo, tricotavam meias para crianças pobres, todos queriam tomar o café ali e talvez, se o tempo o permitisse, fazer uma excursão a remo no rio...

— É de rachar, o papai — disse Tony, que tinha o hábito de empregar palavras fortes. — Será que ele nunca pode estar pronto à hora combinada? Está sentado à mesa do escritório... sentado, sempre sentado... tem de terminar ainda isso e aquilo! Meu Deus, talvez seja necessário, sim, não quero contestá-lo... embora não acredite que ficássemos na bancarrota se ele abandonasse a pena um quarto de hora antes. Muito bem... e, quando já está atrasado dez minutos, lembra-se da sua promessa e sobe pela escada, sempre pulando dois degraus, apesar de saber que em cima terá congestões e palpitações... Isto acontece antes de cada reunião, antes de qualquer passeio! Será que ele não pode conceder-se tempo? Será que não pode levantar-se mais cedo e andar devagar? É imperdoável! No seu lugar, mamãe, eu falaria com ele seriamente...

Conforme a moda, Tony trajava seda furta-cor. Estava sentada no sofá, ao lado da consulesa, que, por sua vez, usava vestido mais pesado, de seda cinzenta, estriada e enfeitada de rendas pretas. As extremidades da touca de renda e tule engomado, reunidas por baixo do queixo com um laço de cetim, caíam-lhe sobre o peito. O cabelo, alisado e repartido, continuava num inalterável loiro dourado. Segurava uma bolsinha nas mãos brancas, marcadas por veias azuis. Perto dela, Tom se encostava a uma poltrona, fumando o inevitável cigarro, enquanto, junto à janela, Klara e Thilda se achavam uma em frente à outra. Era incrível o pouco sucesso com que a pobre Klothilde consumia todos os dias tão boa e farta comida. Tornava-se cada vez mais magra, e o vestido preto, muito simples, não disfarçava esse fato. No rosto cor de cinza, comprido e quieto, salientava-se um nariz reto e poroso que engrossava na ponta...

— Acham que não vai chover!? — disse Klara. A moça tinha o costume de não elevar a voz ao fazer uma pergunta. Com olhar decidido e bastante severo, fixou o rosto de cada um dos presentes. O seu vestido marrom estava guarnecido unicamente de pequena gola virada, branca e engomada, e punhos da mesma espécie. Empertigada, cruzou as mãos no colo. A ela é que as criadas temiam mais; de manhã e à noite pronunciava as orações, pois o cônsul não podia mais recitá-las sem ter dores de cabeça.

— Você vai sair com o gorro russo hoje de tarde, Tony!? — voltou ela a perguntar. — Vai tomar chuva com ele. Que pena, o novo gorro russo! Acho que seria mais acertado se transferissem o passeio...

— Não — respondeu Tom. — Os Kistenmaker vêm com certeza. Não há perigo... o barômetro caiu muito de repente... Haverá uma catastrofezinha, uma chuvinha de verão... Papai ainda não está pronto; não faz mal. Podemos tranquilamente esperar até que tudo tenha passado.

A consulesa levantou a mão em sinal de protesto.

— Você acha, Tom, que virá uma tempestade? Você sabe como me inquieto.

— Não — disse Tom —, falei hoje de manhã no porto com o capitão Kloot. Ele é infalível. Haverá somente um aguaceiro... e nem sequer uma ventania forte.

Essa segunda semana de setembro trouxera uma canícula atrasada. Com vento sul-sudeste, o verão pesara sobre a cidade com mais rigor do que em julho. Um céu estranhamente azul-escuro luzira sobre as cumeeiras, desbotando no horizonte como o céu do deserto. Depois do pôr do sol, as casas e as calçadas das ruas estreitas haviam irradiado como estufas um calor abafado. Nesse dia, subitamente, o vento mudara-se para oeste, e ao mesmo tempo produzira-se essa brusca queda do barômetro. Grande parte do céu estava ainda azul, mas lentamente singrava também sobre ela um conglomerado de nuvens azul-cinza, grossas e macias como almofadas.

Tom acrescentou:

— Acho mesmo que essa chuva viria a propósito. Definharíamos se passeássemos com este ar. É um calor fora do natural. Nem em Pau vi dias assim...

Nesse instante, Ida Jungmann entrou na sala, com a pequena Erika na mão. A criança, enfiada num vestidinho de algodão recém-engomado, espargia um cheiro de goma e de sabão, e estava com aparência muito engraçada. Tinha a tez rosada e os olhos do sr. Grünlich, mas herdara o lábio superior de Tony.

A boa Ida já estava totalmente encanecida, apesar de ter apenas transposto o limiar da casa dos quarenta. Era uma característica da sua família: aquele tio que morrera de soluço também tivera cabelos grisalhos aos trinta anos. De resto, os olhinhos castanhos de Ida tinham ainda a mesma expressão leal, viva e atenta. Havia vinte anos que estava com os Buddenbrook e sentia com orgulho a sua indispensabilidade. Chefiava a cozinha, despensa, roupeiros e louça; fazia as compras mais importantes; lia para a pequena Erika; fabricava-lhe os vestidos de boneca; trabalhava com ela, e, munida de um pacote de sanduíches de pão francês, ia, ao meio-dia, buscá-la ao colégio. Todas as senhoras diziam à consulesa Buddenbrook ou à sua filha: "Que governanta tem você, minha querida! Céus, essa mulher vale ouro; é como lhe digo! Vinte anos! E ela será ainda vigorosa aos sessenta e tantos! Essa gente ossuda... E além disso esses olhos leais! Estou com inveja de você, minha querida!". Mas Ida Jungmann também fazia grande juízo de si. Sabia quem era, e quando na Mühlenwallallee uma empregada ordinária, sentada com o seu pupilo no mesmo banco que ela, procurava iniciar uma conversa de igual para igual, Ida Jungmann dizia: "Vamos, Erikazinha. Aqui há muita corrente de ar!". E ia-se embora.

Tony puxou a filhinha para perto de si e beijou-a numa das faces coradas, ao que a consulesa, com um sorriso um tanto distraído, lhe estendeu a palma da mão... Continuou observando, com receio, o céu que se tornava mais e mais escuro. A mão esquerda tamborilava nervosamente sobre a almofada do sofá, e os olhos claros fugiam inquietos para a janela lateral.

Permitiram a Erika acomodar-se ao lado da avó, e Ida, sem se aproveitar do espaldar, sentou-se numa poltrona e começou a fazer crochê. Ficaram assim todos calados durante algum tempo, à espera do cônsul. O ar estava abafado. Lá fora desaparecera o derradeiro pedacinho de azul, e o céu cinza-escuro pendia fundo, pesado e túmido. As cores da sala, as tintas das paisagens nas tapeçarias, o jalde dos móveis e das cortinas, tudo se tornara apagado; os matizes do vestido de Tony não cambiavam mais, e os olhos das pessoas estavam sem brilho. Já não soprava o vento, aquele vento oeste, que ainda há pouco brincava com as árvores do cemitério de Santa Maria, revolvendo a poeira da rua escura em pequenos remoinhos. Fez-se um momento de silêncio absoluto.

Então, de inopino, foi aquele instante... em que aconteceu, sem o mínimo ruído, algo de assustador. Parecia redobrado o ar sufocante; na atmosfera afigurava-se uma pressão que no decorrer de um segundo aumentava rapidamente, pressão que angustiava o cérebro, comprimia o coração e impedia o fôlego... Ali embaixo uma andorinha voejava tão próximo à calçada da rua que as asas batiam nos ladrilhos. E essa pressão inextricável, essa tensão, essa sufocação do organismo teria ficado insuportável, se tivesse prosseguido ainda pela mínima fração de um momento, e se, no seu auge imediatamente alcançado, não tivesse logo efetuado a distensão, a descarga: produziu-se, em qualquer parte, aquela pequena ruptura salvadora, inaudível e que, todavia, pensavam ouvir... E nesse mesmo instante, quase sem ser precedida por uma queda de pingos, desandou a chuva com tanta força que a água espumava nas sarjetas, inundando as calçadas em ondas altas...

Acostumado, pela doença, a observar as manifestações dos seus nervos, Thomas, nesse segundo estranho, inclinara-se para a frente, fazendo um gesto de mão em direção à cabeça e jogando fora o cigarro. Olhou em torno de si, para ver se os demais também haviam sentido e notado o fato. Tinha a impressão de ter percebido alguma reação da mãe. Os outros pareciam não ter consciência de nada. A consulesa olhou a chuva espessa que velava completamente a igreja de Santa Maria, e suspirou:

— Graças a Deus!

— Bem — disse Tom —, isso refresca em dois minutos. Agora as gotas ficarão suspensas nas árvores e nós tomaremos o café no terraço. Thilda, vá abrir a janela!

O ruído da chuva entrou com mais vigor. Produzia um verdadeiro estrondo. Tudo marulhava, patinhava, gotejava e espumava. O vento, que se levantara outra vez, investia alegremente contra o denso véu de água, rasgando-o e empurrando-o. Cada minuto trazia nova frescura.

Nesse momento a criada Line passou a correr através do alpendre e irrompeu na sala com tanta violência que Ida Jungmann gritou, tranquilizando e censurando:

— Santo Deus! Que foi? Diga...

Os olhos azuis e inexpressivos de Line estavam excessivamente arregalados, e durante algum tempo os maxilares mexiam-se sem resultado...

— Ah, senhora consulesa, ah, meu Deus; venha depressa... Cruzes, que susto levei!...

— Olhe só — disse Tony —, andou quebrando alguma outra coisa! Provavelmente da louça fina! Não, mamãe, este seu pessoal...

Mas a garota proferiu com medo:

— Ah, não, sra. Grünlich! Se fosse só isso... Mas é alguma coisa com o senhor... Eu quis levar-lhe os sapatos... e então... o senhor cônsul está sentado na poltrona, e não pode falar e arqueja o tempo todo... E eu acho que ele passa mal, pois está tão amarelo...

— Vá buscar Grabow! — berrou Thomas, empurrando-a para fora da sala.

— Meu Deus! Oh, meu Deus! — gritou a consulesa. Juntou as mãos ao lado do rosto e saiu correndo...

— Grabow... imediatamente... com uma carruagem! — repetiu Tony, sem fôlego.

Desceram pela escada como num voo; atravessaram a copa; entraram no quarto de dormir.

Mas Johann Buddenbrook já morrera.

QUINTA PARTE

1.

— Boa tarde, Justus — disse a consulesa. — Como vai? Sente-se. O cônsul Kröger deu-lhe um abraço delicado e fugidio e apertou a mão da sua sobrinha mais velha, que, igualmente, se achava na sala de jantar. Contava ele, agora, uns cinquenta e cinco anos; além do pequeno bigode, deixara crescer suíças espessas e redondas, totalmente grisalhas, que conservavam o queixo descoberto. Por cima da vasta careca rosada escovara cuidadosamente algumas escassas tiras de cabelos. Um largo crepe cingia a manga da sobrecasaca elegante.

— Já sabe a última novidade, Bethsy? — perguntou ele. — Interessará sobretudo a você, Tony. Em poucas palavras: nosso prédio do portão da Fortaleza foi vendido... A quem? Não a um só comprador, mas a dois, pois vão reparti-lo. A casa será demolida. Elevarão uma cerca pelo meio, e depois os comerciantes Benthien e Sörenson construirão os seus canis, um à direita e outro à esquerda... Mas claro, Deus seja servido!

— Que vergonha! — disse a sra. Grünlich, juntando as mãos no colo e levantando os olhos para o teto... — O prédio do avô! Bem feito, assim a propriedade fica estragada. O encanto provinha justamente da vastidão... que, no fundo, não era necessária... mas era tão distinta! O grande jardim, que descia até o Trave... e a casa, distante da rua, com a alameda de castanheiros e a rampa... E agora vão reparti-lo. O Benthien vai se postar diante de uma porta, fumando o seu cachimbo, e o Sörenson diante de outra. Pois sim, tio Justus, eu também digo: assim Deus seja servido! Parece que não existe mais ninguém bastante distinto para habitar o prédio inteiro. Ainda bem que o avô não precisa ver isso...

A atmosfera de luto pairava ainda sobre a casa, grave e pesadamente demais, para que Tony pudesse exprimir a sua indignação em termos mais fortes e enérgicos. Foi o dia da abertura do testamento, duas semanas depois do falecimento do cônsul; eram cinco e meia da tarde. A consulesa Buddenbrook convidara o seu irmão para a Mengstrasse, a fim de que ele participasse, junto com Thomas e o sr. Marcus, procurador da firma, de uma conversa acerca das disposições do finado e da situação financeira. Tony manifestara a decisão de tomar, igualmente, parte nas explicações. Desse interesse — dissera ela — era devedora à firma tanto quanto à família, e cuidara de dar à reunião o caráter de uma sessão ou de um conselho de família. Fechara as cortinas e, além dos dois candeeiros de parafina que ardiam na mesa alongada e forrada de verde, acendera ainda todas as velas nos grandes candelabros dourados. Fora isso, distribuíra pela mesa grande quantidade de papel de escrever e de lápis apontados, coisas que ninguém sabia para que fins seriam necessárias.

O vestido preto dava uma esbelteza de menina à sua figura. Tony, talvez mais que todos, sentia intenso pesar pela morte do cônsul, a quem, nos últimos tempos, a haviam ligado relações tão cordiais. Ainda naquele dia rebentara duas vezes em choro amargo pela recordação do pai. E todavia a expectativa desse pequeno conselho de família e dessa pequena palestra séria, da qual tencionava participar com dignidade, era capaz de corar-lhe as faces bonitas, de reavivar-lhe o olhar e de dar importância e até alegria aos seus gestos... A consulesa, porém, cansada pelo susto, pela aflição, por mil formalidades do luto e pelos funerais, tinha aparência sofredora. O rosto orlado pelas rendas pretas das fitas da touca parecia por isso ainda mais pálido, e os olhos azul-claros tinham a expressão fatigada. No seu cabelo ruivo, alisado e repartido, ainda não se via nem um fio branco... Seria isso apenas a tintura parisiense ou já a peruca? Apenas Ida Jungmann sabia, e ela não o teria revelado nem sequer às senhoras da família.

Estavam sentados na extremidade da mesa de jantar, esperando que Thomas e o sr. Marcus chegassem do escritório. Brancas e soberbas, salientavam-se do fundo azul-celeste as divindades pintadas nos seus pedestais.

A consulesa falou:

— Trata-se do seguinte, meu querido Justus... Solicitei a sua presença... Para ser breve: trata-se de Klara, da criança. O meu caro e saudoso Jean deixou ao seu critério a escolha do tutor de que a garota precisará durante três anos ainda... Eu sei que você não gosta de ser sobrecarregado de obrigações. Tem deveres para com a sua esposa e os seus filhos...

— Para com o meu filho, Bethsy.

— Bem, devíamos ser cristãos e misericordiosos, Justus. "Assim como nós perdoamos aos nossos devedores", está escrito. Lembre-se do nosso bondoso Pai do céu!

O irmão olhou-a um tanto admirado. Até então, ouvira essa espécie de locuções somente da boca do cônsul...

— Basta! — prosseguiu ela. — Quase não há trabalhos ligados a esse serviço caridoso... Queria rogar-lhe o favor de que ficasse com a tutela.

— Pois não, Bethsy. Claro que o faço com muito gosto. Não poderia ver a minha pupila? É um pouco melancólica a boa menina...

Chamaram Klara. Vagarosamente apareceu ela, de luto e pálida, com gestos tristes e reservados. Depois da morte do pai passara quase todo o tempo no seu quarto, absorta em incessantes orações. Os olhos escuros estavam imóveis; pareciam inteiriçados pelo luto e pela devoção.

Tio Justus, sempre galanteador, foi-lhe ao encontro e, ao apertar-lhe a mão, quase se inclinou. Depois dirigiu-lhe algumas palavras bem-dispostas, e ela se foi outra vez, depois de ter aceito nos lábios cerrados um beijo da consulesa.

— Como vai o bom Jürgen? — recomeçou a consulesa. — Como se sente ele em Wismar?

— Bem... — respondeu Justus Kröger, encolhendo os ombros, enquanto voltava a sentar-se. — Acho que agora encontrou o lugar que lhe convém. É um bom sujeito, Bethsy, um rapaz honrado; mas... depois de ser duas vezes reprovado no exame, foi esta a melhor solução... A jurisprudência não o divertia nem a ele, e a posição no correio de Wismar é bem aceitável... Escute: ouvi dizer que Christian voltará?

— Sim, Justus, há de vir, e Deus esteja com ele no mar! Ah, essa viagem é terrivelmente demorada! Embora eu lhe tenha escrito no dia após a morte de Jean, passará ainda muito tempo antes que ele receba a carta, e então precisará de dois meses, mais ou menos, para a viagem em veleiro. Mas ele tem de vir. Sinto tanta necessidade dele, Justus! É verdade que Tom diz que Jean nunca teria admitido que ele abandonasse o emprego em Valparaíso... mas olhe: há quase oito anos que não o vejo. E ainda mais nessas circunstâncias! Não: quero que todos estejam em redor de mim, nesta hora grave... É natural para uma mãe...

— É claro, é claro! — disse o cônsul Kröger, vendo que as lágrimas lhe subiam aos olhos.

— Agora, Thomas também concorda comigo — continuou ela —, pois onde estaria Christian em melhores mãos do que na firma do seu saudoso pai, na firma de Tom! Pode ficar aqui e trabalhar... Ah, sempre tive medo de que aquele clima lhe faça algum mal...

Nesse momento, Thomas Buddenbrook, acompanhado pelo sr. Marcus, entrou na sala. Friedrich Wilhelm Marcus, há muitos anos procurador do finado cônsul, era homem alto; vestia fraque marrom com crepe. Falava muito baixinho, hesitante, um tanto gago, meditando um segundo antes de pronunciar uma palavra, e tinha o costume de passar, lenta e cautelosamente, os dedos indicador e médio da mão esquerda por cima do bigode ruivo e descuidado que lhe cobria a boca. Às vezes esfregava as mãos com circunspecção, deixando pensativamente vagarem para o lado os olhos castanhos e redondos, a ponto de dar a impressão de completa confusão e ausência, apesar de prestar sempre ao assunto uma atenção perscrutadora.

A fisionomia e a atitude de Thomas Buddenbrook, que tão moço se tornava chefe da grande casa comercial, manifestavam séria consciência de dignidade. Mas estava descorado, e principalmente as mãos, numa das quais brilhava agora o grande anel-sinete da família, com a pedra verde, igualavam a brancura dos punhos que saíam das mangas de casimira preta; era uma palidez fria, que deixava perceber que estavam absolutamente secas e gélidas. Essas mãos, cujas unhas ovais e bem cuidadas tendiam para um colorido azulado, eram capazes — em certos momentos e em determinadas posições um pouco convulsivas e inconscientes — de assumir uma expressão indescritível de sensibilidade altiva e de reserva quase tímida; expressão até então alheia e pouco adequada às mãos dos Buddenbrook, bastante largas e burguesas, apesar da sua articulação fina... A primeira preocupação de Tom foi abrir os batentes da porta para a sala das Paisagens, a fim de aproveitar, na sala de jantar, o calor da lareira que ali ardia por trás da grade de ferro batido.

Depois, trocou um aperto de mão com o cônsul Kröger e, ao acomodar-se à mesa, em frente ao sr. Marcus, lançou, de sobrolho erguido, um olhar bastante admirado à sua irmã Tony. Mas esta tinha um jeito tão enérgico de atirar a cabeça para trás e de comprimir o queixo contra o peito, que Tom engoliu qualquer objeção contra a presença dela.

— Então a gente ainda não pode dizer: "senhor" cônsul? — perguntou Justus Kröger... — Os Países Baixos esperam em vão pela sua representação, velho Tom?

— Sim, tio Justus; achei mais aconselhado... olhe, eu teria podido encarregar-me logo do consulado, assim como de várias outras obrigações; mas, primeiro, sou ainda um pouco moço... e além disso falei com tio Gotthold, que aceitou com grande regozijo.

— Muito razoável, meu rapaz. Muito diplomático... Perfeitamente *gentlemanlike*.

— Sr. Marcus — disse a consulesa. — Meu caro sr. Marcus!

E estendeu-lhe a mão cuja palma virou completamente para cima, e que ele pegou lentamente, com um olhar de esguelha, circunspecto e amável.

— Solicitei que o senhor subisse para cá... O senhor sabe do que se trata, e sei que está de acordo conosco. Meu saudoso marido expressou em seu testamento o desejo de que, depois do seu passamento, o senhor empregasse no serviço da firma as suas forças leais e experimentadas, não mais como colaborador estranho, mas sim como sócio...

— Pois não; com muito gosto, senhora consulesa — disse o sr. Marcus. — Rogo-lhe a fineza de ficar convencida de que sei apreciar com gratidão a honra que esta oferta representa para a minha pessoa, pois os recursos que posso apresentar à firma são demasiado pequenos. Perante Deus e os homens não sei fazer coisa melhor do que aceitar agradecidíssimo o oferecimento da senhora e do senhor seu filho.

— Muito bem, Marcus, então lhe fico muito grato pela prontidão com que se encarrega de parte da grande responsabilidade que, para mim, talvez seria pesada demais. — Thomas pronunciou essas palavras rapidamente sem lhes ligar importância, estendendo, por cima da mesa, a mão ao associado; os dois havia muito estavam de acordo, e tudo não passava de uma formalidade.

— Companhia é cumplicidade... Acho que vocês dois arruinarão a coisa! — disse o cônsul Kröger. — E agora, gente, vamos examinar a situação. Eu, por minha parte, terei apenas de cuidar do dote da minha pupila; o resto me é indiferente. Você tem uma cópia do testamento por aí, Bethsy? E você, Tom, poderá dar-nos uma avaliação aproximada?

— Sei de cor — disse Thomas. E, enquanto brincava com a lapiseira de ouro sobre a mesa e olhava, recostado à cadeira, para a sala das Paisagens, começou a explicar o estado das coisas...

Resultou que a fortuna deixada pelo cônsul era mais considerável do que pessoa alguma teria acreditado. O dote da filha mais velha, isso sim, se perdera, e o prejuízo sofrido pela firma por ocasião da falência de Bremen em 1851 fora um golpe duro. E o ano de 1848, assim como o ano atual, o de 1855, tempos de revoluções e de guerras, causaram danos.

Mas a parte dos Buddenbrook da herança Kröger, no total de quatrocentos mil marcos, somara em redondo trezentos mil, pelo fato de Justus ter gasto de antemão uma quantia elevada. À moda dos comerciantes, Johann Buddenbrook sempre se queixara, mas as perdas haviam sido equilibradas por um lucro de trinta mil táleres, realizado num lapso de quinze anos aproximadamente. A fortuna importava, portanto, fora os imóveis, em mais ou menos setecentos e cinquenta mil marcos.

O próprio Thomas, embora a par do andamento dos negócios, não fora esclarecido pelo pai a respeito dessa importância. A consulesa ouviu o algarismo com calma e discrição, ao passo que Tony, com dignidade encantadora e sem compreensão, olhava para a frente, sem, contudo, poder banir da sua fisionomia uma dúvida angustiada que parecia dizer: "Isso é muito?". Realmente muito? Somos gente rica? O sr. Marcus, com aparente distração, esfregava lentamente as mãos, e o cônsul Kröger aborrecia-se visivelmente. Mas ao próprio Thomas os algarismos que pronunciara inspiravam um orgulho nervoso e estimulante que quase dava a impressão de agastamento.

— Há muito que devíamos ter alcançado o milhão! — disse em voz opressa pela excitação, com as mãos trêmulas... — O avô, nos seus melhores tempos, já tinha uns novecentos mil ao seu dispor... E, desde então, quantos esforços, quantos belos sucessos, que golpes bem-sucedidos, de vez em quando! E o dote de mamãe! A herança de mamãe! Ah, mas sempre cortaram-se pedaços por aí e por ali! Meu Deus, isto é o natural das coisas, e desculpem que, neste momento, eu fale exclusivamente do ponto de vista da firma e pouco do da família... Esses dotes, esses pagamentos a tio Gotthold e aos de Frankfurt, essas centenas de milhares que tiveram de ser subtraídos à casa... E naquela época havia somente dois irmãos do chefe da firma... Chega; teremos trabalho, Marcus!

A nostalgia de ação, vitória e poder, a avidez de dominar a sorte, chamejou-lhe nos olhos, num relâmpago rápido e violento. Sentia dirigidos para si os olhares do mundo inteiro, cheios de expectativa, para ver se ele seria capaz de aumentar o prestígio da firma e da família antiga ou pelo menos de conservá-lo. Na Bolsa encontrava aqueles olhares examinadores de soslaio nos olhos céticos e um tanto escarnecedores dos velhos negociantes, que pareciam perguntar: "Então, meu rapaz, você dará conta do recado?". "Darei, sim", pensou ele...

Friedrich Wilhelm Marcus esfregou as mãos, circunspecto, e Justus Kröger disse:

— Sossegue, meu velho! Os tempos não são mais aqueles em que o seu avô era fornecedor do Exército prussiano...

Iniciou-se então uma palestra detalhada acerca das grandes e pequenas disposições do testamento, palestra de que todos participaram. O cônsul Kröger representou nela o bom humor, chamando Thomas continuamente de "Sua Alteza o príncipe reinante". Disse que, "conforme a tradição, a propriedade dos armazéns ficara com a coroa".

De resto, naturalmente, as disposições providenciavam para que tudo, na medida do possível, se mantivesse em uma única mão; que a sra. Elisabeth Buddenbrook fosse, por princípio, herdeira universal, e que a fortuna inteira permanecesse na firma; ao que o sr. Marcus constatou que, na função de sócio, reforçava com cento e vinte mil marcos o capital de giro. Para Thomas estava fixada uma fortuna particular provisória de cinquenta mil marcos, e para Christian a mesma importância, caso se estabelecesse independentemente. Justus Kröger ficou vivamente interessado quando se leu o trecho: "A fixação do dote da minha muito querida filha mais moça, Klara, por ocasião do seu enlace, deixo ao critério de minha muito querida esposa...". "Digamos cem mil!", propôs, enquanto se recostava, cruzando as pernas, e torcia com ambas as mãos o curto bigode grisalho. Era a condescendência em pessoa. Mas fixaram a soma tradicional de oitenta mil marcos correntes.

"No caso de outro casamento da minha muito querida filha mais velha, Antonie", continuava o testamento, "em consideração ao fato de que no seu primeiro matrimônio já foram investidos oitenta mil marcos, o dote não deve ultrapassar o montante de dezessete mil táleres correntes..." Antonie avançou os braços com um gesto tão gracioso quanto exaltado, para arregaçar as mangas da blusa, e, erguendo o olhar para o teto, gritou:

— Ah, esse Grünlich! — Parecia um brado de guerra, uma clarinada. — Será que o senhor sabe como tudo se passou com esse homem, sr. Marcus? — perguntou ela. — Numa linda tarde, estávamos sentados no jardim... diante do portão... do nosso portão; sabe, sr. Marcus? Pois então, quem aparece? Um sujeito de suíças amareladas... Que grande patife!

— Chega — disse Thomas. — Falaremos depois sobre o sr. Grünlich, não é?

— Está bem; mas nisso você concordará comigo, Tom, pois é um homem inteligente: apesar de, há pouco tempo ainda, ter sido tão tola, tive experiência de que nem tudo na vida se passa de um modo decente e justo...

— Pois é... — disse Tom. E prosseguiram. Entraram nos detalhes; tomaram conhecimento das disposições a respeito da grande Bíblia familiar, dos botões de brilhantes do cônsul e de muitas outras coisas... Justus Kröger e o sr. Marcus ficaram para o jantar.

2.

Em princípios de fevereiro de 1856, após uma ausência de oito anos, Christian Buddenbrook voltou à cidade paterna. Trajava roupa amarela, enxadrezada, que, indubitavelmente, tinha algo de tropical. Chegou na diligência de Hamburgo, trazendo o bico de um peixe-espada e um grande cálamo de cana. Numa atitude meio distraída, meio acanhada, aceitou os abraços da consulesa.

Conservou essa mesma atitude quando, logo na manhã seguinte, a família saiu pelo portão da Fortaleza em direção ao cemitério, para depositar uma coroa no túmulo. Estavam todos juntos no atalho coberto de neve, diante da enorme lousa sepulcral, onde os nomes dos que ali jaziam cercavam o escudo da família, esculpido na pedra... diante da cruz de mármore, que se elevava reta, encostando-se à margem do pequeno bosque do cemitério, pobre e despido pelo inverno; estavam todos presentes, com exceção de Klothilde, que fora para a fazenda da Desgraça cuidar do pai, que adoecera.

Tony colocou a coroa no ponto da lousa onde recentemente o nome do pai fora gravado em letras douradas. Depois, apesar da neve, ajoelhou-se para rezar em voz baixa. O véu preto ondulava em torno dela, e a vasta crinolina achava-se estendida ao seu lado com uma elegância um tanto enfática. Só Deus sabia quanto luto e religiosidade e, ao mesmo tempo, quanta vaidade de mulher bonita se revelavam nessa atitude abandonada. Thomas não estava no humor de meditar sobre isso, mas Christian olhou a irmã de esguelha, com uma expressão misturada de escárnio e receio, como quem quer dizer: "Será que você poderá justificar isso? Ao se levantar, não estará acanhada? Que coisa desagradável!". Tony apanhou esse olhar, quando se reerguia, mas não se confundiu de todo. Deitando a cabeça para trás, arranjou o véu e a saia, e, com uma confiança cheia de dignidade, afastou-se da sepultura, o que visivelmente aliviou Christian.

    O finado cônsul, com o amor fanático que tivera a Deus e ao Crucificado, fora o primeiro da sua linhagem a conhecer e a cultivar sentimentos invulgares, não burgueses e diferenciados. Os seus dois filhos, porém, pareciam ser os primeiros Buddenbrook a ter um medo sensível de exteriorizar, livre e ingenuamente, tais sentimentos. Sem dúvida, Thomas assistira à morte do pai com mais fina capacidade de sentir dor do que, por exemplo, o avô possuíra quando perdera o seu. Todavia, não costumava pôr-se de joelhos diante do túmulo; nunca se atirara sobre a mesa como a sua irmã Tony, para soluçar à maneira de uma criança; eram-lhe sumamente incômodas as palavras sonoras, mescladas com lágrimas, que a sra. Grünlich gostava de empregar, entre o assado e a sobremesa, para celebrar as qualidades de caráter e a personalidade do falecido pai. Diante de tais explosões, ele usava uma seriedade delicada, um silêncio resignado e um meneio de cabeça cheio de reserva... e, justamente quando ninguém mencionava o morto nem se recordava dele, os olhos de Thomas, sem que a sua fisionomia se alterasse, enchiam-se de lágrimas.

    Com Christian a coisa era diferente. Em face das efusões infantis e ingênuas da irmã, era simplesmente incapaz de conservar a compostura. Inclinava-se sobre o prato, desviando o olhar, e demonstrava vontade de esconder-se debaixo da terra. Várias vezes chegou a interrompê-la com um "Meu Deus, Tony!..." nervoso e abafado, e nessas ocasiões o nariz grande encrespava-se em inúmeras ruguinhas.

    Manifestava, até, inquietação e acanhamento cada vez que a conversa girava em torno do falecido, e parecia que não somente receava e evitava as manifestações pouco discretas de sentimentos profundos e solenes, mas também os próprios sentimentos.

    Ninguém o vira derramar lágrimas pela morte do pai. A longa ausência, por si só, não explicava isso. Era, porém, muito estranho que Christian, contrariamente ao costumeiro desgosto que lhe causavam tais palestras, procurasse sempre ocasiões de falar a sós com a sua irmã Tony, a fim de ouvir dela relatos detalhados daquela horrível tarde da morte: pois era a sra. Grünlich quem sabia fazer as mais vivas e descritivas narrações.

    — Então, ele estava de aspecto amarelo? — perguntava Christian pela quinta vez. — O que gritou a criada quando irrompeu na sala?

Então, estava totalmente amarelo? E, antes de morrer, não conseguiu dizer mais nada para vocês... Que disse a moça? E tudo que ele pôde produzir era esse "Ua... ua"? — Calava-se. Durante muito tempo não falava, enquanto os olhinhos redondos e encovados vagavam rápida e pensativamente pela sala. — Horroroso! — dizia de repente, e via-se que, ao levantar-se, sentia arrepios. E andava de cá para lá, com os olhos sempre irrequietos e cismarentos, ao passo que Tony se admirava de que o irmão, que, por motivos incompreensíveis, parecia envergonhado quando ela deplorava em voz alta a morte do pai, pudesse, numa espécie de contemplação horripilante, imitar ruidosamente os sons da agonia que, a duras penas, ficara sabendo da empregada Line...

De maneira nenhuma Christian se tornara mais belo. Era macilento e descorado. Em toda parte, por cima do crânio, a pele parecia esticada com muita força. Entre as maçãs do rosto salientava-se, agudo e descarnado, o nariz grande, munido de uma corcova. O cabelo já estava muito desbastado. O pescoço era fino e comprido demais, e as pernas magras acusavam forte curvatura para fora... De resto, a sua estada em Londres evidentemente o influenciara com maior eficiência e, como em Valparaíso também tivesse de preferência frequentado rodas inglesas, toda a sua aparência assumira algo de inglês, o que, aliás, não estava em desarmonia com ela. Havia qualquer coisa disso no corte cômodo e na fazenda felpuda e durável da roupa, na elegância larga e sólida dos sapatos e no modo por que o forte bigode ruivo, numa expressão um tanto azeda, lhe pendia sobre a boca. E, por qualquer motivo, até suas mãos, daquela brancura embaciada e porosa que produz o calor, essas mãos de unhas limpas, redondas e curtas, davam uma impressão de coisa inglesa.

— Diga... — perguntou ele de súbito — você conhece essa sensação... é difícil descrevê-la... que a gente tem quando engoliu uma coisa dura, e as costas todas, de cima para baixo, ficam doloridas? — Outra vez, o nariz inteiro contraíra-se em ruguinhas rijas.

— Sim — disse Tony —, isso é comum. A gente bebe um copo de água...

— É? — respondeu ele, pouco satisfeito. — Não! Não acho que estamos falando da mesma coisa. — E uma seriedade desassossegada passou-lhe pelo rosto...

Com tudo isso, Christian era o primeiro a estabelecer na casa um ambiente livre e avesso ao luto. Nada desaprendera da arte de imitar o falecido Marcellus Stengel, e falava horas a fio na linguagem dele.

Durante uma refeição informou-se a respeito do Teatro Municipal... se havia ali boa companhia e o que representavam.

— Não sei — disse Tom com exagerada indiferença, a fim de não se tornar impaciente. — Atualmente não me ocupo disso.

Mas Christian, sem ouvi-lo, começou a falar de teatro...

— É incrível como gosto de ir ao teatro! A simples palavra "teatro" me faz realmente feliz... Não sei se algum de vocês conhece esta sensação... Eu seria capaz de ficar durante horas imóvel, só olhando a cortina cerrada... Alegro-me então como nos tempos de criança, quando a gente passava para esta sala a fim de receber os presentes de Natal... Já aquele afinamento dos instrumentos da orquestra! Eu iria ao teatro só para ouvir isso! Gosto principalmente das cenas de amor... Algumas heroínas têm um jeito todo especial de segurar entre as mãos a cabeça do galã... Esses atores em geral... Em Londres, e também em Valparaíso, frequentei muito os círculos dos atores. No começo orgulhava-me realmente por poder falar com eles assim na vida cotidiana. No teatro reparo em cada gesto deles... É interessantíssimo! Um ator, depois de ter pronunciado a última palavra, vira-se com toda a tranquilidade e vai para a porta vagarosamente com absoluta segurança, sem acanhamento, apesar de saber que todos os olhos no teatro lhe estão dirigidos para as costas... Que grande coisa a gente poder fazer isso! Antigamente ficava sempre com saudade de dar, uma vez só, uma olhada nos bastidores... Agora, sim, posso afirmá-lo, sou bastante familiar ali... Imaginem: certa noite, num teatro de operetas... foi em Londres... descerrou-se o pano quando eu estava ainda no palco... Conversava com Miss Watercloose... certa srta. Watercloose, moça muito bonita! Pois bem, subitamente aparece a plateia... Meu Deus, não sei como saí do palco!

A sra. Grünlich foi quase a única a rir, na pequena roda que cercava a mesa. Mas Christian continuou a falar, enquanto os seus olhos vagavam em redor. Contou coisas de cantoras inglesas de café-concerto; narrou a história de uma senhora que, representando de peruca empoada, batera o chão com uma bengala comprida e cantara uma canção *That's Maria!*...

— Maria, sabe? Essa Maria é a mais perversa de todas... Quando alguém cometeu o pior pecado: *that's Maria!* Maria é a mais levada, sabe? É o vício... — Pronunciou essa última palavra com expressão de desgosto, franzindo o nariz e levantando a mão direita com os dedos dobrados.

— *Assez*, Christian! — disse a consulesa. — Tudo isso, em absoluto, não nos interessa.

Mas o olhar de Christian vagou por cima dela, em completa ausência. Provavelmente teria cessado de falar também sem a sua objeção, pois, enquanto os olhinhos redondos e encovados passeavam sem descanso por toda parte, parecia absorto em meditações profundas e irrequietas sobre Maria e o vício. De súbito, disse:

— Engraçado... às vezes não posso engolir! Não; não há de que rir! Acho isso muito sério. Vem-me a ideia de que, talvez, não possa engolir, e então realmente não posso! A comida já quase que desceu, mas isso aqui, o pescoço, os músculos... falham simplesmente... Não obedecem à minha vontade, sabem? Pois sim, o caso é este: nem sequer me atrevo a querer engolir.

Tony gritou fora de si:

— Christian! Meu Deus, que bobagens! Não se atrever a querer engolir... Não; você está ridículo! Que coisas são essas?

Thomas não falou. Mas a consulesa disse:

— São os nervos, Christian. Sim, você voltou bem a tempo; o clima de além-mar teria feito com que você adoecesse...

Depois da refeição, Christian acomodou-se diante do pequeno harmônio que se achava na sala de jantar, para imitar um virtuose de piano. Fingiu jogar o cabelo para trás, esfregou as mãos e olhou a sala de baixo para cima. Então, sem fazer ruído, nem bater nas teclas — pois não sabia tocar, nem tinha talentos musicais, igual à maioria dos Buddenbrook —, começou, fervorosamente inclinado sobre o instrumento, a trabalhar os graves, produzindo passagens loucas; atirando-se para trás, lançou olhares encantados para o teto e com ambas as mãos apertou as teclas de modo poderoso e triunfante... Até Klara rebentou em riso. A representação era convincente; cheia de paixão e de charlatanice, bem como daquele cômico irresistível, burlesco e excêntrico do gênero anglo-americano, e que não chocou nem um instante, pois ele mesmo se dava perfeitamente com ele.

— Frequentei concertos sempre e amiúde — disse ele —; gosto tanto de ver como essa gente trata os instrumentos! Sim, é deveras maravilhoso ser artista!

E recomeçou a tocar. Mas de repente estacou. Tornou-se sério, sem transição: foi tão surpreendente que uma máscara parecia cair-lhe do rosto. Levantou-se, passando a mão pelo cabelo escasso, e foi para o seu lugar, onde ficou, taciturno, mal-humorado, de olhos irrequietos e com a fisionomia de quem espreita qualquer ruído misterioso.

— Às vezes tenho a impressão de que Christian é um pouco extravagante — disse a sra. Grünlich certa noite a Thomas, quando se encontrava a sós com ele. — Que jeito de falar ele tem! E parece-me esquisita essa maneira dele de entrar nos detalhes... ou como devo chamar isso? Ele olha as coisas por um lado estranho, não é?

— Sim — respondeu Tom —, compreendo perfeitamente o que você quer dizer, Tony. Christian é muito pouco discreto... é difícil explicá-lo. Falta-lhe qualquer coisa que se poderia chamar de equilíbrio, equilíbrio pessoal. Por um lado é incapaz de conter-se diante de ingênuas faltas de delicadeza de outrem... Isto não está ao seu alcance, ele não sabe disfarçá-lo e perde por completo a compostura... Mas, por outro lado, é também capaz de perder a compostura, de modo que ele mesmo se entrega a uma loquacidade desagradável, exibindo o seu íntimo a todo mundo. Isso, de vez em quando, dá uma impressão simplesmente medonha. Ele não tem um jeito de quem delira? Aos que fantasiam, falta, da mesma maneira, compostura e consideração... Ah, o caso é muito simples: Christian ocupa-se demasiadamente consigo mesmo, com os acontecimentos no interior do seu próprio eu. Às vezes é acometido por verdadeira mania de revelar e divulgar os mais insignificantes e ocultos desses acontecimentos... coisas com que um homem sensato não se importa, das quais não quer saber, e isso pelo simples motivo de que ficaria embaraçado se as comunicasse. Olhe, Tony: há tanta falta de vergonha nessa expansividade! Outra pessoa, a não ser Christian, também poderia dizer que gosta de teatro, mas o faria com outra acentuação, de passagem; em poucas palavras: mais modestamente. Mas Christian o diz com um acento que significa: "O meu entusiasmo pelo palco é coisa muito esquisita e interessante, não é?". Luta então com as palavras; faz como se se esforçasse por expressar algo de extremamente fino, oculto e bizarro...

— Vou lhe dizer uma coisa — prosseguiu ele, depois de pequena pausa, enquanto atirava o cigarro na lareira, através da grade de ferro batido. — Eu mesmo fiquei, às vezes, pensando sobre essa maneira angustiada, frívola e curiosa de ocupar-se consigo mesmo; pois antigamente eu também tinha inclinação para isso. Mas verifiquei que ela nos faz distraídos, incapazes e instáveis... e, para mim, a compostura e o equilíbrio são o essencial. Sempre haverá homens que têm direito àquele interesse pelo próprio eu e a essa observação minuciosa dos seus sentimentos: poetas que sabem dar forma segura e bela à sua vida interior privilegiada, enriquecendo assim o mundo sentimental de outras pessoas. Mas nós nada mais somos do que simples comerciantes, querida; as nossas auto-observações são desesperadamente insignificantes. Somos, a rigor, capazes de declarar que a afinação dos instrumentos de orquestra nos causa um prazer estranho e que, às vezes, não nos atrevemos a querer engolir... Ah, com o diabo, a gente deveria era tomar uma cadeira e fazer qualquer coisa produtiva, assim como fizeram os nossos antepassados...

— Sim, Tom, você dá expressão ao que também penso. Quando considero que esses Hagenström estão prosperando cada vez mais... Ah, meu Deus, essa gentalha! Sabe? Mamãe não quer ouvir esta palavra, mas é a única acertada. Você não acha que eles pensam que além deles não há famílias distintas na cidade? Oh! Isso me dá vontade de rir às gargalhadas!

3.

O chefe da firma Johann Buddenbrook medira o irmão, no dia da sua chegada, com um olhar demorado e investigador. Durante os primeiros dias dedicara-lhe uma observação absolutamente discreta e incidente; e com isso, sem que se pudesse ler-lhe nada no rosto calmo e reservado, parecia satisfeita a sua curiosidade e fixada a sua opinião. Falava com ele, no círculo da família, em tom indiferente e sobre coisas indiferentes, divertindo-se tanto quanto os outros, quando Christian se entregava a alguma representação teatral...

Decorridos uns oito dias, disse-lhe:

— Então, vamos colaborar, meu rapaz? Ao que eu saiba, você está de acordo com o desejo de mamãe, não é? Bem! Você sabe que Marcus se tornou meu sócio, em proporção à cota com que entrou. Penso que você, como meu irmão, aparentemente ocupará, mais ou menos, o antigo lugar dele, uma posição de procurador... pelo menos de modo representativo... No tocante ao seu trabalho, não sei de quantos conhecimentos comerciais você dispõe. Acho que, até agora, vadiou um pouco, não é? Em todo caso vai gostar antes de tudo da correspondência inglesa... Mas tenho de solicitar-lhe uma coisa, meu caro: na sua qualidade de irmão do chefe ocupará, como é natural, um lugar realmente privilegiado entre os demais empregados... mas não é necessário que lhe diga que você os impressionará muito mais igualando-se a eles e cumprindo energicamente com o seu dever do que aproveitando-se dos seus privilégios e tomando muitas liberdades. Portanto: você baterá o ponto e guardará sempre os *dehors*, não é?

Depois disso fez-lhe uma proposta a respeito da procuração, que Christian aceitou, sem hesitar, nem regatear, com um rosto acanhado e distraído que demonstrava muito pouca cobiça e o esforço fervoroso de liquidar rapidamente o assunto.

No dia seguinte, Thomas o introduziu nos escritórios, e iniciou-se a atividade de Christian no serviço da velha firma...

Os negócios prosseguiram depois da morte do cônsul em sua marcha sólida e jamais interrompida. Mas logo se manifestou um espírito mais genial, mais vivo e mais empreendedor que começou a reinar na firma desde que Thomas Buddenbrook segurava as rédeas. Aqui e acolá, arriscava-se alguma coisa; por aí e por ali empregava-se e aproveitava-se com orgulho próprio o crédito da casa, que sob o regime anterior não passara de ideia, teoria e luxo... Os cavalheiros na Bolsa anuíam entre si. "Buddenbrook quer ganhar dinheiro, e com jeito", diziam. Contudo achavam útil que Thomas arrastasse atrás de si o digno sr. Friedrich Wilhelm Marcus, como um peso de chumbo. A influência do sr. Marcus representava o momento retardador na marcha dos negócios. Cofiava diligentemente o bigode com dois dedos; arrumava, com rigoroso amor à ordem, os utensílios de escrivaninha e o copo de água que sempre havia na sua mesa; examinava, de fisionomia distante, qualquer assunto por todos os lados, e tinha, além disso, o hábito de sair para o pátio cinco ou seis vezes durante as horas de expediente, a fim de meter a cabeça inteira por baixo da torneira de água e de refrescar-se dessa maneira.

"Esses dois se completam", diziam os chefes das grandes casas comerciais: por exemplo, o cônsul Huneus ao cônsul Kistenmaker; e entre os navegantes e estivadores, assim como nas famílias dos pequenos-burgueses, repetia-se essa opinião, pois a cidade esperava, com interesse, ver "como o jovem Buddenbrook se sairia na empreitada"... Também o sr. Stuht, da Glockengiesserstrasse, dizia, à esposa, que frequentava a alta sociedade: "Vou lhe dizer uma coisa: é uma boa parelha, lá isso é".

Mas não havia dúvida de que a "personalidade" da firma era o mais moço dos dois sócios. Isso já o demonstrava o fato de ser ele quem sabia lidar com os funcionários da casa, os inspetores dos silos, os capitães, os carroceiros e os operários do depósito. Tinha o dom de falar-lhes na sua linguagem, sem constrangimento, e de manter-se, todavia, em distância inatingível... Quando, porém, o sr. Marcus dizia para um simples jornaleiro: "O senhor me compreende?", o esforço que fazia por pronunciar essas palavras no dialeto regional fracassava tão rotundamente que o sócio, do outro lado da escrivaninha, rebentava em estrondosa gargalhada; sinal para o resto do escritório se abandonar à mais franca alegria.

Thomas Buddenbrook, inteiramente cheio do desejo de conservar e de aumentar aquele brilho da firma que convinha ao seu nome tradicional, gostava em geral de empenhar a sua pessoa na luta cotidiana pelo sucesso. Sabia perfeitamente que devia uma porção de bons negócios à sua aparência sossegada e elegante, à sua amabilidade conquistadora e ao tato flexível que tinha nas conversas.

— Um comerciante não deve ser burocrata! — disse a Stephan Kistenmaker, da Kistenmaker & Filhos. Este, antigo condiscípulo de Thomas e seu amigo, embora inferior a ele pelo espírito, escutava-lhe atentamente todas as palavras, para, depois, transmiti-las como sua própria opinião... — Para esta profissão precisa-se de personalidade, e por isso é do meu gosto. Não acho que um grande sucesso possa ser conquistado na cadeira do escritório... pelo menos não me causaria grande prazer. O sucesso não quer apenas ser calculado na escrivaninha... Sinto continuamente a necessidade de estar presente para dirigir a marcha das coisas pelo olhar, pela boca e pelo espírito... para dominá-la pela influência direta da minha vontade, do meu talento, da minha sorte, se quiser chamar assim essa coisa. Mas infelizmente tudo isso cai, pouco a pouco, fora da moda, toda essa intervenção pessoal do comerciante. A época faz progressos, mas me parece que deixa atrás o que há de melhor... Diminui o risco e com ele também o lucro... A velha geração, sim, esta tinha outra vida. Meu avô, por exemplo... Ele foi para a Alemanha do Sul, como fornecedor do Exército prussiano, numa carruagem de duas parelhas; imagine esse velho cavalheiro de cabeça empoada e de escarpins. E ali fez uso de seu charme pessoal, tocando sete instrumentos ao mesmo tempo, e ganhou um dinheirão! Ah, Kistenmaker, estou quase com receio de que a vida de comerciante, com o tempo, se torne uma existência cada vez mais banal...

Desse modo queixava-se de quando em vez; por esse motivo preferia os negócios que fazia casualmente, talvez numa excursão em companhia da família, quando, entrando num moinho, para conversar com o proprietário, que se sentia honrado, fechava um bom contrato com ele, à ligeira, *en passant*, de ótimo humor... O sócio nunca pensava em coisas assim.

Quanto a Christian, parecia no início dedicar-se ao trabalho com verdadeiro fervor e prazer; dava mesmo a impressão de estar extraordinariamente satisfeito e feliz com ele; durante alguns dias tinha um jeito de comer com apetite, de fumar o cachimbo curto e de endireitar os ombros por baixo do casaco inglês que expressava contentamento e conforto. De manhã, descia para o escritório mais ou menos ao mesmo tempo que Thomas e instalava-se ao lado do sr. Marcus e na frente do irmão. Assim como ambos os chefes, tinha uma poltrona de graduar. Começava por ler o *Observador*, enquanto, com toda a calma, fumava até o fim o cigarro matutino. Depois retirava do armário da escrivaninha uma garrafa de conhaque; distendia os braços, para fazê-los mais móveis; dizia "Vamos!" e, enquanto a língua lhe passeava por entre os dentes, punha-se a trabalhar com ânimo. As cartas inglesas de sua autoria eram extraordinariamente hábeis e eficazes; pois escrevia o inglês assim como o falava: sem cerimônia, nem preciosismo, sem esforço e com absoluta fluência.

No círculo da família, conforme ao seu hábito, exprimia em palavras a disposição que o inspirava:

— Ser comerciante é de fato uma bela profissão que nos faz feliz! Uma profissão sólida, moderada, assídua e confortável... Verdadeiramente, nasci para isso! E assim como membro da casa, sabem... Em poucas palavras: sinto-me tão bem como nunca. De manhã, a gente entra no escritório, descansado; dá uma olhada no jornal, fuma um cigarro, pensa nisto e naquilo e na própria sorte, toma um conhaque; e então trabalha-se um bocado. Vem a hora do almoço; a gente vai comer com a família, descansa, e depois outra vez para o trabalho... Escrevemos; temos para isso o papel da firma limpo e de boa qualidade e uma boa pena... Régua, canivete, carimbo... tudo de primeira classe e em ótima ordem... E assim despacha-se tudo, assiduamente, uma coisa após outra, até finalmente fechar-se o expediente. Amanhã haverá mais um dia. E então, quando a gente sobe para o jantar, sente-se embebido por uma grande satisfação... Cada membro está contente... As mãos sentem-se contentes...

— Céus, Christian! — gritou Tony. — Você está ridículo! As mãos sentem-se contentes...

— Mas naturalmente! Claro! Você não conhece essa sensação? Quero dizer... — Exaltou-se no esforço de expressar, de explicar o seu pensamento... — Cerramos o punho... sabe? Ele não se acha muito forte, pois estamos cansados pelo trabalho. Mas não está úmido... não nos incomoda... A própria mão sente-se bem e agradável... A gente basta-se a si mesmo... Pode ficar sentado, sem fazer nada, sem se aborrecer...

Todos permaneciam calados. Afinal Tom, para esconder o nojo, disse com indiferença:

— Acho que a gente não trabalha para... — Mas cortou a frase, sem completá-la. — Eu, pelo menos, tenho outros objetivos em mira — acrescentou.

Mas Christian, cujos olhos vagavam, não ouviu essas palavras, pois estava absorto pelos seus pensamentos, e começou logo a contar uma história de Valparaíso, um caso de brigas e homicídios a que ele mesmo assistira.

— E esse sujeito saca do facão...

Por qualquer motivo recebia Tom sempre sem aplauso essas anedotas, que Christian sabia em abundância, e com as quais a sra. Grünlich se divertia deliciosamente, enquanto a consulesa, Klara e Klothilde se assustavam, e Ida e Erika as ouviam boquiabertas. Thomas costumava acompanhá-las por observações frias e sarcásticas, manifestando visivelmente a opinião de que Christian exagerava e contava patranhas... o que, com certeza, não fazia; a sua narração tinha apenas brio colorido. Não gostava Thomas de saber que o irmão mais moço viajara muito e vira mais do mundo do que ele próprio? Ou causava-lhe repugnância o elogio da desordem e da violência exótica que sentia nessas histórias de facas e revólveres? Christian não se importava absolutamente com a atitude negativa do irmão; estava por demais ocupado pelas suas descrições para reparar no sucesso ou insucesso que estas alcançavam por parte de outras pessoas. Depois de ter terminado, pensativo e ausente, deixava passar os olhos pela sala.

Se com o tempo a relação entre os dois Buddenbrook não se desenvolvia para melhor, não seria Christian quem demonstraria ou sentiria qualquer rancor com respeito ao irmão, nem se arrogaria o direito de ter uma opinião sobre ele, de julgá-lo ou de apreciá-lo. Com uma naturalidade tácita, não deixava dúvidas de que reconhecia a superioridade, a maior seriedade, capacidade, aplicação e respeitabilidade do irmão mais velho. Mas era justamente essa subordinação ilimitada, indiferente e fácil que agastava Thomas, pois, em qualquer ocasião, Christian ia nela tão longe que despertava a impressão de que não dava importância à superioridade, aplicação, respeitabilidade e seriedade...

Parecia que de modo nenhum se dava conta da crescente indignação silenciosa com que o chefe da firma o encarava... aliás, indignação que tinha os seus motivos, pois o fervor comercial de Christian começava, infelizmente, a diminuir de modo considerável já na primeira semana e mais ainda na segunda. Isso mostrou-se primeiro porque os preparativos para o trabalho, que no início haviam aparecido como um antegosto artificial e refinadamente prolongado — a leitura do jornal, o fumar do cigarro, o trago de conhaque —, exigiam cada vez mais tempo e por fim se estenderam através da manhã inteira. E gradualmente sucedeu que Christian punha de lado a obrigação do ponto; de manhã, com o cigarro matutino na mão, chegava sempre atrasado para fazer os preparos do trabalho, e pelo meio-dia almoçava no clube, de onde voltava bem tarde, às vezes somente à noite, ou também deixava de voltar...

Esse clube, a que pertenciam de preferência comerciantes solteiros, ocupava uma sede confortável no primeiro andar de um restaurante distinto. Ali, os sócios tomavam as refeições e reuniam-se à vontade para divertimentos nem sempre inocentes: pois havia uma roleta. Alguns pais de família um tanto estouvados, como o cônsul Kröger e naturalmente Peter Döhlmann, também pertenciam aos sócios. O senador Kremer, delegado de polícia, ali "segurava a mangueira", para usarmos uma expressão do dr. Giesecke — Andreas Giesecke, filho do chefe dos bombeiros e antigo condiscípulo de Christian, que se estabelecera como advogado; não obstante a sua reputação de pândego licencioso, o jovem Buddenbrook imediatamente se apegou a ele com renovada amizade.

Christian conhecia dos tempos passados a maior parte dos sócios e já então travara intimidade com eles, pois quase todos tinham sido alunos do saudoso Marcellus Stengel. Por isso receberam-no com os braços abertos. Embora nem os comerciantes, nem os sábios fizessem muito caso das suas capacidades intelectuais, era célebre o seu divertido talento social. Ali, com efeito, dava as melhores representações e narrava as mais interessantes histórias. No piano do clube exibia-se como virtuose; imitava atores e cantores de ópera ingleses e transatlânticos; regalava o grupo da maneira mais inocente e alegre com casos amorosos dos quatro cantos do mundo (pois, sem dúvida, Christian Buddenbrook era "pândego"); relatava aventuras que lhe haviam acontecido em viagens marítimas ou no trem, em St. Paul, em Whitechapel ou na mata virgem... Tinha uma dicção superior, empolgante, que fluía sem esforço, com uma pronúncia levemente queixosa e arrastada, dicção ingênua e burlesca como a dos humoristas ingleses. Contava a historieta de um cachorro que, numa caixa, fora mandado de Valparaíso para San Francisco e, além disso, ainda era sarnento. Deus sabe em que consistia o sabor da anedota, mas na boca de Christian ela era de uma comicidade irresistível. E, quando ninguém ao redor cabia em si de tanto rir, ele, com o enorme nariz curvo, o pescoço fino e demasiado comprido e o cabelo ruivo, já um tanto escasso, ficava sentado imóvel, na fisionomia uma seriedade irrequieta e inexplicável, cruzando as magras pernas tortas, e apenas os olhinhos redondos e encovados vagavam, pensativos, pelo recinto... Quase pareciam rir-se à custa dele, como se ele fosse o objeto da gargalhada... Mas não era nisso que pensava.

Os seus temas prediletos em casa eram o escritório onde trabalhara, em Valparaíso, a temperatura incrível que fizera ali, e um jovem londrino de nome Johnny Thunderstorm, muito endiabrado, rapaz encantador, a quem — "Diabos me levem!" — nunca vira trabalhar, embora fosse um comerciante muito hábil...

— Deus do céu! — dizia ele. — Com aquele calor! Pois então: o chefe entra no escritório... e nós, uns oito homens, estamos deitados que nem moscas tontas, fumando cigarros para, pelo menos, espantar os mosquitos. Deus do céu... "Ora", diz o chefe, "os senhores não trabalham?" "*No*, Sir!", diz Johnny Thunderstorm, "como o senhor está vendo!" E com essas palavras nós todos lhe sopramos na cara a fumaça de nossos cigarros. Deus do céu!

— Por que você diz "Deus do céu" a toda hora? — perguntou Thomas, agastado. No fundo não era isso que o indignava. Mas sentia que Christian contava essa história com tanto prazer apenas porque lhe oferecia uma ocasião para falar do trabalho com escárnio e desdém.

A mãe, então, passou discretamente para outro assunto.

"Existem muitas coisas feias neste mundo", pensou a consulesa Kröger Buddenbrook. "É até possível que irmãos se odeiem e se desprezem; isto acontece, embora pareça horroroso. Mas não se fala nisso. Dissimula-se. Ninguém precisa saber dessas coisas."

4.

Sucedeu numa triste noite de maio que tio Gotthold — o cônsul Gotthold Buddenbrook —, naquele tempo com sessenta anos, foi acometido por uma crise cardíaca e teve uma morte penosa nos braços da esposa, antiga Demoiselle Stüwing.

O filho da infeliz sra. Josephine, durante toda a vida, recebera fraco quinhão em comparação com os irmãos mais moços e mais poderosos, filhos da sra. Antoinette. Mas havia muito se conformara com esse seu destino, e nos últimos anos, principalmente desde que o sobrinho lhe outorgara o consulado dos Países Baixos, chupara sem o mínimo rancor as pastilhas pulmonares de uma lata. Quem, porém, conservava e guardava a velha discórdia familiar em forma de animosidade geral e indeterminada eram as senhoras da sua família; menos a esposa bondosa e pouco esperta do que as três filhas, que não podiam olhar nem a consulesa nem Antonie nem Thomas sem terem nos olhos setas venenosas...

Nas tradicionais reuniões da família nas quintas-feiras, às quatro horas, encontravam-se no casarão da Mengstrasse, para ali almoçarem e passarem a tarde. Por vezes apareciam também o cônsul Kröger ou Sesemi Weichbrodt com a irmã inepta. Era nessas ocasiões que as sras. Buddenbrook da Breite Strasse falavam com irrestrita preferência sobre o findo matrimônio de Tony, para motivarem algumas palavras sonoras da sra. Grünlich, que acompanhavam com olhadelas irônicas... Ou talvez fizessem observações gerais sobre a vaidade indigna de tingir os cabelos, ou pedissem, com interesse exagerado, informações sobre Jakob Kröger, sobrinho da consulesa; a Klothilde, coitadinha, simplória e paciente, único membro da família que realmente se devia sentir inferior a elas, davam-lhe a provar a amargura duma zombaria em absoluto tão inocente quanto aquela de Tom e de Tony, que a moça faminta e indigente aceitava todos os dias com a mesma amabilidade lerda e pasmada. Zombavam da severidade de Klara; descobriram rapidamente que o entendimento entre Thomas e Christian não era perfeito e que, em geral, graças a Deus, não era necessário respeitar este último, pois não passava de um palhaço, um joão-ninguém. Quanto ao próprio Thomas, que, absolutamente, não tinha fraquezas encontradiças e tratava as primas, por sua vez, com uma impassibilidade indulgente que indicava: "Compreendo-as e tenho compaixão de vocês...", encaravam-no com reverência levemente envenenada. Da pequena Erika, porém, embora rosada e bem cuidada, devia-se dizer que estava assustadoramente atrasada no seu desenvolvimento físico. E nessas ocasiões Pfiffi, agitando-se a cada palavra e molhando as comissuras dos lábios, apontava desnecessariamente para a semelhança pavorosa que a criança tinha com o caloteiro Grünlich...

Agora, porém, em companhia da mãe, chorando, cercavam o leito de morte do pai, e, apesar de terem a impressão de que até essa morte era causada pelos parentes da Mengstrasse, mandaram ali um mensageiro.

A altas horas da noite, ressoou pelo alpendre a campainha do portão, e como Christian, voltando tarde para casa, se sentisse enfermo, Thomas foi sozinho, através da chuva primaveril.

Chegou a tempo de ver os derradeiros estremecimentos convulsivos do velho. Depois, de mãos juntas, quedou-se durante muito tempo na câmara ardente, olhando o corpo rechonchudo que se delineava por baixo das cobertas e o rosto morto, de feições um tanto moles e suíças brancas...

"Não teve boa vida, tio Gotthold", pensou Thomas. "Aprendeu tarde a fazer concessões e a tomar considerações... Mas é preciso... Se eu fosse como você há muitos anos que seria casado com uma loja... Guardar os *dehors*!... Será que almejou mais do que recebeu? Embora você fosse teimoso e pensasse que essa teimosia era algo de idealista, o seu espírito possuía muito pouco impulso, pouca fantasia e pouco daquele idealismo que nos capacita a guardar, cultivar, defender, dar honra, poder e brilho a algum valor abstrato, como sejam um nome antigo ou uma tabuleta de firma; e isso com um tácito entusiasmo que é mais doce, torna mais feliz e satisfaz mais do que um amor clandestino. Você careceu do senso de poesia, embora fosse bastante corajoso para amar e casar-se contra a ordem do pai. Também não tinha ambição, tio Gotthold. É verdade que o nome antigo é apenas um nome burguês, e que a gente cuida dele, aumentando a prosperidade de uma casa de cereais ou fazendo a própria pessoa honrada, querida e poderosa, num pedacinho do mundo... Acaso pensou: 'Vou me casar com a Stüwing que amo, e não me preocupo com as considerações práticas, pois estas são mesquinhas e dignas de filisteus'? Oh, nós também viajamos bastante e temos suficiente cultura para reconhecermos perfeitamente que, vistos de fora e de cima, os limites traçados para a nossa ambição são apenas estreitos e miseráveis. Mas neste mundo nada passa de uma parábola, tio Gotthold! Não sabia que podemos ser grandes também numa cidade pequena? Que se pode ser César num medíocre centro comercial do mar Báltico? Para isso, sim, precisa-se de um pouco de fantasia e idealismo... e essas qualidades você não possuía, fosse qual fosse o seu pensar a respeito da sua pessoa."

Thomas Buddenbrook virou-se. Foi para a janela e, de mãos nas costas, com um sorriso sobre o rosto inteligente, olhou a fachada ogival da Prefeitura, fracamente iluminada e envolta em chuva.

Como era natural, o cargo e o título de cônsul real dos Países Baixos, que Thomas, já por ocasião da morte do pai, teria podido arrogar-se, passaram agora para ele, o que causava desmedido orgulho a Tony Grünlich. Novamente via-se na cumeeira do casarão da Mengstrasse, por baixo do *Dominus providebit*, o escudo côncavo com leões, brasão e coroa.

Logo depois de ter despachado esse assunto, já em junho do mesmo ano, o jovem cônsul fez uma viagem a Amsterdam, viagem de negócios, que não sabia quanto tempo exigiria.

5.

Óbitos costumam produzir um ambiente favorável às coisas celestes. Por isso, depois do passamento do cônsul Buddenbrook, ninguém se admirou de ouvir da viúva esta ou aquela frase altamente religiosa, que antigamente não lhe tinham sido peculiares.

Logo, porém, evidenciou-se que isto não era coisa passageira, e rapidamente espalhou-se pela cidade a nova de que a consulesa estava disposta a honrar a memória do finado antes de tudo pelo ato de apropriar-se por completo da sua concepção piedosa do mundo. Aliás, já durante os últimos anos, desde que começara a envelhecer, simpatizara com as tendências pietistas do marido.

Esforçava-se por encher a vasta casa com o espírito do falecido, com aquela seriedade branda e cristã que não excluía uma alegria elegante do coração. Continuavam, em extensão aumentada, os serviços religiosos da manhã e da noite. A família reunia-se na sala de jantar, enquanto a criadagem se achava no alpendre e a consulesa ou Klara lia um trecho da grande Bíblia familiar de letras enormes, depois do que se cantavam alguns versos do livro de cânticos, acompanhados ao harmônio que a consulesa tocava. Muitas vezes, a Bíblia foi substituída por um dos sermonários ou livros edificantes de encadernação preta e bordas douradas que existiam em abundância na casa; desses Tesouros, Saltérios, Horas Sagradas, Sinos da Manhã e Bordões, cuja constante ternura, devotada ao Menino Deus, doce e delicioso, parecia um tanto nauseante.

Christian só raramente participava dessas rezas. Uma objeção que Thomas, ocasionalmente, com muita prudência, meio gracejando, levantara contra elas fora rejeitada com brandura e dignidade. Quanto à sra. Grünlich, infelizmente, nem sempre se comportava com absoluta correção. Certa manhã em que se hospedara na casa dos Buddenbrook um pastor forasteiro, a família foi obrigada a cantar, numa melodia solene, cordial e devota, as palavras:

Sei que sou sórdido e canalha
e lambuzado de salsugem;
estou corroído pelo vício
como o ferro pela ferrugem...
Senhor! Tomai o cão imundo
que sou! Tomai-o da desgraça
e recebei este patife
no céu da vossa imensa graça!

... ao que a sra. Grünlich, de tanta compunção, atirou fora o livro e deixou a sala.

Mas a própria consulesa exigia de si muito mais ainda do que dos filhos. Instituiu, por exemplo, uma escola dominical. Nas manhãs de domingo, uma porção de meninas das escolas primárias tocavam a campainha na Mengstrasse, e Stine Voss, que morava na rua Atrás da Muralha, Mike Stuht, da Glokengiesserstrasse, e Fike Snut, da Beira do Trave ou do Engelswisrsch, crianças de cabelos loiro-claros, penteados com água, caminhavam, através do grande pátio, para uma clara sala que dava para o jardim. Nessa sala, que de há muito não mais servia de escritório, instalaram-se bancos, e a consulesa Kröger Buddenbrook, vestida de pesado cetim preto, de rosto alvo e distinto, sob a touca de rendas mais alvas ainda, sentava-se em frente das meninas, numa mesinha onde havia um copo de água açucarada, e catequizava-as durante uma hora inteira.

Estabeleceu, além disso, a Noite de Jerusalém, de que, além de Klara e Klothilde, também Tony, por bem ou por mal, tinha de participar. Uma vez por semana reuniam-se em torno da mesa alongada da sala de jantar, sob a luz das lâmpadas e velas, umas vinte senhoras, todas naquela idade em que é tempo de olhar por um bom lugar no céu. Tomavam chá e "bispo"; comiam deliciosos sanduíches ou pudim; liam poesias ou meditações religiosas, e faziam trabalhos manuais, que, no fim do ano, se vendiam numa rifa, e cujo lucro era mandado a Jerusalém para fins missionários.

A maioria da piedosa sociedade consistia em senhoras da esfera social da consulesa. Pertenciam a ela a senadora Langhals, a consulesa

Möllendorpf e a velha consulesa Kistenmaker, enquanto outras damas, de inclinações mais mundanas e profanas, como a sra. Köppen, ironizavam a amiga Bethsy. Eram também sócias as esposas dos pregadores da cidade, assim como a consulesa Stüwing Buddenbrook, viúva de Gotthold, e Sesemi Weichbrodt, com a inculta irmã. Como, porém, diante de Jesus não existissem classes nem diferenças, participavam das Noites de Jerusalém também figuras mais miseráveis e esquisitas; por exemplo, uma criaturinha rugosa, rica na graça de Deus e em pontos de crochê, que morava no Hospital do Espírito Santo; chamava-se Himmelsbürger* e era a última da sua estirpe. "A derradeira Himmelsbürger", dizia ela melancolicamente, enfiando a agulha de tricô por baixo da touca para coçar a cabeça.

Muito mais dignos de nota eram, porém, dois outros membros, um casal de gêmeas, solteironas estranhas, de chapéus pastoris do século XVII e vestidos desbotados havia anos e anos, e que andavam de mãos dadas pela cidade, prestando serviços beneficentes. Chamavam-se Gerhardt e afirmavam ser descendentes diretas de Paul Gerhardt.** Dizia-se que absolutamente não estavam sem recursos, mas viviam miseramente e davam tudo aos pobres...

— Minhas queridas! — disse-lhes, certa vez, a consulesa Buddenbrook, que, de quando em quando, se envergonhava um pouquinho delas. — Deus olha somente o coração, é verdade, mas os seus vestidos são pouco cuidados... A gente deve cuidar de si mesma, sabem? — Mas em tais ocasiões apenas beijavam a testa da amiga elegante, que não era capaz de dissimular a dama do mundo... e mostravam-lhe toda aquela superioridade indulgente, carinhosa e compassiva que a gente miúda tem para com os graúdos que procuram a salvação. Não eram de todo criaturas bobas, e nas cabecinhas de papagaio, feias e engelhadas, havia olhos castanhos, brilhantes e suavemente velados, que fitavam o mundo com uma expressão esquisita, mescla de brandura e sabedoria... Tinham os corações cheios de conhecimentos singulares e misteriosos. Sabiam que na nossa derradeira hora todos os entes queridos que nos precederam no caminho para Deus virão buscar-nos. Pronunciavam a palavra "Senhor" com a facilidade e a originalidade dos primeiros cristãos que ouviram ainda pela própria boca do Mestre a frase: "Ainda mais um pouco, e vós me vereis". Dispunham das mais

---

* A palavra alemã "Himmelsbürger" significa "cidadão do céu".
** Paul Gerhardt (1607-76), poeta e autor de célebres hinos luteranos.

extraordinárias teorias sobre pressentimentos, sobre iluminações íntimas e sobre transmissão e migração de pensamentos... pois uma delas, Lea, embora surda, sabia quase sempre do que se tratava.

Como Lea Gerhardt fosse surda, costumavam escalá-la para ler nas Noites de Jerusalém. As damas achavam bonito e comovedor o modo como lia. Tirava do seu saquinho um livro velhíssimo, ridícula e desproporcionadamente mais alto do que largo; no frontispício havia uma gravura, retrato do ascendente bastante bochechudo. Segurando o livro com ambas as mãos, Lea declamava em voz horrível, a fim de ouvir-se a si mesma. Soava isso como o vento quando preso numa chaminé:

Se Satanás me devorar...

"Ora!", pensava Tony Grünlich. "Qual o Satanás que a quereria devorar?" Mas não dizia nada: agarrava-se ao pudim e ficava a cismar sobre se, um dia, ela seria tão feia quanto as irmãs Gerhardt.

Não era feliz; aborrecia-se, e estava com raiva dos pastores e missionários, cujas visitas depois da morte do cônsul tinham aumentado. Segundo a opinião de Tony, esses cavalheiros mandavam demasiadamente em casa e recebiam mais dinheiro do que convinha. O último assunto era da alçada de Thomas; mas ele ficava calado a esse respeito, ao passo que a sua irmã por vezes murmurava coisas sobre certa gente que devora as casas das viúvas, recitando orações sem fim.

Tinha um ódio encarniçado a esses senhores de preto. Na situação de mulher amadurecida, que conhecia a vida e não era mais uma tola, não se via em condições de acreditar na santidade incondicional deles. "Meu Deus, mãe", dizia ela, "não se deve falar mal do próximo... Muito bem! Mas não posso deixar de dizer-lhe uma coisa, e ficaria muito admirada se a vida não lhe tivesse ensinado que nem todos que usam casaco preto e andam clamando 'Deus, meu Senhor!' são totalmente imaculados!"

Jamais se esclareceu o que pensava Thomas a respeito dessas verdades que a irmã proferia com enorme ênfase. Christian, porém, não tinha opinião nenhuma; limitava-se a observar, de nariz franzido, esses cavalheiros, para depois imitá-los no clube ou em família...

Inegavelmente, mais do que os outros, Tony ficava exposta aos hóspedes eclesiásticos. Um dia chegara à casa um missionário de nome Jonathan que estivera na Síria e na Arábia, homem de olhos grandes, cheios de repreensão, e cujas bochechas pendiam tristemente. E aconteceu deveras que esse senhor se plantou diante dela para solicitar-lhe com aflição e severidade a solução deste problema: se os seus cachos frisados eram compatíveis com a verdadeira humildade cristã... Ah! Ele não contara com a eloquência mordaz e sarcástica de Tony Grünlich. Ela se calou durante alguns momentos, e via-se como o seu cérebro trabalhava. E então veio a resposta: "Rogo-lhe a fineza, prezado senhor pastor, de ocupar-se dos seus próprios cabelos!". E com isso saiu majestosamente, alçando um pouco os ombros, atirando a cabeça para trás e procurando, apesar disso, apertar o queixo contra o peito... O tal pastor Jonathan possuía muito pouco cabelo; podia-se até chamar de nu o seu crânio!

Uma vez, porém, coube-lhe um triunfo ainda maior. Chegara o pastor Trieschke de Berlim, o Trieschke Chorão, que granjeara esse apelido por rebentar em choro todos os domingos em apropriado trecho do seu sermão. Trieschke Chorão tinha o rosto pálido, olhos vermelhos e verdadeiras mandíbulas de cavalo. Na casa dos Buddenbrook, durante oito ou dez dias, ou comia ao desafio com a pobre Klothilde ou ministrava serviços religiosos. Nessa ocasião enamorou-se de Tony... não da sua alma imortal, nada disso, mas, sim, do lábio superior, dos olhos bonitos, do cabelo espesso e do corpo fresco! E esse homem de Deus, que, em Berlim, tinha mulher e uma porção de filhos, atreveu-se a mandar o criado Anton depositar uma carta no quarto da sra. Grünlich, no segundo andar, carta esta eficientemente misturada de extratos da Bíblia e de certa ternura singularmente pegajosa... Tony a achou ao deitar-se. Leu-a e, em passos enérgicos, desceu para o entressolho, ao quarto da consulesa. Ali, à luz das velas, recitou à mãe a carta do pároco, em voz alta e sem o mínimo acanhamento. Daí em diante, Trieschke Chorão tornou-se intolerável na Mengstrasse.

— Todos são assim! — disse a sra. Grünlich. — Ah, sim! Todos eles! Grande Deus; antigamente fui uma tola, uma bobalhona: mas, mamãe, a vida destruiu a confiança que eu tinha nos homens. Na maioria são patifes... sim, infelizmente é verdade. Esse *Grünlich*! — E o nome soou como um toquezinho de clarim que ela deixou vibrar pelo ar, de ombros levemente erguidos e com os olhos dirigidos para cima.

6.

Sievert Tiburtius era homem baixinho, mas esbelto, de cabeça grande, e usava suíças loiras, finas, compridas e bem repartidas, cujas extremidades, para maior comodidade, deitava às vezes aos dois lados, sobre os ombros. O crânio redondo estava coberto por inúmeros anéis de cabelo, minúsculos e lanosos. Tinha orelhas grandes, extremamente despegadas, muito enroladas nas bordas, e na parte superior tão pontudas quanto as de uma raposa. O nariz colava-se ao seu rosto como um pequeno botão chato; as maçãs eram salientes, e os olhos cinzentos, em geral firmemente cerrados e piscos de modo meio estúpido, eram em certos momentos capazes de dilatar-se surpreendentemente, tornando-se cada vez maiores, arregalando-se e quase que saltando das órbitas...

Eis o pastor Tiburtius, natural de Riga. Oficiara durante alguns anos na Alemanha Central, e naquela época, regressando à terra pátria, onde lhe coubera um posto de pastor, passou pela cidade. Munido com a recomendação de um colega que, em outros tempos, também comera na Mengstrasse sopa *mock-turtle* e presunto com molho de cebolinhas, fez uma visita à consulesa. Convidado para hospedar-se na casa durante a sua estada, que devia ser de alguns dias, ocupou o vasto quarto dos hóspedes no primeiro andar, ao lado do corredor.

Mas demorou-se mais do que esperara. Passaram-se oito dias, e ainda não visitara este ou aquele monumento, a Dança dos Mortos e o relógio dos apóstolos na igreja de Santa Maria, a Associação dos Navegantes ou os olhos móveis do sol, na catedral. Passaram-se dez dias e, repetidas vezes, falou da partida, mas, à primeira palavra que o solicitou a ficar, adiou-a novamente.

Era homem melhor do que os srs. Jonathan e Trieschke Chorão. Absolutamente não lhe importavam os cachos frisados de Antonie, e não lhe escrevia carta alguma. Maior atenção dedicava porém a Klara, a sua irmã mais moça e mais séria. Na presença *desta*, quando *ela* falava, vinha ou ia, podia acontecer que os olhos de Tiburtius se dilatassem surpreendentemente, tornando-se cada vez maiores, arregalando-se e quase saltando das órbitas... Passou grande parte do dia junto dela, mantendo palestras religiosas ou profanas ou recitando-lhe poemas... na sua voz alta, esganiçada e na pronúncia engraçadamente saltitante da sua pátria báltica.

Logo no primeiro dia dissera: "Misericórdia! Senhora consulesa! Que tesouro, que bênção de Deus possui na sua filha Klara! É deveras uma criatura magnífica!".

"O senhor tem razão", respondera a consulesa. Mas ele repetiu tão amiúde essa apreciação, que ela deixou vagar sobre ele os olhos azul-claros, para examiná-lo discretamente, induzindo-o a falar um pouco mais detalhadamente da sua origem, situação e futuro. Resultou que descendia de uma família de comerciantes e que a mãe estava com Deus. Não tinha irmãos, e o velho pai vivia em Riga como abastado capitalista cujos recursos, um dia, pertenceriam ao próprio pastor Tiburtius. De resto, a sua posição lhe garantia renda suficiente.

Klara Buddenbrook tinha, naquele tempo, dezenove anos. O cabelo escuro, liso e repartido, os olhos severos e todavia sonhadores, o nariz levemente curvo, a boca cerrada com uma energia um tanto exagerada e a figura alta e delgada, tudo fazia dela uma moça de beleza austera e singular. Em casa entendia-se melhor com a pobre prima Klothilde, igualmente piedosa, cujo pai morrera recentemente, e que andava com a ideia de "instalar-se" num futuro próximo, isto é, de hospedar-se numa pensão com os móveis e o pouco dinheiro que herdara... É verdade que Klara não possuía nada da humildade lerda, paciente e faminta de Thilda. No trato da criadagem e até dos irmãos e da mãe era-lhe peculiar um tom meio arrogante; a sua voz de contralto, que apenas sabia baixar com decisão, mas nunca levantava interrogativamente, tinha caráter imperioso e muitas vezes assumia tonalidades lacónicas, duras, intolerantes e altivas: principalmente nos dias em que Klara sofria dor de cabeça.

Antes de a morte do cônsul enlutar a família, participara com dignidade inabordável das reuniões na casa paterna e nas famílias da mesma categoria... A consulesa, ao observá-la, não podia dissimular, apesar do dote considerável e das capacidades caseiras de Klara, que seria difícil casar essa filha. Nenhum dos comerciantes joviais, céticos, bebedores de vinho tinto, que a cercavam, era imaginável ao lado da moça séria e pia. Por isso, os delicados passos iniciais do pastor Tiburtius encontraram uma condescendência amável por parte da consulesa, vivamente emocionada pela ideia desse casamento.

E o caso desenvolveu-se de fato com grande precisão. Numa tarde de julho, quente e clara, a família deu um passeio. A consulesa, Antonie, Christian, Klara, Thilda, Erika Grünlich com Ida e, no meio deles, o pastor Tiburtius saíram do portão da Fortaleza, a fim de comerem morangos, coalhada e creme de frutas numa estalagem rústica, em mesas sem toalha e ao ar livre. Depois da pequena refeição, passeavam pelo grande pomar que se estendia até o rio, na sombra das muitas árvores frutíferas, por entre groselheiras e framboeseiras, e pelos campos de batatas e espargos.

Sievert Tiburtius e Klara Buddenbrook ficaram um pouquinho atrás. Ele, muito mais baixo do que ela, as suíças repartidas sobre os ombros, tirara o chapéu de palha, preto e de abas largas. De vez em quando enxugava a testa com o lenço. De olhos arregalados, manteve com Klara uma demorada e suave conversa, durante a qual ambos estacaram uma vez, para Klara proferir o "sim" em voz séria e calma.

Depois da volta, quando a consulesa, um pouco cansada, com o corpo quente, se acomodara sozinha na sala das Paisagens (lá fora havia a tranquilidade pensativa da tarde dominical), o pastor Tiburtius sentou-se ao seu lado, no brilho do crepúsculo de verão. Começou com ela também uma conversa demorada e suave, no fim da qual a consulesa disse:

— Chega, caro senhor pastor... A sua proposta corresponde aos meus desejos maternais, e o senhor, por sua vez, não fez má escolha; posso afirmar-lhe... Quem teria pensado que sua entrada e estada na nossa casa seriam tão milagrosamente abençoadas! Hoje ainda não direi a minha palavra decisiva, pois convém que eu escreva antes ao meu filho, o cônsul, que, como sabe, atualmente se acha no estrangeiro. Amanhã, o senhor viajará, de boa saúde, para Riga, a fim de entrar na sua nova função, e nós tencionamos passar algumas semanas na praia... Em breve, receberá notícias minhas, e queira o Senhor que, felizes, nos tornemos a encontrar.

7.

Amsterdam, 20 de julho de 1856
Hotel Het Haaje

Minha querida mãe:

Acabo de receber a sua importante carta e apresso-me a agradecer-lhe cordialmente a consideração que me expressou ao solicitar, no caso em apreço, o meu consentimento. Claro que não somente concordo, mas também acrescento as minhas mais calorosas felicitações. Estou absolutamente convencido de que vocês, a senhora e Klara, fizeram boa escolha. Conheço o lindo nome Tiburtius, e tenho quase certeza de que papai manteve relações comerciais com o velho. Em todo o caso, Klara encontrará uma situação confortável, e a posição de esposa de pastor agradará ao seu temperamento.

Tiburtius partiu para Riga e voltará em agosto para visitar outra vez a noiva, não é? Ora, haverá dias alegres em nossa casa, na Mengstrasse — mais alegres ainda do que vocês todos imaginam, pois não conhecem os motivos extraordinários por que a surpresa do contrato de casamento de Klara me faz tão contente. Não sabem ainda da coincidência muito bela que sucedeu. Sim, minha excelentíssima senhora mãe; se hoje me digno mandar, do Amstel para o Báltico, o meu grave "apoiado" para a felicidade terrestre de Klara, faço-o apenas sob a condição de receber, na volta do correio, consentimento igual, escrito pela senhora com respeito a um caso igual! Eu daria três florins redondos para ver o seu rosto e sobretudo o da nossa boa Tony, ao lerem estas linhas... Mas voltemos ao principal.

O meu hotelzinho limpo, com vista bonita sobre o canal, está situado no centro da cidade, perto da Bolsa, e os negócios, por causa dos quais vim para cá (tratava-se de travar nova e valiosa relação, e a senhora sabe que gosto de fazê-lo pessoalmente), esses negócios desenvolviam-se satisfatoriamente desde o primeiro dia. Desde os tempos da minha aprendizagem sou muito conhecido na cidade, e por isso tive logo grande número de obrigações sociais, embora muitas famílias se encontrem em veraneio. Participei de pequenos banquetes nas casas dos Van Henkdom e Moelens, e já no terceiro dia da minha estada aqui tive de vestir casaca para assistir a um jantar que meu antigo chefe, sr. Van der Kellen, arranjara, tão fora da estação, visivelmente em minha homenagem. Conduzi à mesa... Será que a senhora tem vontade de adivinhar o nome? A srta. Arnoldsen, Gerda Arnoldsen, antiga companheira de pensionato de Tony, cujo pai, grande comerciante, e violinista quase maior ainda, estava igualmente presente, em companhia da outra filha casada e do genro.

Lembro-me perfeitamente de que Gerda — permita-me tratá-la daqui em diante exclusivamente pelo nome! —, já nos tempos de menina, quando frequentava a escola de Mademoiselle Weichbrodt na Mühlenbrinkstrasse, me fez forte impressão, que nunca se extinguiu completamente. Mas agora voltei a vê-la: mais alta, mais desenvolvida, mais bela, mais espirituosa... Dispense-me de descrever a sua pessoa, descrição que facilmente se tornaria um tanto arrebatada! Além disso, a senhora terá, em breve, ocasião de apreciar Gerda de perto.

Podem imaginar a multidão de pontos de saída que se ofereciam para uma boa conversa à mesa. Mas já depois da sopa abandonamos o assunto das velhas anedotas, a fim de passarmos para temas mais sérios e mais cativantes. Na música, não pude competir com ela, pois nós, os Buddenbrook, coitados, sabemos dela demasiado pouco. Mas na pintura holandesa eu era mais versado, e na literatura nos entendemos perfeitamente.

O tempo passou literalmente a fugir. Depois da refeição fiz-me apresentar ao velho Arnoldsen, que me tratou com extrema amabilidade. Mais tarde, ele tocou, no salão, algumas peças de concerto, e Gerda também se exibiu. Ela fez um efeito magnífico, e, embora eu não tenha a mínima ideia da música de violino, sei todavia que tinha um tal jeito de fazer cantar o instrumento (um autêntico Stradivarius) que as lágrimas quase me brotavam dos olhos.

No dia seguinte, visitei os Arnoldsen, na Buitenkantstrasse. No começo recebeu-me uma velha dama de companhia que me obrigou a falar francês com ela. Mas mais tarde veio Gerda também, e conversamos como na véspera, durante uma hora e tanto: dessa vez, porém, travamos maior intimidade e nos esforçamos ainda mais por compreender-nos e por conhecer-nos. Falou-se outra vez da senhora, mamãe, de Tony, da nossa boa e velha cidade e das atividades que exerço aí...

Já nesse dia a minha decisão era inabalável, e essa decisão dizia: ou esta ou nenhuma! Agora ou nunca! Encontrei-a outra vez, por ocasião dum *garden party* na casa do meu amigo Van Swindren; fui convidado para um pequeno sarau musical dos próprios Arnoldsen, no decorrer do qual fiz com a jovem senhorita a experiência de uma declaração, incompleta e sondadora; recebi uma resposta que me encorajou... E há cinco dias que, de manhã, fui ter com o sr. Arnoldsen para solicitar-lhe a permissão de pedir a mão da filha. Ele me recebeu no seu escritório particular. "Meu caro cônsul", disse-me, "o senhor é muito bem-vindo, não obstante seja difícil para um velho viúvo como eu separar-me de minha filha. Mas que diz ela? Até agora manteve firmemente a resolução de jamais se casar. Será que o senhor tem uma chance?" E ele ficou muito admirado quando lhe repliquei que Gerda, de fato, me dera direito a alguma esperança.

O velho deixou-lhe alguns dias de prazo para deliberar, e acho que, num egoísmo feio, até a desaconselhou. Mas isso não lhe adiantou: sou o eleito, e desde a tarde de ontem o contrato de casamento está fechado.

Não, minha querida mamãe! Ainda não lhe peço a sua bênção escrita para essa aliança, pois partirei já depois de amanhã. Mas levo a promessa dos Arnoldsen de que eles, o pai, Gerda e também a irmã casada, nos visitarão em agosto. Então a senhora não poderá deixar de concordar comigo em que ela é a esposa que me convém. Não acho que verá um empecilho no fato de Gerda ser apenas uns três anos mais moça do que eu. Espero que a senhora nunca tenha pensado que eu me casaria com qualquer mocinha do círculo dos Möllendorpf-Hagenström--Kistenmaker-Langhals.

E quanto ao "partido"... Ah, quase apanho um susto em pensar como Stephan Kistenmaker e Peter Döhlmann e tio Justus e Hermann Hagenström e toda a cidade me piscarão o olho, quando souberem do "partido"; pois o meu futuro sogro é milionário... Meu Deus, que se pode dizer sobre isso? Há em nós tanta coisa complexa que se poderia interpretar deste ou daquele modo. Adoro Gerda Arnoldsen com entusiasmo, mas não tenho absolutamente a intenção de examinar as profundezas do meu íntimo para verificar se e em que sentido contribuiu para esse entusiasmo o dote elevado, cujo montante me cochicharam ao ouvido de um jeito bastante cínico, já por ocasião da apresentação. Amo Gerda, mas, ao ganhá-la, conquisto, simultaneamente, considerável acréscimo de capital para a firma, o que aumenta o meu orgulho e felicidade.

Querida mãe, termino esta carta, já demasiado longa, visto que, daqui a poucos dias, poderemos falar pessoalmente sobre a minha boa sorte. Desejo-lhe um veraneio agradável e proveitoso na praia. Dê em meu nome um bom abraço a todos os nossos.

Com todo o carinho, o seu filho obediente

Thomas

8.

De fato: naquele ano, houve um verão animado e festivo na casa dos Buddenbrook.

Em fins de julho, Thomas chegou à Mengstrasse e, assim como os outros cavalheiros que os negócios retinham na cidade, visitou várias vezes a sua família à beira-mar. Christian passou ali férias completas, pois queixava-se de uma dor indistinta na perna esquerda, que o dr. Grabow não sabia explicar, e sobre a qual Christian cismava com tanto maior intensidade...

— Não é uma dor... não é assim que se pode chamar a coisa — expunha ele esforçadamente, passando a mão pela perna, enquanto franzia o nariz e deixava vagar os olhos. — É uma tortura, uma constante tortura, silenciosa e assustadora, por toda a perna... e no lado esquerdo, no lado onde se acha o coração... Esquisito... Acho isso esquisito! Que é que você pensa sobre isso, Tom?

— Pois é — dizia Tom —, agora que você tem repouso e banhos de mar...

E então descia Christian para a praia, a fim de contar anedotas aos banhistas, até as gargalhadas ecoarem por toda parte, ou ia ao cassino, para jogar roleta com Peter Döhlmann, tio Justus, o dr. Giesecke e alguns pândegos de Hamburgo.

Sempre, quando estavam em Travemünde, o cônsul Buddenbrook e Tony visitavam os velhos Schwarzkopf na Primeira Fila... "Muito bom dia, Madame Grünlich", gritava o capitão do porto, e a alegria fazia-o falar no dialeto da região... "Lembra-se ainda? Passou muito tempo desde então, mas, com os diabos, que dias alegres foram aqueles... E o nosso Morten há muito que é doutor em Breslau, e tem uma clientela notável, o rapaz..." E a sra. Schwarzkopf, correndo de cá para lá, fazia café, e, como naqueles tempos, merendavam no terraço verde... Com a diferença de que todos eles eram uns dez anos mais velhos; estavam distantes Morten e a pequena Meta, casada com o subprefeito da aldeia de Haffkrug; o capitão, inteiramente encanecido e meio surdo, estava aposentado; a esposa tinha também cabelos grisalhos por baixo da rede; e, finalmente, a sra. Grünlich não era mais uma tolinha e conhecera a vida, o que, porém, não a impedia de comer grande quantidade de mel em favo; pois, dizia ela: "É um produto puro e natural; com isto, a gente sabe o que consome!".

Em princípio de agosto, porém, os Buddenbrook, tal qual a maioria das outras famílias, voltaram para a cidade, e então veio o grande momento em que, quase ao mesmo tempo, chegaram o pastor Tiburtius, da Rússia, e os Arnoldsen, da Holanda, para fazerem uma visita demorada à Mengstrasse.

Foi uma bela cena quando o cônsul, pela primeira vez, conduziu a noiva para a sala das Paisagens, e a apresentou à mãe, que lhe foi ao encontro com os braços abertos e a cabeça inclinada para o lado. Gerda, de talhe alto e esplêndido, movimentava-se sobre o tapete claro com graça soberba e desembaraçada. O basto cabelo ruivo-escuro, os olhos castanhos, pouco distantes entre si, orlados de finas sombras azuis, os dentes largos e brilhantes que mostrava sorrindo, o nariz reto e vigoroso, e a boca de forma assombrosamente aristocrática davam a essa moça de vinte e sete anos uma beleza elegante, exótica, cativante e misteriosa. O rosto, de um alvo desmaiado, era altivo; todavia, abaixou-o, quando a consulesa, com suave ternura, lhe tomou a cabeça entre as mãos, para beijar-lhe a testa nívea e pura...

— Sim, eu lhe dou as boas-vindas em nossa casa e em nossa família, minha querida, linda e abençoada filha — disse ela. — Você o fará feliz... Já vejo como o faz feliz... — E, com o braço direito, puxou Thomas para si, a fim de abraçá-lo também.

Nunca, exceção feita, talvez, aos tempos do avô, houvera mais alegria e vida social na vasta casa, onde todos os hóspedes achavam facilmente lugar. Somente o pastor Tiburtius, por modéstia, escolhera para si um quarto no pavilhão do jardim, ao lado da sala de bilhar. Os outros — o sr. Arnoldsen, homem ágil e donairoso, na saída da casa dos cinquenta, de barba grisalha em ponta e que em cada movimento demonstrava brio e amabilidade, a sua filha mais velha, dama de aspecto doentio, o genro, folgazão elegante, que pediu a Christian que o guiasse através da cidade e do clube, e finalmente Gerda — distribuíram-se nos cômodos livres do térreo e do primeiro andar, perto do alpendre...

Antonie Grünlich estava contente de que, no momento, Sievert Tiburtius fosse o único sacerdote hospedado na casa paterna... Estava mais do que contente! O contrato de casamento do adorado irmão, o fato de que a eleita era justamente Gerda, a sua amiguinha de outrora, o esplendor desse partido, que dava novo brilho também à firma e ao nome da família, os trezentos mil marcos de dote de que ouvira cochichar, a ideia do que diriam a cidade, as outras famílias e, antes de tudo, os Hagenström... tudo isso contribuía para transportá-la a um estado de constante arrebatamento. Pelo menos três vezes por hora abraçava apaixonadamente a futura cunhada...

— Ah, Gerda! — gritou ela. — Eu a amo, você sabe; eu a amei sempre! Sei bem que você não gosta de mim, que sempre estava com ódio de mim, mas...

— Mas por amor de Deus, Tony — disse a srta. Arnoldsen. — Por que motivo deveria eu ter ódio de você? Posso perguntar que mal terrível você me fez?

Por qualquer razão, provavelmente só por causa da alegria exagerada e do simples prazer de falar, Tony insistiu porém, teimosamente, em que Gerda sempre a odiara, ao passo que ela — os seus olhos se enchiam de lágrimas — em todos os tempos retribuíra esse ódio com amor. Depois tomou Thomas à parte, para dizer-lhe:

— Você fez muito bem, Tom! Meu Deus, como fez bem! Oh, que pena que papai não pode mais ver isso... É notável, sabe? Pois é, assim se corrige muita coisa... mormente o caso de certa pessoa cujo nome não gosto de pronunciar... — Ao que lhe veio a ideia de puxar Gerda para uma sala vazia e de contar-lhe, em pavorosa minuciosidade, todo o seu casamento com Bendix Grünlich. Tagarelava-lhe também, durante horas a fio, sobre os tempos do pensionato, as conversas noturnas que haviam tido naquela época sobre Armgard von Schilling e Eva Ewers de Munique... Quase não se ocupava de Sievert Tiburtius e do seu noivado com Klara. Mas os dois, por sua vez, não lhe sentiam a ausência. Ficavam sentados de mãos dadas, falando branda e seriamente de um futuro auspicioso.

Como o ano de luto dos Buddenbrook ainda não tivesse terminado, festejaram-se os dois contratos de casamento apenas em família. Mas, apesar disso, Gerda Arnoldsen tornou-se logo célebre na cidade, e a sua pessoa era o tema principal das palestras na Bolsa, no clube, no Teatro Municipal e na sociedade... "Piramidal!", diziam os pândegos, com um estalo de língua, usando assim uma expressão recém-chegada de Hamburgo, que significava algo de fino e escolhido, fosse uma marca de vinho tinto, um charuto, um banquete ou a solvência de uma firma. Mas havia muitos entre os probos, sólidos e honrados burgueses que meneavam a cabeça... "Esquisito... essas toaletes, esse cabelo, esse porte e essa cara... um pouco esquisito demais!" Sörensen, o lojista, expressou-se assim: "Ela tem um certo quê...". E, com essas palavras, deu voltas e rodeios e franziu a testa como fazia na Bolsa, quando lhe ofereciam coisas que não prestavam. Mas tudo isso era bem o cônsul Buddenbrook... era o jeito dele. Um pouco pretensioso esse Thomas Buddenbrook, um tanto... diferente: diferente também dos seus antepassados. Era notório, e principalmente o sr. Benthien, dono da casa de fazendas, sabia que ele mandava vir de Hamburgo não somente todas as suas vestimentas elegantes e modernas — que possuía em extraordinária quantidade: *pardessus*, casacos, chapéus, coletes, calças e gravatas —, mas também a roupa branca! Sabiam até que todos os dias, e, de quando em quando, duas vezes por dia, mudava de camisa, e que perfumava o lenço e o bigode estirado à moda de Napoleão III. E fazia tudo isso não por causa da firma ou motivos de representação — a casa Buddenbrook não precisava disso! —, mas sim por uma tendência particular para as coisas superfinas e aristocráticas... ou como defini-la, com efeito?! E aquelas citações de Heine e outros poetas, que entremeava, por vezes, nas ocasiões em que se tratavam assuntos práticos, questões comerciais ou urbanas... E ainda por cima, essa esposa... Não, ele mesmo, o cônsul Buddenbrook, tinha também "um certo quê...", o que naturalmente se observava com toda a devida consideração, pois a família era muito respeitável e a firma de absoluta honradez e o chefe um homem sensato e amável, que queria bem à cidade e, com certeza, lhe prestaria ainda grandes serviços... E tratava-se, além disso, de um partido enormemente proveitoso; falava-se de cem mil táleres redondos... Contudo... E entre as senhoras encontravam-se algumas que achavam Gerda Arnoldsen simplesmente "boba"; e temos de salientar outra vez que o termo "boba" significava forma muito áspera de reprovação.

Mas quem venerava a noiva de Thomas com um entusiasmo feroz, desde um primeiro encontro na rua, era o corretor Gosch. "Ah!", dizia ele no clube ou na Associação dos Navegantes, erguendo o copo de ponche e desfazendo o rosto de intrigante numa carranca horrorosa... "Que mulher, meus senhores! Hera e Afrodite, Brunhilde e Melusina numa única pessoa... Ah, como a vida é bela!", acrescentava sem transição, e nenhum dos burgueses que bebiam o seu chope, sentados em torno dele nos pesados bancos de madeira esculpida da velha casa dos navegantes, por baixo dos modelos de veleiro e dos grandes peixes, compreendia que importância tinha a aparência de Gerda Arnoldsen na vida do corretor Gosch, modesta e cheia de nostalgia do extraordinário...

Sem a obrigação de realizar grandes festividades, o pequeno grupo de pessoas reunidas na Mengstrasse tinha bastante ócio para travar maior intimidade. Sievert Tiburtius, com a mão de Klara na sua, contava coisas dos pais, da sua juventude e dos planos que fazia para o futuro; os Arnoldsen falavam da sua estirpe, radicada em Dresden, e da qual apenas um ramo fora transplantado para a Holanda; e por fim pediu a sra. Grünlich a chave da escrivaninha da sala das Paisagens, para trazer seriamente a pesada pasta com documentos familiares, onde Thomas já tomara nota dos últimos acontecimentos. Com importância, Tony relatou a história dos Buddenbrook, a partir do mestre-alfaiate de Rostock, que já vivera em ótimas condições; e recitou velhos brindes de festas da família:

Graça castíssima e fortaleza
vejo ante mim, e não me engano:
A linda Vênus Anadiomene
Ao braço ativo de Vulcano!...

E com isso piscou um olho a Tom e Gerda, passando a língua pelo lábio superior. Por reverência à história, não omitiu a influência que tivera sobre os destinos da família certa pessoa cujo nome não gostava de pronunciar...

Quinta-feira, às quatro horas, chegaram os convidados de costume: veio Justus Kröger com a esposa fraca; o casal vivia em graves divergências, porque ela mandava dinheiro, mesmo para a América, para o filho Jacob, depravado e deserdado... dinheiro que economizava da mesada, de modo que o casal comia quase unicamente pirão; não havia remédio. Vieram as primas Buddenbrook da Breite Strasse, cujo amor à verdade as obrigava a constatar que Erika Grünlich outra vez não aumentara de peso, e que se tornara mais parecida ainda com o pai, aquele caloteiro, e que a noiva do cônsul usava um penteado bastante escandaloso... E veio também Sesemi Weichbrodt; erguendo-se nas pontas dos pés, para beijar a testa de Gerda com um leve estalido, disse comovida:

— Seja feliz, minha boa menina!

À mesa, o sr. Arnoldsen proferiu um dos seus brindes espirituosos e cheios de fantasia, e mais tarde, à hora do café, tocou violino como um cigano, com a mesma habilidade, paixão e selvageria. E Gerda também foi buscar seu Stradivarius, do qual nunca se separava. Com doce cantilena interveio nas passagens do pai, e os dois tocaram duetos imponentes, na sala das Paisagens, no mesmo lugar onde outrora o avô soprara na flauta as suas melodiazinhas delicadas.

— Sublime! — disse Tony, que se recostava à poltrona. — Grande Deus, como acho isso sublime! — Com seriedade, vagar e importância continuou ela a expressar os seus sentimentos vivos e sinceros... — Não! sabem? A vida é assim... Esses talentos não acontecem a qualquer um! A mim, o céu os recusou, embora muitas vezes, à noite, eu lhe tenha implorado... Eu sou uma tolinha, uma bobalhona... Pois sim, Gerda, pode acreditar-me... Eu sou mais velha e conheci a vida... Você devia ajoelhar-se todos os dias diante do seu Criador, para agradecer-lhe ser uma criatura tão prendosa.

— ... prendada — corrigiu Gerda e, rindo, mostrou os bonitos dentes brancos.

Mais tarde reuniu-se toda a família para deliberar sobre as necessidades do futuro mais próximo, acompanhando-se o conselho com um pouco de geleia de vinho. Decidiram que, no fim do mês ou em princípios de setembro, Sievert Tiburtius e também os Arnoldsen voltariam para as suas pátrias. Logo depois do Natal, o enlace de Klara devia ser celebrado suntuosamente no alpendre, ao passo que o casamento em Amsterdam, ao qual também a consulesa tencionava assistir — se Deus quiser! —, tinha de ser adiado para o começo do ano seguinte. De nada valeu a oposição de Thomas.

— Por favor! — disse a consulesa, pousando a mão sobre o seu braço... — Sievert tem o *prévenir*!

O pastor e a sua noiva renunciaram a uma viagem de núpcias. Gerda e Thomas puseram-se de acordo sobre a rota para Florença através da Itália setentrional. Ausentar-se-iam durante uns dois meses; entrementes, Antonie, com o sr. Jakobs, da casa de móveis na Fischstrasse, aprontaria a bonita casinha na Breite Strasse, propriedade de um solteiro que se mudara para Hamburgo; o cônsul já estava negociando a compra. Ah, Tony faria tudo a contento!

— Vocês terão um lar *distinto*! — disse ela, e ninguém duvidava disso.

Christian, porém, de pernas delgadas e tortas e de nariz enorme, andava de cá para lá através dessa sala, onde dois casais de noivos seguravam as mãos um do outro, e onde de nada se falava senão do enlace, enxoval e viagens de núpcias. Sentia uma tortura, uma indeterminada tortura na perna esquerda, e olhava para todo mundo com os olhinhos redondos e encovados. Finalmente, na pronúncia de Marcellus Stengel, disse para a pobre prima Klothilde, que, no meio dessa felicidade, se quedava envelhecida, taciturna, magrinha e, mesmo depois das refeições, com fome:

— Pois então, Thilda, vamos casar-nos também... Quer dizer, cada um por si!

9.

Uns sete meses mais tarde, o cônsul Buddenbrook e a esposa voltaram da Itália. Na Breite Strasse estendia-se a neve de março, quando, às cinco da tarde, o carro de aluguel parou diante da fachada da sua casa, simples e pintada a óleo. Um grupo de crianças e burgueses adultos estacou, para ver descerem os recém-chegados. Cheia de orgulho dos preparativos que fizera, a sra. Antonie Grünlich postara-se no vão do portão, e atrás dela estavam, igualmente prontas para a recepção, as duas empregadas que escolhera com perícia para a cunhada; duas moças de gorros brancos, braços nus e grossas saias listradas.

Apressadamente, corada pelo trabalho e pela alegria, Tony desceu correndo os degraus baixos. Gerda e Thomas, vestidos de mantos de peles, saíram da carruagem coberta de malas. Por entre abraços, Tony arrastou-os para a entrada...

— Finalmente! Estão de volta, felizardos; como viajaram longe! "Viram a casa? Em colunas altas repousa o telhado..."* Gerda, você ficou ainda mais bonita; venha cá, deixe-me beijá-la... Não, na boca também! Assim! Bom dia, velho Tom, você ganha também um beijo. Marcus disse que aqui tudo foi muito bem. Mamãe espera vocês na Mengstrasse, mas antes descansem um pouquinho... Querem beber algum chá? Ou tomar um banho? Está tudo pronto. Não terão de que se queixar. Jakobs esforçou-se muito, e eu fiz também o que pude...

Foram juntos para o vestíbulo, enquanto as empregadas e o cocheiro carregavam a bagagem. Tony observou:

— Vocês não usarão muito as acomodações do térreo, por enquanto...

---

* Citação de um verso do poema de Goethe, "Mignon".

por enquanto — repetiu ela, passando a ponta da língua pelo lábio superior. — Esta é bem bonita — e abriu uma porta ao lado do guarda-vento. — Há hera diante das janelas... móveis de madeira simples... carvalho... Lá para trás, noutro lado do corredor, há outro quarto, maior. Aí, à direita, ficam a cozinha e a despensa... Mas vamos para cima; ah, sim, quero mostrar-lhes tudo!

Sobre a larga passadeira vermelho-escura, subiram pela escada ampla. Em cima, atrás de uma porta envidraçada do patamar, havia um corredor estreito. Ali se encontrava a sala de jantar, com pesada mesa redonda, onde fervia o samovar; diante das tapeçarias vermelho-escuras, adamascadas, achavam-se cadeiras de nogueira esculpida com assentos de vime e um aparador maciço. Ao lado encontrava-se uma sala de estar acolhedora, forrada de fazenda cinzenta e separada apenas por uma cortina de um salão estreito, de poltronas listradas de verde e com um balcão. Uma quarta parte do andar era ocupada por uma grande sala de três janelas.

Depois, entraram no quarto de dormir. Achava-se ao lado direito do corredor e tinha cortinas floreadas e enormes camas de mogno. Tony foi para a pequena porta filigranada que se achava nos fundos. Apertando o trinco, abriu a vista para uma escada de caracol cujas espirais conduziam ao subsolo: para o banheiro e os quartos das criadas.

— É bonito isto! Quero ficar aqui — disse Gerda, e com um suspiro de alívio deixou-se cair numa das poltronas ao lado das camas.

O cônsul inclinou-se sobre ela e beijou-lhe a testa.

— Está cansada? É verdade que eu, também, gostaria de preparar-me um pouquinho...

— Eu vou cuidar da água para o chá — disse a sra. Grünlich. — Espero-os na sala de jantar... — E para lá foi.

Quando Thomas chegou, o chá estava pronto e fumegava nas xícaras de Meissen.

— Aqui estou — disse ele. — Gerda quer descansar mais meia hora. Está com dor de cabeça. Depois iremos à Mengstrasse... Então, todos vão bem, minha querida Tony? A mãe, Erika, Christian? Mas agora — prosseguiu ele com um gesto muito amável — os nossos melhores agradecimentos, também em nome de Gerda, por todo esse trabalho que você teve, minha boa irmã! Como fez tudo isso tão bonito! Nada falta, senão algumas palmeiras para o balcão da minha mulher e alguns bons quadros a óleo que vou procurar... Mas agora fale! Como vai, e como passou o tempo todo?

Aproximou uma cadeira para a irmã e, enquanto falavam, tomou lentamente o seu chá e comeu um biscoito.

— Ora, Tom — respondeu ela. — Que posso fazer? A minha vida está terminada...

— Tolice, Tony! Você com a sua vida... Mas parece que se aborrece bastante...

— Sim, Tom, aborreço-me imensamente. Às vezes até choro de tédio. A ocupação com esta casa me deu prazer, e imagina como estou feliz pela volta de vocês... Mas não gosto de ficar em casa, sabe? Que Deus me castigue se for pecado! Tenho trinta anos agora, mas isso não é idade para travar amizade íntima com a derradeira Himmelsbürger ou as srtas. Gerhardt ou algum dos cavalheiros de preto de mamãe, daqueles que devoram as casas das viúvas... Não acredito neles, Tom: são lobos com peles de ovelha, hipócritas, raça de víboras! Nós todos somos seres humanos fracos, com corações de pecadores, e quando eles me olham desdenhosamente, a mim, pobre moça profana, então lhes rio na cara. Sempre fui de opinião que todos os homens são iguais, e que não se precisa de intermediários entre nós e Nosso Senhor. Você conhece também os meus princípios políticos. Quero que o cidadão e o Estado...

— Então sente-se um pouco solitária? — perguntou Thomas, para reencaminhá-la. — Mas escute. Você tem Erika, não é?

— É verdade, Tom, e amo a minha filha de todo o coração, apesar de certo indivíduo ter alegado que não tenho amor à criança... Mas olhe... vou lhe falar francamente, pois sou mulher sincera: não faço das tripas coração, e não gosto de palavreado...

— O que é muito simpático em você, Tony.

— Em poucas palavras: a coisa triste é que a criança me lembra demais o Grünlich... As Buddenbrook da Breite Strasse dizem também que é tão parecida com ele... E quando a vejo diante de mim tenho constantemente de pensar: "Você é uma mulher velha com uma filha grande, e a sua vida está terminada. Viveu durante alguns anos, mas agora poderá fazer setenta ou oitenta anos, e sempre ficará sentada por aqui, para ouvir recitar Lea Gerhardt". Essa ideia é tão triste para mim, Tom; estrangula-me a garganta. Pois sinto-me ainda tão moça, sabe? E estou com saudades de sair outra vez para viver... E além disso, não somente em casa mas também em toda a cidade, ando com certo embaraço; não pense que eu seja cega, que não veja a minha situação. Não sou mais uma tola e tenho olhos na cabeça. Sou mulher divorciada, e me fazem senti-lo, não há dúvida. Pode acreditar-me que me pesa sobre o coração ter, embora sem culpa, maculado o nosso nome. Você pode fazer tudo quanto quiser, ganhar dinheiro e tornar-se o homem mais poderoso da cidade, mas essa gente continuará dizendo: "Ora... a irmã dele é uma mulher divorciada". Julinha Hagenström Möllendorpf não me cumprimenta... Pois bem, é uma idiota! Mas assim acontece com todas as famílias... E contudo, Tom, não posso abandonar a esperança de que tudo isso seja reparável! Sou ainda moça... Será que não sou bastante bonita? Mamãe não me pode dar grande coisa de dote, mas trata-se, em todo o caso, de uma importância aceitável. E se me casasse outra vez? Francamente, Tom, eis o meu mais vivo desejo! Então tudo ficaria de novo em ordem, e a mancha estaria apagada... Grande Deus, se eu pudesse arranjar um partido digno do nosso nome, para arrumar-me novamente! Você acha que isto será completamente impossível?

— Qual nada, Tony! De maneira nenhuma! Nunca deixei de contar com isso. Mas antes de tudo parece-me necessário que você saia um pouquinho daqui, para cobrar ânimo e mudar de ambiente...

— É justamente isso! — disse ela com fervor. — Agora tenho de contar-lhe uma história.

Muito satisfeito pela proposta que fizera, Thomas reclinou-se para trás. Já estava no segundo cigarro. O crepúsculo avançava.

— Olhe, durante a sua ausência quase que teria aceito um emprego, como dama de companhia em Liverpool! Será que você o teria achado escandaloso? Mas, de qualquer jeito, um pouco duvidoso? Pois bem, talvez tenha sido indigno. Mas eu tinha o desejo ardente de sair daqui... Em poucas palavras, a coisa fracassou. Mandei a minha fotografia à *missis*, e ela teve de renunciar aos meus serviços, porque eu era bonita demais; havia um filho adulto na casa. "A senhora é bonita demais", escreveu... ah, ah, nunca me diverti tanto!

Os dois riram-se de todo o coração.

— Mas agora tenho outro projeto — continuou Tony. — Recebi um convite; um convite para Munique, vindo de Eva Ewers... aliás, ela se chama agora Eva Niederpaur, e o marido é gerente duma cervejaria. Pois é, ela me pediu que a visitasse, e tenciono corresponder, daqui em breve, a esse convite. É verdade que Erika não poderia viajar comigo. Eu a mandaria para o internato de Sesemi Weichbrodt. Ali estará em boas mãos. Você teria objeções?

— Nenhuma. Em todo caso, é preciso que você se encontre outra vez num outro ambiente.

— É claro — disse ela com gratidão. — Mas falemos de você, Tom! Falo de mim o tempo todo; sou uma mulher egoísta! Conte você agora! Céus, como deve estar feliz!

— Sim, Tony! — disse ele enfaticamente. Fez-se uma pausa. Exalando a fumaça por cima da mesa, prosseguiu: — Primeiro estou muito contente por ser casado e por ter me instalado numa casa própria. Você me conhece: não tinha jeito para a vida de rapaz. Esse estado de solteiro tem um ressaibo de isolamento e vadiação... e como sabe, tenho certas ambições. Nem comercialmente, nem (seja dito em tom de gracejo!) politicamente considero a minha carreira como terminada... Mas a confiança inteira do mundo ganha-se somente quando somos dono de casa e pai de família. E, todavia, foi por um triz! Sou um pouco difícil de contentar, Tony. Durante muito tempo achei impossível encontrar neste mundo a mulher que me convinha. Mas o aspecto de Gerda foi decisivo. Vi logo que ela era a única; justamente ela... embora eu saiba que muita gente na cidade fica zangada comigo por causa do meu gosto. Ela é dessas criaturas maravilhosas de que, com certeza, há poucas na Terra. É muito diferente de você, Tony; isso sim. Você tem um caráter mais simples; também é mais natural... A senhora minha irmã tem mais temperamento — continuou ele, passando de repente para um tom mais leve. — De resto, Gerda também não carece de temperamento, e isso fica mais que provado pela maneira como toca violino; mas, às vezes, ela pode ser um tanto fria... Em poucas palavras: não se pode medi-la com medidas vulgares. É uma natureza de artista; uma criatura singular, misteriosa e encantadora.

— Sim — disse Tony, que ouviu o irmão séria e atentamente. Sem se lembrarem da lâmpada, tinham sido surpreendidos pela noite.

Nesse momento abriu-se a porta do corredor, e, envolto pelo crepúsculo, apareceu diante dos dois um vulto alto, num chambre de linho muito branco, largo e ondeante. O basto cabelo ruivo orlava o rosto alvo, e nos cantos dos olhos castanhos, pouco distantes entre si, havia sombras azuladas.

Era Gerda, mãe de futuros Buddenbrook.

SEXTA PARTE

I.

Thomas Buddenbrook estava quase sempre sozinho quando tomava o café da manhã na bonita sala de jantar. A esposa costumava sair muito tarde do quarto de dormir, pois de manhã, muitas vezes, era acometida por enxaquecas ou depressões gerais. O cônsul, então, ia logo para a Mengstrasse, onde haviam permanecido os escritórios da firma. Ali comia um desjejum, no entressolho, em companhia da mãe, de Christian e de Ida, para reencontrar Gerda somente na ocasião do grande almoço, às quatro horas.

A atividade comercial conservava vida e movimento no térreo, mas os andares do casarão da Mengstrasse estendiam-se bastante vazios e solitários. A pequena Erika fora aceita como aluna interna de Sesemi Weichbrodt; a pobre Klothilde instalara-se com os seus poucos móveis na casa da viúva de um professor de ginásio, uma tal sra. Krauseminz, que lhe dava comida barata; até o mordomo Anton deixara a casa, para passar ao serviço do jovem casal, onde era mais necessário. E, quando Christian estava no clube, a consulesa e Ida Jungmann ficavam inteiramente sozinhas à mesa redonda, que já não era preciso alongar, e que se perdia no vasto templo de jantar com as figuras dos deuses nas paredes.

Com a morte do cônsul Johann Buddenbrook extinguira-se a vida social na Mengstrasse, e a consulesa, com exceção das visitas deste ou daquele pastor, não via convidados em torno de si senão, às quintas-feiras, os membros da família. Mas o cônsul e sua esposa já tinham realizado o primeiro banquete; um banquete com mesas postas nas salas de jantar e de estar; um banquete com cozinheira especial, criados de aluguel e vinhos de Kistenmaker. Fora um almoço que começara às cinco horas, e cujos ruídos e cheiros ainda às onze horas pairavam sobre a casa. Todos os Langhals, Hagenström, Huneu, Kistenmaker, Oeverdieck e Möllendorpf tinham estado presentes, comerciantes e sábios, casais e pândegos. O festim terminara com *whist* e um bocado de música. Na Bolsa, ainda uns oito dias após, falara-se do banquete nos termos mais elogiosos. Evidenciara-se deveras que a jovem senhora consulesa sabia apresentar-se... Naquela noite, quando o cônsul ficara sozinho com ela nas salas iluminadas por velas quase consumidas, por entre os móveis deslocados, sob o aroma denso, doce e pesado de finas comidas, de perfumes, vinho, café e charutos e das flores das toaletes e dos centros de mesa, naquela noite, apertando-lhe as mãos, dissera o marido:

— Muito bem, Gerda! Não nos precisamos envergonhar. Essas coisas são muito importantes... Não tenho a mínima vontade de ocupar-me muito com bailes e de fazer a mocidade dar os seus pulos por aqui; para isso não há bastante espaço. Mas é preciso que a gente madura goste da nossa comida. Um banquete assim custa um pouco mais... mas acho que esse dinheiro não é mal empregado.

— Você tem razão — respondera ela, enquanto endireitava as rendas através das quais lhe transluzia o busto, feito mármore. — Eu também prefiro absolutamente os banquetes aos bailes. Um banquete tem um efeito tão calmante... Eu toquei música, hoje de tarde, e tive um sentimento um pouco singular... Agora, o meu cérebro está tão morto, que um raio poderia cair sobre a casa, sem que eu corasse ou empalidecesse.

Às onze e meia, quando o cônsul se sentou à mesa do almoço, ao lado da mãe, esta leu-lhe a seguinte carta:

Munique, em 2 de abril de 1857
Marienplatz, nº 5

Minha querida mamãe:

Peço-lhe perdão, pois é uma vergonha eu ainda não ter escrito, apesar de estar aqui há oito dias. Mas todas as coisas que devem ser vistas aqui me tomaram demasiado tempo. Mais tarde, contar-lhe-ei a esse respeito. Antes quero perguntar se vocês, meus queridos — a senhora, Tom, Gerda, Erika, Christian, Thilda e Ida, e todos os outros —, estão passando bem. Isto é o mais importante.

Ah, quanta coisa pude admirar nesses dias! A Pinacoteca e a Gliptoteca e a cervejaria Hofbräuhaus e o Teatro da Corte e uma porção de notabilidades. Devo contar-lhe tudo verbalmente, pois, caso contrário, eu morreria de tanto escrever. Já fizemos também um passeio de carro pelo vale do Isar, e para amanhã está projetada uma excursão do Würmsee. E continua sempre assim. Eva tem sido muito amável comigo, e o sr. Niederpaur, gerente da cervejaria, é um homem amável. Moramos numa praça bem bonita, no centro da cidade, com um chafariz no meio, como no nosso mercado, e a casa está situada muito perto da Prefeitura. Nunca vi uma casa assim! Desde em cima até embaixo está pintada em cores variegadas de são Jorges que matam dragões, de escudos e de velhos príncipes bávaros em trajes solenes. Imagine!

Pois bem, Munique agrada-me extraordinariamente. Dizem que o ar fortifica muito os nervos, e por enquanto o meu estômago vai bem. Bebo muita cerveja, e faço-o com tanto mais prazer quanto a água daqui não é muito saudável. Mas ainda não posso acostumar-me à comida. Há muito pouca verdura, e põem farinha demais, sobretudo nos molhos, que são uma lástima. A gente daqui não tem ideia do que seja um filé de vitela decente, pois os açougueiros cortam tudo miseravelmente. E os peixes me fazem muita falta. E acho que é loucura engolir o tempo todo saladas de batatas e de pepino, em mistura com cerveja! O meu estômago rebela-se contra isso.

É verdade que existem aqui muitas coisas a que me preciso acostumar. Podem imaginá-lo, pois acho-me num país estrangeiro. Há a moeda desconhecida e a dificuldade de entender-se com a gente miúda e a criadagem, porque eu lhes falo demasiado depressa, e eles exprimem-se numa gíria engraçada. E acresce o catolicismo; vocês sabem que o odeio e não o respeito...

Neste ponto, o cônsul começou a rir, recostando-se ao sofá, tendo na mão um pedaço de pão com queijo verde ralado.

— Pois é, Tom; você está rindo... — disse a mãe, dando algumas pancadinhas sobre a toalha com o dedo médio da mão direita. — Mas a mim me agrada imensamente que ela conserve a crença dos seus pais e que abomine as sandices não evangélicas. Eu sei que, na França e na Itália, você criou certa simpatia pela Igreja papista; mas em você, Tom, isso não é religiosidade, é outra coisa, e compreendo também o que é. Mas, embora devamos ser tolerantes, são sumamente dignos de castigo as brincadeiras e os caprichos com respeito a esses assuntos, e devo pedir a Deus que, com os anos, ele dê a necessária seriedade a você e a Gerda, pois sei que ela também pertence aos convictos. Você perdoará esta observação à sua mãe.

Em cima do chafariz que vejo da minha janela, há uma estátua de Maria, e, de vez em quando, engrinaldam-na, e a gente humilde, com rosários na mão, ajoelha-se e reza, o que produz um aspecto bem bonito; mas está escrito: "Vai para o teu cubículo!". Muitas vezes se veem monges na rua, e eles têm aparência muito respeitável. Mas imagine, mamãe; ontem, na Theatinerstrasse, passou por mim uma carruagem com algum alto dignitário eclesiástico; talvez fosse o arcebispo, um senhor de idade — em todo caso, esse cavalheiro, através da janela, me lançou uns olhares de tenente da guarda! Sabe, mamãe, que não me importo muito com os seus amigos, os missionários e os pastores, mas Trieschke Chorão é um principiante comparado com esse pândego potentado da Igreja...

A consulesa intercalou um "Arre" melancólico.
— Bem tipicamente Tony! — disse o cônsul.
— Por quê, Tom?
— Ora, não acha que ela o terá provocado um pouco... só para examiná-lo? Eu conheço a nossa Tony! E, de qualquer jeito, esses "olhares" a divertiram deliciosamente... o que, provavelmente, correspondeu às intenções do velho cavalheiro.

A consulesa, em vez de entrar em detalhes a tal respeito, prosseguiu na leitura:

Anteontem, houve um sarau na casa dos Niederpaur. Foi bonito, embora eu nem sempre pudesse acompanhar as conversas e achasse o tom, às vezes, bastante *équivoqué*. Até esteve presente um cantor da Ópera da Corte, que cantou algumas canções, e um jovem pintor que me pediu licença para retratar-me; mas recusei, porque não achei conveniente. As conversas mais interessantes tive com um sr. *Permaneder*; imagine um homem chamar-se assim! — negociante de lúpulo, homem simpático e divertido, na melhor idade, solteiro. Ele me conduziu à mesa, e eu me agarrei a ele, porque era o único protestante da roda; pois, embora seja um bom cidadão de Munique, é natural de Nuremberg. Afirmou-me que conhece muito bem o nome da nossa firma, e você pode imaginar, Tom, quanto prazer me causou o modo respeitoso como o disse. Informou-se também minuciosamente acerca de nós todos, quantos irmãos éramos e coisas assim. Perguntou também por Erika e mesmo por Grünlich. Visita os Niederpaur de vez em quando, e provavelmente amanhã nos acompanhará para Würmsee.

E agora adeus, minha querida mamãe; não posso mais escrever. Se Deus quiser, como a senhora costuma se expressar, ficarei aqui ainda durante três ou quatro semanas. E depois falar-lhe-ei pessoalmente de Munique, pois, em carta, não sei por onde começar. Mas a cidade me agrada muito — posso dizê-lo: — somente seria necessário ensinar uma cozinheira a fazer molhos decentes. Olhe! sou uma velha cuja vida está terminada, e nada mais tenho a esperar neste mundo; mas, se, por exemplo, Erika, se Deus quiser, se casasse aqui, eu estaria longe de fazer objeções...

Nesse ponto o cônsul, outra vez, teve de interromper a refeição, para, rindo, reclinar-se no sofá.

— Ela é impagável, mamãe! Quando quer dissimular é incomparável! Adoro-a porque é simplesmente incapaz de fingir, nem a uma distância de mil milhas...

— Sim, Tom — disse a consulesa —, ela é uma boa criatura que merece toda a felicidade.

Depois terminou a leitura da carta.

2.

Em fins de abril, a sra. Grünlich voltou à casa paterna. Outra vez estava acabado um pedaço da vida e recomeçava a existência antiga; outra vez tinha ela de assistir às orações e ouvir declamar Lea Gerhardt nas Noites de Jerusalém. E contudo achava-se visivelmente num humor alegre e cheio de esperança.

Quando o cônsul, seu irmão, foi buscá-la à estação (ela chegara de Büchen) e, pelo portão de Holstein, atravessou a cidade com ela, não pôde deixar de fazer-lhe o cumprimento de que — depois de Klothilde — ela era ainda a maior beleza da família. A isso Tony respondeu:

— Céus, Tom, como o odeio! Zombar desse jeito de uma velhota...

Todavia era assim: a sra. Grünlich conservava-se admiravelmente, e considerando o basto cabelo loiro-acinzentado, enrolado aos lados da cabeça, penteado para trás por cima das pequenas orelhas e, em cima, reunido por largo pente de tartaruga, considerando a expressão meiga que permanecia nos olhos azulados, o lábio superior bonito, o oval delicado e as cores finas do rosto, não se lhe teriam dado trinta, mas sim vinte e três anos. Usava brincos de ouro, pendentes e altamente elegantes, que, em forma um pouco diferente, já tinham sido usados pela avó. Um casaquinho solto de leve seda escura com lapelas de cetim e baixas dragonas de rendas dava ao busto uma suavidade encantadora...

Estava ela de muito bom humor, conforme verificamos, e nas quintas-feiras, quando vinham para o almoço os cônsules Buddenbrook, as senhoras da Breite Strasse, os cônsules Kröger, Klothilde e Sesemi Weichbrodt com Erika, dava as mais plásticas descrições de Munique, da cerveja, dos pratos regionais, do pintor que quisera retratá-la e das carruagens da corte que lhe haviam causado a maior impressão. De passagem mencionava também o sr. Permaneder; e, quando Pfiffi Buddenbrook fazia esta ou aquela observação, dizendo que a viagem decerto fora bastante agradável, mas que evidentemente nada de prático resultara dela, a sra. Grünlich, com indizível dignidade, fingia não ouvi-la, deitando a cabeça para trás e procurando, apesar disso, apertar o queixo sobre o peito...

Adquirira também o costume de correr para o patamar da escada, para ver quem vinha, cada vez que a campainha da porta de guarda-vento ressoava pelo vestíbulo... Que significava isso?... Só o sabia Ida Jungmann, governanta e confidente de Tony há muito tempo, que de quando em quando lhe dizia coisas como esta: "Toninha, minha filha, você vai ver que ele virá! Ele não será pateta...".

A família manifestava-se grata pela alegria da viajante; o ambiente da casa precisava urgentemente de certa animação; isso pelo motivo de que as relações entre o chefe da firma e o irmão mais moço não tinham melhorado no decorrer do tempo, mas, pelo contrário, piorado tragicamente. A consulesa, sua mãe, acompanhava com aflição essa marcha das coisas e não tinha mãos a medir para servir de mediadora entre os dois... Christian recebera com um silêncio distraído as suas admoestações para frequentar o escritório com mais regularidade, e sem oposição, com uma confusão séria, irrequieta e meditativa, sujeitara-se às do irmão, para, então, durante poucos dias, dedicar-se com maior fervor à correspondência inglesa. Aumentava, porém, no irmão mais velho, um desprezo agastado pelo mais moço; e esse sentimento não diminuíra pelo fato de Christian receber as censuras ocasionais sem reação, de olhos que vagavam pensativamente.

A atividade cansativa e o estado de nervos de Thomas não lhe permitiam ouvir com resignação e compaixão as comunicações detalhadas de Christian a respeito dos sintomas variáveis das suas doenças. Diante da mãe e da irmã chamava-as com indignação de "resultados insípidos de uma auto-observação nojenta".

A tortura, aquela tortura indeterminada na perna esquerda de Christian, cedera havia algum tempo a diversos remédios externos; mas as dificuldades de engolir voltaram amiúde durante as refeições, e recentemente sobreviera uma falta passageira de respiração, um mal asmático, que Christian, durante muitas semanas, tomara por tísica, e cuja natureza e efeitos se esforçava por comunicar à família em descrições minuciosas e de nariz franzido. Consultou-se o dr. Grabow, que verificou que o coração e os pulmões trabalhavam com muito vigor, mas que a falta ocasional de fôlego se reduzia a certa preguiça de determinados músculos. Para facilitar a respiração, ordenou primeiro o uso de um leque e depois um pó verdoengo que se devia acender, a fim de aspirar a fumaça. Do leque servia-se Christian até no escritório; a uma censura do chefe respondera que em Valparaíso cada empregado possuía um leque, por causa do calor. "Johnny Thunderstorm... Deus do céu!" Mas certo dia, também no escritório, depois de se ter mexido séria e inquietantemente sobre a cadeira, tirou o pó do bolso e produziu um fumeiro tão forte e malcheiroso que alguns funcionários começaram a tossir violentamente e o sr. Marcus empalideceu... Naquela ocasião houve uma explosão em público, um escândalo, uma discussão terrível, que teria causado o rompimento imediato, não o tivesse a consulesa mais uma vez disfarçado, reconciliando-os com motivos razoáveis e dando às coisas um aspecto mais favorável...

Mas isso não era tudo. A vida que Christian vivia fora de casa, sobretudo em companhia do advogado dr. Giesecke, seu antigo condiscípulo, era observada com desgosto pelo cônsul. Não era hipócrita nem desmancha-prazeres, e lembrava-se perfeitamente dos pecados da sua própria mocidade. Conhecia a sua cidade paterna, onde os burgueses, respeitabilíssimos nos seus negócios, arvoravam fisionomias inimitavelmente honestas, ao andarem com as suas bengalas pelas ruas. Sabia bem que essa cidade portuária e comercial absolutamente não era um abrigo da moralidade imaculada. Não era somente com vinhos e pratos pesados que os cidadãos se indenizavam pelos dias passados na cadeira do escritório... Mas essas indenizações eram cobertas por um manto espesso de probidade sólida, e nesse sentido o cônsul Buddenbrook, com a sua lei básica de "guardar os *dehors*", mostrava-se compenetrado pela filosofia dos seus concidadãos. O advogado Giesecke pertencia à casta dos "sábios" que se adaptavam confortavelmente ao estilo de vida dos "comerciantes"; fazia também parte dos "pândegos" notórios, o que se descobria à primeira vista. Mas, como os outros estroinas comodistas, era capaz de dar-se aparências decentes, de evitar escândalos e de conservar a reputação de solidez intacável aos seus princípios políticos e profissionais. Acabava de tornar-se público que fizera contrato de casamento com uma srta. Huneus. Casando, alcançaria, portanto, um lugar na alta sociedade e um dote considerável. Com um interesse energicamente acentuado, exercia atividades nos assuntos urbanos, e diziam que ambicionava uma função na Prefeitura e talvez, em última perspectiva, o trono do velho burgomestre dr. Oeverdieck.

O seu amigo Christian Buddenbrook, porém, o mesmo que outrora caminhara, de passos decididos, para Mademoiselle Meyer-de-la-Grange e, entregando-lhe um ramalhete de flores, dissera: "Ah, senhorita, representou maravilhosamente!" — Christian, por causa do seu caráter e dos longos anos de peregrinação, desenvolvera-se em pândego duma espécie demasiado ingênua e despreocupada; em assuntos do coração, tanto quanto em outros, pouco se inclinava a conter os seus sentimentos, mantendo a discrição e guardando a dignidade. A cidade inteira divertia-se com a sua ligação amorosa com uma comparsa do Teatro de Verão, e a sra. Stuht, da Glockengiesserstrasse, aquela mesma que frequentava a alta sociedade, contava, a quem quisesse ouvi-la, que "Christian" mais uma vez fora visto com "essa do Tivoli" em plena rua e à luz do dia.

Isso também não lhe levavam a mal... Eram de um ceticismo demasiado sincero para manifestar séria indignação moralista. Christian Buddenbrook e, por exemplo, o cônsul Peter Döhlmann, a quem a sua firma totalmente decaída induzia a proceder do mesmo modo leviano, eram apreciados como distrações e realmente indispensáveis nas reuniões de cavalheiros. Mas não os tomavam a sério; eles não contavam em assuntos de importância; era característico que em toda a cidade, no clube, na Bolsa, no porto, só se falava deles pelo nome: "Christian" e "Peter". Pessoas malévolas, como os Hagenström, tinham plena liberdade de não se rirem das histórias e dos chistes de Christian, mas sim do próprio homem que os contava.

Este não pensava nisso, ou, segundo o seu hábito, abandonava tais pensamentos depois de um instante de meditação desassossegada. Mas o cônsul, seu irmão, sabia; sabia que Christian oferecia um ponto vulnerável aos adversários da família... e já existiam pontos vulneráveis demais. O parentesco com os Oeverdieck era afastado e seria totalmente sem valor depois da morte do burgomestre. Os Kröger já não representavam papel saliente; viviam retraídos e tinham dissabores amargos com um dos filhos... A *mésalliance* do saudoso tio Gotthold permanecia sempre coisa desagradável... A irmã do cônsul era uma mulher divorciada, embora não se precisasse abandonar a esperança de um segundo casamento... E o irmão seria um homem ridículo cujas palhaçadas serviam para encher as horas de ócio de cavalheiros ativos que as recebiam com gargalhadas bonachonas ou desdenhosas; um homem que, além disso, fazia dívidas e, no fim do trimestre, quando estava sem dinheiro, mandava, notoriamente, o dr. Giesecke pagar-lhe as despesas... Um homem que representava uma desonra direta para a firma.

O menosprezo hostil com que Thomas tratava o irmão, e que este suportava com indiferença, evidenciava-se em todas as pequenas mesquinharias que apenas se manifestam entre membros da mesma família, dependentes um do outro. Quando, por exemplo, a conversa girava em torno da história dos Buddenbrook, Christian podia ser acometido por um humor que, aliás, não se ajustava muito bem a ele: falava então com seriedade, amor e admiração da cidade paterna e dos antepassados. Nesse caso, o cônsul, com uma observação glacial, terminava logo a conversa. Não a aguentava. Desprezava tanto o irmão que não lhe permitia amar o que ele mesmo amava. Teria preferido que Christian falasse dessas coisas no dialeto de Marcellus Stengel. Thomas lera um livro, uma obra histórica qualquer que o impressionara fortemente, e que elogiava em palavras comovidas. Christian, cérebro sem impulso próprio, sozinho, nunca teria descoberto essa obra; sendo, porém, fácil de impressionar e acessível a cada influência, leu-a igualmente e, preparado dessa maneira, achou-a maravilhosa; deu aos seus sentimentos a expressão mais minuciosa possível — e, a partir desse dia, o livro era para Thomas assunto liquidado. Falava dele com indiferença e frieza. Fazia como se mal o tivesse lido. Abandonava-o à admiração exclusiva do irmão...

3.

O cônsul Buddenbrook voltou à Mengstrasse, vindo do "Harmonia", círculo de leitura para senhores, onde passara uma hora depois do desjejum. Atravessou a parte traseira do terreno e, rapidamente, pelo atalho que, ladeando o jardim, ligava o pátio de trás com o da frente, perguntou na cozinha se Christian estava em casa; pediu para ser avisado, caso viesse. Depois caminhou através do escritório, onde o pessoal, às mesas, se inclinou mais profundamente sobre as faturas quando o chefe apareceu. Entrou no gabinete particular e, pousando ao lado o chapéu e a bengala, vestiu a jaqueta de trabalho. Acomodou-se no seu lugar, junto à janela, na frente do sr. Marcus. Por entre os sobrolhos estranhamente claros havia duas rugas. A ponta amarela de um cigarro russo, já consumido, passeava-lhe inquietamente de um canto da boca ao outro. Os movimentos com que apanhou o papel e a pena eram tão breves e bruscos que o sr. Marcus circunspectamente cofiou o bigode com dois dedos, deixando deslizar sobre o sócio um olhar lento e examinador, enquanto os jovens empregados se olhavam de sobrancelhas alçadas. O chefe estava furioso.

Decorrida meia hora, durante a qual nada se ouvia senão o raspar das penas e o pigarro sisudo do sr. Marcus, o olhar do cônsul passou por cima do peitoril verde e caiu em Christian, que se aproximava. Estava fumando. Vinha do clube, onde almoçara e jogara. Tinha o chapéu um pouco de lado e brandia a bengala amarela, proveniente de "além-mar", cujo castão representava uma freira, esculpida em ébano. Visivelmente, ele gozava boa saúde e ótimo humor. Cantarolando uma *song* qualquer entrou no escritório e disse "Dia, cavalheiros!", embora fosse plena tarde primaveril. Foi para o seu lugar, para "mexer um pouquinho no trabalho". Mas o cônsul levantou-se e, de passagem, sem olhá-lo, lhe disse:

— Escute, meu caro... Queria falar algumas palavras com você.

Christian seguiu-o. Passaram rapidamente pelo pátio. Thomas andava de mãos cruzadas nas costas e, sem querer, Christian fez o mesmo, virando para o irmão o grande nariz saliente, ossudo e curvo, por cima do bigode ruivo, que pendia, à moda inglesa, sobre a boca. Enquanto iam através do segundo pátio, disse Thomas:

— Acompanhe-me uns passos pelo jardim, meu amigo!

— Muito bem — disse Christian. E surgiu outro silêncio demorado, enquanto, pelo atalho externo, davam uma volta à esquerda em redor da fachada rococó do portão. Estavam no jardim, que lançava os primeiros botões. Finalmente, após rápida respiração, disse o cônsul em voz alta:

— Acabo de ter um grave desgosto, e isso por causa da sua conduta.

— Da minha...

— Sim. Contaram-me uma observação que, ontem à noite, você fez no clube, e que foi tão fora de propósito, tão sobremaneira falha, tanto que não acho palavras... A resposta não se fez esperar. Você foi despachado de modo vergonhoso. Talvez tenha a bondade de lembrar-se?

— Ah... agora sei do que você fala... Quem contou isso?

— Que importa? Döhlmann... Naturalmente de um modo que aqueles que, por acaso, ainda não conheciam a história, têm agora ocasião para também se alegrarem com ela...

— Pois é, Tom, devo dizê-lo... Envergonhei-me de Hagenström!

— Envergo... Mas isso é o cúmulo... Imaginem! — gritou o cônsul, erguendo ambas as mãos, de palmas para cima, e abanando-as, de cabeça inclinada, numa demonstração exaltada. — Você diz num grupo formado por comerciantes e intelectuais, assim que todos o possam ouvir: "No fundo, examinando bem, todos os negociantes são gatunos...". Você, que é comerciante e faz parte de uma firma que com toda a força almeja absoluta integridade e solidez imaculada...

— Meu Deus, Thomas; estive só gracejando! Embora... no fundo... — acrescentou Christian, franzindo o nariz e avançando um pouco a cabeça... Nessa atitude, deu alguns passos.

— Gracejando! Gracejando! — gritou o cônsul. — Acho que entendo gracejos; mas você viu como compreenderam aquele gracejo! "Quanto a mim, tenho uma opinião *muito* alta da minha profissão", respondeu-lhe Hermann Hagenström... E então você ficou rotulado: sujeito malandro que menospreza a própria profissão...

— Pois bem, Tom! Diga: que acha disso? Posso afirmar-lhe que todo o bom humor estragou-se imediatamente. O pessoal riu como se estivesse de acordo comigo. Então vem esse Hagenström e diz com aquela gravidade pavorosa: "Quanto a mim...". Esse idiota! Verdadeiramente, envergonhei-me dele. Ainda ontem à noite, na cama, fiquei muito tempo pensando a esse respeito, e tive uma sensação singular ao fazê-lo... Não sei se você a conhece...

— Deixe de tagarelar; por favor, deixe de tagarelar! — interrompeu-o Thomas. Todo o corpo lhe tremeu de indignação. — Vou lhe fazer a concessão... vou lhe conceder que a resposta talvez não correspondesse ao ambiente, que fosse de mau gosto. Mas deve-se escolher os companheiros a quem se dizem essas coisas... se houver necessidade de dizê-las... E a gente não se expõe, por estupidez, a uma desforra tão ignominiosa! Hagenström aproveitou-se da ocasião para vibrar um golpe em nós... sim, não somente em você, mas em nós! Você sabe o que quer dizer aquele "Quanto a mim..."? Quer dizer: "Parece, sr. Buddenbrook, que o senhor adquire tal opinião no escritório de seu irmão". Eis o que significa a resposta, seu grande burro!

— Ora... burro... — disse Christian, de cara consternada e inquieta...

— Afinal de contas você não pertence só a você mesmo — prosseguiu o cônsul —, mas apesar disso me seria indiferente se, pessoalmente, você se ridicularizasse ou não... E será que existem coisas com que você *não* se torne ridículo?! — berrou. Estava pálido, e salientavam-se nitidamente as pequenas veias azuis nas fontes estreitas, onde o cabelo recuava em duas entradas. Alçava uma das sobrancelhas claras, e mesmo as pontas do bigode, rijas e esticadas, tinham algo de irado, enquanto, com gestos desdenhosos, atirava as suas palavras sobre o atalho de saibro, sem encarar Christian... — Você se ridiculariza com os seus namoros, as suas palhaçadas, as suas doenças e os remédios que usa contra elas...

— Olhe, Thomas — disse Christian, meneando seriamente a cabeça e levantando o dedo indicador um tanto desajeitadamente. — Quanto a isso, você não pode compreender, sabe?... O caso é... A gente precisa, por assim dizer, manter a consciência em ordem... Não sei se você conhece isto... Grabow me indicou uma pomada para os músculos do pescoço... Bem! Se não a uso, se me esqueço de usá-la, tenho a impressão de estar perdido e desamparado; fico inquieto e desassossegado e medroso e desordenado e não posso engolir. Mas quando a uso sinto que cumpri o meu dever e que estou em ordem; então tenho boa consciência, fico tranquilo e satisfeito, e engulo esplendidamente. Acho que não é a pomada que faz isso, sabe? Mas o caso é que uma ideia dessas só pode ser compensada por outra ideia, por uma contraideia... Não sei se você conhece isso...

— Mas claro! — gritou o cônsul, e durante um momento apertou a cabeça com ambas as mãos. — Faça isso! Use o remédio! Mas não fale a respeito! Deixe de tagarelar sobre isso! Deixe as outras pessoas em paz com as suas delicadezas nojentas! É também com essa loquacidade indecente que você se torna ridículo desde a manhã até a noite! Mas isso eu lhe digo e repito: fica-me indiferente se você, pessoalmente, banca o palhaço; mas proíbo-lhe, ouviu?, *proíbo-lhe* de comprometer a firma daquele modo de ontem à noite!

A isso Christian não respondeu, mas passou lentamente a mão pelo cabelo ruivo, já um tanto escasso. Com uma seriedade inquieta na fisionomia, ausente e lasso, deixou vagar os olhos em torno de si. Sem dúvida estava ainda ocupado com o que acabava de dizer. Fez-se uma pausa. Thomas continuou caminhando, num desespero mudo.

— Todos os comerciantes são caloteiros, você diz? — recomeçou ele. — Muito bem! Você está cansado da sua profissão? Está arrependido de ter se tornado comerciante? Naquela época você obteve a licença do pai...

— Sim, Tom — disse Christian, pensativo —, francamente, eu gostaria mais de estudar! Na universidade, sabe? Deve ser muito bonito... A gente vai quando tem vontade, espontaneamente; acomoda-se e fica ouvindo, como num teatro...

— Como num teatro... Ah, o seu lugar é o *café chantant*, como arlequim! Sem brincadeira! É minha convicção absolutamente séria que isso é o seu ideal clandestino! — afirmou o cônsul, e Christian nada fez para contradizê-lo; olhou o ar com olhos meditativos. — E você atreve-se a proferir uma observação assim; você que não sabe patavina do que quer dizer trabalhar; você que passa a vida recolhendo no teatro, na pândega e nas suas doidices uma porção de sensações e sentimentos e estados que pode observar e cultivar e sobre os quais pode falar de modo desavergonhado...

— Sim, Tom — disse Christian um pouco aflito, passando novamente a mão pelo crânio. — É verdade. Você expressou a coisa direitinho. Eis a diferença entre nós, sabe? Você também tem prazer em ver uma peça teatral, e antigamente, vamos admitir, teve também as suas aventuras amorosas e, durante algum tempo, leu de preferência romances e poemas e coisas assim... Mas soube sempre muito bem harmonizar tudo com o trabalho regular e a seriedade da vida... Essa capacidade me falta; compreende? O resto, aquelas ninharias, gastam-me completamente, sabe? E não me sobra nada para as coisas sérias... Não sei se você me entende...

— Então você vê isso! — gritou Thomas, estacando, enquanto cruzava os braços sobre o peito. — Admite tudo isso, cabisbaixo, e todavia se deixa ficar como está! Será que você é um cachorro, Christian?! Temos o nosso orgulho, não é? Santo Deus! Não se prossegue numa vida que nós mesmos não ousamos defender! Mas você é assim! Eis a sua natureza! Basta-lhe perceber e compreender e descrever uma coisa... Não, Christian, a minha paciência acabou-se! — E o cônsul deu um passo rápido para trás, fazendo com o braço um brusco gesto horizontal. — Acabou-se, digo-lhe! Você tira o seu ordenado, mas nunca vai ao escritório... Não é isso que me irrita. Vá desperdiçar a sua vida como fez até agora! Mas você nos compromete, a nós todos, o dia inteiro! Você é um aborto, um membro enfermo no corpo da nossa família! É supérfluo nesta cidade, e se esta casa fosse minha eu o enxotaria, por ali, por aquela porta! — berrou com um vasto movimento feroz sobre o jardim, o pátio e o largo compartimento da firma. Não se conteve mais. Grande quantidade de raiva, há muito acumulada, explodiu de repente...

— Mas que lhe deu na telha, Thomas? — disse Christian, num acesso de indignação que, nele, fazia efeito bastante singular. Quedava-se naquela atitude peculiar a pessoas de pernas tortas, meio encurvado, em forma de um ponto de interrogação, avançando a cabeça, o ventre e os joelhos; como acontecia ao pai, quando se irava, os olhos redondos e encovados, que procurava arregalar quanto possível, haviam se orlado de halos vermelhos que se estendiam até as maçãs. — Como você fala comigo! — disse ele. — Que lhe fiz eu? Vou por mim mesmo; não precisa enxotar-me! *Arre!* — acrescentou em tom de franca censura, acompanhando essa palavra com um movimento brusco para a frente, como para apanhar uma mosca.

Coisa estranha, Tom não respondeu a isso com mais violência ainda, mas, calado, abaixando a cabeça, reiniciou a caminhada através do jardim. Parecia enchê-lo de satisfação, e até fazer-lhe bem, o fato de ter, finalmente, irritado o irmão... de ter lhe arrancado, pelo menos uma vez, uma réplica enérgica, um protesto.

— Pode acreditar-me, Christian — disse com calma, juntando outra vez as mãos nas costas —, lastimo sinceramente esta discussão, mas era preciso que ela chegasse um dia. Essas cenas, dentro de uma família, são horrorosas, mas era necessário que nos explicássemos... e, meu rapaz, podemos falar sobre as coisas com todo o sossego. Como vejo, você não gosta da sua posição atual. Não é?...

— Não, Tom; dou-lhe razão. Olhe, no princípio eu estava extraordinariamente satisfeito... e tenho aqui uma vida mais agradável do que numa firma estranha. Mas acho que me falta independência... Sempre tinha inveja de você quando o via sentado para trabalhar, pois para você, no fundo, não é trabalho; você não o faz porque deve, mas sim como dono e chefe; e deixa os outros trabalharem para você; calcula e governa, e é livre... Isso é outra coisa...

— Muito bem, Christian. Não podia tê-lo dito antes? Você tem plena liberdade de instalar-se com mais ou menos independência. Sabe que papai, tanto a você quanto a mim, legou como cota-parte provisória da herança a importância de cinquenta mil marcos. Naturalmente que me disponho a pagar-lhe, quando quiser, essa soma para um uso razoável e sólido. Em Hamburgo ou em qualquer outra parte existem firmas seguras, embora restritas, que precisam de um aumento de capital, e onde você poderia entrar como sócio... Ponderemos esse assunto, cada um por si, e quando houver ocasião falemos com mamãe a respeito. Agora tenho de trabalhar, e você me faria um favor se quisesse despachar, por enquanto, a correspondência inglesa...

— Que acha, por exemplo, de H. C. F. Burmeester & Cia., de Hamburgo? — perguntou, ainda no pátio. — Importação e exportação... Conheço o homem. Estou convencido de que o aceitaria...

Essa conversa teve lugar em fins de maio de 1857. Já em princípios de junho, Christian partiu, via Büchen, para Hamburgo... Foi uma perda grave para o clube, o Teatro Municipal, o Tivoli e toda a vida social mais licenciosa da cidade. Todos os "pândegos", entre eles o dr. Giesecke e Peter Döhlmann, compareceram ao bota-fora na estação, trazendo flores e mesmo charutos, e rindo-se às gargalhadas... sem dúvida na recordação de todas as anedotas que Christian lhes contara. No fim, o dr. Giesecke, sob o aplauso geral, fixou no sobretudo de Christian uma grande estrela de papel dourado. Essa condecoração vinha de uma casa nas proximidades do porto, hospedaria onde, à noite, uma lanterna vermelha ardia por cima do portão; lugar de reuniões pouco cerimoniosas onde sempre reinava franca alegria... Foi esse estabelecimento que, na despedida, condecorou Christian Buddenbrook pelos seus extraordinários méritos.

4.

Soou a campainha da porta de guarda-vento, e, segundo o seu novo hábito, a sra. Grünlich apareceu no patamar, a fim de dar uma olhadela para o pátio, por cima da balaustrada pintada de branco. Apenas se abriu a porta, ela, de chofre, inclinou-se ainda mais para a frente. Então, sobressaltada, levou bruscamente o lenço à boca, enquanto agarrava as saias com a outra mão, para subir a escada, correndo e agachada. No patamar do segundo andar encontrou Ida Jungmann, a quem cochichou algumas palavras em voz abafada. Ida, ao mesmo tempo assustada e satisfeita, respondeu qualquer coisa incompreensível em língua polonesa que soava como "*Meiboschekochanne!*".

Ao mesmo tempo, a consulesa Buddenbrook, sentada na sala das Paisagens, tricotava, com duas grandes agulhas de madeira, um xale, cobertor ou coisa parecida. Eram onze horas da manhã.

De repente, a criada atravessou o alpendre; bateu à porta envidraçada e, com andar de pato, aproximou-se da consulesa, para entregar-lhe um cartão de visita. A sra. Elisabeth tomou-o e, depois de ter endireitado os óculos que costumava usar durante os trabalhos manuais, pôs-se a ler. Então voltou a olhar o rosto vermelho da jovem; leu outra vez e olhou-a novamente. Por fim disse amavelmente, mas também com decisão:

— Que quer dizer isto, minha filha? Diga, que significa?

No cartão estava impresso: "X. Noppe & Cia". Mas "X. Noppe", tanto quanto o sinal "&", estava apagado por um forte risco a lápis azul, de modo que só sobrava o "Cia.".

— Ora, senhora consulesa — disse a rapariga —, lá embaixo está um moço, mas ele não fala alemão e parece meio pancada...

— Mande-o subir — disse a consulesa, pois compreendeu que era a "Cia." que desejava entrar. Foi-se a moça. Logo depois abriu novamente a porta envidraçada, deixando passar um vulto rechonchudo que estacou um instante nas sombras do fundo da sala, emitindo um som arrastado que soava como: "Tenho a honra...".

— Bom dia! — disse a consulesa. — O senhor não quer chegar mais perto? — Com essas palavras apoiou levemente a mão sobre o coxim do sofá, levantando-se um pouquinho, pois não sabia ainda se seria indicado levantar-se completamente...

— Tomo a liberdade... — respondeu o cavalheiro numa acentuação prolongada que trauteava jovialmente. A isso, com uma polida mesura, deu dois passos para a frente. Depois, estacou outra vez e olhou em redor de si, à procura de qualquer coisa: seja um assento ou um lugar onde deixar o chapéu e a bengala; pois carregava consigo essas duas coisas. A bengala tinha um castão curvo de chifre que media pelo menos um pé e meio de comprimento.

Era um quarentão. Corpulento e de membros curtos, usava casaco de caçador, pardo e vastamente aberto, e colete claro, floreado, que numa convexidade branda lhe cobria o ventre, e onde uma corrente de relógio dourada ostentava, como um verdadeiro ramalhete, toda uma coleção de berloques de chifre, osso, prata e coral. As calças, de cor imprecisa, entre verde e cinza, eram curtas demais e pareciam ser fabricadas com uma fazenda extremamente rija, de modo que as bainhas, sem friso, cercavam num círculo os canos das botinas curtas e largas... O bigode muito loiro e escasso pendia em forma de franja sobre a boca e dava a aparência de foca à cabeça esférica com o nariz robusto e o cabelo mal penteado e bastante raro. Em contraste com o bigode, ouriçava-se, dura como cerda, a "mosca" que o estranho cavalheiro exibia entre o queixo e o lábio inferior. As bochechas eram extraordinariamente gordas, carnudas e tufadas; pareciam içadas até os olhos que elas comprimiam até formarem duas frestas azul-claras, muito estreitas, criando-lhes ruguinhas nos cantos. Tudo isso dava ao rosto, inchado deste modo, uma expressão misturada de ferocidade e de bonacheirice leal, desajeitada e comovente. Por baixo do queixo pequeno descia uma linha oblíqua até a gravata fina e branca: a linha de um pescoço papudo que não teria suportado colarinho alto. A parte inferior da cara e o pescoço, o occipício e a nuca, as faces e o nariz, tudo se confundia numa massa túmida e falha de forma... Tesamente esticada por todas essas intumescências, a pele do rosto mostrava em algumas partes, por exemplo nos lóbulos e aos lados do nariz, uma vermelhidão gretada... Numa das mãos brancas, curtas e gordas, o cavalheiro segurava a bengala e na outra um chapeuzinho tirolês verde, enfeitado com uma barba de cabrito montês.

A consulesa tirara os óculos. Continuava a apoiar-se sobre o coxim do sofá, em atitude meio levantada.

— Em que posso servi-lo? — perguntou, cortês, mas decididamente.

Nesse momento, o cavalheiro, com um gesto resoluto, pôs o chapéu e a bengala sobre a tampa do harmônio. Satisfeito, esfregou as mãos desembaraçadas e, olhando candidamente a consulesa com os olhinhos túmidos e claros, disse:

— A senhora me perdoe aquele cartãozinho; não tive outro ao meu alcance. Meu nome é Permaneder; Alois Permaneder, de Munique. A senhora talvez já tenha ouvido meu nome pela senhora sua filha...

Proferiu tudo isso em voz alta, com uma acentuação bastante rude, no seu dialeto vigoroso, cheio de contrações inopinadas, acompanhando as palavras por um piscar de olhinhos semicerrados que expressava intimidade e parecia dizer: "A gente se entende, não é?".

A consulesa já se erguera totalmente. De cabeça inclinada para o lado, foi até ele, estendendo-lhe as mãos...

— Sr. Permaneder! É o senhor? Claro que minha filha nos falou do senhor. Sei o quanto o senhor contribuiu para fazer-lhe agradável e divertida a estada em Munique... E o senhor veio parar aqui na nossa cidade?

— Está de queixo caído, hein? — disse o sr. Permaneder acomodando-se, junto à consulesa, numa poltrona por ela apontada com um gesto elegante. E a essas palavras começou confortavelmente a esfregar com ambas as mãos as coxas curtas e redondas.

— Que dizia o senhor? — perguntou a consulesa, que não entendera nem uma palavra...

— Está banzada, hein? — respondeu Permaneder, deixando de esfregar os joelhos.

— Que gentil! — disse a consulesa absolutamente sem compreendê-lo; recostou-se ao espaldar, mãos no colo, numa satisfação fingida. Mas o sr. Permaneder reparou nisso; inclinando-se para a frente, descreveu no ar — Deus sabe por quê — alguns círculos com a mão e disse com muito esforço:

— A senhora está surpreendida, não é?

— Pois sim, meu caro sr. Permaneder; é verdade que estou — respondeu a consulesa com alívio. Depois disso fez-se uma pausa. Para enchê-la, o sr. Permaneder emitiu uma espécie de grunhido:

— É uma cruz! Essa vida...

— Hum... que dizia o senhor? — perguntou a consulesa, desviando um pouco os olhos claros.

— Uma cruz! — respondeu o sr. Permaneder em voz extremamente alta e rude.

— Que gentil! — procurou a consulesa aplacá-lo, e deste modo liquidou-se também esse tema. — Pode-se perguntar — prosseguiu ela — o que, de tão longe, o conduziu para cá, meu amigo? De Munique é uma viagem considerável...

— Um negociozinho — disse o sr. Permaneder, fazendo a mão curta girar no ar —, um negociozinho pequenino, minha senhora, com a cervejaria do Pisão!

— Ah, sim; é negociante de lúpulo, meu caro sr. Permaneder, Noppe & Cia., não é? Asseguro-lhe que já ouvi de meu filho, o cônsul, muita coisa favorável a respeito de sua firma — disse a consulesa polidamente.

Mas o sr. Permaneder protestou:

— Está bem! Não vale a pena falar disso! Ah, não; o essencial é que tive sempre o desejo de apresentar os meus cumprimentos à senhora e de voltar a ver a sra. Grünlich! Isto basta para não ter medo da viagem!

— Muito agradecida — disse a consulesa cordialmente, estendendo-lhe outra vez a mão, cuja palma virou totalmente para cima.

— Mas agora temos de avisar minha filha! — acrescentou, levantando-se. Foi para o puxador bordado da campainha que pendia ao lado da porta envidraçada.

— Pois é; caramba, que alegrão para mim! — gritou o sr. Permaneder, e, com toda a poltrona, virou-se para a porta.

A consulesa deu ordem à empregada:

— Peça a Madame Grünlich que desça, minha querida.

Depois voltou para o sofá, e o sr. Permaneder virou outra vez a cadeira.

— Que alegrão para mim... — repetiu ele, completamente ausente, contemplando as tapeçarias, os móveis e o grande tinteiro de porcelana de Sèvres que havia na escrivaninha. Feito isso, disse várias vezes: "É uma cruz!... Uma verdadeira cruz!". Ao que esfregou os joelhos e, sem motivo perceptível, suspirou amargamente. Tudo isso encheu mais ou menos o tempo até a sra. Grünlich aparecer.

Visivelmente, ela se preparara um pouco. Vestira um casaquinho mais claro e arranjara o penteado. O seu rosto era mais fresco e mais bonito do que nunca. Numa expressão de manha, a ponta da língua brincava num dos cantos da boca...

Mal ela entrara na sala, o sr. Permaneder levantou-se de um pulo e, com enorme entusiasmo, foi-lhe ao encontro. Vibrava por todo o corpo. Apanhou-lhe ambas as mãos, apertou-as e gritou:

— Olhem só, a sra. Grünlich! Deus a salve! Como passou o tempo todo, diga? Que anda fazendo, aqui ao norte? Por minha vida, esse alegrão me faz maluco! A senhora se lembra ainda da nossa cidade de Munique e das montanhas? Cáspite, como isso foi divertido, não é? Sacramento! E agora a gente se vê outra vez! Quem teria imaginado?...

Tony, por sua vez, cumprimentou-o com grande vivacidade. Puxando para si uma cadeira, começou a falar das semanas que passara em Munique... A partir daí a conversa fluía sem obstáculos, e a consulesa acompanhou-a, fazendo acenos indulgentes e animadores para o sr. Permaneder. De vez em quando ela traduzia para o vernáculo uma ou outra das locuções do cavalheiro, para depois reclinar-se no sofá, contente por tê-lo compreendido.

O sr. Permaneder teve de explicar também à sra. Antonie o motivo da sua viagem, mas era evidente que fazia pouco caso daquele negociozinho com a cervejaria; segundo as aparências, não tinha assuntos importantes a tratar na cidade. Informou-se, porém, com interesse acerca da segunda filha e dos filhos da consulesa, e lastimou muito a ausência de Klara e Christian, porque "sempre desejara conhecer a família inteira"...

Deu indicações muito pouco determinadas sobre a duração da sua estada na cidade. Mas quando a consulesa observou: "Espero a qualquer instante a chegada de meu filho para o almoço; o sr. Permaneder nos daria o prazer de comer conosco?", aceitou o convite, ainda antes de ele ser pronunciado, com a prontidão de quem o aguardara.

Chegou o cônsul. Encontrara a copa vazia, e apareceu com o casaco de escritório, apressado, um tanto cansado e sobrecarregado, com a única intenção de chamar a família para uma refeição rápida... Mas avistou a aparência estranha do hóspede com os imensos berloques e o casaco de caçador, assim como a barba de cabrito montês, por cima do harmônio, e logo ergueu a cabeça com atenção. E, mal lhe disseram o nome que ouvira amiúde da boca de Antonie, lançou um olhar rápido à irmã e cumprimentou o sr. Permaneder com a mais sedutora amabilidade... Não se sentou, porque desceram imediatamente para o entressolho, onde Ida Jungmann pusera a mesa. Sussurrava o novo samovar — um autêntico samovar, presente do pastor Tiburtius e da esposa.

— Vocês têm boa vida! — disse o sr. Permaneder, ao acomodar-se, passando o olhar sobre a quantidade de frios que se exibia na mesa... De quando em quando, pelo menos no plural, servia-se, com a maior naturalidade possível, do tratamento familiar.

— Não é precisamente chope de Munique, sr. Permaneder, mas pelo menos é mais tragável do que a nossa cerveja nacional. — E o cônsul encheu-lhe o copo com o pórter pardo e espumante que ele mesmo costumava tomar a essa hora.

— Obrigadinho, vizinho! — disse o sr. Permaneder, mastigando e nada percebendo do olhar espantado que Ida Jungmann lhe lançou. Serviu-se, porém, do pórter com tanta reserva que a consulesa mandou subir uma garrafa de vinho tinto. Depois disso, o sr. Permaneder tornou-se muito mais animado e recomeçou a conversar com a sra. Grünlich. Por causa da barriga, mantinha-se bastante afastado da mesa, com as pernas muito distantes uma da outra, e, quase sempre, um dos braços curtos com as mãos gorduchas e brancas pendia verticalmente ao lado do espaldar. A cabeça grossa, de bigode de foca, ficava um pouco inclinada, numa expressão de conforto e rabugice divertida. Com um piscar ingênuo dos olhos em fenda, escutou a conversa de Tony.

Como ele não conhecesse fritada de peixe, Tony trinchou-a com movimentos graciosos, não poupando esta ou aquela observação acerca da vida em geral...

— Ah, meu Deus, sr. Permaneder, é lástima que nesta vida as coisas belas e boas passem tão depressa! — disse ela com respeito à sua estada em Munique. Durante um momento largou a faca e o garfo, olhando seriamente o teto. De quando em quando fazia experiências, tão engraçadas quanto carentes de talento, para exprimir-se em dialeto bávaro...

Durante a refeição, alguém bateu à porta. O aprendiz do escritório entregou um telegrama. O cônsul leu-o, deixando lentamente deslizar pelos dedos a ponta comprida do bigode. Embora visivelmente absorto pelo conteúdo do despacho, perguntou despreocupadamente:

— E como vão os negócios, sr. Permaneder? Está bem — disse logo em seguida ao aprendiz, e o rapaz sumiu-se.

— Ora, vizinho! — respondeu Pemaneder, enquanto, com o desajeitamento de quem tem o pescoço grosso e rijo, se virava para o cônsul; com isso, deixou o outro braço pender pelo espaldar. — Nem se fala; é uma luta! Olhe, Munique... — sempre pronunciava o nome da cidade de um jeito que apenas deixava adivinhar o que queria dizer — Munique não é cidade comercial... Ali só querem sossego e uma caneca de cerveja... E ninguém lê um telegrama durante a refeição; ninguém, digo-lhe eu! Aqui o pessoal tem outra energia; caramba, se tem! Muito obrigado, aceito mais um copinho... É uma cruz! O meu sócio, o Noppe, sempre quis estabelecer-se em Nuremberg, porque ali existe uma Bolsa e a gente tem mais iniciativa... mas eu não abandono a minha... Nunca na vida! É uma verdadeira cruz! Olhe, essa maldita concorrência que a gente tem é um caso sério... E a exportação só dá para rir... Até na Rússia vão começar a plantar lúpulo...

Mas de repente, com um olhar extremamente rápido para o cônsul, disse:

— Aliás... não me quero queixar, vizinho! É um bom negócio o meu! Ganhamos dinheiro com a Cervejaria S. A., aquela, sabe?, onde Niederpaur é gerente. Foi uma firma sem importância, mas nós lhe abrimos um crédito e emprestamos algum dinheiro... a quatro por cento com hipoteca... para que possam aumentar o edifício... E agora eles fazem grandes negócios, e nós temos maior movimento, e a renda subiu. Não é pouca coisa! — terminou o sr. Permaneder. Agradecendo, recusou charutos e cigarros, para, com a devida licença, tirar do bolso um cachimbo de fornilho comprido, de chifre. Envolto pela fumaça, entrou numa conversa comercial com o cônsul, a qual, depois, passou para o domínio político, tratando das relações da Baviera com a Prússia, do rei Max e do imperador Napoleão. De vez em quando, o sr. Permaneder temperava-a de locuções totalmente incompreensíveis, enchendo as pausas, sem coerência, com suspiros, como por exemplo: "É um buraco..." ou "Que histórias são essas?...".

Ida Jungmann, de tão pasma, esquecia-se constantemente de mastigar, mesmo quando estava com um pedaço de comida na boca. Estupefata, olhava o hóspede com os brilhantes olhos castanhos, enquanto, segundo o seu costume, mantinha faca e garfo verticalmente, movimentando-os levemente. Jamais, nessa sala, se haviam ouvido tais sons; jamais a enchera tal fumo de cachimbo; era-lhe alheio esse desembaraço na conduta, ao mesmo tempo confortável e divertidamente rabugento... A consulesa pediu, com certa preocupação, informes a respeito das tentações a que devia ser exposta uma pequena comunidade de protestantes no meio dos papistas. Feito isso, persistiu numa amável falta de compreensão. Parecia que Tony, no decorrer da refeição, se tornara um pouco pensativa e inquieta. O cônsul, porém, divertia-se imenso, de modo que até induziu a mãe a fazer subir outra garrafa de vinho tinto. Convidou o sr. Permaneder, com insistência, para uma visita à Breite Strasse, alegando que a esposa folgaria muito...

Três horas depois da chegada, o negociante de lúpulo começou a preparar a despedida. Bateu o cachimbo, esvaziou o copo e levantou-se, declarando que qualquer coisa era uma "cruz".

— Tenho a honra, minha senhora... Deus a salve, sra. Grünlich... Adeusinho seu Buddenbrook... — A esse tratamento, Ida empalideceu, estremecendo. — Adeusinho, senhorita!

A consulesa e o filho trocaram um olhar... O sr. Permaneder manifestara a intenção de voltar para o modesto albergue à margem do Trave, onde se hospedara.

— Aquela família de Munique, a amiguinha da minha filha e o marido dela — disse a consulesa —, estão longe, e não acho que, tão breve, teremos ocasião de retribuir-lhes a sua hospitalidade. Mas se o meu caro senhor nos quer dar o prazer de contentar-se com a nossa casa durante a sua estada na cidade... Seria muito bem-vindo aqui!

Estendeu-lhe a mão, e eis que o sr. Permaneder, sem cerimônia, com a mesma rapidez e prontidão do almoço, aceitou também esse convite. Beijou as mãos das duas senhoras, gesto que nele fazia um efeito bastante estranho; foi à sala das Paisagens, para buscar o chapéu e a bengala; prometeu mais uma vez que, imediatamente, mandaria buscar a mala, e que, às quatro horas, liquidados os negócios, estaria de volta. O cônsul acompanhou-o escada abaixo. Na porta de guarda-vento, o sr. Permaneder virou-se mais uma vez, para dizer, após um menear de cabeça que expressava tácito entusiasmo:

— Não me leve a mal, vizinho, mas a senhora sua irmã, que sujeita simpática. Adeusinho... — E saiu, continuando a menear a cabeça.

O cônsul sentiu a máxima necessidade de subir outra vez, para ir ter com as senhoras. Ida Jungmann já corria através da casa com lençóis no braço, a fim de arrumar um quarto ao lado do corredor.

A consulesa, ainda sentada à mesa, fixava com os olhos claros uma mancha no teto da sala. Os dedos alvos tamborilavam suavemente sobre a toalha. Tony acomodara-se junto à janela. De braços cruzados, olhava para a frente com uma fisionomia digna e mesmo severa, sem desviar o olhar à esquerda ou à direita. Reinava absoluto silêncio.

— Então? — perguntou Thomas, estacando na porta e tirando um cigarro da caixinha com a *troika*... Os seus ombros subiam e desciam num riso abafado.

— Um homem agradável — disse a consulesa, inocentemente.

— É a minha opinião! — E o cônsul voltou-se rápido para Tony, com um gesto humorístico e sumamente galanteador, como para, com reverência, pedir-lhe a opinião. Ela ficou calada, olhando para a frente com severidade.

— Mas, Tom, acho que ele devia deixar de blasfemar — prosseguiu a consulesa, um tanto aflita. — Se o entendi bem, falou da cruz e do sacramento de um modo...

— Oh, mamãe, não faz mal; não quer dizer nada de ruim com isso...

— Não seria ele demasiado displicente nas maneiras? Que acha, Tom?

— Ora, meu Deus! É assim que são os alemães do sul! — disse o cônsul, soprando lentamente a fumaça através da sala. Sorrindo para a mãe, lançou um olhar disfarçado para Tony. A consulesa, absolutamente, não deu por isso.

— Você virá com Gerda jantar conosco, Tom? Faça-me o favor.

— Claro, mamãe; com o maior prazer! Francamente, prometo-me grande divertimento com essa nossa visita. Não acha? Afinal, é outra coisa do que os seus pastores...

— Cada um da sua maneira, Tom.

— Pois não! Eu me vou, então... A propósito! — disse ele, com a mão na maçaneta. — Não há dúvida de que você fez grande impressão, Tony! Não, seriamente! Sabe como ele acaba de chamá-la? "Uma sujeita simpática..." foram as suas palavras...

Nessa altura, a sra. Grünlich virou-se para dizer em voz elevada:

— Muito bem, Tom... você está me contando isso, e provavelmente ele não lhe proibiu; todavia não sei se é conveniente que me relate essa coisa. Mas o que sei e o que queria dizer é que nessa vida não importa como alguém pronuncia e se expressa, mas sim como pensa e sente no coração, e se você zomba da maneira de falar do sr. Permaneder... se acaso o acha ridículo...

— A quem? Mas, Tony, nem penso nisso! Por que se irrita?

— *Assez!* — disse a consulesa, lançando ao filho um olhar sério e súplice que dizia: "Seja indulgente com ela!".

— Não fique zangada, Tony! — disse ele. — Não a quis ofender. Bem, agora vou providenciar para que um dos homens do depósito traga a mala para cá... Até logo!

5.

O sr. Permaneder instalou-se na Mengstrasse. No dia seguinte almoçou com Thomas e Gerda Buddenbrook, e no terceiro, quinta-feira, travou conhecimento com Justus Kröger e esposa, com as sras. Buddenbrook da Breite Strasse, que o acharam terrivelmente cômico — diziam "terrivelmente" —, e com Sesemi Weichbrodt, que o tratou com certa aspereza; encontrou também a pobre Klothilde e a pequena Erika, a quem presenteou com um saquinho de balas que chamava de "rebuçados"...
Era de bom humor inabalável. Os seus suspiros rabugentos, que pareciam ter origem numa satisfação abundante, nada significavam. Fumava o seu cachimbo; falava a sua linguagem esquisita, e ainda muito tempo depois das refeições não se cansava de ficar sentado no seu lugar, em atitude confortável, fumando, bebendo e conversando. Embora acrescentasse um matiz novo e estranho à vida tranquila da velha casa, embora toda a sua natureza representasse algo de contrário ao estilo dessas salas, não perturbava nenhum dos hábitos que aí reinavam. Assistia fielmente aos serviços religiosos, matutinos e noturnos. Pediu licença para apreciar uma vez a escola dominical da consulesa, e apareceu até, por um momento, na sala, durante uma Noite de Jerusalém, para fazer-se apresentar às damas. É verdade que se retirou consternado quando Lea Gerhardt começou a ler.
Tornou-se logo figura conhecida na cidade. Nas casas das grandes famílias falava-se com curiosidade do hóspede bávaro dos Buddenbrook. Mas ele não mantinha relações, nem com a Bolsa nem com as famílias; e, como a estação fosse avançada e a sociedade, na maioria, estivesse a ponto de partir para a praia, o cônsul deixou de introduzir

o sr. Permaneder nos círculos sociais da cidade. Ele próprio se dedicava viva e fervorosamente ao hóspede. Apesar de todos os seus deveres comerciais e públicos, achou tempo para guiá-lo pela cidade, mostrando-lhe todas as notabilidades medievais, igrejas, portões, chafarizes, o mercado, a Prefeitura e a Associação dos Navegantes; proporcionou-lhe divertimento e, na Bolsa, apresentou-o pelo menos aos amigos mais íntimos... Quando a consulesa, aproveitando-se de certa ocasião, lhe agradeceu os sacrifícios que fazia, observou secamente:

— Ora, mamãe, a gente faz o que pode...

A mãe não lhe deu resposta alguma. Sequer sorriu; sem mover as pálpebras, desviou silenciosa os olhos claros. Depois mudou de assunto...

Para com o sr. Permaneder, ela era de uma amabilidade constante e cordial; o mesmo não se podia dizer, sem restrições, da sua filha. O negociante de lúpulo já assistira a duas reuniões da família... Já no terceiro ou quarto dia após a sua chegada, é verdade, comunicara ocasionalmente que o negócio com a cervejaria da praça estava fechado; no entanto, havia decorrido, desde aquele dia, uma semana e meia. E sempre nas quintas-feiras, quando o sr. Permaneder falava ou se mexia, a sra. Grünlich lançava olhares rápidos e acanhados sobre o círculo da família, sobre tio Justus, as primas Buddenbrook ou Thomas; corava, mantinha-se imóvel e taciturna durante alguns minutos, ou até saía da sala...

Os cortinados verdes do quarto da sra. Grünlich no segundo andar moviam-se suavemente ao sopro morno duma clara noite de julho, pois ambas as janelas estavam abertas. No criado-mudo, ao lado da cama de dossel, havia um copo de água com uma camada de óleo que nadava em cima; ali ardiam alguns pequenos pavios que davam uma luz calma, inalterada e fraca no grande quarto guarnecido de poltronas retilíneas, cujas almofadas, para resguardo, estavam cobertas de linho cinzento. Tony descansava na cama. A bonita cabeça abandonara-se ao travesseiro macio, orlado de largas bordas de renda, e as mãos postas repousavam sobre a colcha. Mas os olhos, demasiado pensativos para se fecharem, seguiam lentamente os movimentos de um grande inseto de corpo alongado que, constantemente, com milhões de silenciosas batidas das asas girava em torno do copo iluminado... Junto à cama, na parede, por entre duas gravuras com vistas da cidade medieval, achava-se emoldurada a sentença: "Confia em Deus"... Mas isso traz consolo quando, à meia-noite, estamos deitados, com os olhos abertos, para decidirmos, sozinhos e desamparados, sobre a nossa vida e sobre mais ainda, se tudo depende do nosso "Sim" ou "Não"?

Reinava grande silêncio. Ouvia-se apenas o tique-taque do relógio da parede, e às vezes do quarto vizinho, separado do de Tony por uma simples cortina, ressoava o pigarro de Ida Jungmann. Ali, a luz ainda se achava acesa. A dedicada prussiana estava sentada, ereta, à mesa desdobrável, por baixo do lustre, cerzindo meias da pequena Erika, cuja respiração profunda e tranquila também se percebia; as discípulas de Sesemi Weichbrodt encontravam-se em gozo de férias de verão, e por isso a criança estava na Mengstrasse.

Com um suspiro, a sra. Grünlich ergueu-se um pouquinho, apoiando a cabeça sobre a mão.

— Ida — perguntou ela em voz abafada —, você ainda está cerzindo?

— Estou sim, Toninha, minha filha — ouviu dizer a voz de Ida. — Durma agora! Amanhã você tem de se levantar cedo e não terá dormido bastante...

— Não se preocupe, Ida... Então, vai despertar-me amanhã às seis?

— Seis e meia chega, minha filha. A carruagem está pedida para as oito. E agora continue dormindo, para ficar bem-disposta...

— Ah, ainda não dormi nem um pouquinho!

— Ora, ora, Toninha! Não faça assim. Quer aparecer cansada em Schwartau, no piquenique? Vá beber sete goles de água, deite-se sobre o lado direito e conte até mil...

— Oh, Ida, venha aqui um minuto! Não posso dormir, sabe? Tenho tanta coisa para pensar, que me dói a cabeça... Olhe, acho que estou com febre; seria o estômago, outra vez? Ou pode ser que seja anemia, pois as veias nas fontes estão intumescidas e palpitam; doem até, porque estão muito cheias, o que não exclui que, apesar disso, haja falta de sangue na cabeça...

Movimentou-se uma cadeira, e o vulto ossudo e vigoroso de Ida Jungmann, num vestido pardo, simples e fora de moda, apareceu por entre as cortinas.

— Ora, ora, Toninha! Febre? Deixe ver, minha filha... Vamos fazer uma compressazinha...

E a passos enérgicos, compridos e um tanto masculinos foi à cômoda procurar um lenço, que molhou na bacia. Voltando para a cama, deitou-o suavemente sobre a testa de Tony e o alisou com ambas as mãos.

— Obrigada, Ida. Que bom, isso... Escute, sente-se um pouquinho, minha velha e boa Ida, aqui na beira da cama... Olhe, a toda hora penso no dia de amanhã... Meu Deus, que vou fazer? Tudo me gira na cabeça.

Ida sentara-se. Apanhara novamente a agulha e a meia esticada sobre a bola de cerzir. Inclinando o rosto liso e grisalho, acompanhava os pontos com os olhos castanhos, brilhantes e incansáveis. Finalmente disse:

— Acha que ele se declarará amanhã?

— Com certeza, Ida! Não há dúvida. Não deixará passar esta ocasião. Com Klara foi a mesma coisa. Também numa excursão assim... Olhe, eu poderia evitá-lo. Poderia ficar com os outros, e não deixar aproximar-se... Mas então tudo estaria terminado! Ele partirá depois de amanhã. Avisou-me. E é de fato impossível que fique, se a coisa não se realizar amanhã... *Deve* decidir-se amanhã... Mas, Ida, que direi quando ele me perguntar?! Você nunca se casou e, por isso, no fundo, não conhece a vida, mas é uma criatura honesta, é inteligente e tem quarenta e dois anos. Não me pode dar um conselho? Preciso tanto...

Ida Jungmann pousou a meia no colo

— Pois é, Toninha, eu também já cismei muito a respeito. Mas, na minha opinião, já é tarde para dar conselhos. Não é, minha filha? Ele já não pode partir sem ter falado com você e com a sua mãe. E, se não quer aceitá-lo, há muito que deveria tê-lo mandado embora...

— Tem razão, Ida. Mas não podia fazê-lo, pois, afinal de contas, tem de ser! Somente não posso deixar de pensar: agora ainda é possível parar; ainda não é tarde! E assim fico deitada aqui e quebro a cabeça...

— Você gosta dele, Toninha? Fale com sinceridade!

— Sim, Ida. Mentiria se quisesse negá-lo. Não é belo, mas, nesta vida, isso não tem importância; contudo, é um homem profundamente bom e incapaz de maldades; pode acreditar. Quando me lembro de Grünlich... Santo Deus! Ele dizia a toda hora que era ativo e esperto, disfarçando perfidamente o seu caráter de *filou*... Olhe, Permaneder não é assim. É, por assim dizer, comodista demais para tanto e tem concepção demasiado sossegada da vida. Pelo outro lado, isso é também um defeito, pois, com certeza, não chegará a ser milionário. Acho que se inclina um pouco para o desmazelo e deixa correr o marfim, como dizem na terra dele... Pois ali todos são assim, e é isso que eu queria dizer, Ida; eis o caso. Lá em Munique, onde ele estava entre os seus iguais, entre pessoas que falavam e eram como ele, amava-o de fato, porque o achava simpático, lhano e cômodo. E senti logo que esse sentimento era mútuo... Talvez contribuísse para isso o fato de ele me tomar por uma mulher rica, e por mais rica, receio, do que sou, pois mamãe não me pode dar muito de dote, como sabe... Mas estou convencida de que ele não ligará muito para isso. Tanto dinheiro nem entra nas suas ambições... Basta... Que queria dizer, Ida?

— Em Munique é assim, Toninha. Mas aqui?...

— Mas aqui, Ida! Você já vê o que quero dizer. Aqui, onde ele está completamente afastado do seu ambiente peculiar, onde todo mundo é diferente, mais rigoroso, mais ambicioso e mais digno, por assim dizer... aqui, de vez em quando, envergonho-me dele; pois sim, confesso francamente, Ida; sou uma mulher sincera: envergonho-me dele, embora isso seja maldade minha! Olhe... várias vezes lhe aconteceu simplesmente, conversando, dizer "eu vi ele" em lugar de "eu o vi". Assim falam na Baviera, Ida; isso acontece, sucede até a pessoas muito cultas, quando estão bem-humoradas. E não dói a ninguém e não pagam multa por isso; deixam passar, e ninguém se admira. Mas aqui mamãe o olha de lado, e Thomas franze a testa, e tio Justus empertiga-se e quase espirra, como os Kröger fazem quando riem, e Pfiffi Buddenbrook lança um olhar para a mãe ou para Friederike ou Henriette; e então sinto tanta vergonha que gostaria de sair da sala correndo, e não me posso figurar que eu seria capaz de casar-me com ele...

— Qual nada, Toninha! Será em Munique que você deverá viver com ele.

— Tem razão, Ida. Mas agora virá o contrato de casamento, e este será festejado aqui. Imagine como deverei envergonhar-me todo o tempo diante da família, diante dos Kistenmaker, dos Möllendorpf e de todos os outros, só porque ele é tão pouco distinto... Ah, sim, o Grünlich era mais distinto, apesar de ser preto por dentro, como o sr. Stengel dizia sempre... Ida, tudo me gira na cabeça; molhe a compressa, por favor.

— Afinal de contas, tem de ser — disse ela mais uma vez, recebendo com um suspiro de alívio o lenço frio —, pois o essencial não deixa de ser que eu constitua um lar novamente, em vez de vegetar aqui como mulher divorciada... Ah, Ida, durante esses últimos dias, penso tanto naquele tempo em que o Grünlich apareceu, e naquelas cenas que me fez — foi escandaloso, Ida! —, depois, Travemünde, os Schwarzkopf... — disse devagar, e, sonhadora, pousou os olhos um instante sobre o remendo da meia de Erika — e então o contrato do casamento e Eimsbüttel, e a nossa casa... Ela era distinta, sabe? Quando me lembro dos meus chambres... Com Permaneder não viverei em tal estilo. Mas a vida nos faz cada vez mais modestos, não é?... E depois o dr. Klaassen, e a criança... e o banqueiro Kesselmeyer... e o afinal... foi horroroso; você não pode imaginá-lo, e quando a gente passou por tais provas... Mas Permaneder não se meterá em negócios sujos; seria a última coisa de que o julgo capaz. Comercialmente podemos ter toda a confiança nele, pois creio realmente que ele e Noppe ganham bastante dinheiro com a cervejaria do Niederpaur. E logo que for sua mulher — vai ver, Ida! — vou me encarregar de que ele se torne mais ambicioso, e que a gente progrida; então ele terá de esforçar-se para fazer honra a nós todos, pois afinal é essa obrigação que toma a si, casando-se com uma Buddenbrook!

Juntando as mãos por baixo da cabeça, dirigiu o olhar para o teto.

— Pois é, passaram-se uns dez anos redondos, desde que aceitei a proposta de Grünlich... Dez anos! E agora estou outra vez na mesma situação, e devo dar o meu consentimento a alguém. Sabe, Ida? A vida é terrivelmente séria!... Mas a diferença é que, naquela vez, fizeram grande caso e todo mundo me apertava e me vexava. E agora ficam todos quietinhos, e consideram inevitável que eu diga "sim". Pois você tem de saber, Ida: esse casamento com Alois (já digo Alois, pois, afinal de contas, tem de ser), esse casamento não tem nada de festivo e alegre, e no fundo não se trata da minha felicidade. Contratando o segundo matrimônio corrijo apenas, com todo o sossego e naturalidade, o primeiro, pois é esse o meu dever para com o nosso nome. Assim pensa mamãe, e assim pensa Tom...

— Tolices! Toninha... se você não gostar dele, e se ele não a fizer feliz...

— Ida, conheço a vida e não sou mais uma tolinha e tenho olhos na minha cabeça. Mamãe... pode ser que ela não insista diretamente, pois passa por cima de coisas dúbias dizendo "*Assez*". Mas Tom o quer firmemente. Não me ensine a conhecer Tom! Sabe como Tom pensa? Pensa: "Qualquer um! Qualquer um que não seja absolutamente indigno". Pois desta vez não se trata de conseguir um partido brilhante, mas simplesmente de emendar mais ou menos a vergonha de outrora com outro casamento. É assim que ele pensa. E desde que Permaneder chegou, Tom, às caladas, pediu informações sobre ele, e como estas soassem bastante favoráveis e seguras, o caso, para ele, estava resolvido... Tom é político e sabe o que quer. Quem enxotou Christian?... Embora isto seja uma palavra dura, Ida, foi assim. E por quê? Porque comprometia a firma e a família, e eis o que eu também faço, segundo a opinião dele; não por ações e palavras, mas pela minha simples existência de mulher divorciada. É isto que ele quer que acabe, e tem razão. Deus sabe que não lhe quero menos bem por isso; e espero que seja recíproco. Afinal de contas, durante todos esses anos sempre almejei recomeçar a viver, pois aborreço-me com mamãe. Deus me castigue se for pecado. Mas tenho apenas trinta anos, e sinto-me tão moça! O destino distribui essas coisas de modo diferente, Ida; você já tinha cabelos grisalhos aos trinta; a sua família é assim, e aquele seu tio que morreu de soluço...

Durante essa noite fez ainda muitas observações. De vez em quando, repetia: "Afinal de contas, tem de ser...". Por fim dormiu suave e profundamente durante cinco horas.

6.

Uma forte cerração pairava sobre a cidade. Todavia o sr. Longuet, dono das carruagens de aluguel na Johannisstrasse, que, às oito horas, pessoalmente apareceu com um *char-à-bancs* coberto, mas aberto dos lados, tranquilizou: "Daqui a meia hora sairá o sol". E assim podiam ficar sossegados.

A consulesa, Antonie, o sr. Permaneder, Erika e Ida Jungmann juntos tinham tomado o café da manhã, e reuniram-se agora, um após outro, no vasto pátio para esperar a chegada de Gerda e Tom. A sra. Grünlich, em vestido bege com uma gravata de cetim por baixo do queixo, tinha, apesar do sono reduzido, aparência excelente. Pareciam terminadas as hesitações e dúvidas, pois a fisionomia era calma, segura e quase solene, quando, conversando com o hóspede, abotoava as luvas elegantes... Reencontrara aquela disposição que conhecia perfeitamente dos tempos antigos. Tinha o sentimento da própria importância e da significação da decisão que tomaria; estava consciente de que, outra vez, chegara um dia que a obrigava a influir com uma resolução grave nos destinos da família; e tudo isso lhe enchia o coração e o fazia palpitar mais depressa. De noite, no sonho, ela vira nos documentos familiares o lugar onde tencionava anotar o fato do segundo noivado... fato que apagaria aquela mancha negra contida nessas folhas. E agora empolgava-a a expectativa do momento em que Thomas apareceria, para saudá-la com um aceno sério...

O consul e a esposa chegaram um pouco atrasados, pois a jovem consulesa Buddenbrook não estava habituada a terminar a toalete muito cedo. Thomas tinha aspecto são e alegre, no seu casaco marrom-claro, axadrezado, cujas lapelas deixavam ver a borda do colete de verão. Os seus olhos sorriam ao observar a fisionomia inimitavelmente digna de Tony. Mas Gerda, cuja beleza um tanto mórbida e misteriosa formava estranho contraste com a saúde bonita da cunhada, absolutamente não estava com humor dominical e excursionista. Via-se que não dormira bastante. O lilás vivo, cor principal do vestido que harmonizava singularmente com o ruivo-escuro do basto cabelo, deixava-lhe aparecer mais alva, mais pálida ainda a tez. Nos cantos dos olhos castanhos, pouco distantes entre si, estendiam-se sombras azuladas, mais profundas e mais acentuadas do que habitualmente... Num gesto frio ofereceu à sogra a testa para beijar; ao sr. Permaneder estendeu a mão com expressão bastante irônica, e quando a sra. Grünlich, espantada pela sua aparência, gritou: "Gerda, meu Deus, você está linda hoje!...", respondeu apenas por um sorriso reservado.

Gerda tinha profunda antipatia contra essa espécie de empresa: principalmente no verão, e ainda mais num domingo. As cortinas da sua casa ficavam quase sempre cerradas; as peças permaneciam numa luz de crepúsculo; e ela mesma, que só raras vezes saía, tinha medo do sol, da poeira, dos pequenos-burgueses endomingados, do cheiro de café, cerveja e fumo... Mais do que qualquer outra coisa abominava calor e o *dérangement*.

— Meu caro amigo — dissera ocasionalmente a Thomas, quando haviam combinado a excursão a Schwartau e ao bosque do Riessebusch, na intenção de mostrar ao hóspede de Munique um pouco dos arredores da velha cidade... —, você sabe: assim como Deus me criou, dependo de tranquilidade e da rotina cotidiana... No meu caso, não estamos feitos para divertimentos e variações. Vocês me dispensam, não é?

Gerda não se teria casado com Thomas se não tivesse tido certeza de que, geralmente, em tais assuntos, ele estava de acordo com ela.

— Ora, meu Deus; você tem razão, Gerda; claro que tem razão. Na maioria das vezes a gente só presume divertir-se com essas distrações... Mas participamos delas porque não queremos aparecer como originais diante dos outros e de nós mesmos. Cada um tem essa vaidade; você não a tem? Caso contrário, facilmente tomaríamos ares de desgraça e solidão e perderíamos o respeito dos demais. E mais uma coisa, minha querida... Temos motivo para cortejar um pouco esse sr. Permaneder. Não duvido de que você esteja a par da situação. Prepara-se qualquer coisa, e seria uma pena, uma verdadeira lástima se não se realizasse...

— Não compreendo, meu caro amigo, em que sentido a minha presença... mas tanto faz! Como você desejar, vá lá. Suportemos esse divertimento.

— Ficar-lhe-ei sinceramente grato...

E agora saíam para a rua... O sol já começava a penetrar a neblina da manhã. O badalar dos sinos de Santa Maria anunciava o domingo e o ar estava cheio do canto dos pássaros. O cocheiro tirou o chapéu, e a consulesa, com aquela jovialidade patriarcal que às vezes causava certo embaraço a Thomas, acenou-lhe com um "Bom dia, meu velho!" sumamente cordial.

— Subamos então, meus amigos! É verdade que chegou a hora do sermão matinal, mas hoje os nossos corações louvarão a Nosso Senhor ao ar livre que Ele nos deu; não é, sr. Permaneder?

— Está bem, senhora consulesa.

E, um depois do outro, galgaram para o interior da carruagem pelos dois degraus e através da estreita portinhola traseira. A carruagem tinha capacidade para mais de dez pessoas. Acomodaram-se nos coxins, que (sem dúvida em homenagem ao sr. Permaneder) estavam listrados de azul e branco.* Depois fechou-se a portinhola; o sr. Longuet deu um estalo com a língua, proferindo vários gritos de incitamento, e os baios musculosos puseram-se em movimento. O veículo desceu a Mengstrasse e, ladeando o Trave, passou pelo portão de Holstein, para entrar na estrada de Schwartau...

Campos, pradarias, grupos de árvores, granjas... Na neblina sempre mais alta, mais fina e mais azul, a família procurava as calhandras, cujas vozes se faziam ouvir. Thomas, fumando cigarros, prestava atenção ao trigo que passava por eles; explicou as espécies ao sr. Permaneder. O negociante de lúpulo estava de humor realmente juvenil. Botara o chapéu verde com a barba de cabrito montês um pouquinho para o lado. Sobre a palma da mão larga e branca equilibrou a bengala com o enorme castão de chifre; esforçou-se até por fazê-lo também com o lábio inferior, e, embora o artifício fracassasse constantemente, obteve aplausos barulhentos, antes de tudo, por parte da pequena Erika. Várias vezes o sr. Permaneder repetiu:

— Não serão os Alpes, mas a gente vai subir um bocado. Vai ser formidável; não é, dona Antonie?

Depois, com muito temperamento, começou a contar histórias de excursões alpinistas que fizera, carregando consigo mochila e pau ferrado. A consulesa retribuiu-as com vários "Imagine!" cheios de admiração. Por motivos indeterminados, ele lastimou em palavras comovidas a

---

* Cores nacionais da Baviera.

ausência de Christian, de quem lhe disseram que era um rapaz muito divertido.

— De vez em quando — respondeu o cônsul. — Mas é verdade que em ocasiões como esta ele é incomparável... Vamos comer caranguejos, sr. Permaneder, caranguejos e camarões do mar Báltico. O senhor já os provou algumas vezes na casa de minha mãe, mas o meu amigo Dieckmann, dono do restaurante Riesebusch, sempre os tem de excelente qualidade. E os pães de mel da região, os famosos pães de mel! Não se fala deles nas margens do Isar? Ora, o senhor vai ver.

Duas ou três vezes, a sra. Grünlich mandou parar o carro, para colher papoulas e centáureas à beira da estrada. Então, o sr. Permaneder afirmava sempre com verdadeiro furor que devia ajudá-la; mas, como receasse um pouquinho as descidas e subidas, desistiu finalmente.

Erika entusiasmava-se a cada gralha que esvoaçava. Ida Jungmann, como sempre, mesmo nos dias mais ensolarados, numa capa de chuva comprida e aberta, e com um guarda-chuva na mão, tinha a mentalidade de uma autêntica governanta: não somente fingia acompanhar os sentimentos infantis, mas sentia-os tal qual a criança. Assim entoava a sua risada despreocupada e um tanto relinchona, de modo que Gerda, que não a vira encanecer no meio da família, repetidas vezes a fitava com olhares frios e admirados...

Achavam-se no território de Oldenburgo. Apareceram bosques e faias; a carruagem passou por um povoado, atravessando a pequena praça com o poço; reentrando na estrada, rolou por cima da ponte sobre o rio Ai, para finalmente chegar à hospedaria Riesebusch, uma casa de um só andar. Estava situada ao lado de um largo plano de relvados, atalhos arenosos e canteiros rústicos, além do qual o mato se erguia numa subida em anfiteatro. Os diversos degraus estavam ligados por escadas toscas, formadas por altas raízes de árvores e rochedos salientes. Nos "patamares", por entre as árvores, havia mesas, bancos e cadeiras, pintados de branco.

Os Buddenbrook de modo algum eram os primeiros fregueses. Empregadas roliças e até um garçom de casaca sebenta caminhavam apressados pelo largo, carregando frios, limonadas, leite e cerveja para as mesas, onde, embora em vastos intervalos, já se haviam instalado algumas famílias com crianças.

O estalajadeiro, sr. Dieckmann, de gorrinho bordado de amarelo e em mangas de camisa, aproximou-se pessoalmente da portinhola para ajudar a freguesia na descida. Enquanto Longuet se afastava para desatrelar os cavalos, disse a consulesa:

— Primeiro vamos dar um passeio, e depois, meu amigo, queríamos almoçar, daqui a uma hora, mais ou menos. Mande pôr a mesa ali em frente... mas que não seja alto demais; acho bom o segundo degrau...

— Faça um esforçozinho, Dieckmann — acrescentou o cônsul. — Temos um hóspede exigente...

O sr. Permaneder protestou:

— Qual nada! Um chope e um pedaço de queijo...

Mas o sr. Dieckmann, não lhe entendendo o dialeto, começou com grande eloquência:

— Vou servir-lhe tudo que tenho, senhor cônsul... Caranguejos, camarões, frios sortidos, diversos queijos, enguia defumada, salmão defumado, esturjão defumado...

— Muito bem, Dieckmann, você arranjará tudo como convém... E traga uns seis copos de leite e uma caneca de chope; se não me engano, sr. Permaneder?

— Um chope, seis leites... Leite doce, soro de manteiga, coalhada... Que prefere, senhor cônsul?

— Um pouco de cada um, Dieckmann, leite doce e soro. Daqui a uma hora, então!

E com isso atravessaram o lago.

— O nosso primeiro dever, sr. Permaneder, é visitar a fonte — disse Thomas. — A "fonte" quer dizer a do Ai, o pequeno rio de Schwartau. Nos remotos tempos medievais, a nossa cidade, antes de sucumbir a um incêndio, provavelmente estava também situada no Ai. Acho que naquela época as construções não eram muito duráveis, e depois tudo foi reconstruído nas margens do Trave. Aliás, tenho lembranças dolorosas do nome do rio. Quando perguntavam: "Como se chama o rio de Schwartau?", por causa da dor, sem querer, a gente gritava: "Ai!"... Ora — interrompeu-se ele subitamente, a uns dez passos da ladeira. — Tomaram-nos a dianteira. — Eram os Möllendorpf e os Hagenström.

De fato, lá em cima, no terceiro degrau do terraço silvestre, estavam sentados os principais membros dessas duas famílias vantajosamente ligadas, comendo e conversando animados em duas mesas reunidas. Presidia o velho senador Möllendorpf, um cavalheiro pálido, de suíças brancas, finas e pontudas, que sofria de diabetes. A esposa, descendente dos Langhals, manejou o lorgnon de haste comprida; andava ainda de cabelos desgrenhados. August, o filho, estava também presente, um moço loiro de aparência abastada; era marido de Julinha Hagenström.

Esta, baixinha e viva, de grandes olhos negros e brilhantes, com brincos quase do mesmo tamanho nos lóbulos, encontrava-se entre seus irmãos, Hermann e Moritz. O cônsul Hermann Hagenström começava a engordar muito, pois vivia em grande estilo, e diziam que, logo de manhã, iniciava as refeições com patê de foie gras. Tinha barba ruiva e aparada, e o nariz achatado — nariz da mãe — cobria-lhe o lábio superior. O dr. Moritz, de peito chato e tez amarelada, mostrava na palestra animada os dentes pontiagudos e defeituosos. Ambos os irmãos estavam acompanhados pelas esposas; pois também o jurisconsulto era casado havia vários anos com uma tal Puttforken, de Hamburgo, moça de cabelos cor de manteiga e feições sobremodo carentes de paixão, feições anglicizadas, porém extraordinariamente belas e regulares. A reputação de beletrista de que gozava o dr. Hagenström não teria suportado um casamento com uma moça feia. Finalmente, havia ainda a filhinha de Hermann Hagenström e o filhinho de Moritz, crianças vestidas de branco, que, para bem dizer, já agora estavam noivos, pois a fortuna das famílias Huneus-Hagenström não devia ser dispersada... Todos estavam comendo presunto com ovos.

As duas famílias apenas se contentaram em cumprimentar os Buddenbrook, quando estes, subindo, passaram a pouca distância delas. A consulesa inclinou a cabeça um pouco distraída e quase que admirada. Thomas levantou o chapéu de leve, enquanto movimentava os lábios como para dizer qualquer coisa amável e fria. Gerda deu um cumprimento formal e distante. O sr. Permaneder, porém, inspirado pela subida, abanou ingenuamente com o chapéu verde e gritou em voz alta e alegre: "Muito bom dia para todos!". Ao que a senadora Möllendorpf empunhou o lorgnon...

Tony, por sua vez, alçando um pouco os ombros, inclinou a cabeça para trás e procurou, apesar disso, apertar o queixo contra o peito. Cumprimentou, por assim dizer, de uma altura inalcançável, e o seu olhar passou exatamente por cima do chapéu elegante, de aba larga, de Julinha Möllendorpf... Foi nesse minuto que a sua decisão se tornou definitiva e inabalável...

— Graças a Deus, mil vezes graças a Deus, Tom, que a gente só almoça daqui a uma hora! Não gostaria que essa Julinha me vigiasse quando como, sabe... Você viu como ela cumprimentou? Quase que não o fez. E, segundo a minha modesta opinião, o chapéu dela era de péssimo gosto...

— Ora, quanto ao chapéu... E o seu cumprimento acho que não

foi muito mais cordial, minha querida. De resto, não se irrite. Irritação causa rugas.

— Irritar-me, Tom? Nunca! Se esse pessoal pensa que são eles que mandam, acho-os ridículos e mais nada. Qual é a diferença entre essa Julinha e mim, se posso perguntar? Que ela arranjou como marido, não um *filou*, mas somente um pateta, como diria Ida; e se, uma vez na vida, ela se encontrasse na minha situação, veríamos se arranjaria um segundo...

— O que quer dizer que você, por sua vez, achará um?

— Um pateta, Thomas?

— Muito melhor do que um *filou*.

— Não há necessidade de que seja um ou outro. Mas disso não se fala.

— Pois é. Além disso, atrasamo-nos. O sr. Permaneder sobe com vontade...

O umbroso atalho do bosque tornou-se plano, e não levou muito tempo até chegarem à "fonte", um lugar bonito e romanesco, com uma ponte de madeira sobre um pequeno precipício; havia ali declives alcantilados e árvores a cavaleiro com as raízes no ar. Com um copo de prata dobradiço que a consulesa levara, tiraram água da pequena bacia de pedra que se achava logo abaixo do ponto de origem. Regalaram-se com o líquido fresco, ferruginoso. Nessa ocasião, o sr. Permaneder foi acometido por um acesso de galanteria, que o fez insistir em que a sra. Grünlich lhe oferecesse um copo. Cheio de gratidão, repetiu várias vezes: "Puxa, como é gentil!". Obsequioso e atento, conversou não somente com a consulesa e Thomas, mas também com Gerda e Tony e mesmo com a pequena Erika... A própria Gerda, que até então apenas sofrera pelo calor inclemente e caminhara numa espécie de nervosismo mudo e entorpecido, começou a voltar à vida. Depois do retorno, feito com maior rapidez, quando chegaram à hospedaria e se instalaram no segundo andar do terraço, numa mesa abundante de comidas, foi ela quem lastimou em termos amáveis que a partida do sr. Permaneder fosse iminente: agora que se conheciam um pouco melhor, haveria cada vez menos mal-entendidos por causa do dialeto... Até se pôs a jurar que a sua amiga e cunhada Tony duas ou três vezes se expressava com perfeição no dialeto bávaro...

O sr. Permaneder deixou de dar qualquer resposta afirmativa com respeito à palavra "partida". Preferiu dedicar-se às guloseimas de que a mesa exuberava, e que, além do Danúbio, não se encontravam todos os dias.

Consumiram com vagar as boas coisas. Mais do que de todas elas, gostava a pequena Erika dos guardanapos de papel de seda, que lhe pareciam incomparavelmente mais belos do que os grandes de linho que havia na casa; com licença do garçom embolsou alguns como lembrança. Depois da refeição, o sr. Permaneder bebeu a sua cerveja, acompanhando-a com alguns charutos pretos, enquanto o cônsul fumava os seus cigarros. Desse modo, a família e o hóspede ficaram ainda reunidos por algum tempo, conversando. Era interessante que ninguém mais se lembrasse da partida do sr. Permaneder; nem sequer se falou do futuro. Trocaram, pelo contrário, recordações; trataram dos acontecimentos políticos dos últimos anos. O sr. Permaneder torceu-se de tanto rir com algumas anedotas do ano de 1848, que a consulesa ouvira do falecido esposo. Depois, ele mesmo contou coisas da revolução em Munique e de Lola Montez,* pela qual a sra. Grünlich tinha desmedido interesse. Feito isso, pouco a pouco decorrera a primeira hora do meio-dia. Erika, corada e carregada de margaridas e outras flores dos prados, voltou de um passeio de investigação que fizera com Ida, e lembrou-lhes os pães de mel que ainda estavam por comprar. Por isso puseram-se em marcha para dar a volta pela aldeia... mas, antes, a consulesa, como anfitriã do dia, pagara a conta com uma moeda de ouro bastante grande.

Diante da estalagem deram ordem para que a carruagem estivesse pronta daí a uma hora, pois queriam descansar ainda um pouco na cidade, antes do jantar. Caminharam então em direção às baixas casas do povoado, lentamente, pois o sol queimava a poeira.

Depois da ponte sobre o Ai, formaram-se por si mesmos, sem cerimônias, diversos grupos, numa ordem de marcha que se conservou durante o passeio: à frente, por causa dos seus passos compridos, andava Mademoiselle Jungmann, ao lado de Erika, que incansavelmente saltitava e caçava borboletas; seguiam-se a consulesa, Gerda e Thomas, e no fim, a certa distância, a sra. Grünlich com o sr. Permaneder. Na dianteira, havia barulho: a menina gritava de júbilo, que Ida acompanhava com o seu peculiar relincho profundo e bondoso. No centro, todos permaneciam calados, pois Gerda, por causa da poeira, recaíra naquele desalento nervoso; e a velha consulesa tanto como o filho estavam absortos nos seus pensamentos. Da retaguarda, também, não se ouvia nada... mas esse silêncio era apenas aparente, porque Tony e o hóspede da Baviera mantinham uma conversa abafada e íntima... De que falavam eles? Do sr. Grünlich...

O sr. Permaneder fizera a observação acertada de que Erika era uma criança simpática e querida, a qual, todavia, não era absolutamente

---

* Lola Montez (1818-61), dançarina favorita do rei Luís i da Baviera.

parecida com a mãe. A isso Tony respondera: "É o retrato do pai, e pode-se dizer que não é um defeito, pois por fora Grünlich era um gentleman... isso não se discute. Tinha, por exemplo, suíças cor de ouro; coisa original que nunca mais vi na minha vida...".

E ele se informou mais uma vez sobre a história do seu casamento, embora, já em Munique, na casa dos Niederpaur, ela a tivesse contado com bastante minuciosidade. Insistentemente, com um piscar ansioso e compassivo, o sr. Permaneder perguntou por todos os detalhes da bancarrota...

— Ele era um sujeito mau, sr. Permaneder; caso contrário, papai nunca me teria afastado dele, pode acreditar. Nesta terra, nem todos os homens têm bom coração; isso a vida me ensinou, sabe? embora eu seja demasiado moça para quem há dez anos já é viúva ou coisa semelhante. Grünlich não prestava, e o seu banqueiro Kesselmeyer, que além disso era brincalhão como um cachorrinho, era pior ainda. Não quero dizer que a mim mesma me considere um anjo e livre de toda a culpa... Não me entenda mal! Grünlich me negligenciava, e quando, às vezes, ficava comigo, lia o jornal; enganou-me e deixou-me constantemente em Eimsbüttel, porque no centro eu teria percebido a sujeira em que se achava... Mas também não passo duma mulher fraca que tem seus defeitos; e, decerto, nem sempre procedi direitinho. Por exemplo, eu dava ao meu marido motivos de preocupação e queixa pela minha leviandade e prodigalidade e pela mania que tinha de comprar chambres novos... Mas posso acrescentar uma coisa; tenho uma desculpa: eu era muito criança quando me casei, uma ingênua, uma tolinha. O senhor acreditaria, por exemplo, que bem pouco tempo antes do meu casamento eu nem sequer sabia que, quatro anos atrás, as leis da Liga a respeito das universidades e da imprensa tinham sido renovadas? Aliás, que leis vergonhosas! Pois bem, sr. Permaneder, é realmente muito triste que a gente viva só uma vez, que não se possa recomeçar a vida. Faríamos muitas coisas com mais jeito...

Ela se calou, fitando o caminho com atenção. Com certa habilidade, dera ao sr. Permaneder uma oportunidade de replicar, pois não estava afastado demais o argumento de que, embora fosse impossível iniciar uma vida inteiramente nova, não se excluía a possibilidade de outro casamento mais próspero. Mas ele deixou passar a ocasião, limitando-se a censurar o sr. Grünlich com palavras violentas que faziam eriçar-se a mosca por cima do pequeno queixo redondo:

— Que malandro sem-vergonha! Se esse biltre estivesse aqui levaria uma surra.

— Puxa, sr. Permaneder! Não, deixe isso! Devemos perdoar e esquecer; a mim a vingança, diz o Senhor... Pergunte a mamãe... Deus me livre; não sei onde está Grünlich, nem como passou na vida; mas desejo-lhe coisas boas, embora talvez não as mereça...

Chegaram ao povoado. Achavam-se diante da casinha onde ficava a padaria. Quase inconscientemente estacaram e, sem o notarem, viram, de olhos sérios e ausentes, como Erika, Ida, a consulesa, Thomas e Gerda desapareciam, inclinados, através da porta ridiculamente baixa da loja: tão absortos estavam na conversa, apesar de, por enquanto, só terem falado de coisas supérfluas e insípidas.

A seu lado erguia-se uma cerca, ao longo da qual se estendia um canteiro comprido e estreito de resedás. Fervorosamente, a sra. Grünlich, de cabeça quente e abaixada, sulcava a fofa terra preta com a ponta da sombrinha. O sr. Permaneder, cujo chapeuzinho verde com a barba de cabrito montês deslizara sobre a testa, quedava-se perto dela, ajudando-a, de quando em quando, por meio da bengala, no trabalho de lavrar o alegrete. Ele também baixava a cabeça, mas os olhinhos túmidos, azul-claros, que se haviam tornado brilhantes e até um pouco molhados, fitavam-na de baixo, numa mistura de lealdade, angústia e tensão; e com a mesma expressão pendiam-lhe sobre a boca as franjas do bigode.

— E depois de tudo isso — disse ele — a senhora, com certeza, tem um medo terrível do matrimônio e não quer fazer outra experiência. Não é, dona Tony?

"Como ele é desajeitado!", pensou ela. "Será que lhe devo confirmar?" E respondeu:

— Pois é, meu caro sr. Permaneder; confesso-lhe francamente que seria difícil para mim dar mais uma vez a alguém o meu consentimento por toda a vida; pois aprendi, sabe, que é uma resolução terrivelmente grave... Seria necessário que eu estivesse com a firme convicção de tratar-se de um homem valoroso, decente, que tenha um coração realmente bom...

A isso, ele tomou a liberdade de perguntar se ela o considerava como tal, ao que ela respondeu:

— Sim, sr. Permaneder; assim o considero.

E seguiram mais umas poucas palavras, pronunciadas em voz baixa, contendo o contrato do casamento, e que davam ao sr. Permaneder a licença de falar, em casa, com a consulesa e Thomas...

Quando os outros membros do grupo, carregados com vários sacos de pão de mel, reapareceram, o cônsul, discretamente, deixou vagar os olhos para o lado dos dois, pois ambos estavam fortemente embaraçados; o sr. Permaneder sem a mínima tentativa de escondê-lo, e Tony sob a máscara de uma dignidade quase majestosa.

Apressaram-se a alcançar o carro, porque o céu se nublara e caíam já as primeiras gotas.

Como Tony supusera, Thomas, logo após a chegada do sr. Permaneder, pedira informações detalhadas sobre a situação financeira do hóspede. Resultara que X. Noppe & Cia., embora de envergadura restrita, era uma firma de absoluta solidez, a qual pela colaboração com a Cervejaria S. A., cujo gerente era o sr. Niederpaur, conseguia lucros consideráveis. Junto com os dezessete mil táleres de Tony, a cota-parte do sr. Permaneder seria suficiente para uma vida em bom estilo burguês. A consulesa estava a par disso. Numa conversa detalhada entre ela, o sr. Permaneder, Antonie e Thomas, que teve lugar na sala das Paisagens, logo à noite do dia do noivado, arranjaram-se, sem obstáculos, todas as questões pendentes; também com respeito à pequena Erika, que, a pedido de Tony e de acordo com o noivo comovido, devia igualmente mudar-se para Munique.

Dois dias após, partiu o negociante de lúpulo ("caso contrário, Noppe ficaria zangado"), mas já em julho a sra. Grünlich reencontrou-se com ele em Munique: acompanhava Tom e Gerda para um veraneio de quatro ou cinco semanas na estância balneária de Kreuth, enquanto a consulesa, com Erika e Jungmann, permaneciam no Báltico. Em Munique, ambos os casais tinham, de resto, ocasião de ver a casa na Kaufinger Strasse — bem perto da dos Niederpaur — que o sr. Permaneder estava a ponto de comprar, e cuja maior parte tencionava alugar; casa velha, estranha, de escada estreita que, logo de entrada, dava em linha reta, sem patamar nem virada, para o primeiro andar, de onde se devia passar por um corredor para alcançar os cômodos da frente...

Em meados de agosto, Tony voltou para casa, a fim de, nas próximas semanas, dedicar-se ao enxoval. Decerto havia ainda muita coisa dos tempos do primeiro matrimônio, mas outras tinham de ser substituídas por compras novas; e um dia veio de Hamburgo um verdadeiro chambre... guarnecido, é verdade, de laçadas de fazenda simples, em vez do veludo de outrora.

Quando já ia bastante avançado o outono, o sr. Permaneder chegou novamente à Mengstrasse. Não queriam mais adiar a coisa...

As solenidades do enlace decorreram exatamente conforme as expectativas e os desejos de Tony: não se fez muito caso dele. "Deixemos a pompa", dissera o cônsul. "Você está casada outra vez. É simplesmente como se nunca tivesse deixado de sê-lo." Haviam-se enviado só poucas participações do noivado; mas Tony tomara cuidado para que Julinha Hagenström Möllendorpf recebesse uma. Não se fez viagem de núpcias, porque o sr. Permaneder abominava tal "esfalfamento"; e Tony, que acabava de voltar do veraneio, já achava bastante longa a viagem para Munique. O enlace, desta vez na igreja de Santa Maria, em vez de no alpendre, realizou-se no mais íntimo círculo da família. Com dignidade, Tony exibiu desta vez flores de laranjeiras, e não de murtas, e o pastor Kölling, com voz um pouco mais fraca do que na outra vez, pregou ainda com expressões fortes sobre a moderação.

Christian veio de Hamburgo, em roupas muito elegantes. Parecia um pouco cansado, mas bastante alegre, e contou que o seu negócio com Burmeester era "piramidal". Declarou que Klothilde e ele próprio só casariam "lá em cima, isto é, cada um por si!"... e chegou muito tarde à igreja, porque visitara o clube. Tio Justus, comovido, mostrou-se generoso como sempre, presenteando os recém-casados com uma bandeja extraordinariamente linda, de prata pesada... Ele e a mulher quase sofriam fome em casa, pois a mãe indulgente ainda pagava com a mesada as dívidas de Jakob, há muito deserdado e enxotado, e que, como diziam, estava em Paris... As primas Buddenbrook da Breite Strasse observaram: "Tomara que desta vez a coisa dure!". Só era desagradável que todos duvidassem da sinceridade dessa esperança... Sesemi Weichbrodt, porém, ergueu-se sobre as pontas dos pés, para beijar a fronte da pupila, atual sra. Permaneder, com um beijo que deu um leve estalo. Ainda uma vez disse com as vogais mais carinhosas:

— Seja feliz, minha boa menina!

7.

De manhã, às oito horas, Thomas Buddenbrook saía da cama. Descia então para o andar térreo, pela escada em caracol. Depois de ter tomado banho, vestia novamente o chambre. Era a essa hora que o cônsul começava a ocupar-se dos assuntos públicos. Aparecia então no quarto de banho o barbeiro Wenzel, membro da Assembleia, homem de mãos vermelhas e rosto inteligente. Trazia os seus utensílios e um pote de água quente. Enquanto o cônsul, de cabeça reclinada, se acomodava na grande poltrona e o sr. Wenzel fazia espuma, iniciava-se quase sempre uma conversa, que, começando com o sono da noite e o tempo, passava logo para os acontecimentos do grande mundo, para depois tratar de temas intimamente urbanos e terminar com questões estritamente comerciais e familiares... Tudo isso demorava o processo, pois sempre que o cônsul falava o sr. Wenzel tinha de afastar-lhe a navalha do rosto.

— Dormiu bem, senhor cônsul?
— Obrigado, Wenzel. Faz bom tempo hoje?
— Geada e um pouco de nevoeiro, senhor cônsul. Perto da igreja de São Tiago, a garotada fez uma pista para deslizar, de dez metros de comprimento, de modo que quase caí quando vim do burgomestre. Que o diabo os leve...
— Já leu os jornais?
— O *Observador* e as *Notícias de Hamburgo*. Estão cheios das bombas de Orsini...* Horroroso. No caminho para o Opéra... Que sujeitos, aqueles...
— Ora, acho que é coisa sem importância. Não tem nada que ver com

---

* Felice Orsini, terrorista italiano, praticou em 14 de janeiro de 1858 um atentado contra Napoleão III.

o povo, e o único resultado é que se duplicarão a polícia e a pressão sobre a imprensa e tudo o mais. Napoleão está alerta... Sim, há uma eterna inquietação, não se pode negá-lo; pois ele depende sempre de novas empresas para manter-se. Mas tenho todo o respeito por ele, apesar de tudo. Com essas tradições, pelo menos não pode ser um pateta, como diria Mademoiselle Jungmann, e essa coisa do preço do pão reduzido realmente impressionou. Não há dúvida, ele faz muita coisa em benefício do povo...

— Sim. O sr. Kistenmaker há pouco me expressou a mesma opinião.

— Stephan? Falamos ontem a respeito.

— E Frederico Guilherme da Prússia vai mal, senhor cônsul; não se recobrará mais. Já dizem que o príncipe se tornará regente definitivo...

— Oh, será interessante. Esse Guilherme já demonstrou que é homem liberal. Com certeza, não encara a Constituição com aquele nojo clandestino do irmão... Afinal de contas, é somente a mágoa que corrói esse pobre rei... Há novidades de Copenhague?

— Nada, senhor cônsul. Eles não querem. A Liga bem pode declarar que o governo unido de Holstein e Lauenburgo é anticonstitucional... Eles simplesmente não consentem em aboli-lo...

— Pois é, Wenzel, é incrível. Verdadeiramente, eles provocam a intervenção do Congresso da Liga, e se este fosse um pouco mais ativo... Malditos dinamarqueses! Lembro-me perfeitamente de que já nos tempos de menino sentia raiva deles... Não se ria, Wenzel. Cuidado com esse lugar gretado aí na minha pele... E agora o caso da nossa linha direta para Hamburgo! Quantas lutas diplomáticas custou ela, e custará mais ainda, antes de o pessoal de Copenhague dar a concessão...

— Sim, senhor cônsul, e infelizmente a Sociedade Ferroviária Altona-Kiel e, no fundo, o Holstein inteiro são contra nós. É o que o burgomestre dr. Oeverdieck acaba de dizer-me. Estou com receio pelo desenvolvimento de Kiel...

— Claro, Wenzel. Uma comunicação assim nova entre o mar do Norte e o Báltico!... E você vai ver: a Sociedade Altona-Kiel não cessará de intrigar. Essa gente é capaz de construir outra estrada só para nos fazer concorrência; pelo leste de Holstein, de Neumünster a Neustadt. Sim, não acho impossível! Mas não nos devemos deixar intimidar. Precisamos duma linha direta para Hamburgo.

— O senhor cônsul se empenha muito nesse assunto.

— Hum... faço o possível, tudo quanto está ao meu pequeno alcance... Tenho interesse pela nossa política ferroviária; um interesse tradicional na minha família, pois meu pai, desde 1851, estava na diretoria da Viação Férrea de Büchen. É provavelmente por esse motivo que eu, com meus trinta e dois anos, fui eleito para o mesmo cargo; os meus méritos ainda não são muito consideráveis...

— Não diga isso, senhor cônsul. Depois do discurso que, naquela ocasião, fez na Assembleia...

— Sim, causei, talvez, certa impressão, e boa vontade não me falta. Só posso ser grato ao meu pai, avô e bisavô, que me aplainaram o caminho. Grande parte da confiança e do prestígio que eles granjearam na cidade é transferida, sem mais nem menos, para mim. Caso contrário, não poderia exercer tal atividade... Por exemplo, meu pai: quanta coisa fez ele, depois de 1848 e no começo deste decênio, para reformar o nosso serviço de correios! Lembre-se, Wenzel, de como admoestou a Assembleia, para que incorporasse as diligências de Hamburgo no sistema postal. E *anno* 1850, no Senado, que naquela época era de uma lentidão incrível, ele agitou como sempre novas moções pela adesão à União Aduaneira Austro-Prussiana... Se, hoje em dia, temos cartas a tarifas baratas, e se existem impressos cintados, selos, caixas de correio e as linhas telegráficas para Berlim e Travemünde, não é ele o último a quem o devemos. Não tivesse ele, com alguns outros, continuamente insistido junto ao Senado, a gente teria eternamente ficado atrás do serviço postal da Dinamarca e de Thurn-Taxis. Sim, e agora ouvem-me, quando, em tais assuntos, dou a minha opinião...

— Deveras, senhor cônsul; com isso, o senhor fala a verdade. E quanto à estrada para Hamburgo: não faz bem três dias que o burgomestre dr. Oeverdieck me disse: "Quando estivermos em condições de adquirir em Hamburgo um terreno apropriado para a estação, mandaremos o cônsul Buddenbrook; ele serve melhor para negociações assim do que uma porção de advogados"... Foi o que me disse...

— Bem; sinto-me muito lisonjeado, Wenzel. Mas bote mais espuma por cima do queixo. Tem de limpar um pouco melhor aí... Pois é, numa palavra, precisamos ser ativos! Não digo nada contra Oeverdieck, mas é homem idoso, e se eu fosse burgomestre acho que tudo andaria um pouco mais depressa. Faltam-me palavras para dizer quanto me satisfaz o fato de terem começado os preparativos da iluminação a gás que finalmente fará desaparecer essas desgraçadas lâmpadas a óleo com as suas correntes. Posso afirmar que, de certo modo, influenciei nesse sucesso... Ah, quanta coisa resta ainda por fazer! Olhe, Wenzel, os tempos mudam, e nós temos muitas obrigações para com a era moderna. Quando penso na minha juventude... Você conhece melhor do que eu o aspecto que a cidade tinha naquela época. As ruas sem calçadas; por entre os ladrilhos, grama de mais de um pé de altura; e as casas com sacadas, rampas e bancos... Os nossos edifícios medievais estavam desfigurados por anexos novos, e tudo esmigalhava-se, pois, embora o indivíduo tivesse dinheiro e ninguém passasse fome, o Estado não possuía nada. Todo mundo deixava correr o marfim, como diria o meu cunhado Permaneder, e nem se pensava em consertos. Aquelas gerações de outrora eram comodistas e felizes. E o amigo íntimo de meu avô (lembra-se do bom Jean Jacques Hoffstede?) andava de cá para lá, traduzindo pequenas poesias francesas indecentes... Mas as coisas não podiam continuar assim; mudou-se muito, e ainda há mais por mudar... Você sabe que já não temos trinta e sete mil habitantes, mas sim mais de cinquenta mil, e o caráter da cidade altera-se. Existem construções novas, e os bairros estendem-se; fizemos boas estradas e podemos restaurar os monumentos dos grandes tempos. Mas, afinal, tudo isso não passa de aparência. Grande parte do essencial está ainda por realizar, caro Wenzel; e com isso cheguei outra vez ao *ceterum censeo* do meu saudoso pai: a União Aduaneira, Wenzel, temos de entrar na União Aduaneira; sobre esse assunto nem sequer devia haver dúvida. E vocês todos devem ajudar-me quando eu lutar para esse fim... Pode acreditar: eu, como comerciante, sei mais dessas coisas do que os nossos diplomatas, e o medo de perdermos algo da nossa liberdade e independência é realmente ridículo nesse caso. O interior, os dois Mecklemburgos e o Schleswig-Holstein abrir-se-iam para nós, e isso seria tanto mais desejável quanto já não dominamos por completo o tráfego para o norte... Chega... A toalha, faça o favor, Wenzel — terminou o cônsul. Depois trocaram mais algumas palavras sobre o preço atual do centeio, que estava a cinquenta e cinco táleres e ameaçava ainda baixar terrivelmente. Às vezes acrescentava-se uma observação sobre qualquer acontecimento familiar que sucedera na cidade, e por fim o sr. Wenzel desaparecia, através do subsolo, a fim de esvaziar sobre a calçada da rua a bacia polida. O cônsul, por sua vez, subia pela escada em caracol para o quarto, onde dava um beijo na testa de Gerda, que nesse ínterim já acordara. Isso feito, terminava a toalete matinal.

Essas pequenas conversas matutinas com o ágil barbeiro formavam a abertura dos dias mais movimentados e laboriosos, inteiramente cheios de pensamentos, conferências, afazeres, escritas, cálculos e caminhadas... Graças às viagens que fizera, e aos conhecimentos e interesses que tinha, Thomas Buddenbrook, no seu ambiente, era o indivíduo menos contagiado pela estreiteza burguesa; sem dúvida, era o primeiro a sentir a restrição e pequenez da esfera em que vivia. Mas lá fora, na sua pátria em sentido mais extenso, depois do progresso da vida pública, trazido pelos anos da revolução, seguira-se um período de afrouxamento, estagnação e reação, período demasiado pobre para dar ocupação a um espírito vivo. E assim o cônsul tinha bastante inteligência para fazer da sentença sobre a importância simplesmente simbólica de toda atividade humana a sua verdade predileta. Por isso punha a serviço do pequeno organismo municipal, em cuja região o seu nome pertencia aos primeiros, tudo quanto possuía de vontade, capacidade, entusiasmo e brio, dedicando as mesmas qualidades ao serviço do nome e da tabuleta da firma que herdara... E era suficientemente espirituoso para sorrir a respeito da ambição de alcançar grandeza e poder num ambiente restrito para, ao mesmo tempo, levá-la a sério.

Mal acabava, servido por Anton, de tomar o café da manhã na sala de jantar, vestia-se para sair e ia ao escritório da Mengstrasse. Ali não permanecia mais de uma hora. Escrevia duas ou três cartas urgentes; ordenava isto ou aquilo, dando, por assim dizer, um pequeno impulso à engrenagem da firma, para depois abandonar o controle da marcha ao olhar circunspecto do sr. Marcus.

Mostrava-se e falava nas sessões e reuniões; demorava-se na Bolsa, sob as arcadas ogivais do Mercado; inspecionava o porto e os depósitos; na qualidade de dono de navios negociava com os capitães... E, apenas interrompidos por uma refeição rápida em companhia da velha consulesa, pelo almoço tomado com Gerda e por meia hora de sesta no divã, acompanhada pela leitura do jornal e um charuto, seguia-se uma multidão de trabalhos que se prolongavam até a noite, ora referentes aos seus próprios negócios, ora a assuntos alfandegários, de impostos, construções, viação férrea, correios ou de caridade pública. Punha-se também a par de matérias que, no fundo, lhe eram alheias e normalmente competiam aos "sábios"; principalmente em questões financeiras demonstrava talento brilhante...

Acautelava-se em não negligenciar a vida social! A sua pontualidade a esse respeito, decerto, deixava a desejar. Constantemente aparecia somente no último segundo, quando já o esperavam havia mais de meia hora a esposa, em vestido de gala, e a carruagem em frente do portão. Gritando: "Perdão, Gerda! Os negócios...", punha a toda a pressa a casaca. Mas, quando chegava ao banquete, baile ou sarau, sabia demonstrar vivo interesse e exibir-se como causeur amável... Quanto à apresentação, ele e a esposa não ficavam atrás das outras casas ricas. A cozinha e a adega tinham a reputação de "piramidais"; ele mesmo era apreciado como anfitrião cortês, atencioso e ponderado; a graça dos brindes que fazia era superior ao nível dos demais. Todavia, costumava passar noites tranquilas em companhia de Gerda, fumando, escutando-a tocar violino ou lendo livros com ela, prosadores alemães, franceses ou russos que ela escolhia...

Era assim que Thomas Buddenbrook trabalhava, forçando o sucesso; pois o seu prestígio na cidade crescia. A firma passava por anos excelentes, apesar das diminuições do capital causadas pelo estabelecimento de Christian e pelo segundo casamento de Tony. Contudo, havia muitas coisas que, em certos momentos, lhe paralisavam o ânimo, enfraquecendo-lhe a elasticidade do espírito e sombreando-lhe o bom humor.

Havia Christian em Hamburgo, cujo associado, o sr. Burmeester, na primavera desse ano, 1858, subitamente sucumbira a uma apoplexia. Os herdeiros haviam retirado da firma o capital do falecido, e o cônsul, com insistência, desaconselhara o irmão de continuá-la com os próprios recursos, pois sabia como seria difícil manter com meios, repentina e fortemente reduzidos, um negócio iniciado em maior estilo. Mas Christian teimava em conservar a sua independência; tomou a si o ativo e o passivo de H. C. F. Burmeester & Cia... e acontecimentos desagradáveis eram de recear.

Havia, além disso, em Riga, a irmã do cônsul, Klara Buddenbrook. Que o seu matrimônio com o pastor Tiburtius tivesse ficado sem a bênção de filhos não era tão triste, pois Klara nunca os desejara e, sem dúvida, possuía escassos talentos maternais. Mas, segundo as cartas que ela e o marido escreviam, a sua saúde era demasiado instável, e as dores cerebrais de que já sofrera quando menina manifestavam-se, periodicamente e em forma quase insuportável, nos tempos recentes.

Esse fato causava inquietação. E uma terceira preocupação consistia em que no próprio lar também ainda não havia a certeza da perpetuação do nome da família. Gerda tratava essa questão com indiferença soberana, que se aproximava de uma recusa enfastiada. Thomas disfarçava a sua mágoa. A velha consulesa, porém, interessou-se pelo caso e consultou o velho Grabow.

— Doutor, cá entre nós: deve-se fazer alguma coisa finalmente. A montanha de Kreuth e o mar em Travemünde ou Glucksburgo parece que não deram resultado. Que acha o senhor? — E Grabow, vendo que a sua receita favorita "Regime rigoroso; um pedacinho de pombo, um pouquinho de pão francês..." nesse caso, provavelmente, não seria bastante enérgica, receitou banhos em Pyrmont e Schlagenbad.

Três motivos de cuidados. E Tony?... Coitada de Tony!

8.

Tony escrevia:

> E quando digo "almôndegas", ela não me compreende, pois aqui se diz "croquetes"; e quando ela diz "brócolis", acho que não se encontrará com facilidade um ser cristão que saiba que isso significa couve-flor; e quando digo "bergamotas", ela grita "quê?", até que eu diga "tangerinas", pois assim se chamam aqui; e aquele "quê?" quer dizer: "Que deseja a senhora?". E esta já é a segunda, pois tomei a liberdade de despedir a primeira, que se chamava Kathi, porque se tornava impertinente, ou pelo menos tive essa impressão; pode ser que me tenha enganado, como verifiquei posteriormente, pois aqui a gente não sabe com certeza se uma pessoa fala grosseira ou amavelmente. A atual, que se chama Babette, tem, aliás, um exterior bastante agradável; é de um tipo muito meridional, como há muitas por aqui, de cabelos pretos e dentes que poderiam causar-me inveja. Ela faz o que se pede e, conforme as instruções que lhe dou, já sabe preparar alguns dos pratos da nossa terra; ontem, por exemplo, fez agrião com corintos. Mas isso causou-me graves aborrecimentos, porque Permaneder ficou tão zangado por causa dessa verdura (embora retirasse os corintos com o garfo), que não falou comigo durante toda a tarde e não deixou de resmungar. Posso afirmar, mamãe, que a vida nem sempre é fácil.

Não eram somente os "croquetes" e o agrião que lhe amarguravam a vida... Logo na lua de mel, ferira-a um golpe; algo de imprevisto, inimaginável e incompreensível irrompera sobre ela, um acontecimento que lhe roubara toda a alegria, e do qual não soubera consolar-se. Tratava-se do seguinte:

Somente quando o casal Permaneder, já havia algumas semanas, vivia em Munique, o cônsul conseguira tornar líquido o dote da irmã, fixado pelo testamento do pai. Eram cinquenta e um mil marcos cujo valor em florins chegara perfeitamente às mãos do sr. Permaneder. Este os investira de modo seguro e lucrativo. Mas o que, depois dessas transações, sem hesitação nem vergonha, dissera à esposa, foi isto: "Toniquita", chamava-a Toniquita, "para mim chega. A gente tem o que precisa. Estafei-me o tempo todo, e agora quero descansar; sacramento! Alugamos o térreo e o segundo andar, e ficamos aqui com um belo apartamento. E a gente pode comer um bom assado de porco e não tem necessidade de instalar-se com tanta distinção e de andar toda empoleirada... E à noite vou à cervejaria tomar o meu chope. Eu não sou fino e não gosto de amontoar dinheiro. Quero o meu sossego! Amanhã faço o ponto final e daqui em diante viverei como capitalista".

"Permaneder!", gritara ela, e fora a primeira vez que usara aquela peculiar tonalidade gutural com que costumava pronunciar o nome do sr. Grünlich. Mas ele apenas respondera: "Ora bolas! Deixe-me em paz!". E com isso se iniciara uma desavença de tal modo séria e violenta que devia abalar para sempre a felicidade de um matrimônio tão recente... Ele saíra vencedor. A resistência apaixonada de Tony quebrara-se contra a inclinação do marido para o sossego; por fim, o sr. Permaneder liquidara o capital investido no negócio de lúpulo, de maneira que, daí em diante, o sr. Noppe, por sua vez, podia riscar de azul a "Cia." no cartão de visitas... E, igual à maioria dos amigos que, de noite, jogavam cartas com ele e bebiam os costumeiros três litros à mesa especial da cervejaria, o marido de Tony limitava as atividades em aumentar os aluguéis, na sua função de senhorio, e em cortar, modesta e tranquilamente, os cupons das suas apólices.

À consulesa simplesmente se comunicara o fato consumado. Mas nas cartas que a sra. Permaneder escrevera ao irmão a respeito do acontecimento, transluzia a mágoa que sentia... Coitada de Tony! Os seus piores receios haviam sido amplamente superados. Soubera de antemão que o sr. Permaneder nada possuía da "atividade" que o primeiro marido manifestara em demasia; mas não imaginara que ele aniquilaria assim por completo as expectativas que Tony, ainda na véspera do noivado, nutrira diante de Ida Jungmann; jamais supusera que ele, tão redondamente, ignoraria as obrigações que tomara ao desposar uma Buddenbrook...

Tony tinha de conformar-se com isso, e em casa a família percebia pelas suas cartas como ela se resignava. Com o marido e com Erika, que ia à escola, passava uma vida bastante monótona; cuidava da casa;

mantinha relações amigáveis com as pessoas que tinham alugado o térreo e o segundo andar, bem como com os Niederpaur da Marienplatz; de vez em quando escrevia sobre representações no Teatro da Corte que vira em companhia da sua amiga Eva, pois o sr. Permaneder não gostava dessas coisas, e evidenciara-se que, apesar de passar mais de quarenta anos na sua querida Munique, nunca dedicara um olhar ao interior da Pinacoteca.

Decorriam os dias... Mas Tony perdera o verdadeiro prazer na sua nova vida, desde que o sr. Permaneder se aposentara logo após ter recebido o dote. Faltava a esperança. Nunca, nas cartas para casa, ela teria de relatar uma vitória, um progresso. Até o fim dos seus dias, a vida ficaria inalteravelmente assim como era, despreocupada, mas reduzida e muito pouco "distinta". Isso pesava sobre ela. E as suas cartas demonstravam nitidamente que essa mentalidade pouco animada lhe dificultava a assimilação ao ambiente sulino. Às coisas de menos importância, decerto, acostumava-se com mais facilidade. Aprendeu a chegar a um entendimento com as criadas e os fornecedores, a dizer "croquetes" em lugar de "almôndegas" e a não mais servir sucos de frutas ao marido, depois que este os chamara de "porcaria nojenta". Mas, em geral, Tony permanecia uma forasteira na sua nova pátria. A ideia de que, aí, o fato de ser uma Buddenbrook não significava nada de notável, representava para ela uma incessante humilhação. Contava numa carta que um pedreiro qualquer, de caneca na mão e um rabanete na outra, a abordara na rua, perguntando: "Escute, vizinha, tem horas?". E, não obstante a forma gracejante, era sensível um forte matiz de agastamento, e os leitores podiam ter certeza de que inclinara a cabeça para trás e não se dignara a dar ao homem nem uma resposta, nem sequer um olhar... De resto, não era somente essa falta de cerimônia e esse pouco sentido de distância que lhe eram alheios e antipáticos: embora não penetrasse profundamente no ambiente e na vida da cidade, havia o ar de metrópole, cheia de artistas e de burgueses que nada faziam, ar um tanto desmoralizado que muitas vezes não estava disposta a respirar com humor.

Decorriam os dias... E por fim parecia que a felicidade ia chegar, aquela felicidade que, na Breite Strasse e na Mengstrasse, se esperava debalde: logo após o dia do Ano-Novo de 1859 tornou-se certeza a esperança de que Tony fosse mãe pela segunda vez.

Nesses dias, a alegria, por assim dizer, tremia através das suas cartas, cheias de locuções humorísticas, infantis e notáveis como não tinham estado havia muito tempo. Fora dos veraneios que, aliás, mais e mais se limitavam à praia do Báltico, a consulesa já não gostava de viagens; assim, lastimou ter de ficar distante da filha nessa época, assegurando-lhe apenas por escrito a assistência divina. Tom e Gerda, porém, avisaram a sua chegada na ocasião do batismo, e Tony andava entusiasmada por projetos de uma recepção *distinta*... Coitada de Tony! Essa recepção devia realizar-se de forma imensamente triste, e esse batismo que ela imaginara como uma festinha encantadora com flores, doces e chocolates não devia realizar-se... A criança, uma menina, só entrou na vida para, um quarto de hora mais tarde, não mais pertencer a ela, quarto de hora cheio de esforços inúteis do médico para manter em movimento o pequeno organismo incapaz...

Quando o cônsul Buddenbrook e a esposa chegaram a Munique, a própria Tony ainda não estava fora de perigo. O parto fora muito mais difícil do que o primeiro, e durante alguns dias o estômago, que já antes, pela sua fraqueza nervosa, a fizera sofrer, recusava aceitar qualquer alimento. Todavia, sarou, e os Buddenbrook puderam partir tranquilizados a esse respeito. Por outro lado, a visita lhes inspirou certos receios, pois se evidenciara abertamente, e sobretudo não escapara à observação do cônsul, que nem sequer a aflição fora capaz de aproximar os cônjuges entre si.

Não havia dúvida sobre o bom coração do sr. Permaneder... Ficara sinceramente abalado. Ao aspecto da criança inânime, grandes lágrimas lhe haviam brotado dos olhinhos túmidos, correndo sobre as bochechas inchadas até o bigode em franja. Repetidas vezes proferira, suspirando gravemente: "É uma cruz; lhe digo: uma verdadeira cruz!". Mas segundo a opinião de Tony, o seu sossego não havia sido prejudicado durante muito tempo, e as sessões noturnas na cervejaria logo o tinham consolado. Continuava a "deixar correr o marfim" com aquele fatalismo comodista, bonachão, um tanto rabugento e embotado que se exprimia no seu "É uma cruz...".

Desde então, as cartas de Tony não mais perderam o tom de desespero e mesmo de acusação... "Ah, mamãe", escrevia, "quanta coisa cai sobre mim! Primeiro Grünlich e a bancarrota, e depois Permaneder como 'capitalista' e finalmente a criança morta. Como mereci tanta desgraça?"

Quando o cônsul lia essas exteriorizações não podia reprimir um sorriso, pois, através de toda a dor que essas linhas continham, sentia um matiz de orgulho quase engraçado; sabia que Tony Buddenbrook, como sra. Grünlich tanto como sra. Permaneder, continuara uma criança, e que passava por todos os acontecimentos da sua vida adulta com olhos incrédulos, mas também com a seriedade e, antes de tudo, a capacidade de resistência peculiares a uma criança.

Ela não compreendia como merecera a desgraça; pois, embora zombasse da grande piedade da mãe, estava, ela mesma, cheia da crença fervorosa de que existem nesta Terra merecimentos e equidade... Pobre Tony! A morte da segunda filha não era nem o derradeiro, nem o mais duro golpe dos que iam feri-la...

Quando o ano de 1859 chegava ao fim, aconteceu algo horroroso.

9.

Era por fins de novembro, num dia frio de outono; o céu vaporoso quase prometia neve; o sol, de quando em quando, penetrava a cerração ondulante. Naquele dia, pela cidade portuária, o noroeste agudo uivava com pérfido sibilo em torno das esquinas das igrejas maciças, e a pneumonia comprava-se barato.

Pelo meio-dia, o cônsul Thomas Buddenbrook entrou na copa, onde, à mesa, encontrou a mãe, de óculos sobre o nariz, inclinada por cima de um papel.

— Tom — disse ela, olhando-o e escondendo o papel com ambas as mãos, como se hesitasse em mostrá-lo. — Não se assuste... Algo de desagradável... Não compreendo... É de Berlim... Deve ter acontecido alguma coisa...

— Por favor! — disse Tom laconicamente. Mudou de cor, e durante um momento salientaram-se os músculos nas fontes. Cerrou então os dentes. Com um gesto extremamente decidido estendeu a mão, como para dizer: "Depressa, por favor; deixe-me ver o desagradável sem cerimônias!".

De pé, leu as linhas escritas sobre o papel, alçando uma das sobrancelhas claras e cofiando com os dedos a ponta comprida do bigode. Era um telegrama que dizia: "Não se assustem. Venho imediatamente com Erika. Acabou-se tudo. Sua desgraçada Antonie".

— Imediatamente... imediatamente — disse ele irritado, olhando a consulesa com rápido meneio da cabeça. — Que quer dizer imediatamente?

— É uma dessas locuções, Tom, e não significa nada. Ela quer dizer "pelo próximo trem" ou qualquer coisa assim...

— É de Berlim? Que faz ela em Berlim? Como foi a Berlim?

— Não sei, Tom; ainda não compreendo nada. O despacho chegou há dez minutos. Mas alguma coisa deve ter acontecido, e devemos ver o que é. Deus fará que tudo seja para o bem. Sente-se, meu filho, e coma.

Ele se acomodou e, mecanicamente, verteu cerveja pórter no alto e grosso copo.

— Acabou-se tudo... — repetiu. — E essa coisa de "Antonie"... Criancices!

Depois comeu e bebeu sem falar.

Após algum tempo, a consulesa atreveu-se a observar:

— Será, Tom, que é alguma coisa com Permaneder?

Ele, sem levantar os olhos, apenas encolheu os ombros.

Quando se ia, com a mão na maçaneta, disse:

— Pois é, mamãe; temos de esperar por ela. Presumo que não quererá assaltá-la a altas horas da noite e que chegará amanhã no decorrer do dia. Por favor, mande avisar-me...

Horas e horas, a consulesa ficou esperando. Durante a noite descansou muito pouco. Tocou a campainha para chamar Ida Jungmann, que agora dormia no último quarto do entressolho, ao lado do quarto dela. Mandou-a preparar água açucarada, e durante algum tempo ficou até sentada na cama, trabalhando num bordado. A manhã seguinte também passou em angustiosa tensão. Ao desjejum o cônsul explicou-lhe que Tony, se viesse, só podia chegar pelo trem de Büchen às três e trinta e três da tarde. A essa hora, a consulesa estava na sala das Paisagens, junto à janela, e procurava ler um livro em cuja capa de couro preto se via estampado um ramo dourado de palmeira.

Era um dia igual ao anterior: frio, cerração e vento. A lareira crepitava atrás da grade polida de ferro batido. A velha senhora estremecia e olhava para fora, cada vez que se ouviam as rodas de um carro. Então, às quatro horas, quando justamente não prestava atenção e quase esquecera a filha, houve um movimento no térreo... Rapidamente, a consulesa voltou-se para a janela e enxugou com o lenço de rendas a vidraça umedecida: com efeito, um carro de aluguel parara embaixo, e já vinha alguém subindo pela escada!

Firmou-se com ambas as mãos nos braços da poltrona para erguer-se, mas considerando melhor, deixou-se recair e, com uma expressão quase fechada, virou apenas a cabeça em direção à filha. Esta atravessou a sala a passos rápidos e mesmo precipitados, enquanto Erika, na mão de Ida Jungmann, permanecia perto da porta envidraçada.

A sra. Permaneder usava mantilha forrada de peles e chapéu alongado de feltro, com um grande véu. Estava muito pálida e parecia fatigada; tinha os olhos avermelhados, e o lábio superior tremia como antigamente quando Tony chorava nos tempos de criança. Levantou os braços, mas deixou-os cair novamente. Depois, ao lado da mãe, dobrou-se sobre os joelhos, escondendo o rosto nas pregas do vestido da velha senhora. Soluçava amargamente. Tudo dava a impressão de que, dessa maneira, num ai, voara diretamente de Munique até a casa. E agora, no fim da fuga, deitava-se, exausta e salva. A consulesa permaneceu calada durante um momento.

— Tony! — disse então, com terna censura. Com cuidado retirou a agulha comprida que fixava o chapéu no penteado da sra. Permaneder. Depondo o chapéu sobre o peitoril, acariciou, carinhosa e tranquilizadoramente, com ambas as mãos, o basto cabelo loiro-acinzentado da filha...

— O que há, minha querida... Que aconteceu?

Mas teve de armar-se de paciência, pois decorreu um bom tempo até essa pergunta receber uma resposta.

— Mãe... — proferiu a sra. Permaneder. — Mamãe! — E mais nada.

A consulesa levantou a cabeça e olhou para a porta envidraçada. Cingindo a filha com um braço, estendeu o outro para a neta que ali ficava, acanhada, com o dedo indicador na boca.

— Venha cá, minha filha; venha cá e diga bom-dia. Você cresceu muito e parece de boa saúde, e por isso devemos ser gratos a Deus. Que idade você tem, Erika?

— Treze, vovó...

— Olhe só! Uma verdadeira mulher...

E, por cima da cabeça de Tony, beijou a menina. Depois continuou:

— Suba com Ida, minha filhinha. Comeremos daqui a pouco. Agora mamãe tem de falar comigo, sabe?

Permaneceram a sós.

— Então, minha querida Tony? Não quer parar de chorar? Quando Deus nos manda uma provação devemos suportá-la com ânimo. Tome sobre você a sua cruz, está escrito... Talvez você tenha vontade de também subir primeiro, para descansar um pouco e para refrescar-se; e depois voltará para junto de mim? A nossa boa Jungmann preparou o quarto... Agradeço-lhe o telegrama. Levamos um grande susto...

— Interrompeu-se, pois através das pregas do vestido ouviam-se sons trêmulos e abafados.

— Ele é um homem perverso... Um homem perverso... perverso...

A sra. Permaneder não podia libertar-se dessa palavra forte, que parecia dominá-la por completo. Com isso, estreitou mais ainda o rosto contra o regaço da consulesa e, ao lado da poltrona, cerrou o punho.

— Será que você se refere ao seu marido, minha filha? — perguntou a velha senhora depois de uma pausa. — Eu não devia aceitar essa ideia, sei bem; mas não me resta outra coisa a pensar, Tony. Será que Permaneder lhe fez algum mal? Você tem motivos de queixa contra ele?

— Babette!... — gritou a sra. Permaneder bruscamente... — Babette...

— Babette?... — repetiu a consulesa em tom de pergunta. Depois reclinou-se sobre o espaldar, deixando os olhos claros vagarem pela janela. Sabia agora de que se tratava. Fez-se uma pausa, de vez em quando interrompida pelos soluços de Tony, que se tornavam mais raros. — Tony — disse a consulesa depois de alguns minutos —, vejo que, de fato, você sofreu algum desgosto... que se queixa com razão... Mas teria sido necessário manifestar essa queixa de maneira tão tempestuosa? Foi preciso fazer essa viagem de Munique para cá, em companhia de Erika, de modo que pessoas menos razoáveis do que eu e você quase poderiam chegar à opinião de que você jamais quererá voltar para o seu marido?

— E não quero voltar! Nunca! — gritou a sra. Permaneder, erguendo, de golpe, a cabeça. Olhou furiosamente o rosto da mãe, com os olhos cheios de lágrimas, para então, com o mesmo ímpeto, esconder outra vez a cara nas pregas do vestido. A consulesa fez como se não tivesse ouvido o grito.

— Mas agora... — prosseguiu ela em tom elevado, virando lentamente a cabeça de um lado para outro — mas agora que você veio, estou contente. Pois assim poderá aliviar o coração e vai contar-me tudo. E depois veremos como corrigir o agravo com amor, indulgência e reflexão.

— Nunca! — disse Tony mais uma vez. — Nunca! — Feito isso, porém, começou a contar, e, embora não se compreendessem todas as suas palavras, pois falava para dentro das dobras da saia espessa da consulesa, e não obstante o caráter explosivo do relato, rasgado por exclamações indignadas, tornou-se evidente que o caso era simplesmente o seguinte:

Pela meia-noite entre os dias 24 e 25 do mês corrente, a sra. Permaneder, que durante o dia sofrera de perturbações dos nervos estomacais e adormecera muito tarde, despertou de um sono leve. Culpa disso foi um ruído persistente que vinha da frente, da escada; um barulho misterioso, mas abafado, em que se distinguiam o ranger dos degraus, um risinho pigarroso, palavras sufocadas de resistência e alguns sons estranhos de resmungo e gemido... Não se podia duvidar nem um instante sobre a natureza desse ruído. Mal a sra. Permaneder, com os sentidos ainda sonolentos, percebeu dele alguma coisa, e já compreendera; sentiu que o sangue lhe desaparecia das faces, refluindo-lhe para o coração, que se contraía e continuava a palpitar com batidas graves e opressas. Durante um minuto demorado e cruel, atordoada e como que paralisada, ficou deitada sobre o travesseiro. Mas então, como esse ruído desavergonhado não cessasse, acendeu a luz, de mão trêmula, e, cheia de desespero, rancor e nojo, saiu da cama. Violentamente abriu a porta e, de chinelos, com a vela na mão, correu para a frente, em direção à escada — a altíssima escada que, da porta da casa, dava diretamente para o primeiro andar. E ali, nos degraus superiores, se lhe mostrou em plena materialidade aquele quadro que já no quarto ao ouvir o ruído inequívoco tivera, no espírito, diante dos olhos alargados pelo horror... Viu uma agitação, uma luta livre, ilícita e indecente, entre a cozinheira Babette e o sr. Permaneder. A moça, com um molho de chaves e também com uma vela na mão, fizera, visivelmente, a essa hora avançada, qualquer trabalho na casa. Nesse momento, torcia-se de cá para lá, a fim de se defender contra o dono da casa. Este, por sua vez, de chapéu sobre a nuca, apertando-a com os braços, procurava constantemente tocar-lhe o rosto com o bigode de foca, tentativa que, de vez em quando, era bem-sucedida... Ao aparecer Antonie, Babette proferiu qualquer coisa como "Jesus Maria!". E o sr. Permaneder disse também "Jesus Maria!". Largou a moça, que, no mesmo instante, desapareceu habilmente, sem o mínimo ruído, enquanto ele ficava diante da esposa, de braços caídos, cabeça caída e bigode caído, gaguejando algo de absolutamente idiota como "É um buraco... é uma verdadeira cruz!". Tony já não estava presente quando ele ousou reabrir os olhos. O sr. Permaneder achou-a no quarto: em atitude meio sentada, meio deitada, estendida sobre a cama, onde, por entre soluços desesperados, repetia sempre de novo a palavra "vergonha". De corpo frouxo, o marido reclinou-se contra a porta, onde havia estacado, e, avançando o ombro bruscamente para a frente, como para dar-lhe uma cotovelada encorajadora, disse: "Ora, Toniquita, sossegue! Não me leve a mal... Olhe, o Franz Ramsauer festejou o seu aniversário hoje... E todo o pessoal anda meio bêbado...". Mas o cheiro fortemente alcoólico que ele espalhava pelo quarto aumentava a exaltação de Tony. Não mais soluçava; não mais se sentia fraca; o seu temperamento a arrastava, e com o exagero da desesperança, em voz alta, ela lhe lançou no rosto a totalidade do asco e da repugnância que lhe causava, e o fundamental desprezo que sentia pela sua existência... O sr. Permaneder não se conservou calado. Estava de cabeça quente, pois havia bebido, em homenagem ao amigo Ramsauer, não somente inúmeros chopes, mas também um pouco de champanhe. Deu respostas, respostas furiosas, e surgiu uma desavença muito mais terrível do que aquela do dia em que o sr. Permaneder se retirara dos negócios. Antonie reuniu os seus vestidos para instalar-se na sala de estar... Então, a título final, uma palavra a feriu pelas costas, uma palavra dele, uma palavra que ela não repetiria, que nunca lhe passaria pela boca, uma palavra... uma palavra...

Tudo isso era a essência das confissões que a sra. Permaneder proferia por entre as pregas do vestido da mãe. Não se podia desprender da "palavra", dessa "palavra" que, naquela noite pavorosa, lhe congelara a medula; não a repetia; "Ah, não, Deus me livre!", jamais a repetiria. Assim afirmava, embora a consulesa absolutamente não insistisse com ela e apenas se limitasse a acenar, de modo imperceptível, lenta e pensativamente, enquanto fitava o belo cabelo loiro-acinzentado de Tony.

— Pois sim — disse a mãe —, ouvi coisas muito tristes, minha querida Tony. E compreendo tudo muito bem, coitadinha, pois não sou somente sua mamãe, mas também mulher como você... Vejo agora quanto a sua aflição é motivada, e quão completamente o seu marido, durante um momento de fraqueza, se esqueceu do respeito que lhe deve...

— Durante um momento?! — gritou Tony. Levantou-se de um pulo. Dando dois passos para trás, enxugou febrilmente os olhos. — Durante um momento, mamãe?! Esqueceu-se do que deve a mim e ao nosso nome... desde o começo, nem sequer o sabia! Um homem que se aposenta simplesmente, depois de ter recebido o dote da esposa! Um homem sem ambição, sem esforço, sem objetivos! Um homem que tem nas veias, em lugar de sangue, um mingau viscoso de lúpulo... pois é, tenho certeza! E que, além disso, ainda comete baixezas como aquela com a Babette e, quando a gente o censura por causa da sua vileza, responde com uma palavra... uma palavra...

Outra vez, ela chegara à palavra, àquela palavra que não repetiria. De repente, porém, após um passo para a frente, perguntou, sem transição, em voz calma e suavemente interessada:

— Que graça! Donde vem isso, mamãe?

Apontou com o queixo para um pequeno objeto, um cestinho de vime sobre uma armação graciosa, enfeitada por laçadas de cetim, e onde a consulesa, havia algum tempo, costumava guardar os trabalhos manuais.

— Adquiri-o — respondeu a velha senhora — porque precisava dele...

— Distinto! — disse Tony, contemplando a armação, de cabeça inclinada para o lado. A consulesa também pousou os olhos sobre o objeto, mas sem olhá-lo, absorta em pensamentos profundos.

— Bem, minha querida Tony — disse ela finalmente, estendendo mais uma vez as mãos para a filha —, seja bem-vinda de todo o meu coração! Poderemos falar sobre tudo isso numa disposição mais sossegada... Vá para o seu quarto, mudar de roupa e pôr-se à vontade... Ida! — gritou ela para a sala de jantar, em voz alta. — Mande pôr talheres para Madame Permaneder e Erika, sim, querida?

10.

Logo depois da refeição, Tony se recolhera para o quarto, pois a consulesa lhe confirmara a suspeita de que Thomas sabia da sua chegada... E ela não parecia ter grande ansiedade pelo encontro com o irmão.

Às seis da tarde chegou o cônsul. Foi à sala das Paisagens, onde manteve demorada palestra com a mãe.

— E em que estado ela está? — perguntou. — Como se comporta?

— Ah, Tom, estou com receio de que seja irreconciliável... Meu Deus, ela está tão irritada... E além do mais, aquela palavra... Se eu ao menos soubesse a palavra que ele disse...

— Vou falar com ela.

— Muito bem, Tom. Mas bata suavemente à porta, que ela não leve um susto! E fique calmo, sim? Os nervos dela estão desequilibrados... Quase não comeu... É o estômago, ouviu? Vá falar com ela calmamente.

A passos rápidos, com a sua costumeira pressa, saltando os degraus de dois em dois, Thomas subiu a escada para o segundo andar. De ar meditabundo, torcia a ponta do bigode. Mas, enquanto batia à porta, se lhe aclarou o rosto, pois estava decidido a tratar o caso o mais humoristicamente possível.

Uma voz sofredora disse "Entre!". Thomas abriu a porta e encontrou a sra. Permaneder completamente vestida e deitada sobre a cama, cujas cortinas estavam descerradas. Tinha uma almofada sob as costas, e ao lado, no criado-mudo, achava-se um frasquinho de gotas estomacais. Virando-se um pouco, Tony apoiou a cabeça sobre a mão e olhou-o com um sorriso amuado. Tom fez uma mesura profunda, descrevendo um gesto solene com as mãos abertas.

— Minha senhora... A que devemos a honra de ver a habitante da capital residencial...

— Dê-me um beijo, Tom — disse ela, enquanto se erguia, para oferecer-lhe a face. Depois, deixou-se novamente cair sobre a almofada. — Boa tarde, meu velho! Você não mudou nada, como vejo; ainda é como era em Munique!

— Ora, minha querida, com as venezianas fechadas não pode formar uma opinião a esse respeito. E de qualquer modo não convém que me roube esse cumprimento, que naturalmente deve ser feito a você...

Segurando-lhe a mão, aproximou uma cadeira e sentou-se a seu lado.

— Como já disse muitas vezes: você e Klothilde...

— Arre, Tom! Como vai Thilda?

— Muito bem, claro! Madame Krauseminz cuida dela e faz que não passe fome. Isto, porém, não impede que Thilda, nas quintas-feiras, coma a valer, como se quisesse abastecer-se para a próxima semana...

Tony riu tão sinceramente como não fazia havia muito tempo. Mas depois, com um suspiro, cortou o riso, para perguntar:

— Como vão os negócios?

— Hum... A gente anda remando. Devemos estar contentes...

— Oh, graças a Deus, que pelo menos *aqui* tudo vai como deve! Ah, absolutamente não estou disposta a tagarelar alegremente...

— Que pena! Acho que, *quand même*, a gente deveria conservar o bom humor.

— Não, isto terminou, Tom... Você sabe de tudo?

— Você sabe de tudo... — repetiu ele, largando-lhe a mão, enquanto, bruscamente, punha a cadeira um pouco para trás. — Santo Deus! Como soa isso! "Tudo!" Quanta coisa encerra esse "tudo"! "Deixei ali minh'alma e toda a minha dor..."* Não é? Ora, sem gracejos...

Ela ficou calada. Roçou-o com um olhar profundamente admirado e mortificado.

— Pois sim, eu esperava essa fisionomia — disse Thomas —, pois sem ela você não estaria aqui. Mas, minha boa Tony, permita-me levar a coisa na brincadeira, assim como você a leva demasiado a sério. Você vai ver que a gente se completará vantajosamente...

— Demasiado a sério, Thomas, demasiado...

— Sim! Grande Deus, não representemos uma tragédia! Falemos

---

* Citação de Heine, *Intermezzo lírico*, nº 65.

com alguma modéstia, em lugar desse "Acabou-se tudo" e "Sua desgraçada Antonie"! Compreenda-me bem, Tony; você sabe perfeitamente que sou o primeiro a regozijar-me de todo o coração pela sua vinda. Há muito desejava que nos visitasse uma vez, sem o seu marido, para que nos pudéssemos reunir novamente *en famille*. Mas que venha *agora* e venha *deste jeito*, perdão, é uma asneira, minha querida! Sim... Deixe-me terminar! Permaneder comportou-se de modo sumamente inconveniente, não se discute e hei de dar-lhe a compreender a minha opinião; prometo-lhe...

Ela o interrompeu, empertigando-se e deitando a mão sobre o peito:

— Como ele se comportou, eu mesma já lhe dei a compreender, e digo-lhe que não me limitei a "dar a compreender". Outras explicações com esse indivíduo são totalmente supérfluas, segundo o meu sentido de tato! — Com isso, deixou-se cair novamente e olhou o teto, severa e impassível.

Ele se inclinou como sob o peso dessas palavras, enquanto, sorrindo, olhava para os joelhos.

— Bem, então não lhe escreverei uma carta grosseira; exatamente como você quiser. Afinal de contas, o assunto é seu, e basta absolutamente que você sozinha o chame à razão. Sendo a mulher dele, é a pessoa indicada para isso. Examinando bem o caso, não se lhe podem negar circunstâncias atenuantes. Um amigo estava de aniversário. Permaneder voltou para casa com um ânimo festivo, um pouco bem-humorado demais, e incorreu numa pequena escorregadela, num desairezinho inconveniente...

— Thomas — disse ela. — Não o compreendo. Não compreendo o tom em que fala. Você... um homem com os seus princípios... Mas você não o viu na ocasião! Como a agarrou na sua embriaguez, a cara que tinha...

— Posso imaginar que foi bastante cômica. Mas é justamente isso, Tony: você não considera o caso pelo lado cômico, e é naturalmente o seu estômago que tem culpa disso. Apanhou o seu marido num momento de fraqueza; viu-o numa situação ridícula... Mas esse fato não a deveria revoltar tão terrivelmente; pelo contrário, deveria diverti-la um pouquinho e aproximar vocês um do outro como entes humanos... Vou lhe dizer uma coisa: claro que você não podia aprovar a conduta dele, sem mais aquela, sorridente e calada. Partir foi uma demonstração; talvez uma demonstração fogosa demais; um castigo um pouco severo talvez (pois não quero ver a aflição dele, neste momento), mas, em todo caso, um castigo justo. Rogo-lhe apenas que olhe as coisas com menos indignação e um pouco mais do ponto de vista político... Falemos cá entre nós, não é? Tenho de explicar-lhe afinal que, num matrimônio, absolutamente não é indiferente em que lado se encontra... a supremacia moral... Compreenda-me bem, Tony! O seu marido mostrou o seu fraco; não há dúvida. Comprometeu-se e ridicularizou-se um pouquinho... fez-se tanto mais ridículo porque o seu crime é tão inocente, tão pouco sério... Em breves palavras: a dignidade dele já não está acima de toda prova. Decididamente você tem a seu favor certa superioridade, e se souber aproveitá-la habilmente a sua boa sorte será garantida. Suposto que, daqui a... digamos quinze dias... oh, por favor, exijo que fique conosco *pelo menos* quinze dias! Suposto, então, que daqui a duas semanas você volte para Munique, veria...

— Não voltarei para Munique, Thomas.

— Perdão... — perguntou ele, de rosto crispado, levando a mão em concha à orelha e inclinando-se para a frente.

Tony estava deitada de costas, com a cabeça enterrada no travesseiro, de modo que o queixo parecia avançar com certo rigor.

— *Nunca!* — disse ela; isso feito, respirou demorada e ruidosamente e pigarreou: um pigarro seco, lento e acentuado que começava a ser nela um hábito nervoso, provavelmente por causa da enfermidade estomacal... Fez-se uma pausa.

— Tony — disse ele de súbito, levantando-se, enquanto energicamente deixava cair a mão sobre o espaldar da poltrona Empire —, não me faça escândalo!

Um olhar de esguelha mostrou a Tony que ele estava pálido; os músculos nas fontes trabalhavam. Ela sentia que já não podia conservar a sua atitude. Começou também a exaltar-se, e para esconder o medo que tinha do irmão tornou-se ruidosa e irada. Erguendo-se de golpe, deixou resvalar os pés pela beira da cama, e de faces ardentes, sobrancelhas cerradas e gestos rápidos da cabeça e das mãos, pôs-se a falar:

— Escândalo, Thomas?! Será que você se atreve a mandar-me não fazer escândalo quando fui insultada, quando um homem simplesmente me cuspiu na cara?! Será que isso é digno de um irmão? Pois bem, você tem de permitir-me essa pergunta! Consideração e tato são coisas bonitas; não se discute! Mas há limites na vida, Tom... e eu conheço a vida tão bem como você! Há limites onde o receio do escândalo começa a dizer-lhe essas coisas, eu, que sou apenas uma ingênua e uma tolinha... Sim, eis o que sou, e compreendo perfeitamente por que

Permaneder nunca me amou, pois sou velha, talvez feia, quem sabe, e Babette, com certeza, é mais bonita. Mas isso não o dispensava da consideração que devia à minha origem, à minha educação e aos meus sentimentos! Você não viu de que modo ele esqueceu essa consideração, e quem não assistiu àqueles acontecimentos não sabe de nada, pois não é possível contar quão repugnante ele se mostrou... E você não ouviu a palavra que me gritou a mim, sua irmã, quando peguei as minhas coisas e saí do quarto, para dormir no sofá da sala de estar... Sim, senhor! Nessa ocasião, tive de ouvir da boca dele uma palavra... uma palavra... uma palavra! Quero que você saiba, Thomas: foi essa palavra que realmente me *obrigou* a arranjar a minha bagagem durante toda a noite, a despertar Erika de madrugada e a vir-me embora, pois não podia ficar junto de um homem em cuja casa tinha de esperar por tais palavras. Já lhe disse que nunca voltarei para junto de um homem assim... Caso contrário, eu me degradaria e não poderia ter respeito por mim mesma e não teria em que me apoiar na vida!

— E teria finalmente a bondade de comunicar-me essa maldita palavra? Sim ou não?

— Nunca, Thomas! Nunca a repetirei com os meus lábios! Sei o que devo a mim e a esta casa...

— Então não vale a pena falar com você!

— Pode ser; e eu queria que não se falasse mais a respeito...

— Que quer fazer? Quer divorciar-se?

— Quero, Tom. Estou firmemente decidida a isso. Eis a maneira de proceder que devo a mim mesma, à minha filha e a vocês todos.

— Bem! Tudo isso não passa de bobagens — disse ele tranquilamente. Virando-se sobre os calcanhares, afastou-se dela, como se assim tudo estivesse liquidado. — Para a gente se divorciar precisa de duas pessoas, minha filha; e a ideia de que Permaneder consentiria nisso com muito prazer, sem mais nada, essa ideia é simplesmente divertida...

— Oh, deixe isso comigo — respondeu Tony, sem se intimidar. — Você acha que ele se oporá, por causa dos meus dezessete mil táleres; mas Grünlich também não queria, e nós o forçamos. Há meios para isso, e vou falar com o dr. Giesecke, que é amigo de Christian, e este há de me ajudar... Decerto, naquela vez foi outra coisa; sei o que você quer dizer. Então havia "incapacidade do marido para alimentar a família"; pois é! Você está vendo que entendo muito bem dessas coisas; e, deveras, você se comporta como se fosse a primeira vez que me divorcio! Mas tudo isso é indiferente, Tom. Talvez não possa ser, talvez seja impossível... pode ser que você tenha razão. Mas nada alteraria as minhas resoluções. Nesse caso, ele pode ficar com os cobres; existem coisas mais importantes na vida! Mas nunca mais voltará a me ver!

Com isso pigarreou outra vez. Saíra da cama; acomodara-se na poltrona, fincando um cotovelo no braço lateral e enterrando o queixo com tanta força na mão, que quatro dedos em garra seguravam o lábio inferior. Assim, virando o busto para o lado, Tony fitou fixamente através da janela, com os olhos excitados e avermelhados.

O cônsul andava de cá para lá pelo quarto. Suspirou, meneou a cabeça e encolheu os ombros. Por fim, estacou diante dela, de mãos torcidas.

— Você é uma criança grande, Tony! — disse, súplice e desanimado. — Cada palavra que diz é uma autêntica criancice! Rogo-lhe a fineza de fazer um esforço para, durante um só instante, considerar as coisas à maneira de pessoa adulta! Será que não percebe que se comporta como se tivesse passado por algo grave e sério, como se o seu marido a tivesse enganado cruelmente, como se, diante do mundo inteiro, a tivesse humilhado? Mas lembre-se apenas de que nada aconteceu! Que ninguém no vasto mundo sabe alguma coisa do acontecimento estúpido que se passou na escada da Kaufinger Strasse! Que absolutamente você não prejudica a sua nem a nossa dignidade quando, com toda a calma, e talvez com uma fisionomia um pouco irônica, volta para junto de Permaneder... Pelo contrário, diminui a nossa dignidade unicamente se *não* o fizer; pois só assim daria importância a essa bagatela, só assim causaria um escândalo.

Largando o queixo rapidamente, Tony o encarou.

— Cale-se, Thomas! Agora é a minha vez! Agora você tem de me ouvir! Como? Será que, na vida, apenas é vergonhoso e escandaloso aquilo que se torna público e do que se fala? Ah, não! Muito pior é o escândalo clandestino que silenciosamente nos corrói e devora o respeito que temos por nós mesmos! Será que nós, os Buddenbrook, somos pessoas que só por fora querem ser, como se diz aqui, "piramidais", enquanto, dentro destas quatro paredes, engolimos toda espécie de humilhações? Tom, a sua conduta me estranha! Imagine como papai se comportaria hoje, e julgue o caso como ele o faria! Não, senhor, em toda parte deve reinar limpidez e franqueza... Em qualquer instante, você pode mostrar os seus livros comerciais a todo mundo e pode dizer: "Olhem aí...". E não deve ser diferente com nenhum de nós. Eu sei como Deus me fez. Não tenho medo nenhum! Deixe Julinha Möllendorpf passar por mim sem me cumprimentar! E deixe Pfiffi Buddenbrook chegar aqui, nas quintas-feiras, e agitar-se de malícia; deixe-a dizer: "Pois é, infelizmente já é a segunda vez, mas sempre, *claro*, a culpa foi só dos homens!". Sinto-me indizivelmente superior a todas essas coisas, Thomas! Sei que fiz o que achei correto. Mas engolir ofensas, por medo de Julinha Möllendorpf e de Pfiffi Buddenbrook, deixar-me insultar no dialeto de cervejeiros incultos... perseverar, por causa delas, numa cidade onde eu teria de acostumar-me a tais palavras e a cenas como a da escada, onde deveria totalmente renunciar a mim, à minha origem e educação, a tudo quanto tenho em mim, só para parecer feliz e satisfeita: eis o que chamo indigno, eis o que é escandaloso; sim, senhor!

Deteve-se. Novamente fincou o queixo sobre a mão, cravando os olhos exaltados nas vidraças. Thomas quedou-se diante dela, o peso do corpo sobre uma das pernas, com as mãos nos bolsos, e deixou pousar o olhar sobre a irmã, sem vê-la. Cheio de pensamentos, sacudiu vagarosamente a cabeça.

— Tony — disse ele —, não me pode enganar. Eu já sabia disso antes, mas pelas últimas palavras você se descobriu. Não se trata do marido. Trata-se da cidade. Não se trata dessa bobagem da escada. Trata-se do todo em geral. Você não se pôde aclimatar. Seja sincera.

— Tem razão, Thomas! — gritou ela. Até levantou-se de um pulo e, com a mão estendida, apontou-lhe direto ao rosto. Estava corada. Em atitude belicosa, estacou, apanhando a cadeira com uma mão e gesticulando com a outra; fez um discurso apaixonado e vibrante que brotava dela com força irresistível. O cônsul a fitou com pasmo profundo. Mal ela se dava tempo para respirar e já manavam e borbulhavam novas palavras. Sim, Tony achou palavras; expressou tudo quanto, durante esses anos, se acumulara nela de desgosto: a coisa saía-lhe um pouco desordenada e confusa, mas conseguiu expressá-la. Foi uma explosão, uma erupção cheia de franqueza desesperada... Houve nesse momento uma descarga contra a qual não existiam argumentos, algo de elementar sobre o que não se podia discutir...

— Você tem razão, Thomas! Pode repeti-lo! Ah, asseguro-lhe solenemente que já não sou uma tola e sei o que devo esperar da vida. Já não estou estupefata ao perceber que neste mundo nem tudo se passa de maneira limpinha. Encontrei sujeitos como Trieschke Chorão e fui casada com Grünlich e aqui na cidade conheço os nossos pândegos. Não sou nenhuma ingênua de aldeia, digo-lhe, e aquela coisa com Babette, por si só, considerada à parte, não me teria afugentado; pode acreditar! Mas o caso é, Thomas, que esse fato encheu a medida... Não se precisava de muito para isso, pois, no fundo, a medida já estava cheia... cheia havia muito, muito tempo! Um nada teria sido suficiente para fazê-la transbordar, e agora aquilo! Ainda por cima a certeza de que nem sequer nesse ponto eu podia ter confiança em Permaneder! Foi o que coroou a obra! Aquela cena ultrapassou os limites! Foi ela que, de um golpe, amadureceu de vez a minha resolução de ir-me embora de Munique, e essa resolução, há muito, muito tempo, já estava amadurecendo, Tom; não posso viver ali! Santo Deus e todos os anjos; não posso! Você não sabe, Tom, quanto eu era infeliz. Quando vocês vieram visitar-nos, nada deixei transparecer; ah, não, sou mulher delicada que não importuna outras pessoas com as suas queixas; não exibo o meu coração todos os dias e sempre me inclinava para o retraimento. Mas sofri, Tom, sofri, com tudo o que tenho em mim, e, por assim dizer, com toda a minha personalidade. Como uma planta, para servir-me desta imagem, como uma flor que se transplantou em terra estranha... Embora você ache imprópria esta comparação, pois sou uma mulher quase feia... Mas não existe terra mais estranha para mim, e prefiro ir para a Turquia! Oh, jamais deveríamos sair daqui! Deveríamos permanecer na nossa baía marítima e viver à nossa maneira! De vez em quando, vocês zombavam de minha predileção pela nobreza... pois sim, durante esses anos, muitas vezes, fiquei pensando em algumas palavras que, há muito tempo, alguém, uma pessoa inteligente, me disse: "Você simpatiza com os aristocratas..."; foi assim que disse. "Vou lhe explicar por quê: porque você mesma é uma aristocrata! Seu pai é um grande senhor, e você é uma princesa. Um abismo a separa de nós outros que não pertencemos ao círculo das famílias governantes..." Sim. Tom, sentimo-nos nobres; temos um sentimento de distância e não deveríamos procurar viver em lugar algum onde nada sabem de nós e não são capazes de nos apreciar, pois receberemos apenas humilhações, e eles nos acharão ridiculamente altivos. Sim, senhor... todo mundo me achou ridiculamente altiva. Ninguém me falava nada, mas sentia-o a cada hora, e foi também por isso que sofri. Ah! num país onde comem torta com faca, onde os príncipes falam um alemão errado e onde todos se admiram, como de um ato amoroso, quando um cavalheiro levanta do chão o leque de uma dama, num país assim é fácil parecer altiva. Não, entre pessoas sem dignidade, moral, ambição, distinção e rigor, entre pessoas desleixadas, descorteses, desordenadas, entre pessoas que ao mesmo tempo são preguiçosas e levianas, estúpidas e superficiais... entre tais pessoas não me posso aclimatar e nunca poderia fazê-lo, na condição de sua irmã! Eva Ewers conseguiu... muito bem! Mas uma Ewers ainda não é uma Buddenbrook, e além disso ela tem um marido que presta para alguma coisa na vida. Mas que sorte tive eu? Pense a esse respeito, Thomas! Comece desde o início e lembre-se de tudo! Saindo daqui, desta casa, de um lugar onde ela vale alguma coisa, onde a gente é ativa e tem objetivos, cheguei ali, para junto de Permaneder, que se aposentou com o meu dote... Ah, isto foi típico, foi realmente característico, mas não houve mais nada de agradável nesse procedimento. E depois? Espera-se uma criança. Como fiquei alegre! Ela me teria indenizado de todo o resto! Que acontece? Ela morre. Está morta. Não foi culpa de Permaneder; Deus me livre, não! Fez o que pôde e até não foi à taverna durante dois ou três dias; sim, senhor! Mas o fato faz parte do todo, Thomas. Pode imaginar que não aumentou a minha felicidade. Aguentei firme e não resmunguei. Andava pela cidade, sozinha e incompreendida, com a reputação de ser altiva, e dizia a mim mesma: "Você lhe deu o seu consentimento por toda a vida. Ele é um pouco rude e indolente e desapontou as suas esperanças; mas só quer o seu bem e tem bom coração". E depois tive de passar por aquilo e de vê-lo naquele momento repugnante. Foi então que aprendi: é assim que ele me compreende, e assim sabe respeitar-me tanto que chega a gritar atrás de mim uma palavra, uma palavra que nem um dos seus estivadores atiraria a um cachorro! Nesse momento vi que nada me prendia e que ficar teria sido uma vergonha. E aqui, quando, a partir da estação, passei pela Holsteinstrasse, encontrei o carregador Nielsen, que tirou a cartola profundamente, retribuí o cumprimento: absolutamente não de modo altivo, mas assim como papai cumprimentava essa gente... assim... abanando com a mão... Aqui estou. Pode atrelar duas dúzias dos seus cavalos de carroça, Tom: não me arrastará para Munique outra vez. E amanhã encontrar-me-ei com Giesecke!

Foi esse o discurso de Tony. Depois, meio exausta, deixou-se recair na cadeira, enterrando o queixo na mão e fitando as vidraças.

Totalmente assustado, tolhido e quase abalado, o cônsul quedava-se diante dela, sem falar. Então respirou profundamente. Levantou os braços até a altura dos ombros, para deixá-los cair sobre as coxas.

— Bem, nesse caso não se pode fazer nada! — disse baixinho. Silenciosamente virou-se nos calcanhares e dirigiu-se para a porta.

Ela o acompanhou com os olhos; tinha a mesma expressão com que o recebera: sofredora e amuada.

— Tom — perguntou —, está zangado comigo?

Segurando a maçaneta oval numa das mãos, ele fez com a outra um gesto cansado de negação.

— Ah, não! De modo algum!

Tony, com a cabeça sobre o ombro, estendeu-lhe a mão.

— Venha cá, Tom... A sua irmã não tem uma vida muito boa. Tudo cai em cima dela... E neste instante talvez ela não tenha ninguém para apoiá-la...

Ele voltou e lhe apanhou a mão, ligeiramente, um tanto indiferente e fatigado, sem olhá-la.

De súbito, o lábio superior de Tony começou a tremer...

— Daqui em diante você terá de trabalhar sozinho — disse-lhe. — Christian nunca vai endireitar, e eu cheguei ao fim... não posso fazer mais nada... acabou-se... sim, senhor: vocês terão de dar o pão da caridade à mulher inútil que sou. Nunca eu teria pensado que fracassaria tão completamente no meu esforço de ajudá-lo um pouquinho, Tom! Agora você tem de se arranjar sozinho, para que nós, os Buddenbrook, defendamos o nosso lugar... E Deus esteja com você!

Duas lágrimas, lágrimas de criança, grossas e claras, lhe correram sobre as faces cuja pele já começava a perder a frescura da mocidade.

11.

Tony não perdeu tempo. Encaminhou o caso. Na esperança de que ela se acalmasse, aplacando-se e mudando de opinião, o cônsul, por enquanto, exigira dela só uma coisa: que se mantivesse reservada e que nem ela nem Erika saíssem de casa. Tudo podia ainda virar para melhor... Provisoriamente, a cidade não devia saber de nada. Desconvidou-se a família para a reunião das quintas-feiras.

Mas, já no dia após a chegada da sra. Permaneder, uma carta da mão dela solicitava a presença do advogado dr. Giesecke na Mengstrasse. Tony recebeu-o sozinha, na sala central do primeiro andar, ao lado do corredor. A sala havia sido aquecida, e para quaisquer finalidades ela pusera em ordem sobre a mesa pesada um tinteiro, utensílios de escrita e grande quantidade de papel almaço branco que vinha do escritório. Acomodaram-se em duas poltronas...

— Senhor doutor! — disse Tony, cruzando os braços, inclinando a cabeça para trás e fitando o forro. — O senhor é um homem que conhece a vida, tanto do ponto de vista humano quanto do da profissão. Posso usar de franqueza com o senhor! — E contou-lhe detalhadamente como as coisas se tinham passado, com Babette e no quarto conjugal, ao que o dr. Giesecke, com grande pesar, teve de declarar-lhe que nem o lastimável incidente da escada, nem o tal insulto, sobre o qual ela recusava entrar em detalhes, representavam motivo suficiente para o divórcio.

— Muito bem — disse ela. — Fico-lhe grata.

Depois pediu um resumo dos motivos legais de divórcio. A seguir ouviu, com espírito aberto e vivo interesse, demorada conferência sobre o direito dotal. Por fim, despediu-se do dr. Giesecke com amável dignidade.

Desceu para o térreo, onde obrigou o cônsul a acompanhá-la ao gabinete particular.

— Thomas — disse ela —, peço-lhe que escreva sem demora àquele homem... Não gosto de pronunciar-lhe o nome. Quanto ao meu dinheiro, estou perfeitamente a par. Ele que se explique. Assim ou assado! A mim nunca mais verá. Se ele consentir no divórcio legal, muito bem; nesse caso, exigiremos prestação de contas e restituição do meu *dot*. Se ele recusar, igualmente não precisamos desanimar; pois, Tom, você tem de saber que o direito de Permaneder ao meu *dot*, segundo a forma jurídica, é o de uma espécie de propriedade (isso, sim, não posso negá-lo), mas que, graças a Deus, tenho nesse assunto também alguma influência...

O cônsul, mãos nas costas, andava de cá para lá. Os seus ombros moviam-se nervosamente, pois a fisionomia com que ela proferia a palavra *dot* era orgulhosa demais.

Thomas não tinha tempo. Deus sabia que andava sobrecarregado. Tivesse ela paciência, reconsiderasse o caso umas cinquenta vezes! Antes de tudo, o cônsul estava a ponto de fazer, no dia seguinte, uma viagem a Hamburgo: haveria ali uma conferência, uma entrevista penosa com Christian. O irmão escrevera; pedira auxílio, um empréstimo que a consulesa devia subtrair à sua futura herança. Os seus negócios iam lamentavelmente mal, e, embora constantemente estivesse acometido por uma multidão de moléstias, parecia divertir-se deliciosamente no restaurante, no circo e no teatro; a julgar pelas dívidas que se manifestavam nesse momento, dívidas que pudera fazer pela reputação do seu nome, vivia muito além da sua situação financeira. Na Mengstrasse, no clube e em toda a cidade sabiam quem tinha a culpa principal disso. Era uma mulher, dama independente, que se chamava Aline Puvogel e tinha duas crianças bonitas. Entre os comerciantes de Hamburgo, não era somente Christian Buddenbrook quem mantinha com ela relações íntimas e onerosas...

Em breves palavras: fora dos desejos de divórcio, proferidos por Tony, existiam ainda mais coisas desagradáveis, e urgia partir para Hamburgo. Além disso, era provável que Permaneder, por sua vez, desse notícias...

O cônsul viajou e voltou com humor irado e sombrio. Mas, como de Munique não tivesse chegado ainda sinal de vida, viu-se forçado a dar o primeiro passo. Escreveu uma carta fria, realista e um pouco arrogante: inegavelmente, Antonie estivera exposta a graves decepções na sua convivência com Permaneder... Abstraindo os detalhes, não pudera encontrar, em geral, nesse matrimônio, a felicidade esperada... O seu desejo de ver dissolvida essa aliança devia parecer justo a quem considerasse o caso com equidade... A sua decisão de não mais voltar para Munique, infelizmente, parecia ser inabalável... E seguia-se a pergunta sobre como Permaneder tencionava proceder frente a esses fatos...

Dias de tensão... Então veio a resposta do sr. Permaneder.

Respondeu de modo que ninguém, nem o dr. Giesecke, nem a consulesa, nem Thomas, nem sequer a própria Antonie, haviam aguardado. Em palavras simples, concordou com o divórcio.

Escrevia que lastimava sinceramente o que acontecera, mas que respeitava os desejos de Antonie; pois reconhecia que ela e ele "não eram feitos um para o outro". Se ele lhe causara anos tristes, que Tony, então, procurasse esquecê-los e perdoar-lhe... Como, provavelmente, não mais veria a ela nem a Erika, desejava-lhes para sempre toda sorte e felicidade... *Alois Permaneder.* Num pós-escrito ofereceu-se expressamente para restituir o dote sem demora. Ele, por sua vez, podia viver despreocupadamente com o que possuía. Não precisava de prazo, pois não havia negócios a despachar; a casa pertencia a ele, e tinha líquida a importância.

Tony quase estava um pouco envergonhada e sentia-se, pela primeira vez, disposta a achar louvável a pouca paixão que o sr. Permaneder demonstrava em assuntos financeiros.

Então o dr. Giesecke entrou outra vez em ação. Comunicou-se com os cônjuges a respeito do motivo do divórcio; fixaram o da "incompatibilidade mútua", e começou o processo — o segundo divórcio de Tony, que acompanhou todas as fases com seriedade, perícia e enorme zelo. Falava dele em qualquer situação, de modo que o cônsul por várias vezes se irritou. Por enquanto, ela era incapaz de participar da aflição do irmão. Estava absorta por palavras como "frutos", "acrescimentos", "rendimentos", "objetos dotais" etc.; produzia esses termos sem cessar, fluentemente e com dignidade, inclinando a cabeça para trás e alçando um pouco os ombros. A mais profunda impressão de todas as explicações do dr. Giesecke fez-lhe um artigo que tratava do caso de um tesouro a ser, eventualmente, achado num terreno dotal; esse tesouro pertenceria ao dote e deveria ser restituído depois do fim do matrimônio. Falava a todo mundo desse tesouro que, absolutamente, não existia: a Ida Jungmann, tio Justus, à pobre Klothilde, às primas Buddenbrook da Breite Strasse. Estas, ao saberem dos acontecimentos, haviam posto as mãos na cabeça, trocando olhares pasmados: estavam aturdidas de alegria por terem ainda essa satisfação... Therese Weichbrodt, que voltara a ensinar Erika Grünlich, tinha também de ouvir a história do tesouro, e mesmo a boa sra. Kethelsen, que por mais de uma razão não entendia nada disso...

Depois chegou o dia em que o divórcio foi pronunciado legal e definitivamente. Tony, para liquidar a última formalidade necessária, pediu a Thomas os documentos familiares, onde anotou, pela própria mão, o fato recente... E daí em diante era preciso acostumar-se à situação.

Ela o fez com ânimo. Com dignidade inatingível, fingia não ouvir as pequenas indiretas, maravilhosamente maliciosas, que as primas Buddenbrook proferiam; na rua, com indizível frieza, fazia como se não visse as cabeças dos Hagenström e dos Möllendorpf, e renunciara por completo à vida social, que, de resto, havia muitos anos, não mais se fazia na casa paterna, mas sim na do irmão. Frequentava os mais próximos parentes: a consulesa, Thomas, Gerda; tinha Ida Jungmann, Sesemi Weichbrodt, amiga maternal, e Erika, em cuja educação distinta empregava muito cuidado, nutrindo talvez derradeiras e clandestinas esperanças no futuro da filha... Assim vivia, e o tempo fugia.

Mais tarde, de um modo jamais esclarecido, alguns membros da família chegaram a saber a "palavra", essa palavra desesperada que, naquela noite, o sr. Permaneder deixara escapar. Que dissera ele? "Vá para o diabo que a carregue, filha da puta nojenta!"

Assim terminou o segundo matrimônio de Tony Buddenbrook.

SÉTIMA PARTE

1.

Batizado! Batizado na Breite Strasse!

Tudo está exatamente como a sra. Permaneder o sonhara nos dias esperançosos, tudo: à mesa da sala de jantar, cautelosamente e sem ruído que interrompa a cerimônia do salão, a criada enche de nata batida as muitas xícaras de chocolate fervente que se encontram, apertadas, numa enorme bandeja redonda de alças douradas em forma de concha... Ao mesmo tempo, o mordomo Anton trincha a alta torta arboriforme, enquanto Ida Jungmann coloca bombons e flores frescas em tijelinhas de prata; a isso, com um olhar examinador, inclina a cabeça sobre o ombro e mantém os dedos mínimos bem afastados dos outros...

Em breve, todas essas coisas magníficas serão servidas aos convidados que estão a ponto de acomodar-se na sala de estar e no grande salão. Tomara haja bastante de tudo, pois se reuniu a família, embora não no sentido mais amplo da palavra, porque pelos Oeverdieck existe também certo parentesco com os Kistenmaker e, por estes, com os Möllendorpf, e assim por diante. Seria impossível traçar um limite! Os Oeverdieck, porém, estão representados, e pelo seu chefe de família, dr. Kaspar Oeverdieck, cavalheiro de mais de oitenta anos e burgomestre em exercício.

O ancião chegou de carro e subiu a escada, apoiando-se sobre a bengala e o braço de Thomas Buddenbrook. A sua presença aumenta o esplendor da festa... e não há dúvida: a festa é digna de todo esplendor!

Pois, ali no salão, há uma mesinha transformada em altar e enfeitada de flores, atrás da qual discursa um jovem sacerdote, de vestimentas pretas e gola em forma de mó, nívea e engomada. Em frente dele, uma moça alta e robusta, de trajes ricamente revestidos de ouro e vermelho, segura nos braços exuberantes uma coisinha que desaparece por entre as rendas e laços de cetim... Um herdeiro! Um morgado! Um Buddenbrook! Compreendem o que isto significa?

Compreendem o encantamento silencioso com que se transmitiu essa notícia da Breite Strasse para a Mengstrasse, logo que se pronunciara baixinho a primeira palavra de pressentimento? E o tácito entusiasmo com que, naquela ocasião, a sra. Permaneder abraçou a mãe, o irmão e — com mais cuidado — a cunhada? E agora, com a chegada da primavera do ano de 1861, ele está aí e recebe o sacramento do batismo; ele, no qual há muito tempo se fundam tantas esperanças e do qual sempre se falava; ele, aguardado e almejado há longos anos, implorado a Deus e solicitado ao dr. Grabow... ele está aí, e tem aspecto insignificante.

As mãozinhas brincam com os passamanes dourados do corpinho da ama; a cabeça, coberta por uma touquinha de rendas guarnecida de azul-claro, está deitada sobre a almofada, e desvia-se do pastor de modo um tanto desatento; os olhos, com um piscar examinador e quase sisudo, fitam a sala e os parentes. Nesses olhos, cujas pálpebras superiores têm cílios muito compridos, o azul-claro da íris paterna e o castanho da materna se confundiram num castanho dourado, claro, indistinto, que cambia conforme a luz. Mas as comissuras dos olhos, nos dois lados do nariz, são profundas e envoltas em sombras azuladas. Isso dá à pequena fisionomia, que ainda não é bem fisionomia, traços prematuramente característicos que não ficam muito bem a uma criança de quatro semanas. Queira Deus que não signifiquem nada de mau, pois também a mãe, embora de boa saúde, tem os mesmos sinais... E de qualquer modo: ele vive, e o fato de ser um menino causa, há quatro semanas, o maior regozijo.

Vive, e todavia as coisas poderiam ter saído de outro modo. O cônsul nunca se esquecerá do aperto de mão com que o bom dr. Grabow, há quatro semanas, ao deixar mãe e filho, lhe dissera: "Seja grato a Deus, meu caro amigo; não faltou muito...". O cônsul não se atrevera a perguntar para o que não faltara muito. Rejeita com horror o pensamento de que essa criatura minúscula, almejada debalde durante tanto tempo, e que nasceu tão estranhamente sem ruído, quase teve o mesmo destino da segunda filhinha de Antonie... Mas sabe que foi uma hora desesperada para mãe e filho, aquela hora de há quatro semanas, e, radiante e terno, inclina-se sobre Gerda, que, diante dele, ao lado da velha consulesa, se recosta a uma poltrona, com os sapatos de verniz cruzados sobre um coxim de veludo.

Como ela ainda está descorada! E quanta beleza exótica na sua palidez, com o pesado cabelo ruivo e os olhos misteriosos que pousam no pregador com certa ironia velada! É ele o sr. Andreas Pringsheim, que, muito moço, após a morte repentina do velho Kölling, fora promovido a pastor supremo. Mantém as mãos fervorosamente postas logo abaixo do queixo erguido. Tem cabelos loiros, curtos e ondulados e rosto ossudo e raspado, cuja mímica, alternando seriedade fanática e transfiguração iluminada, parece um pouco teatral. É natural da Francônia, onde, no meio de católicos, durante vários anos, paroquiou pequena comunidade luterana. Pelo esforço tendente a uma pronúncia pura e patética, o seu dialeto mudou-se numa dicção bem singular, com vogais prolongadas e sombrias, por vezes bruscamente acentuadas e com um "r" carregado por entre os dentes...

O reverendo louva a Deus ora em voz baixa, ora num forte crescendo, e a família o escuta: a sra. Permaneder, envolta em séria dignidade que lhe esconde o encantamento e o orgulho; Erika Grünlich, que já tem quase quinze anos, moça robusta de tranças apanhadas e com a tez rosada do pai; Christian, chegado de Hamburgo naquela manhã, deixa os olhos encovados vagarem de um lado para o outro. O pastor Tiburtius e a esposa não temeram a viagem de Riga para cá, a fim de poderem assistir às solenidades: Sievert Tiburtius pousou sobre os ombros as extremidades das suíças finas e compridas, e, de vez em quando, os olhinhos cinzentos dilatam-se surpreendentemente, tornando-se cada vez maiores, arregalando-se e quase saltando das órbitas... E Klara, de olhar sombrio, sério e severo, leva, por vezes, a mão à cabeça, pois há ali uma dor... O casal acaba de fazer aos Buddenbrook um presente magnífico... um enorme urso pardo empalhado, ereto sobre as patas traseiras, que, em qualquer parte do interior da Rússia, fora morto por um parente do pastor, para ser colocado no patamar, com uma bandeja para cartões por entre as garras.

Os Kröger vieram com o filho Jürgen, que está de visita: o funcionário dos Correios de Rostock é um rapaz taciturno, vestido em estilo simples. O paradeiro do irmão Jakob é desconhecido de todos, exceto da mãe, que, na sua indulgência, vende clandestinamente coisas de prataria para mandar dinheiro ao filho desordenado... As primas Buddenbrook também estão presentes; folgam profundamente com o fato feliz ocorrido na família, o que não impediu Pfiffi de observar que a criança tinha aspecto doentio; e a consulesa — em solteira Stüwing —, assim como Friederike e Henriette, infelizmente, tivera de confirmar essa opinião. A pobre Klothilde, porém, grisalha, macilenta, paciente e esfomeada, está comovida pelas palavras do pastor Pringsheim e pela esperança de receber torta arboriforme com chocolate... Duas pessoas que não pertencem à família estão presentes: o sr. Friedrich Wilhelm Marcus e Sesemi Weichbrodt.

Nesse momento, o pastor se dirige aos padrinhos e lhes fala dos seus deveres. Um deles é Justus Kröger... No começo, o cônsul Buddenbrook recusara-se a convidá-lo. "Não provoquemos o velho a fazer tolices!", dissera. "Todos os dias, ele tem cenas horríveis com a mulher por causa do filho; a pouca fortuna que possui vai minguando e, de tanta mágoa, começa deveras a tornar-se um pouco relaxado no seu exterior! Mas garanto a todos: se lhe pedirmos que figure como padrinho, presenteará a criança com todo um serviço de ouro pesado, e nem sequer aceitará agradecimentos!" Mas tio Justus, ao ouvir do outro padrinho — falavam-lhe de Stephan Kistenmaker, amigo do cônsul —, andara tão zangado que, apesar de tudo, o convidaram; para satisfação de Thomas Buddenbrook, a taça de ouro que deu de presente não é exageradamente pesada.

E o segundo padrinho? É este digno senhor idoso de cabelos alvos, plastrom alto e sobrecasaca de macia casimira preta, de cujo bolso traseiro sempre pende a ponta de um lenço vermelho; está sentado na mais cômoda poltrona, inclinado sobre a bengala: o burgomestre dr. Oeverdieck. É um acontecimento, uma vitória! Muita gente não compreende como isso sucedeu. Meu Deus, quase não há parentesco! Os Buddenbrook trouxeram o velho pelos cabelos... E de fato: foi um golpe, pequena intriga que o cônsul tramou em companhia da sra. Permaneder. No início não passou de um gracejo, feito na primeira alegria de saberem mãe e filho sãos e salvos. "Um garoto, Tony! Ele deve ter o burgomestre como padrinho!", gritara o cônsul. Mas ela se apoderara da ideia, levando-a a sério, ao que Thomas, também, ponderara o caso e consentira numa tentativa. Assim, havia se valido de tio Justus, que mandara a mulher para junto da cunhada, esposa do negociante de madeiras Oeverdieck, e esta, por sua vez, tivera de preparar habilmente o velho sogro. Depois, uma reverenciosa visita que Thomas fizera ao chefe do Estado produzira efeito...

Enquanto a ama soergue a touca da criança, o pastor cautelosamente esparge sobre o cabelo escasso do pequeno Buddenbrook duas ou três gotas da tigela de prata, dourada por dentro; lenta e enfaticamente pronuncia os três nomes com que o batiza: Justus, Johann, Kaspar. Segue-se breve oração, e os parentes desfilam para depositar um beijo de felicitação na testa desse ente manso e impassível... Therese Weichbrodt é a última a fazê-lo, e a ama tem de baixar um pouco a criança; em compensação ela lhe dá dois beijos que estalam levemente.

— Seja feliz, meu bom menino!

Três minutos após, os convidados se agrupam no salão e na sala de estar, onde se servem doces. O pastor Pringsheim também está sentado ali, com as suas vestimentas compridas de onde saem as botinas largas, engraxadas, e com a gola de rendas em torno do pescoço; bebericando a nata batida fresquinha do chocolate quente, palestra, com o rosto transfigurado, de modo levíssimo e sumamente eficiente, ao contrário dos seus discursos. Cada um dos seus gestos exprime: "Olhem, posso despir o sacerdote e ser um homem de sociedade inocentemente alegre!". É um homem hábil e flexível. Com a velha consulesa fala um tanto untuosamente, com Thomas e Gerda de maneira mundana, acompanhando as frases de movimentos elegantes, e com a sra. Permaneder num tom risonho, cordial e jocoso... De quando em quando, ao meditar, cruza as mãos no colo; inclina a cabeça para trás e franze os sobrolhos, fazendo uma cara de palmo e meio. Quando ri, aspira bruscamente o ar pelos dentes cerrados, de maneira a produzir um silvo.

De repente, há um movimento lá fora, no corredor; ouve-se o riso da criadagem, e na porta aparece um congratulante esquisito. É Grobleben; Grobleben, em cujo nariz magro a cada estação constantemente pende um pingo alongado que jamais cai. Grobleben é estivador do cônsul, e o patrão lhe arranjou uma fonte de renda secundária na função de engraxate. De madrugada vai à Breite Strasse, para apanhar os calçados postos diante das portas e limpá-los no vestíbulo. Nas festas familiares, porém, comparece endomingado, trazendo flores, e enquanto o pingo balouça por baixo do nariz, faz em voz chorona e melíflua um discurso, depois do qual recebe uma gorjeta. Mas não é por causa dela que o faz!

Vestiu casaco preto — casaco já usado, do cônsul —, botas altas e capa de lã azul. Na mão vermelha e magra tem um ramalhete de rosas pálidas um pouco desabrochadas demais, e que em parte se desfolham vagarosamente sobre o tapete. Os olhinhos inflamados vagam piscando, aparentemente sem nada perceberem... Grobleben para à porta, apresentando o ramalhete, e imediatamente começa a discursar, enquanto a velha consulesa, depois de cada palavra, lhe envia um aceno encorajador ou o ajuda com pequenos apartes; o cônsul observa-o, alçando uma das sobrancelhas claras, ao passo que outros membros da família, por exemplo a sra. Permaneder, cobrem a boca com o lenço.

— Eu não sou mais que um pobre-diabo, meus senhores, mas tenho um coração sensível. E a felicidade e a alegria do meu patrão, o cônsul Buddenbrook, que sempre foi tão bom amigo, me deixam comovido. Por isso estou aqui, para felicitar de todo o meu coração o senhor cônsul e a senhora consulesa e toda a excelentíssima família. E que a criança prospere. Eles o merecem diante de Deus e dos homens. E patrões como o cônsul Buddenbrook não há muitos. É um nobre cavalheiro. E Deus Nosso Senhor o recompensará por tudo...

— Muito bem, Grobleben! Fez um discurso bonito! Muito obrigado, Grobleben! E que quer com estas rosas?

Mas Grobleben ainda não terminou; reforçando a voz chorona, supera a do cônsul:

— ... e Deus Nosso Senhor o recompensará por tudo, como ia dizendo, o senhor e toda a excelentíssima família, quando chegar o dia, e quando a gente estiver diante do seu trono. Porque, um dia, devemos descer à cova, pobres e ricos. Assim é a vontade e desígnio dele. E uns têm um caixão fino e polido de madeira cara. E os outros só uma caixa velha. Mas todos devem transformar-se em barro... Toda a gente ficará barro... só barro...

— Ora, Grobleben, a gente tem um batizado hoje, e você com seu barro!...

— ... e no mais aqui tem umas flores — termina Grobleben.

— Muito obrigado, Grobleben! Mas isto é demais! Ainda gastou dinheiro, rapaz! E há muito tempo não ouvia discurso tão bonito... Bem, tome isto, e passe um dia alegre! — O cônsul põe-lhe a mão sobre o ombro, enquanto lhe dá um táler.

— Aqui, meu caro! — diz a velha consulesa. — Será que você quer bem ao Nosso Salvador?

— De todo o coração, senhora consulesa, claro! — E Grobleben recebe dela outro táler e um terceiro da sra. Permaneder, ao que se retira entre mesuras profundas. Está tão enlevado pelos seus pensamentos que leva consigo as flores, pelo menos as que ainda não se encontram sobre o tapete...

Foi-se o burgomestre (o cônsul o acompanhou até a carruagem), e a sua saída dá o sinal de despedida também para os outros convidados, pois Gerda Buddenbrook precisa de descanso. A calma volta às salas da casa. A velha consulesa com Tony, Erika e Ida Jungmann são as últimas a se despedirem.

— Pois é, Ida — diz o cônsul —, eu achei... e minha mãe está de acordo... você criou a nós todos, e quando o pequeno Johann se tornar um pouco maior... agora tem ainda a ama e depois precisará de uma ama-seca; mas será que você, então, teria vontade de mudar-se para cá?

— Pois não, senhor cônsul, e se isso agradar à senhora sua esposa...

O plano satisfaz também a Gerda, de modo que o projeto se torna resolução.

Depois da despedida, já na porta, a sra. Permaneder vira-se mais uma vez. Voltando para junto do irmão, beija-o em ambas as faces e diz:

— Este é um belo dia, Tom; há muitos anos que não me sinto tão feliz! Nós, os Buddenbrook, ainda não estamos no nosso *kyrie eleison*, graças a Deus! Quem pensa o contrário está redondamente enganado! Agora que temos o pequeno Johann... É tão bonito haver um Johann outra vez... agora tenho a impressão de que devem chegar tempos bem diferentes!

2.

Christian Buddenbrook, chefe da firma hamburguesa H. C. F. Burmeester & Cia., na mão o elegante chapéu cinzento e a bengala com o busto de freira, entra na sala de estar do irmão, que ali se encontra lendo em companhia de Gerda. Foi às nove e meia da noite após o dia do batizado.

— Boa noite — disse Christian. — Escute, Thomas, tenho de falar urgentemente com você... Perdão, Gerda... É coisa que tem pressa...

Passaram para a sala de jantar escura, onde o cônsul acendeu uma das lâmpadas a gás fixadas à parede. Contemplou o irmão. Tinha maus pressentimentos. Fora dos cumprimentos por ocasião da chegada, ainda não tivera ocasião para falar com Christian. Mas durante o ato solene observara-o atentamente e constatara que estava mais sério e inquieto do que de costume; no decorrer do discurso do pastor Pringsheim, por motivos indeterminados, até saíra da sala por alguns minutos... Thomas não lhe escrevera mais nenhuma linha desde aquele dia em Hamburgo em que Christian recebera das suas mãos dez mil marcos de herança, destinados a pagar-lhe as dívidas. "Vai continuar assim!", dissera o cônsul. "Deste modo, os seus cobres estarão desperdiçados em pouco tempo. Quanto a mim, espero que no futuro o veja raras vezes. Durante todos esses anos você sujeitou a minha amizade a duras provas..." Por que vinha ele agora? Devia haver coisa urgente a instigá-lo...

— Então? — perguntou o cônsul.

— Daqui em diante não posso mais — respondeu Christian, enquanto se acomodava, chapéu e bengala por entre os joelhos delgados, sobre uma das cadeiras de alto espaldar que cercavam a mesa.

— Posso perguntar o que daqui em diante você não pode mais, e o que o traz a mim? — disse o cônsul, estacando.

— Daqui em diante não posso mais — repetiu Christian. Com uma seriedade terrivelmente irrequieta virava a cabeça de um lado para o outro, deixando vagarem os olhinhos redondos e encovados. Tinha então trinta e três anos, mas parecia muito mais velho. O cabelo ruivo estava tão desbastado que quase todo o crânio se exibia livremente. Por cima das faces descaídas salientavam-se nitidamente as maçãs do rosto; no meio, porém, nu, macilento, descarnado, avançava em curva gigantesca o nariz enorme... — Se fosse apenas isto — prosseguiu ele, enquanto passava com a mão pelo lado esquerdo do corpo, sem tocá-lo... — Não é uma dor, é uma tortura, sabe? uma tortura constante e indeterminada. O dr. Drögemüller, em Hamburgo, me disse que neste lado todos os nervos são curtos demais... Imagine, por todo o lado esquerdo estou com os nervos demasiado curtos! É tão estranho... às vezes tenho a impressão de que, nesse lado, se deverá realizar alguma convulsão ou paralisação, uma paralisia perpétua... Você não pode imaginar... Nenhuma noite posso adormecer direito. Desperto sobressaltado, porque, de repente, o coração não bate mais, e levo um susto horrível... Essas coisas não me acontecem uma vez, mas dez, antes de adormecer. Não sei se você conhece isso... vou lhe descrever minuciosamente... É como se...

— Deixe disso — atalhou o cônsul com frieza. — Suponho que você não veio para cá só para me contar estas coisas.

Não, Thomas, se fosse apenas *isto*. Mas não é só *isto*. É com o negócio... Daqui em diante não posso mais.

— Os seus negócios, outra vez, não estão em regra? — O cônsul nem sequer se irritou; já não elevava a voz. Perguntou com toda a calma, olhando o irmão de esguelha com uma indiferença cansada.

— Não, Thomas, e para falar a verdade... agora, de qualquer modo, pouco se me dá... nunca cheguei a pô-los em regra, tampouco por meio daqueles dez mil; você mesmo o sabe... No fundo, só serviram para evitar que tivesse de fechar imediatamente... O caso é o seguinte... Tive outros prejuízos, logo após o negócio de café... e com a falência de Antuérpia... Pois é. Mas, depois disso, no fundo, não fiz mais nada; fiquei quieto. Mas a gente precisa viver... e agora existem dívidas, promissórias e outras... cinco mil táleres... Ah, você não imagina como vou por água abaixo! E além disso esta tortura...

— Olhe só, você ficou quieto! — gritou o cônsul fora de si. Nesse instante, apesar de tudo, perdeu a paciência. — Deixou a carruagem na lama e divertiu-se por outro lado! Pensa que não vejo diante dos meus olhos como você vive, no teatro, no circo e em clubes e com mulheres à toa?

— Está falando de Aline?... Sim, Thomas, você pouco se inclina para essa espécie de coisa, e talvez a minha desgraça seja tender demais para isso. Tem razão em que me custaram muito dinheiro e ainda continuarão custando, pois vou lhe dizer uma coisa... Estamos entre irmãos... A terceira filha, a menina, que chegou há meio ano... esta é minha.

— Burro!

— Não diga isso, Thomas. Você deve ser justo, mesmo na ira, justo com ela e com... Por que não seria minha? E, quanto a Aline, ela absolutamente não é à toa; você não deve dizê-lo. Não lhe é indiferente com quem vive, e por causa de mim abandonou o cônsul Holm, que tem muito mais dinheiro do que eu; tão bondosa é ela... Não, senhor, você não tem ideia, Thomas, que criatura maravilhosa ela é! Tem tanta saúde... tanta saúde... — repetiu Christian, enquanto colocava uma mão diante do rosto, costas para fora, e os dedos em garra, assim como costumava fazer quando falava de *That's Maria!* e do vício em Londres. — Devia apenas ver-lhe os dentes quando ri! No mundo inteiro não encontrei dentes assim, nem em Valparaíso, nem em Londres... Nunca me esquecerei da noite em que a conheci... no restaurante de ostras do Uhlrich... Naquela época vivia com o cônsul Holm, mas eu lhe contei umas coisinhas e fui gentil com ela... E mais tarde, quando a ganhei... Ora, Thomas; é um sentimento bem diferente do que a gente tem quando faz um bom negócio... Mas você não gosta de ouvir essas coisas, a sua cara o diz, e além disso, acabou-se. Vou dizer-lhe adeus, embora eu tenha de manter relações com ela, por causa da criança... Em Hamburgo quero pagar tudo quanto devo, e depois fechar. Já falei com mamãe, e ela me adiantará os cinco mil táleres para que eu possa pôr tudo em ordem; você estará de acordo com isso, não é? Pois acho melhor que se diga: Christian Buddenbrook liquida e vai para o estrangeiro... do que ir à bancarrota; nisso você concordará comigo. Tenho a intenção de voltar para Londres, Thomas; quero procurar um emprego em Londres. Vejo cada vez mais que a independência absolutamente não serve para mim. Esta responsabilidade... Um empregado, de noite, vai para casa sem preocupações... E gostei de viver em Londres... Será que você tem objeções?

Durante toda essa explicação, o cônsul virara as costas ao irmão. Mãos nos bolsos, desenhara com o pé figuras sobre o chão.

— Muito bem, vá então para Londres — disse simplesmente. E, sem se virar outra vez para Christian, deixou-o atrás e voltou para a sala de estar.

Mas Christian o seguiu. Aproximou-se de Gerda, que ali estava sozinha com a sua leitura, e lhe deu a mão.

— Boa noite, Gerda. Pois é, Gerda, daqui a pouco tempo eu irei novamente para Londres. Engraçado como nos atiram de cá para lá. E, sabe? Outra vez uma viagem ao Desconhecido, para uma grande cidade onde existem aventuras a cada passo e tanta coisa pode suceder-nos. Esquisito... conhece essa sensação? É aqui mais ou menos no estômago... extremamente esquisito.

3.

James Möllendorpf, decano dos senadores comerciários, morreu de modo grotesco e horripilante. Esse ancião diabético perdera tanto o instinto de conservação que nos últimos anos de vida sucumbira cada vez mais a uma paixão pelos bolos e tortas. O dr. Grabow, médico também dos Möllendorpf, protestara com toda a energia de que era capaz, e a família, preocupada, com branda autoridade, privara o seu chefe dos doces e artigos de padaria. Mas o velho senador, mentalmente débil como era, alugara um quarto em qualquer parte de uma rua pouco conveniente, na Pequena Gröpelgrube, atrás do Bastião ou no Engelswisch; e para ali, para esse cubículo que não passava de um verdadeiro buraco, arrastava-se às furtadelas, a fim de comer torta... Lá é que haviam encontrado o corpo exânime, a boca ainda cheia de bolo meio mastigado, cujos restos lhe sujavam o casaco e cobriam a mesa pobre. Uma apoplexia mortal precedera a consunção progressiva.

 A família fazia todos os esforços para manter em segredo os detalhes nauseantes desse óbito; mas rapidamente estes se propagaram pela cidade, tornando-se tema das conversas na Bolsa, no clube, no Harmonia, nos escritórios, na Assembleia e nos bailes, banquetes e saraus, pois o acontecimento tivera lugar em fevereiro — fevereiro de 1862 — e a vida social estava ainda em pleno andamento. Até as amigas da consulesa, nas Noites de Jerusalém, falavam da morte do senador Möllendorpf, quando Lea Gerhardt fazia uma pausa na leitura; mesmo as pequenas alunas da escola dominical cochichavam a esse respeito, quando passavam, reverentes, pelo vasto pátio dos Buddenbrook; e o sr. Stuht, da Glockengiesserstrasse, tratou o assunto em detalhada palestra com a esposa, que frequentava a alta sociedade.

Mas o interesse não se podia limitar durante muito tempo a esse fato consumado. Logo com o primeiro boato do falecimento do velho conselheiro surgia um grande problema... E, apenas a terra o cobria, ventilava-se unicamente o problema, que dominava todas as almas: quem será o sucessor?

Quanta tensão e quanta atividade subterrânea! O forasteiro que vem para visitar os monumentos medievais e os lindos arredores da cidade não sente nada disso, mas quanto movimento existe por baixo da superfície! Quanta agitação! Opiniões honestas, vigorosas, não empalidecidas por nenhum ceticismo, fazem bulha no choque das convicções; examinam-se umas às outras e lenta, mui lentamente chegam a um acordo. As paixões estão excitadas. Ambições e vaidades intrigam às escondidas. Reanimam-se esperanças amortalhadas; ressuscitam e... são novamente desiludidas. O velho comerciante Kurz, da Bäckergrubestrasse, que em todas as eleições recebe três ou quatro votos, estará mais uma vez trêmulo no seu apartamento, aguardando o chamado; mas também desta vez não será eleito; continuará a bater a calçada com a bengala, arvorando uma fisionomia de probidade e presunção, e um dia repousará na tumba com o rancor oculto de não ter chegado a ser senador...

Na quinta-feira, durante o almoço familiar, a morte de James Möllendorpf havia sido assunto das conversas dos Buddenbrook. Nessa ocasião, a sra. Permaneder, depois de algumas palavras pesarosas, fizera brincar a ponta da língua no lábio superior, olhando com astúcia em direção ao irmão; o que induzia as primas Buddenbrook a trocar olhares indizivelmente cáusticos, e como que sob comando todas haviam por um momento cerrado os olhos e as bocas. O cônsul, durante um segundo, retribuíra o sorriso manhoso da irmã; depois dera outro rumo à conversa. Sabia que na cidade discutiam a ideia que Tony, feliz, nutria no íntimo...

Pronunciavam-se e rejeitavam-se nomes. Outros surgiam para serem sonhados. Henning Kurz, da Bäckergrubestrasse, era demasiado velho. Precisava-se finalmente de sangue novo. O cônsul Huneus, negociante de madeiras, cujos milhões, aliás, teriam exercido certa influência, achava-se excluído pela Constituição, pois o seu irmão pertencia ao Senado. O cônsul Eduard Kistenmaker, negociante de vinhos, e o cônsul Hermann Hagenström mantinham-se na lista. Mas desde o princípio ouvia-se constantemente um nome: Thomas Buddenbrook. E, quanto mais se aproximava o dia da eleição, tanto mais se tornava evidente que ele e Hermann Hagenström eram os candidatos favoritos.

Sem dúvida, Hermann Hagenström tinha partidários e administradores. O zelo que manifestava nos assuntos públicos, a rapidez impressionante com que a firma Strunck & Hagenström se desenvolvera e se alargara, o luxuoso estilo de vida do cônsul, a casa que sustentava e o patê de foie gras que comia no almoço, tudo isso não deixava de impressionar. Esse homem alto, um tanto gordo, com a barba ruiva e aparada e o nariz achatado que cobria um pouquinho o lábio superior, esse homem cujo avô ninguém, nem sequer ele mesmo, conhecera, cujo pai havia sido quase impossível na sociedade por causa do seu casamento rico mas duvidoso, esse homem que apesar de tudo se tornava parente dos Huneu e dos Möllendorpf, pondo o seu nome na mesma linha das cinco ou seis famílias dominantes, esse homem, indiscutivelmente, era na cidade um fenômeno singular e respeitável. O inédito, e com isso o atrativo da sua personalidade, aquilo que o distinguia e lhe dava, aos olhos de muita gente, uma posição de líder, era o traço liberal e tolerante que lhe formava a base do caráter. O modo rápido e desenvolto como ganhava e gastava dinheiro era diferente do trabalho tenaz e paciente dos seus concidadãos, inspirados por rígidos princípios conservadores. Sem os entraves da tradição e da piedade, ele era independente, e alheava-se de tudo o que fosse antiquado. Não habitava nenhuma dessas casas antigas de patrícios, construídas com absurdo desperdício de espaço, e onde galerias caiadas se estendiam em redor de imensos pátios ladrilhados. A sua casa na Sandstrasse — continuação da parte sul da Breite Strasse — era moderna e livre de toda rigidez de estilo; tinha fachada simples, pintada a óleo, aproveitava praticamente as proporções do espaço e estava mobiliada de modo rico, elegante e confortável. De resto, recentemente, por ocasião dos grandes saraus que dava, convidara para esta sua casa uma prima-dona contratada pelo Teatro Municipal; depois da refeição fizera-a cantar diante dos convidados — o seu irmão, o jurisconsulto beletrista e amador de arte, encontrava-se entre eles — e pagara à dama honorários esplêndidos. Não seria Hermann Hagenström que recomendaria à Assembleia o emprego de grandes importâncias na restauração e conservação dos monumentos medievais. Mas não se podia negar que, em toda a cidade, ele havia sido o primeiro a iluminar a gás a casa e o escritório. Decerto, se o cônsul Hagenström observava alguma tradição, fazia-o na maneira de pensar que herdara do pai, o velho Hinrich Hagenström; essa mentalidade irrestrita, progressista, tolerante e isenta de preconceitos. Fundava-se nisso a admiração de que gozava.

O prestígio de Thomas Buddenbrook vinha de outras fontes. Thomas não era somente ele mesmo; honravam nele também as personalidades inesquecidas do pai, do avô e do bisavô; além dos próprios sucessos comerciais e públicos, era o portador de uma glória cívica centenária. Mas a maneira desembaraçada, culta e cativante como a representava e aproveitava tinha mais importância; e o que o distinguia, mesmo entre os seus concidadãos intelectuais, era um fundo extraordinário de sabedoria formal que, ao manifestar-se, causava tanto respeito quanto estranheza...

Às quintas-feiras, em casa dos Buddenbrook, falava-se da futura eleição apenas em forma de frases curtas e quase indiferentes, pelo menos quando o cônsul estava presente. A velha consulesa, nessas ocasiões, costumava desviar discretamente os olhos claros. Mas, de quando em quando, a sra. Permaneder não se podia abster de ostentar um pouco os seus admiráveis conhecimentos da Constituição do Estado, cujos artigos a respeito da eleição dos membros do Senado estudara com a mesma minúcia com que, anos atrás, se iniciara nas leis do divórcio. Discursava então sobre câmaras eleitorais, cidadãos elegíveis e cédulas de voto, ponderando todas as eventualidades possíveis; citava literal e correntemente o juramento solene que os eleitores têm de prestar; explicava o uso da "apreciação franca" que, segundo a Constituição, nas diferentes câmaras eleitorais, abrange todos os nomes que se encontram nas chapas dos candidatos; expressava o vivo desejo de poder participar da "apreciação franca" da personalidade de Hermann Hagenström. Um momento após, inclinou-se para a frente, a fim de contar pelos dedos os caroços de ameixa que se achavam sob o prato de sobremesa do irmão: "Doutor... Pastor... Açougueiro... Carroceiro... Conselheiro!", disse ela, enquanto, com a ponta da faca, atirava para o pratinho o caroço que faltava... E depois da refeição, incapaz de conter-se, puxou o irmão pelo braço para um vão da janela.

— Santo Deus, Tom! Se você vencer... Se o nosso escudo chegar à sala de Armas da Prefeitura! Morrerei de alegria! Vou cair morta; você vai ver!

— Imagine, Tony! Faça o favor de conservar um pouco melhor a sua moderação e dignidade! Em geral, essas qualidades não lhe faltam, não é? Será que ando pela cidade como Henning Kurz? Somos alguma coisa sem o título de senador... E espero que você continue viva, num e noutro caso.

A agitação, as deliberações, as lutas de opinião prosseguiam. O cônsul Peter Döhlmann, o pândego, com a firma totalmente decaída, de existência apenas nominal, e com a filha de vinte e sete anos cuja herança consumia nos almoços participava dessas lutas: num banquete realizado por Thomas Buddenbrook e em outro dado por Hermann Hagenström chamou o respectivo anfitrião, em voz alta e barulhenta, de "senhor senador". Siegismund Gosch, porém, o velho corretor Gosch, andava por toda parte como um leão rugidor, ameaçando estrangular, sem cerimônia, a todos que não estivessem dispostos a votar no cônsul Buddenbrook.

— O cônsul Buddenbrook, meus senhores... Ah! Que homem! Estive ao lado do seu pai, em 1848, quando com uma única palavra domou a raiva da populaça desenfreada... Se nesta terra houvesse justiça o pai, e mesmo o pai do pai, já deveriam ter pertencido ao Senado...

No fundo não era tanto a personalidade do cônsul Buddenbrook que inflamava o coração do sr. Gosch, mas sim a jovem senhora consulesa. Não que o corretor jamais houvesse conversado com ela. Não fazia parte da roda dos ricos comerciantes; não comia nas suas mesas, nem trocava visitas com eles. Mas, como já constatamos, quando Gerda Buddenbrook aparecera na cidade, o olhar do corretor sombrio, sempre à procura do extraordinário, imediatamente a espreitara. Com instinto certeiro percebera logo que essa aparição era capaz de dar um pouco mais de conteúdo à sua existência descontente, e, de corpo e alma, entregara-se como escravo a ela, que mal lhe conhecia o nome. Desde então, os seus pensamentos giravam em torno dessa dama nervosa e sumamente reservada, a quem ninguém o apresentara; olhava-a como o tigre faz com o domador: com a mesma mímica emperrada e a mesma atitude perfidamente humilde com que, na rua, sem ela o esperar, tirava diante dela o chapéu de jesuíta... Esse mundo de mediocridade não lhe oferecia possibilidade de cometer em favor dessa mulher um feito de perversidade horrorosa, o qual o corretor corcunda, macambúzio e envolto no seu manto teria justificado com diabólica indiferença! Os costumes aborrecidos da cidade não lhe permitiam elevar essa mulher a um trono imperial, usando para esse fim homicídios, crimes e ardis sanguinários. Nada lhe restava senão o direito de votar na Prefeitura pela eleição do marido fervorosamente venerado e de talvez, um dia, dedicar a ela a tradução das obras completas de Lope de Vega.

4.

Uma cadeira vaga no Senado deve ser reocupada em quatro semanas; assim o exige a Constituição. Três semanas decorreram desde o passamento de James Möllendorpf; e agora chegou o dia da eleição, um dia de degelo em fins de fevereiro.

Na Breite Strasse, diante da Prefeitura com a fachada em filigrana de tijolos vitrificados, com as torres pontiagudas que se eriçam contra o céu alvacento, com a escadaria coberta que repousa sobre colunas avançadas e com as arcadas pontudas que abrem a vista para a praça do Mercado e o chafariz... diante da Prefeitura acotovelava-se o povo à uma hora da tarde. Sem cansar, a massa ali se deixa ficar, na neve da rua, suja e aquosa, que derrete por completo sob os seus pés; encaram-se um ao outro, olham para a frente outra vez e espicham os pescoços. Pois ali, atrás desse portão, na sala do Conselho, com as catorze poltronas dispostas em semicírculo, o grêmio de eleitores, formado por membros do Senado e da Assembleia, se acha ainda a essa hora à espera das propostas das câmaras eleitorais...

A coisa demora. Parece que os debates nas câmaras não querem chegar a um acordo, que a luta é dura, e que até esse momento ainda não foi proposta unanimemente a mesma pessoa ao grêmio reunido na sala do Conselho, pois nesse caso o burgomestre logo a declararia eleita... Coisa estranha! Ninguém sabe de onde vêm os boatos, onde e como nascem, mas através do portão eles saem para a rua e espalham-se por toda parte. O sr. Kaspersen, o mais velho dos contínuos, e que sempre se intitula "funcionário do Estado", talvez esteja ali dentro e, de boca cerrada e olhos desviados, por um simples movimento das comissuras, transmita para fora tudo quanto chega a perceber. Nesse instante dizem que as propostas acabam de ser entregues na sala de sessões, e que cada uma das três câmaras propôs um candidato diferente: Hagenström, Buddenbrook, Kistenmaker! Queira Deus que pelo menos a eleição geral, com o escrutínio secreto por meio de cédulas, produza uma maioria nítida! Quem não calça galochas quentes começa a levantar as pernas e a pisar o chão, pois os pés doem de tanto frio.

Há pessoas de todas as classes do povo, ali reunidas para aguardarem o resultado. Veem-se marujos de peito descoberto e tatuado, as mãos nos largos e profundos bolsos das calças; carregadores de trigo, nas suas blusas e calções de linho preto lustroso, e com fisionomia de incomparável probidade; carroceiros que desceram das pilhas de sacos de centeio para, de chicote na mão, esperarem pelo nome do novo senador; empregadas de xale, avental e grossa saia listrada, o bonezinho branco na nuca e um grande cesto com as asas sobre o braço nu; peixeiras e verdureiras com os enormes chapéus de palha; até algumas jardineiras bonitas, de toucas holandesas, saias curtas e longas mangas brancas com muitas pregas que parecem brotar do corpinho em cores variegadas... E por entre eles há burgueses, lojistas das casas da proximidade, que saíram sem chapéu, para trocarem opiniões; jovens comerciantes bem trajados, filhos que passam três ou quatro anos de aprendizagem no escritório do pai ou de um amigo deste; colegiais com bolsas ou pacotes de livros...

Atrás de dois estivadores de barbas duras de marujo, que mascam fumo, postou-se uma senhora. Com grande excitação vira a cabeça de cá para lá, a fim de enxergar a Prefeitura por entre os ombros dos dois homenzarrões robustos. Usa uma espécie de capa de gala, comprida e forrada de peles castanhas, que se fecha por dentro com ambas as mãos; o rosto está totalmente coberto por espesso véu pardo. Nervosamente, as galochinhas espezinham a neve derretida...

— Aposto que outra vez não será o seu famoso Kurz — diz um dos operários ao outro.

— Não, compadre, não precisa me dizer isso; eles só estão votando entre o Hagenström, o Kistenmaker e o Buddenbrook.

— É, e agora não se sabe qual dos três vai ganhar.

— Olhe só! Como você é sabido!

— Quer saber de uma coisa? Acho que vão eleger o Hagenström.

— Imagine, sabichão... Então é o Hagenström que vai ser senador? — E com isso escarra o fumo diante dos seus pés, porque a tropelia não lhe permite cuspir ao longe. Enquanto com ambas as mãos puxa as calças para a cintura, prossegue: — Esse Hagenström é um comilão e nada mais; e nem pode respirar pelo nariz, de tão gordo... Não, senhor, como mais uma vez não será o meu amigo Kurz, vou torcer pelo Buddenbrook. É um sujeito ativo...

— É você que diz... Mas o Hagenström é muito mais rico...

— Isso não importa. Ninguém quer saber disso.

— Mas o Buddenbrook anda muito almofadinha, com os seus punhos e a gravata de seda e o bigode comprido... Você já viu como anda? Pula sempre que nem um passarinho...

— Ora, grande burro, disso não se fala.

— Dizem que ele tem uma irmã que não se deu com dois maridos...

A senhora da capa de gala estremece...

— É, há coisas assim. Mas a gente não sabe nada delas, e que tem o cônsul com isso?

"Pois sim!", pensa a senhora velada, torcendo as mãos por baixo da capa... "Pois sim! Graças a Deus!"

— E além disso — acrescenta o homem que toma o partido de Buddenbrook — o burgomestre Oeverdieck foi padrinho do filho dele. Vou lhe dizer: isso é importante...

"Não é?", pensa a senhora. "Sim, graças a Deus! O golpe produziu efeito!..." Ela se sobressalta. Divulga-se um novo boato, que corre em marcha de zigue-zague para as últimas fileiras e chega-lhe aos ouvidos. O escrutínio geral não trouxe a decisão, Eduard Kistenmaker, que recebeu o menor número de votos, está eliminado. A luta entre Hagenström e Buddenbrook continua. Um burguês de fisionomia grave observa que, no caso da igualdade de votos, será necessário eleger cinco árbitros que decidirão por maioria.

De repente grita uma voz, de junto ao portão:

— Heine Seehas está eleito!

Heine Seehas é um indivíduo constantemente embriagado que anda vendendo pão com um carrinho! Toda a gente ri às gargalhadas, espichando-se na ponta dos pés para ver o inventor da pilhéria. A senhora velada também é acometida por um riso nervoso que, por um momento, lhe sacode os ombros. Depois disso, porém, com um gesto que exprime "Será que convém gracejar nesta hora?", recolhe-se com visível impaciência e lança novamente olhares apaixonados em direção à Prefeitura. Mas no mesmo instante abaixa as mãos, de modo que se descerra a capa de gala, e, de ombros caídos, ali se deixa ficar, lassa, aniquilada...

Hagenström! A notícia chegou ninguém sabe de onde. Chegou como que brotada do solo ou caída do céu, e está em toda parte. Não há oposição! Tudo está resolvido! Hagenström! Pois então, é ele o eleito. Não vale mais a pena esperar. A senhora velada devia ter aguardado isso. Na vida, sempre é assim. Agora pode simplesmente ir para casa. Ela sente um nó na garganta...

Mas esse estado de coisas durou apenas um segundo, quando um repentino choque, um brusco movimento passa pela multidão; um empurrão que se transmite da frente para trás reclinando as primeiras filas contra as posteriores. Ao mesmo tempo, alguma coisa vermelha resplandece no portão... São as casacas vermelhas dos dois contínuos, Kaspersen e Uhlefeldt. Estes, em trajes de gala, de tricórnio, calças brancas de montaria, botas amarelas e espada, aparecem lado a lado e abrem caminho através da massa que cede.

Andam com o destino: sérios, mudos, fechados, sem olhar à esquerda nem à direita, de olhos baixados... E, com decisão inexorável, escolhem a direção que o resultado da eleição lhes indicou. Não tomam o rumo da Sandstrasse, mas dobram pela direita, para descer a Breite Strasse!

A senhora velada não pode crer nos próprios olhos. Mas a multidão que a cerca tem a mesma impressão. Seguem na direção dos contínuos, dizendo entre si: "Qual nada! Não é Hagenström; é Buddenbrook". E já saem do largo portão, conversando animadamente, alguns cavalheiros e, virando-se para a direita, descem rapidamente pela Breite Strasse, a fim de serem os primeiros congratulantes.

Então a senhora apanha a capa de gala e afasta-se a correr. Corre como uma dama não costuma correr. Desarranja-se o véu, deixando ver o rosto exaltado, mas isto lhe é indiferente. E, embora uma das galochas forradas de peles, na neve pegajosa, constantemente esteja em perigo de extraviar-se, estorvando-a de modo pérfido, ela passa por todos. É a primeira a chegar à casa, na esquina da Bäckergrubestrasse. Bate na campainha da porta guarda-vento; à criada que abre, ela grita:

— Eles vêm vindo, Katharina, já vêm vindo!

Sobe pela escada, voando, e atira-se para a sala de estar. Ali, o irmão, que de fato está um pouco pálido, larga o jornal e faz um gesto com a mão, como para acalmá-la... Ela o abraça e repete:

— Eles vêm vindo, Tom! Eles vêm vindo!

Isso foi numa sexta-feira. Já no dia seguinte, o senador Buddenbrook achou-se na sala do Conselho, diante da cadeira do falecido James Möllendorpf, e em presença dos Pais da Pátria e da Assembleia prestou este juramento: "Quero exercer conscientemente o meu cargo, promover com todas as minhas forças o bem do Estado, observar lealmente a Constituição e administrar honestamente os fundos públicos. No exercício do meu cargo, principalmente na ocasião de eleições, não tomarei em consideração nem a minha própria vantagem nem parentesco ou amizade. Cumprirei as leis deste Estado e farei justiça a cada um, rico ou pobre. Prometo também ser discreto em tudo quanto exige discrição, e antes de tudo terei em segredo aquilo que me mandam ter em segredo. Assim Deus me guarde!".

5.

Os nossos desejos e empresas são produtos de certas necessidades dos nossos nervos, as quais dificilmente se podem definir com palavras. Aquilo que se chamava a "vaidade" de Thomas Buddenbrook, a diligência que aplicava no seu exterior e o luxo que empregava na sua toalete, era, na realidade, coisa muito diferente. Originalmente não passava senão de esforço por parte de um homem de ação para ter a certeza, da cabeça aos pés, daquela correção e integridade que lhe inspiram confiança em si mesmo. Mas cresciam as exigências que ele próprio e os demais impunham à sua capacidade e às suas forças. Estava sobrecarregado de deveres particulares e públicos. Na sessão do Conselho, onde se distribuíam os cargos entre os diferentes membros do Senado, coubera-lhe a administração dos impostos como atribuição principal. Mas também o ocupavam assuntos ferroviários, alfandegários e de outras repartições. Em mil reuniões de conselhos de fiscalização e administrativos que presidia desde a sua eleição, precisava de toda a sua delicadeza, prudência e elasticidade, para continuamente levar em consideração os melindres de pessoas muito mais idosas, subordinando-se aparentemente à experiência mais madura delas e mantendo, todavia, a própria autoridade. Podia-se observar o fato esquisito de que, ao mesmo tempo, aumentava visivelmente a sua "vaidade", isto é, aquela necessidade de restaurar-se fisicamente, de renovar-se, de mudar de roupa várias vezes por dia e voltar à disposição agradável da manhã. Mas esse fato significava simplesmente uma diminuição de energia, um gasto progressivo das forças, se bem que Thomas Buddenbrook tivesse apenas trinta e sete anos...

Quando o bom dr. Grabow lhe implorava que se concedesse um pouco mais de repouso, respondia: "Ah, meu caro doutor! Ainda não chegamos a isso!". Queria expressar com essas palavras que tinha ainda de trabalhar imensamente no seu próprio aperfeiçoamento, antes de alcançar uma situação em que, na posse do objetivo almejado, poderia gozar confortavelmente a vida. Na realidade, mal acreditava em tal situação. Uma coisa qualquer o impulsionava e não o deixava em paz. Também quando aparentemente se permitia descanso, por exemplo, depois das refeições, com o jornal na mão, trabalhava no seu cérebro uma mistura de milhares de ideias, enquanto, com certa paixão vagarosa, torcia a ponta comprida do bigode e as veias se lhe salientavam nas fontes. Ao elaborar uma manobra comercial ou um discurso político tinha a mesma seriedade impetuosa que empregava no projeto de renovar, de uma só vez, todos os seus objetos de roupa branca, a fim de concluir e pôr em ordem pelo menos esse problema!

Se tais compras e restaurações lhe proporcionavam passageira calma e contentamento, ele não precisava ter escrúpulos com respeito aos gastos. Pois os negócios andavam naqueles anos tão bem como nos tempos do avô. O brilho da reputação da firma aumentava não somente na cidade mas também fora, e dentro da comunidade o prestígio do senador continuava crescendo. Cada um, com inveja ou com simpatia e regozijo, reconhecia nele capacidade e destreza. E todavia ele mesmo lutava debalde para, com método e satisfação, realizar a sua obra, sentindo-se sempre lamentavelmente atrasado em relação à fantasia planejadora.

Deste modo não era por simples soberba que o senador Buddenbrook, na primavera desse ano de 1863, andava com o projeto de construir uma nova e grande casa. Quem se sente feliz não progride. Havia nele agitação contínua que o impulsionava, e os seus concidadãos poderiam ter classificado essa empresa entre os frutos da sua "vaidade", pois saía dessa fonte. Uma nova casa, alteração radical da vida exterior, limpeza, mudança, instalação nova e eliminação de tudo quanto é velho e supérfluo, de todo o sedimento dos anos passados: essa ideia lhe inspirava um sentimento de asseio, novidade, refrigério, integridade e força... E parecia ter necessidade de tudo isso, pois foi com fervor que se agarrou ao plano. Já dirigia a mira para um lugar determinado.

Era um terreno bastante espaçoso, situado na parte inferior da Fischergrubestrasse. Vendia-se ali uma casa mal conservada e que a velhice fizera cinzenta. Acabava de morrer a proprietária, solteirona decrépita, que a habitara sozinha como última relíquia de uma família esquecida. Era nesse lugar que o senador Buddenbrook queria erigir a sua casa, e nas suas caminhadas em direção ao porto media-o amiúde com olhares examinadores. A vizinhança era simpática: boas casas burguesas de altas cumeeiras; a mais modesta entre elas parecia a da frente: fachada estreita com uma lojinha de flores no térreo.

Esforçadamente, Thomas se ocupou com esse projeto. Fez um cálculo aproximado dos custos, e, embora a importância que fixara provisoriamente não fosse pequena, achou que podia gastá-la sem excessiva dificuldade. Apesar disso, empalidecia ao pensar que tudo isso talvez não passasse de travessura desnecessária. Confessava a si próprio que a sua casa atual oferecia espaço em abundância para ele, a esposa, o filho e a criadagem. Mas as necessidades semiconscientes eram mais fortes, e, no desejo de ver o projeto confirmado e justificado por outras pessoas, abriu-se primeiro à irmã.

— Em poucas palavras, Tony: o que você acha? A escada em caracol que dá para o banheiro é engraçada, decerto, mas no fundo toda essa casa é uma caixinha e nada mais. Absolutamente não serve para a vida social. E agora que de fato você conseguiu fazer-me senador... Numa palavra: não tenho direito a isso?...

Ah, meu Deus, aos olhos de Madame Permaneder a quanta coisa não tinha ele direito! Ela estava cheia de sério entusiasmo. Cruzando os braços sobre o peito, andava pela sala, de ombros um pouco alçados e de cabeça inclinada para trás.

— Você tem razão, Tom! Santo Deus, e como tem razão! Nesse caso não há objeções, pois um homem que, afora o resto, se casou com uma Arnoldsen de cem mil táleres de dote... Aliás, estou muito orgulhosa em ser a primeira a quem você confia isso. É muito bonito de sua parte!... Mas em todo o caso, se você a construir, que seja distinta! Isso lhe digo...

— Mas claro, sou da mesma opinião. Vou fazer despesas. O Voigt deve fazê-la, e já me alegro com a ideia de examinar com você a planta. Voigt tem bom gosto...

O segundo consenso que Thomas procurou foi o de Gerda. Ela aprovou inteiramente o projeto. A azáfama da mudança decerto seria desagradável, mas a expectativa de uma grande sala de música com boa acústica a fazia feliz. E a velha consulesa dispôs-se imediatamente a considerar a construção como consequência lógica dos outros acontecimentos ditosos pelos quais passava, satisfeita e agradecendo a Deus. Desde o nascimento do herdeiro e a eleição do cônsul, manifestava ainda mais abertamente do que antes o seu orgulho materno. Tinha um modo de dizer "meu filho, o senador" que irritava sumamente as primas Buddenbrook da Breite Strasse.

Realmente, essas solteironas não achavam suficientes distrações para esquecerem o aspecto de alto voo que tomava a vida exterior de Thomas. Proporcionava-lhes pouca satisfação o poderem zombar, nas quintas-feiras, da pobre Klothilde. E o caso de Christian, o qual por intermédio de Mr. Richardson, seu antigo chefe, encontrara um emprego em Londres, de onde, recentemente, telegrafara o desejo absurdo de levar ao altar a srta. Puvogel, ao que recebera uma repreensão severa por parte da consulesa... o caso de Christian, que pertencia simplesmente à categoria de Jakob Kröger, já não se discutia. Assim, as primas indenizavam-se um pouquinho nas pequenas franquezas da consulesa e da sra. Permaneder, dirigindo, por exemplo, a conversa para o tema dos penteados. Nesse caso, a consulesa era capaz de afirmar com a fisionomia mais ingênua que usava o "seu" cabelo num arranjo simples... embora qualquer pessoa a quem Deus dera inteligência, e antes de tudo as primas Buddenbrook, devesse saber que o topete inalteravelmente ruivo por baixo da touca da velha senhora havia muito tempo não se podia chamar de "seu" cabelo. Mas era ainda mais interessante induzir a prima Tony a falar um pouco a respeito das pessoas que de modo odioso lhe haviam influenciado a vida. Trieschke Chorão! Grünlich! Permaneder! Os Hagenström! Soavam agradavelmente aos ouvidos das filhas de tio Gotthold esses nomes que Tony, quando a provocavam, proferia como clarinada, de ombros alçados, cheia de abominação.

De resto, elas não negavam — e não assumiam a responsabilidade de disfarçar o fato — que o pequeno Johann aprendia a falar e andar com assustadora lentidão... Sua opinião era acertada, e temos de admitir que Hanno — esta a forma carinhosa que a senadora Buddenbrook dera ao nome do filho — parecia incapaz de pronunciar de maneira inteligível os nomes de Friederike, Henriette e Pfiffi; e isto numa época em que já sabia dirigir a palavra com regular clareza a todos os outros membros da família. Quanto ao caminhar, na idade de quinze meses ainda não conseguira dar um único passo sozinho. Era nesse tempo que as primas Buddenbrook declaravam, com desesperado meneio de cabeça, que a criança ficaria por toda a vida muda e aleijada.

Mais tarde, puderam reconhecer que essa triste profecia não era senão um erro; mas ninguém dissimulava que o desenvolvimento de Hanno estava um tanto atrasado. Já na primeira fase da sua vida, o menino tivera de passar por lutas difíceis, mantendo em constante preocupação aqueles que o cercavam. Viera ao mundo criança mansinha e pouco vigorosa; e, logo após o batismo, três dias de diarreia quase haviam bastado para sustar-lhe o pequeno coração posto em movimento com tanta dificuldade. Hanno continuava vivendo, e o bom dr. Grabow daí em diante tomava providências contra a ameaça das crises da dentição, ordenando o maior cuidado na alimentação e no trato. Mas, apenas surgiu do maxilar a primeira pontinha branca, sobrevieram convulsões que mais tarde se repetiram com maior violência e por vezes de modo pavoroso. Aconteceu outra vez que o velho médico, sem falar, se limitou em apertar as mãos dos pais... A criança ficava deitada, presa de extremo cansaço, e o olhar esgazeado que os olhos orlados de sombras profundas cravavam diante de si indicava uma afecção do cérebro. Quase parecia desejável o fim dessa existência.

Todavia, Hanno chegou a recobrar alguma força; o olhar começava a perceber coisas e, se bem que as fadigas vencidas lhe demorassem os progressos da fala e do caminhar, não existia mais perigo imediato.

Hanno era esbelto e bastante alto para a idade. O cabelo castanho-claro, muito macio, crescendo, a essa época, com extraordinária rapidez, logo lhe caía, numa ondulação quase imperceptível, sobre os ombros do vestidinho largo em forma de avental. Os traços característicos da família já se fixavam nele nitidamente. Desde o início, possuía as mãos típicas dos Buddenbrook: largas, um tanto curtas, mas finamente articuladas; o nariz era o do pai e do bisavô, embora as asas prometessem tornar-se mais delicadas ainda. Toda a parte inferior do rosto alongado e delgado não pertencia nem aos Buddenbrook nem aos Kröger, mas sim à família da mãe, assim como, antes de tudo, a boca, que cedo, já nessa fase da vida, tendia para cerrar-se, ao mesmo tempo, de maneira melancólica e tímida... naquela expressão com a qual, mais tarde, os olhos de um castanho singularmente dourado, cercados de sombras azuladas, harmonizariam cada vez mais.

O pai o fitava com ternura contida; a mãe cuidava das roupas e do seu trato com a máxima diligência; tia Antonie o adorava; e por parte da consulesa e de tio Justus o menino era constantemente presenteado com cavalinhos e piões... Assim entrou Hanno na vida, e, quando aparecia na rua no bonito carrinho, a gente o acompanhava com olhares cheios de interesse e expectativa. Ficou resolvido que a digna ama Madame Decho, que por enquanto tomava conta dele, não o seguiria para a nova casa, mas que Ida Jungmann lhe tomaria o lugar, enquanto a consulesa procuraria outra empregada...

O senador Buddenbrook realizava os seus projetos. A compra do terreno na Fischergrubestrasse não encontrou dificuldades, e a casa na

Breite Strasse, cuja venda o corretor Gosch, com expressão feroz, imediatamente prometera negociar, adquiriu-a o sr. Stephan Kistenmaker, que tinha numerosa prole e, em companhia do irmão, ganhava muito dinheiro com o vinho tinto. O sr. Voigt encarregou-se da construção, e pouco tempo após, numa quinta-feira, podia-se desenrolar, no círculo da família, a elegante planta e ver o que seria a fachada: uma obra suntuosa com cariátides de lioz que suportavam a sacada; com respeito ao telhado plano, Klothilde observou, na sua voz bondosa e arrastada, que ali, de tarde, a gente tomaria a merenda... O senador tencionava mudar para a Fischergrubestrasse também o escritório da firma. Assim o térreo da casa na Mengstrasse ficaria vazio. Mas até esse problema se solucionou da melhor maneira, pois manifestou-se que a Companhia Municipal de Seguros contra o Fogo estava disposta a alugar essas salas.

No outono foi demolido o pardieiro acinzentado, e, enquanto o inverno vinha e voltava a diminuir de força, crescia, por cima de porões espaçosos, a nova casa de Thomas Buddenbrook. Em toda a cidade não existia tema mais atraente de conversa! Uma casa "piramidal", a mais linda das cercanias! Será que em Hamburgo haveria mais bonitas? Mas devia ser terrivelmente cara, e o velho cônsul, com certeza, não se teria permitido tais extravagâncias... Os vizinhos, bons burgueses com casas de altas cumeeiras, acomodavam-se nos vãos das janelas, para olhar a obra dos pedreiros que trabalhavam nos andaimes, e, regozijando-se pelos progressos realizados, procuravam adivinhar a data em que os carpinteiros batizariam a casa.

O dia do batismo chegou e foi festejado com todas as formalidades. Em cima do telhado plano, um velho oficial de pedreiro fez um discurso no fim do qual atirou por sobre o ombro uma garrafa de champanhe, enquanto, entre as bandeiras, a imensa coroa festiva, trançada de rosas, ramaria verde e folhas variegadas, se balançava lerdamente ao vento. Depois, num restaurante próximo, ofereceu-se a todos os operários um festim servido em mesas compridas, que consistia em sanduíches, chope e charutos. Acompanhado pela esposa e pelo filhinho, que Madame Decho carregava nos braços, o senador Buddenbrook passou pela baixa sala entre as fileiras dos convidados, recebendo com gratidão os brindes que lhe ofereciam.

Depois puseram Hanno outra vez no carrinho, e Thomas e Gerda atravessaram a rua, a fim de dar mais uma olhadela à fachada vermelha com as cariátides brancas. Em frente, diante da lojinha de flores com a porta estreita e a vitrine pobre, postava-se Iwersen, proprietário do negócio, um gigante loiro de camiseta de lã. A mulher, ao seu lado, era muito mais delgada e mostrava feições morenas, meridionais. Segurava pela mão um menino de quatro ou cinco anos, enquanto com a outra puxava um carrinho onde dormia uma criança menor; era evidente que se encontrava em estado interessante.

Iwersen fez uma mesura tão profunda quanto desajeitada. Movendo sem cessar o carrinho, a mulher, com os olhos pretos, alongados, contemplou tranquila e atentamente a senadora, que, pelo braço do marido, se aproximava.

Thomas estacou e apontou com a bengala em direção da coroa da cumeeira.

— Você fez um trabalho bonito, Iwersen!

— Não é comigo, senhor senador. É a minha mulher que faz essas coisas.

— É? — disse o senador laconicamente. A isso ergueu rapidamente a cabeça, para fitar, durante um segundo, o rosto da sra. Iwersen com um olhar claro, firme e benigno. Sem acrescentar palavra alguma, despediu-se com um amável aceno de mão.

6.

Num domingo, em princípios de julho (havia quatro semanas que o senador Buddenbrook se mudara para a nova casa), a sra. Permaneder visitou o irmão ao cair da noite. Atravessou a entrada fresquinha, ladrilhada e ornada com reproduções de relevos de Thorwaldsen. Uma porta à direita dava para as salas do escritório. Tony tocou a campainha na porta de guarda-vento que se abria da cozinha ao comprimir uma bola de borracha. No vestíbulo espaçoso, onde, ao pé da escada principal, erguia-se o urso, presente dos Tiburtius, o mordomo Anton lhe disse que o senador ainda estava trabalhando.

— Muito bem — respondeu Tony —, vou ter com ele.

Antes, porém, passou pela porta do escritório, seguindo um pouco mais à direita, onde se exibia em torno dela o enorme vão de escada; no primeiro andar limitava-o a continuação da balaustrada de ferro batido, enquanto, no segundo, existia vasta galeria de colunas brancas e douradas. Nas alturas vertiginosas de onde incidia a luz estava suspenso um magnífico lustre de metal polido...

— Distinto! — disse a sra. Permaneder baixinho e com satisfação, ao olhar esse luxo ostentoso e brilhante que para ela significava simplesmente o esplendor, poder e triunfo dos Buddenbrook.

Mas então, lembrando-se de que viera tratar de um assunto triste, caminhou lentamente para a porta do escritório.

Thomas ali se encontrava sozinho; sentado no seu lugar ao lado da janela, escrevia uma carta. Levantou os olhos, alçando uma das sobrancelhas loiras, e estendeu a mão para a irmã.

— Boa tarde, Tony. Que há de novo?

— Ah, pouca coisa boa, Tom... Sabe, esse vão de escada é uma beleza! Por que está sentado aí, escrevendo no escuro?

— É uma carta urgente... Então, não tem boas notícias? Em todo o caso vamos passear um pouquinho pelo jardim. É mais agradável. Venha!

Os sons trêmulos dum adágio de violino vinham do primeiro andar, enquanto atravessavam o vestíbulo.

— Escute só! — disse a sra. Permaneder, estacando durante um instante... — Gerda está tocando. Que coisa sublime! Meu Deus, que mulher! Uma verdadeira fada! Como vai Hanno, Tom?

— Acho que a esta hora está jantando, com Ida Jungmann. É pena que aprenda a caminhar com tanta dificuldade...

— Ah, isto virá com o tempo, Tom... Vocês estão contentes com Ida?

— Oh, como não?

Passavam pelo corredor ladrilhado que dava para os fundos da casa, e ladeavam a cozinha; por uma porta envidraçada após dois degraus entraram no jardim de flores gracioso e perfumado.

— Então? — perguntou o senador.

A noite estava quente e calma. O aroma dos canteiros limpamente traçados pairava no ar. Com pacato cascatear, o chafariz, cercado por altas íris roxas, enviava o repuxo para o céu escuro, onde as primeiras estrelas começavam a cintilar. No fundo do jardim, uma pequena escada, flanqueada por dois baixos obeliscos, conduzia a um terraço, coberto de saibro, onde se erguia um pavilhão de madeira, aberto, com um toldo abaixado que protegia algumas cadeiras rústicas. À esquerda, uma muralha separava o terreno do jardim vizinho, enquanto à direita o muro lateral da casa contígua estava em toda a sua altura revestido por uma armação destinada a cobrir-se de trepadeiras com o tempo. Nos dois lados da escada e do terraço havia alguns pés de groselha e framboesa; mas existia uma só árvore grande, uma nogueira nodosa que se erguia à esquerda da muralha.

— O caso é... — respondeu a sra. Permaneder com hesitação, enquanto, no atalho saibroso, ambos começavam a fazer voltas vagarosas em torno do terraço... — Tiburtius escreve...

— Klara?! — perguntou Thomas... — Por favor, fale com poucas palavras e sem cerimônias!

— Sim, Tom! Ela está de cama. Vai mal, e o doutor receia que sejam tubérculos... tuberculose cerebral, por mais penoso que seja dizê--lo. Olhe: esta é a carta que o marido me escreveu. E inclui algumas linhas dirigidas à mãe, as quais, conforme escreve ele, contêm a mesma coisa; diz que devemos entregar depois de ela estar um pouco preparada. E há mais este segundo anexo, igualmente para mamãe e escrito a lápis pela própria Klara com traços pouco seguros. Tiburtius conta que, ao escrevê-lo, ela disse que foram as suas derradeiras linhas. A coisa triste era que ela não se esforçava por viver. Ela sempre almejou tanto o céu... — terminou a sra. Permaneder, enxugando os olhos.

Calado, mãos nas costas, com a cabeça profundamente abaixada, o senador caminhava a seu lado.

— Você está tão taciturno, Tom... Tem razão: que se pode dizer? E isto justamente neste momento em que Christian está doente em Hamburgo...

Foi realmente assim. A "tortura" que Christian sentia no lado esquerdo, recentemente, em Londres, tornara-se muito forte, transformando-se em verdadeiras dores que o fizeram esquecer-se de todas as suas pequenas moléstias. Não mais sabendo como remediar o seu mal, escrevera à mãe que devia voltar para casa, a fim de ser tratado por ela. Abandonara o emprego em Londres e partira. Apenas chegado a Hamburgo, tivera de deitar-se. O médico constatara reumatismo articular e, como a continuação da viagem, por enquanto, fosse impossível, mandara-o transportar do hotel para um hospital. Desde então, Christian permanecia ali, ditando ao enfermeiro cartas sumamente lamentáveis...

— Pois é — disse o senador, baixinho. — Parece que tudo vem ao mesmo tempo.

Durante um momento, Tony pousou o braço sobre o ombro dele.

— Mas você não deve se intimidar, Tom! Não tem nenhum direito a isso! Você precisa de ânimo...

— Sim, Deus sabe que preciso...

— Por quê, Tom? Diga: anteontem, quinta-feira, por que esteve tão tristonho, a tarde toda, se é que posso perguntar?

— Ah... coisas de negócios, minha filha. Tive de vender a preço pouco vantajoso uma remessa de trigo que não era pequena... Em breves palavras: uma grande remessa com grande prejuízo...

— Oh, essas coisas acontecem, Tom! Passam-se hoje, e amanhã você recupera tudo. Mas deixar estragar o humor por isso...

— Você está enganada, Tony — disse ele, sacudindo a cabeça. — O meu humor não está abaixo de zero porque me aconteceu um fracasso. *Pelo contrário!* Convencido de que vou fracassar, fracasso de fato.

— Mas, Tom, que estado de alma é esse?! — perguntou ela assustada e pasma. — Devia-se supor... que você estivesse alegre! Klara continua vivendo... e tudo irá bem, com o auxílio de Deus! E o mais? Aqui passeamos pelo seu jardim todo cheio de flores. Eis ali a sua casa, um ideal de casa; a de Hermann Hagenström é uma cabana comparada com esta! E foi você quem realizou tudo isso...

— Pois é, Tony, é quase bonita demais. Quero dizer: é demasiado nova. Ainda me perturba um pouquinho, e pode ser que venha daí o mau humor que me ataca e me prejudica a cada passo. Eu esperava tanto o momento de ver tudo isso, mas, como sempre acontece, essa alegria anterior foi o melhor, pois o que é bom sempre chega tarde, sempre se conclui com atraso, só quando já não nos podemos alegrar realmente...

— Você não pode alegrar-se, Tom? Tão moço que é!

— A gente é tão moça ou tão velha como se sente... E quando ela chega, aquela coisa boa e almejada, vem na companhia de algum acessório mesquinho, importuno e molesto, de toda a poeira da realidade com que não contávamos na fantasia e que nos agasta... agasta...

— Pois sim, seja... Mas que quer dizer com este tão velho ou tão moço a gente se sente, Tom?

— Sim, Tony. Pode ser que seja passageiro... Uma indisposição, decerto... Mas, nestes últimos tempos, sinto-me mais velho do que sou. Tenho preocupações comerciais, e ontem, no conselho administrativo da Viação Férrea de Büchen, o cônsul Hagenström literalmente me esmagou com um discurso; refutou-me, quase que me expôs ao sorriso geral... Parece-me que coisas assim não poderiam ter me acontecido antigamente. Tenho a impressão de que algo começa a escapar-me, como se eu não mais segurasse com a mesma força de outrora aquela coisa indeterminada... Que é o sucesso? Energia, perspicácia, prontidão, secretas e indescritíveis... a consciência de que, pela minha simples existência, exerço uma pressão sobre os movimentos da vida em torno de mim... a crença de que a vida obedece à minha vontade... Sorte e sucesso encontram-se em nós mesmos. Devemos segurá-los com firmeza, com vigor. Desde que, aqui dentro, alguma coisa começa a afrouxar, desentesando-se e tornando-se cansada, imediatamente, em redor de nós, tudo se liberta, faz oposição, se rebela e subtrai-se à nossa influência... Então, as coisas se precipitam; uma derrota segue a outra, e a gente está acabada. Nos últimos dias, muitas vezes, pensei num provérbio turco que li em alguma parte: "Quando a casa está terminada, chega a morte". Ora, não precisa ser exatamente a morte. Mas a marcha retrógrada... a decadência... o começo do fim... Olhe, Tony — prosseguiu ele, enfiando o braço sob o da irmã. A sua voz tornou-se mais baixa ainda: — Lembra-se daquele dia em que batizamos Hanno? Você me disse então: "Acho que agora devem chegar tempos bem diferentes!". Ouço ainda nitidamente essas palavras. E depois, aparentemente, você foi justificada; pois veio a eleição senatorial, e tive sorte; e, aqui, esta casa brotou do chão. Mas "senador" e "casa" são superficiais, e sei alguma coisa em que você ainda não pensou; sei-a pela vida e pela história. Sei que, muitas vezes, os símbolos e sinais exteriores, visíveis e palpáveis da sorte e do êxito aparecem apenas quando, em realidade, tudo já vai decaindo. Esses sinais exteriores precisam de tempo para chegar, assim como a luz duma dessas estrelas ali em cima, da qual não sabemos se já não se está apagando quando o seu brilho nos parece mais claro...

Emudeceu. Durante algum tempo caminharam calados, enquanto o chafariz sussurrava no silêncio e um cochichar vinha da copa da nogueira. A sra. Permaneder respirou com tanta dificuldade que aquilo mais parecia um soluço.

— Como é triste o que você diz, Tom! Tão triste como nunca! Mas é bom que você tenha aberto o coração, e agora lhe será mais fácil desfazer-se dessas ideias.

— Sim, Tony, devo procurar fazê-lo o quanto puder. E agora dê-me as cartas do pastor e de Klara. Você não terá nada a opor a que eu a livre desse encargo e fale amanhã cedo com mamãe. A boa mamãe! Mas, quando se trata de tubérculos, temos de resignar-nos.

7.

— E nem sequer me consultou?! Não se importa comigo?!

— Agi como tinha de agir!

— Procedeu de modo extremamente disparatado e falto de raciocínio!

— Raciocínio não é o que de mais sublime existe na Terra!

— Ah, deixe de lugares-comuns! Trata-se da mais simples equidade que a senhora negligenciou escandalosamente!

— Meu filho, chamo-lhe a atenção para o fato de que você, por sua vez, no tom que usa, negligencia a reverência que me deve!

— E eu lhe replico, minha querida mãe, que nunca me esqueci desta reverência, mas que a minha qualidade de filho se reduz a zero no momento em que me encontro diante da senhora para assuntos da firma e da família, na função de chefe supremo e no lugar de meu pai!

— Exijo que você se cale agora, Thomas!

— Ah, não! Não me calarei antes de a senhora reconhecer a sua desmedida tolice e fraqueza!

— Disponho da minha fortuna como muito bem entender!

— Equidade e raciocínio põem limites à sua arbitrariedade!

— Eu nunca teria imaginado que você fosse capaz de ofender-me assim!

— E eu nunca teria imaginado que a senhora fosse capaz de afrontar-me tão desconsideradamente!

— Tom! Mas, Tom! — ouviu-se a voz angustiada da sra. Permaneder. Ela estava sentada ao lado da janela da sala das Paisagens, torcendo as mãos, enquanto o irmão media o recinto a passos terrivelmente excitados e a consulesa se quedava no sofá, debulhada em lágrimas de ira e dor, apoiando-se com uma das mãos sobre o coxim e batendo com a outra na mesa, para acompanhar esta ou aquela palavra violenta. Todos os três usavam luto por Klara, que já não pertencia a este mundo; e todos os três estavam pálidos e fora de si...

Que acontecia? Algo de pavoroso, horripilante, que parecia monstruoso e incrível mesmo àqueles que participavam da cena! Uma disputa, uma desavença encarniçada entre mãe e filho!

Foi em agosto, numa tarde abafada. O senador, com toda a precaução, entregara à mãe as cartas de Sievert e Klara Tiburtius, e apenas dez dias mais tarde lhe coubera a tarefa penosa de ferir a velha senhora com a notícia da morte. Depois viajara a Riga, por causa do enterro, e voltara em companhia do cunhado Tiburtius. Após alguns dias passados com a família da defunta, este visitara também a Christian no hospital de Hamburgo... E agora que o pastor, há dois dias, estava novamente na pátria, a consulesa, com evidente hesitação, revelara ao filho um fato surpreendente...

— Cento e vinte e sete mil e quinhentos marcos correntes! — gritou ele, agitando diante do rosto as mãos postas. — O dote, vá lá que seja! Que ele fique com os oitenta mil, embora não haja filhos! Mas a herança! Adjudicar-lhe a parte de Klara! E nem sequer me pergunta? Não se importa comigo?

— Thomas, pelo amor de Deus! Seja justo para comigo! Será que podia proceder de outra maneira? Será que podia? Ela, que está com Deus e afastada de tudo isso, me escreveu do leito de morte... a lápis... de mão trêmula... "Mãe! Nunca mais voltaremos a ver-nos aqui embaixo, e sinto nitidamente que estas são as minhas últimas linhas... Escrevo-as com a derradeira consciência que me sobra, consciência que se destina ao meu marido... Deus não nos deu a bênção de filhos; mas aquilo que teria sido *meu* se eu tivesse sobrevivido à senhora, deixe-o caber-lhe em sorte, naquele dia em que eu seguir *para lá*; faça-o para que ele possa gozar disso em tempos de vida! Mãe, eis o meu derradeiro rogo... o rogo de uma moribunda... A senhora não o negará para mim..." Não, Thomas, não o neguei; não podia! Mandei-lhe um telegrama, e ela faleceu em paz... — A consulesa chorava violentamente.

— E não se concede nem uma sílaba a mim! Diante de mim, tudo se dissimula! Ninguém se importa comigo! — repetiu o senador.

— Sim, Thomas, *calei-me*, pois sentia que *devia* cumprir o rogo da minha filha agonizante... e sabia que você teria procurado impedir-me!

— Mas claro; Deus sabe que teria!

— E não teria direito a isso, porque três dos meus filhos estão de acordo comigo!

— Ora, eu acho que a minha opinião pesa mais do que a de duas senhoras e a de um palhaço alquebrado...

— A sua falta de amor aos irmãos é igual à crueldade para comigo!

— Klara era uma mulher piedosa mas ignorante, mamãe! E Tony é uma criança... que aliás até este momento também não sabia de nada, pois, caso contrário, não teria ficado com o segredo, não é? E Christian? Pois é, ele soube obter o consenso de Christian, esse Tiburtius... Quem teria aguardado essas coisas da parte dele? A senhora ainda não sabe, ainda não compreende que espécie de homem ele é, esse engenhoso senhor pastor?! Um velhaco, um caçador de heranças...

— Genros sempre são *filous* — disse a sra. Permaneder em voz sombria.

— Um caçador de heranças! Que fez ele? Viajou para Hamburgo; senta-se ao lado da cama de Christian e insiste com ele. E Christian diz: "Pois não, Tiburtius! Claro que sim! Vá com Deus! Se você tivesse uma ideia da tortura que sinto no lado esquerdo...". Ah, a tolice e a maldade conjuraram-se contra mim! — E o senador, fora de si, apoiando-se sobre a grade de ferro batido que cobria o nicho da estufa, premeu contra a testa as mãos torcidas.

Esse paroxismo de indignação não correspondia às circunstâncias. Não, não eram aqueles cento e vinte e sete mil e quinhentos marcos que o punham nesse estado de alma que jamais ninguém observara nele. Era antes o fato de que, na sua mentalidade há muito irritada, esse caso se enfiava na cadeia de derrotas e humilhações que tivera de sofrer durante os últimos meses na firma e na cidade... Nada obedecia à sua vontade! As coisas teriam chegado a ponto de a família já "não se importar com ele"? Que um pastor riguense o lograsse... ele teria podido impedi-lo, mas nem sequer experimentaram a força da sua influência! A marcha dos acontecimentos fizera-se sem ela! Mas ele tinha a impressão de que essas coisas antigamente não teriam podido suceder, que não se teriam *atrevido* a suceder! Passara-se mais um abalo da crença na sua própria sorte, poder e futuro... E não era senão fraqueza interior e desespero que explodiam nessa cena com a mãe e a irmã.

A sra. Permaneder levantou-se para abraçá-lo.

— Calma, Tom! — disse ela. — Sossegue! É tão ruim assim? Deste modo ficará doente! Não é certo que Tiburtius viva até então... e, depois da morte dele, a parte da herança nos caberá novamente! E tudo se poderá alterar, se você quiser! Não é, mamãe, que podemos alterá-lo?

A consulesa respondeu apenas por soluços.

— Não... ah, não! — disse o senador, contendo-se. Descreveu com a mão um gesto de negação cansada. — Deixem a coisa como está! Acham vocês que irei ao tribunal, para processar minha mãe, acrescentando um escândalo público ao particular? Vá lá... — terminou ele, enquanto com movimentos lassos caminhava para a porta envidraçada, onde mais uma vez estacou.

— Somente não pensem que andamos às mil maravilhas! — disse em voz abafada. — Tony perdeu oitenta mil marcos... E Christian, além de cinquenta mil do seu estabelecimento, que desperdiçou, já gastou outros trinta mil adiantados... que aumentarão ainda, porque não ganha nada e precisará de um tratamento em Oeynhausen... E agora não somente a família perde para sempre o dote de Klara, mas também, um dia, nos será subtraída por prazo indeterminado toda a cota-parte a que ela tinha direito na nossa fortuna... E os negócios vão mal; é para desesperar, justamente desde o dia em que despendi uns cem mil marcos com a minha casa... Não! uma família não anda bem quando há motivo para cenas como esta! Podem acreditar: se o pai estivesse em vida, conosco... ergueria as mãos para nos recomendar, a todos, à clemência de Deus.

8.

Guerra e brados bélicos, confusão e azáfama! Oficiais do Exército prussiano movimentam-se pela enfiada das salas de assoalho embutido que se acham no primeiro andar da nova casa do senador Buddenbrook. Beijam as mãos da dona da casa, e Christian, de volta de Oeynhausen, os introduz no clube. E, na Mengstrasse, Mademoiselle Severin — Riquinha Severin, a nova governanta da consulesa —, ajudada pelas criadas, carrega uma porção de colchões para o pavilhão do jardim, cheio de soldados.

Tropelia, perplexidade e tensão em toda parte! As tropas saem pelo portão; outras entram, inundando a cidade; comem, dormem, enchem os ouvidos dos burgueses rufos de tambor, clarinadas e gritos de comando; e finalmente marcham para a frente. A cidade saúda príncipes reais. Uma passagem de soldados segue a outra. Depois reinam calma e expectativa.

Em fins do outono voltam as tropas vitoriosas. São novamente aboletadas, e, por entre aclamações dos cidadãos aliviados, regressam à casa... Paz! A paz de 1865, curta e prenhe de acontecimentos.

E entre duas guerras, impassível e quieto, no largo vestidinho em forma de avental, o pequeno Johann, de cabelos macios e ondulados, brinca no jardim, perto do chafariz, ou na "galeria", separada, especialmente para ele, do patamar do segundo andar por meio de uma pequena balaustrada; brinca os jogos dos seus quatro anos e meio... Esses jogos cujo encanto nenhum adulto mais sabe compreender; nada se precisa para eles senão uns três seixos ou um pedaço de pau que talvez esteja coroado, como que por um elmo, por uma flor de dente-de-leão; e além disso a fantasia pura e forte, fervorosa e casta, ainda não perturbada nem intimidada, peculiar a essa idade em que a vida tem medo de atacar-nos, quando nem o dever nem a culpa se atrevem a atentar contra nós; em que podemos ver, ouvir, rir, admirar-nos e sonhar, sem que o mundo exija os nossos serviços... quando a impaciência daqueles a quem, todavia, queríamos amar ainda não nos importuna, solicitando sinais e provas da nossa capacidade de prestar valentemente esses serviços... Ah, não faltará muito tempo, e todos cairão sobre nós com forças brutalmente superiores, para nos violar, exercitar, encorajar, diminuir e estragar...

Grandes acontecimentos sucederam enquanto Hanno brincava. Rebentou a guerra; a vitória vacilou e por fim decidiu-se; e a cidade natal de Hanno, que, prudentemente, estava ao lado da Prússia, olhava com satisfação a rica Frankfurt, que teve de pagar pela sua crença na Áustria o preço de não mais ser cidade livre.

Mas, devido à falência de uma grande firma de Frankfurt, em julho, imediatamente antes do armistício, a casa Johann Buddenbrook perdeu, de uma só vez, a importância redonda de vinte mil táleres.

OITAVA PARTE

I.

O sr. Hugo Weinschenk, há algum tempo gerente da Companhia Municipal de Seguros contra o Fogo, tinha o aspecto de um homem ativo, abastado e imponente. Contribuía para essa impressão o modo como, a passos elásticos, consciente do próprio valor, atravessava o vasto pátio, a fim de passar dos escritórios da frente para os de trás, de punhos energicamente erguidos e com leves movimentos dos cotovelos. Usava sobrecasaca fechada. O fino bigode preto estendia-se, másculo e sério, até as comissuras da boca, cujo lábio inferior pendia um pouquinho.

Erika Grünlich, por sua vez, completara vinte anos: moça alta, desabrochada, de cores vivas, e que a saúde e a força tornavam bela. Quando o acaso a conduzia para a escada ou a balaustrada do primeiro andar, no momento em que o sr. Weinschenk aparecia — e o acaso o fazia amiúde —, o gerente tirava a cartola do cabelo curto e preto que nas fontes já se tornava grisalho e, balançando com mais brio as ancas, cumprimentava a moça com um olhar pasmo e admirador dos olhos castanhos, audazes e ágeis... ao que Erika fugia correndo, para sentar-se em qualquer parte, onde durante uma hora chorava de desnorteamento e confusão.

Sob os cuidados de Therese Weichbrodt, a srta. Grünlich desenvolvera-se pudicamente, e os seus pensamentos não iam longe. Ela chorava por causa da cartola do sr. Weinschenk, da maneira como este, ao vê-la, bruscamente alçava e deixava cair as sobrancelhas, do seu porte sumamente imperial e dos punhos balouçados. A mãe, a sra. Permaneder, era, no entanto, mais perspicaz.

Havia anos que o futuro da filha a preocupava, pois Erika, em comparação com as outras moças casadouras, achava-se em situação desvantajosa. A sra. Permaneder não somente não frequentava a sociedade, como vivia em conflito com ela. A convicção de que a "gente de bem" a considerava inferior, por causa dos dois divórcios, tornara-se para ela uma espécie de ideia fixa. Via menosprezo e hostilidade onde, na maioria das vezes, talvez só existisse indiferença. O cônsul Hermann Hagenström, por exemplo, homem liberal e leal, a quem a riqueza fazia bondoso e alegre, provavelmente a cumprimentaria na rua, se não o proibisse rigorosamente o olhar com que ela, de cabeça atirada para trás, fingia não lhe ver o rosto, essa "cara de foie gras" que, segundo uma das palavras fortes que ela preferia, odiava "como a peste". Vinha daí que também Erika vivia completamente afastada da esfera do senador, seu tio, e, não participando de bailes, tinha poucas ocasiões de conhecer cavalheiros.

Desde que Antonie "fracassara", conforme suas próprias palavras, o seu desejo mais ardente era ver a filha realizar as suas esperanças malogradas e contratar um casamento vantajoso e feliz que honraria a família e faria esquecer o destino da mãe. Antes de tudo, em consideração pelo irmão mais velho, que nos últimos tempos manifestava tão pouco otimismo, Tony anelava por uma prova de que a boa sorte da família não estava esgotada e que os Buddenbrook absolutamente não haviam chegado ao fim... O seu segundo dote, os dezessete mil táleres, que o sr. Permaneder devolvera com tanta condescendência, estavam à disposição de Erika. E apenas Antonie, sagaz e experiente, descobrira a delicada relação que se tramava entre a filha e o gerente, começara a implorar ao céu que o sr. Weinschenk fizesse uma visita.

Foi o que se passou. Ele apareceu no primeiro andar, onde o receberam as três senhoras, avó, filha e neta; conversou durante dez minutos e prometeu voltar de tarde, à hora do lanche, para uma conversa sem cerimônias.

Isto também sucedeu, e travaram intimidade. O gerente era natural da Silésia, onde o velho pai ainda vivia; mas a família não entrava em conta. Hugo Weinschenk, evidentemente, era self-made man. Possuía aquela confiança em si peculiar a essa espécie de homens, confiança um tanto exagerada e apreensiva, pouco firme e não inata; as suas maneiras não eram muito perfeitas, e na palestra parecia bastante desajeitado. A sobrecasaca, cujo corte lembrava um pouquinho o pequeno-burguês, já mostrava alguns pontos lustrosos; os punhos da camisa, com os grandes botões de azeviche, estavam impecavelmente limpos, e a unha do dedo médio da mão esquerda era totalmente preta e dessecada, devido a um acidente... aspecto bem desagradável, o que, porém, não impedia Hugo Weinschenk de ser um homem respeitabilíssimo, estrênuo e enérgico com uma renda anual de doze mil marcos e, aos olhos de Erika Grünlich, até um homem bonito.

A sra. Permaneder percebera rapidamente com clareza a situação e sabia apreciá-la. Explicou-a sem rodeios à consulesa e ao senador. Era manifesto que os interesses se encontravam e se completavam. O sr. Weinschenk, assim como Erika, não possuía relações sociais. De certo modo, os dois dependiam um do outro. Parecia que Deus assim o determinara. O gerente aproximava-se dos quarenta, e o seu cabelo começava a cobrir-se de cãs; se ele desejasse montar casa, o que estava de acordo com a sua condição e correspondia à sua situação financeira, a união com Erika Grünlich, proporcionando-lhe a entrada numa das primeiras famílias da cidade, era idônea para favorecê-lo na sua profissão e consolidar-lhe a posição social. E, quanto ao bem-estar de Erika, a sra. Permaneder podia supor que, nesse caso pelo menos, o seu próprio destino não se repetiria. Hugo Weinschenk não demonstrava a mínima semelhança com o sr. Permaneder, e de Bendix Grünlich ele se distinguia pela sua qualidade de funcionário solidamente instalado, com ordenado fixo e perspectiva de boa carreira.

Numa palavra: havia muito boa vontade de ambas as partes. De tarde, as visitas do sr. Weinschenk repetiam-se com frequência, e em janeiro — janeiro de 1867 — o gerente tomou a liberdade de solicitar a mão de Erika Grünlich com algumas palavras de homem, breves e leais.

Desde então pertencia à família. Começou a participar das reuniões da família, e os parentes da noiva receberam-no com muita amabilidade. O gerente, sem dúvida, sentiu imediatamente que, entre eles, estava um tanto deslocado; mas disfarçava essa impressão com uma atitude tanto mais audaciosa. E a consulesa, tio Justus e o senador — exceção feita das primas Buddenbrook da Breite Strasse — devotavam indulgência delicada a esse valoroso homem de escritório, a quem o trabalho impedira de adquirir experiência social.

Essa indulgência era indispensável; pois a cada momento eram necessárias palavras animadoras para interromper o silêncio que se espalhava pelo círculo de família na sala de jantar, quando o gerente, demasiado brincalhão, se ocupava com os braços e as bochechas de Erika. Acontecia-lhe, no decorrer da conversa, perguntar se "pessegada" era um "pudim" (com certa audácia, Hugo Weinschenk usava a pronúncia "púdim") ou emitir a opinião de que *Romeu e Julieta* era uma peça de Schiller...

Proferia essas coisas com uma vitalidade inabalável, esfregando despreocupadamente as mãos e recostando o tronco contra o espaldar.

Era o senador quem melhor se entendia com ele. Thomas sabia conduzir com segurança uma palestra com o gerente através de assuntos políticos e comerciais, sem que sucedesse uma desgraça. Mas a relação do sr. Weinschenk com Gerda Buddenbrook assumia formas completamente desesperadoras. A personalidade dessa dama perturbava-o de tal maneira que ele era incapaz de encontrar um tema para encher apenas dois minutos. Como sabia que Gerda tocava violino e esse fato o impressionara grandemente, limitava-se, em todas as reuniões das quintas-feiras, a dirigir-lhe a pergunta chistosa: "Como vai a rabeca?". Na terceira vez, porém, a senadora se absteve de responder.

Christian, por seu turno, costumava observar, de nariz franzido, o novo parente, para, no dia seguinte, imitar-lhe minuciosamente a conduta e a fala. O segundo filho do saudoso cônsul Johann Buddenbrook sarara em Oeynhausen do seu reumatismo articular; mas perdurava certa rigidez dos membros, assim como a periódica "tortura" no lado esquerdo — onde "todos os nervos eram curtos demais" — e também as outras moléstias de que se sentia acometido: as dificuldades de respirar e engolir, as irregularidades do coração, certa tendência para fenômenos de paralisia — ou o simples medo de tudo isso — continuavam não eliminadas. O seu exterior igualmente não correspondia a um homem que apenas se encontra à beira dos quarenta. O crânio estava totalmente desnudo; somente na nuca e nas fontes havia ainda um pouco do escasso cabelo ruivo; e os olhinhos encovados, vagando em torno com seriedade irrequieta, mais do que nunca se haviam retirado para o fundo das órbitas. Por entre as faces macilentas e descoradas avançava, também, mais ossudo e gigantesco do que nunca, o grande nariz corcovado, cobrindo o espesso bigode loiro-avermelhado que pendia sobre a boca... E as calças de fazenda inglesa, durável e elegante, bamboleavam nas pernas magras e tortas.

Desde o regresso, Christian habitava, como outrora, um quarto junto ao corredor do primeiro andar da casa da mãe. Mas demorava-se mais no clube do que na Mengstrasse, pois ali não lhe faziam a vida muito agradável. Riquinha Severin, sucessora de Ida Jungmann, que agora governava a criadagem da consulesa e dirigia a casa, criatura rústica, baixota, de bochechas vermelhas, gretadas e beiços grossos, percebera logo, com o sentido realista da gente do campo, que não se precisavam tomar muitas considerações com esse narrador de anedotas desocupado, que, alternadamente, era tolo ou mísero, e que uma personagem respeitável como o senador, de sobrancelhas alçadas, fingia não ver. Por isso, ela negligenciava simplesmente atender-lhe às necessidades. "Ora, sr. Buddenbrook", dizia, "no momento não tenho tempo para as suas coisas!" Ao que Christian a olhava de nariz franzido como se dissesse: "Não tem vergonha?", e ia-se embora, de joelhos duros.

— Você pensa que tenho sempre uma vela? — disse ele a Tony... — Só raramente! Em geral tenho de deitar-me com um fósforo... — A mesada que a mãe lhe podia conceder era pequena, de modo que explicou à irmã: — Os tempos são ruins... Antigamente tudo era diferente! Imagine! Agora, às vezes, vejo-me forçado a tomar emprestado uns cinco xelins para comprar pó dentifrício!

— Christian! — gritou a sra. Permaneder. — Que coisa indigna! Deitar-se com um fósforo! Cinco xelins! Pelo menos deixe de falar nisso! — Estava irritada, indignada, ofendida nos seus sentimentos mais sagrados, mas estes não influíam no caso.

Esses cinco xelins para pó dentifrício recebia-os Christian de seu velho amigo Andreas Giesecke, doutor em direito. Tinha sorte com esta amizade que o honrava, pois, no último inverno, depois da morte suave do velho Kaspar Oeverdieck, que fora substituído pelo dr. Langhals, o advogado Giesecke, pândego que sabia guardar a dignidade, tinha sido eleito para o Senado. Mas isso não lhe influenciava o estilo de vida. Desde o seu casamento com uma srta. Huneus, ele possuía espaçosa casa no centro da cidade. Mas ninguém ignorava que também lhe pertencia, no bairro Santa Gertrudes, aquela pequena vila, coberta de trepadeiras e confortavelmente instalada, habitada apenas por uma jovem senhora extraordinariamente bonita e de origem indeterminada. Por cima do portão ostentava-se em letras delicadamente douradas a palavra "Quisisana", e na cidade inteira a casinha pacata era conhecida sob esse nome que se pronunciava em tom de segredo. Christian Buddenbrook, porém, conseguira entrar em Quisisana, na função de melhor amigo do senador Giesecke. E ali tivera sucesso pelo mesmo procedimento que empregara em Hamburgo com Aline Puvogel e em ocasiões semelhantes em Londres, Valparaíso e muitos outros pontos do globo. Contara "umas coisinhas"; fora "gentil", e agora frequentava a casinha verde com a mesma regularidade do próprio senador Giesecke. Se isto se passava com o conhecimento e consenso deste, não se sabe. Mas não há dúvida de que Christian Buddenbrook achava em Quisisana, totalmente de graça, o mesmo divertimento agradável que o senador Giesecke tinha de pagar com o bom dinheiro da esposa.

Pouco tempo após ter contratado casamento com Erika Grünlich, o sr. Hugo Weinschenk fizera ao futuro parente a proposta de entrar na empresa de seguros, e Christian de fato trabalhou durante duas semanas a serviço da caixa de incêndios. Mas, por infelicidade, manifestou-se então que não só a tortura do lado esquerdo, mas também os demais males dificilmente definíveis aumentavam com esse trabalho. Além disso era o gerente um chefe muito violento que, na ocasião de um erro cometido por Christian, não vacilara em chamá-lo de mandrião... de modo que este abandonou o emprego.

A sra. Permaneder, porém, estava feliz; sua disposição esplêndida exteriorizava-se em *aperçus* como, por exemplo, que a vida terrena, às vezes, tem os seus lados bons. Com efeito, ela tornou a desabrochar nessas semanas cuja atividade animadora, cheia de múltiplos projetos, buscas de apartamento e febricitantes providências para o enxoval, lhe lembrava nitidamente o tempo do seu primeiro noivado, de modo a rejuvenescê-la e inspirar-lhe esperanças ilimitadas. Muito da traquinice graciosa dos tempos de menina lhe voltou à fisionomia e aos gestos; chegou até a profanar toda a devoção de uma Noite de Jerusalém com uma hilaridade tão desenfreada que a própria Lea Gerhardt abaixou o livro do antepassado, para examinar o recinto com os grandes olhos ignorantes e desconfiados, característicos das pessoas surdas...

Resolveram que Erika não se separaria da mãe. Com o consentimento do gerente e mesmo a seu pedido, Antonie deveria — pelo menos por ora — morar com os Weinschenk, a fim de ajudar a filha inexperiente na administração da casa... E era justamente isso que lhe causava a sensação deliciosa de que nunca existira um Bendix Grünlich nem um Alois Permaneder, de que todas as derrotas, decepções e sofrimentos da sua vida se haviam dissipado e de que podia recomeçar a viver com nova esperança. Decerto, ela exortava Erika a ser grata a Deus porque a presenteava com o marido bem-amado, ao passo que a mãe tivera de sufocar com argumentos de dever e raciocínio a primeira inclinação do seu coração; decerto, o nome que escrevia nos documentos da família junto com o do gerente, a mão trêmula de alegria, esse nome era o de Erika... Mas ela, ela mesma, Tony Buddenbrook, era a verdadeira noiva. Era ela que mais uma vez podia examinar com mão perita cortinados e tapeçarias, mais uma vez perscrutar casas de móveis e enxovais, mais uma vez escolher e alugar um apartamento distinto! Era ela que mais uma vez sairia da espaçosa e piedosa casa dos pais e deixaria de ser mulher divorciada; mais uma vez, oferecia-se a ela a possibilidade de erguer a cabeça e iniciar uma nova vida, própria a despertar interesse geral e fomentar o renome da família... Sim, parecia um sonho! Apareceram chambres. Dois chambres, para ela e para Erika, de fazenda macia, entrançada, com abas largas e uma porção de laçadas de veludo que desciam do pescoço até a bainha!

Decorriam as semanas, e chegava ao fim o noivado de Erika Grünlich. O jovem par fizera visitas em muito poucas casas, pois o gerente, homem trabalhador, sério e inexperiente em assuntos sociais como era, tencionava dedicar as horas de ócio à intimidade caseira... Um jantar de noivado reunira Thomas, Gerda, os noivos, Friederike, Henriette e Pfiffi com os mais próximos amigos do senador na grande sala da casa na Fischergrubestrasse, e outra vez provocara estranheza a circunstância de que o gerente, sem cessar, dava pancadinhas nas costas decotadas de Erika... Aproximava-se o dia do enlace.

Como outrora, quando a sra. Grünlich ostentava a coroa de mirtos, o alpendre foi o cenário da cerimônia. A sra. Stuht, da Glockengiesserstrasse, a mesma que frequentava a alta sociedade, ajudara a noiva no arranjo das pregas do vestido de cetim branco. O senador Buddenbrook e o senador Giesecke, amigo de Christian, foram os padrinhos, enquanto duas antigas condiscípulas de Erika faziam as vezes de madrinhas. O sr. Hugo Weinschenk, de aparência imponente e viril, durante o caminho para o altar improvisado, só uma vez pisou o véu ondeante de Erika. O pastor Pringsheim, de mãos postas por baixo do queixo, celebrou o ato com toda aquela solenidade enlevada que lhe era peculiar, e tudo decorreu com a dignidade habitual. Quando se trocavam as alianças, e os dois "Sim", o profundo e o claro, ambos um tanto roucos, ressoavam através do silêncio, a sra. Permaneder, empolgada pelo passado, o presente e o futuro, desatou a chorar; era ainda o seu choro de criança, singelo e franco. Enquanto isso, as primas Buddenbrook — Pfiffi usava em homenagem à festa uma corrente de ouro no pincenê — sorriam com um sorriso azedinho, como sempre faziam em tais ocasiões... Mademoiselle Therese Weichbrodt, porém (Sesemi, que nos últimos anos se tornara muito mais baixinha ainda), exibindo, no pescoço fininho, o broche oval com o retrato da mãe, falou com aquela energia exagerada que devia esconder a profundidade da comoção íntima:

— Seja feliz, minha boa menina!

Depois, no meio das divindades brancas, que em atitudes inalteravelmente tranquilas se salientavam sobre a tapeçaria azul, houve um festim tão solene quanto sólido, depois do qual os recém-casados desapareceram, para partir em viagem de núpcias através de algumas grandes cidades... Isso foi em meados de abril. Durante os quinze dias seguintes, a sra. Permaneder, ajudada pelo sr. Jakobs, dono da casa de móveis, realizou uma das suas obras-primas: a instalação distinta daquele primeiro andar espaçoso que tinha alugado na parte central da Bäckergrubestrasse. Salas ricamente enfeitadas com flores receberam então o jovem casal.

E começou o terceiro matrimônio de Tony Buddenbrook.

Era esse o termo acertado, e numa quinta-feira, quando os Weinschenk estavam ausentes, o próprio senador assim se havia expressado, o que a sra. Permaneder suportara com bom humor. De fato, todas as preocupações da casa lhe caíam sobre os ombros, mas ela exigia a sua parte, também, na alegria e no orgulho, e certa vez, na rua, ao encontrar, de súbito, a consulesa Julinha Möllendorpf, encarou-a com expressão tão triunfante e provocadora que Julinha consentiu em ser a primeira a cumprimentar... Na fisionomia e atitude de Tony, orgulho e alegria transformavam-se em séria solenidade cada vez que guiava através da nova casa parentes vindos para visitá-la. Nessas ocasiões, a própria Erika Weinschenk parecia ser uma hóspede admiradora.

Arrastando atrás de si a aba do chambre, os ombros um pouco erguidos e a cabeça inclinada para trás, no braço o cestinho de chaves, ornado por laçadas de cetim — ela era uma entusiasta das laçadas de cetim —, assim Antonie mostrava aos visitantes os móveis, os cortinados, a louça transparente, a prataria brilhante e os grandes quadros a óleo que o gerente adquirira: todos representando naturezas-mortas de comestíveis e mulheres nuas, pois isso era do gosto dele... Cada gesto de Tony parecia exprimir: "Olhem o que ainda alcancei nesta vida! Esta casa é quase tão distinta como a de Grünlich e muito mais do que a de Permaneder!".

Veio a velha consulesa, num vestido de seda listrado de preto e cinza. Espalhando em redor de si um discreto perfume de patchuli, deixou calmamente correr os olhos claros sobre todos os objetos e manifestou, se não admiração exaltada, pelo menos reconhecida satisfação. Vieram o senador com a mulher e o filho; Thomas e Gerda divertiam-se com a soberbia feliz de Tony e impediram a muito custo que ela estragasse o estômago do adorado pequeno Hanno com bolo de passas de Corinto e vinho do Porto... Vieram as primas Buddenbrook, que constataram uníssonas que a casa era tão linda que elas, moças modestas, não gostariam de habitá-la... Veio a pobre Klothilde, grisalha, paciente e magrinha; aguentou as zombarias e ingeriu quatro xícaras de café, para depois elogiar igualmente as demais boas coisas com palavras amáveis e arrastadas... Vez por outra, quando não havia ninguém no clube, aparecia também Christian, para tomar um copinho de licor Bénédictine. Certa noite, declarou que estava disposto a encarregar-se da representação de uma firma de champanhe e conhaque; disse que entendia do assunto; o trabalho era fácil e agradável; seria dono de si; bastaria escrever de quando em quando algumas notas na agenda, e, numa volta de mão, se ganhariam uns trinta táleres. Baseado nisso, pediu à sra. Permaneder lhe emprestasse quarenta xelins para um ramalhete que queria oferecer à prima-dona do Teatro Municipal. Deus sabe por que associação de ideias, começou a falar de "Maria" e do "vício" de Londres, para depois entrar na história do cachorro sarnento que, numa caixinha, viajara de Valparaíso para San Francisco. E então, de vento em popa, narrou anedotas com tal abundância, brio e comicidade que teria sido capaz de distrair uma sala cheia de gente.

O entusiasmo o arrebatava. Falou em todos os idiomas, inglês, espanhol, baixo-alemão e dialeto hamburguês; descreveu aventuras com faquistas chilenos e ladrões de Whitechapel; logo em seguida, deu-lhe na veneta conceder aos ouvintes uma amostra do seu repertório de coplas: com mímica modelar e talento pitoresco em todos os gestos, cantou ou recitou, por exemplo:

> *Pela rua, vagaroso,*
> *passeava, quando vi*
> *o vulto leve e gracioso*
> *de um tipinho de biscuit.*
> *Tinha um jeito milongueiro*
> *de bambolear os quadris...*
> *E ocultava o olhar faceiro*
> *sob um grande chapéu gris...*
> *Quis bancar o sabidão*
> *e lhe segurei a mão*
> *julgando-a já toda minha...*
> *Porém ela me olha e para*
> *e atira-me bem na cara:*
> *— Não vem de sola, coisinha!...*

E, apenas terminara, passou logo a relatar recordações do Circo Renz. Representou toda a entrada de um clown excêntrico inglês, com tal naturalidade que o seu público teve a impressão de encontrar-se diante do picadeiro. Ouviu-se a costumeira algazarra atrás da cortina fechada, gritos de "Abre a porta!", rixas com o escudeiro e, depois, numa mescla de alemão e inglês, trôpega e lamentosa, uma porção de historietas. O caso do homem que no sono engole um camundongo e por isso consulta um veterinário que lhe aconselha engolir também um gato... A história de "Minha avó, louçã e sadia como era...", história onde a essa avó acontecem inúmeras aventuras durante uma caminhada para a estação, até, afinal, a velha senhora, "louçã e sadia como era", perder o trem... ao que Christian cortou a narração com um triunfante "Música, maestro!". Depois, como que acordando de um sonho, pareceu admirado de que a orquestra não começasse a tocar...

E então, subitamente, emudeceu. A sua expressão alterou-se, e os gestos tornaram-se lassos. Os olhinhos redondos e encovados puseram-se a vagar em todas as direções com seriedade irrequieta; passou a mão pelo lado esquerdo; foi como se espreitasse o seu interior, onde ocorriam coisas estranhas... Bebeu mais um copinho de licor, o que o animou um pouco. Fez um esforço para contar outra anedota e finalmente se despediu, bastante deprimido.

A sra. Permaneder, muito risonha naquela época, e que se divertia deliciosamente, acompanhou o irmão até a escada em franca alegria.

— Adeusinho, senhor agente! — disse ela. — Trovador e sedutor! Apareça outra vez, velho idiota! — E, rindo às gargalhadas, voltou para o apartamento.

Mas Christian Buddenbrook não se importou com esse título; nem sequer o ouviu, pois estava absorto pelos pensamentos. "Bem", pensava, "vamos dar um pulo até a Quisisana!" E com o chapéu um pouco de lado, apoiando-se sobre a bengala com o busto de freira, desceu devagar pela escada, anquilosado e um tanto coxo.

2.

Foi na primavera do ano de 1868 que a sra. Permaneder, às dez horas da noite, compareceu ao primeiro andar da casa do irmão. O senador Buddenbrook achava-se sozinho na sala de estar equipada com móveis forrados de repes cor de azeitona. Acomodara-se diante da mesa redonda do centro, à luz do grande lustre a gás que pendia do teto. O *Jornal do Comércio* de Berlim estava aberto diante dele, e o senador inclinava-se levemente por cima da mesa, o cigarro entre os dedos indicador e médio da mão esquerda. Lia com um pincenê de ouro sobre o nariz, pois nos últimos tempos precisava de óculos durante o trabalho. Ouviu os passos da irmã, que atravessava a sala de jantar, e, tirando o pincenê dos olhos, relanceou um olhar atento para as trevas, até que Tony surgiu por entre os cortinados e no halo da luz.

— Ah, é você. Boa noite. Já voltou de Pöppenrade? Como vão os seus amigos?

— Boa noite, Tom! Obrigada. Armgard está bem... Você está tão solitário aqui!

— Sim, a sua visita era muito desejada. Hoje à noite tive de jantar sozinho como o papa, pois Mademoiselle Jungmann não conta como sociedade porque a todo instante se levanta de um pulo para ver como vai Hanno... Gerda está no cassino. Há um concerto de violino no Tamayo. Christian veio buscá-la...

— Que gentil, diria mamãe... É verdade, Tom, eu observei que recentemente Gerda e Christian se entendem muito bem.

— Eu também. Desde que Christian mora sempre na cidade, ela começa a gostar dele. Escuta-o mesmo com atenção quando descreve as suas moléstias... Meu Deus, ele a diverte. Há pouco que Gerda me disse: "Ele não é burguês, Thomas! É ainda menos burguês do que você!".

— Burguês? Burguês, Tom? Ora, tenho a impressão de que em todo o vasto mundo não existe melhor burguês do que você...

— Olha: não é tão literalmente que se deve entendê-lo! Fique à vontade, minha filha! Você está com aspecto magnífico. O ar do campo lhe fez bem?

— Muito — respondeu ela, enquanto punha de lado a mantilha e o chapéu com fitas de seda lilás. Em atitude majestosa, sentou-se numa poltrona. — O estômago e o sono noturno, tudo melhorou nesse pouco tempo. O leite fresco e os salames e presuntos... Assim, a gente prospera como o gado e o trigo. E esse mel em favo, Tom! Sempre o considerei um dos melhores alimentos! É um produto natural. Com ele sabe-se o que se consome! Pois é, foi realmente muito amável da parte de Armgard, que se lembrou da nossa antiga amizade de pensionato e me convidou. E o sr. Von Maiboom também foi de uma condescendência... Insistiram tanto comigo que ficasse mais algumas semanas, mas você sabe: Erika tem dificuldades em arranjar-se sem mim, e principalmente agora, que nasceu a pequena Elisabeth...

— *À propos*, e a criança?

— Linda, Tom! Graças a Deus, está bastante desenvolvida para os seus quatro meses, embora Friederike, Henriette e Pfiffi achassem que não ia viver...

— E Weinschenk? Como se sente na sua função de pai? Propriamente, só o vejo às quintas-feiras...

— Oh, ele não mudou. Olhe: é um homem tão decente e esforçado e, sob certo ponto de vista, o tipo ideal do marido, pois despreza as tavernas; do escritório volta diretamente para casa e passa as horas de ócio conosco. Mas o caso é... Tom, cá entre nós, podemos falar francamente... Ele exige de Erika que esteja sempre alegre, que fale e graceje constantemente, pois diz que, quando chega em casa, cansado e deprimido, deseja que a esposa o divirta de maneira leve e jovial, que o distraia e anime; diz que as mulheres foram feitas para isso...

— Idiota! — murmurou o senador.

— Como?... Ora, o mal é que Erika tende um pouquinho para a melancolia, Tom; deve tê-la herdado de mim. De vez em quando, é séria e taciturna e pensativa; e, então, Weinschenk a censura e fica furioso; usa palavras que, francamente, nem sempre são muito delicadas. Sente-se com demasiada frequência que, no fundo, não é de boa família e que, infelizmente, não recebeu o que se chama uma educação distinta. Pois é, confesso-lhe com toda a franqueza: poucos dias antes da minha partida para Pöppenrade, acontece que atirou ao chão a tampa da terrina, porque a sopa estava salgada...

— Encantador!

— Não, pelo contrário. Mas não o julguemos por isso. Meu Deus, nós todos temos os nossos defeitos, e um homem tão ativo, sólido e trabalhador... Deus me livre! Não, Tom, a casca é áspera, mas a fruta é suave, e essas coisas não são o pior que existe na vida. Posso dizer que acabo de deixar uma situação muito mais triste. Armgard chorava amargamente quando estava a sós comigo...

— Não diga... O sr. Von Maiboom?

— Sim, Tom; e foi disso que quis falar com você. Estamos aqui sentados a tagarelar, mas em realidade vim hoje à noite para assunto muito sério e importante.

— Mas então? Que é que há com o sr. Von Maiboom?

— Ralf von Maiboom é um homem amável, Thomas, mas também um estroina leviano, um doidivanas. Joga em Rostock, joga em Travemünde, e deve os olhos da cara. Não se poderia acreditar quando se vive durante algumas semanas em Pöppenrade! O solar é tão distinto; tudo ao redor prospera, e não há falta de leite, ovos e presunto. Numa fazenda assim, realmente é impossível perceber o verdadeiro estado das coisas... Com poucas palavras: em verdade, ele está lamentavelmente embrulhado, Tom, o que Armgard me confessou por entre soluços comoventes.

— Triste, bem triste.

— Você tem razão. Mas o caso é que se manifestou que os Maiboom não me convidaram por motivos completamente faltos de interesse pessoal.

— Por quê?

— Vou explicar-lhe. O sr. Von Maiboom precisa de dinheiro; precisa imediatamente de uma importância elevada. E, como conhecesse a velha amizade que existe entre a mulher e mim, e soubesse que sou sua irmã, nos seus apuros se valeu de Armgard, que, por sua vez, se valeu de mim... Compreende?

O senador passou a ponta dos dedos da mão direita pela risca do cabelo. Carranqueou um pouquinho.

— Acho que sim — disse ele. — O seu caso sério e importante me parece ter em mira um adiantamento sobre a colheita de Pöppenrade, se não me engano? Mas com isso tenho a impressão de que vocês, você e os seus amigos, não se dirigiram ao homem conveniente. Primeiro, nunca fiz negócios com o sr. Von Maiboom, e este método de estabelecer relações comerciais seria bastante singular. Segundo, nós, o bisavô, o avô, papai e eu, de vez em quando temos pago adiantado aos camponeses, suposto que estes oferecessem certas garantias, já por causa das suas personalidades, já por outras circunstâncias... Mas pelo jeito como há dois minutos você caracterizou a personalidade e a situação do sr. Von Maiboom, não se pode falar de tais garantias neste caso...

— Você está enganado, Tom. Deixei-o terminar, mas está enganado. Aqui não se pode tratar de um adiantamento qualquer. Maiboom precisa de trinta e cinco mil marcos.

— Com os diabos!

— Trinta e cinco mil marcos que vencerão daqui a duas semanas. Está com a corda no pescoço e, para falar com clareza: ele tem de vender agora, imediatamente.

— Oh, coitado dele! — E o senador, brincando com o pincenê sobre a toalha da mesa, meneou a cabeça. — Mas me parece que este caso é muito pouco vulgar na nossa região — acrescentou. — Ouvi dizer que negócios assim se faziam principalmente no Hesse, onde grande parte dos camponeses se encontra na mão dos judeus... Deus sabe quem será o usurário que há de apanhar o pobre sr. Von Maiboom...

— Judeus? Usurários? — gritou a sra. Permaneder bastante espantada... — Mas se fala de você, Tom, de você!

Subitamente, Thomas Buddenbrook atirou o pincenê sobre a mesa, com tal violência que deslizou um bom pedaço em cima do jornal. De golpe, o senador virou-se inteiramente para a irmã.

— De... mim? — perguntaram os seus lábios, sem emitir nenhum som. Depois disse em voz alta: — Vá dormir, Tony. Parece-me que você está muito cansada.

— Sim, Tom. Assim falava Ida Jungmann conosco, à noite, quando a gente mal começava a divertir-se. Mas posso afirmar-lhe que nunca na vida estive mais acordada e ágil do que agora, que a altas horas da noite venho ter com você para transmitir-lhe a proposta de Armgard... quer dizer, indiretamente, a de Ralf von Maiboom...

— Ora, não levo a mal essa proposta porque a atribuo à sua ingenuidade e ao desnorteamento dos Maiboom.

— Desnorteamento? Ingenuidade? Não o compreendo, Tom. Infelizmente estou longe disso. Oferece-se uma ocasião para você fazer uma ação beneficente e ao mesmo tempo o melhor negócio da sua vida...

— Bolas, minha querida! Você só diz asneiras! — gritou o senador, reclinando-se impaciente. — Perdão, mas a sua inocência é capaz de exasperar a gente! Então não se dá conta de que me aconselha uma coisa sumamente indigna, manejos pouco limpos? Será que devo pescar em águas turvas? Explorar brutalmente um homem? Aproveitar-me dos apuros desse fazendeiro sem defesa, para esfolá-lo? Forçá-lo a ceder-me, pela metade do preço, a colheita de um ano, a fim de que possa embolsar um lucro de agiota?

— Ah, é assim que você considera o negócio — disse a sra. Permaneder, intimidada e meditativa. E prosseguiu com nova vitalidade: — Mas não há necessidade, Tom, absolutamente não há necessidade de ver as coisas por esse lado! Forçá-lo? Mas é ele quem se chega a você! Precisa do dinheiro e quer liquidar o assunto por vias amigáveis, sem escândalo, em particular... Por isso desenterrou a relação conosco, e por isso me convidaram!

— Bem, ele se engana a meu respeito e acerca do caráter da minha firma. Tenho as minhas tradições. Esta espécie de negócios não foi feita por nós no decorrer de cem anos, e não tenciono começar tais manobras.

— Claro, Tom, você tem as suas tradições, e elas merecem toda a reverência! Decerto, papai não se teria metido nisso. Deus me livre! Quem afirmou o contrário? Mas, por mais estúpida que eu seja, sei que você é um homem diferente do pai; ao encarregar-se dos negócios, deu-lhes outro ritmo, e desde então fez muita coisa que ele não teria feito. Você é moço e tem um cérebro empreendedor. Mas estou sempre com receio de que nos últimos tempos se haja apavorado com este ou aquele malogro... e se agora você já não trabalha com o bom sucesso de outrora, é que, por pura prudência e escrupulosidade medrosa, deixa escapar ocasiões para golpes proveitosos...

— Ah, pare com isso, minha filha! Você me irrita! — respondeu o senador em voz áspera, enquanto se mexia na cadeira. — Por favor, falemos de outra coisa!

— Pois é, você está irritado, Thomas, vejo bem. Desde o início estava, e justamente por isso continuei a falar, a fim de provar-lhe que não há razão para sentir-se ofendido. Mas, quando pergunto a mim mesma por que você está irritado, só posso dizer-me que, no fundo, tem certa inclinação para ocupar-se com esse negócio. Pois, embora seja uma mulher estúpida, sei, pela minha própria experiência e pelo que observei em outras pessoas, que nesta vida só nos exasperamos e irritamos quando não nos sentimos inteiramente seguros na nossa resistência, e no nosso íntimo tendemos a transigir.

— Quanta sutileza! — disse o senador, mordendo a ponta do cigarro. Depois permaneceu calado.

— Sutileza? Ah, não, esta é a mais simples experiência que a vida me ensinou. Mas não falemos mais nisso, Tom. Não quero insistir. Como poderia eu persuadi-lo a fazer tal coisa?! Não passo de uma tola... É pena... Pois então, tanto faz! A coisa me interessou muito. Por um lado, eu estava assustada e aflita com respeito aos Maiboom, e pelo outro alegrava-me por causa de você. Pensei comigo mesma: "Há algum tempo que o Tom anda tão macambúzio! Antigamente, ele se queixava, e agora nem sequer se queixa. Perdeu dinheiro aqui e ali; os tempos são ruins, e isso justamente agora que a minha própria situação acaba de melhorar pela bondade de Deus e que me sinto feliz". E então pensei: "Eis o que ele precisa: um bom golpe, uma presa valiosa". Com isso poderá tirar desforra de muitas derrotas e mostrar a toda a gente que, por enquanto, a firma Johann Buddenbrook não foi completamente abandonada pela boa sorte. E se você tivesse consentido na coisa, eu teria ficado muito orgulhosa por ter servido de intermediária, pois sabe que sempre foi meu ideal e meu desejo prestar serviços ao nosso nome... Chega... Com isso, a questão me parece liquidada... Mas o que me irrita é o pensamento de que, apesar disso e em todo o caso, o Maiboom terá de vender a colheita no pé; e sabe, Tom, quando ele procurar um comprador nesta cidade... com certeza achará um... e será Hermann Hagenström, aquele *filou*!

— Ah, sim, parece duvidoso que ele se recuse a fazer o negócio — disse o senador com amargura; e a sra. Permaneder repetiu três vezes a réplica:

— Está vendo? Está vendo? Está vendo?

De repente, Thomas Buddenbrook começou a menear a cabeça, dando uma risada contrariada.

— Quanta bobagem... Com bruto aparato de seriedade, pelo menos da sua parte, tratamos aqui um assunto de todo indeterminado, uma coisa que está no ar! Ao que saiba, nem sequer lhe perguntei de que realmente se trata, o que o sr. Von Maiboom tem para vender... Não conheço Pöppenrade...

— Oh, claro que você devia fazer uma viagem para lá! — disse Tony com zelo. — Daqui para Rostock não é longe, e Pöppenrade se acha bem perto dali. Que tem ele para vender? Pöppenrade é uma grande fazenda. Sei positivamente que produz mais de mil sacos de trigo... Mas não conheço os detalhes exatos. E quanto a centeio, aveia e cevada? Serão quinhentos sacos de cada um? Ou serão mais, ou talvez menos? Não sei. Tudo ali cresce às maravilhas; isso posso dizer. Mas não disponho de algarismos para servi-lo, Tom; sou uma tolinha. Claro que você devia informar-se pessoalmente...

Fez-se uma pausa.

— Pois então não vale a pena perdermos duas palavras a esse respeito — disse o senador de modo lacônico e firme. Apanhou o pincenê e meteu-o no bolso do colete. Abotoando o casaco, ergueu-se e começou a andar de cá para lá na sala, a passos rápidos, vigorosos e desembaraçados, que excluíam propositadamente qualquer sinal de reflexão.

Depois estacou diante da mesa, e, inclinando-se sobre ela na direção da irmã, enquanto batia na madeira com a ponta do dedo indicador levemente curvo, disse:

— Vou contar uma história, Tony querida, para lhe explicar a minha atitude neste caso. Conheço o *faible* que você tem pela nobreza em geral e pela aristocracia mecklemburguesa em especial, e por isso peço-lhe paciência quando na minha história um desses cavalheiros receber um lembrete... Você sabe que há entre eles este ou aquele que não trata os comerciantes com grande consideração, embora a necessidade que um tem do outro seja recíproca. Mas eles acentuam demais a superioridade do produtor sobre o intermediário, superioridade que aliás até certo ponto não se pode negar; em breves palavras: não consideram o comerciante de maneira diferente do judeu ambulante a quem vendemos roupas usadas, na certeza de sermos logrados. Tenho a opinião lisonjeira de que, na maioria dos casos, não dei a esses cavalheiros a impressão de ser explorador moralmente medíocre, e encontrei regateiros muito mais tenazes do que eu mesmo. Mas com um deles precisei lançar mão da seguinte pequena manobra, para, socialmente, avançar um pouco... Foi o proprietário de Gross-Poggendorf. Sem dúvida você já ouviu falar nele; há vários anos fizemos muitos negócios: o conde de Strelitz, fidalgo soberbo, com um pedaço de vidro quebrado no olho... Nunca pude compreender por que não se cortava... Botas de canos envernizados e um chicote de cabo dourado. Tinha um jeito de olhar de cima, com a boca meio aberta e os olhos semicerrados, como se se achasse a uma altura inconcebível... À primeira visita que lhe fiz, mostrou-se imponente. Depois de uma correspondência inicial, fui ter com ele, e, anunciado pelo mordomo, entrei no gabinete de trabalho. O conde de Strelitz está sentado à escrivaninha. Retribui à minha mesura, levantando-se um pouquinho da cadeira; após ter escrito a última linha de uma carta, dirige-se a mim, e, fingindo não me ver, começa as negociações a respeito da sua mercadoria. Recosto-me contra a mesa do sofá, cruzando braços e pernas, e acho o caso divertido. Durante uns cinco minutos fico de pé. Depois de outros cinco minutos, sento-me sobre a mesa e deixo uma perna balançar no ar. A nossa palestra prossegue e, decorrido um quarto de hora, ele diz, com um gesto condescendente: "Mas o senhor não queria acomodar-se numa cadeira?". "Como?", respondi. "Ah, não é necessário. Há muito que estou sentado."

— Realmente? Você lhe disse isso? — gritou a sra. Permaneder, encantada. E quase esqueceu tudo quanto precedera a anedota; esta a absorvia por completo. — Havia muito que você estava sentado! Essa é formidável!

— Pois sim; e asseguro-lhe que o conde, desde aquele momento, mudou inteiramente a sua conduta; apertava-me a mão quando vinha, e obrigava-me a sentar... De fato, em seguida travamos amizade. Mas por que lhe contei essa história? Para perguntar-lhe: será que eu teria o ânimo, o direito, a segurança interior, para ministrar a mesma lição ao sr. Von Maiboom, se este, ao negociar comigo acerca do preço total da colheita, se esquece de... oferecer-me uma cadeira?

A sra. Permaneder não respondeu.

— Bem — disse ela finalmente. — Pode ser que você tenha razão, Tom, e, como já disse, não quero insistir. Você deve saber o que tem a fazer ou deixar de fazer; e, com isso, ponto final. Queria só que acreditasse que procedi com boa intenção... Basta! Boa noite, Tom!... Mas não, espere. Antes tenho de dar um beijo em Hanno e cumprimentar a boa Ida... Depois, vou dar mais uma olhadela por aí...

E, com essas palavras, saiu.

3.

Subiu a escada até o segundo andar e, deixando a "galeria" à direita, passou pela balaustrada branca e dourada. Atravessou uma antessala, cuja porta para o corredor estava aberta, e de onde outra saída, à esquerda, dava para o gabinete de vestir do senador. Depois baixou com precaução o trinco da porta da frente e entrou.

Era uma peça extremamente espaçosa, de janelas encobertas por cortinas floreadas, arranjadas em pregas. As paredes estavam um tanto nuas. Além de uma gravura muito grande, emoldurada de preto, que pendia por cima da cama da srta. Jungmann e representava Giacomo Meyerbeer, cercado por figuras das suas óperas, havia apenas algumas cromolitografias inglesas, fixadas sobre papel claro por meio de alfinetes, e que mostravam crianças de cabelos amarelos em vestidinhos de nenê vermelhos. Ida Jungmann, sentada no meio do quarto, à grande mesa desdobrável, estava cerzindo as meiazinhas de Hanno. A leal prussiana encontrava-se agora no início dos cinquenta; embora tivesse começado a encanecer muito cedo, o topete liso ainda não se tornara branco, mas perseverara em determinado estado grisalho. O corpo ereto era ainda tão vigoroso e ossudo, e os olhos castanhos permaneciam tão claros, ágeis e incansáveis quanto há vinte anos.

— Boa noite, Ida, minha boa alma! — disse a sra. Permaneder em voz abafada mas alegre, pois a pequena anedota do irmão lhe inspirara ótimo humor. — Como vai, velho móvel da casa?

— Ora, ora, Toninha... Móvel da casa, minha filha? Como chega aqui assim tão tarde?

— Falei com meu irmão... sobre negócios que não permitiam demora... Infelizmente, a coisa fracassou... Ele dorme? — perguntou, apontando com o queixo para a pequena cama que, com a cabeceira envolta de verde, se achava junto à parede lateral esquerda, bem perto da alta porta que dava para o quarto do senador Buddenbrook e da esposa...

— Psiu! — fez Ida. — Sim, está dormindo.

A sra. Permaneder, na ponta dos pés, aproximou-se da cama, e soerguendo suavemente o cortinado olhou, inclinada, o rosto do sobrinho.

O pequeno Johann Buddenbrook estava de costas, mas o rostinho orlado pelo longo cabelo castanho-claro se voltava para o quarto. Com leve ruído, a respiração do menino tocava o travesseiro. Uma das mãos, cujos dedos mal saíam das mangas demasiado compridas e largas da camisola, descansava sobre o peito, e a outra, ao lado, sobre a colcha. Os dedos torcidos, às vezes, tremiam ligeiramente. Nos lábios semiabertos também se via um movimento apenas perceptível, como se procurasse formar palavras. De espaço a espaço passava por todo esse pequeno rosto, de baixo para cima, qualquer coisa dolorosa, que, começando por um estremecimento do queixo, se propagava pela região bucal e fazia vibrar as narinas tenras, enquanto os músculos da testa delgada se punham em movimento... As compridas pestanas não eram capazes de esconder as sombras azuladas que pairavam sobre as comissuras dos olhos.

— Está sonhando — disse a sra. Permaneder, comovida. Então, curvando-se sobre a criança, beijou-lhe cautelosamente as faces aquecidas pelo sono. Após ter recomposto o cortinado com muita precaução, foi outra vez à mesa, onde Ida, à luz amarela da lâmpada, esticou outra meia por cima da bola de cerzir, examinou o buraco e começou a consertá-lo.

— Cerzindo, Ida? Engraçado, quase não a vejo fazer outra coisa!

— Pois é, Toninha... É incrível como o garoto rasga a roupa desde que vai à escola!

— Mas é uma criança tão mansinha e quieta!

— É, sim... mas de qualquer jeito...

— Ele gosta de ir à escola?

— Não, Toninha! Teria preferido continuar aprendendo comigo. E eu, também, teria desejado que o fizesse, sabe, minha filha? Pois os professores não o conhecem como eu, desde pequeno, e não sabem como proceder com ele, para que aprenda... Muitas vezes tem dificuldade para prestar atenção, e cansa rapidamente...

— Coitadinho! Já apanhou alguma sova?

— Mas não! *Boje kochhanne!*...* Como poderiam ser assim tão cruéis! Quando o garoto lhes olha na cara...

---

* Expressão polonesa; exprime espanto.

— Como se portou, quando foi à escola pela primeira vez? Chorou?
— Claro! Chora facilmente... Não alto, mas assim baixinho, para si mesmo... E então segurou o senhor seu irmão pelo casaco, suplicando sempre que ficasse com ele...
— Ah, foi o meu irmão que o levou? Sim, é um momento penoso, Ida; pode acreditar. Ah, lembro-me como se fosse ontem! Berrei... Asseguro-lhe que uivei como um cão acorrentado; sofri que foi um horror. E por quê? Porque em casa tinha vivido vida tão boa, tal qual Hanno. Todas as crianças de famílias distintas choravam; desde logo o percebi; ao passo que as outras não se importavam; olhavam-nos de olhos arregalados e riam-se estupidamente... Céus! que tem ele, Ida?...

Fez um gesto abrupto com a mão e, sobressaltada, dirigiu-se para a cama, de onde viera um grito, interrompendo-lhes a conversa; um grito apavorado que no próximo instante se repetiu com uma expressão mais vexada, mais assustada ainda e depois ressoou três, quatro, cinco vezes seguidas... "Oh! oh! oh!", um protesto que o horror fez demasiado alto, indignado e desesperado, e que parecia ter em mira qualquer coisa abominável que se mostrava ou acontecia... Um momento após o pequeno Johann achava-se de pé sobre a cama, e, enquanto gaguejava palavras incompreensíveis, os olhos de um castanho dourado singular estavam largamente abertos e cravavam o olhar num mundo totalmente distante, sem nada perceberem da realidade...

— Não é nada — disse Ida. — Apenas o tal pavor. Ah, às vezes é muito pior. — Com toda a tranquilidade largou o trabalho e foi para junto de Hanno com os seus peculiares passos compridos e pesados. Falando-lhe numa voz profunda e tranquilizadora, deitou-o novamente e cobriu-o com o cobertor.

— Ah, sim, pavor... — repetiu a sra. Permaneder. — Está ele acordado agora?

Mas Hanno absolutamente não estava acordado, se bem que os olhos permanecessem esbugalhados e hirtos e os lábios continuassem a mover-se...

— Como? Sossegue... Vamos, pequeno, deixemos de tagarelar... Que foi que você disse? — perguntou-lhe Ida; Antonie também se aproximou, para ouvir o murmurar e tartamudear irrequieto.

— Quando... fui... ao meu jardim... — disse Hanno, sonolento — para os canteiros... regar...

— Recita poemas que aprendeu — explicou Ida Jungmann, meneando a cabeça. — Muito bem... Chega... Durma, Hanno!

— Um corcunda... encontrei... pôs-se a espirrar... — prosseguiu o menino, dando um suspiro. Mas de repente a sua fisionomia se alterou; os olhos fecharam-se pela metade, e, mexendo a cabeça sobre o travesseiro, continuou em voz baixa e dorida:

Plangem os hinos,
Dobram os sinos,
A criança se lamenta,
Que Deus ajude o pobre doente!

E com essas palavras soluçou do fundo do coração; lágrimas lhe brotaram por entre as pestanas, correndo lentamente sobre as faces. E foi isso que o despertou. Abraçou Ida; olhou em torno de si com os olhos úmidos; satisfeito, murmurou alguma coisa como "tia Tony" e, endireitando-se um pouquinho, pôs-se de novo a dormir com toda a tranquilidade.

— Estranho! — disse a sra. Permaneder, quando Ida voltara a acomodar-se à mesa. — Que poemas foram esses, Ida?

— São do seu livro de leitura — respondeu Mademoiselle Jungmann —, e embaixo está impresso: *Cornucópia do menino...** Parecem bem singulares... Ele teve de aprendê-los por estes dias, e falou muito sobre aquele do corcunda. Conhece?... É medonho. Esse corcunda aparece em qualquer lugar, quebrando a panela, comendo o mingau, roubando a lenha, parando a roda de fiar e rindo-se da gente... E então, no fim, pede ainda que o incluamos na nossa prece! Pois é, o garoto está doido por esse poema. Todos os dias, ele anda cismando a respeito. Sabe o que me disse? Duas ou três vezes repetiu: "Não é, Ida? O corcunda não faz isso por maldade; não faz por maldade!... É por tristeza que faz, e depois fica mais triste ainda... Quando rezamos por ele, não precisa mais fazer tudo isso". E ainda hoje, quando a mamãe veio dizer--lhe boa-noite, antes de ir ao concerto, Hanno lhe perguntou se devia rezar também pelo corcunda...

— E o fez?

— Em voz alta não, mas provavelmente em segredo... Sobre o outro poema, que se chama "Relógio da alma", não disse nada; apenas chorou. Desata a chorar facilmente... e então, durante muito tempo, não consegue parar...

---

* Título da célebre antologia do folclore alemão organizada pelos poetas Arnim e Brentano, em 1806.

— Mas que há nisso de tão triste?

— Sei lá... Na recitação, ele nunca conseguiu passar do começo, daquele trecho que até no sono o fez soluçar... E também chorou por causa do carroceiro que já às três horas se levanta da cama de palha...

A sra. Permaneder riu-se, comovida, mas depois fez uma cara séria.

— Vou lhe dizer, Ida: não é bom, acho que não é bom que tudo o aflija tanto. O carroceiro levanta-se às três horas... Pois então, meu Deus, para isso é que é carroceiro! A criança, isto já percebi, tende a olhar tudo com olhos impressionáveis e a preocupar-se com qualquer coisa... Isso deve definhá-la; pode acreditar. Deveríamos falar seriamente com Grabow... Mas o caso é justamente este — prosseguiu, cruzando os braços. De cabeça inclinada para o lado, batia melancolicamente no chão com a ponta do pé. — Grabow está ficando velho, e além disso, por mais bondoso que seja esse homem leal e íntegro... não tenho em grande conta as suas qualidades de médico. Deus me perdoe se me engano. Por exemplo, no caso da inquietude de Hanno, com os seus sobressaltos noturnos e os seus acessos de medo, provocados pelos sonhos... Grabow sabe disso, e tudo o que faz é dizer-nos do que se trata, chamando a coisa pelo nome latino: *pavor nocturnus*... Muito bem, isto é instrutivo, é claro... Não, Ida, é um homem simpático, um bom amigo da casa, não se discute; mas não é sumidade. Homens de grande personalidade têm outro aspecto e já na mocidade mostram o que se esconde neles. Grabow assistiu à era de 1848; era moço então. Mas você acha que ele se tenha exaltado uma só vez... por causa da liberdade e da justiça e da queda de privilégios e arbitrariedades? É um sábio, mas estou convencida de que as incríveis leis que então vigoravam para as universidades e a imprensa o deixavam absolutamente frio. O seu comportamento nunca teve nada de aloucado; jamais passou dos limites... Andava sempre com aquela cara branda e comprida, e agora receita pombo e pão francês, e quando um caso se torna sério recorre a uma colherinha de sumo de alteia... Boa noite, Ida... Ah, não; acho que existem médicos bem diferentes! Que pena que não encontrei Gerda... Muito obrigada, há ainda luz no corredor... Boa noite.

Quando, de passagem, a sra. Permaneder abriu a porta da sala de jantar, a fim de gritar um "boa noite" ao irmão que ainda se achava na de estar, viu que toda a sequência de salas estava iluminada. Thomas, mãos nas costas, andava de cá para lá.

4.

Encontrando-se novamente sozinho, o senador voltara a acomodar-se à mesa; retirara o pincenê do bolso, na intenção de prosseguir a leitura do jornal. Mas já depois de dois minutos os olhos haviam abandonado o papel impresso, e Thomas, sem alterar a posição do corpo, durante muito tempo, fitava sem cessar, por entre os cortinados, as trevas do salão.

Como o seu rosto ficava desfigurado até o irreconhecível quando se achava sozinho! Os músculos da boca e das faces, geralmente disciplinados e sujeitos à obediência, a serviço de incessantes arrancos da vontade, distendiam-se e afrouxavam; a atitude de vigilância, circunspecção, amabilidade e energia, atitude que havia muito tempo se conservava apenas artificialmente, caía desse rosto como uma máscara para abandoná-lo a um estado de cansaço atormentado; os olhos, com uma expressão turva e embotada, dirigidos a um objeto sem abrangê-lo, faziam-se vermelhos e começavam a lacrimejar — e de todos os pensamentos que lhe abarrotavam a cabeça, pesados, confusos e inquietos, o senador, sem coragem de enganar também a si próprio, conseguia segurar um único, desesperante: Thomas Buddenbrook era, aos quarenta e dois anos, um homem fatigado.

Lentamente, com uma respiração profunda, passou a mão pela testa e os olhos. Mecanicamente, acendeu um cigarro, embora soubesse que fumar lhe era nocivo, e, através da fumaça, continuou a cravar os olhos nas trevas... Que contraste entre a frouxidão sofredora das suas feições e o arranjo elegante, quase marcial, que dava a essa cabeça — o bigode perfumado, esticado em pontas compridas; a lisura diligentemente escanhoada do queixo e das bochechas; o penteado meticuloso que, no vértice, escondia quanto possível o início de desbastamento dos cabelos; estes se afastavam das fontes finas, em duas entradas alongadas, formando uma risca estreita; por cima das orelhas já não eram compridos e ondulados como outrora, mas sim muito aparados, para que não se visse o quanto se haviam tornado grisalhos... O próprio senador ressentia-se com esse contraste, e sabia perfeitamente que a cidade inteira reparava na discrepância que existia entre a sua atividade ágil e elástica e a palidez lânguida desse rosto.

Não que, lá fora, ele fosse personalidade menos importante e indispensável do que antigamente. Repetiam-no os amigos, e os invejosos não podiam negar que o burgomestre Langhals, em voz audível a grande distância, confirmara o dito do seu antecessor Oeverdieck: que o senador Buddenbrook era a mão direita do burgomestre. O fato, porém, de que a firma Johann Buddenbrook já não era o que fora outrora parecia verdade tão corriqueira que o sr. Stuht, da Glockengiesserstrasse, a podia contar à sua mulher durante o almoço, quando comiam a sopa de toicinho... E Thomas Buddenbrook gemia por causa dessa verdade.

Todavia, ele mesmo era quem mais havia contribuído para criar essa opinião. Era um homem rico, e nenhum dos prejuízos que sofrera, sem exceção do golpe duro do ano de 1866, pusera em perigo sério a existência da firma. Mas embora, como era natural, continuasse a figurar de maneira conveniente e dar aos seus banquetes o número de pratos que os convidados esperavam dele, a ideia de que haviam sumido para sempre o sucesso e a boa sorte — ideia que era uma verdade antes interior do que baseada em fatos reais — colocara-o num estado de desalento tão receoso que o senador, mais do que nunca em tempos anteriores, começava a prender o dinheiro e a fazer economias quase mesquinhas na sua vida particular. Centenas de vezes amaldiçoara a construção dispendiosa da nova casa, que, como sentia, nada lhe dera senão desgraças. Aboliram-se as viagens de veraneio, e o jardinzinho da cidade teve de substituir a estada na praia ou na montanha. As refeições que o senador tomava em companhia da esposa e de Hanno eram, segundo o seu mando repetido e rigoroso, de uma simplicidade que parecia cômica em confronto com a vasta sala de jantar de assoalho embutido, com o alto forro luxuoso e os suntuosos móveis de carvalho. Durante algum tempo era apenas nos domingos que se admitia uma sobremesa... A elegância exterior de Thomas não se alterara; mas Anton, o velho mordomo, sabia contar na cozinha que o senador mudava a camisa branca só de dois em dois dias, porque a lavagem arruinava em demasia o linho fino... Sabia mais ainda. Sabia também que estava para ser despedido. Gerda protestou, uma criadagem de três pessoas mal bastava para a conservação de casa tão grande. Não lhe adiantou: com uma gratificação adequada dispensaram-se os serviços de Anton, que durante tanto tempo ocupara a boleia quando Thomas Buddenbrook ia ao Senado.

A tais medidas correspondia o ritmo moroso que assumira a marcha dos negócios. Nada mais se sentia do espírito novo e vivo com que o jovem Thomas Buddenbrook outrora animara a firma — e o sócio, o sr. Friedrich Wilhelm Marcus, o qual, por causa da exiguidade da sua cota-parte no capital, de qualquer modo não teria exercido grande influência, era por natureza e temperamento avesso a toda espécie de iniciativa.

No decorrer dos anos aumentara o seu pedantismo, que se mudou em completa esquisitice. Precisava de um quarto de hora, quando, entre o cofiar do bigode, pigarros e graves olhares de esguelha, cortava a ponta de um charuto, guardando-a depois no porta-níqueis. À noite, quando as lâmpadas a gás iluminavam cada canto do escritório com uma luz clara como o dia, nunca deixava de colocar na mesa uma vela de estearina acesa. De meia em meia hora levantava-se e dirigia-se para a pia, onde molhava a cabeça. Certa manhã, por um descuido, encontrava-se embaixo da sua mesa um saco de trigo vazio; o sr. Marcus tomou-o por um gato e, para maior prazer de todo o pessoal, procurou afugentá-lo com inúmeras imprecações... Não, ele não era feito para intrometer-se ativamente nos negócios, afrontando o atual cansaço do associado. E o senador, em momentos como agora, quando cravava o olhar fatigado na escuridão do salão, muitas vezes se sentia presa de vergonha e de impaciência desesperada, ao recordar os negociozinhos insignificantes e os cálculos de vintém a que a firma Johann Buddenbrook se humilhara nos últimos tempos.

Mas, afinal de contas, não era assim que devia ser? Também a desgraça, pensou, tem a sua época. Enquanto ela domina em nós, por que não se manteria calmo o homem prudente, esperando imóvel e concentrado, com toda a tranquilidade, as forças interiores? Que necessidade havia de que, nesses instantes, se dirigissem a ele com aquela proposta, perturbando-lhe, antes do tempo, a precavida impassibilidade e enchendo-o de dúvidas e escrúpulos? Chegara o momento? Era isso um sinal? Deveria ele alentar-se, para se erguer e dar um golpe? Rejeitara a oferta com toda a decisão que sabia imprimir à sua voz; mas, depois da saída de Tony, tudo estaria resolvido? Parecia que não, pois ele estava sentado ali, a cismar. "Uma proposta nos exaspera somente quando não nos sentimos seguros na nossa resistência..." Mulherzinha esperta como o diabo essa pequena Tony!

Que objeções lhe fizera ele? Expressara-se muito bem e com grande eficiência, ao que se lembrava. "Manejo pouco limpo... Pescar em águas turvas... Exploração brutal... Esfolar um homem sem defesa... Lucro de agiota..." Excelente! Mas restava saber se a ocasião era indicada para usar palavras tão sonoras. O cônsul Hermann Hagenström não as teria procurado nem encontrado. Quem era Thomas Buddenbrook? Um negociante, homem de ação despreocupada, ou um cismador cheio de escrúpulos?

Sim, era esse o problema, o seu problema particular de todos os tempos, desde que sabia pensar! A vida era dura; e a vida comercial, no seu decorrer pouco sentimental e livre de considerações, refletia a vida em geral. Firmara-se, por acaso, Thomas Buddenbrook com ambas as pernas nessa vida dura e real, de maneira tão vigorosa quanto os seus antepassados? Amiúde, em todos os tempos, achara motivos para duvidar disso! Amiúde, desde a mocidade, lhe coubera corrigir os sentimentos em relação a esta vida... Agir com dureza, sofrer durezas, e não as sentir como tais, mas sim como coisa natural — nunca chegaria a aprendê-lo a fundo?

Lembrou-se da impressão que fizera sobre ele a catástrofe de 1866, e chamou à memória as sensações indizivelmente tormentosas que então o haviam empolgado. Perdera grande quantidade de dinheiro... ah, isso não fora o mais insuportável! Mas pela primeira vez tivera de experimentar, em toda a extensão e no próprio corpo, a brutalidade cruel da vida comercial, onde todos os sentimentos bondosos, suaves e amáveis se recolhem diante do único instinto rude, cru e imperioso de conservação, e onde uma desgraça sofrida não provoca participação e compaixão entre os amigos, os mais íntimos amigos, mas sim desconfiança, apenas desconfiança fria e negativa. E ele não sabia disso? Que direito tinha de admirar-se dessas coisas? Mais tarde, em horas melhores, de maior energia, quanto não se envergonhara de, naquelas noites de insônia, se haver revoltado, rebelando-se, cheio de nojo e mortalmente ferido, contra a dureza feia e descarada da vida!

Como tudo isso fora tolo! Como essas emoções tinham sido ridículas, cada vez que as experimentara! Como fora possível nascerem dentro dele? Mais uma vez surgia a pergunta: era ele um homem prático ou um sonhador delicado?

Ah, milhares de vezes ventilara consigo esse problema, solucionando-o seja desta maneira, em horas fortes e confiadas, seja daquela, nas de fadiga. Mas o senador era demasiado perspicaz e sincero para não reconhecer finalmente a verdade: que era uma mistura de ambos os tipos.

Durante a vida inteira apresentara-se ao mundo como homem de ação: mas conquanto gozasse desse renome, não o teria conquistado por premeditação consciente, conforme o veredicto de Goethe, que lhe servia de divisa e que gostava de citar? Antigamente conseguira lograr êxitos... mas não teriam sido eles apenas resultados de entusiasmo e de impulso, devidos à reflexão? E agora que ele se achava abatido, que as suas forças pareciam exaustas — embora, queira Deus, não para sempre! —, não seria isso a consequência lógica desse estado insustentável, desse conflito desnatural e extenuante que se travava no seu interior?... O pai, o avô, o bisavô teriam ou não comprado no pé a colheita de Pöppenrade? Tanto faz!... Tanto faz!... Mas que eles haviam sido homens práticos, que o foram de modo mais pleno, inteiro, vigoroso, despreocupado e natural, eis o que era certo!

Uma grande inquietude apoderou-se dele: necessidade de movimento, espaço e luz. Empurrou a cadeira para trás, foi ao salão e acendeu algumas lâmpadas do lustre a gás, suspenso por cima da mesa central. Estacou, torcendo lenta e convulsivamente a ponta comprida do bigode, e, sem nada perceber, deixou os olhos correrem por esse aposento luxuoso. Junto à sala de estar, o salão ocupava toda a largura da casa; estava equipado com móveis chanfrados de cor clara; o grande piano de cauda, onde repousava o estojo do violino de Gerda, a prateleira carregada de livros de música, que se achava do lado, a estante e as sobreportas em baixo-relevo, representando anjinhos que faziam música, davam ao salão o aspecto de uma sala de concerto. A varanda estava cheia de palmeiras.

O senador Buddenbrook quedou-se imóvel durante dois ou três minutos. Depois, resolvendo-se, voltou à sala de estar, dali foi à de jantar, para iluminar também esta. Mexeu no aparador; bebeu um copo de água, a fim de acalmar o coração ou, talvez, só para fazer alguma coisa; depois dirigiu-se rapidamente, mãos nas costas, para os fundos da casa. O gabinete de fumar, forrado de madeira, era guarnecido de mobília escura. Com um movimento mecânico, o senador abriu o armário de charutos, para logo a seguir voltar a fechá-lo. Na mesinha de jogo, soergueu a tampa de uma pequena arca de carvalho que continha baralhos, blocos e outras coisas semelhantes. Deixou deslizar por entre os dedos uma porção de fichas de osso, que produziram um ruído de castanholas; fechou bruscamente a tampa e pôs-se de novo a caminhar.

Um pequeno cômodo com uma janelinha multicor abria para o gabinete de fumar. Estava vazio, com exceção de algumas mesinhas auxiliares, levíssimas e de tamanhos gradativos. Na maior havia um conjunto de garrafas de licor. A partir daí, porém, encontrava-se o salão de baile, que, com o vasto assoalho embutido e encerado e as quatro janelas altas, cobertas de cortinas bordô, ocupava, por sua vez, toda a largura da casa. Estava guarnecido de um par de sofás baixos e pesados, forrados de vermelho como os cortinados, e de uma porção de cadeiras cujos espaldares altos se aprumavam sérios ao longo das paredes. Havia ali uma lareira com grade atrás da qual se achava uma imitação de carvão a que tiras de papel envernizado e vermelho davam a aparência de brasa. Numa prateleira de mármore, diante do espelho, erguiam-se dois enormes vasos chineses...

E agora toda a cadeia de salas se estendia à luz de esporádicas lâmpadas a gás, como depois de uma festa quando o último convidado acaba de sair. O senador atravessou a sala por todo o comprimento. Estacou então ao lado da janela oposta ao gabinete e olhou para o jardim.

A lua aparecia alta e pequena entre os flocos de nuvens. No meio do silêncio ouvia-se o sussurrar do chafariz cujo repuxo caía na bacia, à sombra dos ramos da nogueira. Thomas dirigiu os olhos para o pavilhão que arrematava o todo, para o pequeno terraço de brilho branco, com os dois obeliscos, para os atalhos saibrosos e corretos, os canteiros e gramados retilíneos e recém-tratados... mas toda essa simetria graciosa e perfeita, longe de tranquilizá-lo, o chocou e irritou. Empunhou a cremona e, apertando a testa contra ela, deixou novamente os seus pensamentos iniciarem a marcha angustiosa.

Onde acabaria ele? Lembrou-se de um aparte que havia pouco deixara escapar diante da irmã. Mal pronunciara a frase, ele próprio se irritara, considerando-a sumamente supérflua. Falara sobre o conde de Strelitz, e a aristocracia rural, e nessa ocasião, com palavras nítidas e claras, expressara a opinião de que se devia admitir a superioridade social do produtor sobre o intermediário. Era verdade isso? Ah, meu Deus, importava tão infinitamente pouco que fosse verdade ou não! Mas tinha ele o direito de manifestar esse pensamento, de ponderá-lo, e até de incorrer nele? Era Thomas Buddenbrook capaz de imaginar o pai, o avô ou qualquer dos seus concidadãos entregando-se a tal pensamento e expressando-o? O homem que exerce a sua profissão com firmeza e sem vacilações nada conhece, nada quer saber, nada aprecia senão ela...

Subitamente sentiu como o sangue, numa onda quente, lhe subia à cabeça; corou à visão de outra cena mais distante. Lembrou-se de como passara pelo jardim da casa na Mengstrasse, em companhia de Christian; estava brigando, numa dessas desavenças exaltadas e profundamente lastimáveis... O irmão, na sua maneira indiscreta e comprometedora, fizera, diante de muitos ouvintes, uma observação descarada, e Thomas, furioso, indignado, sumamente irritado, lhe pedira contas. "No fundo", dissera Christian, "no fundo e na realidade, cada negociante é um gatuno..." Como? Seria essa frase estúpida e indigna de natureza tão diferente da que ele mesmo acabava de permitir-se diante da irmã? Naquela vez, ele se exasperara, protestara raivosamente... Mas como dissera aquela pequena esperta da Tony: "Quem se exaspera...".

— Não! — disse o senador de repente em voz alta. De um golpe levantou a cabeça e largou a cremona, repelindo-a literalmente de si. Depois pronunciou tão alto como antes: — Isto se acabou! — Com essas palavras pigarreou, para desembaraçar-se da sensação desagradável que lhe causava a própria voz solitária. Virando-se, começou a caminhar rapidamente através de todas as salas; tinha as mãos nas costas e a cabeça abaixada.

— Isto se acabou! — repetiu. — Deve-se pôr um ponto final! Estou me tornando vadio e inútil; chego a ser tão tolo como Christian! — Ah, era de valor inapreciável o fato de que já não ignorava o rumo em que andava! Agora dependia dele a maneira de corrigir-se! Com métodos violentos!... Deixe ver... deixe ver... E essa proposta que lhe faziam? A colheita... de Pöppenrade, no pé... — Vou fazê-lo! — disse o senador num cochicho apaixonado, e até brandiu a mão com o dedo indicador ereto. — Vou fazê-lo.

Era o que se chamava um golpe, pensou Thomas. Uma ocasião para duplicar simplesmente um capital de — digamos — quarenta mil marcos, se bem que "duplicar" talvez fosse um pequeno exagero... Sim, era um sinal, uma senha para reerguer-se! Significava um começo, uma ação inicial, e o risco implícito fornecia apenas mais um argumento para refutar todos os escrúpulos moralistas. Se o golpe não malograsse, Thomas ficaria reabilitado; voltaria a arriscar e, com aqueles grampos elásticos do seu interior, seguraria outra vez a sorte e o poder...

Não, esta presa infelizmente não caberia aos srs. Strunck & Hagenström! Havia uma firma na cidade que, em consequência de relações particulares, teria a precedência! De fato, o elemento particular era que decidia nesse caso. Não se tratava de um negócio usual que se despachava friamente nas formas do costume. Encetada por intermédio de Tony, a proposta tinha, ao contrário, mais ou menos o caráter de assunto privado que devia ser resolvido com discrição e condescendência. Ah! não, Hermann Hagenström não era homem para isso! Como comerciante, Thomas aproveitava-se da situação do mercado, e Deus sabia que mais tarde, na ocasião da venda, iria mais uma vez aproveitar-se dela. Mas, por outro lado, prestava um serviço ao fazendeiro em apuros, serviço que, por causa da amizade entre Tony e a sra. Maiboom, só ele estava destinado a fazer. Pois então seria preciso escrever... escrever ainda hoje à noite, não sobre o papel da firma, com o timbre, mas sim sobre papel de carta particular, onde havia impresso apenas "Senador Buddenbrook"... Escrever num estilo cheio de considerações e perguntar se uma visita nos próximos dias seria desejável. Um assunto escabroso, de qualquer maneira! Um terreno um tanto escorregadio, onde era necessário movimentar-se com certa leveza... justamente a espécie de negócio que lhe agradava!

E os passos tornavam-se mais rápidos ainda e a respiração mais profunda. Sentou-se por um instante; levantou-se de um pulo e caminhou novamente através de todas as salas. Ponderou tudo mais uma vez; pensou no sr. Marcus, em Hermann Hagenström, em Christian e Tony; viu a colheita de Pöppenrade, amarela e madura, ondular ao vento; fantasiou o reerguimento geral da firma que se seguia a esse golpe; furiosamente, rejeitou todos os escrúpulos, e disse, com um gesto enérgico da mão:

— Vou fazê-lo!

A sra. Permaneder abriu a porta da sala de jantar e gritou: "Boa noite!". Thomas respondeu, sem sabê-lo. Entrou Gerda, da qual Christian se despedira no portão da casa. Tinha nos olhos castanhos, singulares, pouco distantes entre si, aquele cintilar misterioso que a música costumava dar-lhe. Mecanicamente, o senador estacou diante dela; mecanicamente, informou-se sobre o virtuose espanhol e o decorrer do concerto, e afirmou, em seguida, que iria deitar-se logo também.

Mas não foi descansar, e sim reiniciou a caminhada. Pensou nos sacos de trigo, centeio, aveia e cevada que encheriam os armazéns do Leão, da Baleia, do Carvalho e da Tília; cismou acerca do preço — ah! absolutamente não seria um preço indecente o que tencionava fazer. À meia-noite desceu sem ruído para o escritório, e à luz da vela de estearina do sr. Marcus escreveu de uma só arrancada uma carta ao sr. Von Maiboom de Pöppenrade; carta que, ao relê-la de cabeça febricitante e pesada, lhe pareceu a melhor e mais delicada de toda a sua vida.

Isso se passou na noite do dia 27 de maio. No dia seguinte comunicou à irmã, ligeira e humoristicamente, que, após ter considerado o caso por todos os lados, não podia simplesmente rejeitar a proposta do sr. Von Maiboom, abandonando-a a um sanguessuga qualquer. No dia 30 do mês, empreendeu uma viagem para Rostock, de onde foi para o campo num carro de aluguel.

Nos próximos dias, o senador esteve de excelente humor. O andar era elástico e desembaraçado, a fisionomia amável. Fazia troça de Klothilde; ria-se cordialmente de Christian; gracejava com Tony; e domingo brincou com Hanno durante uma hora inteira na "galeria", ajudando o filho a içar saquinhos minúsculos de cereais à altura de um pequeno armazém cor de tijolo e imitando os gritos ocos e arrastados dos estivadores... Na sessão da Assembleia, em 3 de junho, fez sobre o assunto mais aborrecido do mundo, um problema de impostos qualquer, um discurso tão magnífico e espirituoso que venceu em todos os detalhes, ao passo que o oponente, o cônsul Hagenström, caiu no ridículo geral.

5.

Quer fosse esquecimento, quer intenção por parte do senador, pouco faltava para que não se lembrasse de um fato que agora se anunciava no mundo inteiro; a sra. Permaneder, que, fiel e dedicadamente, estudava os documentos familiares, o havia descoberto: a crônica da família considerava o dia 7 de julho de 1768 como o da fundação da firma, e estava iminente o centenário dessa data.

Thomas quase pareceu desagradavelmente impressionado quando Tony, em voz comovida, o avisou da data importante. A melhora do seu humor não havia sido durável. Com demasiada presteza voltara a mostrar-se taciturno, mais taciturno talvez do que antes. Acontecia-lhe no meio do trabalho sair do escritório, para, presa de desassossego, andar sozinho de um lado para outro através do jardim, estacando, por vezes, como que retido, estorvado, e cobrindo por entre suspiros os olhos com a mão. Não dizia nada; não se abria a ninguém... Com quem poderia falar? O sr. Marcus, pela primeira vez na vida, se irritara — que aspecto estupendo! — ao receber do associado a lacônica comunicação do negócio de Pöppenrade: escusara-se de qualquer responsabilidade e participação. A irmã, certa quinta-feira, na rua, à hora da despedida, aludira à colheita; e fora no momento desse breve aperto de mão que Thomas revelara os seus sentimentos pelas palavras nervosas e sufocadas: "Ah, Tony, eu queria já ter vendido!". Depois se havia virado; cortara bruscamente a conversa, deixando Antonie pasma e abalada... Esse repentino aperto de mão tivera algo de uma explosão de desespero; as palavras cochichadas tinham manifestado tanto medo mal contido... Mas quando Tony, na próxima ocasião, procurara voltar ao assunto, o senador se envolvera num silêncio extremamente reservado; envergonhara-se da fraqueza que durante um instante o fizera desleixado, e parecia cheio de indignação pela sua incapacidade de responder diante de si próprio por essa empresa...

Ao saber a nova que Tony descobrira, disse ele em voz lerda e mal-humorada:

— Ah, minha querida, eu gostaria que isso passasse despercebido!

— Despercebido, Thomas? Impossível! Nem pense nisso! Acha que poderá dissimular este fato? Acha que a cidade inteira se esquecerá da importância deste dia?

— Não digo que será possível, digo que eu preferia que deixássemos passar despercebida a data. É bonito homenagear o passado para quem olha confiadamente o presente e o futuro... É agradável lembrarmo-nos dos antepassados, quando sabemos que estamos de acordo com eles e temos certeza de que o nosso procedimento sempre foi de seu agrado... Se o centenário chegasse em tempo mais oportuno... Em breves palavras: estou pouco disposto a festejar...

— Não deve falar deste modo, Tom! A sua verdadeira opinião não é essa, e você sabe perfeitamente que seria uma vergonha, repito, uma vergonha se o centenário da firma Johann Buddenbrook decorresse sem cerimônias, sem solenidades! De momento, está um pouco nervoso, e eu sei por quê... se bem que, no fundo, não haja motivo para isso... Mas, quando vier o dia, estará tão alegre e comovido como nós todos!

Tony tinha razão: não se podia passar esse dia em silêncio. Pouco após, surgiu no *Observador* uma nota preparatória que prometia para o próprio dia da festa uma descrição detalhada da história da velha e conceituada casa comercial. E esse aviso nem sequer teria sido necessário para chamar a atenção da digna associação dos comerciantes. Mas, quanto à família, Justus Kröger foi o primeiro a mencionar, numa quinta-feira, o acontecimento iminente. Depois da sobremesa, a sra. Permaneder se encarregou de expor a venerável pasta de couro com os documentos da família e tomou o cuidado para que, num prelúdio dos festejos, todos se ocupassem com as datas que se conheciam da vida do saudoso Johann Buddenbrook, trisavô de Hanno e fundador da firma. Leu, com seriedade religiosa, que ele tivera a escarlatina e a varíola, caíra do terceiro andar sobre uma estufa e fora acometido de uma febre violenta. Nada lhe bastava: começou com os tempos antigos do século XVI, até o primeiro Buddenbrook de quem havia memória, aquele que tinha sido conselheiro municipal em Grabau, e o mestre-alfaiate de Rostock, que "vivera em ótimas condições" — o que estava sublinhado

— e gerara extraordinária quantidade de crianças vivas ou mortas... "Que homem magnífico!", gritou Tony, e pôs-se a ler as velhas cartas, amarelecidas e meio rasgadas, assim como brindes de festas antigas...

Na manhã do dia 7 de julho, o sr. Wenzel, como se entende, era o primeiro congratulante.

— Imagine, senhor senador, cem anos! — disse ele, enquanto navalha e amolador lhe dançavam agilmente nas mãos vermelhas... — E posso dizer que mais ou menos a metade deste tempo estou barbeando a sua excelentíssima família. Desse modo a gente participa de muitos acontecimentos, sendo sempre o primeiro a encontrar o chefe... De manhã cedo, era quando o saudoso senhor cônsul sempre gostava de conversar, e então, às vezes, me perguntava: "Wenzel, que acha do centeio? Será que devo vender ou acredita que vai subir mais ainda?...".

— Pois é, Wenzel, não me posso figurar tudo isso sem você. Já lhe disse algumas vezes: a sua profissão realmente tem muitos encantos. De manhã, depois de ter terminado o seu giro, você sabe mais do que todos, pois então acaba de fazer as barbas de quase todos os chefes das grandes firmas e conhece o humor de cada um; todo mundo pode invejar-lhe estes conhecimentos, pois são deveras muito interessantes.

— Há alguma verdade nisso, senhor senador. Mas quanto ao humor do próprio senhor senador, se posso expressar-me assim... O senhor senador está um tanto pálido hoje, não é?

— É, sim, estou com dor de cabeça; segundo todas as minhas previsões, ela não passará assim tão facilmente, pois acho que, hoje, o pessoal será um pouco exigente para comigo.

— Não duvido, senhor senador. O interesse é grande, o interesse é até muito grande. Depois, o senhor senador deve dar uma olhada pela janela. Uma multidão de bandeiras! E lá embaixo, diante da Fischergrubestrasse, o *Wullenwewer* e o *Friederike Oeverdieck* estão todos enfeitados de flâmulas...

— Então, Wenzel, apresse-se; não tenho tempo a perder...

Naquele dia o senador não pôs a jaqueta de escritório, como fazia normalmente, mas vestiu logo calças claras e casaco preto e aberto que deixava ver o colete de linho branco. Deviam-se esperar visitas já de manhã. Lançou um derradeiro olhar para o espelho do toalete; enrolou mais uma vez as pontas compridas do bigode, fazendo-as deslizarem pelo encrespador, e com um breve suspiro virou-se para sair.

Começava a dança... Oxalá esse dia já estivesse terminado! Poderia ficar um instante sozinho, acharia um só momento para distender os músculos do rosto? Recepções o dia inteiro, durante as quais era necessário acolher com tato e dignidade as congratulações de centenas de pessoas e encontrar, por todos os lados, com prudência e graduação certeira, palavras apropriadas, palavras reverenciosas, sérias, amáveis, irônicas, graciosas, indulgentes e cordiais... e desde a tarde até o cair da noite um banquete de cavalheiros, na adega da Prefeitura...

Não era verdade que tinha dor de cabeça. Estava simplesmente cansado e sabia que, apenas passada a primeira paz matutina dos nervos, pesaria outra vez sobre ele aquela mágoa indeterminada... Por que havia mentido? Não parecia sentir má consciência, cada vez que encarava este mal-estar? Por quê? Por quê?... Mas agora não tinha tempo para cismar a esse respeito.

Quando entrou na sala de jantar, Gerda, vivamente, lhe foi ao encontro. Ela também vestia traje de recepção. Usava saia lisa de fazenda escocesa, blusa branca e, em cima, um bolero de seda, à semelhança dos zuavos, leve, da cor vermelho-escura do basto cabelo. Sorrindo, mostrou os dentes largos e regulares, ainda mais alvos do que o belo rosto; também os olhos, esses misteriosos olhos castanhos, pouco distantes entre si, cercados de sombras azuladas, sorriam naquela manhã.

— Há horas que me levantei; pode concluir disso o quanto minhas felicitações são entusiastas.

— Olhe só! Os cem anos a impressionam?

— O mais profundamente! Mas é bem possível que seja só pela excitação festiva... Que dia! Isto, por exemplo — apontou para a mesa de café, engrinaldada com flores do jardim —, é obra de Mademoiselle Jungmann... Você está, aliás, enganado se pensa que pode tomar o seu chá agora. No salão já o aguardam os mais importantes membros da família, e com eles um presente, de cuja escolha, de certo modo, participei também... Escute, Thomas! Naturalmente, isto não é senão o começo do desfile de visitas que se vai realizar. No princípio resistirei firmemente, mas pelo meio-dia vou me retirar, aviso-o! Embora o barômetro tenha descido um pouco, o céu permanece num azul impertinente... É verdade que esta cor harmoniza muito bem com as bandeiras (toda a cidade está embandeirada), mas haverá um calor terrível... Vamos passar para o salão. O seu chá tem de esperar. Pense que não se levantou mais cedo! Assim deve suportar de estômago vazio o primeiro ataque de comoção...

A consulesa, Christian, Klothilde, Ida Jungmann, a sra. Permaneder e Hanno achavam-se no salão, e os dois últimos mantinham em pé, com muito esforço, o presente da família: um grande painel comemorativo... Profundamente emocionada, a consulesa abraçou o filho primogênito.

— Meu querido filho, eis um belo dia... um belo dia... — repetiu ela. — Não cessemos nunca de louvar a Deus com todo o nosso coração por toda a graça... por toda a graça... — Chorou.

Durante esse abraço, o senador sentiu-se tomado de fraqueza. Era como se no interior alguma coisa se dissolvesse e o abandonasse. Tremeram-lhe os lábios. Encheu-o uma necessidade débil de perseverar nos braços da mãe, estreitando-se contra o seu colo, na aura de perfume delicado que saía da seda macia do vestido, de permanecer de olhos fechados, sem nada mais ver, nem ter de dizer... Beijou-a e endireitou-se, para estender a mão a Christian, que a apertou com aquela fisionomia metade distraída, metade acanhada, que por ocasião de festas lhe era peculiar. Klothilde disse qualquer coisa amável e arrastada. Quanto à sra. Jungmann, limitou-se a fazer uma mesura muito profunda, enquanto a mão brincava com a corrente de prata do relógio que lhe pendia sobre o peito chato...

— Venha cá, Tom — disse a sra. Permaneder em voz pouco firme. — Hanno e eu já não podemos segurá-lo. — Sustentava quase sozinha o painel, pois os braços de Hanno não tinham muita força. No seu superesforço entusiasmado, ela representava o quadro de uma mártir enlevada. Os olhos estavam úmidos, as faces muito coradas; com uma expressão meio travessa, meio desesperada, a ponta da língua brincava sobre o lábio superior...

— Pois é, agora é a vez de vocês dois! — disse o senador. — Que é isso? Vamos, larguem isso; vou encostá-lo na parede. — Colocou o painel em pé contra a parede, ao lado do piano de cauda. Cercado pelos seus, postou-se em frente.

A moldura de nogueira, pesada e esculpida, abrangia um cartão coberto de vidro que mostrava os retratos dos quatro proprietários da firma Johann Buddenbrook; em letras douradas, lia-se por baixo de cada um o nome e o ano. Havia, copiada de um velho quadro a óleo, a imagem de Johann Buddenbrook, o fundador, cavalheiro idoso, alto e sério, de lábios firmemente cerrados, e que, por cima do peitilho de rendas, olhava o mundo com severidade e energia; havia o rosto redondo e jovial de Johann Buddenbrook, amigo de Jean Jacques Hoffstede; o cônsul Johann Buddenbrook, com o queixo enterrado por entre o colarinho alto, a boca larga e franzida e o grande nariz fortemente curvo, fixava nos espectadores os olhos espirituosos que falavam de fanatismo religioso; e finalmente havia ali o próprio Thomas Buddenbrook, um pouco mais moço do que agora... Espigas de trigo, douradas e estilizadas, separavam os retratos entre si e, embaixo, ostentavam-se, igualmente douradas, as datas importantes: 1768 e 1868. Por cima do todo, em grandes letras góticas e na ortografia do antepassado que a transmitia à posteridade, achava-se a divisa: "Meu filho, de dia dedique-se com gosto aos negócios, mas faça-o de maneira que, de noite, possa dormir tranquilamente".

Mãos nas costas, o senador contemplou durante algum tempo o painel.

— Sim, senhor — disse subitamente numa acentuação bastante irônica —, um sono não perturbado, de noite, é coisa boa... — Depois, sério, embora em tom um pouco rápido, disse para todos os presentes: — Muito obrigado, meus queridos! Eis uma recordação bonita e significativa! Que acham vocês? Onde vamos pendurá-la? No escritório particular?

— Sim, Tom, por cima da sua escrivaninha no escritório particular! — respondeu a sra. Permaneder, abraçando o irmão. Então puxou-o em direção ao terraço e apontou para fora.

Sob o céu de verão muito azul tremulavam as bandeiras em duas cores que enfeitavam todas as casas da Fischergrubestrasse, desde a Breite Strasse até o porto, onde o *Wullenwewer* e o *Friederike Oeverdieck* exibiam, em homenagem ao seu dono, o esplendor das flâmulas.

— É assim na cidade inteira! — disse a sra. Permaneder, cuja voz tremia... — Já dei um passeio, Tom. Até os Hagenström embandeiraram a casa! Claro, não podem evitá-lo... Eu lhes quebraria as vidraças...

Thomas sorria, e ela o conduziu para a mesa do centro.

— E aqui estão telegramas, Tom... Naturalmente só a primeira remessa, os particulares, dos membros ausentes da família... Os outros, dos amigos da firma, vão diretamente para o escritório...

Abriram alguns despachos: dos de Hamburgo e Frankfurt, do sr. Arnoldsen em Amsterdam e dos parentes dele, de Jürgen Kröger em Wismar... De súbito, a sra. Permaneder corou violentamente.

— Lá à sua maneira, ele é um bom sujeito — disse ela, entregando ao irmão um telegrama que acabava de descerrar. Estava assinado por "Permaneder".

— Mas o tempo passa — disse o senador, olhando no relógio. — Queria tomar o meu chá. Vocês me fazem companhia, não é? Daqui a pouco, a casa parecerá um pombal!

A esposa, que recebera um sinal da parte de Ida Jungmann, reteve-o.

— Um instante, Thomas... Você sabe que Hanno terá logo as suas aulas particulares... E ele queria recitar-lhe um poema... Venha cá, Hanno. E faça como se ninguém estivesse presente! Sem nervosismo!

Era necessário que o pequeno Johann também durante as férias — as férias de verão no mês de julho — tomasse lições particulares de aritmética para poder acompanhar nesta matéria a marcha dos discípulos. Em qualquer parte do bairro de Santa Gertrudes, num quarto abafado, cujo cheiro não era dos melhores, esperava-o um homem de barba ruiva e unhas pouco limpas para exercitá-lo naquela desgraça da tabuada. Mas antes era preciso recitar ao papai o poema, esse poema que Hanno, sob os auspícios de Ida, diligentemente aprendera na "galeria" do segundo andar...

Recostou-se contra o piano de cauda, na sua roupinha de marujo dinamarquês com larga gola de linho, espesso laço de marinheiro e cabeção branco que lhe cobria o peito. Cruzou as pernas delgadas e virou um pouquinho para o lado a cabeça e o tronco. Era uma atitude cheia de graça tímida e inconsciente. Duas ou três semanas atrás lhe tinham aparado o cabelo comprido, porque no colégio não somente os companheiros, mas também os professores haviam zombado dele. Mas a cabeça continuava coberta de bastos cabelos macios e ondulados que cresciam em abundância até as fontes e a testa delicada. Hanno mantinha as pálpebras abaixadas, de modo que as longas pestanas castanhas caíam sobre as sombras azuladas em torno dos olhos; os lábios cerrados estavam um tanto descompostos.

Ele sabia perfeitamente o que ia acontecer. Teria de chorar; e o choro impediria de terminar esse poema que lhe contraía o coração, como nos domingos, quando na igreja de Santa Maria o organista, sr. Pfühl, tocava o instrumento daquele modo comovedor e solene... Ele choraria como sucedia cada vez que exigiam dele que se exibisse, que o examinavam e pediam provas da sua inteligência e presteza de espírito, assim como papai gostava de fazer. Oxalá mamãe não tivesse falado de nervosismo! Era decerto um encorajamento, mas Hanno sentia que não produzira efeito. E aí estão eles, a olhá-lo. Temiam e previam que choraria... Nestas circunstâncias, seria possível *não* chorar? Ergueu as pestanas, procurando os olhos de Ida, que, brincando com a corrente do relógio, lhe fez um aceno de cabeça, na sua maneira acre e leal. Acometeu-o desmedida necessidade de estreitar-se contra ela, de deixar-se levar por ela e de não ouvir nada senão a sua voz, profunda e calmante, a dizer: "Sossegue, Hanninho, meu pequeno, não precisa recitar...".

— Pois então, meu filho, deixe-nos ouvi-lo — disse o senador brevemente. Acomodara-se numa poltrona, junto à mesa, e esperava. Absolutamente não sorria; hoje tampouco quanto em ocasiões semelhantes. Seriamente, alçando uma sobrancelha, media a figura do pequeno Johann com um olhar examinador e até frio.

Hanno endireitou-se. Passou a mão pela madeira polida do piano. Um olhar acanhado roçou o auditório. Depois, um pouco encorajado pela brandura que encontrou nos olhos da avó e de tia Tony, o menino disse em voz baixa e um tanto dura:

— "Canção dominical do pastor"... De Uhland.

— Ah, não, meu caro, assim não se faz! — gritou o senador. — A gente não se suspende no piano e não junta as mãos sobre o ventre... Falar livremente e postar-se sem embaraço, eis o que convém! Venha cá, coloque-se entre os cortinados! E agora, de cabeça erguida... E deixe os braços penderem tranquilamente...

Hanno se pôs sobre o limiar da sala de estar e deixou pender os braços. Obediente levantou a cabeça, mas mantinha as pestanas tão profundamente baixadas que era impossível ver-lhe os olhos. Provavelmente estavam banhados de lágrimas.

— Este é o dia do Senhor... — disse bem baixinho, mas com ainda mais força ressoou a voz do pai que o interrompeu:

— Escute, meu filho! Uma recitação começa com uma reverência! E além disso deve ser muito mais alta. Mais uma vez, por favor! "Canção dominical do pastor"...

Isso era cruel, e o senador sabia perfeitamente que, com essas palavras, roubava à criança os últimos restos de continência e energia. Mas o rapaz não devia admitir que os roubassem! Não se devia deixar confundir! Devia adquirir firmeza e ânimo varonil!

— "Canção dominical do pastor"... — repetiu o senador em voz implacável e imperiosa...

Mas Hanno já não podia mais. A cabeça lhe pendia profundamente sobre o peito, e a mãozinha direita, que saía, pálida e entremeada de veias azuis, da estreita manga de marujo azul-clara e bordada com uma âncora, amarrotava convulsivamente o brocado da cortina.

— Sozinho estou na vastidão do campo... — disse ainda, e com isso suas forças chegaram definitivamente ao fim. A melancolia do verso arrastou-o. Uma poderosíssima compaixão para consigo próprio fazia com que a voz lhe recusasse totalmente o serviço; as lágrimas brotaram-lhe irresistivelmente de baixo das pálpebras. De repente prendeu-o uma saudade de certas noites em que se achava de cama, um tanto doente, com dor de garganta e uma pequena febre, e Ida Jungmann vinha dar-lhe de beber e, carinhosamente, pôr-lhe sobre a testa uma nova compressa... Inclinou-se para o lado e, deitando a cabeça sobre a mão que segurava o cortinado, pôs-se a soluçar.

— Ora, isto não me causa prazer! — disse o senador dura e irritadamente enquanto se levantava. — Por que está chorando? A gente é que devia chorar por, mesmo num dia como hoje, você não ser capaz de cobrar bastante ânimo para alegrar-me! Será que é uma menininha? Que será de você se continuar assim? Tenciona, por acaso, banhar-se sempre de lágrimas, quando tiver de discursar para outras pessoas?...

"Nunca", pensou Hanno, desesperado, "nunca discursarei!"

— Vá pensar sobre o caso até hoje de tarde — terminou o senador. Foi para a sala de jantar, enquanto Ida Jungmann, ajoelhada ao lado do pupilo, lhe enxugava os olhos, falando com ele num tom que expressava tanto censura quanto delicada consolação.

Durante a refeição, tomada às pressas, despediram-se dele a consulesa, Tony, Klothilde e Christian. Voltariam ao meio-dia para almoçar com Gerda, em companhia dos Kröger, dos Weinschenk e das primas Buddenbrook, ao passo que o senador, quisesse ou não, devia assistir ao banquete na adega da Prefeitura. Mas Thomas não tencionava demorar-se demasiadamente ali, de modo que esperava encontrar, de noite, a família reunida em sua casa.

Sentado à mesa engrinaldada, bebeu do pires o chá muito quente; comeu apressadamente um ovo e, já na escada, tirou algumas baforadas do cigarro. Grobleben, que mesmo nessa época estival tinha em torno do pescoço o xale de lã, veio do jardim para o vestíbulo da frente, o antebraço esquerdo enfiado num cano de bota, a escova de engraxar na direita e um pingo alongado por baixo do nariz. Atalhou o seu patrão ao sopé da escada principal, diante do urso ereto com a bandeja de cartões entre as patas...

— Olhe, senhor senador, cem anos... e uns se tornam pobres e outros são ricos...

— Muito bem, Grobleben! Chega por hoje! — E o senador fez deslizar uma moeda na mão que segurava a escova de engraxar. Atravessou o vestíbulo e a sala central. Foi-lhe ao encontro o caixeiro, homem macilento de olhos leais, a fim de lhe transmitir em locuções esmeradas as congratulações de todo o pessoal. O senador agradeceu com duas palavras e acomodou-se na sua cadeira ao lado da janela. Mas mal começara a olhar os jornais que ali estavam preparados, e a abrir a correspondência, quando bateram à porta que dava para o corredor da frente: apareceram congratulantes.

Era uma deputação de estivadores, seis homens que entravam de pernas abertas e passos pesados. Com fisionomias sobremodo leais, baixavam as comissuras dos lábios, enquanto as mãos, de acanhamento, torciam os gorros. O orador cuspiu na sala o suco de fumo de mascar. Puxando a calça para cima, falou em voz enfática e comovida de "cem anos" e mais "muitas centenas de anos"... O senador despediu-os amavelmente, prometendo-lhes um aumento considerável durante a semana do centenário.

Vieram fiscais do imposto para felicitar o chefe em nome da repartição. Ao saírem, encontraram-se na porta com um grupo de marujos que, chefiados por dois pilotos, foram delegados pela tripulação dos dois navios *Wullenwewer* e *Friederike Oeverdieck*, pertencentes à companhia de navegação da firma, e que atualmente se encontravam no porto. Depois apareceu uma deputação dos carregadores de trigo, vestidos de blusas pretas, calções e cartolas. Nos intervalos apresentava-se este ou aquele burguês. Veio o sr. Stuht, mestre-alfaiate da Glockengiesserstrasse, num casaco preto por cima da camisa de lã. Alguns vizinhos, entre eles o florista Iwersen, apresentaram as suas congratulações. Chegou um velho carteiro, de barba branca, olhos remelosos e brincos nas orelhas; era um sujeito original, e o senador, em dias bem-humorados, costumava falar com ele na rua e dar-lhe o título de "senhor diretor dos Correios"; já de longe o homem gritava: "Não é por isso, senhor senador, não venho por isso! Sei bem que a gente diz que hoje todo mundo ganha uma gorjeta... mas não é por isso!...". Todavia aceitou a moeda com gratidão... Não terminava o vaivém. Às onze horas, a empregada anunciou a Thomas que, no salão, a senhora começava a receber os primeiros visitantes.

Thomas Buddenbrook deixou o escritório e subiu, às pressas, pela escada principal. Em cima, diante da entrada do salão, demorou-se durante meio minuto na frente do espelho, arrumando a gravata e aspirando, por um instante, o aroma da água-de-colônia que saía do lenço. Estava pálido, embora o corpo lhe transpirasse. Mas as mãos e os pés continuavam frios. As recepções no escritório quase haviam bastado para gastar-lhe as forças... Respirou profundamente e entrou no aposento cheio de luz solar, a fim de cumprimentar o conde Huneus, negociante de madeiras e cinco vezes milionário, assim como a esposa, a filha e o genro, o senador dr. Giesecke. A família viera de Travemünde, onde passava o mês de julho, interrompendo o veraneio exclusivamente em homenagem ao centenário da firma Buddenbrook. E muitas outras famílias da alta sociedade imitavam-lhe o exemplo.

Havia apenas três minutos que conversavam, sentados sobre as poltronas chanfradas, quando chegaram o cônsul Oeverdieck, filho do falecido burgomestre, e a esposa, em solteira Kistenmaker. E, ao despedir-se, o cônsul Huneus encontrou-se com o seu irmão que possuía um milhão menos, mas em compensação era senador.

Assim começou o desfile. A grande porta branca, sob o relevo de anjinhos que faziam música, não permanecia fechada nem um instante, abrindo continuamente a vista sobre a escadaria inundada pela luz de cima. Sem cessar, os visitantes subiam e desciam pela escada principal. Como, porém, o salão fosse espaçoso e as conversas retivessem os grupos que se formavam, os que vinham eram muito mais numerosos do que aqueles que iam. Dentro em breve, não se limitaram a ocupar a sala; a empregada, desobrigada de abrir e fechar a porta, a deixou aberta, de modo que os congratulantes se reuniam também no corredor de assoalho embutido. Vozearia trêmula e estrondosa das palestras de cavalheiros e senhoras; apertos de mão, mesuras, chistes e risadas barulhentas e confortáveis, que se elevavam por entre as colunas da escadaria, ecoando do forro com a enorme vidraça da claraboia. Ora no patamar da escada, ora na escada do salão, o senador Buddenbrook ouve as felicitações, já murmuradas séria e corretamente, proferidas com cordialidade. O burgomestre dr. Langhals, cavalheiro baixote e distinto, o queixo raspado escondido no plastrom alvo, de aparadas suíças grisalhas e olhar cansado de diplomata, é recebido com reverência geral. Chegaram também o cônsul Eduard Kistenmaker, negociante de vinhos, com a esposa, e o irmão e sócio, Stephan, amigo e partidário leal do senador Buddenbrook. Stephan está acompanhado pela mulher, filha de fazendeiro, moça de saúde exuberante. No meio da sala impera a viúva do senador Möllendorpf, enquanto os seus filhos, o cônsul Augusto Möllendorpf e a esposa, dona Julinha, acabam de chegar, desempenhando-se da sua congratulação e movimentando-se por entre os visitantes, para trocar cumprimentos. O cônsul Hermann Hagenström achou no corrimão da escada um apoio para o corpo pesado; enquanto o nariz achatado lhe cobre o lábio superior, respira com certa dificuldade por cima do bigode ruivo; o irmão de dona Julinha conversa com o senador dr. Kremer, chefe de polícia, cujas suíças agrisalhadas orlam o rosto sorridente, e que revela certa astúcia branda. Em algum lugar, o promotor público, dr. Moritz Hagenström, mostra num sorriso os dentes pontudos e defeituosos; sua bela esposa, antiga srta. Puttfarken, de Hamburgo, também está presente. Vê-se como, durante um momento, o velho dr. Grabow aperta com ambas as mãos a direita do senador Buddenbrook, para logo ser substituído pelo arquiteto Voigt. O pastor Pringsheim, em trajes civis, revela a sua dignidade apenas pelo comprimento da sobrecasaca; sobe a escada, de braços abertos e rosto totalmente enlevado. Friedrich Wilhelm Marcus também está presente. Os cavalheiros que representam alguma organização, o Senado, a Assembleia, a Junta Comercial, estão de casaca... Onze e meia. O calor tornou-se muito forte. Há um quarto de hora que a dona da casa se retirou...

De repente ouve-se da porta guarda-vento um ruído de pés, pisando o chão e arrastando-se sobre ele, como se muitas pessoas ao mesmo tempo entrassem no vestíbulo. Simultaneamente, ressoa uma voz sonora e barulhenta que enche a casa inteira... Toda a gente se aglomera junto à balaustrada; acumulam-se ao longo do corredor, diante das portas do salão, da sala de jantar e do gabinete de fumar; olham para baixo. Ali, um grupo de quinze ou vinte homens, com instrumentos de música, se põe em ordem; comanda-os um cavalheiro de peruca parda, suíças grisalhas de marujo e dentadura postiça de largos dentes amarelos, que mostra ao falar... Que é que há? O cônsul Peter Döhlmann, acompanhado pela orquestra do Teatro Municipal, faz a sua entrada festiva! Ele mesmo já sobe pela escada em marcha triunfante, brandindo na mão um pacote de programas!

E agora começa a música, nessa acústica impossível e desmedida, onde os sons se confundem, os acordes se esmagam e se aniquilam entre si, e onde tudo fica dominado pelo grunhir e grasnar do grande bombardão. Um gorducho de fisionomia desesperada sopra nele com toda a força. O concerto realizado em homenagem à casa centenária inicia-se pelo hino *Agradecei a Deus...*, seguindo-se imediatamente uma paráfrase sobre a *Bela Helena* de Offenbach, depois da qual se ouvirá um pot-pourri de canções populares... É um programa bastante extenso.

Bela ideia de Döhlmann! Felicitam o cônsul, e ninguém se mostra disposto a sair antes do fim do concerto. Permanecem no salão ou no corredor, sentados ou de pé, escutando ou palestrando...

Thomas Buddenbrook, em companhia de Stephan Kistenmaker, do senador dr. Giesecke e do arquiteto Voigt, achava-se além da escada principal, ao lado da última porta que, perto da subida para o segundo piso, dava para o gabinete de fumar. Mantinha-se recostado contra a parede, intercalando, de vez em quando, uma palavra na conversa do grupo. Fora disso, olhava taciturno para o vazio, por cima da balaustrada. O calor aumentara ainda, fizera-se mais abafado. Mas a possibilidade de chuva já não parecia excluída, pois, a julgar pelas sombras que passavam pela janela de cima, havia nuvens no céu. Essas sombras vinham até com tanta frequência, seguindo-se tão rapidamente, que a iluminação da escadaria, cambiando e tremulando sem cessar, fazia por fim doerem os olhos. A cada instante se apagava o brilho do estuque dourado, do lustre de bronze e dos instrumentos de sopro ali embaixo, para logo resplandecer novamente... Uma vez só, a sombra se demorou um pouco mais do que de costume; ouviu-se então um ruído, um leve crepitar, em longos intervalos caiu cinco, seis, sete vezes qualquer coisa dura sobre a claraboia; sem dúvida algumas pedrinhas de granizo. Depois, a luz do sol voltou a encher a casa de cima até embaixo.

Há um estado de depressão, onde tudo quanto normalmente nos irrita e provoca em nós a reação saudável da nossa indignação nos abate, causando uma aflição fatigada, sombria e taciturna... Assim Thomas Buddenbrook se aflige com a conduta do pequeno Johann, assim se aflige com as sensações que toda essa festividade motivava no seu íntimo, e mais ainda com aquelas que, apesar da melhor boa vontade, era incapaz de encontrar. Várias vezes procurou dar-se um impulso, aclarar o olhar e dizer-se a si próprio que este era um belo dia, o qual necessariamente devia enchê-lo de uma disposição animada e alegre. Mas, embora o barulho dos instrumentos, a vozearia e o aspecto das inúmeras pessoas lhe abalassem os nervos, e, junto à lembrança do passado e do pai, fizessem surgir nele, por vezes, uma débil comoção, prevalecia a impressão do ridículo e do penoso que, aos seus olhos, se ligava a todo esse espetáculo, a essa música malfeita e acusticamente desfigurada, a essa reunião banal que tagarelava sobre cotações e banquetes... E era justamente essa mescla de comoção e nojo que lhe inspirava um desespero cansado...

Às doze e quinze, quando o programa da orquestra do Teatro Municipal começava a aproximar-se do fim, sucedeu um incidente, que não influenciou nem interrompeu de maneira nenhuma o ambiente festivo, mas que, pelo seu caráter comercial, obrigou o dono da casa a abandonar os convidados por alguns breves minutos. Quando a música fez uma pausa, subiu pela escada principal o aprendiz mais moço do escritório, completamente confuso por causa das muitas pessoas distintas que ali se comprimiam. Era um rapaz baixinho e corcunda que procurava enterrar, exageradamente, a cabeça corada por entre os ombros altos; sacudia com afetação um dos braços fininhos, sobremodo compridos, a fim de se dar o aspecto de displicência confiante; na outra mão tinha um papel dobrado, um telegrama. Ao subir procurou o chefe com olhares acanhados que saltavam de cá para lá; quando o descobriu, naquele canto, torceu-se, com muitas desculpas murmuradas à pressa, através da multidão dos visitantes que trancavam o caminho.

A sua confusão era absolutamente supérflua, pois ninguém lhe prestou atenção. Sem olhá-lo, continuaram a conversar; com um movimento ligeiro, deixaram-no passar; apenas com um olhar fugidio observou este ou aquele que o moço, com uma reverência, entregou o telegrama ao senador Buddenbrook. Feito isso, Thomas afastou-se de Kistenmaker, Giesecke e Voigt, a fim de ler o despacho. Mesmo naquele dia, em que a maior parte das notícias telegráficas eram simples felicitações, vigorava a ordem de que cada telegrama chegado durante as horas do expediente devia ser entregue de imediato e em qualquer circunstância.

Na subida para o segundo andar, o corredor formava um cotovelo, estendendo-se, paralelo à sala de festas, até a escada da criadagem, onde se achava uma entrada auxiliar da grande sala. Em frente da escada para o segundo piso existia a abertura do vão da roldana que, da cozinha, içava para cima as comidas. Ao lado, junto à parede, havia uma grande mesa onde a empregada costumava polir a prataria. Foi nesse lugar que o senador estacou, voltando as costas ao aprendiz corcovado. Abriu o despacho.

De súbito, os seus olhos se alargaram tanto que qualquer pessoa que o visse se teria sobressaltado. Com um único arranco breve e convulsivo, aspirou tão violentamente o ar que, num instante, a garganta lhe secou e o fez tossir.

Conseguiu dizer:

— Está bem! — Mas o ruído das vozes atrás dele impediu que fosse compreensível. — Está bem! — repetiu; porém só a primeira palavra tinha som; o resto não passou de um cochicho.

Como o senador não se movesse nem se virasse, nem sequer esboçasse um gesto para trás, o aprendiz aleijado, durante um momento, continuou a balançar-se, hesitante e pouco seguro, sobre um pé ou outro. Depois executou outra vez a bizarra mesura e desceu pela escada da criadagem.

O senador Buddenbrook permaneceu parado ao lado da mesa. As mãos que seguravam o despacho descerrado pendiam lassas diante dele; a boca ainda semiaberta continuava numa respiração rápida, difícil e breve, enquanto o tronco, trabalhando, se movimentava para a frente e para trás. Constantemente, sem compreensão, como que assombrado, sacudia a cabeça.

— Este pequeno granizo... Este pequeno granizo... — repetiu à toa.

Mas então a respiração tornou-se mais profunda e calma e o movimento do corpo, mais lento; os olhos semicerrados velaram-se com uma expressão cansada, e quase que se vidraram. Com um pesado meneio de cabeça, o senador voltou-se para o lado.

Abriu a porta da grande sala e entrou. Devagar, cabisbaixo, atravessou o parquê espelhado do vasto aposento. Bem no fundo, perto da janela, deixou-se cair sobre um dos sofás vermelho-escuros. Ali reinava calma e frescura. Ouvia-se do jardim o sussurrar do chafariz; uma mosca, zunindo, batia na vidraça, e do patamar chegava até o senador apenas um ruído abafado.

Exausto, deitou a cabeça sobre o coxim; fechou os olhos.

— Está bem assim, está bem assim — murmurou a meia-voz. E depois, com um suspiro de alívio, satisfeito, desembaraçado, repetiu mais uma vez: — Está muito bem assim!

Com os membros soltos e a fisionomia pacata descansou durante cinco minutos. Depois se endireitou. Dobrou o telegrama e meteu-o no bolso interior do casaco. Levantou-se para se reunir novamente com os visitantes.

Mas no mesmo instante recaiu sobre a almofada com um gemido de nojo. A música... a música recomeçou, com um barulho insensato que devia representar um galope. O timbale e os pratos marcavam um ritmo que as outras massas de som, estridulando, quer adiantadas, quer atrasadas, não sabiam manter; um charivari de ronrons, clangores e guinchos, maçador, enervante e insuportável na sua despreocupação ingênua, rasgado pelos assovios absurdos do pífaro...

6.

— Ah, este Bach, minha prezadíssima senhora, este Sebastian Bach! — grita o sr. Edmund Pfühl, organista da igreja de Santa Maria, medindo o salão a passos muito exaltados, enquanto Gerda, sorrindo, está sentada diante do piano de cauda, apoiando a cabeça na mão. Hanno, metido numa poltrona, escuta-os atentamente, cingindo com os braços um dos joelhos. — Claro... é como diz a senhora... foi por intermédio dele que o elemento harmônico venceu o contrapontístico... Ele criou a harmonia moderna; não se discute! Mas por que meios? Será preciso dizer-lhe por que meios? Pela evolução progressiva do estilo contrapontístico; a senhora o sabe tão bem como eu! Então, qual foi o princípio impulsionador dessa evolução? A harmonia? Ah, não! Nada disso! Mas sim a teoria do contraponto, prezadíssima senhora! A teoria do contraponto! Que resultado, pergunto eu, teriam produzido as experiências absolutas da harmonia? Estou prevenindo... Enquanto minha voz me obedece, previno contra as meras experiências harmônicas!

Em tais palestras, o sr. Pfühl desenvolvia grande fervor que deixava correr livremente, pois nesse salão sentia-se em casa. Às quartas-feiras, de tarde, aparecia no limiar a sua figura alta, robusta, de espáduas um tanto erguidas, num fraque cor de café, cujas abas lhe cobriam os joelhos. À espera da parceira abria com carinho o piano de cauda Bechstein; após ter posto em ordem sobre a estante esculpida a parte do violino, preludiava, durante um momento, animada e artisticamente, enquanto a cabeça, satisfeita, se inclinava sobre o ombro.

A estupenda abundância de cabelos, aquela multidão perturbadora de pequenos anéis rijos, arruivados e grisalhos, dava a essa cabeça o aspecto de extraordinária grossura e peso; ela descansava, contudo, livremente sobre o longo pescoço, que, munido de um grande nó na garganta, saía do colarinho virado. O bigode espesso, mal penteado, da mesma cor do cabelo, avançava mais do que o nariz pequeno e curto... Quando tocava, os olhos redondos, castanhos e brilhantes, com túmidos sacos lacrimais, pareciam, sonhadores, ver através das coisas, pousando ao longe, além das aparências reais... Este rosto não era importante; pelo menos não manifestava o cunho de inteligência viva e forte. Em geral, as pálpebras estavam baixadas a meio, e o queixo raspado muitas vezes pendia frouxo e inerte, sem que, todavia, os lábios se descerrassem; essa atitude dava à boca certa expressão de languidez, retraimento, tolice e dedicação, tal qual a mostra a fisionomia de quem dorme suavemente...

Havia aliás um contraste estranho entre essa moleza do seu exterior e o rigor e gravidade do seu caráter. Edmund Pfühl era organista de vasto renome, e a reputação da sua sabedoria contrapontística não encontrava limites nas muralhas da cidade paterna. O livrinho sobre os *Gêneros da música sacra*, que editara, fora recomendado por dois ou três conservatórios para estudos especializados; as suas fugas e arranjos de corais tocavam-se aqui e ali, sempre que um órgão ressoava em louvor de Deus. Essas composições, bem como as fantasias com que, aos domingos, regalava o auditório da igreja de Santa Maria, eram inatacáveis, imaculadas, cheias da dignidade inexorável, imponente, lógica e moralista do Estilo Rigoroso. A sua natureza parecia alheia a toda beleza terrena, e o que expressava não empolgava os sentimentos puramente humanos do leigo. Manifestava-se nelas, triunfando, vitoriosamente, a técnica que se tornara religião ascética, o domínio das regras, elevado à mais absoluta sublimação e transformado em finalidade última. Edmund Pfühl fazia pouco caso das obras agradáveis; não se pode negar que falava sem amor da melodia meramente bonita. Mas, embora pareça inexplicável, não era homem árido nem endurecido. "Palestrina!", pregava ele, com fisionomia categórica e temível. Mas logo após, quando fazia retumbar no instrumento uma série de artifícios arcaicos, o seu rosto se tornava puro enlevo, brandura e fervor; o olhar fixava-se numa distância sagrada, como se visse realmente a obra da derradeira necessidade dos acontecimentos... um olhar de músico que parece vago e vazio, porque enxerga um reino de lógica mais profunda, pura, serena e incondicional do que aquela dos nossos pensamentos e ideias linguisticamente exprimíveis.

As mãos eram moles e grandes, aparentemente sem ossos e cobertas de sardas... e a voz que cumprimentava Gerda Buddenbrook, quando, descerrando as cortinas, vinha entrando da sala de estar, soava branda e cava: "Seu servidor, minha senhora!". Era como se falasse com o esôfago.

Enquanto se soergue da poltrona e lhe estende a mão direita, de cabeça reverentemente inclinada, a esquerda já faz ressoar as quintas; Gerda apanha então o Stradivarius para, rapidamente, com gestos certeiros, afinar as cordas.

— O concerto em sol menor de Bach, sr. Pfühl. Tenho a impressão de que todo o adágio esteve bastante ruim na outra vez...

E o organista se põe a preludiar. Mas mal produz a primeira série de acordes acontece, como de costume, que, lenta e cautelosamente, se abre a porta do corredor: o pequeno Johann, com precaução silenciosa, infiltra-se em direção a uma poltrona. Acomoda-se ali, cingindo os joelhos com ambos os braços, e permanece quieto, a escutar tanto os sons quanto as palavras que se proferem.

— Então, Hanno, quer saborear um pouco de música? — pergunta Gerda, numa pausa. Os olhos sombrios, pouco distantes entre si, resvalam sobre o menino, com aquele brilho úmido que a música provocou neles...

Então, Hanno se levanta; com uma mesura muda estende a mão ao sr. Pfühl, que acaricia branda e afetuosamente o cabelo castanho-claro de Hanno, amoldado com doçura e graça em torno da testa e das fontes.

— Fique escutando, meu filho! — diz o organista com ênfase bondosa. A criança contempla, um tanto acanhada, o grande pomo de adão do organista, que, ao falar, sobe e desce. Depois, Hanno volta às pressas e sem ruído para o seu lugar como se não pudesse mais esperar a continuação da música e das palestras.

Executa-se um movimento de Haydn, algumas páginas de Mozart e uma sonata de Beethoven. Feito isso, porém, enquanto Gerda, o violino por baixo do braço, busca outras músicas, acontece algo de surpreendente: o sr. Pfühl, Edmund Pfühl, organista de Santa Maria, tocando um intermezzo livre, desliza pouco a pouco para um estilo muito estranho; enquanto isso, resplandece uma espécie de felicidade envergonhada no seu olhar distante... Sob os seus dedos surge, desabrochando e florescendo, uma rosa a tecer e cantar. Baixinho, primeiro, e fugidio como um sonho, mais claro depois, e cada vez mais vigoroso, salienta-se, em contraponto artístico, um motivo de marcha arcaicamente grandiosa, expressão de esquisita magnificência... Clímax, trama, transição... E com o desenredo entoa-se, em fortíssimo, a melodia do violino. Desfila a abertura dos *Mestres cantores*.

Gerda Buddenbrook era uma fanática da música moderna. Encontrara, porém, no sr. Pfühl uma resistência tão feroz e encarniçada que, no início, desesperara de ganhá-lo a seu favor.

No dia em que, pela primeira vez, lhe colocara sobre a estante a partitura de *Tristão e Isolda*, pedindo-lhe que a tocasse, o organista, depois de uns vinte e cinco compassos, se levantara abruptamente; correra de cá para lá, entre o piano e o terraço, mostrando todos os indícios de sumo desgosto.

— Isto não toco, minha senhora; permaneço o seu servidor respeitoso, mas isto não toco! Isto não é música... Pode acreditar! Sempre me lisonjeei de entender algo de música! Mas isto é o caos! Isto é demagogia, blasfêmia e loucura! É uma névoa perfumada onde transluzem relâmpagos! Eis o fim de qualquer moral na arte! Não toco! — E com essas palavras atirou-se outra vez sobre a poltrona, para produzir mais uns vinte e cinco compassos, enquanto o pomo lhe descia e subia. Tocara por entre soluços e acessos de tosse seca, e finalmente fechara o instrumento com o grito:

— Arre! Não, por Deus Nosso Senhor! Isto é demais! Desculpe, prezadíssima senhora; vou falar com franqueza... A senhora me paga; há anos que me recompensa pelos meus serviços... e eu sou um homem que se encontra em uma situação humilde. Mas vou demitir-me do meu cargo; renunciarei a ele se a senhora me obrigar a executar essas perversidades! E a criança! Aí está a criança na sua cadeira! Entrou nas pontas dos pés para escutar música! Será que a senhora lhe quer envenenar por completo o espírito?

Mas, por mais terrivelmente que ele se conduzisse — devagar, passo a passo, por meio de hábito e de persuasão —, Gerda conseguira atraí-lo para o seu lado.

— Pfühl — dissera ela —, seja justo e considere o caso com calma. O senhor se sente perturbado pela maneira insólita com que ele usa as harmonias... Em comparação com isto, o senhor acha Beethoven puro, claro e natural. Mas lembre-se de como Beethoven desconcertou os seus contemporâneos, educados pelo método antigo... E o próprio Bach, meu Deus; censuravam-no pela falta de clareza e eufonia! O senhor fala de moral... mas que entende com o termo "moral" na arte? Se não me engano, ela é contrária a qualquer hedonismo, não é? Pois então, é esta oposição que o senhor encontra aqui. Tanto quanto em Bach. Mais grandiosa, consciente e aprofundada do que em Bach. Acredite, Pfühl, esta música é menos alheia à sua natureza do que supõe!

— Fantasmagorias e sofismas... com a sua licença! — murmura o sr. Pfühl. Mas ela tinha razão: no fundo, esta música lhe era menos alheia do que ele pensara no começo. Com o *Tristão*, isso sim, nunca se reconciliou totalmente, se bem que afinal, correspondendo ao rogo de Gerda, lhe transcrevesse com muita destreza o *Canto do amor* para violino e pianoforte. Certos trechos dos *Mestres cantores* haviam sido os primeiros a receber esta ou aquela palavra elogiosa da parte do organista... E então, crescendo irresistivelmente, começou a erguer-se nele o amor a essa arte. Não o revelava; quase se assustava consigo mesmo, dissimulava-o com resmungos. Mas a sua parceira, uma vez que Pfühl fizera justiça aos velhos mestres, já não precisava insistir com ele para que complicasse os seus acordes. Então, mostrando no olhar aquela expressão de felicidade pudica e quase aborrecida, conduzia-a para o reino onde vivem e se movem os Leitmotive. Depois do concerto, por vezes, começavam a discutir as relações desse estilo de arte com o Estilo Rigoroso; um dia, o sr. Pfühl declarou que, embora o tema não o tocasse particularmente, se via obrigado a acrescentar ao seu livro sobre a música sacra um complemento acerca da "aplicação das tonalidades antigas da música sacra e folclórica de Richard Wagner".

Hanno permanecia absolutamente quieto, juntando as mãozinhas em torno do joelho. Conforme o seu hábito, esfregava a língua num dente molar, o que lhe torcia um pouquinho a boca. Observava a mãe e o sr. Pfühl de olhos fixos e arregalados. Escutava-lhes as execuções e palestras, e assim aconteceu que, já nos primeiros passos que deu no caminho da vida, percebeu que a música era assunto extraordinariamente sério, importante e profundo. Entendia apenas uma ou outra palavra do que se falava, e a música geralmente ultrapassava de muito a sua compreensão infantil. Apesar disso voltava sempre de novo e, sem se aborrecer, permanecia horas e horas imóvel no seu lugar: crença, amor e reverência levavam-no a essa atitude.

Hanno tinha somente sete anos quando começou a fazer experiências, para, por iniciativa própria, imitar sobre o piano certas combinações de sons que o haviam impressionado. A mãe observava-o sorrindo; corrigia-lhe os acordes procurados com um zelo silencioso e ensinava-lhe a razão por que justamente tal e tal tom não podiam faltar para que resultasse determinada harmonia. E o ouvido da criança confirmava as instruções da mãe.

Após ter lhe deixado certa liberdade durante algum tempo, Gerda Buddenbrook resolveu que o filho teria aulas de piano.

— Acho que ele não tem natureza de solista — disse ao sr. Pfühl —, e no fundo estou contente com isso, pois esse trabalho tem o seu lado mau. Não falo do fato de que o solista depende do acompanhamento, embora, às vezes, essa dependência se torne bastante sensível, e se eu não tivesse o senhor... Mas, fora disso, existe sempre o perigo de que a gente se perca num virtuosismo mais ou menos perfeito... Olhe, eu também provei isso. Confesso-lhe francamente que, para o solista, a música, no fundo, só começa quando alcançou um grau de técnica muito elevado. Para ele, devido à concentração esforçada na primeira voz, no seu fraseado e na criação do tom, a polifonia manifesta-se apenas como algo de vago e generalizado. Isto facilmente causa, em talentos medíocres, o definhamento do senso harmônico e da capacidade de reter harmonias na memória; essas faltas corrigem-se dificilmente mais tarde. Amo o meu violino e fui bem longe com ele, mas, no fundo, aprecio mais o piano... Digo apenas isto: o domínio do piano, que é um meio de resumir as mais múltiplas e ricas figuras de sons, um meio insuperável da reprodução musical, significa para mim uma relação mais íntima, clara e extensa com a música... Escute, Pfühl, eu queria logo confiar-lhe o ensino dele. Faça-me o favor! Sei perfeitamente que na cidade existem mais duas ou três pessoas (ao que saiba, do sexo feminino), mas estas não passam de professoras de piano... O senhor me compreende... Tem tão pouca importância o ser adestrado para um instrumento; o que importa é entender algo de música, não é? Tenho confiança no senhor. Leva a coisa mais a sério. E o senhor vai ver que será bem-sucedido com ele. Hanno tem as mãos dos Buddenbrook... Todos eles são capazes de alcançar nonas e décimas... Mas eles nunca ligaram para isso — terminou Gerda, rindo.

O sr. Pfühl declarou-se disposto a tomar a si as aulas de piano.

Desde então, vinha também nas tardes das segundas-feiras, para ocupar-se do pequeno Johann, enquanto Gerda ficava sentada na sala de estar. Não seguia no ensino o método comum, pois sentia que o zelo mudo e apaixonado da criança merecia mais do que a simples instrução de como se toca um pouquinho de piano. Apenas haviam ambos superado os problemas primordiais e elementares, e já o organista começou a teorizar de forma fácil e compreensível e a deixar que o aluno percebesse os fundamentos da harmonia. E Hanno compreendia; via apenas confirmado o que, realmente, sempre soubera.

O sr. Pfühl, o quanto possível, correspondia ao ímpeto ansioso da criança. Com acariciante cuidado esforçava-se por aligeirar o peso de chumbo com que a matéria carrega os pés da fantasia e do talento. Não insistia com demasiado rigor na agilidade dos dedos durante os exercícios das escalas; pelo menos, esta não era para Pfühl a finalidade desses exercícios. O que almejava, e facilmente alcançou, era antes a compreensão clara, extensa e profunda de todas as espécies de tonalidades, a familiaridade íntima e superior com as suas coerências e associações; resultava disso, depois de pouco tempo, aquele entendimento rápido das múltiplas possibilidades de combinação, aquela consciência intuitiva do domínio do teclado que seduz a fantasiar e a improvisar... Com sensibilidade comovente, o organista entrava nas necessidades espirituais desse pequeno aluno exigente devido às coisas que ouvia. Hanno tendia para o estilo elevado. E o sr. Pfühl não lhe aviltava a devoção e solenidade de alma pela execução de cançonetas banais. Deixava-o tocar hinos religiosos e não admitia que um acorde brotasse do outro sem lhe indicar a lógica dessa sucessão.

Do outro lado dos cortinados, bordando ou lendo, Gerda acompanhava a marcha das lições.

— O senhor supera todas as minhas expectativas — disse ela, ocasionalmente, ao organista. — Mas não acha que exagera? Não procede de modo extraordinário demais? O seu método me parece eminentemente criador... Às vezes, Hanno, de fato, começa a fazer tentativas para fantasiar. Mas se ele não merece este método, se não tem bastante talento para ele, não aprenderá nada...

— Ele o merece — disse o sr. Pfühl. — De vez em quando lhe observo os olhos... Há tanta coisa neles. Mas a boca permanece cerrada. Mais tarde, quando a vida talvez lhe cerrar cada vez mais a boca, ele precisará de uma possibilidade para falar...

Ela o olhou, a esse músico robusto de peruca ruiva, de olhos empapuçados, bigode hirsuto e grande pomo de adão, e então lhe estendeu a mão, dizendo:

— Fico-lhe muito grata, Pfühl. O senhor quer o bem do meu filho e nem se pode imaginar quanta coisa faz por ele.

A gratidão que Hanno sentia para com esse professor, a devoção com que se subordinava à sua direção, não tinha igual. O menino, apesar de todas as suas aulas particulares, cismava na escola, sombrio e sem esperanças de êxito, sobre a tabuada; mas, sentado ao piano, compreendia-o e se apropriava dessas instruções assim como o fazemos apenas com coisas que sempre nos pertenceram. Edmundo Pfühl, no seu fraque marrom, parecia-lhe um grande anjo que todas as segundas-feiras o tomava nos braços para conduzi-lo para longe de toda miséria cotidiana, ao reino sonoro duma seriedade branda, doce e consoladora...

Às vezes, as aulas tinham lugar na casa do sr. Pfühl, espaçosa e velha casa de alta cumeeira com muitos corredores e recantos fresquinhos, e que o organista habitava sozinho com uma velha governanta. Às vezes também, nos domingos, quando o sr. Pfühl tocava órgão na igreja de Santa Maria, o pequeno Buddenbrook assistia junto com ele ao serviço religioso. Era outra coisa que ficar sentado lá embaixo, na nave, com as outras pessoas. Muito acima dos paroquianos, até muito acima do próprio pastor Pringsheim no púlpito, os dois se achavam no meio do estrondo das poderosas massas de sons que eles desencadeavam e dominavam em comum; pois, com fervor e orgulho feliz, Hanno, de quando em quando, recebia a licença de ajudar o professor no manejo dos registros. Terminado o canto do coro, o sr. Pfühl, um a um, retirava os dedos do teclado, deixando apenas a tônica baixa se perder solenemente no ar... Depois de uma pausa artisticamente significativa, começava a ressoar, sob o dossel do púlpito, a voz modulada do pastor Pringsheim. E então não eram raras as ocasiões em que o sr. Pfühl se punha simplesmente a zombar do sermão e a rir-se do linguajar estilizado do pastor Pringsheim, das suas vogais compridas, carregadas ou energicamente acentuadas, dos seus suspiros e da brusca mudança de trevas para enlevo que o seu rosto aparentava. Então Hanno também ria, baixinho, altamente divertido, pois, sem se olharem um ao outro, e sem o dizerem com palavras, os dois lá em cima eram de opinião de que essa prédica não passava de um palavrório insosso e que o verdadeiro serviço de Deus era aquilo que o pastor e os paroquianos tomavam por um acréscimo, destinado a aumentar a devoção: a música.

Sim, a pouca compreensão que ele encontrava na nave, ali embaixo, entre esses senadores, cônsules e burgueses, e nas suas famílias, causava constante aflição ao sr. Pfühl. Era justamente por isso que gostava de ter ao seu lado o pequeno discípulo a quem, pelo menos em voz baixa, podia chamar a atenção para o fato de que a peça que acabava de tocar havia sido algo extraordinariamente difícil. O organista se excedia nos mais esquisitos artifícios técnicos. Elaborara uma "imitação invertida", compondo uma melodia que, lida a partir do começo ou do fim, era igual, e baseara nela toda uma fuga que se podia tocar "a passo de caranguejo". No dia da estreia da peça, após ter acabado, pôs, com visível desapontamento, as mãos no colo.

— Ali embaixo ninguém reparou nisso — disse ele com um meneio desesperado da cabeça.

E depois, enquanto o pastor Pringsheim pregava, cochichou:

— Foi uma "imitação a passo de caranguejo", Johann. Você ainda não sabe o que quer dizer isso... É a imitação de um tema de trás para diante, da última nota até a primeira... coisa bastante complicada. Mais tarde vai aprender o que significa a imitação no Estilo Rigoroso... Nunca o importunarei com o passo de caranguejo; não o obrigarei a executá-lo... Não é necessário que a gente saiba executá-lo. Mas não dê crédito aos que acham estas coisas sem valor musical. O passo de caranguejo se encontra nos grandes compositores de todos os tempos. Só quem é tíbio e medíocre tem bastante arrogância para não fazer caso de tais exercícios. O que nos convém é a humildade; tome nota disso, Johann!

No dia 15 de abril de 1869, seu oitavo aniversário, Hanno, acompanhado pela mãe, apresentou à família reunida uma pequena fantasia da sua autoria; um motivo simples que, ao descobri-lo, achara interessante desenvolver. O sr. Pfühl, a quem o tinha confiado, naturalmente fizera várias objeções.

— Que final dramático é este, Johann? Não está de acordo com o resto! No princípio, tudo anda direitinho, mas como é que, de repente, você se desvia de si maior para o acorde da quarta e sexta, na posição com terça diminuta? É isso o que eu queria saber! E ainda por cima o toca em trêmulo! Onde pegou essas coisas? De onde lhe veio isso? Já sei! Você ouviu que toquei para a senhora sua mãe certas coisas... Altere o final, meu filho, então sairá uma coisinha bastante correta.

Mas Hanno ligara a máxima importância justamente a esse acorde diminuído e a esse final, e a mãe divertira-se tanto com isso que assim ficara. Ela pegara o violino, tocara a primeira voz; então Hanno havia repetido o motivo, enquanto ela variava até o fim o soprano em cadências de brevíssimas. O efeito fora magnífico. Radiante, Hanno a havia abraçado, e foi nessa forma que, no dia 15 de abril, executaram a peça para a família.

A consulesa, Antonie, Christian, Klothilde, o cônsul Kröger com a esposa, o casal Weinschenk, assim como as primas Buddenbrook da Breite Strasse e a srta. Weichbrodt, tinham almoçado às quatro horas na casa do senador, em homenagem ao aniversário de Hanno; agora estavam no salão, olhando atentos ora a criança sentada ao piano, na sua roupa de marujo, ora a figura exótica e elegante de Gerda, que começava por evoluir uma cantilena magnífica sobre a corda de sol, para, depois, com infalível virtuosidade, desencadear uma onda de cadências esplêndidas e escumantes. O arame de prata no cabo do arco relampejava à luz do lustre a gás.

Hanno, pálido de excitação, quase não pudera comer. Mas agora, totalmente enlevado, esquecia tudo quanto o cercava. Tão grande era a devoção que dedicava à sua obra, ainda que dentro de dois minutos estivesse terminada. Esta pequena criação tinha mais caráter harmônico do que rítmico; parecia estranho o contraste entre os recursos musicais, primitivos, rudimentares e infantis, e a maneira imponente, apaixonada e quase refinada com que esses recursos tinham sido acentuados e salientados. Com um movimento lânguido da cabeça inclinada, Hanno pôs em relevo todos os tons condutores; sentado bem na borda da cadeira, procurou dar valor sensível a cada acorde novo, aproveitando-se dos pedais forte e piano. De fato, o efeito produzido pelo pequeno Hanno — efeito que, talvez, se limitasse a ele próprio — era menos de natureza sentimental do que de natureza sensível. Um truque harmônico qualquer, bem simples por si só, elevava-se a uma importância preciosa e enigmática mediante acentuação ponderosa e retardativa. Certo acorde, determinada harmonia nova, esta ou aquela entrada ganhavam eficiência surpreendente, empolgante, por meio duma entonação inesperadamente surdinada. Hanno tocava esses trechos alçando as sobrancelhas e executando um movimento do tronco, como se quisesse esvoaçar e adejar... Então veio o final, o adorado final de Hanno, coroando o todo no seu êxtase primitivo. Suavemente, envolvido pelas cadências perolinas e flutuantes do violino, tremulou em pianíssimo o acorde em mi menor... Cresceu, aumentou, reforçou-se lenta, muito lentamente; no forte, Hanno acrescentou o dó bemol, dissonante, que conduzia à tonalidade básica. E enquanto o Stradivarius, cantando e ondeando, sussurrava em torno desse dó bemol, o menino, com toda a força que tinha, graduou a dissonância até o fortíssimo. Retardou a solução; não a comunicou nem a si próprio nem ao auditório. Como seria ela, essa solução, essa queda encantadora e desembaraçada para si maior? Felicidade sem igual, satisfação de excessiva doçura! A paz! A bem-aventurança! O céu! Ainda não... ainda não! Mais um instante de dilação, de demora, de tensão, que se devia tornar insuportável para, depois, causar um deleite tanto mais delicioso... Mais um último, um derradeiro gozo dessa saudade tormentosa e impulsora, desse arranco de vontade, extremo e convulsivo, que, contudo, ainda não se via realizado e redimido; pois Hanno sabia: a felicidade só dura um momento... O tronco ergueu-se vagarosamente; os olhos tornaram-se muito grandes; tremeram os lábios cerrados; aspirou o ar pelo nariz, sob estremecimentos que o sacudiram... E então não pôde mais reter o deleite, que veio e se apoderou dele; Hanno já não reagia contra ele. Afrouxaram-lhe os músculos; fatigada e vencida, a cabeça se inclinou sobre o ombro; fecharam-se os olhos, e um sorriso melancólico, quase dorido, expressando inefável encantamento, lhe brincou em torno da boca. Enquanto isso, acompanhado pelas cadências do violino, cochichando, sussurrando, tecendo e ondeando em volta, aquele seu trêmulo, reforçado por notas graves, sustentado pelos pedais, resvalou para si maior, onde rapidamente cresceu até o fortíssimo, para, depois, sem ressonância, terminar abruptamente num breve bramido...

Era impossível que o efeito exercido sobre Hanno por esta música se estendesse também aos ouvintes. A sra. Permaneder, por exemplo, não entendeu patavina de toda essa magnificência. Mas viu perfeitamente o sorriso da criança, o movimento do tronco, a inclinação feliz da pequena cabeça que ela amava com tanta ternura... e esse aspecto lhe havia comovido o âmago da bondade facilmente empolgada.

— Como toca este garoto! Como toca a criança! — gritou ela, enquanto corria para junto dele, quase chorando. Abraçou-o... — Gerda, Tom! Ele se tornará um Mozart, um Meyerbeer, um... — Na falta de um terceiro nome de igual importância que lhe ocorresse no momento, limitou-se a cobrir de beijos o sobrinho, que, mãos no colo, se quedava na cadeira, esgotado, de olhos ausentes.

— Chega, Tony, chega! — disse o senador, baixinho. — Pelo amor de Deus, que ideias você lhe mete na cabeça?

7.

Thomas Buddenbrook, no seu íntimo, não aprovava a natureza e o desenvolvimento do pequeno Johann.

Outrora, afrontando os meneios de cabeça dos pasmos filisteus, esposara Gerda Arnoldsen, porque se sentia bastante forte e livre para, sem embargo do seu valor cívico, manifestar um gosto mais distinto do que o dos demais. Mas a criança, almejada debalde durante tantos anos, o herdeiro que, no físico e porte, demonstrava várias características da família paterna, esse menino, tão inteiramente, pertenceria à mãe? Thomas havia esperado que este filho, um dia, continuaria a obra da sua vida com mãos mais venturosas e despreocupadas. Permaneceria Hanno, na sua alma e pela sua natureza, sem compreensão e incompreensível para todo o ambiente em que teria de viver, e mesmo para o próprio pai?

Até então, o fato de Gerda tocar violino, assim como os seus olhos misteriosos de que ele gostava, o basto cabelo ruivo e toda a sua aparência invulgar significavam para Thomas apenas um suplemento interessante da personalidade singular da esposa. Mas agora tinha de constatar que a paixão pela música, alheia a ele próprio, se apoderava do filho desde o início e por completo. Essa percepção transformou a música numa força inimiga que se pôs entre ele e a criança. E todavia Thomas esperara fazer do filho um autêntico Buddenbrook, homem vigoroso de mentalidade prática e instintos robustos que o impelissem a conquistar lá fora poder e riquezas. Naquele estado irritável em que se achava, tinha a impressão de que essa força hostil ameaçava torná-lo um estranho na sua própria casa.

Não era capaz de familiarizar-se com a música, assim como Gerda e o amigo dela, esse sr. Pfühl. Gerda, exclusiva e intolerante em assuntos de arte, lhe dificultava de modo realmente cruel qualquer aproximação.

O senador nunca teria acreditado que a essência da música fosse tão alheia à sua família como parecia agora. O avô gostava de tocar um pouquinho de flauta, e ele mesmo sempre ouvia com agrado melodias bonitas que mostravam ou certa graça ligeira ou alguma melancolia contemplativa ou aquele ritmo alado que o alegrava. Mas, quando manifestava o seu prazer por uma criação destas, era preciso aguardar que Gerda, encolhendo os ombros, dissesse com um sorriso compassivo: "Será possível, meu amigo? Uma coisinha tão despida de valor musical...".

Thomas odiava esse "valor musical", palavra que para ele não se ligava a nada senão a fria altivez... Sentia-se impelido a revoltar-se contra ela, principalmente quando Hanno estava presente. Mais de uma vez aconteceu que em tais ocasiões gritasse rebelado: "Ah, minha querida, essa maneira de gabar-se com o valor musical parece-me procedimento arrogante e desenxabido".

Ao que ela lhe replicava: "Thomas, de uma vez por todas: você nunca compreenderá nada da música como arte. Por mais inteligente que seja, jamais perceberá que ela representa mais do que uma distraçãozinha de sobremesa, um pequeno regalo dos ouvidos. Na música você carece de senso para discernir o que é banal, senso que tem em outros assuntos... É justamente ele o critério da compreensão em assuntos de arte. Quão alheia a música lhe é, pode concluir do fato de que o seu gosto musical, no fundo, absolutamente não corresponde às suas demais opiniões e necessidades. Que é que lhe agrada na música? Certo espírito de otimismo insípido; se você o encontrasse encerrado num livro, iria atirá-lo pela janela, indignando-se ou zombando dele. Realização pronta de qualquer desejo inspirado?... Satisfação imediata e amável da vontade mal instigada... Será que as coisas se passam no mundo como numa melodia bonita?... Esse idealismo não deixa de ser tolo...".

Ele a compreendia; compreendia o que ela dizia. Mas faltava-lhe a capacidade de acompanhá-la com o sentimento e de perceber por que as melodias que o animavam ou comoviam não valiam nada, e por que peças que lhe pareciam ásperas e confusas possuíam o máximo valor musical. Encontrava-se diante de um templo de cujo limiar Gerda o enxotava com um gesto inexorável... e via, magoado, como ela e a criança desapareciam ali dentro.

Não mostrava nada da preocupação com que observava o distanciamento crescente que se produzia entre ele e o pequeno filho. Teria sido insuportável para ele a aparência de que solicitava o favor da criança. Durante o dia, Thomas tinha poucos ócios para encontrar-se com o menino; durante as refeições, tratava-o com cordialidade amigável e não isenta de um laivo de rigorismo animador. "Pois então, meu amigo", dizia, dando-lhe umas pancadinhas na cabeça, enquanto se acomodava à mesa, em frente da esposa. "Então...? Que fizemos hoje? Aprendemos alguma coisa?... E tocamos piano? Muito bem! Mas não exageremos, caso contrário não gostamos do resto e somos reprovados na Páscoa!" Nem um músculo do rosto traía a tensão preocupada com que aguardava o modo como Hanno receberia a alocução, como a retribuiria; nada traía a contração dorida do seu interior quando a criança se limitava a deixar resvalar para ele um olhar tímido dos olhos castanhos, sombrios, olhar que nem sequer lhe alcançava o rosto, para então se inclinar, muda, por cima do prato.

Teria sido monstruoso contristar-se com esse acanhamento infantil. Durante o tempo que passavam em comum, por exemplo quando se trocava a louça, o senador considerava seu dever ocupar-se um pouco do filhinho, sujeitá-lo a pequenos exames e provocar-lhe o senso prático das realidades... Quantos habitantes tinha a cidade? Quais as ruas que conduziam do Trave à cidade superior? Como se chamavam os armazéns pertencentes à firma? Diga rápido, sem cerimônias! Mas Hanno permanecia calado. Não por oposição ao pai; não pela intenção de afligi-lo. Mas os habitantes, ruas e armazéns, que em circunstâncias normais lhe eram infinitamente indiferentes, inspiravam-lhe um asco desesperado quando elevados a assunto de exames. Antes, talvez tivesse estado bem alegre, conversando até com o pai... mas desde que o caráter da palestra se aproximava de um pequeno teste, o humor de Hanno caía abaixo de zero e a sua força de resistência desmoronava por completo. Velavam-se os seus olhos; a boca assumia expressão desanimada, e o sentimento que dominava o menino era o pesar grande e doloroso, causado pela imprudência com que o pai estragara a refeição a si próprio e aos outros, embora devesse saber que tais experiências não davam nenhum resultado aproveitável. Hanno baixava sobre o prato os olhos banhados em lágrimas. Ida o empurrava e lhe soprava... as ruas, os armazéns. Mas, ai dele, tudo isso era inútil, totalmente inútil. Ela não o compreendia. Ele sabia os nomes, pelo menos parte deles; sabia-os bastante bem, e teria sido tão fácil ir até certo ponto ao encontro dos desejos do pai, se isso, justamente, fosse possível, se não o impedisse algo triste e insuperável... Uma palavra severa, uma batida que o pai, com o garfo, dava no descansa-talheres, sobressaltavam-no. Lançava olhares para Ida e a mãe; procurava falar; mas um soluço já lhe sufocava as primeiras sílabas; não havia maneira. "Basta!", gritava o senador, irado. "Contenha-se. Não quero ouvir mais nada! Não precisa dizer! Pode continuar toda a vida na apatia, bobo e mudo!" E a refeição terminava em taciturno aborrecimento.

Essa fraqueza sonhadora, esse choro, essa absoluta falta de ânimo e energia forneciam ao senador o ponto de ataque quando fazia objeções contra o modo apaixonado com que Hanno se entregava à música.

A saúde do menino sempre fora frágil. Sobretudo os dentes, em todos os tempos, haviam sido a causa de várias perturbações e moléstias dolorosas. A erupção dos dentes de leite com a consequência de febres e convulsões quase lhe tinha custado a vida. Mais tarde, a gengiva sempre tendera a inflamar-se e formar tumores; quando maduros, Mademoiselle Jungmann costumava abri-los com um alfinete. Agora, na época da segunda dentição, os males se tornavam maiores ainda. Originavam-se dores que quase ultrapassavam as forças de Hanno. Insone, por entre gemidos e choros abafados, numa febre fatigada que não tinha outro motivo senão a própria dor, assim passava noites inteiras. Os dentes, exteriormente tão belos e alvos como os da mãe, eram ao mesmo tempo extraordinariamente moles e delicados; cresciam desviados, apertando-se entre si. Para remediar todos esses inconvenientes, o pequeno Hanno tinha de constatar como se insinuava na sua jovem vida um personagem terrível: o sr. Brecht, o dentista Brecht da Mühlenstrasse...

O simples nome desse homem lembrava de maneira horripilante aquele ruído que se produz no maxilar quando, torcendo, puxando e levantando, se arrancam as raízes de um dente. Ao ouvi-lo, o coração de Hanno contraía-se com o medo que sentia quando, em frente da leal Ida Jungmann, se agachava numa poltrona da sala de espera do sr. Brecht. Respirando o cheiro acre do ar que enchia essas peças olhava então revistas ilustradas, até que o dentista aparecia na porta da sala de operações com aquele seu "Tenha a bondade!" tão polido quanto pavoroso...

Essa sala de espera possuía uma atração, uma coisa esquisita: era um papagaio vistoso e multicor de olhinhos maliciosos, pousado num canto da gaiola de latão, e que, por motivos desconhecidos, se chamava Josephus. Costumava dizer com voz de anciã furiosa: "Sente-se, por favor... Não demora...". Embora essas palavras, nas circunstâncias reinantes, parecessem zombaria medonha, Hanno Buddenbrook simpatizava com o animal, sentindo para com ele uma mescla de amor e espanto. Um papagaio... uma grande ave variegada que se chamava

Josephus e sabia falar! Não parecia ela ter escapado de uma floresta encantada, daqueles contos de Grimm que Ida lia em casa?... O "Tenha a bondade!" com que o sr. Brecht abria a porta era também repetido, de maneira impressionante, pelo bico de Josephus; e assim sucedia que, coisa estranha, a gente entrava rindo no gabinete, para sentar-se na cadeira alta, de construção sinistra, junto à janela, onde se achava a máquina a pedal.

O próprio sr. Brecht parecia-se muito com Josephus, pois o nariz se dobrava tão duro e curvo por sobre o bigode ralo quanto o bico do papagaio. O que havia nele de lastimável e realmente horroroso era o fato de que o dentista, nervoso, não podia aguentar as torturas que a profissão o obrigava a causar aos outros. "Teremos de recorrer à extração, senhorita", dizia a Ida Jungmann, empalidecendo. A essa altura, Hanno, suando frio de tanta fadiga, os olhos desmedidamente arregalados, incapaz de protestar, incapaz de fugir, achava-se num estado de alma que em nada diferia do de um delinquente à espera da pena capital. Então via como o sr. Brecht se aproximava dele, a torquês na manga, e podia observar que na testa desnuda do dentista brilhavam pequenas gotas de suor, enquanto a boca, igualmente, se torcia de medo... E, depois do procedimento abominável, quando Hanno, pálido, trêmulo, de olhos cheios de lágrimas e rosto desfigurado, escarrava o seu sangue na bacia azul que havia a seu lado, o sr. Brecht tinha necessidade de sentar-se um momento, enxugando a fronte e bebendo um copo de água.

Afirmavam ao pequeno Johann que esse homem lhe fazia muito bem e lhe evitava dores mais fortes. Mas, quando Hanno comparava a vantagem real e sensível que devia ao sr. Brecht com o sofrimento que este lhe havia causado, o peso do segundo excedia por demais o da primeira para que Hanno não contasse todas essas visitas à Mühlenstrasse entre as piores e mais inúteis torturas. Em consideração aos dentes de siso que, um dia, teriam de vir, foi preciso arrancar quatro molares que acabavam de criar-se, alvos, belos e ainda totalmente sãos. Como não quisesse extenuar a criança, esse processo exigia quatro semanas inteiras. Mas que provação horrível! Era exagerado esse tormento prolongado; o medo do que seguiria começava quando ainda reinava o cansaço causado pelas penas passadas. Extraído o último dente, Hanno ficou acamado durante oito dias, de puro esgotamento.

Além disso, estas moléstias dentais não somente lhe influenciavam o espírito mas também as funções de diversos órgãos. As dificuldades da mastigação sempre tinham por consequência a má digestão e até acessos de febre gástrica; essas debilidades do estômago estavam ligadas com passageiras crises de pulsações cardíacas irregulares, ora aceleradas, ora retardadas, ou com ataques de vertigem. Ao lado de tudo isso perdurava, intensificado ao invés de enfraquecido, aquele mal estranho a que o dr. Grabow dava o nome de *pavor nocturnus*. Só raramente se passava uma noite sem que o pequeno Johann se sobressaltasse uma ou duas vezes, gritando por socorro e misericórdia, de mãos torcidas, com todos os sinais de angústia insuportável, como se ardesse, se o estrangulassem ou acontecesse algo de indizivelmente horroroso... De manhã não sabia mais nada dessas visões. O dr. Grabow procurou remediar esta moléstia com uma poção de sumo de airelas; mas isso absolutamente de nada lhe adiantou.

As inibições a que o corpo de Hanno estava sujeito e as dores de que sofria não deixavam de causar no menino aquele grave sentimento de experiências precoces que a gente chama de juízo prematuro. Essa qualidade não se exteriorizava amiúde e nunca de modo importuno; o talento sobressalente parecia contê-la com bom gosto. Mas de vez em quando ela se manifestava em forma de uma superioridade melancólica... "Como vai, Hanno?", perguntava-lhe um parente, a avó, uma das primas Buddenbrook da Breite Strasse... e toda a resposta consistia num pequeno e resignado alçar da boca e num encolher dos ombros cobertos pela gola azul de marujo.

"Gosta de ir à escola?"

"Não", respondia Hanno tranquilamente, com aquela sinceridade que, em face de coisas mais sérias, considera que não vale a pena mentir num assunto destes.

"Não? Como? É preciso aprender: a ler, escrever, calcular..."

"*Et coetera*", dizia o pequeno Johann.

Não, ele não gostava de ir à escola, àquele antigo convento de arcadas e salas com abóbadas originais. Muitas vezes faltava às aulas por indisposição; e, quando os pensamentos lhe giravam em torno de alguma combinação de harmonia ou dos enigmas ainda não solucionados duma peça musical que ouvira, tocada pela mãe e o sr. Pfühl, não prestava nenhuma atenção às lições. Não se pode dizer que isso o fazia progredir nas ciências. Os professores auxiliares e os seminaristas das aulas dos cursos elementares, homens de inferioridade social, estreiteza espiritual e falta de asseio físico, lhe inspiravam, além do medo de castigo, um secreto desdém. O sr. Tietge, professor de tabuada, velhinho de casaco preto e gorduroso, já estivera a serviço do estabelecimento nos tempos do falecido Marcellus Stengel e tinha um jeito impossível de envesgar os olhos como se olhasse para dentro de si, o que procurava corrigir mediante lentes, grossas e redondas como vigias. Esse sr. Tietge, em cada aula, trazia à memória do pequeno Johann a aplicação e perspicácia que o pai manifestara nos cálculos... No entanto, constantes acessos de tosse obrigavam o sr. Tietge a cobrir de escarros o chão, diante da cátedra.

As relações de Hanno com os seus pequenos companheiros eram, geralmente, de natureza indiferente e superficial. Um laço firme o ligava somente a um deles, e isso desde os primeiros dias em que frequentava o colégio. Tratava-se de uma criança de origem nobre, mas de exterior totalmente negligenciado, um conde de Mölln, de nome Kai.

Era um menino da altura de Hanno, mas não vestia, como este, traje de marujo dinamarquês, mas sim uma roupa surrada de cor indeterminável, onde, aqui e ali, faltavam os botões; no traseiro via-se um grande remendo. As mãos, que saíam de mangas demasiado curtas, pareciam impregnadas de pó e terra, e a sua cor de cinza não se alterava nunca. Todavia eram esbeltas e de forma extraordinariamente fina, com dedos compridos e unhas longas e pontudas. A essas mãos correspondia a cabeça, desleixada, mal penteada e pouco limpa, mas munida pela natureza de todos os sinais de raça pura e distinta. O cabelo fulvo, fugidamente repartido ao meio e deitado para trás, deixava livre uma testa alabastrina, sob a qual brilhavam, ao mesmo tempo profundos e penetrantes, os olhos azul-claros. As maçãs eram um tanto salientes, e o nariz, de ventas delgadas e costas estreitas, levissimamente curvas, mostrava já agora um cunho característico, bem como a boca, cujo lábio superior se arrebitava um pouquinho.

Já antes de entrar na escola, Hanno vira o pequeno conde duas ou três vezes, passageiramente. Fora por ocasião de passeios que fizera com Ida, para fora do portão da Fortaleza, em direção ao norte. Ali, muito longe, nas proximidades da primeira aldeia, existia em qualquer parte uma pequena granja, propriedade quase despida de valor, e que não tinha nome nenhum. Ao olhá-la de perto percebia-se uma estrumeira, uma porção de galinhas, um canil e uma casa mísera, semelhante a uma cabana, com telhado vermelho, muito baixo. Era o solar, e lá morava o progenitor de Kai, Eberhard, conde de Mölln.

Era um original que raramente se deixava ver por alguém. Ocupado com a criação de galinhas, cães e verduras, afastado do mundo, o conde Eberhard vegetava na sua pequena vivenda: homem alto, de botas de cano, jaqueta de frisa verde, cabeça calva e enorme barba grisalha. Andava de chicote na mão, embora não possuísse cavalo, e de monóculo entalado por baixo da sobrancelha hirsuta. Fora dele e do filho não havia outros condes de Mölln em todo o país. As diversas ramificações da família antigamente rica, poderosa e soberba haviam murchado pouco a pouco, atrofiando-se e apodrecendo. Vivia somente uma tia do pequeno Kai. O pai não mantinha correspondência com a velha fidalga, que, sob um pseudônimo romanesco, publicava contos em revistas domésticas... Quanto ao conde Eberhard, todos se lembravam de que, com o fim de se proteger contra quaisquer importunações por perguntas, ofertas e mendicância, colocara no baixo portão da sua casa uma tabuleta, que ali ficara durante os primeiros tempos da sua estada na granja; lia-se nela: "Aqui mora o conde de Mölln e mais ninguém. Não precisa de nada; não compra nada e não tem nada com que fazer presentes". Depois que a tabuleta produziu o efeito desejado e ninguém mais o molestava, retirou-a.

Sem mãe — a condessa morrera em consequência do parto, e uma solteirona qualquer administrava a casa — criara-se o pequeno Kai, selvagem como um animal, por entre as galinhas e os cães. Fora assim que Hanno Buddenbrook, à distância e com muita timidez, o vira pular pelos repolhais feito um coelho, brigando com cachorrinhos e assustando as galinhas com as suas cambalhotas.

Reencontrara-o na escola. No início, havia perdurado o medo que tinha do exterior asselvajado do pequeno conde. Mas, depois de pouco tempo, um instinto certeiro permitira-lhe ver através da casca descuidada e o fizera prestar atenção àquela testa alva, à boca estreita, a esses olhos alongados de um azul-claro que tinham fitado o recinto com uma espécie de estranheza furiosa. Então Hanno se encheu de grande simpatia por esse único companheiro entre todos os outros. Todavia, o pequeno Buddenbrook era por demais reservado para ter coragem de entabular essa amizade; sem a iniciativa desconsiderada do pequeno Kai, os dois teriam permanecido estranhos um ao outro. A rapidez apaixonada com que Kai se tinha aproximado dele no princípio até aterrorizara o pequeno Johann. Esse rapazote malvestido solicitara a afeição do quieto e elegante Hanno, empregando um ardor, uma agressividade tempestuosa e máscula, à qual não havia modo de resistir. Nas aulas, é verdade, não lhe podia ser útil, pois à sua mentalidade indômita a tabuada parecia tão abominável quanto à natureza sonhadora e ausente do pequeno Buddenbrook. Mas Kai o presenteara com tudo quanto lhe pertencia: bolas de vidro, piões de madeira e mesmo uma pistolazinha de lata, se bem que esta fosse o que possuía de melhor... De mãos dadas, andavam juntos nos intervalos. Kai falara ao amigo do seu lar, das galinhas e dos cachorrinhos. Ao meio-dia acompanhara-o o mais longe possível, se bem que Ida Jungmann, com um pacotinho de sanduíches na mão, esperasse o pupilo diante do portão da escola. Nesta ocasião, o jovem conde ficara sabendo que, em casa, chamavam o pequeno Buddenbrook de "Hanno". Imediatamente se aproveitara deste nome carinhoso, usando-o desde então para chamar o amigo.

Certo dia, Kai insistiu que Hanno desse um passeio, não ao Mühlenwall, como de costume, mas sim em direção à propriedade dos Mölln, para que, ali, olhasse umas cobaias recém-nascidas. Afinal, a srta. Jungmann cedeu aos rogos dos dois meninos. Caminharam para a vivenda condal; inspecionaram a estrumeira, os cães, galinhas e cobaias, e finalmente entraram também na casa. Ali, numa vasta e baixa sala, no térreo, o conde Eberhard, encarnação de soledade obstinada, estava lendo, sentado à pesada mesa rústica; de má cara, perguntou-lhes o que queriam...

Não foi possível induzir Ida Jungmann a repetir essa visita. Teimava em que Kai visitasse Hanno, quando os dois se queriam reunir. Desse modo, o pequeno conde entrou pela primeira vez, sem acanhamento, mas com sincera admiração, na suntuosa casa paterna do amigo. Desde então, vinha com frequência sempre crescente; somente a neve alta do inverno era capaz de impedir que transpusesse outra vez, de tarde, o extenso caminho, a fim de passar algumas horas com Hanno Buddenbrook.

Ficavam, então, sentados na grande sala das crianças no segundo andar e faziam as lições. Havia complicados problemas de cálculo a solucionar; no fim, quando ambos os lados da lousa estavam cobertos de adições, subtrações, multiplicações e divisões, o resultado tinha de ser simplesmente: zero... caso contrário, existia em qualquer parte um erro, que devia ser procurado, caçado até que se achasse e aniquilasse o bicho malicioso; ainda bem se não se encontrasse no começo das contas, porque então seria necessário escrever tudo de novo. Além disso, era preciso ocuparem-se com a gramática alemã, aprendendo a arte de formar o grau dos adjetivos; com esse fim, escreviam, limpinho sobre as linhas, observações como estas: "Chifre é transparente; vidro é mais transparente; ar é o mais transparente". Feito isso, apanhavam o caderno de ditados, para estudar frases deste gênero: "Com o machado, o caixeiro racha as achas. Sobre a faixa acha-se uma chave". A intenção deste exercício cheio de ardis era habituá-los a não escrever com "x" o que deveriam escrever com "ch" e vice-versa. E, de fato, haviam feito tudo radicalmente, de modo que agora era necessário fazer as emendas. Mas, depois de terminarem, punham os livros na gaveta e sentavam-se no peitoril para ouvir o que Ida lhes lia.

A boa alma falava-lhes da Gata Borralheira, do homem que saiu para conhecer o Medo, do Rei dos Sapos e do Gato de Botas — narrava com voz profunda e paciente, de olhos semicerrados, pois quase sabia de cor esses contos que, na sua vida, lera em demasia; o indicador molhado virava as páginas mecanicamente.

No decorrer desse divertimento acontecia, porém, o fato estranho de que no pequeno Kai nascia e evoluía a necessidade de rivalizar com o livro e de contar, por sua vez, alguma coisa. E isto vinha tanto mais a propósito quanto os contos impressos, pouco a pouco, eram todos velhos conhecidos. Ida, também, estava contente de descansar às vezes. No início, as histórias de Kai eram curtas e simples; mais tarde se tornaram audaciosas e complicadas, ganhando interesse por não andarem no ar, mas saírem da realidade, que iluminavam com uma luz bizarra e misteriosa... Antes de tudo, Hanno gostava do conto que tratava de um feiticeiro malvado mas muito poderoso, o qual mantinha como prisioneiro um belo e prendado príncipe de nome Josephus, transformado numa ave multicor; esse mágico torturava todos os homens com artimanhas pérfidas. Mas ao horizonte já aparecia a personagem eleita que um dia, como chefe de um exército irresistível de cães, galinhas e cobaias, intrepidamente, combateria o feiticeiro, redimindo o príncipe e todo o mundo, sobretudo Hanno Buddenbrook. Então Josephus, libertado e desencantado, voltaria ao seu reino e, coroado rei, faria subir Hanno e Kai para dignidades muito altas...

Ao passar pela sala das crianças, o senador Buddenbrook, de quando em quando, via os amigos reunidos. Não tinha nada que objetar contra essa amizade, pois era fácil observar que ambos se influenciavam vantajosamente. O efeito de Hanno sobre Kai era apaziguante, amansador e até refinante; o pequeno conde amava-o ternamente, admirava-lhe a alvura das mãos e por amor dele admitia que Mademoiselle Jungmann tratasse as suas com sabão e escova. E se Hanno, por sua parte, recebia de Kai um pouco de alegria e desenvoltura, só se devia constatá-lo com prazer; pois o senador Buddenbrook não ignorava que o constante cuidado feminino de que gozava o filho não era idôneo para criar e fomentar nele qualidades viris.

Realmente, não se podia pagar com ouro a lealdade e dedicação da boa Ida Jungmann, que, naquela época, servia desde mais de três decênios em casa dos Buddenbrook. Criara e educara abnegadamente a geração passada: mas, quanto a Hanno, trazia-o nas palmas das mãos. Envolvia-o por completo em ternura e diligência. Idolatrava-o, e a sua crença ingênua e inabalável na posição indiscutivelmente privilegiada e destacada que o menino ocupava no mundo ia muitas vezes até o absurdo. Quando lhe parecia conveniente agir em favor do pupilo, Ida era de um atrevimento inacreditável e às vezes desagradável. Por ocasião de compras na confeitaria, nunca deixara de tirar dos pratos, sem a mínima preocupação, uma mancheia de guloseimas expostas, para passá-las ao menino... sem pagar, pois o homem devia apenas sentir-se honrado! Diante de vitrines cercadas de gente, estava sempre disposta para, no seu dialeto da Prússia Ocidental, amável mas decididamente, pedir lugar para o pequeno Buddenbrook. Aos olhos de Ida, Hanno era algo de tão extraordinário que quase nunca achava outra criança bastante digna para entrar em contato com ele. No caso do pequeno Kai, a simpatia mútua dos dois meninos havia sido mais forte do que a desconfiança da governanta; o nome também contribuíra um pouco para deslumbrá-la. Quando, porém, no Mühlenwall, onde costumavam sentar-se nos bancos, outras crianças com as suas amas-secas se instalavam perto deles, Mademoiselle Jungmann levantava-se quase de imediato, para ir embora, pretextando correntes de ar ou hora avançada. As explicações que, então, ministrava ao pequeno Johann eram capazes de despertar nele a ideia de que todos os seus companheiros de idade eram vítimas de escrofulose e "maus humores" — e que ele próprio formava a única exceção. Esta educação não concorria para robustecer nele a afabilidade e o desembaraço, já além disso pouco desenvolvidos.

O senador Buddenbrook não sabia nada desses detalhes; mas via que a evolução de Hanno, produto do seu caráter e de influências externas, por enquanto não tomava o rumo que ele desejava dar-lhe. Oxalá pudesse encarregar-se da criação do filho, plasmando-lhe o espírito todos os dias e a toda hora! Mas faltava-lhe tempo; afligia-o ver o fracasso lamentável de tentativas ocasionais que apenas tornavam mais fria e distante a relação entre pai e filho. O senador tinha um modelo diante dos olhos pelo qual anelava formar o menino: a imagem do bisavô de Hanno, como ele mesmo o conhecera em tempos de criança — um homem esclarecido, jovial, simples, vigoroso e cheio de humor... Hanno não se poderia tornar assim? Era isso impossível? E por quê? Se pelo menos se pudesse suprimir e banir a música que alienava o rapaz da vida prática e que, decididamente, não lhe era útil à saúde física e lhe absorvia as forças espirituais! Essa conduta sonhadora do menino não se parecia às vezes com verdadeira irresponsabilidade?

Certa tarde, três quartos de hora antes do lanche das quatro horas, Hanno descera sozinho para o primeiro andar. Durante algum tempo tocara estudos sobre o piano de cauda, e agora se mantinha ocioso na sala de estar. Acomodara-se, meio deitado, no canapé. Mexeu o laço de marujo que lhe cobria o peito, e os olhos, sem nada procurarem, deslizaram para o lado. Sobre a graciosa escrivaninha de nogueira pertencente à mãe, descobriu uma pasta de couro aberta — a pasta com os documentos da família. Apoiando o cotovelo sobre a almofada e o queixo sobre a mão, contemplou as coisas de longe, durante alguns instantes. Sem dúvida o pai, depois do almoço, se ocupara com elas e as deixara ali, para continuar mais tarde. Havia papéis na pasta; algumas folhas avulsas, em cima da mesa, estavam provisoriamente presas com a régua de metal; o grande caderno de bordas douradas e papel diferente encontrava-se aberto.

Indolentemente, Hanno resvalou da otomana, para continuar até a escrivaninha. O livro estava aberto naquela página onde, na letra de vários antepassados e finalmente na do pai, se achava toda a árvore genealógica dos Buddenbrook, disposta em ordem clara por meio de chaves e rubricas. Ajoelhado com uma perna sobre a poltrona, passando a palma da mão pelo cabelo castanho de suave ondulação, Hanno olhou, de lado, o manuscrito, com a severidade levemente crítica e um tanto desdenhosa que se baseia em absoluta indiferença. A mão livre brincava com a caneta da mãe, caneta metade de ouro metade de ébano. Os olhos passearam por sobre todos os nomes masculinos e femininos que aí estavam agrupados, uns em cima e ao lado dos outros, em parte escritos com letra cheia de arabescos e vastas laçadas, à moda antiga, com tinta que, empalidecendo, se tornara amarelenta ou mostrava restos de areia dourada nos lugares onde a pena carregara muito... Por fim, na letra minúscula do pai, que corria rapidamente sobre o papel, encontrou, também, o seu próprio nome, por baixo dos nomes dos pais — Justus *Johann* Kaspar, nascido em 15 de abril de 1861 —, o que o divertiu um pouco. Então, endireitando-se um tanto, apanhou com movimentos lassos a régua e a caneta. Pôs a régua embaixo do seu nome, enquanto os olhos, mais uma vez, deslizavam por sobre toda esta miscelânea genealógica. Depois, de rosto calmo e com diligência distraída, mecânica e sonhadoramente, traçou com a pena de ouro uma bela e limpa linha dupla através da folha inteira. A linha superior era um pouco mais espessa do que a inferior, assim como as tinha de fazer nas páginas do caderno de contas. Feito isso, inclinou a cabeça durante um momento, para examinar o efeito da obra, e virou-se.

Depois da refeição, o senador o chamou. Ralhou com ele, de sobrancelhas franzidas.

— Que é isto? De onde vem isto? Foi você?

Hanno teve de pensar um instante, para saber se o fizera. Depois disse, tímido e medroso:

— Sim.

— Mas que quer dizer com isso? Que lhe deu na veneta? Responda! Como inventou esta asneira? — gritou o senador, batendo na face de Hanno com o caderno enrolado.

E o pequeno Johann, recuando, gaguejou, enquanto a mão esfregava a face:

— Eu pensava... pensava... que não vinha mais nada...

8.

Às quintas-feiras, quando a família, cercada pelas divindades sossegadas e risonhas da tapeçaria, estava reunida em torno da mesa, abordava-se, havia algum tempo, um tema de conversa novo e bastante sério, causando nos rostos das primas Buddenbrook da Breite Strasse a expressão de fria reserva, porém na fisionomia e nos gestos da sra. Permaneder a mais extraordinária exaltação. A cabeça inclinada para trás e os braços eretos para cima ou para a frente, furiosa e encolerizada, Tony falava deste assunto com uma indignação sincera e profundamente sentida. Passava do caso especial de que se tratava, para generalidades, discursando sobre pessoas malvadas em geral. Interrompida pelo pigarro nervoso e seco que tinha relação com a fraqueza de seu estômago, ela fazia ressoar, naquela sua peculiar voz gutural, pequenas clarinadas de abomínio que lembravam as antigas de "Trieschke Chorão"... "Grünlich"... "Permaneder"... O novo brado que se juntara a esses, e que ela proferia com indescritível desdém e hostilidade, era muito singular. Dizia: "O promotor público!...".

Então chegava o sr. Hugo Weinschenk, o gerente, atrasado como sempre, pois estava sobrecarregado de negócios. Entrava na sala, balançando os punhos; bamboleando vivamente as ancas cobertas pela sobrecasaca, caminhava para o seu lugar, enquanto o lábio inferior por baixo do bigode estreito pendia com expressão atrevida. A isso emudeciam as palestras. Um silêncio penoso e abafado reinava em volta da mesa, até que o senador libertava a roda do embaraço geral. De leve, como se se tratasse de um negócio qualquer, pedia ao gerente informações sobre o estado do caso. E Hugo Weinschenk respondia que as coisas andavam muito bem, que andavam às maravilhas e não podia ser de outra maneira... ao que, de leve e alegremente, começava a falar de outra coisa. Estava muito mais bem-disposto do que antes. Deixava correr os olhos com certa despreocupação feroz e muitas vezes, sem jamais receber resposta, perguntava pelo violino de Gerda Buddenbrook. Em geral palestrava amiúde e com jovialidade; era apenas desagradável que, sob o impulso da sua franqueza, nem sempre medisse as palavras; em excessos de bom humor contava de vez em quando histórias um tanto impróprias. Uma anedota, por exemplo, que gostava de narrar tratava de uma ama que prejudicara a saúde da criança confiada aos seus cuidados, pelo fato de sofrer de gases. Duma maneira que sem dúvida ele tomava por humorismo, o sr. Weinschenk imitava o médico da casa que havia gritado: "Mas quem é que fede assim?". Muito tarde ou talvez nunca, percebeu que a sua esposa corava intensamente, que a consulesa, Thomas e Gerda permaneciam imóveis, que as primas Buddenbrook trocavam olhares penetrantes, que mesmo Riquinha Severin, na outra ponta da mesa, fazia uma fisionomia indignada e que o velho cônsul Kröger era o único a rir baixinho o seu riso espirrado.

Que acontecera ao gerente? Esse homem sério, ativo e vigoroso, esse homem avesso a qualquer vida social, áspero nas suas maneiras, que tenazmente cumpria o dever e se devotava apenas ao trabalho — diziam que esse homem não somente uma, mas sim repetidas vezes dera um passo em falso; sim, o sr. Hugo Weinschenk achava-se sob a acusação, sob a incriminação penal, de ter executado várias vezes uma manobra comercial que se classificava não apenas como duvidosa, senão como suja e condenável. Um processo, cujo resultado não se podia prever, estava em andamento! De que o increpavam? Houvera incêndios em diversos lugares, fogos vultosos que custariam grandes importâncias à companhia de seguros, por causa das obrigações contraídas para com as vítimas. Diziam que o sr. Weinschenk, após ter recebido rápidos e confidenciais informes de parte dos seus agentes, contraíra resseguros com outras companhias, passando proposital e fraudulentamente o prejuízo para estas. Agora o caso se achava nas mãos do promotor público, o dr. Moritz Hagenström.

— Thomas — disse a consulesa quando se encontrou a sós com o filho —, faça o favor de explicar-me... não entendo nada disso. Que devo pensar do assunto?

E ele respondeu:

— Pois bem, minha querida mamãe... Que se pode dizer? Infelizmente temos de duvidar de que tudo esteja em perfeita ordem. Mas igualmente não acho provável que Weinschenk seja de tal modo culpado como alega certa gente. Na vida comercial de estilo moderno existe alguma coisa que se chama usança... Sabe, usança é uma manobra que talvez não seja totalmente imaculada, que não vá muito bem com as leis vigentes e até pareça ímproba à mentalidade do leigo. Todavia, por tácito convênio entre os comerciantes, é useira e vezeira no mundo comercial. É muito difícil traçar o limite entre a usança e coisa pior... Não importa... Se Weinschenk pecou, penso que não procedeu de modo mais imoral do que muitos dentre os seus colegas que escaparam impunes. Mas... absolutamente não garanto pelo resultado favorável do processo. Numa grande cidade, talvez o absolvessem. Mas aqui, onde tudo resulta da obra de *cliques* e de motivos particulares... Eis o que ele deveria ter ponderado na ocasião de escolher o seu defensor. Não temos aqui na cidade um advogado proeminente, nenhuma cabeça de vulto com talento de orador brilhante e persuasivo, nenhum grande espertalhão que entenda perfeitamente todos os truques delicados. Em compensação, os nossos senhores causídicos vivem em conexão íntima, estão ligados entre si por interesses comuns, por banquetes e possivelmente por laços de parentesco, de modo que devem ter considerações um para com o outro. Sou da opinião de que Weinschenk teria sido prudente se encarregasse do caso um dos advogados da praça. Mas que fez ele? Achou necessário (digo: achou necessário, e isto faz duvidar de sua boa-fé) mandar vir um defensor de Berlim, o dr. Breslauer, um verdadeiro diabrete, orador finório, virtuose refinado do direito, a quem precede a fama de ter ajudado uma porção de bancarroteiros fraudulentos a se esquivarem da cadeia. Não há dúvida de que, mediante honorários muito altos, ele conduzirá o caso com astúcia da mesma altura... Mas quem sabe se isso será proveitoso? Já vejo o que acontecerá: os nossos valorosos jurisconsultos se obstinarão com todas as forças em não se deixarem impressionar pelo cavalheiro de fora; com muito mais vontade, o tribunal prestará ouvido ao requisitório do dr. Hagenström... E as testemunhas? Quanto ao pessoal da própria firma de Weinschenk, não acredito que lhe acudirão com extraordinária simpatia. Aquela qualidade que nós, os benevolentes, e também ele mesmo, chamamos casca-grossa não lhe adquiriu grande número de amigos... Em poucas palavras: o coração não me adivinha coisa boa, mamãe. Seria penoso para Erika se acontecesse uma desgraça, mas a Tony me causaria mais dó ainda. Olhe, ela tem realmente razão quando diz que Hagenström apanhou o caso com satisfação. É um assunto que concerne a nós todos; um resultado ignominioso nos feriria em cheio, pois, uma vez por todas, Weinschenk pertence à família e participa da nossa mesa. Quanto a mim, resigno-me. Sei como devo comportar-me. Em público tenho de arrostar o caso como se me fosse totalmente alheio; não posso frequentar as sessões do tribunal, se bem que Breslauer me interesse muito; já para resguardar-me contra a censura de que eu tenciono influenciar alguém não me devo imiscuir de maneira nenhuma. Mas Tony? Não quero imaginar como uma condenação seria triste para ela. É impossível não ouvir como nos seus altos brados de protesto contra calúnias e intrigas invejosas transparece o medo... o medo de perder, depois de todas as desgraças que lhe aconteceram, ainda esta derradeira posição honrosa, a casa digna da sua filha. Ah, a senhora vai ver; ela afirmará a inocência de Weinschenk em gritos tanto mais sonoros quanto mais dúvidas internas a impelem a isto... Mas pode ser que ele seja inocente, pois não, inteiramente inocente... Temos de esperar, mamãe, e tratá-los a todos, ele, Erika e Tony, com muito tato. Mas o coração não me adivinha nada de bom...

Por entre essas circunstâncias aproximava-se a festa de Natal. Mediante uma folhinha que Ida lhe fizera e em cuja última ficha havia o desenho duma árvore de Natal, o pequeno Johann, de coração palpitante, acompanhava a vinda da época incomparável.

Os sinais aumentavam... Desde o primeiro domingo do Advento se achava suspenso na sala de jantar da casa da avó um retrato multicor de Papai Noel em tamanho natural. Certa manhã, Hanno encontrou o cobertor e o tapete da cama, assim como as suas roupas, salpicados de ouropéis farfalhantes. Então, poucos dias depois, de tarde, na sala de estar, quando o pai, com o jornal, estava deitado sobre o canapé e Hanno lia nos *Ramos de palmeira*, de Gerok, o poema da "Bruxa de Endor", anunciou-se, como todos os anos e todavia inesperado também desta vez, um "velho que queria falar com o menino"; mandaram-no entrar, àquele velho; veio de passos arrastados, num comprido manto de peles, com o capuz virado para fora, e que, bem como o gorro, estava guarnecido de ouropéis e flocos de neve. O rosto mostrava rugas escuras. Na enorme barba branca e nas sobrancelhas desmedidamente espessas viam-se enredados fios de papel de estanho. Como todos os anos, o velho declarou em voz metálica que o saco que trazia no ombro esquerdo continha maçãs e nozes douradas para crianças boazinhas que sabiam rezar, mas a vara, no ombro direito, se destinava às crianças travessas... Era Papai Noel. Isto é, naturalmente não era o verdadeiro Papai Noel, isso não; no fundo talvez fosse apenas o barbeiro Wenzel no manto, ao avesso, do senador; mas era um Papai Noel tão autêntico quanto possível, e Hanno também nesse ano recitou, sinceramente comovido, o padre-nosso. Só uma ou duas vezes o interrompeu um soluço nervoso e semiconsciente. Depois permitiram-lhe enfiar a mão no saco das crianças boazinhas, que o velho, então, esqueceu de levar consigo...

Começaram as férias. Passou-se de modo bastante favorável o momento em que o pai leu o boletim de exames, que, mesmo na época de Natal, era inevitável... A grande sala já se achava misteriosamente cerrada; já havia na mesa maçapão e pardos pães de mel; lá fora na cidade já reinava o Natal. Caía neve, vieram geadas, e nas ruas, pelo ar frio e cortante, ressoavam as melodias animadas ou melancólicas dos tocadores de realejo italianos, de jaquetas de veludo e bigodes pretos, que tinham acorrido por causa da festa. Nas vitrines exibia-se o esplendor das exposições de Natal. Em redor do alto chafariz gótico, na praça do Mercado, haviam montado tendas com múltiplas distrações de feira de Natal. Junto com o perfume dos pinheiros postos à venda, aspirava-se aonde quer que se fosse o aroma da festa.

Então, finalmente, chegou a noite do dia 23 de dezembro e, com ela, a entrega dos presentes dos pais, na grande sala da Fischergrubestrasse; uma entrega no ambiente mais íntimo, que não passava de início, prefácio, abertura. Pois a consulesa não cedia a posse da véspera de Natal, e isto com a presença da família inteira, de modo que, na tarde do dia 24, toda a roda das quintas-feiras e, além dela, ainda Jürgen Kröger de Wismar, assim como Therese Weichbrodt e a sra. Kethelsen, se juntaram na sala das Paisagens.

Num vestido de seda pesada, listrada de preto e cinza, de faces coradas e olhos quentes, irradiando suave perfume de patchuli, assim recebia a velha senhora os convidados que chegavam pouco a pouco. Durante os abraços silenciosos tiniam levemente os braceletes de ouro. Naquela noite, a consulesa, trêmula e taciturna, era presa de indizível emoção.

— Grande Deus, a senhora está com febre, mãe! — disse o senador, ao entrar em companhia de Gerda e Hanno. — Tudo isso se pode fazer com toda a tranquilidade.

Mas ela cochichou, enquanto beijava todos os três:

— Em honra de Jesus... E, além disso, à memória do meu querido e saudoso Jean...

De fato, era preciso manter de pé o programa solene que o falecido cônsul elaborara para a festa. Esta noite tinha de ser inspirada por uma alegria fervorosa, profunda e majestosa. A responsabilidade pelo digno decorrer das festividades impelia a velha senhora, sem descanso, de cá para lá — do alpendre onde já se reuniam os meninos do coro de Santa Maria para a sala de jantar, onde Riquinha Severin dava os últimos retoques na árvore e na mesa dos presentes, e daí para o corredor, onde, tímidos e acanhados, se quedavam alguns velhos, os pobres, que também participavam da entrega de presentes, e dali novamente à sala das Paisagens, para castigar com mudos olhares de esguelha qualquer palavra e ruído supérfluos. Reinava tal silêncio que se ouviam os sons de um realejo distante, os quais, de uma rua coberta de neve, achavam o caminho para ali; sons tão finos e claros como os de um relógio de música. Pois, embora quase vinte pessoas se encontrassem na sala, o silêncio era maior do que numa igreja. O ambiente, como disse o senador para tio Justus, num cochicho cauteloso, lembrava um velório.

De resto havia pouco perigo de que esse ambiente fosse perturbado por uma manifestação de traquinice infantil. Um único olhar bastava para constatar que quase todos os membros da família ali reunida já se achavam numa idade em que os sinais de vida desde muito assumiram formas comedidas: o senador Buddenbrook, cuja palidez desmentia a expressão viva, enérgica e até humorística da fisionomia; Gerda, sua esposa, imóvel, reclinada contra o espaldar da poltrona, o belo rosto alvo voltado para cima, fitando os olhos de brilho misterioso, cercados de sombras azuladas e pouco distantes entre si, nos prismas cintilantes do lustre; a sra. Permaneder, irmã do senador; Jürgen Kröger, seu primo, funcionário público, pacato, de traje simples; suas primas Friederik, Henriette e Pfiffi, das quais as duas primeiras se haviam tornado ainda mais magras e altas, enquanto a última parecia mais baixinha e corpulenta do que nunca, mas que tinham em comum uma expressão inalterável, um sorriso espinhoso e malévolo, dirigido, num ceticismo detrator, contra todas as pessoas e coisas, como se dissessem constantemente: "É verdade? Ora, por enquanto tomamos a liberdade de duvidar disso..."; e finalmente a pobre e grisalha Klothilde, cujas ideias provavelmente se limitavam ao jantar; todos já haviam passado dos quarenta. A consulesa com seu irmão Justus e a esposa dele, assim como a pequena Therese Weichbrodt, já tinham entrado bastante fundo na casa dos sessenta, ao passo que a velha sra. Buddenbrook, da Breite Strasse, e a sra. Kethelsen, totalmente surda, já se encontravam na dos setenta.

Na flor da mocidade achava-se propriamente apenas Erika Weinschenk; mas também não parecia muito alegre. Diante dela, num sofá, estava sentado o marido, cuja cabeça raspada, grisalha nas fontes, com o bigode estreito, crescido até as comissuras da boca, salientava-se da paisagem idílica da tapeçaria. E quando os olhos da moça, os olhos azul-claros do sr. Grünlich, roçavam a figura do gerente, podia-se observar como os seios roliços se levantavam sob uma respiração silenciosa, porém pesada... Talvez a oprimissem ideias temerosas e confusas, girando em torno de usanças, escrituração, testemunhas, promotor público, advogado e juiz. Era de supor que não havia ninguém na sala que não se entregasse a esses pensamentos pouco compatíveis com o Natal. Essa reunião tinha um cunho totalmente estranho e deveras monstruoso pela acusação que pairava sobre o genro da sra. Permaneder, e pelo fato de toda a família saber que um dos membros presentes estava incriminado de um delito contra as leis, a ordem civil e a honra comercial, tendo, talvez, de aguardar a prisão e a vergonha. Uma noite de Natal da família Buddenbrook com um acusado em seu meio. Antonie encostou-se na poltrona, numa atitude cada vez mais majestosa e severa; o sorriso das primas Buddenbrook da Breite Strasse tornou-se mais sarcástico ainda...

E as crianças? A nova geração, um tanto escassa. Sentiria também ela o secreto horror dessa situação tão inédita e desconhecida? Quanto à pequena Elisabeth era impossível julgar-lhe a disposição de alma. Num vestidinho cuja abundância de laçadas de cetim traía o gosto da sra. Permaneder, a criança quedava-se no braço da ama, apertando os polegares com os punhos minúsculos; chupava a própria língua, os olhos um pouco salientes cravados no espaço; de quando em vez deixava ouvir um guincho, ao que a jovem a balançava alguns instantes. Hanno, quietinho, sentado num escabelo aos pés da mãe, olhava como esta os prismas do lustre...

Faltava Christian! Onde se encontrava ele? Só agora, no último instante, verificou-se que ainda não estava presente. Os movimentos da consulesa, aquele gesto peculiar com que costumava passar a mão desde as comissuras da boca até o cabelo, como para recolocar uma mecha caída, tornaram-se ainda mais febricitantes... Apressadamente, ela instruiu Mademoiselle Severin. A governanta foi-se por entre os meninos do coro, através do alpendre, e por entre os pobres, através do corredor, para bater à porta do sr. Buddenbrook.

Logo depois apareceu Christian. Arrastando-se sobre as pernas magras e tortas, um tanto coxas desde o reumatismo articular, entrou vagarosamente na sala das Paisagens; esfregou com a mão a testa nua.

— Com os diabos, pessoal — disse ele —, quase me esquecia disto!
— Quase que se... — repetiu a mãe, pasmada.
— Pois é; quase esqueci que hoje é a véspera de Natal... Estava sentado, lendo... um livro de viagens pela América do Sul... Deus do céu, já vi outros Natais!... — acrescentou. Esteve a ponto de iniciar a narração de uma noite de Natal que passara em Londres num cabaré de quinta categoria. Mas, de repente, o silêncio de cemitério que reinava na sala começou a fazer efeito sobre ele, de modo que foi para o seu lugar, nas pontas dos pés, de nariz franzido.

"Sê feliz, ó filha de Sião!", cantavam os meninos do coro. Os garotos que havia pouco, lá fora, tinham feito travessuras tão barulhentas que o senador se vira obrigado a permanecer alguns instantes no vão da porta, cantavam agora maravilhosamente. As vozes agudas, sustentadas pelas mais baixas, alçavam-se, transparentes, em júbilo e louvor, enlevando todos os corações. Faziam com que o sorriso das solteironas se tornasse mais brando; a gente velha lançou um olhar para o seu íntimo, cismando sobre a vida que vivera, e aqueles que se achavam no meio da existência esqueceram durante algum tempo as preocupações.

Hanno largou o joelho que até então cingira. Estava pálido. Brincava com as franjas do cabelo. Esfregava a língua contra um dente. O menino tinha a boca meio aberta e a fisionomia de quem está com frio. De quando em quando sentia necessidade de respirar profundamente, pois agora que o canto, esse canto *a cappella*, puro como um carrilhão, enchia o ar, o seu coração se contraía numa felicidade quase dolorida. Natal... Pelas frestas da alta porta de batentes, pintada de branco e firmemente cerrada, penetrava o perfume do pinheiro, despertando, com o seu doce aroma, a imaginação das maravilhas que havia ali dentro, maravilhas que todos os anos de novo eram esperadas de coração palpitante, como um esplendor incrível e sobrenatural... Que haveria para ele, lá dentro? Certamente as coisas que desejava. Pois estas ganhavam-se de qualquer jeito, a menos que houvessem sido recusadas como impossíveis desde o princípio. Dentro em breve ele enxergaria o teatro, o anelado teatro de bonecos com que encabeçara, fortemente sublinhado, a lista de desejos, entregue à vovó; era a obsessão de Hanno, desde que vira *Fidélio* no Teatro Municipal.

Sim, em recompensa e indenização por uma visita feita ao sr. Brecht, Hanno, havia pouco, entrara pela primeira vez no Teatro Municipal, onde, no primeiro balcão, ao lado da mãe, empolgado, pudera seguir a música e a ação de *Fidélio*. Desde então não sonhava senão com cenas de ópera; enchia-o uma paixão pelo palco que mal o deixava dormir. Com inefável inveja contemplava na rua pessoas que, como tio Christian, eram conhecidas frequentadoras do teatro: o cônsul Döhlmann, o corretor Gosch... Poder-se-ia suportar a felicidade de estar ali presente, como eles, quase todas as noites? Oxalá ele pudesse só uma vez por semana dar uma olhadela na sala, antes do começo da função, para ouvir o afinar dos instrumentos e ver um instante a cortina fechada. Pois, no teatro, ele amava tudo: o cheiro de gás, as poltronas, os músicos, o pano de boca...

O teatro de bonecos seria grande? Grande e largo? E a cortina? Seria preciso furá-la logo, pois a do Teatro Municipal também tinha uma vigia... Teria a vovó ou Mademoiselle Severin — pois a avó não tinha tempo para comprar tudo — achado os cenários de *Fidélio*? Amanhã, ele se fechará no quarto, para dar, sozinho, uma representação... E mentalmente já manda cantar as suas personagens: para ele, a música estava intimamente ligada com o teatro...

"Exulta, ó Jerusalém!", terminaram os meninos do coro. As vozes, que, numa espécie de fuga, se haviam separado, reuniram-se pacífica e alegremente na última sílaba. Perdeu-se o acorde claro e um silêncio profundo caiu sobre o alpendre e a sala das Paisagens. Sob o peso da pausa, os membros da família baixaram os olhos. Somente o olhar do sr. Weinschenk corria, intrépido e despreocupado, e a sra. Permaneder deixou ouvir o pigarro seco que não podia reter. Porém a dona da casa caminhou lentamente para a mesa. Acomodou-se, no meio dos parentes, sobre o sofá que já não se achava independente e separado da mesa como outrora. Endireitou a lâmpada e puxou para si a grande Bíblia cujas bordas douradas, empalidecidas pela velhice, eram de largura desmedida. Pôs os óculos; abriu as duas fivelas de couro que fechavam o livro enorme; abriu-o no lugar onde havia um sinal; apareceu o papel grosso, áspero e amarelecido com os tipos muito grandes. Então, a velha senhora tomou um gole de água açucarada e começou a ler a história do Natal.

Leu as palavras familiares, devagar, com acentuação simples que falava ao coração, numa voz clara, comovida e alegre que ressaltava do silêncio devoto. "... aos homens de boa vontade!", disse ela. Mal havia terminado, quando, do alpendre, ressoou, a três vozes, a "Noite feliz"; a família, na sala das Paisagens, juntou-se ao canto. Procediam nisso com certa precaução, pois a maioria dos presentes não tinha talento musical; de vez em quando ouviam-se sons impróprios, muito profundos no ensemble... Mas não prejudicavam o efeito do hino... A sra. Permaneder cantou-o de lábios trêmulos, pois ele comove do modo mais doce e melancólico o coração de quem passou por uma vida rica em emoções e se aproveita da breve paz da hora festiva para fazer uma retrospectiva... A sra. Kethelsen chorava amargamente, se bem que não ouvisse quase nada de tudo.

Então, a consulesa se ergueu. Segurando as mãos do neto Johann e da bisneta Elisabeth, atravessou a sala. Acompanharam-na os velhos; seguiram os mais moços; no alpendre, reuniram-se a eles a criadagem e os pobres. Em uníssono, todos entoaram a velha canção "O Tannenbaum". Na frente, tio Christian fez rir as crianças por marchar de pernas levantadas como um boneco de engonço e por parodiar o texto da canção. De olhos deslumbrados, um sorriso sobre o rosto, assim passaram pela alta porta de batentes, vastamente aberta, diretamente para o céu.

A sala estava toda cheia do perfume de ramos de pinheiros chamuscados. Luzia e cintilava com inúmeras pequenas chamas. O azul-celeste da tapeçaria com as alvas estátuas dos deuses dava ao vasto aposento aparência ainda mais clara. Na onda de luz geral brilhavam como estrelas distantes os círios que ali no fundo, por entre as janelas de vermelho, adornavam o magnífico pinheiro. Este, enfeitado com ouropéis e lírios alvos, erguia-se quase até o forro da sala. Tinha no cimo um anjo esplêndido, e ao pé estava colocado um presépio. Na mesa, coberta de damasco, e que se estendia, comprida e larga, carregada de presentes, desde as janelas até quase a porta, havia uma série de árvores menores, guarnecidas de amêndoas, reluzindo igualmente ao brilho das velinhas ardentes. Estavam acesas as lâmpadas a gás que saíam das paredes, assim como as grossas velas dos castiçais dourados que existiam nos quatro cantos da sala. Objetos grandes, presentes que não tinham lugar na mesa, achavam-se dispostos no chão. Mesinhas menores, também de toalhas brancas, estavam colocadas nos dois lados das portas: estavam ali as dádivas para a criadagem e os pobres.

Cantando, fascinados, totalmente estranhos no recinto familiar, deram a volta na sala, desfilando pelo presépio onde um Menino-Deus de cera parecia fazer o sinal da cruz. Então, emudecidos, percebendo com o olhar os diferentes mimos, estacaram, cada um no seu lugar.

Hanno estava completamente confuso. Logo após a entrada, os seus olhos, procurando com febril atenção, haviam descoberto o teatro... um teatro que, assim como se ostentava em cima da mesa, parecia tão extremamente grande e largo quanto jamais se atrevera a imaginá-lo.

Mas o lugar do menino fora mudado; não era o mesmo do ano passado; isso teve como consequência que Hanno, na sua estupefação, duvidou, seriamente, de que esse fabuloso teatro realmente se destinava a ele. Acrescia que, ao sopé do palco, no chão, se encontrava algo de grande e singular, coisa que não estava escrita na lista de desejos: um móvel, objeto parecido com uma cômoda... Seria isto para ele?

— Venha cá, meu filho, e olhe — disse a consulesa, abrindo a tampa. — Sei que você gosta de tocar hinos religiosos... O sr. Pfühl lhe dará as necessárias instruções. Deve-se sempre pisar com os pés... às vezes com mais, às vezes com menos força... E não tire as mãos; só alterne *peu à peu* os dedos...

Era um harmônio, um harmoniozinho bonito, polido em marrom, com alças de bronze dos lados, com foles variegados e uma graciosa cadeira giratória. Hanno tocou um acorde... surgiu um suave som de órgão que fez os presentes desviarem os olhos das dádivas... Hanno abraçou a avó, que, ternamente, o apertou com os braços, para depois deixá-lo, pois era preciso receber os agradecimentos dos outros.

O menino virou-se para o teatro. O harmônio era um sonho empolgante, mas, por enquanto, Hanno não tinha tempo para ocupar-se com ele. Encontrava-se naquele excesso de felicidade em que, ingratos para com o detalhe, só olhamos tudo fugidiamente, a fim de, primeiro, ganhar uma ideia do conjunto... Imagine-se! havia uma caixa de ponto, em forma de concha; e por trás enrolava-se, larga e majestosa, a cortina vermelha, bordada de ouro. No palco, achava-se o cenário do último ato do *Fidélio*. Os pobres prisioneiros estavam de mãos postas. Dom Pizarro, de enormes mangas estufadas, quedava-se ao lado, numa atitude terrível. E do fundo, a toda a pressa, aproximava-se, vestido de veludo preto, o ministro, a fim de dar um desenlace venturoso aos acontecimentos. Era como no Teatro Municipal, e quase mais belo ainda. Nos ouvidos de Hanno ressoava o coro de júbilo do final; sentou-se ao harmônio para tocar um pequeno trecho de que se recordava... Mas voltou logo a levantar-se para pegar no livro, no almejado livro sobre a mitologia grega, encadernado de vermelho, com uma Palas Ateneia dourada na capa. Comeu do prato de amêndoas, maçapão e bolos pardos; examinou os objetos menores, utensílios de escrita e cadernos; esqueceu, por um instante, todo o resto em face de uma caneta que, em qualquer parte, continha um minúsculo grau de vidro e se devia colocar diante do olho para, como por mágica, enxergar uma vasta paisagem suíça...

Agora, Mademoiselle Severin e a empregada serviam chá e biscoitos. Enquanto Hanno comia, achou um pouco de ócio para dar uma olhadela em volta. Os parentes estavam de pé ao redor da mesa ou andavam de cá para lá, conversando e rindo, mostrando presentes e admirando-os. Havia objetos de todo material: porcelana, níquel, prata, ouro, madeira, seda e casimira. Grandes corações pardos de pão de mel, guarnecidos de amêndoas e geleia, alternavam com volumosos maçapães, úmidos por dentro de tão fuscos. Os presentes que a sra. Permaneder fabricara ou adornara, uma bolsinha para trabalhos à mão, um fundo para vasos de flores, uma almofada, estavam todos enfeitados por grandes laçadas de cetim.

De vez em quando iam ver o pequeno Johann; deitavam-lhe a mão sobre a gola de marujo e contemplavam-lhe os presentes com aquela admiração ironicamente exagerada com que se costuma olhar as maravilhas das crianças. Só tio Christian não sabia nada dessa superioridade dos adultos. Quando lentamente passava pelo lugar do sobrinho, levando no dedo um anel de brilhante, presente da mãe, o prazer que lhe causava o teatro de bonecos não diferia do de Hanno.

— Ah! Isto é engraçado! — disse ele, enquanto cerrava e descerrava a cortina. Deu um passo para trás, a fim de enxergar o cenário. — Foi um desejo seu? É? Desejou isto? — exclamou ele de repente, após, durante algum tempo, ter feito os olhos correrem com seriedade estranha e cheia de pensamentos irrequietos. — Por quê? Como lhe veio essa ideia? Já esteve num teatro?... No *Fidélio*? Sim, é boa representação... E agora quer imitar, não é? Imitar, montar óperas sozinho?... Causou-lhe tanta impressão?... Escute, meu filho; vou lhe dar um conselho; não se entregue demasiadamente a essas coisas... Teatro *et coetera*... Não prestam; pode acreditar no seu tio. Eu também sempre me interessei em demasia por esses assuntos; por isso não consegui ser alguma coisa. Cometi grandes erros, sabe...

Fez essas admoestações ao sobrinho com gravidade e insistência, enquanto Hanno, curiosamente, erguia os olhos para ele. Porém a contemplação do teatro aclarou a cara ossuda e descomposta de Christian. Após pequena pausa, fez subitamente avançar uma das figuras no palco e cantou em voz cava, esganiçada e trêmula: "Ah, que crime horroroso!". A isso, empurrou para a frente do teatro a cadeira do harmônio. Começou a representar uma ópera inteira, cantando, gesticulando e imitando, alternadamente, os movimentos do diretor de orquestra e dos atores. Por trás dele aglomeravam-se vários membros da família;

riram, menearam a cabeça e divertiram-se. Hanno olhou o tio com franco prazer. Mas, depois de alguns minutos, inesperadamente Christian terminou. Emudeceu. Uma seriedade desassossegada lhe anuviou o rosto. Passou a mão pelo crânio e pelo lado esquerdo. Depois, de nariz e fisionomia preocupada, dirigiu-se ao público.

— Pois é, estão vendo. Acabou-se outra vez — disse ele —, e o castigo vem logo. Sempre segue a vingança quando me permito uma pequena distração. Não é uma dor, sabem? É uma tortura... uma tortura indeterminada, porque, aqui, todos os nervos são curtos demais. São simplesmente curtos demais...

Mas os parentes não levaram mais a sério as suas queixas do que os gracejos, e nem sequer lhe responderam. Dispersaram-se, indiferentes; assim Christian ficou sentado durante algum tempo na frente do teatro, sem falar, contemplando-o de olhos piscos e meditativos. Finalmente se levantou.

— Muito bem, meu filho, divirta-se — disse ele, acariciando o cabelo de Hanno. — Mas não exagere... Não esqueça com isso os seus deveres, ouviu? Eu cometi muitos erros... Mas agora vou ao clube... Vou dar um pulo até o clube! — gritou em direção aos adultos. — Lá estão também festejando o Natal. Até logo! — e, de pernas rijas e tortas, arrastou-se através do alpendre.

Tendo todos almoçado mais cedo do que de costume, serviram-se copiosamente do chá e dos biscoitos. Mal terminado isso apareceram grandes travessas de cristal com um purê amarelo e granuloso. Era pudim de amêndoas, mistura de ovos, amêndoas raladas e água de rosas, extraordinariamente saboroso, mas que causava estragos horríveis ao estômago quando se comia um pouco demais. Apesar disso, e embora a consulesa pedisse que deixassem "algum espaço para o jantar", não se constrangiam. Klothilde fez verdadeiros milagres. Silenciosa e grata, engolia colheradas do pudim como se fosse pirão. Havia também uma refrescante geleia de vinho, servida em taças e acompanhada de *plumcake* inglês. Um após outro, iam para a sala das Paisagens, agrupando-se, com seus pratos, em redor da mesa.

Hanno ficou sozinho na sala. A pequena Elisabeth tinha sido carregada para casa, enquanto ele, neste ano, pela primeira vez, recebera licença de permanecer na Mengstrasse durante o jantar. A criadagem e os pobres haviam se retirado; no alpendre, Ida Jungmann conversava com Riquinha Severin, se bem que, geralmente, na sua função de governanta do jovem Buddenbrook, mantivesse rigorosa distância social diante desta moça. Tinham-se consumido e extinto os círios da grande árvore, de modo que o presépio jazia no escuro. Porém nas arvorezinhas dispostas sobre a mesa ardiam ainda algumas velas; aqui e ali, um ramo entrava no alcance duma pequena chama, para, crepitante, incendiar-se, aumentando o perfume que pairava na sala. Cada sopro de ar que tocava as árvores fazia com que os pedaços de ouropel, estremecendo, produzissem um tinir suave e metálico. Reinava de novo bastante silêncio para que se ouvissem os brandos sons de realejo que, de uma rua distante, se aproximavam através da noite gélida.

Hanno gozava com fervor os perfumes e os ruídos do Natal. A cabeça apoiada sobre a mão, lia no seu livro de mitologia; mecanicamente, e porque convinha fazê-lo nessa noite de festa, comia amêndoas, maçapão, pudim e *plumcake*; a angústia temerosa que causara no estômago sobrecarregado misturava-se com a doce excitação da festa, fazendo nascer uma espécie de felicidade melancólica. Lia as lutas que Zeus teve de travar para conquistar a soberania; de vez em quando escutava na direção da sala de estar, onde tratavam detalhadamente o futuro de tia Klothilde.

Naquela noite, Klothilde era em muito a mais feliz de todos; vinham de toda parte congratulações e zombarias; a solteirona as recebia com um sorriso que lhe aclarava o rosto cinzento; ao falar, a voz lhe falhava de tanta comoção e alegria: havia sido aceita no convento de São João. O senador, secretamente, usara da sua influência junto ao conselho administrativo para obter-lhe a admissão, embora alguns cavalheiros resmungassem em razão desse nepotismo. A família conversava acerca daquela instituição louvável que correspondia aos conventos de damas aristocratas de Mecklemburgo, Dobberthien e Ribnitz, tendo em mira o digno recolhimento de moças sem recursos, descendentes de famílias tradicionais e merecedoras. A pobre Klothilde ganhara assim uma pequena renda garantida que aumentaria com os anos; na velhice, quando fosse promovida para a primeira classe, receberia até uma habitação limpa e pacata no próprio convento...

O pequeno Johann demorou-se um pouquinho com os adultos, mas voltou logo para a grande sala. Esta já não resplandecia naquela luz muito clara, e as suas maravilhas, não mais causando aquele acanhamento pasmo de antes, produziam um encanto todo novo. Era um prazer esquisito vagar pelo recinto como por um palco meio escuro depois de acabada a função, arriscando uma olhadela para trás dos bastidores: admirar de perto os lírios do imenso pinheiro, com os estames de ouro; tocar com a mão os animais e figuras humanas do presépio; descobrir a vela que fizera luzir a estrela de papel por cima do estábulo de Belém e levantando a toalha que pendia até o chão, encontrar a multidão de caixas de papelão e papéis de embrulho, empilhados por baixo da mesa.

A palestra na sala das Paisagens assumia, além disso, formas cada vez menos atraentes. Com inevitável necessidade, tornara-se tema das conversas aquele único e sinistro assunto sobre o qual, até então, não haviam falado, por causa da noite festiva, mas que nem um instante deixara de ocupar todos os cérebros: o processo do gerente. O próprio Hugo Weinschenk relatou os fatos, com certo desembaraço selvagem na fisionomia e nos gestos. Contou detalhes da audição das testemunhas, por ora interrompida pela festa; repreendeu vivamente a parcialidade demasiado perceptível do presidente, o dr. Philander, e criticou com ironia soberana a tonalidade cáustica que o promotor público, o dr. Hagenström, achava conveniente para o tratamento dele e das testemunhas da defesa. Breslauer havia aniquilado de modo sumamente espirituoso alguns depoimentos agravantes e lhe assegurava com toda a convicção que por enquanto uma condenação não era de se temer... O senador, por cortesia, de quando em quando, entremeava uma pergunta; a sra. Permaneder, sentada sobre o sofá, de ombros erguidos, murmurava, por vezes, objurgatórias horríveis contra Moritz Hagenström. Mas os demais permaneciam calados, tão profundamente calados que até o gerente emudecia pouco a pouco. E ao passo que, ali na grande sala, para o pequeno Hanno, o tempo escoava tão rapidamente quanto no céu, reinava na sala das Paisagens um silêncio pesado, angustiado e receoso, que persistia ainda quando, às oito e meia, Christian voltou do clube, onde ocorreram os festejos de Natal dos solteirões e pândegos.

Tinha por entre os lábios uma ponta de cigarro apagado. As faces magricelas estavam coradas. Atravessou o grande saguão e disse ao entrar na sala das Paisagens.

— Sabem, pessoal, a nossa sala é realmente bonita! Weinschenk, a gente deveria ter convidado o Breslauer; com certeza nunca viu uma coisa destas.

Da parte da consulesa feriu-o um olhar de esguelha, mudo e censurador. Retribuiu-o com uma fisionomia inocente e cheia de interrogação... Às nove horas foram para a mesa.

Como todos os anos na noite de Natal, serviu-se o jantar no alpendre. A consulesa recitou a costumeira oração com acentuação sentida:

— Abençoai-nos, Senhor, e a estes dons que a vossa liberalidade nos concede!

A isso acrescentou, igualmente conforme o costume desta noite, um pequeno discurso admoestador, sobretudo para lembrar todos aqueles que não tinham uma véspera de Natal tão ditosa quanto a da família Buddenbrook... Feito isso, sentaram-se com a consciência tranquila para tomar farta refeição que sem demora se iniciou pelas carpas em manteiga derretida e pelo vinho velho do Reno.

O senador guardou no porta-moedas algumas escamas do peixe, para que ali, durante o ano inteiro, nunca se acabasse o dinheiro. Christian, porém, observou melancolicamente que essas coisas de nada adiantavam. O cônsul Kröger também dispensou tais medidas de precaução, pois, dizia, já não precisava temer as alterações do câmbio, achando-se há muito em terra firme com os seus poucos cobres. O velho cavalheiro acomodara-se à maior distância possível da sua esposa; desde muitos anos quase não falava com ela, porque a consulesa não deixava de enviar, clandestinamente, dinheiro a Jakob, o filho deserdado que, em Londres, Paris ou na América — só ela o sabia —, continuava a sua vida de nômade aventureiro. Quando, durante o segundo prato, a conversa começou a ocupar-se com os membros ausentes da família, Justus Kröger franziu sombriamente a testa, pois viu como a mãe indulgente enxugava os olhos. Fizeram também menção dos parentes de Frankfurt e Hamburgo; recordaram-se, sem malevolência, do pastor Tiburtius em Riga; às escondidas, o senador tocou o copo da sua irmã Tony, bebendo à saúde dos srs. Grünlich e Permaneder, que, sob certo ponto de vista, também eram da família.

O peru, rechcado com purê de castanhas, passas de uva e maçãs, encontrou aplausos gerais. Fizeram-se comparações com aqueles dos anos anteriores, e verificou-se que era o maior de há muito tempo. Serviam-se com ele batatas fritas, bem como duas espécies de legumes e de compotas; as travessas que circulavam pela mesa continham tais quantidades como se cada uma delas não fosse acréscimo e pertence, mas sim o prato principal que deveria saciar a fome de todos eles. E beberam um velho tinto da firma Möllendorpf.

O pequeno Johann estava sentado entre o pai e a mãe. A muito custo abrigava no estômago um pedaço da carne branca do peito com recheio. Não podia comer tanto quanto tia Klothilde; sentia-se cansado e indisposto; estava somente orgulhoso de poder comer em companhia dos adultos; alegrou-se quando no seu guardanapo artisticamente dobrado encontrou um daqueles deliciosos pãezinhos de leite, salpicados de sementes de papoula; e no seu lugar, como no dos demais, havia três copos de vinho, se bem que, normalmente, bebesse da pequena taça de ouro, presente do seu padrinho, tio Kröger... Depois, quando este vertia nos copos menores um vinho grego, cor de azeite, apareceram os merengues de sorvete, vermelhos, brancos e pardos — e o apetite de Hanno reavivou-se novamente. Apesar da dor de dentes quase insuportável que lhe causaram, consumiu um vermelho e a metade de um branco; mais tarde viu-se obrigado a provar um pedaço de um dos pardos, cheios de sorvete de chocolate; a seguir beliscou alguns filhoses, bebericando o vinho doce e escutando tio Christian, que se pusera a tagarelar, descrevendo a animação dos festejos de Natal no clube.

— Deus do céu! — disse ele naquele tom em que costumava falar de Johnny Thunderstorm. — A rapaziada bebia ponche sueco que nem água!

— Arre! — observou a consulesa laconicamente, baixando os olhos.

Mas Christian não se importou com isso. Os seus olhos começaram a vagar; pensamentos e recordações trabalhavam nele com tanta vivacidade que pareciam deslizar-lhe, feito sombras, sobre o rosto ossudo.

— Será que alguém de vocês — perguntou ele — conhece a sensação que a gente tem quando bebeu demais ponche sueco? Não falo da embriaguez, mas daquilo que vem no dia seguinte, das consequências... Elas são estranhas e nojentas... Pois é, ao mesmo tempo, estranhas e nojentas...

— Motivo suficiente para descrevê-las com minúcia — disse o senador.

— *Assez*, Christian; isto absolutamente não nos interessa — disse a consulesa.

Mas ele não ouviu. Era-lhe próprio, em tais momentos, não ser atingido por nenhuma objeção. Calou-se durante alguns instantes. Então, de súbito, a coisa que o absorvia se tornou madura para ser comunicada.

— Então a gente vai de cá para lá e se sente mal — disse ele, de nariz franzido, dirigindo-se ao irmão. — Dor de cabeça, intestinos em desordem... Muito bem, coisas assim acontecem também em outras ocasiões. Mas a gente se sente *suja*... — Christian esfregou as mãos, o rosto totalmente desfigurado. — Sente-se suja e mal lavada, por todo o corpo. Lavam-se as mãos, mas isso nada adianta. Parecem úmidas e pouco limpas; as unhas dão uma impressão de coisa gordurosa... Toma-se um banho, não adianta: o corpo inteiro parece viscoso e impuro. Todo o corpo nos agasta, nos irrita; causa asco a nós próprios... Você conhece essa sensação, Thomas? Conhece?

— Claro que não! — disse o senador, fazendo um gesto de negativa. Mas existia em Christian aquela esquisita falta de tato que, com os anos, se acentuava cada vez mais; não o deixava pensar em que essa explicação era penosa para toda a roda, e que não convinha dá-la nesse ambiente e nessa noite; prosseguiu descrevendo o mal-estar causado pelo gozo excessivo de ponche sueco, até que acreditou ter esgotado as possibilidades da descrição. Então, pouco a pouco, caiu em silêncio.

Antes de passarem para a manteiga e o queijo, a consulesa, mais uma vez, tomou a palavra para fazer aos seus uma pequena alocução. Disse que nem tudo, no decorrer dos anos, tinha sucedido assim como eles, imprevidentes e pouco sérios, o haviam almejado. Todavia, sobrava mais do que bastante da bênção manifesta, para encher de gratidão os corações. Justamente a alternação de ventura e de duras provações mostrava que Deus nunca lhes negara a sua proteção. Dirigia-lhes os destinos e continuava dirigindo-os segundo intenções sábias e profundas. Não convinha procurar descobri-las num atrevimento impaciente. E agora, de ânimo esperançoso em plena concórdia, deviam beber à prosperidade da família, ao seu futuro, àquele futuro que chegaria quando os velhos e maduros dentre os presentes há muito repousassem debaixo da terra... beber à saúde das crianças a quem esta festa realmente pertencia...

E, como a filhinha dos Weinschenk já não estava presente, o pequeno Hanno teve de fazer a volta da mesa, desde a vovó até Mademoiselle Severin. E os adultos, também, tocaram os copos entre si. Quando o menino chegou ao lugar do pai, o senador, aproximando a sua taça à da criança, lhe soergueu suavemente o queixo, para ver-lhe os olhos... Não lhe encontrou o olhar, pois as longas pestanas castanhas de Hanno se tinham baixado profundamente sobre as sombras azuladas que lhe orlavam os olhos.

Therese Weichbrodt, porém, apanhou com as duas mãos a cabeça do pequeno. Beijando-lhe ambas as faces com um leve estalo, disse numa acentuação tão cordial que Deus mesmo não lhe poderia resistir:

— Seja feliz, meu bom menino!

Uma hora mais tarde, Hanno já estava na cama que agora se achava na antessala. Entrava-se nela a partir do corredor do segundo andar; à esquerda confinava com o quarto de toalete do senador. O menino achava-se deitado de costas, por causa do estômago, que ainda não se reconciliara com tudo quanto no decorrer da noite tivera de ingerir. Com os olhos exaltados, Hanno encarou a boa Ida, que vinha entrando. Esta, já em trajes noturnos, chegou do seu quarto, descrevendo movimentos circulares com um copo de água, para remexer o bicarbonato. A criança bebeu-o com rapidez. Fez um trejeito, enquanto se deixava recair sobre a cama.

— Acho que agora terei de vomitar ainda mais, Ida.

— Qual nada, Hanninho. Só fique tranquilamente deitado de costas... Mas está vendo? Quem lhe fez sinal várias vezes? E quem não obedeceu?

— É. Mas talvez tudo acabe bem... Quando vêm as coisas, Ida?

— Amanhã cedo, meu filho.

— Tomara que as tragam para cá! Quero tê-las logo!

— Está certo, Hanninho, mas primeiro você tem de dormir. — Deu-lhe um beijo, apagou a luz e foi-se.

Ele ficou a sós. Enquanto, deitado, quietinho, se entregava ao efeito benfazejo do bicarbonato, resplandecia de novo diante dos seus olhos cerrados o brilho da sala com os presentes. Via o seu teatro, o harmônio, o livro de mitologia; de qualquer parte, ao longe, ouvia os meninos do coro, cantando: "Exulta, ó Jerusalém". Tudo cintilava. Uma febre débil lhe zunia na cabeça; o coração apertado e irritado pelo estômago rebelde palpitava lentamente, com vigor, num ritmo irregular. Permaneceu durante muito tempo num estado de mal-estar, exaltação, angústia, cansaço e felicidade, sem poder adormecer.

Amanhã viria a terceira noite de Natal, a entrega dos presentes em casa de Therese Weichbrodt; já se alegrava de antemão, considerando a cerimônia uma pequena peça burlesca. No ano passado, dona Therese fechara por completo o seu pensionato, de modo que a sra. Kethelsen habitava sozinha o primeiro andar da pequena casa, à Mühlenbrinkstrasse, enquanto Sesemi morava no térreo. As moléstias que lhe causava o seu pequeno corpo malogrado e frágil haviam aumentado com os anos. Sesemi Weichbrodt supunha, com toda a brandura e resignação cristã, que o fim dos seus dias estava iminente. Havia vários anos considerava cada festa de Natal a derradeira. Por isso procurava Sesemi, nos limites dos seus fracos recursos, dar brilho à solenidade que realizava nos seus pequenos aposentos, aquecidos em demasia. Como não pudesse comprar muita coisa, dava todos os anos uma parte dos seus modestos haveres de presente aos convidados; dispunha sob a árvore tudo quanto podia dispensar: porcelanas, pesos de papéis, almofadas de agulhas, vasos de cristal e restos da sua biblioteca, velhos livros de formatos e encadernações singulares: o *Diário secreto de um observador de si próprio* ou as *Poesias germânicas*, de Hebel... Hanno já ganhara dela uma edição das *Pensées de Blaise Pascal*, tão minúscula que não podia ler nela sem usar uma lente.

Servia-se "bispo" em quantidades insuperáveis, e os bolos pardos de Sesemi, temperados com gengibre, eram extremamente saborosos. Mas, graças à devoção trêmula com que a srta. Weichbrodt costumava celebrar a sua derradeira festa de Natal, a noite não passava nunca sem que sucedesse uma surpresa, desgraça ou uma pequena catástrofe, fazendo rir os convidados e aumentando ainda a paixão silenciosa da anfitriã. Derrubava-se uma caneca de "bispo", inundando tudo com o doce e aromático líquido vermelho... Ou bem caía dos seus pés de madeira a árvore enfeitada, justamente no momento em que se entrava solenemente na sala dos presentes... Ao adormecer, Hanno teve diante dos olhos o acidente do ano passado. Foi imediatamente antes da entrega dos presentes. Therese Weichbrodt lera o capítulo de Natal com tanta ênfase que todas as vogais haviam trocado de lugar. Depois, afastando-se um pouco dos convidados, pôs-se no vão da porta, para fazer um pequeno discurso. Quedou-se sobre o limiar, corcunda, minúscula, as velhas mãos postas diante do peito de criança; as fitas da touca de seda verde lhe caíam sobre os ombros frágeis. Por cima da cabeça, num quadro transparente engrinaldado de ramos de pinheiro, reluziam as palavras: "Glória a Deus nas alturas!". E Sesemi falou da bondade de Deus; mencionou que esta era a sua última festa de Natal e terminou com as palavras do apóstolo, exortando todos a serem alegres. Tremeu por todo o corpo, de tanta comoção. "Alegrai-vos!", disse ela. "E outra vez digo: alegrai-vos!" Mas nesse instante todo o letreiro por cima dela inflamou-se ruidosamente, crepitando, espocando e espirrando. Mademoiselle Weichbrodt, com um pequeno grito de susto e um pulo de rapidez inesperada e pitoresca, esquivou-se à chuva de faíscas que se abatia sobre ela...

Hanno lembrou-se desse salto que a velha solteirona havia executado. Durante alguns minutos riu, empolgado, nervoso e divertido, um riso baixinho e abafado, que sufocou no travesseiro.

9.

A sra. Permaneder passava pela Breite Strasse. Caminhava com muita pressa. Havia na sua atitude algo de desmoronamento; ombros e cabeça indicavam apenas fugidiamente a dignidade majestosa que, na rua, costumava envolver-lhe a figura. Vexada, perseguida e apressada, Antonie parecia ter recolhido precipitadamente um pouco dessa dignidade, assim como um rei derrotado reúne os restos das suas tropas para, com elas, iniciar a fuga...

Ai dela! Não tinha bom aspecto. Tremia, agora, o lábio superior, esse lábio superior um pouco saliente e convexo que antigamente contribuíra para embelezar-lhe o rosto; o modelo dilatava-lhe os olhos, que, com um piscar exaltado, olhavam para a frente, como se corressem a toda a pressa... O penteado, visivelmente desgrenhado, saía do chapéu. O rosto mostrava aquele colorido de um amarelo pálido que assumia quando o estômago a molestava.

Sim, nesse tempo o seu estômago não andava bem. A família inteira podia, às quintas-feiras, constatar a piora. Por mais que evitasse esse recife, a palestra naufragava sempre no processo de Hugo Weinschenk; a própria sra. Permaneder a conduzia para isso com força irresistível. Então começava a perguntar, a solicitar, grandemente excitada, uma resposta de Deus e de todo mundo, sobre como o promotor Moritz Hagenström podia dormir tranquilamente de noite! Não compreendia; ela jamais o conseguiria... E a cada palavra crescia a sua irritação. "Muito obrigada, não como nada", dizia, afastando tudo de si; alçava os ombros, inclinava a cabeça para trás e retirava-se, solitária, para as alturas da sua indignação; nada tomava senão cerveja, a fria cerveja bávara, que nos tempos do seu segundo matrimônio se acostumara a beber; derramava-a sobre o estômago vazio, cujos nervos estavam em plena revolta, e que se vingava cruelmente. Pois, pelo fim da refeição, ela precisava levantar-se, para, apoiada em Ida Jungmann ou Riquinha Severin, descer ao jardim ou ao pátio, onde tinha as mais terríveis náuseas. O estômago desembaraçava-se do seu conteúdo e continuava, depois, a contrair-se penosamente, perseverando durante minutos nesse estado convulsivo. Incapaz de vomitar mais alguma coisa, a pobre Tony sofria durante muito tempo...

Foi às três da tarde, aproximadamente, num dia de janeiro, de vento e chuva. A sra. Permaneder dobrou pela esquina da Fischergrubestrasse e desceu correndo pelo declive. Estacou diante da casa do irmão. Bateu apressadamente na porta do corredor. Entrou no escritório. Deixou correr o olhar por cima das escrivaninhas até o lugar do senador ao lado da janela, acompanhando-o com um movimento de cabeça tão súplice que Thomas Buddenbrook logo largou a pena e lhe foi ao encontro.

— Então? — perguntou, alçando um sobrolho.

— Um momento, Thomas... Algo de urgente... que não permite demora...

Ele lhe abriu a porta forrada que dava para o escritório particular; tendo ambos entrado, cerrou-a atrás de si e encarou a irmã com um olhar interrogador.

— Tom — disse ela em voz incerta, torcendo as mãos dentro do regalo de peles —, você deve dá-lo... fornecê-lo provisoriamente... por favor, pague a caução... Nós não temos o dinheiro necessário... De onde teríamos, neste momento, vinte e cinco mil marcos?... Receberá tudo de volta, inteirinho... daqui a... muito breve... Compreende... Aconteceu que... Em poucas palavras: o processo chegou a tal ponto que Hagenström requereu ou a prisão imediata ou uma caução de vinte e cinco mil marcos. Weinschenk lhe dá a palavra de honra de que permanecerá na cidade...

— Será que realmente as coisas foram tão longe? — disse o senador, meneando a cabeça.

— Sim. Eis o que eles conseguiram, esses patifes, esses miseráveis! — Com um soluço de raiva impotente, a sra. Permaneder deixou-se cair sobre a poltrona revestida de oleado. — E eles vão obter mais ainda, Tom; irão até o fim...

— Tony — disse ele, sentando-se em frente à secretária de acaju; cruzou as pernas e apoiou a cabeça sobre a mão... — Fale com franqueza: você ainda acredita na inocência dele?

Após alguns soluços, Tony respondeu baixinho, desesperada:

— Ah, não, Tom... Como poderia? Justamente eu, que tive de passar por tanta coisa triste! Desde o princípio não pude acreditar nele, se bem que me esforçasse de todo o coração. Sabe? A vida nos dificulta tanto a crença na inocência de uma pessoa... Ah, não; há muito tempo, as incertezas a respeito da boa consciência de Hugo me atormentam. E a própria Erika... começou a duvidar dele... Confessou-me chorando... Foi a sua conduta em casa que lhe causou dúvidas. Claro que nos calávamos... Mas as suas maneiras se tornavam cada vez mais ásperas... e no entanto exigia sempre que Erika se mostrasse alegre e o distraísse dos seus cuidados. Quebrava a louça quando ela estava séria. Você não sabe como eram aquelas noites em que ele, até altas horas, se encerrava com os autos do processo... e quando a gente batia na porta ouvia-se como ele se levantava de um pulo, gritando: "Quem está aí? Que é que há?".

Os irmãos ficaram sem falar.

— Mas que ele seja culpado! Que tenha cometido um crime! — recomeçou a sra. Permaneder, e a essas palavras elevou a voz. — Não trabalhou para o seu próprio bolso, mas sim para a companhia. E além disso... Santo Deus! Existem considerações que se devem tomar em conta nesta vida; não é, Tom? De uma vez por todas, pelo casamento ele entrou na nossa família... pertence a nós... Pelo amor de Deus, não se pode trancafiar um de nós!

Ele encolheu os ombros.

— Você encolhe os ombros, Tom... Então está disposto a tolerá-lo, a resignar-se a que essa canalha se atreva a coroar a sua obra? É necessário fazer alguma coisa! Ele não deve ser condenado! Você é a mão direita do burgomestre... Meu Deus, será que o Senado não o pode anistiar desde já? Vou lhe dizer... agora mesmo, antes de chegar aqui, estive a ponto de ir falar com Kremer; quis implorar-lhe com todas as minhas forças que interviesse, que desse um jeito no caso... Ele é chefe da polícia...

— Mas, minha filha, que tolice!

— Tolice, Tom?... E Erika? E a criança? — disse ela, estendendo-lhe, num gesto veemente, o regalo, onde enfiara ambas as mãos. Depois emudeceu por um instante, deixando cair os braços; alargou-se a sua boca; o queixo, encrespando-se, se pôs a tremer; enquanto duas grossas lágrimas brotavam de sob as pálpebras abaixadas, acrescentou em voz apenas perceptível: — E eu...

— Ah, Tony, *courage*! — disse o senador; comovido e abalado pelo desamparo da irmã, aproximou-se dela para, consolando-a, passar-lhe a mão pelo cabelo. — Ainda não chegou a tanto. Por enquanto, ele não está condenado. Pode ser que tudo acabe bem. Vou, primeiro, pagar a caução; claro que não digo "Não" a isso... e Breslauer é um sujeito muito astuto...

Chorando, ela sacudiu a cabeça.

— Não, Tom; nada acabará bem; não acredito. Eles vão condená-lo e prendê-lo. Então virá uma época dura para Erika, para a criança e para mim. O seu dote não existe mais; foi empregado no enxoval, na mobília e nos quadros... E, na venda, a gente mal recebe uma quarta parte do valor... E sempre gastamos o ordenado de Weinschenk... Ele não fez economias. Vamos outra vez mudar-nos para a casa de mamãe, se ela consentir... até que novamente ele se encontre em liberdade... E então a coisa se tornará quase pior, pois o que será dele e de nós? Deveremos, simplesmente, sentar-nos sobre as pedras — disse soluçando.

— Sobre as pedras?

— Sim. É uma locução... simbólica... Ah, não; não acabará bem. Foi demais o que se abateu sobre mim... Não sei como mereci isto... mas não tenho mais esperanças. Agora, Erika terá a mesma sorte que eu tive com Grünlich e Permaneder... Mas desta vez você pode ver, pode julgar de perto como estas coisas se passam, como elas vêm se aproximando, como irrompem sobre a gente! Será que temos culpa disso? Tom, diga-me: será que alguém tem culpa disso? — repetiu, acenando-lhe, numa interrogação desconsolada, os grandes olhos cheios de lágrimas. — Tudo quanto empreendi fracassou e transformou-se em desgraça... E Deus sabe que tive intenções tão boas! Sempre desejava fervorosamente chegar a ser alguma coisa na vida, colher alguma honra... Agora desmorona também isto. Termina assim... É o final...

Reclinada contra o braço do irmão, que este, para acalmá-la, lhe pusera em volta do ombro, Tony chorou sobre a sua vida malograda, cujas derradeiras esperanças se extinguiam agora.

Uma semana após, o sr. Hugo Weinschenk, gerente, foi condenado a três anos e meio de prisão, sendo imediatamente encarcerado.

Na sessão em que se pronunciaram os discursos da acusação e da defesa, a afluência foi enorme. O advogado Breslauer de Berlim discursou como nunca se ouvira falar pessoa alguma. Durante semanas inteiras, o corretor Siegismund Gosch andava pela cidade, sibilando de entusiasmo por causa dessa ironia, desse páthos, dessa emoção. Christian

Buddenbrook, que também estivera presente, colocou-se no clube atrás de uma mesa, pôs diante de si um pacote de jornais, representando os autos do processo, e forneceu uma imitação perfeita do causídico. Aliás, declarou ele em casa, era a jurisprudência a profissão ideal; sim, teria sido uma profissão para ele... Até o dr. Moritz Hagenström, o promotor público, como se sabe, um conhecido beletrista, disse em particular que o discurso de Breslauer lhe causara verdadeiro prazer. Mas o talento do famoso advogado não impediria que os jurisconsultos da cidade lhe dessem palmadinhas no ombro e lhe explicassem com toda a cordialidade que não se deixavam lograr...

Depois, terminadas as vendas que o desaparecimento do gerente tornara necessárias, começou-se a esquecer Hugo Weinschenk na cidade. Mas as primas Buddenbrook da Breite Strasse declaravam, às quintas-feiras, à mesa familiar, que logo ao primeiro aspecto desse homem lhe haviam lido nos olhos que com ele nem tudo andava certo, que seu caráter estava cheio de manchas e que ele terminaria mal. Considerações que agora lastimavam não terem desprezado foram o motivo do silêncio por elas guardado a respeito dessa triste antevisão.

NONA PARTE

1.

Atrás dos dois cavalheiros, o velho dr. Grabow e o jovem dr. Langhals, membro da família Langhals, e que, havia um ano, exercia a profissão na cidade, o senador Buddenbrook passou do quarto da consulesa para a copa e fechou a porta.

— Com licença, meus senhores... por um instante — disse ele conduzindo-os escada acima, através do corredor e do alpendre, até a sala das Paisagens, onde já se acendeu o fogo por causa do tempo outonal, úmido e frio. — Os senhores compreenderão a minha curiosidade... Sentem-se, por favor! Se for possível, tranquilizem-me!

— Por minha vida, meu caro senador! — respondeu o dr. Grabow; enterrando o queixo no plastrom, recostou-se comodamente na poltrona e fincou com ambas as mãos a aba do chapéu contra o estômago. O dr. Langhals, cavalheiro baixote, trigueiro, de barba pontuda, cabelos eretos, belos olhos e fisionomia vaidosa, fitava as mãos muito pequenas, cobertas de pelos pretos; colocara a cartola sobre o tapete... — Por enquanto — prosseguiu Grabow — não há o mínimo motivo para sérias preocupações. Ora essa! Uma paciente da resistência relativamente grande da nossa venerada senhora consulesa... À minha fé! Eu, com as minhas experiências de conselheiro médico, conheço esta resistência. Verdadeiramente admirável para os seus anos... posso afirmar-lhe...

— É justamente isso: os seus anos... — disse o senador inquieto, torcendo a ponta comprida do bigode.

— Claro que não digo que a sua querida mãe poderá dar um passeio amanhã — continuou o dr. Grabow com voz suave. — Mas, por certo, o senhor também não esperava isso da nossa paciente; não é, senhor senador? Não se pode negar que o catarro, nestas últimas vinte e quatro horas, tomou um rumo desagradável. Não gostei nada daquele calafrio de ontem à noite, e hoje temos realmente algumas pontadas no lado e certa braquipneia. Há também um pouco de febre... ah, é insignificante, contudo é febre. Em breves palavras, meu caro senador: a gente deve resignar-se com a realidade danada de que os pulmões estão afetados...

— Então é inflamação dos pulmões? — perguntou o senador, olhando de um médico para o outro...

— Sim. Pneumonia — disse o dr. Langhals com uma mesura séria e correta.

— É verdade, uma pequena pneumonia do lado direito — respondeu o médico da casa —; teremos de localizá-la com todo o cuidado...

— Ora, nesse caso haverá de fato motivos para graves preocupações? — O senador, quedando-se imóvel, fitou os olhos no rosto do interlocutor.

— Preocupações? Oh... devemos, como já disse, esforçar-nos por limitar a doença; é preciso mitigar a tosse e combater a febre... Bem, quinina vai fazer o seu serviço... E mais alguma coisa, meu caro senador... Não se assuste com sintomas isolados, não é? Se, por acaso, a falta de respiração aumentar; se, talvez, de noite, houver algum delírio ou, amanhã, sobrevier um pouco de expectoração... sabe, essa expectoração vermelho-escura, misturada com sangue... Tudo isso é absolutamente lógico; nada de inesperado; é normal. Faça-me também o favor de preparar nesse sentido a nossa querida e venerada sra. Permaneder, que, com tanta dedicação, se encarrega da doente... *À propos*, como vai ela? Esqueci totalmente de perguntar como o seu estômago passou nos últimos dias...

— Como de costume. Não sei nada de novo. É natural que a preocupação do seu mal-estar atualmente seja secundária...

— Claro. Aliás... ocorre-me uma ideia. A senhora sua irmã precisa de repouso, principalmente de noite, e Mademoiselle Severin sozinha não será suficiente... Que acha de contratar uma enfermeira, caro senador? Temos aquelas nossas boas irmãs cinzentas católicas que o senhor sempre apoia com tanta benevolência... A madre folgará em lhe poder ser útil.

— Pensa então que é necessário?

— Estou ventilando a ideia. É tão agradável... Essas irmãs são impagáveis. Com a experiência e circunspecção que têm, exercem um efeito tão calmante sobre os doentes... Pois então, para repeti-lo: não se precipite, meu caro senador! De resto, vamos ver... vamos ver... Hoje à noite visitaremos a paciente mais uma vez...

— Sem falta — disse o dr. Langhals, tomando da cartola e levantando-se ao mesmo tempo que o colega mais velho. Mas o senador permanecia sentado; ainda não terminara; tinha mais uma pergunta em mente, queria fazer outra prova...

— Meus senhores — disse ele —, mais uma palavra... O meu irmão Christian é nervoso; em poucas palavras: ele não aguenta muito... Os senhores me aconselham a dar-lhe a notícia da doença? Devo, talvez, dar-lhe a entender que... regresse...

— O seu irmão Christian não se encontra na cidade?

— Não, em Hamburgo. Provisoriamente. A negócios, ao que eu saiba...

O dr. Grabow relanceou um olhar para o colega. Então, rindo, sacudiu a mão do senador e disse:

— Deixemo-lo tranquilamente com os seus negócios! Que adianta assustá-lo inutilmente? Se houver qualquer alteração no estado da doente, que torne desejável a presença dele... digamos, para tranquilizar a paciente e melhorar-lhe o humor... teremos ainda bastante tempo... bastante tempo...

Na volta pelo alpendre e o corredor, os cavalheiros estacaram ainda alguns instantes sobre o patamar, para falar de outras coisas, da política, dos abalos e revolvimentos causados pela guerra apenas terminada...

— E agora hão de vir bons tempos; não acha, senhor senador? Haverá dinheiro no país... Animação em toda parte...

O senador não concordou senão parcialmente. Confirmou que o começo da guerra fizera grandemente evoluir o tráfico de cereais, vindos da Rússia; mencionou as grandes proporções que, naquele tempo, havia assumido a importação portuária, destinada a fornecimentos militares. Mas o lucro se distribuíra de modo sumamente desigual...

Foram-se os médicos. O senador Buddenbrook virou-se, para voltar outra vez ao quarto da doente. Meditou sobre o que dissera Grabow... Havia nisso muita coisa escondida... Percebia-se como ele evitara uma declaração decidida. A única expressão clara havia sido "inflamação dos pulmões", e essa expressão não se tornava mais consoladora pelo fato de o dr. Langhals a ter traduzido para a linguagem científica. Pneumonia, na idade da consulesa... Já a circunstância de serem dois médicos que iam e vinham dava ao caso um aspecto inquietante. Grabow arranjara isto de leve, quase imperceptivelmente. Tencionava aposentar-se mais dia, menos dia, dissera, e, como o jovem

Langhals tivesse vocação para herdar-lhe a clientela, ele, Grabow, sentia prazer em consultá-lo e iniciá-lo aos poucos...

Quando o senador entrou no quarto de dormir meio escuro, a sua fisionomia parecia alegre e a atitude enérgica. Tomara de tal maneira o costume de esconder a preocupação e o cansaço sob a expressão de superioridade segura que, ao abrir a porta, esta máscara lhe resvalou sobre o rosto quase automaticamente, em consequência de brevíssima reação da vontade.

A sra. Permaneder estava sentada ao lado da cama de dossel, cujas cortinas se achavam descerradas. Segurava a mão da mãe. A consulesa, apoiada em almofadas, virou a cabeça para o filho, fitando-o com um ar investigador nos olhos azuis. Foi um olhar cheio de calma contida e de intensidade persistente e irresistível; vindo um tanto de lado, tinha quase algo de espreitante. Além da palidez da pele, que, nas faces, deixava aparecer algumas manchas de rubor febril, esse rosto absolutamente não exibia fadiga nem fraqueza. A velha senhora mostrava-se alerta, mais alerta mesmo do que as pessoas que a cercavam, pois, afinal de contas, era ela quem, propriamente, estava mais interessada. Desconfiava dessa doença, e não tinha vontade de fechar os olhos e deixar correrem as coisas...

— Que disseram eles, Thomas? — perguntou, com voz tão decidida e animada que imediatamente provocou violento acesso de tosse. Procurou retê-la de lábios cerrados; todavia, não conseguiu impedir a expressão que a obrigou a apertar com uma palma o lado direito.

— Eles disseram... — respondeu o senador, acariciando-lhe a mão. Esperou até que o ataque passasse... — Eles disseram que, daqui a alguns dias, a nossa boa mamãe estará restabelecida. Que ainda não pode se levantar, sabe? É porque essa tosse idiota afetou um pouquinho os pulmões... Não se trata diretamente de uma inflamação... — ajuntou ele ao ver que o olhar da mãe se tornara mais insistente ainda — embora esta também não signifique o fim de tudo; ah, não; existe coisa pior! Bem, o pulmão acha-se um tanto irritado, dizem os dois, e provavelmente têm razão... Onde está Severin?

— Foi à farmácia — disse a sra. Permaneder.

— Estão vendo: foi à farmácia, outra vez, e você, Tony, tem uma cara de quem vai adormecer a cada instante. Não; assim a coisa não pode continuar. Embora seja só para alguns dias... precisamos de uma enfermeira. Vocês não acham também? Esperem; vou logo mandar perguntar à madre das irmãs cinzentas se têm alguém disponível...

— Thomas — disse a consulesa, agora em voz suave para não desencadear novo acesso de tosse —, você pode acreditar-me, causa escândalo com a constante proteção que devota às irmãs católicas, em oposição às pretas protestantes. Obteve vantagens evidentes para aquelas, e não faz nada por estas. Asseguro-lhe que o pastor Pringsheim, há pouco, se queixou a mim em palavras inequívocas...

— É? Isto não lhe trará proveito nenhum. Estou convencido de que as irmãs cinzentas são mais leais, abnegadas e dedicadas do que as irmãs pretas. Essas protestantes, não gosto delas. Todas querem é casar-se na primeira ocasião... Em poucas palavras: são mundanas, egoístas e ordinárias... As católicas têm menos interesses terrenos; sim, não há dúvida, vivem mais perto do céu. E, justamente porque me devem gratidão, acho que são preferíveis. Quanta coisa não fez por nós a irmã Leandra quando Hanno estava com as convulsões da dentição! Espero que ela esteja livre...

E a irmã Leandra veio. Sem falar, depôs a bolsinha, a mantilha e a touca cinzenta que usava por cima da branca. Enquanto o rosário que lhe pendia da cinta fazia um leve ruído de castanholas, pôs-se a trabalhar com palavras e gestos brandos e amáveis. De dia e de noite, cuidava da enferma mimada e nem sempre paciente. Só de vez em quando, muda e quase envergonhada por causa da fraqueza humana a que sucumbia, retirava-se para ser substituída por outra freira. Dormia algumas horas em casa e voltava.

A consulesa exigia serviços ininterruptos em torno da sua cama. Quanto mais piorava o seu estado, tanto mais dirigia todo o seu pensar, todo o seu interesse para a doença, que observava com medo e com um ódio ingênuo e manifesto. Ela, a antiga mundana, com o seu tácito, natural e durável amor à boa vida e à vida em geral, enchera os últimos anos com religiosidade e beneficência... Por quê? Talvez não somente em homenagem ao falecido esposo, mas também por instinto inconsciente de reconciliar a sua forte vitalidade com o céu e dar a este, sem embargo do apego tenaz que a prendia à vida, um motivo para que, um dia, lhe concedesse uma morte branda. Mas ela não podia morrer suavemente. As muitas provações por que passara não lhe haviam dobrado o corpo; os olhos tinham se conservado claros. Gostava de consumir boas refeições e de vestir-se com distinção e opulência; gostava de fechar os olhos às coisas desagradáveis que existiam ou aconteciam em redor, de dissimulá-las e participar, satisfeita, da alta autoridade que o filho mais velho granjeara em toda parte. Essa doença, essa pneumonia, assaltara-lhe o corpo vigoroso, sem que quaisquer preparos psíquicos lhe tivessem facilitado a obra destrutiva... aquele trabalho solapador do sofrimento que lenta e dolorosamente nos aliena da própria vida ou pelo menos às condições sob as quais a temos recebido, despertando em nós o doce anelo de um fim, de outras condições ou da paz... Não, a velha consulesa sentia bem que, não obstante o estilo cristão de vida que observava nos últimos anos, no fundo não estava pronta para morrer. Se esta fosse a sua derradeira doença, a enfermidade por si só, na hora extrema e a toda a pressa, teria de quebrar-lhe a resistência, por meio de tormentos físicos, causando o abandono de si própria; e este pensamento inspirava-lhe medo.

Ela rezava muito. Mas, quando estava consciente, controlava mais ainda o seu estado, tomando-se o pulso a si mesma, medindo a febre e combatendo a tosse... Porém o pulso andava mal; a febre, após ter baixado um pouquinho, subira muito, arremessando-a de calafrios para delírios fogosos; aumentava a tosse, ligada com dores internas e produzindo expectorações sangrentas: a falta de ar causava-lhe pavor. E tudo isso resultava do fato de que agora já não estava afetado apenas um lobo do pulmão direito, mas sim todo o lado; se os sinais não enganavam, podia-se até observar no lado esquerdo traços daquele processo que o dr. Langhals, olhando as unhas, chamava "hepatização", enquanto o dr. Grabow preferia não emitir opiniões a esse respeito... Sem cessar, a febre consumia a doente. O estômago começou a falhar. Em marcha irresistível, com uma lentidão tenaz, progredia a decadência das forças.

A consulesa vigiava esse progresso; quando podia, ingeria com fervor os alimentos concentrados que lhe ofereciam; com maior diligência do que as próprias enfermeiras, observava o horário dos remédios; tudo isso a absorvia de tal maneira que quase falava só com os médicos; pelo menos era só nas conversas com estes que manifestava sincero interesse. No início, admitiram-se visitas: amigas, membros da Noite de Jerusalém, velhas senhoras da sociedade e esposas dos pastores; a consulesa recebia-as com apatia ou cordialidade distraída, para logo despedi-las. Os parentes sentiam penosamente a indiferença que encontravam por parte da velha senhora; parecia uma espécie de menosprezo, que dizia: "Vocês não me podem ajudar". Mesmo ao pequeno Hanno, a quem deixaram entrar num momento de leve melhora, acariciou apenas fugidamente a face, e virou-se em seguida. Era como se quisesse dizer: "Escutem, vocês todos são muito simpáticos, mas eu... eu terei, talvez, de morrer!". Aos dois médicos, porém, tratou-os com calor vivo e interessado, para, detalhadamente, conferenciar com eles...

Certo dia, apareceram as velhas sras. Gerhardt, descendentes do poeta Paul Gerhardt. Chegaram com as suas mantilhas, os chapéus em forma de pratos e os sacos com que levavam provisões aos pobres que visitavam. Não era possível proibir-lhes ver a amiga doente. Deixaram-nas a sós com ela, e unicamente Deus sabe o que falaram enquanto se achavam sentadas ao lado da cama. Mas, quando se foram, os seus olhos e as feições se tinham tornado mais claros, mais brandos e mais beatamente enlevados do que antes; e, no quarto, a consulesa estava deitada com os mesmos olhos e a mesma expressão, bem quietinha, bem pacata, mais pacata do que nunca; o fôlego era escasso e suave; visivelmente, decaía de fraqueza em fraqueza. A sra. Permaneder, que murmurara um palavrão atrás das sras. Gerhardt, mandou imediatamente chamar os médicos. Mal surgiram os dois cavalheiros no vão da porta, produziu-se uma alteração completa e estupenda no estado da consulesa. Ela acordou; movimentou-se; quase se endireitou. O aspecto desses dois homens, desses clínicos apenas informados do acontecido, restituiu-a, de golpe, à terra. Estendeu-lhes as mãos, ambas as mãos, e começou a falar:

— Sejam bem-vindos, meus senhores! Sucedeu que hoje no decorrer do dia...

Mas chegou o dia em que não se pudera mais disfarçar a pneumonia dupla.

— Sim, caro senador — dissera o dr. Grabow, apertando as mãos de Thomas Buddenbrook. — Não conseguimos evitá-lo. Agora temos uma inflamação de ambos os pulmões, e estas coisas são sempre perigosas. O senhor sabe-o tão bem como eu; não preciso passar-lhe agulhas por alfinetes... Quer o paciente tenha vinte ou setenta anos, de qualquer jeito é preciso levar isto a sério. Caso o senhor, hoje, me perguntasse outra vez se era indicado escrever ao seu irmão Christian ou, talvez, mandar-lhe um pequeno telegrama, eu não o desaconselharia; hesitaria em desviá-lo desta intenção... *À propos*, como vai ele? Um homem divertido; sempre gostei muito dele... Pelo amor de Deus, não tire das minhas palavras consequências exageradas, caro senador! Não que haja perigo imediato... ora, que estupidez a minha usar esta palavra! Mas nestas circunstâncias, sabe, sempre se devem tomar em conta acasos imprevistos, embora longínquos... É verdade que estamos extraordinariamente satisfeitos com a senhora sua mãe na qualidade de paciente; ela nos ajuda de modo valioso, não nos deixa em branco... Não, palavra de honra, como paciente é insuperável! E por isso esperemos, caro senhor senador, esperemos! Devemos sempre esperar por um resultado favorável!

Mas chega o momento a partir do qual a esperança dos parentes tem algo de artificial e fingido. Com o doente já se realizou uma alteração; há na sua conduta alguma coisa alheia àquela pessoa que ele representava na vida. Saem-lhe da boca certas palavras esquisitas a que não sabemos responder; palavras que parecem cortar-lhe o regresso, criando-lhe obrigações para com a morte. Embora ele seja o ente mais querido que tenhamos no mundo, já não podemos querer, depois de tudo isso, que se levante e se ponha a caminhar. Se o fizesse, espalharia horror em volta de si, como quem ressuscitasse do túmulo...

Mostravam-se medonhos sinais de começos de decomposição, enquanto os órgãos, que uma vontade obstinada mantinha em movimento, continuavam a trabalhar. Haviam decorrido várias semanas desde que a consulesa se acamara, vítima de um catarro. Pelo atrito tinham-se formado no corpo chagas que não mais se fecharam e apresentavam aspecto horrível. Ela já não dormia; primeiro, porque a dor, a tosse e a falta de respiração a impediam, e depois porque ela própria se rebelava contra o sono, fazendo todo o possível para não perder os sentidos. Só por instantes a consciência sucumbia à febre; mas mesmo em estado consciente a consulesa falava com pessoas havia muito falecidas. Certa tarde, ao crepúsculo, disse de repente em voz alta, um tanto medrosa, mas cheia de fervor:

— Sim, meu querido Jean, já vou!

E essa resposta veio tão de imediato que, depois, todos pensaram ouvir a voz do saudoso cônsul que chamara a esposa.

Chegou Christian; veio de Hamburgo, onde, segundo disse, estivera a negócios. Demorou-se pouco tempo no quarto da doente; deixando-o, passou a mão pela testa, fez correr os olhos e exclamou:

— Mas é horrível... é horrível... Agora não posso mais.

Apareceu também o pastor Pringsheim. Roçou um olhar frio pela irmã Leandra e rezou, em voz modulada, ao pé da consulesa.

Então houve aquela breve melhora, o lampejo de vida: diminuição da febre, volta enganadora das forças, bonança das dores, algumas manifestações esperançosas e claras que faziam brotar lágrimas dos olhos dos parentes...

— Vocês vão ver: não a perderemos; ela se salvará, apesar de tudo! — disse Thomas Buddenbrook. — No Natal, ela ficará conosco, e não permitiremos que se excite tanto como de costume...

Mas, já na noite seguinte, pouco após Gerda e o marido se terem recolhido, receberam um chamado para a Mengstrasse, por parte da sra. Permaneder: a doente lutava com a morte. O vento abatia-se sobre a chuva gélida que caía, empurrando-a, num forte tamborilar, contra as vidraças.

Quando o senador e a esposa entraram no quarto, iluminado pelas velas de dois castiçais, os médicos já se achavam presentes. Buscara-se também Christian no seu aposento; estava sentado em qualquer parte, com as costas viradas para a cama de dossel; profundamente inclinado, tinha a fronte entre as mãos. Esperava-se o irmão da paciente, o cônsul Justus Kröger, a quem igualmente haviam mandado chamar. A sra. Permaneder e Erika Weinschenk mantinham-se, entre soluços abafados, ao lado da cama. A irmã Leandra e Mademoiselle Severin nada mais tinham a fazer e olhavam, aflitas, o rosto da agonizante.

A consulesa, apoiada em várias almofadas, encontrava-se de costas. As mãos, essas belas mãos, entremeadas por veias de um azul pálido, e que agora pareciam tão magras, definhadas por completo, acariciavam a colcha, incessante e apressadamente, numa precipitação trêmula. A cabeça, coberta por uma touca branca, virava-se sem interrupção, em horripilante ritmo pendular. A boca, cujos lábios pareciam ser puxados para dentro, abria-se e fechava-se bruscamente, a cada uma das penosas tentativas de respiração. Os olhos encovados vagavam em busca de socorro, para, de quando em vez, fitarem com expressão comovente de inveja uma das pessoas presentes que estavam vestidas e podiam respirar, que pertenciam à vida e que nada mais sabiam senão fazer o sacrifício amoroso de manter o olhar cravado neste quadro. E a noite avançava sem que houvesse qualquer alteração.

— Quanto tempo pode durar este estado? — perguntou Thomas Buddenbrook, baixinho; puxou o velho doutor para os fundos do quarto, enquanto o dr. Langhals dava uma injeção à doente. A sra. Permaneder, de lenço na boca, aproximou-se também.

— Absolutamente não se pode dizer, caro senador — respondeu o médico. — É possível que a senhora sua mãe daqui a cinco minutos se ache redimida, ou que viva ainda durante horas... Não posso prever... Trata-se da chamada fluxão sufocativa... de um edema...

— Sei o que é — disse a sra. Permaneder, anuindo para dentro do lenço, enquanto as lágrimas lhe corriam sobre as faces. — É frequente nas pneumonias... As vesículas pulmonares enchem-se de um líquido aquoso e no último caso a gente não pode mais respirar... Ah, sim, eu sei...

As mãos postas diante de si, o senador olhou para a cama de dossel.

— Como ela tem de sofrer terrivelmente! — cochichou.

— Não! — disse o dr. Grabow, igualmente baixinho, mas com enorme autoridade, franzindo o rosto bondoso e comprido em rugas decididas... — Estas aparências enganam; pode acreditar, meu caro amigo; isto engana; a consciência está muito perturbada... Pela maior parte trata-se de movimentos reflexos... Pode acreditar...

E Thomas respondeu:

— Queira Deus!

Mas qualquer criança teria podido ler nos olhos da consulesa que estava totalmente dona da sua consciência e sentia tudo...

Acomodaram-se novamente nos lugares... O cônsul Kröger, chegado também, quedava-se junto à cama, de olhos vermelhos, dobrado sobre o castão da bengala.

Haviam aumentado os movimentos da doente. Uma inquietação pavorosa, indizível angústia e miséria, um sentimento de inelutável abandono e desamparo parecia encher, da cabeça até os pés, esse corpo entregue à morte. Os olhos, esses pobres olhos súplices, queixosos e investigadores, por vezes se fechavam na ocasião dos movimentos estertóricos da cabeça, assumindo uma expressão vidrada; por outras alargavam-se de tal maneira que as pequenas veias das órbitas se salientavam num vermelho sangrento. E não sucedeu um desmaio!

Pouco depois das três horas, Christian se levantou.

— Agora não posso mais! — exclamou ele.

Apoiando-se nos móveis que encontrou no caminho, saiu pela porta, manquejando. Erika Weinschenk e Mademoiselle Severin tinham começado a cochilar, provavelmente sob a influência dos monótonos sons doridos que a doente proferia. Dormiam nas cadeiras, e o sono lhes rosava as faces.

Pelas quatro horas, a situação piorava cada vez mais. Apoiaram a paciente; enxugaram-lhe a testa suada. A respiração ameaçou falhar por completo, e os pavores aumentaram.

— Alguma coisa para dormir... — suplicou ela. — Um remédio...

Mas não pensavam em dar-lhe algo para dormir. De súbito, a consulesa voltou a responder a perguntas que os outros não ouviam, assim como já fizera uma vez.

— Sim, Jean, daqui a pouco... — E logo após: — É certo, minha querida Klara, já vou...

E outra vez começou a luta... Era isto ainda uma luta contra a morte? Não; agora lutava contra a vida, pelo prêmio da morte.

— Quero muito... — arfou —... não posso... Alguma coisa para dormir... Meus senhores, por misericórdia! Alguma coisa para dormir!

Esse "por misericórdia" fez a sra. Permaneder rebentar em choro violento; Thomas deu um leve gemido, apertando, durante momentos, a cabeça com ambas as mãos. Mas os médicos conheciam o seu dever. Era preciso, a todo custo, conservar, o maior tempo possível, esta vida para os parentes; um anestésico faria que a doente, logo, sem resistência, entregasse o espírito a Deus; os médicos não existiam para causar a morte, mas sim para, de qualquer maneira, manter a vida. Em favor disso falavam, aliás, certos argumentos religiosos e moralistas que eles haviam aprendido na universidade, se bem que no momento não os tivessem presentes... Pelo contrário, empregaram vários remédios para revigorar o coração, e causaram diversos vômitos para obter um alívio momentâneo.

Às cinco horas, a luta não se podia tornar mais horrível. A consulesa, convulsivamente ereta, de olhos arregalados, batia com os braços em torno de si, como em busca de um ponto de apoio ou de mãos que se lhe estendessem. Sem cessar, respondia a gritos que vinham para ela, pelo ar, de todos os lados, gritos que só ela ouvia e que pareciam cada vez mais numerosos e insistentes. Era como se não somente o falecido cônjuge e a filha, mas também os pais, os sogros e muitos outros parentes que a tinham precedido na morte estivessem presentes em qualquer parte. Mencionava muitos nomes, e ninguém no quarto teria podido dizer qual o morto a quem ela se dirigia.

— Sim! — gritou, voltando-se para diferentes direções... — Agora vou... Já... Só um instante... Não posso... Um remédio, senhores...

Às cinco e meia houve um momento de calma. Então, de súbito, passou um tremor pelas feições envelhecidas, diaceradas pelo sofrimento, uma alegria brusca e espavorida, uma ternura profunda, arrepiada e angustiosa. Rápido como um raio, ela abriu os braços. E então, com a expressão de obediência incondicional e de docilidade e devoção sem limites, cheia de medo e amor, gritou em voz alta, tão de súbito, tão automática e imediatamente que todos sentiram: não houve sequer um instante entre aquilo que ouvira e a resposta que deu; gritou:

— Aqui estou! — E faleceu.

Todos se tinham sobressaltado. Que fora isso? Quem havia chamado para que ela obedecesse sem hesitar?

Alguém descerrou a cortina e apagou as velas, enquanto o dr. Grabow, de rosto brando, fechava os olhos da morta.

Estavam todos friorentos na pálida madrugada outonal que agora iluminava o aposento. A irmã Leandra revestiu com um pano o espelho do toucador.

2.

Através da porta aberta do quarto mortuário, via-se a sra. Permaneder, prostrada, a rezar. Achava-se a sós, ajoelhada perto da cama, os vestidos de luto estendidos no chão ao redor dela; descansava as mãos, firmemente postas, sobre o assento duma cadeira, enquanto, de cabeça inclinada, murmurava orações... Ouviu perfeitamente que o irmão e a cunhada entraram na copa, no meio da qual estacaram espontaneamente para aguardarem o fim da prece. Mas isso não a fez apressar-se muito. No fim dela o seu peculiar pigarro seco; colheu com solenidade vagarosa o vestido; levantou-se e, sem o mínimo acanhamento, em atitude de absoluta dignidade, foi ao encontro dos parentes.

— Thomas — disse ela com certa dureza —, quanto a Severin, parece-me que a nossa saudosa mãe acalentou uma víbora no peito.

— Por quê?

— Estou com uma raiva dela! A gente poderia perder a calma e descomedir-se... Será que essa mulher tem o direito de envenenar-nos o luto destes dias com os seus modos ordinários?

— Mas o que foi que houve?

— Primeiro, ela é de uma ganância vergonhosa. Vai para o armário, tira os vestidos de seda de mamãe, bota-os no braço e dispõe-se a sair. "Riquinha", digo, "aonde vai com isso?" "A senhora consulesa os prometeu para mim!" "Minha querida Severin!", digo eu, e com toda a reserva lhe dou a compreender o quanto o seu procedimento é precipitado. Você acha que isso adiantou alguma coisa? Ela não somente pega os vestidos de seda; pega também uma pilha de roupa branca e vai-se. Não posso brigar com ela, não é? E não se trata só dela... As empregadas também... Carregam cestos cheios de roupas e de linho para fora de casa... Sob os meus olhos, o pessoal reparte entre si as coisas, pois Severin tem as chaves dos armários. "Srta. Severin", digo, "eu quero as chaves." Que responde ela? Declara-me em palavras vulgares e inequívocas que não tenho o direito de dar-lhe ordens, que não está a meu serviço, que não a empreguei e que vai ficar com as chaves até ir-se embora!

— Ela está com as chaves da prataria? Bem. Então deixe correr o resto. Coisas assim são inevitáveis quando se dissolve uma casa que, nos últimos tempos, já foi governada de maneira relaxada. Não quero fazer barulho neste momento. A roupa branca é velha e defeituosa... Além disso, vamos ver o que existe ainda. Você tem as listas? Na mesa? Bem. Vamos logo dar uma olhada.

E entraram no quarto de dormir, a fim de, por alguns instantes, pararem imóveis diante da cama, depois de Antonie retirar o pano branco do rosto da falecida. A consulesa já se achava com a vestimenta de seda em que, naquela tarde, deveria ser posta sobre o catafalco erigido na sala; tinham decorrido vinte e oito horas após a sua derradeira respiração. Como os dentes postiços houvessem sido retirados, a boca e as faces estavam senilmente encovadas; o queixo avançava de modo brusco e anguloso. Enquanto os três fitavam essas pálpebras firme e inexoravelmente cerradas, fizeram um doloroso esforço para reconhecer nesse rosto o da sua mãe. Mas, por baixo da touca que a velha senhora usava nos domingos, encontrava-se, como em vida, o topete arruivado, liso e repartido, de que as primas Buddenbrook da Breite Strasse tantas vezes haviam zombado... A colcha estava salpicada de flores.

— Já chegaram as mais magníficas coroas — disse a sra. Permaneder, baixinho. — De todas as famílias... Ah, não falta ninguém! Mandei colocar tudo no corredor. Vocês devem olhá-las mais tarde, Gerda e Tom. É triste e lindo ao mesmo tempo. Laçadas de cetim deste tamanho...

— A sala está arrumada? — perguntou o senador.

— Está quase pronta, Tom. Só falta dar a última demão. Jakobs se esforçou muito. Também o... — Ela soluçou durante um instante — também o caixão chegou há pouco. Mas agora, meus queridos, vocês devem tirar o sobretudo — prosseguiu. Cautelosa, recolocou o pano branco. — Aqui faz frio, mas a copa está aquecida... Deixe que eu a ajude, Gerda; uma capa tão magnífica deve ser tratada com cuidado... Posso dar-lhe um beijo? Você sabe que lhe quero bem, embora sempre me tenha abominado... Não, não lhe vou estragar o penteado ao tirar-lhe o chapéu... Que lindo cabelo! Na sua mocidade, a mãe tinha também cabelos assim. Ela nunca foi tão esplêndida como você, mas houve um tempo, eu já existia então, em que ela tinha realmente bela aparência. E agora... Não é verdade o que Grobleben costuma dizer: todos nós devemos transformar-nos em barro?... Se bem que seja um homem simples... Sim, Tom, estas são as listas principais.

Haviam voltado para a sala vizinha. Assentaram-se em torno da mesa redonda. O senador apanhou os papéis onde se achavam registrados os objetos a serem distribuídos entre os herdeiros mais próximos... A sra. Permaneder cravou os olhos no rosto do irmão; observou-o com expressão tensa e nervosa. Existia ali uma coisa, um problema grave e inevitável, no qual todo o pensamento dela se concentrava receosamente, e que na hora seguinte tinha de ser ventilado...

— Eu acho — começou o senador — que vamos conservar o princípio costumeiro de devolver os presentes, quer dizer...

A esposa o interrompeu.

— Perdão, Thomas, parece-me... Christian... Onde está ele?

— Sim, meu Deus, Christian! — gritou a sra. Permaneder. — A gente se esqueceu dele!

— É verdade — disse o senador, largando os papéis. — Ninguém o teria chamado?

E Antonie ia puxar a campainha. Mas, no mesmo instante, Christian já abria a porta. Entrou na sala com certa rapidez; cerrou a porta com algum ruído e estacou, de testa franzida. Os olhinhos redondos e encovados correram, sem olhar ninguém, de um lado para outro. A boca, por baixo do bigode ruivo e hirsuto, descerrou-se, para fechar-se num movimento irrequieto... Ele parecia encontrar-se numa espécie de humor agressivo e irritado.

— Ouvi que vocês estavam aqui — disse laconicamente. — Se tencionarem falar sobre as coisas, acho que eu também tenho de ser posto a par.

— Estava a ponto de fazê-lo — respondeu o senador, indiferente. — Sente-se, por favor.

A essas palavras fixou os olhos sobre os botões brancos que fechavam a camisa de Christian. Thomas estava irrepreensivelmente vestido de luto. A camisa, arrematada, no colarinho, pela larga laçada preta, saía num alvo deslumbrante da moldura do casaco de casimira preta. Em vez dos botões de ouro que costumava usar, viam-se sobre o peitilho botões pretos. Christian reparou no olhar, pois, ao aproximar uma cadeira e sentar-se, tocou o peito com a mão e disse:

— Sei que uso botões brancos. Ainda não tive tempo para comprar pretos, ou, pelo contrário, deixei de fazê-lo. Nestes últimos anos, tive muitas vezes de pedir emprestados cinco xelins para comprar pó dentifrício e deitei-me sem vela... Não sei se era exclusivamente minha culpa. Além disso, botões pretos não são o essencial neste mundo. Não me importo com as aparências. Nunca liguei a elas.

Gerda observou-o ao falar, e riu baixinho. O senador replicou:

— Acho, meu caro, que você não poderá defender esta última asserção.

— É? Talvez você o saiba melhor, Thomas. Eu digo apenas isto: para mim essas coisas não têm importância. Vi esta terra sob aspectos demasiado variados, vivi com um número demasiado grande de pessoas de costumes demasiado diferentes, para que... De resto, sou um homem adulto — disse subitamente em voz muito alta —; tenho quarenta e três anos; pertenço unicamente a mim e tenho o direito de impedir qualquer um de intrometer-se nos meus assuntos.

— Parece que você anda escondendo alguma coisa — disse o senador, estupefato. — Quanto aos botões, se não me engano, não emiti, por ora, nem uma palavra a esse respeito. Pode arranjar o seu traje de luto conforme o seu gosto. Somente não pense que me impressiona com essa barata falta de preconceitos...

— Absolutamente não o quero impressionar...

— Tom... Christian... — disse a sra. Permaneder. — Não usemos esse tom agastado... hoje... e aqui, onde no quarto vizinho... Continue, Thomas. Então, os presentes serão devolvidos? Acho simplesmente correto.

E Thomas continuou. Iniciou com os objetos maiores, adjudicando a si próprio os que podia usar na sua casa: os candelabros da sala de jantar e a grande arca esculpida que se achava no vestíbulo. A sra. Permaneder colaborou com extraordinário fervor; desde que o presumível proprietário de uma coisa mostrava a mínima hesitação, ela dizia com um jeito incomparável: "Pois então, estou pronta para ficar com isto...". Proferia essas palavras com a fisionomia de quem se sacrifica e espera a gratidão de todo mundo. Recebeu a maior parte dos móveis para si, para a filha e a neta.

Christian ganhara algumas peças da mobília, assim como um relógio de mesa, estilo Empire, e até o harmônio; mostrou-se contente com isso. Mas, quando chegaram à distribuição da prataria, da roupa branca e das diversas louças de mesa, começou, para maior admiração de todos, a demonstrar um interesse que quase raiava a avidez.

— E eu? E eu? — perguntou... — Façam-me o favor de não me esquecer totalmente...

— Mas quem o esquece? Já escrevi no seu rol... Olhe aí, todo um serviço de chá com bandeja de prata. Eu fiquei com o serviço dourado de domingo, porque achei que Gerda e eu somos os únicos a precisar de uma coisa dessas. E...

— Estou disposta a tomar o de todos os dias, aquele com os enfeites de cebolas — disse a sra. Permaneder.

— E eu?! — gritou Christian com aquela indignação que, às vezes, o acometia, dando-lhe às faces aparência ainda mais magra, e que condizia tão mal com o seu rosto... — Eu queria ter parte na louça! Quantas colheres e quantos garfos receberei eu? Vejo que para mim não sobra quase nada!

— Mas, meu amigo, que vai fazer com essas coisas? Que uso lhes dará? Não o compreendo... Acho melhor que se conservem na família...

— E se fosse apenas para ter uma lembrança da mãe? — insistiu Christian, obstinado.

— Meu caro... — respondeu o senador com alguma impaciência — não estou disposto a gracejos... Mas, a julgar pelas suas palavras, tenho a impressão de que quer pôr uma terrina de sopa na sua cômoda como lembrança de mamãe. Peço-lhe não supor que a gente tenha a intenção de lográ-lo. Aquilo que você receber de menos na distribuição de objetos lhe será imediatamente restituído de outra forma. É a mesma coisa com o linho...

— Não quero dinheiro; quero louça e roupas de casa...

— Mas para quê? pelo amor de Deus!

Christian deu então uma resposta que fez Gerda Buddenbrook voltar-se rapidamente para ele, a fim de examiná-lo com misteriosa expressão dos olhos, enquanto o senador, tirando bruscamente o pincenê do nariz, o encarava, pasmado; a sra. Permaneder até juntou as mãos. Christian disse:

— Bem, numa palavra, tenciono casar-me, mais dia, menos dia.

Proferiu essas palavras ligeiro e baixinho, com um breve gesto da mão, por cima da mesa, como se arremessasse alguma coisa ao irmão. Depois reclinou-se na cadeira e, com fisionomia carrancuda, por assim dizer, melindrada e singularmente distraída, deixou vagar os olhos no espaço. Fez-se demorada pausa. Por fim disse o senador:

— Confesso com franqueza, Christian, que estes projetos vêm um pouco tarde... Suposto, naturalmente, que se trate de projetos verdadeiros e realizáveis e não daquela espécie que, num momento de insensatez, você manifestou diante da nossa saudosa mãe...

— As minhas intenções jamais se alteraram — disse Christian, ainda sem olhar ninguém, e sempre com a mesma fisionomia.

— Mas isto é impossível! Não acham? Então você teria aguardado a morte de mamãe para...

— Sim, tive consideração. Parece-me, Thomas, que você se lisonjeia de ter arrendado todo o tato e toda a delicadeza que existem no mundo...

— Não sei o que o autoriza a pronunciar essa frase. Aliás, tenho de admirar a grandeza da sua consideração. No dia após a morte da mãe, se dispõe a proclamar a sua desobediência para com ela...

— Só porque falamos no assunto. E o essencial é que mamãe já não se pode alterar com o meu procedimento. Tampouco hoje, como daqui a um ano... Santo Deus, Thomas! Mamãe não tinha razão de um modo absoluto, senão apenas do ponto de vista dela. Tive consideração a isso enquanto ela era viva. Era uma senhora velha, de uma época diferente, com opiniões diferentes...

— Bem, então preciso dizer-lhe que, no assunto que entrou em questão, a opinião de mamãe é também a minha.

— Não me posso importar com ela.

— Você *vai* se importar com ela, meu amigo.

Christian encarou-o.

— Não! — gritou. — Não posso. Quando lhe digo que não posso... Quem deve saber o que me convém fazer sou eu. Sou um homem adulto...

— Ora, essa coisa de "homem adulto" é bastante superficial em você. Absolutamente, você não sabe o que convém fazer.

— Pelo contrário! Em primeiro lugar, preciso agir como homem honesto... Você não pondera o caso, Thomas! Gerda e Tony estão aqui sentadas... A gente não pode falar detalhadamente a esse respeito. Mas já lhe disse que tenho obrigações! A última criança, Giselinha...

— Não sei de nenhuma Giselinha, e não quero saber! Estou convencido de que o estão enganando. Em todo caso, você não tem outras obrigações senão as legais para com uma sujeita como aquela que tem em mente; e estas, quanto a mim, pode continuar a cumprir...

— Sujeita, Thomas? Sujeita? Você se engana a respeito dela! Aline...

— Cale-se! — gritou o senador Buddenbrook com voz de trovão. Agora, os dois irmãos, por sobre a mesa, cravavam os olhos um no outro. Thomas estava pálido e trêmulo de raiva. Christian arregalava violentamente os olhinhos redondos e encovados, cujas pálpebras, de súbito, se haviam inflamado; de tanta indignação ficou boquiaberto, de modo que as faces macilentas pareciam totalmente cavas; por baixo dos olhos mostravam-se algumas manchas vermelhas... Gerda olhou os dois com expressão bastante sarcástica, enquanto Tony, torcendo as mãos, dizia em voz suplicante:

— Mas Tom... Mas Christian... E a mãe, que jaz na sala vizinha!

— Você carece tanto de vergonha — prosseguiu o senador — que ousa... ou melhor, que não lhe causa asco pronunciar esse nome neste lugar e nesta situação! A sua falta de tato é desnatural, é doentia...

— Não compreendo por que não deveria pronunciar o nome de Aline! — Christian exaltou-se tão extremamente que Gerda o fitou com crescente atenção. — Faço questão de pronunciá-lo; ouviu, Thomas? Tenciono casar-me com ela... pois almejo um lar, sossego e paz... E proíbo-lhe — entende esta palavra que uso de propósito? —, proíbo-lhe que se imiscua. Sou livre; não dependo de ninguém...

— Você é um idiota! O dia da abertura do testamento lhe ensinará o quanto não depende de ninguém! Tomaram-se precauções para que você não desperdice a herança de mamãe, assim como desperdiçou de antemão uns trinta mil marcos. Administrarei os restos da sua fortuna, e juro-lhe que nunca receberá mais do que uma mesada.

— Bem, você saberá melhor do que eu quem induziu a mãe a tomar esta medida. Mas devo admirar-me de que mamãe não tenha encarregado deste serviço alguém que me esteja mais próximo e tenha mais simpatias fraternais para comigo do que você... — Agora, Christian se achava totalmente fora de si. Começou a dizer coisas que nunca havia manifestado. Inclinou-se sobre a mesa, tamborilando, sem cessar, contra a madeira com a ponta do indicador curvo. De bigode eriçado e olhos avermelhados, fitou o irmão, que, por sua vez, ereto, pálido, de pálpebras semicerradas, o fitava de cima. — O seu coração está tão cheio de frieza e maldade para comigo... — prosseguiu Christian, com a voz ao mesmo tempo oca e esganiçada. — Desde que me conheço você irradiou sobre mim tal frieza, que sempre senti arrepios na sua presença... Pois sim; pode ser que seja uma expressão singular; mas que fazer? sinto-o... Você me repele... Você me repele, cada vez que me encara, e mesmo isto quase nunca o faz. E que lhe dá o direito para tratar-me assim? Você também é apenas um homem, e tem os seus pontos fracos! Como filho, sempre foi melhor em relação aos pais; mas, se realmente estivesse tão mais próximo deles do que eu, deveria aprender um pouquinho da sua mentalidade cristã. Se você for alheio a qualquer amor fraternal, ao menos se deveria esperar de você algum vestígio de amor cristão. Mas você é de tal modo desapiedado que nem sequer me visitou no hospital... que nem uma vez me visitou quando, em Hamburgo, estive acamado com reumatismo articular...

— Tenho coisas mais sérias em que pensar do que nas suas enfermidades. De resto, a minha própria saúde acha-se...

— Não, Thomas; a sua saúde é magnífica! Você não se encontraria aqui no lugar que ocupa, se ela, comparada com a minha, não fosse excelente...

— Talvez eu esteja mais doente do que você...

— Talvez esteja... Não, isto é demais! Tony! Gerda! Ele diz que está mais doente do que eu! Como? Será que você se encontrou mortalmente enfermo em Hamburgo, com reumatismo articular?! Será que você, após a mínima irregularidade, tem de suportar torturas físicas que são simplesmente indescritíveis?! Será que no seu lado esquerdo todos os nervos são curtos demais? Autoridades têm me afirmado que isso se passa comigo! Será que a você acontece que, ao entrar no quarto, à hora do crepúsculo, vê um homem sentado no sofá que o cumprimenta e na realidade absolutamente não existe...

— Christian! — gritou a sra. Permaneder, sobressaltada. — Que diz você?... Santo Deus, sobre que estão discutindo? Vocês se comportam como se fosse uma honra ser o mais doente! Se *isto* tivesse importância, Gerda e eu, infelizmente, também teríamos de intrometer-nos na conversa! E a mãe, que jaz na sala vizinha!

— E você não pode compreender, rapaz — gritou Thomas Buddenbrook, apaixonado —, que todas essas coisas desgostosas não passam de consequências e produtos dos seus vícios, da sua vadiagem, da sua auto-observação?! Trabalhe! Deixe de cuidar e mimar os seus estados, e não fale mais a respeito deles! Se você ficar maluco... e digo-lhe expressamente: não o acho impossível... não serei capaz de derramar uma lágrima porque a culpa será sua, unicamente sua...

— Não, você também não derramará lágrimas quando eu morrer.

— Você não morre — disse o senador com desdém.

— Eu não morro? Muito bem; então eu não morro! Vamos ver quem de nós dois morrerá primeiro! Trabalhe! Mas se não posso? Deus do céu, se não posso trabalhar constantemente?! Não posso fazer a mesma coisa durante muito tempo; caso contrário, vou mal! Se você foi e é capaz disso, fique contente, mas não se meta a julgar-me, pois não há mérito nestas coisas... A um Deus dá força e a outro, não... Mas você é assim, Thomas... — continuou ele, enquanto, de rosto cada vez mais desfigurado, se inclinava sobre a mesa, batendo na madeira num ritmo acelerado. — É presumido... Ah, espere, não foi isso que eu quis dizer, nem é disso que o censuro... Mas não sei por onde começar, e o que poderei dizer é apenas a milésima... ah, não, é só a milionésima parte dos agravos que me pesam sobre o coração! Você conquistou um lugar na vida, uma posição honrosa; e aí está rejeitando fria e conscientemente tudo quanto o poderia molestar, durante um momento, e perturbar-lhe o equilíbrio; pois o equilíbrio é para você o mais importante. Mas não é o mais importante, Thomas; perante Deus não é o essencial! Você é um egoísta; sim, eis o que você é! Amo-o ainda quando ralha e se zanga e troveja contra mim. Mas o pior é o seu silêncio; o pior é quando a gente diz alguma coisa e você, de repente, emudece e se retira, quando declina de qualquer responsabilidade, conservando-se distinto e íntegro e abandonando o outro, desamparado, à vergonha... Você é tão despido de amor, compaixão e humildade... Ah! — gritou subitamente, enquanto erguia ambas as mãos por trás da cabeça e as atirava para a frente, como se quisesse repelir o mundo inteiro... — Como estou cansado de tudo isso, desse tato e delicadeza e equilíbrio, dessa reserva e dignidade... Profundamente cansado! — E esse último grito foi de tal maneira sincero, veio de tal modo do fundo do coração e saiu com tanta ênfase, nojo e tédio, que realmente tinha algo de arrasador; fez com que Thomas, sem responder, de fisionomia cansada, encolhendo-se um pouquinho, cravasse durante alguns instantes o olhar no chão, diante de si.

— Tornei-me assim como sou — disse finalmente, e a sua voz soava comovida — porque não quis tornar-me como você. Se, no íntimo, evitei o seu contato, foi porque preciso acautelar-me com você, porque a sua essência e natureza significam um perigo para mim... Falo a verdade.

Calou-se um momento, para, depois, continuar em tom mais firme e lacônico:

— De resto, encontramo-nos longe do nosso tema. Você me fez um discurso a respeito do meu caráter... discurso um tanto confuso que, talvez, contenha um grão de verdade. Mas agora não se trata de mim, e sim de você. Anda com ideias de casamento, e eu queria convencê-lo, o mais radicalmente, de que a realização dos seus planos, assim como o tenciona, é impossível. Primeiro, os juros que lhe poderei pagar não alcançarão importância animadora...

— Aline fez algumas economias...

O senador engoliu qualquer coisa e conteve-se.

— Hum... economias. Então você pensa misturar a herança de mamãe com o pecúlio dessa dama...

— Sim. Almejo um lar e alguém que tenha compaixão de mim quando eu estiver doente. Aliás, nós dois nos harmonizamos muito bem. Somos ambos um pouco descarrilados...

— Você tem, além disso, a intenção de adotar os filhos dela... e, possivelmente, de legitimá-los?

— Sim, senhor.

— De modo que a sua fortuna, depois da sua morte, passaria para essa gente?

Quando o senador pronunciou essas palavras, a sra. Permaneder lhe pousou a mão sobre o braço e cochichou em tom apaziguador:

— Thomas! Mamãe jaz na peça vizinha!...

— Pois não — respondeu Christian —, assim convém fazer.

— Bem, você não fará *nada* disso! — gritou o senador levantando-se de um pulo. Christian também se ergueu. Pôs-se atrás da cadeira, que apanhou com a mão. Apertando o queixo contra o peito, olhou o irmão, metade acanhado, metade furioso.

— Não fará isso... — repetiu Thomas Buddenbrook, quase louco de raiva, pálido, trêmulo, com gestos convulsivos. — Enquanto eu estiver com vida, essas coisas não acontecerão... Juro-lhe! Tome cuidado... é o que digo! Perdeu-se dinheiro demais por desgraça, tolice e perfídia, para que você se possa atrever a atirar a quarta parte da fortuna da mãe no colo dessa meretriz e dos seus bastardos! E tudo isso, depois de Tiburtius ter açambarcado a outra quarta parte! Você já comprometeu bastante a família, meu rapaz, para que ainda seja preciso aparentar-nos com uma cortesã e dar o nosso nome aos filhos dela. Proíbo-lhe isso, ouviu? proíbo-lhe! — gritou numa voz que fazia retumbar a sala. A sra. Permaneder, chorando, estreitou-se contra um canto do sofá. — E não ouse agir contra a minha vontade; dou-lhe este conselho! Por ora, apenas o desprezei; fingi não ver... Mas, se você me provocar, se levar as coisas ao extremo, vamos ver quem sairá perdendo! Digo-lhe, tome cuidado! Já não conheço consideração! Mandarei pô-lo sob tutela por infantilidade, deixarei trancafiá-lo, vou aniquilá-lo! Aniquilar! Compreende?!

— E eu lhe digo... — começou Christian. E então tudo passou para uma troca de palavras, briga desenfreada, fútil e lastimável, sem um verdadeiro tema, sem outra finalidade senão a de ofender um ao outro, de ferirem-se com palavras mortíferas. Christian voltou a ocupar-se com o caráter do irmão, buscando, no passado remoto, traços avulsos, histórias penosas que provassem o egoísmo de Thomas, e que ele, Christian, não pudera esquecer, mas ruminara e impregnara de amargura. E o senador respondeu-lhe com palavras exageradas de desdém e ameaça de que, dez minutos mais tarde, já se arrependia. Gerda, a cabeça levemente apoiada sobre a mão, contemplava os dois com olhos velados e expressão indefinível. A sra. Permaneder, desesperada, repetia sem cessar:

— E mamãe, que jaz na sala vizinha... E mamãe, que jaz na sala vizinha...

Finalmente, Christian, que já durante as últimas réplicas se movimentara de cá para lá pela sala, bateu em retirada.

— Está bem! Vamos ver! — gritou ele. Fogoso e exaltado, o bigode descomposto e os olhos vermelhos, o casaco aberto e o lenço na mão pendente, saiu pela porta, que fechou ruidosamente atrás de si.

No silêncio que surgiu de repente, o senador permaneceu ainda um instante de pé, dirigindo os olhos para o lugar onde desaparecera o irmão. Então sentou-se, sem falar; com movimentos rápidos apanhou outra vez os papéis e liquidou com palavras secas o que restava a liquidar. Feito isso, reclinou-se e, absorto em seus pensamentos, deixou as pontas do bigode deslizarem através dos dedos.

O coração da sra. Permaneder palpitava violentamente de tanto medo! O problema, o grave problema já não se podia adiar; devia-se falar dele; Thomas tinha de responder... Mas que momento infeliz! Ele estaria agora disposto a usar de clemência e piedade?

— E... Tom... — começou ela, baixando, primeiro os olhos para o colo e fazendo tímida tentativa de ler-lhe na fisionomia... — Os móveis... Claro que você já ponderou tudo... As coisas que nos pertencem, quero dizer, a Erika, à pequena e a mim... ficarão aqui.. conosco... Em poucas palavras... a casa? que será dela? — perguntou, torcendo, furtivamente, as mãos.

O senador não respondeu logo, mas continuou durante algum tempo a cofiar o bigode e a olhar para dentro de si numa meditação melancólica. Então respirou, enquanto se endireitava.

— A casa... — disse. — Naturalmente ela pertence a nós todos, a você, a Christian e a mim... e, coisa engraçada, também ao pastor Tiburtius, pois a cota faz parte da herança de Klara. Eu não tenho de decidir sozinho a esse respeito, mas preciso do consenso de vocês. Indubitavelmente o mais indicado é vendê-la o quanto antes — terminou, encolhendo os ombros. Contudo, a essas palavras, passou-lhe algo por sobre o rosto como se o espantasse aquilo que dissera.

A cabeça da sra. Permaneder abaixou-se profundamente. As mãos, cessando de apertar-se entre si, afrouxaram-se de súbito.

— Nosso consenso! — repetiu ela depois de uma pausa, triste e até com certa amargura. — Meu Deus, você sabe perfeitamente, Tom, que fará o que lhe parece melhor, e que nós outros não lhe poderemos recusar o nosso consentimento... Mas talvez possamos interpor uma palavra... rogar-lhe — continuou quase sem tom, enquanto o lábio superior começava a tremer... — A casa! A casa da mãe! A nossa casa paterna! Onde fomos tão felizes! Será que deveremos vendê-la?

Outra vez, o senador encolheu os ombros.

— Você vai acreditar-me, minha filha, que tudo quanto me sugere de qualquer jeito me preocupa tanto como a você... Mas isso não são argumentos, e sim sentimentalismos. O que é preciso fazer não se pode discutir. Temos aqui este prédio enorme... O que vamos fazer com tudo isto agora? Há muitos anos, desde a morte do pai, todo o edifício traseiro está ruindo. Na sala de bilhar vive uma família de gatos meio selvagens. E a gente não se pode aproximar, com medo que desmorone o assoalho... Sim; se eu não tivesse a minha casa na Fischergrubestrasse! Mas tenho-a, e que vou fazer com ela? Você acha talvez preferível vendê-la? Julgue você mesma... Para quem? Eu perderia mais ou menos a metade do dinheiro que investi. Ah, Tony, temos bastantes prédios, temos demais; os armazéns e duas grandes casas! Quase não há mais proporção razoável entre o valor dos imóveis e o capital líquido! Não; vender, só vender!

Mas a sra. Permaneder não o ouvia. Estava sentada, dobrada sobre si, presa dos seus pensamentos, olhando o vazio com olhos úmidos.

— Nossa casa... — murmurou. — Lembro-me ainda de como a inauguramos... Éramos pequeninos assim, naquela época. Toda a família estava reunida. E tio Hoffstede recitou um poema... Acha-se na pasta... Sei-o de cor... Venus Anadiomene... A sala das Paisagens! A sala de jantar! Gente estranha...

— Sim, Tony. Naquele tempo, os que tiveram de sair da casa quando o avô a comprou devem ter experimentado os mesmos sentimentos. Haviam perdido o dinheiro e foram-se embora; e hoje estão mortos e enterrados. Tudo tem o seu tempo. Consideremo-nos felizes e agradeçamos a Deus por ainda não termos chegado a tanto quanto os Ratenkamps naquela época; despedimo-nos desta casa numa situação mais favorável do que eles...

Um soluço o interrompeu, soluço prolongado e doloroso. A sra. Permaneder entregou-se de tal maneira à sua mágoa que nem sequer pensou em enxugar as lágrimas que lhe corriam pelas faces. Quedava-se na cadeira, lassa, inclinada para a frente; uma gota quente lhe caiu sobre as mãos, que, frouxas, descansavam no colo; mas Tony não lhe prestou atenção.

— Tom — disse ela, procurando imprimir uma firmeza suave e comovente à voz, que as lágrimas ameaçavam sufocar. — Você não sabe como me sinto nesta hora; não sabe. A sua irmã não andou muito bem na vida; sempre levou a pior. Sobre mim abateu-se tudo o que se pode imaginar... Não sei como o mereci. Mas aguentei todas as desgraças, sem desanimar. Tom: o caso Grünlich e o caso Permaneder e o caso Weinschenk. Pois sempre que Deus, novamente, me quebrava em pedaços a existência, eu não me achava todavia desamparada. Sabia de um lugar, de um porto seguro, por assim dizer, onde estava em casa, abrigada, onde podia refugiar-me, diante de todos os infortúnios da vida... Ainda há pouco, quando tudo parecia acabado, e quando conduziram Weinschenk para a cadeia... "Mamãe", disse eu, "será que podemos mudar-nos para cá?..." "Sim, minha filha, podem vir..." Quando éramos pequenos, Tom, e brincávamos de pegador, existia sempre um pique, uma determinada meta para onde a gente podia correr quando se encontrava em apuros; ali não nos podiam apanhar, tinham de deixar-nos descansar tranquilamente. A casa da mãe, esta casa, Tom, foi na minha vida o pique... E agora... e agora... vendê-la...

Reclinando-se, escondeu o rosto no lenço e chorou amargamente. Ele lhe puxou uma das mãos para baixo e segurou-a entre as suas.

— Eu sei, minha querida Tony, eu sei perfeitamente de tudo isso! Mas não poderíamos ser um pouco razoáveis? Nossa boa mãe se foi... Não a podemos mandar voltar. E que faremos agora? Seria insensato ficar com esta casa, que representa um capital morto... Eu devo sabê-lo, não é? Quer fazer dela um cortiço? Você suporta dificilmente a ideia de ver gente estranha morar aqui. Mas, neste caso, é melhor que não os veja de perto, mas que alugue para você e os seus uma casinha bonita ou um apartamento, em qualquer parte, por exemplo diante do portão da Fortaleza... Ou, acaso, você preferiria vegetar aqui em companhia de uma porção de locatários? E tem sempre a sua família, tem Gerda e a mim, e os Buddenbrook da Breite Strasse e os Kröger e também Mademoiselle Weichbrodt... sem mencionar Klothilde, da qual não sei se gosta ainda de ter contato conosco; desde que entrou no convento, tornou-se um tanto exclusiva...

Tony deu um suspiro que era uma meia risada; virou-se e apertou com mais força o lenço contra os olhos, amuando-se como uma criança que querem desviar da sua mágoa por meio de um gracejo. Mas então, descobrindo resolutamente o rosto, endireitou-se como sempre, quando era preciso demonstrar caráter e dignidade. Inclinou a cabeça para trás e procurou, apesar disso, estreitar o queixo contra o peito.

— Sim, Tom — disse ela, e os olhos túmidos pelo choro fitavam, piscando, a janela, com uma expressão séria e resignada —, eu também quero ser razoável... já o sou. Você deve desculpar... e você também, Gerda, de eu ter chorado. São coisas que nos acometem... é um sinal de fraqueza. Mas, podem acreditar, é apenas superficial. Vocês sabem muito bem que, no fundo, sou uma mulher endurecida pelo sofrimento... Sim, Tom, o que você disse sobre o capital morto me convence; tenho bastante juízo para compreendê-lo. Só posso repetir: você deve fazer o que acha indicado. Você tem de pensar e agir por nós, pois Gerda e eu somos mulheres, e Christian... bem, Deus o proteja... Nós não podemos fazer oposição; tudo quanto temos de dizer não são argumentos, mas só sentimentalismos, está claro. A quem você vai vendê-la, Tom? Acha que a coisa se realizará rapidamente?

— Ora, minha filha, se eu soubesse disso... Em todo o caso... hoje de manhã já disse algumas palavras a Gosch; conhece o velho corretor Gosch? Pareceu-me disposto a encaminhar a coisa.

— Seria bom; sim, seria muito bom. Siegismund Gosch tem os seus fracos; claro que tem... Essa mania das traduções do espanhol, de que falam... Eu não posso lembrar-me de como se chama o tal poeta... É um pouco esquisito; você deve concordar comigo, Tom. Mas Gosch já foi amigo de papai e é homem absolutamente honesto. Além disso tem coração; todo mundo o sabe. Compreenderá que não se trata de uma venda qualquer, de uma casa como as outras... Que acha, Tom: quanto você vai pedir? Cem mil marcos será o mínimo, não é?

"Cem mil marcos será o mínimo, Tom!", repetiu ainda, o trinco da porta na mão, enquanto o irmão e a esposa já desciam pela escada. Depois, a sós, manteve-se imóvel no meio da sala, as mãos pendentes enlaçadas diante de si, de modo que as palmas se viravam para baixo. Os olhos grandes e desnorteados vagavam em redor. Sob o peso dos pensamentos, a cabeça, guarnecida de uma pequena touca de rendas, e que meneava sem cessar, abaixava-se, devagar, cada vez mais profundamente, sobre os ombros.

3.

Haviam obrigado o pequeno Hanno a despedir-se dos restos mortais da avó. O pai lhe dera a ordem, e o menino, embora tivesse medo, não deixou escapar nem uma palavra de oposição. Durante o almoço, no dia seguinte à penosa agonia da consulesa, o senador, com intenção visível, condenara energicamente, em presença do filho, a conduta de tio Christian, que, às escondidas, se tinha safado e deitado quando os sofrimentos da enferma se achavam no apogeu. "São os nervos, Thomas", respondera Gerda; mas o marido, com um olhar em direção a Hanno, olhar que absolutamente não escapara à criança, havia replicado em tom quase severo que, nesse caso, não convinha pronunciar palavras de desculpa. A saudosa mãe sofrera de tal maneira que os parentes deviam sentir vergonha de assistirem sem dores a essa luta, em lugar de se esquivarem covardemente às penas insignificantes que lhes causava o aspecto. Hanno tirara disso a conclusão de que não se devia atrever a fazer objeções contra a visita ao caixão aberto.

Como por ocasião do Natal, a vasta sala parecia-lhe estranha quando, no dia anterior ao enterro, entrou ali, vindo do alpendre, entre o pai e a mãe. Em frente, diante do fundo verde de grandes plantas de vaso, que, alternando com altos castiçais de prata, formavam um semicírculo, erguia-se, branca e resplandecente, sobre o pedestal preto, a cópia do Cristo Redentor de Thorwaldsen, que antigamente tinha o seu lugar no corredor. Em toda parte nas paredes, a corrente de ar movimentava o crepe negro que escondia o azul-celeste da tapeçaria, assim como o sorriso das brancas estátuas de divindades, acostumadas a olhar os alegres comensais desta sala. Cercado pelos parentes, todos vestidos de preto, a larga cinta de crepe em torno da manga na roupa de marujo, o pequeno Johann tinha o espírito envolto pelos perfumes que a multidão de coroas e ramalhetes exalava; suavemente, apenas perceptível durante esta ou aquela respiração, misturava-se com eles um aroma esquisito e todavia singularmente conhecido. No meio de tudo isso, Hanno, ao lado do ataúde, olhou o vulto imóvel que, solene e inacessível, coberto de cetim branco, se achava deitado diante dele.

Isso não era a vovó. Era a sua touca de domingo com as fitas de seda branca e por baixo dela o topete arruivado. Mas esse nariz pontudo, esses lábios puxados para dentro, esse queixo avançado, essas mãos amarelas, diáfanas e entrelaçadas que aparentavam frieza e rigidez, não pertenciam a ela. Isso era uma boneca estranha, de cera; havia algo de horroroso nessa maneira de exibi-la e celebrá-la. O menino lançou um olhar para a sala das Paisagens como se, no mesmo instante, devesse aparecer ali a verdadeira vovó... Mas ela não veio. Morrera. A morte a trocara, para sempre, por essa figura de cera que, tão inexorável, tão inatingivelmente, mantinha os lábios e as pálpebras cerrados.

Hanno deixou descansar o corpo na perna esquerda; o joelho direito estava dobrado de modo que o pé balançava levemente na ponta; uma das mãos empunhava o nó de marujo que lhe cobria o peito, enquanto a outra pendia frouxamente. A cabeça, com os ondulados cabelos castanhos que caíam por sobre as fontes, inclinava-se para o lado. Por baixo das sobrancelhas franzidas, os olhos, cingidos de sombras azuladas, fitavam, com expressão de repugnância e meditação, pois a cada respiração esperava por aquele aroma, o aroma esquisito e todavia singularmente conhecido que as ondas de perfumes das flores nem sempre eram capazes de dissimular. E quando vinha esse cheiro, quando a criança o sentia, as sobrancelhas se franziam com mais firmeza e os lábios, por um momento, se punham a tremer... Finalmente deu um suspiro; tão parecido com um soluço sem lágrimas que a sra. Permaneder se inclinou para ele, a fim de beijá-lo. Conduziu-o para fora da sala.

Na sala das Paisagens, durante horas demoradas, o senador e a esposa, em companhia da sra. Permaneder e de Erika Weinschenk, receberam os pêsames da cidade. Depois deu-se à sepultura Elisabeth Kröger Buddenbrook. Parentes de fora de Frankfurt e de Hamburgo haviam chegado e, pela última vez, gozavam a hospitalidade da casa da Mengstrasse. A multidão dos condolentes enchia o grande salão e a sala das Paisagens, o alpendre e o corredor, quando à luz das velas ardentes, majestosamente ereto à cabeceira do esquife, o pastor Pringsheim, de Santa Maria, fez a oração fúnebre; por cima da larga e pregueada gola de rendas, dirigiu para o céu o rosto escanhoado; tinha as mãos postas embaixo do queixo e mostrava uma fisionomia que variava entre fanatismo sinistro e doce enlevo.

Num crescendo e diminuendo de sons, enalteceu as qualidades da defunta, sua distinção e modéstia, a alegria e a devoção, a caridade e a brandura. Mencionou a Noite de Jerusalém e a Escola Dominical; deixou resplandecer mais uma vez toda a longa, rica e ditosa vida da pranteada, ao brilho da sua eloquência... e, como a palavra "fim" requer um adjetivo, terminou falando do fim suave e tranquilo que ela tivera.

A sra. Permaneder sabia perfeitamente quanta dignidade e atitude representativa ela devia, nessa hora, a si própria e a todas as pessoas reunidas. Com a filha Erika e a neta Elisabeth, ocupara os mais evidentes lugares de honra, ao lado do pastor, à cabeceira do caixão coberto de coroas, enquanto Thomas, Gerda, Christian, Klothilde e o pequeno Johann, assim como o velho cônsul Kröger, sentado numa cadeira, se conformavam, tal qual os parentes afastados, a assistirem à cerimônia em lugares menos vistosos. Postara-se ali, de cabeça erguida, os ombros um tanto alçados e o lenço de cambraia, orlado de preto, por entre as mãos. O orgulho causado pelo papel relevante que lhe coubera pela sorte nessa solenidade era tão grande que, por vezes, abafava completamente o pesar e o deixava cair no olvido. Os olhos, que geralmente conservava baixos, na consciência de estar exposta aos olhares críticos da cidade inteira, de vez em quando não se podiam abster de vagar por sobre a multidão, onde descobriu também Julinha Hagenström Möllendorpf e seu marido... Sim, todos haviam sido obrigados a vir, os Möllendorpf, Kistenmaker, Langhals e Oeverdieck! Antes de Tony Buddenbrook abandonar a casa paterna, tiveram mais uma vez de se aglomerar ali, para, apesar de Grünlich, de Permaneder e de Hugo Weinschenk, lhe prestarem a homenagem compassiva!

E o pastor Pringsheim com a sua oração fúnebre remexia na ferida que a morte abrira; calculadamente, demonstrou a cada um o quanto perdera; soube arrancar lágrimas também daqueles olhos que, de outro modo, não as teriam derramado. As pessoas assim comovidas lhe tinham gratidão. Quando fez menção à Noite de Jerusalém, começaram a soluçar todas as velhas amigas da falecida, com exceção da sra. Kethelsen, que, não ouvindo nada, dirigia os olhos para a frente com a expressão fechada da gente surda, e das irmãs Gerhardt, que, de mãos dadas e olhos lúcidos, se achavam num canto da sala: alegravam-se com a morte da amiga e somente não a invejavam porque inveja e rancor eram alheios ao coração das descendentes do poeta Paul Gerhardt.

Mademoiselle Weichbrodt assoava incessantemente o nariz com gestos breves e enérgicos. Mas as primas Buddenbrook da Breite Strasse não choravam; isso não estava nos seus hábitos. As suas fisionomias, embora menos espinhosas do que de costume, expressavam branda satisfação pela equidade imparcial da morte...

Quando o derradeiro amém do pastor Pringsheim morreu no espaço, entraram os quatro carregadores, de tricórnios pretos; caminharam sem ruído e contudo tão rápidos, que os mantos negros se enfunavam atrás deles. Eram quatro figuras de lacaios que todo mundo conhecia, criados assalariados que a cada banquete na alta sociedade serviam as travessas pesadas e, nos corredores, bebiam das garrafas o tinto da firma Möllendorpf. Mas, sendo também indispensáveis em todos os enterros de primeira e segunda categoria, tinham adquirido grande destreza nessa espécie de trabalho. Sabiam perfeitamente que o momento doloroso em que o caixão, apanhado e carregado por mãos estranhas, sai para sempre do ambiente da família deve ser abreviado por meio de tato e agilidade. Com dois ou três movimentos rápidos, silenciosos e vigorosos içaram o ataúde da essa para os ombros; os presentes mal tiveram tempo para avaliar o caráter horrível do instante, e já o féretro coberto de flores sumia, balançando rapidamente, e todavia num ritmo comedido, para desaparecer no alpendre.

Com carinho, as senhoras se juntaram em torno de Antonie e da sua filha, murmurando, de olhos baixos, nada mais e nada menos senão o que se deve murmurar em tal ocasião. Enquanto isso, os homens se puseram a descer para as carruagens...

E, em interminável fila negra, realizou-se a viagem lenta e extensa, através das ruas cinzentas e úmidas, pelo portão da Fortaleza, ao longo da alameda desfolhada, arrepiada na garoa fria até o cemitério. Ali ressoou uma marcha fúnebre por trás duma moita meio despida. Todos seguiam o caixão, caminhando a pé pelos atalhos encharcados, até o lugar onde, à margem do arvoredo, o mausoléu dos Buddenbrook, com grande cruz de lioz, erguia a pedra ogival, cravada de nomes... A pétrea tampa do túmulo, enfeitada pelo escudo da família em baixo-relevo, achava-se ao lado da cova escura, cercada de verde úmido.

Preparara-se ali embaixo o lugar do novo ocupante. Sob a inspeção do senador, tinham-se feito nos últimos dias trabalhos de limpeza e afastado alguns restos de velhos Buddenbrook. Agora, enquanto soavam os derradeiros acordes da música o caixão, preso pelas amarras dos carregadores, desceu, balançando-se, para o fundo empedrado. Enquanto deslizava com um ruído surdo, o pastor Pringsheim, que vestira manguinhas postiças, recomeçou a falar. No ar frio e calmo do outono, ressoou, clara, terna e piedosa, a sua voz educada, por sobre a cova aberta e as cabeças dos presentes, abaixadas ou melancolicamente inclinadas para o ombro. Finalmente, dobrando-se por cima do túmulo, o pregador chamou a defunta pelo nome inteiro e abençoou-a com o sinal da cruz. Quando emudeceu e todos os cavalheiros, com as mãos enluvadas de preto, mantinham as cartolas diante do rosto, a fim de rezarem uma oração silenciosa, brilhou um pouco de sol. Já não chovia; com o baque das gotas que, aqui e ali, caíam das árvores e moitas, misturava-se, de quando em quando, um pipilar de pássaro, breve, suave e interrogador.

Então todos se puseram a apertar mais uma vez a mão dos filhos e do irmão da falecida consulesa.

Por ocasião deste desfile, Thomas Buddenbrook, a fazenda espessa e negra do sobretudo orvalhada de gotas de chuva, finas e prateadas, achava-se entre o seu irmão Christian e o seu tio Justus. Nos últimos tempos começava a tornar-se um tanto nutrido — único sinal de envelhecimento na sua aparência diligentemente cuidada. Arredondavam-se as bochechas, pelas quais avançava o bigode esticado em pontas compridas; mas a tez era alvacenta, pálida, sem sangue nem vida. Os olhos levemente avermelhados encaravam com polidez cansada a cada um dos cavalheiros cujas mãos apertava durante um momento.

4.

Uma semana mais tarde, no gabinete particular do senador Buddenbrook, achava-se na poltrona de couro ao lado da escrivaninha um ancião baixinho, de rosto raspado e cabelo branco que lhe caía profundamente sobre a testa e as fontes. Em posição agachada, apoiava-se com ambas as mãos no castão branco da bengala; o queixo pontudo e saliente repousava sobre as mãos; os lábios estavam maliciosamente cerrados e as comissuras da boca puxadas para baixo. O velho cravava no senador um olhar tão abominável, de tanta perfídia penetrante, que era incompreensível que este não evitasse relações com tal indivíduo. Mas Thomas Buddenbrook, reclinado, sem inquietude perceptível, conversava com essa figura malvada e demoníaca como um cidadão inocente... O chefe da firma Johann Buddenbrook e o corretor Siegismund Gosch combinavam o preço de venda do velho casarão da Mengstrasse.

As negociações demoravam-se bastante. A oferta de vinte e oito mil táleres que o sr. Gosch lhe fizera pareceu muito baixa ao senador, enquanto o corretor tomava o céu por testemunha de que seria mera loucura acrescentar um único xelim a essa importância. Thomas Buddenbrook falou da situação central e da extensão invulgar do prédio. O sr. Gosch, porém, em voz sibilante, opressa e emperrada, de lábios descompostos e gestos horripilantes, fez uma conferência sobre o risco esmagador que assumira — explicação que na sua ênfase animada quase chegava a ser um poema... Ah! quando, a quem e por que preço poderia ele vender essa casa? Quantas vezes, no decorrer dos séculos, haveria procura de um terreno dessa espécie? Será que o seu prezadíssimo amigo e protetor lhe poderia prometer que, amanhã, pelo trem de Büchen, chegaria um nababo da Índia a fim de se instalar na casa dos

Buddenbrook? Ele, Siegismund Gosch, ficaria com o capital empatado... empatado, e nesse caso seria um homem perdido, definitivamente arruinado, que nem sequer teria tempo para reerguer-se, pois o seu relógio estava prestes a parar; a cova já se encontrava aberta para ele, sim, senhor, aberta... E, como esta locução o cativasse, acrescentou mais alguma coisa dos lêmures, escravos da morte, e dos torrões de barro que cairiam com ruído surdo sobre o seu caixão.

Todavia, o senador não se deu por satisfeito. Mencionou a divisibilidade ideal do terreno; insistiu na responsabilidade que tinha para com os irmãos e perseverou no preço de trinta mil táleres correntes. Depois, num misto de nervosismo e agrado, ouviu outra vez uma réplica eloquente do sr. Gosch. Este jogo levou quase duas horas, em cujo decurso o corretor teve ocasião para puxar todos os registros da sua arte mímica. Fez dois papéis ao mesmo tempo, representando um patife hipócrita.

— Aceite, senhor senador, meu jovem amigo... oitenta e quatro mil marcos correntes... é a oferta de um velho honesto! — disse em voz adocicada, inclinando a cabeça para o lado, enquanto imprimia ao rosto desfigurado por tantos trejeitos o sorriso da ingenuidade bonachona; estendeu para Thomas a mão, manzorra branca de longos dedos trêmulos. Mas tudo foi mentira e traição! Qualquer criança podia ver através da máscara fingida, percebendo, dela, a íntima velhacaria desse homem...

Finalmente, Thomas Buddenbrook declarou que precisava de um prazo para resolver-se, e que, em todo o caso, devia deliberar com os irmãos, antes de aceitar os vinte e oito mil táleres, o que, porém, era pouco provável. Por enquanto dirigiu a palestra para território neutro, informando-se acerca dos êxitos comerciais e do bem-estar particular do sr. Gosch...

O sr. Gosch andava mal; rejeitou com um belo gesto do braço a ideia de que pudesse pertencer aos felizes. Aproximava-se a velhice penosa; ela tinha até chegado, e, como já dissera, a cova se encontrava aberta para ele. De noite, mal podia erguer até a boca um copo de grogue sem derramar a metade; de tal modo o diabo lhe fazia tremer a mão. Praguejar não adiantava. A vontade não triunfava mais... Mas, seja como for! Vivera uma vida que não era pobre, afinal de contas. Vira o mundo com olhos despertos. Haviam passado em torno dele as tempestades de revoluções e guerras, e as ondas levantadas por elas tinham-lhe atravessado o coração... por assim dizer. Ah, com os diabos! Eram tempos diferentes, aqueles em que, durante a histórica sessão da Assembleia, lado a lado com o pai do senador, o cônsul Johann

Buddenbrook, afrontara o assalto da populaça furiosa! O mais terrível de todos os terrores... Não, a sua vida não fora pobre, nem exterior nem interiormente. Com os diabos! sentira em si forças produtivas — e tal força, tal ideia!, dizia Feuerbach. E ainda agora, ainda agora... sua alma não se tornara estéril; o coração se conservava moço; nunca deixara, nem deixaria de ser suscetível a emoções grandiosas e de abrigar, leal e fervorosamente, os seus ideais... Ele os levaria consigo para o túmulo; decerto! Mas existiriam os ideais para serem realizados? Pelo contrário! Não se desejam as estrelas; mas a esperança... Ah, sim! A esperança, não a realização, era o que a vida oferecia de melhor. *L'espérance toute trompeuse qu'elle est, sert au moins à nous mener à la fin de la vie par un chemin agréable.* La Rochefoucauld dissera-o, e era bonito; não era? Sim, o seu prezadíssimo amigo e protetor não precisava saber dessas coisas! Aquele a quem erguem nos seus ombros as vagas da vida real, em cuja fronte resplandece a boa fortuna, não precisava ruminar na cabeça esses pensamentos. Mas quem, solitário, sonha nas trevas profundas, tem necessidade dessas coisas...

— O senhor é feliz — disse ele subitamente, pondo a mão sobre o joelho do senador e olhando-o de baixo com um olhar velado. — ... Ah, sim! Não cometa um pecado negando esse fato! O senhor é feliz! Cinge a sorte com os braços! Foi buscá-la e conquistou-a com braços fortes... com mãos fortes! — corrigiu-se a si mesmo, porque não podia suportar a repetição da palavra "braço". Depois emudeceu, e, sem perceber nem uma palavra da resignada resposta negativa do senador, continuou a encará-lo com olhares sombrios e sonhadores. De repente endireitou-se.

— Mas estamos conversando, e todavia nos encontramos aqui para negócios. O tempo é precioso; não o percamos com escrúpulos! Escute... Porque se trata do senhor... Compreende? Porque... — Pareceu que o sr. Gosch novamente se entregaria a belas meditações, mas, bruscamente decidido, gritou com um vasto gesto, brioso e entusiasta:

— Vinte e nove mil táleres... Oitenta e sete mil marcos correntes, pela casa da senhora sua mãe! Aceita?

E o senador Buddenbrook aceitou.

A sra. Permaneder, como era de esperar, achou o preço ridiculamente baixo. Se alguém, em face das recordações que para ela se ligavam a essa casa, pagasse um milhão de marcos à vista, ela teria achado que era uma atitude decente, e nada mais. Todavia conformou-se logo com a cifra que o irmão lhe anunciara, sobretudo porque o seu pensar e sentir estavam ocupados com os projetos do futuro.

Alegrava-se de todo o coração pela multidão de móveis bonitos que lhe tinham cabido em sorte. Se bem que, por ora, ninguém pensasse em enxotá-la da casa paterna, dedicava-se com zelo à procura e locação de uma nova morada para si própria e os seus. A despedida seria dura... sem dúvida; o simples pensamento lhe fazia brotar lágrimas dos olhos. Mas, por outro lado, a expectativa de mudanças e situações diferentes tinha os seus encantos... Não se parecia isto com um quarto estabelecimento? Novamente, ela visitava apartamentos; novamente conferenciava com o sr. Jakobs da casa de móveis; novamente regateava nas lojas o preço de fazendas para cortinas ou forros... O coração lhe palpitava; deveras, o coração dessa mulher velha, endurecida pelo sofrimento, palpitava num ritmo acelerado!

Assim decorreram semanas; quatro, cinco, seis semanas. Veio a primeira neve; chegara o inverno; as estufas crepitavam, e os Buddenbrook deliberavam, aflitos, como passariam o próximo Natal... Então, de repente, sucedeu alguma coisa, algo de dramático, de sumamente inesperado; a marcha do mundo tomou um rumo que mereceu o interesse geral e também o conquistou; deu-se um acontecimento... ou melhor: ele caiu como um raio, fazendo com que a sra. Permaneder, no meio dos seus afazeres, estacasse, atônita!

— Thomas — disse ela —, estarei maluca? Gosch, por acaso, estará fantasiando? Não pode ser possível! É demasiado absurdo, é inimaginável, é... — Calou-se, segurando as fontes com ambas as mãos. Mas o senador encolheu os ombros.

— Minha filha, por enquanto nada está decidido; mas ventilou-se a ideia, a possibilidade; e, usando de alguma calma e reflexão, você achará que não há nada de inimaginável nisto. Decerto é um pouco surpreendente. Eu também dei um passo para trás quando Gosch me falou do projeto. Mas inimaginável? O que o impediria?

— Não sobreviverei a isso — disse Tony; sentou-se numa cadeira e permaneceu imóvel.

Que é que se passava? Já se achara um comprador para a casa ou, pelo menos, uma pessoa que manifestava interesse e expressara o desejo de examinar detalhadamente a propriedade à venda, com o fim de negociações posteriores. E esta pessoa era o sr. Hermann Hagenström, atacadista e cônsul do Reino de Portugal.

Quando o primeiro boato havia chegado aos ouvidos da sra. Permaneder, esta ficara paralisada, pasma, estupefata, incrédula, incapaz de perceber a ideia em toda a sua extensão. Mas, agora que o problema ganhava cada vez mais forma e probabilidade, que a visita do cônsul Hagenström à Mengstrasse era simplesmente iminente, ela colheu todas as suas energias; a vida despertou nela. Não protestou apenas; empinou-se. Achou palavras candentes e cortantes; brandiu-as como tochas ou hastas.

— Isso não acontecerá, Thomas! Enquanto eu viver, isso não acontecerá! Quando a gente vende um cachorro, toma-se cuidado para que tenha um bom dono. E a casa da mãe! A nossa casa! A sala das Paisagens!

— Mas eu lhe pergunto: qual é o obstáculo?

— O obstáculo? Santo Deus! O obstáculo? Montanhas inteiras deviam servir de obstáculo a esse gorducho! Montanhas! Mas ele não as enxerga! Não se importa com elas! Não tem sentidos para isso! Será um animal? Desde tempos imemoriais, os Hagenström foram os nossos adversários... O velho Hinrich amolava o avô e o pai; e, se Hermann ainda não lhe pôde causar algum mal sério, se ainda não lhe passou a perna, é só porque ainda não teve ocasião para tanto... Quando éramos crianças, dei-lhe uma bofetada no meio da rua, e tive bons motivos para fazê-lo. E a sua graciosa irmã, a Julinha, quase me despedaçou naquela ocasião. São criancices; perfeitamente! Mas eles sempre acompanharam com prazer e malícia todas as desgraças que nos têm acontecido; e na maioria das vezes fui eu quem lhes causou esse divertimento... Deus o quis assim... Mas de que jeito o cônsul o prejudicou comercialmente e com impertinência o sobrepujou, Tom, você deve sabê-lo melhor; não posso informar a este respeito. E quando, no final das contas, Erika fez um casamento vantajoso, embirraram-se, até que, finalmente, conseguiram eliminar o gerente, trancafiando-o por obra do irmão, desse gato, desse satanás de promotor público... E agora eles ousam... não têm vergonha de...

— Escute, Tony. Primeiro, nós já não podemos intervir seriamente neste assunto; fechamos o negócio com Gosch, e agora é a vez dele de vender a quem quiser. Sem dúvida; não negou que, no fato, haveria certa ironia do destino...

— Ironia do destino? Sim, Tom; eis a *sua* maneira de expressar-se! Mas eu chamo a isto uma infâmia, um golpe bem na cara, nada menos! Você não pensa no que isto significa, Thomas? Significaria: os Buddenbrook estão acabados, liquidados; retiraram-se... E os

Hagenström, com a música à frente, vão ocupar-lhes o lugar! Não, Thomas; jamais eu representarei nesta peça! Não colaborarei nessa ignomínia! Que ele venha; que se atreva a chegar aqui para examinar a casa! Eu não o receberei; pode acreditar-me! Sentar-me-ei numa sala, com a minha filha e a minha neta, e a fecharei a chave e lhe proibirei a entrada; eis o que vou fazer...

— Fará o que achar conveniente, minha querida, e antes de agir ponderará se não seria indicado observar minuciosamente as leis da cortesia. Provavelmente você pensa que o cônsul Hagenström se sentiria profundamente ferido pela sua conduta? Nada disso, minha filha! Nem se iria regozijar nem zangar com isso, mas ficaria admirado, presa duma admiração fria e indiferente. O caso é que você pressupõe nele os mesmos sentimentos com respeito a você e a nós que você tem contra ele. Está enganada, Tony. Ele não a odeia. Por que a odiaria? Não odeia ninguém. Acha-se na prosperidade e na boa sorte; está cheio de alegria e benevolência; acredite-me. Mais de dez vezes lhe afirmei que ele a cumprimentaria na rua, da maneira mais amável, se você quisesse conter-se e não dirigisse os olhos para o ar, daquele jeito agressivo e arrogante. Ele fica surpreendido; durante dois minutos experimenta uma espécie de estranheza sossegada e um tanto irônica, completamente incapaz de abalar o equilíbrio de um homem a quem ninguém pode enfiar o dedo no olho... De que você o censura? Quando, comercialmente, ele me sobrepujou de longe e, de vez em quando, me faz oposição bem-sucedida nos assuntos públicos, então acho que deve ser melhor comerciante e político do que eu... Não vejo nenhum motivo para você se rir com essa raiva esquisita! Mas quanto à venda da casa: a velha casa há muito não tem mais importância real para a nossa família; essa, pouco a pouco, passou completamente para a minha... Digo-lhe isso, a fim de a consolar em caso de qualquer eventualidade. Por outro lado, é manifesta a razão que induziu o cônsul Hagenström a levantar a ideia da compra. Essa gente subiu; a família cresce; são cunhados dos Möllendorpf e, em matéria de dinheiro e reputação, iguais aos primeiros. Mas falta-lhes alguma coisa, nas aparências, alguma coisa a que, até agora com superioridade sem preconceitos, haviam renunciado... O cunho histórico, por assim dizer, a legitimidade... Parece que agora lhes veio o apetite disso; para saciá-lo, entram numa casa como esta... Você vai ver: o cônsul deixará aqui tudo como está; não fará grandes reformas; conservará também o *Dominus providebit* por cima do portão, embora, fazendo-lhe justiça, tenhamos de admitir que não foi o Senhor, mas unicamente ele mesmo quem proporcionou à firma Strunck & Hagenström essa prosperidade...

— Bravo, Tom! Ah, como me faz bem ouvir da sua boca uma malícia a respeito dele! No fundo, é só isso que desejo! Meu Deus, se eu tivesse a sua cabeça, quanto não o azucrinaria! Mas você fica assim...

— Está vendo que, na realidade, a minha cabeça me faz pouco proveito.

— Mas você fica assim, digo, e trata o caso com esta calma incrível e me explica a atitude de Hagenström... Ah, fale, diga o que quiser; você tem tanto coração quanto eu, e simplesmente não acredito que esta coisa, no seu íntimo, o deixe tão frio como você finge! Respondendo-me às queixas... pode ser que você só queira consolar a si próprio...

— Agora você está indiscreta, Tony! Faço questão de que não se ocupe senão com aquilo que "finjo"! O resto não interessa a ninguém.

— Diga-me uma única coisa, Tom; suplico-lhe: tudo isso não lhe parece um delírio de febre?

— Exatamente.

— Um pesadelo?

— Certo.

— Uma farsa ridícula que causa nojo?

— Ora; chega por hoje!

... E o cônsul Hagenström apareceu na Mengstrasse; apareceu em companhia do sr. Gosch. Decrépito, de olhares ladinos, o chapéu de jesuíta na mão, entrou o corretor na sala das Paisagens. O cônsul o precedeu, enquanto passava pela criada que entregara os cartões e abria a porta envidraçada...

Hermann Hagenström vestia sobretudo forrado de peles, comprido, espesso e pesado, e que, aberto, deixava ver o terno cor de azeitona, de durável e fibrosa fazenda inglesa. Tinha a aparência de um homem de cidade grande, tipo imponente de jogador da Bolsa. Era tão extremamente gordo que não só o queixo, mas também toda a parte inferior do rosto, era duplo, fato que o aparado bigode loiro não dissimulava; a certos movimentos da testa e das sobrancelhas, a pele raspada do crânio até fazia grossas pregas. Mais achatado do que nunca, o nariz lhe cobria o lábio superior, resfolegando com dificuldade para dentro do bigode. De quando em quando, era preciso que a boca lhe viesse em socorro, abrindo-se para uma respiração enérgica. E isso se acompanhava ainda de um leve estalo, produzido pela língua, que gradativamente se afastava do palato e da garganta.

A sra. Permaneder mudou de cor ao ouvir esse ruído de há muito conhecido. Surgiu diante dela uma visão de bolo de limão com ganso defumado e de patê de foie gras, visão que quase chegou a abalar-lhe, por um instante, a dignidade monumental da atitude... Com a touca de luto sobre os cabelos lisos e apartados, Tony trajava vestido preto de perfeito corte, com saia de babados. De braços cruzados e ombros um pouco erguidos, estava sentada no sofá. No momento da entrada dos dois cavalheiros dirigiu ainda qualquer pergunta ao irmão, o senador, que não pudera tomar a si a responsabilidade de deixá-la sozinha naquela hora... Antonie continuou sentada, enquanto o senador, que fora encontrar os visitantes no meio da sala, trocava um cumprimento cordial com o corretor e outro convencional com o cônsul. Então, ela levantou-se por sua vez, para saudar os dois com uma única mesura comedida. Sem o mínimo exagero de fervor nos gestos e palavras, tomou parte no convite do irmão para se acomodarem. A indiferença impassível quase a fazia manter os olhos cerrados.

Enquanto se assentavam, e no decorrer dos primeiros minutos que seguiram, falaram alternadamente o cônsul e o corretor. O sr. Gosch, com humildade falsa e repugnante, atrás da qual, visível para todos, se escondia a perfídia, pediu perdão pelo incômodo, dizendo que o cônsul Hagenström desejava dar uma volta pelos aposentos da casa, a qual tencionava comprar... E depois o cônsul repetiu esse pedido em outras palavras e numa voz que mais uma vez lembrou à sra. Permaneder o bolo de limão com ganso defumado. Sim, de fato, a ideia da compra lhe ocorrera, e rapidamente se tornara desejo que esperava realizar para si e os seus, suposto que o sr. Gosch não quisesse fazer um negócio vantajoso demais; ah, ah!... Ora, não duvidava de que o assunto se arranjaria, para satisfação geral.

A sua atitude era desembaraçada, tranquila, confortável e mundana, o que não deixou de impressionar a sra. Permaneder, principalmente porque o cônsul, por cortesia, quase sempre lhe dirigia a palavra. Condescendeu até em motivar detalhadamente esse seu desejo, no tom de quem se desculpa.

— Espaço! Mais espaço! — disse. — A minha casa na Sandstrasse... A senhora e o senhor senador não me acreditarão, mas efetivamente ela se torna acanhada para nós; às vezes, a gente não se pode mexer. Nem sequer falo de reuniões... Nada disso! Efetivamente, basta estar reunida a família, os Huneu, Möllendorpf, os parentes de meu irmão Moritz, e, efetivamente, nos apertamos como sardinhas. E por que não? Não é?

Falou em tom de leve indignação, com fisionomia e gestos que diziam: "Os senhores vão compreender... não há necessidade de que eu aguente isso... seria estupidez... como, graças a Deus, não me faltam recursos para remediar...".

— Pois é; eu quis esperar — prosseguiu ele —, quis esperar até que Zerline e Bob precisassem de uma casa; tive a intenção de ceder-lhes a minha e de procurar para mim alguma coisa mais espaçosa. Mas... Os senhores sabem — interrompeu-se a si próprio — que minha filha Zerline e Bob, o filho mais velho de meu irmão, são noivos há longos anos... Já não queremos adiar muito o casamento. Dois anos no máximo... São moços, tanto melhor! Numa palavra: por que deveria eu esperar por eles e deixar escapar a boa ocasião que se oferece neste momento? Efetivamente, não haveria nisto lógica nenhuma...

Todos os presentes mostraram-se de acordo. A conversa descansou por um instante sobre esse assunto familiar, o futuro enlace; como casamentos vantajosos entre primos-irmãos não representassem na cidade nada de extraordinário, não achavam nenhum inconveniente. Informaram-se dos projetos do jovem par, e até da viagem de núpcias... Os noivos tencionavam viajar para a Riviera, Nice etc. Tinham vontade de ver essas coisas. E por que não? Não é? Fez-se também menção dos filhos menores. O cônsul falou deles com prazer e agrado, levemente, com um sorriso satisfeito. Ele mesmo tinha cinco filhos, e o seu irmão Moritz, quatro; filhos e filhas... Ah, muito obrigado; todos andavam muito bem. Que motivo podia existir para que não andassem bem? Não é? Em poucas palavras: tudo ia às mil maravilhas. Novamente veio a falar sobre o aumento da família e a estreiteza da sua casa...

— Sim, esta aqui é outra coisa! — disse ele. — Já ao subir para cá tive ocasião de verificá-lo... Esta casa é uma pérola, uma pérola, se me permitem a comparação, em vista das dimensões; ah, ah!... Basta ver estas tapeçarias... Confesso com franqueza, minha senhora: ao falar, admiro constantemente as tapeçarias. Efetivamente, uma sala encantadora! Imaginem... a senhora pôde passar toda a vida aqui...

— Sim, com algumas interrupções... — respondeu a sra. Permaneder com aquela peculiar voz gutural de que dispunha de vez em vez.

— Interrupções... ah, sim — repetiu o cônsul com um sorriso cortês. Depois lançou um olhar sobre o senador Buddenbrook e o sr. Gosch e, como os dois cavalheiros estivessem conversando, puxou a cadeira para perto do assento da sra. Permaneder, no sofá. Inclinou-se para ela, de modo que o arfar pesado do seu nariz ressoava logo embaixo do rosto de Antonie. Demasiado polida para virar-se e esquivar-se ao sopro, ela manteve-se ereta e o mais empertigada possível, olhando-o de pálpebras baixas. Mas o cônsul, absolutamente, não percebeu o quanto a situação dela era constrangida e desagradável.

— Então, minha senhora... — disse ele. — Acho que, em outros tempos, também já fizemos negócios. É verdade que então só se tratou de... De que foi mesmo que se tratou? Guloseimas ou doces, não é?... E agora é uma casa inteira...

— Não me lembro — disse a sra. Permaneder, endireitando ainda mais o pescoço, pois o cônsul aproximava a cara de modo indecente e insuportável...

— A senhora não se lembra?

— Não, sinceramente, não sei de doces. Tenho uma vaga recordação de um bolo de limão com salame gorduroso... um sanduíche pouco atraente... Não sei se pertencia a mim ou ao senhor... Éramos crianças naquele tempo... Mas o negócio da casa é do princípio até o fim assunto do sr. Gosch...

Relanceou para o irmão um olhar rápido e grato, pois ele lhe percebera o apuro e veio em socorro; permitiu-se perguntar se os visitantes queriam empreender a caminhada pela casa. Anuíram; despediram-se provisoriamente da sra. Permaneder, pois esperavam que, mais tarde, teriam outra vez o prazer... Então, o senador conduziu ambos à sala de jantar.

Levou-os pelas escadas, para baixo e para cima; mostrou os quartos do segundo andar, assim como aqueles que se achavam ao lado do corredor do primeiro; os aposentos do térreo e até a cozinha e adega. Quanto aos escritórios, renunciaram a examiná-los, considerando que a visita coincidia com o expediente da companhia de seguros. Trocaram-se algumas palavras sobre o novo gerente; duas vezes, o cônsul Hagenström o classificou como homem honestíssimo, enquanto o senador emudecia.

Atravessaram então o jardim despido, coberto de neve meio derretida; deram uma olhadela ao portão e voltaram para o pátio da frente, ali onde se achava a lavanderia. De lá foram pelo estreito atalho calçado, por entre os muros e pelo pátio de trás, o pátio de carvalho, até o edifício dos fundos. Nada existia aí senão velhice negligenciada. Entre as lajes do pátio vicejavam ervas e musgo; as escadas da casa encontravam-se em plena decadência. Inquietaram só passageiramente a família de gatos meio selvagens que vegetavam na sala de bilhar; abriram apenas a porta, sem entrar, pois o assoalho não era seguro.

O cônsul Hagenström mostrava-se taciturno; visivelmente ocupavam-no ponderações e projetos. "Bem...", dizia sem cessar com gesto indiferente, indicando que, se ele chegasse a ser dono disso, naturalmente as coisas não ficariam assim. Com a mesma fisionomia estacou algum tempo sobre a terra batida do pátio, olhando para os ermos depósitos. "Bem...", repetiu, enquanto imprimiu um movimento pendular à grossa e defeituosa corda do guindaste que, com o gancho enferrujado na extremidade, durante anos pendera imóvel no meio do recinto. Depois o cônsul rodou sobre os calcanhares.

— Pois então, muito agradecido pelo incômodo, senhor senador; acho que terminamos — disse ele. Com isso, permaneceu quase mudo, tanto durante a caminhada rápida para o edifício da frente quanto mais tarde, quando os dois visitantes na sala das Paisagens, sem se acomodarem outra vez, despediram-se da sra. Permaneder. Thomas Buddenbrook acompanhou-os pela escada e pelo vestíbulo. Mas, imediatamente após a despedida, quando o cônsul Hagenström, saindo para a rua, virou-se para o companheiro, pôde-se observar que começaram entre si uma conversa sumamente animada...

O senador voltou para a sala das Paisagens, onde a sra. Permaneder, de fisionomia severa, sem se recostar, se achava sentada no seu lugar ao lado da janela; com duas grandes agulhas de madeira tricotava uma saia de lã preta para a neta, a pequena Elisabeth; de vez em quando lançava um olhar de esguelha para o espelho colocado na janela que permitia a vista sobre a rua. Durante algum tempo, Thomas, mãos nos bolsos, andou de cá para lá, calado.

— Sim; deixei-o com o corretor — disse ele finalmente. — Temos de esperar o que resultará disso. Acho que comprará tudo, para morar aqui em frente e aproveitar o terreno dos fundos de outra maneira...

Ela não o olhou; também não alterou a atitude ereta do tronco, nem deixou de tricotar; pelo contrário, a rapidez com que as agulhas lhe giravam nas mãos, uma em torno da outra, aumentou perceptivelmente.

— Ah, claro que a comprará, que comprará tudo — disse ela, servindo-se daquela voz gutural. — Por que não a compraria? Não é? Efetivamente, não haveria nisto lógica nenhuma.

E de sobrancelhas alçadas, através do pincenê — nos trabalhos manuais, era forçada a usá-lo, mas ainda não sabia colocá-lo corretamente —, fitou as agulhas, que, num ritmo perturbador, com um leve ruído de castanholas, rodavam, turbilhonando.

Veio o Natal, a primeira festa de Natal sem a consulesa. Festejou-se a noite do dia 24 de dezembro na casa do senador, sem a presença das primas Buddenbrook da Breite Strasse e dos velhos Kröger. As regulares reuniões da família haviam sido abolidas e Thomas Buddenbrook tampouco estava disposto a juntar e regalar todos os antigos participantes dos Natais da consulesa. Convidara-se somente a sra. Permaneder com Erika Weinschenk e a pequena Elisabeth, assim como Christian, Mademoiselle Weichbrodt e Klothilde, a "dama do convento". Sesemi não abandonara o costume de realizar, no dia 25, no seu quarto pequeno e quente, a entrega de presentes, com os incidentes obrigatórios.

Faltava o grupo dos pobres que, na Mengstrasse, recebiam calçados e roupas de lã; já não havia o coro dos meninos. Entoou-se simplesmente no salão a "Noite feliz"; depois, Therese Weichbrodt executou uma leitura muito exata do capítulo do Natal, isto em lugar da senadora, que não gostava muito de fazer essas coisas. Então, cantando a meia-voz a primeira estrofe da canção "O Tannenbaum", passaram pela sucessão dos cômodos para a grande sala.

Não existia motivo nenhum para festejos alegres. As fisionomias não estavam nada radiantes e as palestras pouco animadas. Sobre que se deveria conversar? Não havia no mundo muita coisa de que se alegrar. Recordavam-se da saudosa mãe; falavam da venda da casa e do apartamento cheio de luz que a sra. Permaneder alugara numa casa simpática perto do portão de Holstein, com vista para os passeios públicos da praça das Tílias; meditava-se sobre o que aconteceria quando Hugo Weinschenk estivesse novamente em liberdade... Entrementes, o pequeno Johann tocou no piano de cauda algumas peças que estudara com o sr. Pfühl, e acompanhou a mãe, com alguns senões mas com tonalidade bonita, na interpretação de uma sonata de Mozart. Recebeu beijos e elogios; depois, porém, Ida Jungmann teve de deitá-lo, porque tinha aspecto pálido e cansado por causa duma afecção gástrica mal superada.

Mesmo Christian mostrava-se pouco loquaz e nada disposto para gracejos. Desde aquela cena na copa não manifestara mais ideias de casamento. Os irmãos continuavam vivendo na mesma relação de sempre, pouco honrosa para o mais moço. Christian, de olhos vagos, depois de um breve esforço para despertar entre os presentes alguma compreensão pela "tortura" que lhe atacava o lado esquerdo, foi-se muito cedo para o clube. Voltou na hora do jantar, que se realizou no círculo costumeiro... Deste modo, a noite de Natal tornou-se passado para os Buddenbrook, e estes quase se alegravam com tê-la atrás de si.

Em princípios do ano de 1872, liquidou-se a casa da falecida consulesa. As criadas foram despachadas. A sra. Permaneder deu graças a Deus quando Mademoiselle Severin também se despediu, levando os vestidos de seda e as peças de linho de que se apoderara; nos últimos tempos, a governanta lhe disputara de modo insuportável a autoridade em assuntos caseiros. Depois pararam na Mengstrasse carroças de mudança. Começou a evacuação da velha casa. A grande arca esculpida, os candelabros dourados e os demais objetos que couberam ao senador e à esposa foram transportados para a Fischergrubestrasse. Christian guarneceu com as suas coisas uma garçonnière de três cômodos nas proximidades do clube, enquanto a pequena família Permaneder-Weinschenk começava a habitar o apartamento na praça das Tílias, agradável e mobiliado com distinção intencional. Era uma habitação bonita; na porta lia-se em letras graciosas, gravadas numa tabuleta de cobre: "A. Buddenbrook Permaneder, Viúva".

A casa da Mengstrasse mal se achou vazia, apareceu uma turma de operários para demolir o edifício dos fundos. A poeira da velha argamassa obscureceu o ar... O cônsul Hagenström tomara definitivamente posse do prédio. Comprara-o; possuí-lo parecia ser para ele uma questão de prestígio. Cobrira imediatamente uma proposta que o sr. Gosch recebera de Bremen. Agora se pôs a aproveitar a sua nova propriedade daquele modo engenhoso que havia muito todos admiravam nele. Desde a primavera habitava, com a família, a casa da frente, onde, o quanto possível, deixou tudo como estava; só mandou fazer algumas pequenas melhoras, além de certas alterações que correspondiam aos tempos modernos; por exemplo, retiraram-se logo todos os puxadores de campainha, sendo substituídos por campainhas elétricas... O edifício de trás já desaparecera, e em seu lugar começava a elevar-se um novo, construção elegante e bem ventilada, cuja fachada se dirigia para a Bäckergrubestrasse; continha altas e espaçosas salas para lojas e depósitos.

A sra. Permaneder, repetidas vezes, jurara diante de Thomas que, daí em diante, nenhuma força na terra poderia induzi-la a rever, com um único olhar, a casa paterna. Mas era impossível cumprir esse juramento; de vez em quando, via-se forçada a passar pelas lojas e vitrines da parte dos fundos, que logo haviam sido vantajosamente alugadas, ou pela venerável fachada com a alta cumeeira, onde agora, por baixo do *Dominus providebit*, se lia o nome do cônsul Hermann Hagenström. Então, a sra. Buddenbrook Permaneder, em plena rua, apesar de toda aquela gente, começava a chorar em voz alta. Inclinava a cabeça para trás, como fazem os pássaros quando se põem a cantar; apertando o lenço contra os olhos, proferia um grito queixoso cuja expressão estava misturada de protesto e aflição. Depois, sem se importar com os transeuntes ou as admoestações da filha, entregava-se às suas lágrimas.

Era ainda o seu choro de criança, abandonado e refrescante, que, através de todas as tempestades e naufrágios da vida, se lhe conservara fiel.

DÉCIMA PARTE

I.

Muitas vezes, nas horas de depressão, Thomas Buddenbrook perguntava a si mesmo o que era ele, no fundo, e o que, no fundo, lhe dava direito a julgar-se como um pouquinho superior a qualquer um dos seus concidadãos, daqueles pequeno-burgueses probos e de índole simples. Fora-se o élan cheio de fantasia, fora-se o vivo idealismo que tivera nos anos de mocidade. Para trabalhar brincando e brincar trabalhando, para almejar com ambição meio séria, meio divertida, objetivos aos quais apenas se atribui valor simbólico, para tais compromissos céticos e alegres, para estas imperfeições espirituosas precisam-se muita vitalidade, humor e ânimo; mas Thomas Buddenbrook sentia-se indizivelmente cansado e descontente.

Alcançara o que, para ele, estivera ao seu alcance; sabia perfeitamente que passara pelo apogeu da sua vida, se é que, como acrescentava, era possível falar de apogeu numa existência tão medíocre e inferior.

Quanto à situação comercial considerava-se, geralmente, sua fortuna muito reduzida e a firma em decadência. Porém, incluindo-se a herança por parte da mãe, a sua cota na casa da Mengstrasse e os imóveis que lhe pertenciam, o senador era ainda um homem de mais de seiscentos mil marcos correntes. Mas havia anos que o capital da firma não produzia; aqueles cálculos de vintém, de que Thomas Buddenbrook se acusara nos tempos do negócio da colheita de Pöppenrade, com o golpe que então recebera, tornaram-se piores em vez de melhorarem; e agora, numa época em que tudo andava crescendo viva e vitoriosamente, em que a cidade entrara na União Aduaneira e pequenas mercearias eram capazes de se desenvolver, em poucos anos, para grandes firmas atacadistas — agora, a firma Johann Buddenbrook estagnava, sem tirar o mínimo proveito das conquistas da época; interrogado a respeito da marcha dos negócios, o chefe respondia com um gesto fatigado: "Ah, não há muito prazer nisso...". Um concorrente mais empreendedor, íntimo amigo dos Hagenström, constatou que Thomas Buddenbrook, na Bolsa, fazia um papel puramente decorativo; a burguesia recebeu com risos encomiásticos esse chiste que aludia à aparência esmerada do senador.

Enquanto as degraças experimentadas e o cansaço íntimo paralisavam o senador nas suas atividades a favor da velha firma que, outrora, servira com tanto entusiasmo, opunham-se limites exteriores e intransponíveis à sua carreira dentro da municipalidade. Havia muitos anos, desde a sua entrada no Senado, obtivera também ali o que para ele era atingível. Só lhe cabia manter posições e exercer cargos, mas não havia mais nada que conquistar. Existiam apenas o presente, a realidade mesquinha, mas não o futuro nem projetos ambiciosos. Sem dúvida, à sua influência na cidade, o senador soubera dar formas mais extensas do que qualquer outro, no seu lugar, o teria feito; os seus inimigos dificilmente podiam negar que era "a mão direita do burgomestre". Mas Thomas Buddenbrook não tinha possibilidades de tornar-se burgomestre: era comerciante, em vez de "sábio"; não frequentara o ginásio; não era jurisconsulto, nem fizera estudos universitários. Mas ele, que, desde tempos imemoriais, passara as suas horas ociosas na leitura de livros históricos e literários, ele, que, em espírito, inteligência e cultura interna como externa, se sentia superior a todo o seu ambiente, não deixava de se ressentir com a falta de qualificações regulares que o impossibilitava de assumir o primeiro lugar na pequena comunidade onde nascera.

— Como nós fomos tolos — disse ele ao seu amigo e admirador Stephan Kistenmaker (mas com esse "nós" aludia unicamente a si mesmo) —, como nós fomos tolos em ter entrado tão cedo no escritório, em vez de fazermos o curso ginasial!

E Stephan Kistenmaker respondeu:

— Sim, realmente, você tem razão! Mas diga, por quê...

Em geral, o senador trabalhava sozinho diante da grande escrivaninha de mogno, no gabinete particular; primeiro, porque ali ninguém o observava quando apoiava a cabeça sobre a mão e cismava, de olhos fechados; mas, sobretudo, porque fora afugentado do seu lugar ao lado da janela do escritório central pelo pedantismo absurdo com que o sócio, o sr. Friedrich Wilhelm Marcus, cofiando o bigode, punha em ordem os utensílios sobre a mesa oposta à dele.

A meticulosidade circunspecta do velho sr. Marcus chegara a ser, no decorrer dos anos, completa mania e esquisitice. Mas, nos últimos tempos, tornara-se para Thomas Buddenbrook algo de insuportável, irritante e ofensivo, pela circunstância de que ele mesmo, amiúde e com horror, tinha de observar em si próprio traços semelhantes. Sim, também nele, que outrora fora tão avesso a toda mesquinhez, desenvolvera-se uma espécie de pedantismo, embora baseado numa constituição diferente e saindo de outra mentalidade.

Thomas Buddenbrook sentia-se vazio; não via nenhum plano animador, nem trabalho interessante a que se pudesse entregar com prazer e satisfação. O seu impulso trabalhador, a incapacidade da sua cabeça para descansar, a sua atividade, que sempre diferia fundamentalmente da vontade de trabalho natural e durável dos seus antepassados, sendo coisa artificial, válvula dos seus nervos, entorpecente, assim como os cigarros russos, pequenos e acres, que fumava sem cessar... todas essas coisas não o tinham abandonado; menos do que nunca, ele sabia dominá-las; haviam recrudescido, tornando-se um suplício e desperdiçando-se numa porção de ninharias. Thomas Buddenbrook era perseguido por mil bagatelas indignas que pela maior parte só concerniam à conservação da sua casa e suas roupas, bagatelas que adiava por motivo de tédio, que a sua cabeça não era capaz de reter e que não sabia coordenar porque gastava com elas demasiado tempo e pensamento.

Aquilo que os seus concidadãos chamavam a sua "vaidade" aumentara de tal maneira que ele próprio, havia muito, começara a sentir vergonha, sem, todavia, ser capaz de livrar-se dos hábitos que se tinham desenvolvido nesse sentido. Antigamente, ele se levantava cedo. Agora eram sempre nove horas quando, de roupão, entrava no quarto de vestir, onde o esperava o velho barbeiro, sr. Wenzel. A noite, em geral, se passava num sono apático e pouco refrescante, se não inquieto. Diariamente, o senador gastava uma hora e meia com a toalete, até se sentir pronto e disposto para começar a obra do dia e descer ao primeiro andar, onde tomava o chá. O ato de se vestir era tão complicado e a ordem dos detalhes, desde a ducha fria no quarto de banho até o final, quando afastava do casaco o último grão de pó e as pontas do bigode deslizavam, mais uma vez, pelo encrespador, essa ordem era de tal modo fixa, rígida e inalterável, que a execução constantemente repetida desses inúmeros gestos e manejos insignificantes o exasperava a cada instante. Contudo, o senador não teria sido capaz de deixar o gabinete na consciência de ter omitido qualquer uma dessas minúcias ou de tê-las feito apenas fugidiamente; temia perder essa sensação de frescura, sossego e integridade que, contudo, se dissipava no decorrer de uma única hora e precisava ser restaurada, ainda que mediocremente.

Fazia economias em todo sentido, até onde lhe era possível, sem se expor às más línguas — com exceção apenas do vestuário. Insistia em encomendá-lo na alfaiataria mais elegante de Hamburgo e não evitava gastos na sua conservação. Uma porta, que parecia dar para outro quarto, fechava um nicho espaçoso, encerrado numa das paredes do gabinete de vestir. Ali, dispostos em longas filas de ganchos, em cabides curvos, pendiam os smokings, fraques, casacas e casacos para todas as estações e tipos de solenidade social; em várias cadeiras se achavam empilhadas as calças, cuidadosamente dobradas nos frisos. E por baixo do enorme espelho, na cômoda cuja tábua estava coberta de pentes, escovas e preparados para o asseio do cabelo e do bigode, acumulavam-se a roupa branca de diversas espécies, que constantemente se trocava, lavava, gastava e substituía...

Nesse gabinete passava Thomas longo tempo, não só de manhã, mas também antes de cada banquete, sessão do Senado e reunião política; numa palavra, sempre que fosse necessário mostrar-se e movimentar-se em público; ia ali até antes das refeições cotidianas em casa, às quais só assistiam a esposa, o pequeno Johann e Ida Jungmann. E, ao sair do quarto de vestir, a roupa fresca no seu corpo, a elegância imaculada e discreta do terno, o rosto cuidadosamente lavado, o cheiro de brilhantina no bigode e o sabor acre e frio do dentifrício causavam nele aquela sensação de presteza e contentamento com que um ator vai ao palco, depois de se ter esmerado em todos os detalhes do disfarce... Realmente! A existência de Thomas Buddenbrook já não era senão a de um ator — de um ator para quem a vida inteira, até as mínimas e mais triviais bagatelas, se tornou mera representação que, exceção feita de algumas breves horas de solidão e descanso, constantemente lhe exigia e devorava todas as forças... Faltava-lhe por completo um interesse sincero e nervoso que o ocupasse; na sua alma reinava empobrecimento e ermo — ermo tão forte que, quase sem cessar, pesava sobre ele uma mágoa indeterminada: ligavam-se a isso, de modo inexorável, a obrigação íntima e a decisão tenaz de exibir-se dignamente, custasse o que custasse, de esconder, com todos os meios, a sua debilidade e de guardar os *dehors*. Este esforço ininterrupto conduzira-lhe a existência àquele ponto em que ela se tornava artificial, consciente e constrangida, fazendo com que, na presença de outras pessoas, cada palavra, cada gesto, a mais insignificante ação chegassem a ser um trabalho de ator, penoso e exaustivo.

Com isso manifestavam-se detalhes esquisitos, necessidades estranhas que ele mesmo, com pasmo e asco, descobria em si. Ao contrário de outros homens que não querem representar um papel próprio, mas se limitam a fazer as suas observações tranquilamente, despercebidos, ocultos ao olhar de outrem, Thomas Buddenbrook não gostava de ter a luz pelas costas, de encontrar-se à sombra e de ver os outros diante de si brilhantemente iluminados; preferia sentir a luz nos olhos meio ofuscados e perceber como simples contorno na sombra os seus espectadores, a quem tinha de impressionar na sua função de companheiro amável, negociante ativo, chefe representativo de firma ou orador político... Só isso lhe dava a sensação de distância e segurança, aquela embriaguez cega de exibicionismo com que alcançava os seus êxitos. Sim, justamente esse estado inebriante é que, no decurso do tempo, se havia tornado para ele o menos insuportável. Quando se achava de pé, diante da mesa, a taça de vinho na mão, proferindo um brinde com mímica sedutora, gestos elegantes e chistes bem aplicados, que surpreendiam e desencadeavam aplausos alegres, apesar da sua palidez, era capaz de assemelhar-se ao Thomas Buddenbrook de outrora. Muito mais difícil parecia-lhe conservar a soberania de si próprio quando se achava sentado sem fazer nada. Então levantavam-se nele fadiga e tédio, turvando-lhe os olhos e roubando-lhe o domínio dos músculos um só desejo: ceder ao desespero surdo, fugir para casa, às escondidas, e deitar a cabeça sobre uma almofada fria.

A sra. Permaneder jantara na Fischergrubestrasse, sendo a única convidada. A filha não viera porque, de tarde, havia visitado o marido na prisão; como sempre, depois desses encontros, sentia-se cansada e indisposta, de sorte que preferia ficar em casa.

Durante a refeição, Antonie falara sobre Hugo Weinschenk, cujo estado de alma, como diziam, era muito triste. Ventilara-se a questão de quando se poderia encaminhar um pedido de anistia que tivesse alguma chance de sucesso. Agora, os três parentes se tinham acomodado na sala de estar, em redor da mesa central redonda, por baixo do grande lustre a gás. Gerda Buddenbrook e a cunhada achavam-se sentadas em poltronas opostas, fazendo trabalhos manuais. A senadora inclinava o belo rosto alvo sobre um bordado de seda; o cabelo espesso, batido pela luz, parecia estar em brasas escuras. A sra. Permaneder, tendo no nariz o pincenê, posto de modo totalmente oblíquo e inútil, prendia com dedos cuidadosos uma laçada de cetim, grande e maravilhosamente vermelha, num minúsculo cestinho amarelo. Devia ser um presente de aniversário para alguma conhecida. O senador encontrava-se um tanto afastado da mesa, numa larga poltrona estofada de espaldar inclinado para trás; de pernas cruzadas, lia o jornal, inalando, vez por outra, a fumaça do cigarro e exalando-a numa corrente cinza-clara que lhe passava pelo bigode...

Era uma noite quente de domingo de verão. A alta janela estava aberta, permitindo que o ar morno, um pouco úmido, enchesse a sala. Da mesa enxergavam-se as estrelas, sobre as cumeeiras cinza das casas fronteiras, por entre as nuvens que singravam o céu com muito vagar. Do outro lado da rua, na lojinha de flores dos Iwersen, ainda havia luz. Mais além, na calma da noite, vibrava uma gaita; era provavelmente um peão do alquilador Dankwart que a manejava sem grande perícia. De quando em quando, vinha de fora algum barulho. De braços dados, fumando e cantando, passou um grupo de marujos que saía de alguma taverna duvidosa da zona portuária e, com animação festiva, andava à procura de outra mais duvidosa ainda. Morreu numa travessa o ruído das vozes ásperas e dos passos cambaleantes.

O senador pôs o jornal sobre a mesa; guardou o pincenê no bolso do colete e passou a mão pela testa e os olhos.

— Fraco, muito fraco, esse *Observador*! — disse ele. — Lembra-me sempre o que dizia a avó quando comia pratos sem sabor nem consistência: "Tem o sabor de como se a gente fizesse pender a língua para fora da janela...". Em três minutos acaba-se com tudo. Simplesmente não há nada que ler...

— Sim, Tom, você tem razão; Deus sabe como tem razão — disse a sra. Permaneder, enquanto largava o trabalho e olhava o irmão por cima do pincenê... — E o que queria ler num jornal assim? Eu dizia sempre, já quando ainda era uma tolinha bem nova: esse *Observador* é um jornaleco miserável! Leio-o também, é claro, porque na maioria das vezes não tenho outra coisa ao meu alcance... Mas não é para abalar o mundo que o atacadista cônsul Fulano de Tal tencione celebrar as suas bodas de prata. A gente devia é ler outros jornais, a *Gazeta de Königsberg*, editada por Hartung, ou o *Jornal Renano*... Assim a gente poderia...

Interrompeu-se a si própria. Tomara o jornal; mais uma vez o desdobrara e, enquanto falava, com desdém deixara deslizar os olhos por sobre as colunas. Mas agora o seu olhar se cravou num determinado lugar, breve notícia de quatro ou cinco linhas... Ela emudeceu. A mão apanhou os óculos. Enquanto a boca se abria lentamente, Tony percorreu a notícia até o fim. Então proferiu dois gritos assustados, premendo as faces com ambas as mãos e mantendo os cotovelos muito afastados do corpo.

— Impossível! Não é possível! Não, Gerda... Tom... Como foi que você não viu isto? É horrível! Coitada de Armgard! Dizer que terminaria assim...

Gerda levantou a cabeça do trabalho. Thomas, estupefato, virou-se para a irmã. E a sra. Permaneder, violentamente comovida, leu em voz alta e trêmula, acentuando cada palavra como sob o peso do destino. A notícia vinha de Rostock e dizia que na noite anterior o fazendeiro Ralf von Maiboom, no gabinete de trabalho da sua fazenda Pöppenrade, se suicidara com um tiro de revólver. "Parece que o motivo do ato foram apuros financeiros. O sr. Von Maiboom deixa esposa e três filhos." Tony estacou e deixou o jornal cair no colo; reclinando-se, olhou, com olhos aflitos, o irmão e a cunhada, sem falar nem compreender.

Já durante a leitura Thomas desviara dela o olhar. Por entre os cortinados, encarou as trevas do salão.

— Com um revólver? — perguntou, depois de alguns minutos de silêncio... E após uma pausa disse baixinho, devagar, ironicamente: — Sim, senhor; estes fidalgos...

Então, de novo, absorveram-no os seus pensamentos. A rapidez com que torcia entre os dedos a ponta do bigode contrastava estranhamente com a imobilidade vaga, rija e indistinta do olhar.

Não prestou atenção aos lamentos da irmã, nem às opiniões que ela emitia a respeito do futuro de sua amiga Armgard; também não reparou em Gerda, que, sem dirigir para ele o rosto, firme e investigadora, fitava-o com os olhos castanhos, pouco distantes entre si, esses olhos orlados de sombras azuladas...

2.

Thomas Buddenbrook nunca contemplava o porvir do pequeno Johann com aquele desânimo e cansaço com que aguardava o resto da sua própria vida. Impedia-o o seu senso familiar, esse interesse pela história íntima da sua casa, interesse herdado e desenvolvido por educação, e dirigido para o passado tanto quanto para o futuro. Influenciava-lhe as ideias a expectativa afeiçoada ou curiosa com que, na cidade, os amigos e conhecidos, a sua irmã e mesmo as primas Buddenbrook da Breite Strasse olhavam o menino. Com satisfação dizia de si para si que, por mais gasto e desesperado que ele se sentisse com respeito à sua própria pessoa, sempre sabia acalentar sonhos animadores de um futuro cheio de atividade, trabalho prático e despreocupado, êxito, lucro, poder, riqueza e honrarias, quando se tratava do pequeno herdeiro... Era nesse único ponto que a sua vida artificial e arrefecida se tornava novamente sincero e caloroso cuidado, receio e esperança.

Talvez um belo dia, na velhice, retirado dos negócios ele pudesse rever a volta dos tempos antigos, da época do bisavô de Hanno. Seria esta esperança, de fato, tão irrealizável? Ele considerara a música inimiga; mas era ela, em realidade, tão séria e importante como pensara? Admitia que o amor que o menino tinha à improvisação demonstrava talento invulgar; porém, no ensino técnico que o sr. Pfühl lhe ministrava, Hanno não progredira de modo extraordinário. Sem dúvida, o gosto da música provinha da influência materna, e não era de admirar que nos primeiros anos da infância essa influência prevalecesse. Mas começara o tempo em que o pai, também, encontrava ocasiões de influir sobre o filho, de atraí-lo para si e de neutralizar a eficiência feminina por meio de impressões contrárias, masculinas. E o senador estava resolvido a não deixar escapar nenhuma dessas ocasiões.

Hanno tinha onze anos agora. Na Páscoa, tal qual o seu amigo, o pequeno conde de Mölln, a muito custo, e depois de ter passado em aritmética e geografia com exames de segunda época, fora promovido para o terceiro ano ginasial. Constava agora que frequentaria o curso técnico, pois era natural que se tornasse comerciante e, um dia, se encarregasse da firma. A perguntas do pai sobre se tinha vontade de exercer essa profissão, respondia que sim... com um "sim" simples e um pouco acanhado, sem mais nada; por outras perguntas insistentes, o senador procurava obter detalhes mais vivos — mas na maioria das vezes nada conseguia.

Se o senador Buddenbrook houvesse tido dois filhos, o mais moço, com certeza, teria passado pelo curso de humanidades, para depois frequentar a universidade. Mas a firma exigia um herdeiro, e, além disso, pensava Thomas promover o bem do menino poupando-lhe as dificuldades desnecessárias da língua grega. Opinava que o programa do curso técnico era mais fácil, e que Hanno com a sua compreensão um tanto lerda, a sua disposição para sonhar e ser distraído, a sua delicadeza física, que tantas vezes o obrigava a faltar à escola, progrediria ali com mais rapidez e sucesso e com menos trabalho. Para que o pequeno Buddenbrook, algum dia, produzisse aquilo que era a sua vocação e que os seus esperavam dele, devia-se, antes de tudo, tomar cuidado em fortalecer e melhorar a sua constituição pouco robusta, usando, por um lado, de precauções e, pelo outro, de cuidados e exercícios razoáveis...

Quando, no pátio do colégio ou na rua, Johann Buddenbrook andava em companhia de seus condiscípulos, tipos escandinavos, de cabelos cor de trigo e olhos azul-ferrete, evidenciava-se, não obstante a roupa de marujo dinamarquês que vestia, um contraste estranho entre ele e os demais. Causava-o o cabelo castanho que agora usava repartido no lado e penteado para longe da testa alva; ainda assim, tinha a tendência de estreitar-se, em anéis macios, contra as fontes; causavam-no as pestanas compridas e os olhos castanhos de brilho de ouro. Nos últimos tempos o menino crescera bastante; mas as pernas, nas meias pretas, e os braços, nas mangas azul-escuras, fofas e pespontadas, permaneciam delgados e moles como os de uma menina. Como no rosto da mãe, sombras azuladas lhe marcavam as comissuras dos olhos — esses olhos que tinham expressão tão tímida e retraída quando Hanno os desviava para o lado, enquanto, com aquele jeito melancólico, conservava a boca cerrada, ou, com os lábios levemente trêmulos e a fisionomia de quem está com frio, esfregava a ponta da língua num dente de que desconfiava...

O dr. Langhals tomara a seu cargo a clientela do velho Grabow e tornara-se médico dos Buddenbrook. Comunicou-lhes que a insuficiência das forças de Hanno, bem como a palidez da sua pele, tinha um motivo ponderável: o organismo do menino, infelizmente, não produzia quantidade bastante grande dos tão importantes glóbulos vermelhos. Existia porém um recurso para remediar esse mal, recurso excelente que o dr. Langhals receitava em largas doses: óleo de fígado de bacalhau, saudável, gorduroso e amarelo, que devia ser tomado duas vezes por dia numa colher de porcelana. Por ordem enérgica do senador, Ida Jungmann, com rigorismo carinhoso, providenciava para que isso sucedesse pontualmente. No princípio, Hanno vomitava depois de cada colherada; o seu estômago parecia não querer abrigar a boa emulsão; mas acostumou-se; logo depois de a engolir, quando, de respiração retida, mastigava um pedaço de pão de centeio, acalmavam-se um pouquinho as náuseas.

Todas as outras moléstias não passavam de consequências dessa falta de glóbulos vermelhos, "sintomas secundários", como dizia o dr. Langhals, enquanto fitava as unhas. Mas também esses sintomas secundários precisavam ser atacados sem indulgência. Para tratar os dentes, obturá-los e, se fosse necessário, extraí-los, existia na Mühlenstrasse o sr. Brecht com o seu Josephus. Para regular a digestão, havia no mundo óleo de rícino, saudável, espesso e prateado; tomado numa colher de sopa, resvalava pela garganta como uma salamandra líquida; durante três dias sentia-se no paladar o cheiro e o sabor... Ai, por que era tudo isso tão extremamente nojento? Uma só vez, quando Hanno estivera acamado com doença bastante grave e o coração acusava irregularidades extraordinárias, o dr. Langhals, com certo nervosismo, tinha recorrido a um remédio que agradara ao pequeno, causando-lhe incomparável bem-estar: eram pílulas de arsênico. Depois, Hanno amiúde as pedia, impelido por uma necessidade quase terna dessas pequenas pílulas doces e aprazíveis. Mas nunca mais as recebeu.

Óleo de fígado de bacalhau e óleo de rícino eram coisas boas; mas o dr. Langhals e o senador concordavam inteiramente em que elas, por si só, não bastavam; para fazer do pequeno Johann um homem valente, à prova de tempestades, era preciso que ele também colaborasse. Havia, por exemplo, sob a direção do sr. Fritsche, professor de ginástica, os exercícios atléticos que, na época do verão, se realizavam semanalmente no campo da Fortaleza, dando à juventude viril da cidade ocasiões para mostrar coragem, vigor, agilidade e presteza de espírito. Mas, para indignação do pai, Hanno manifestava repugnância em face dessas distrações saudáveis, repugnância muda, reservada e quase que altiva... Por que tinha ele tão pouco contato com seus companheiros de curso e de idade com quem, mais tarde, teria de viver e trabalhar? Por que se apegava constantemente a esse pequeno Kai, mal lavado, que, embora criança boazinha, era personalidade um tanto duvidosa e não propriamente um amigo para o futuro? O menino devia, desde o princípio, conquistar, de um modo ou de outro, a confiança e o respeito daqueles que o cercavam e de cuja estima dependeria durante a vida inteira. Existiam aí os dois filhos do cônsul Hagenström, com catorze e doze anos, respectivamente, dois turunas, gordos, vigorosos e travessos, que nos bosques dos arredores realizavam verdadeiras lutas de boxe; eram os melhores ginastas do colégio; nadavam qual focas, fumavam charutos e se prestavam a qualquer diabrura. Eram temidos, benquistos e respeitados. Seus primos, os dois filhos do dr. Moritz Hagenström, promotor público, rapazes de constituição mais delicada e hábitos mais mansos, distinguiam-se, por sua vez, no terreno intelectual; eram alunos modelares, ambiciosos, devotos, quietos e aplicados como abelhas, de atenção tremenda e devorados pela cobiça de ser os primeiros do curso e de tirar grau dez em cada matéria. Tiravam-no e gozavam da alta consideração dos seus colegas mais estúpidos e preguiçosos. Mas que deviam pensar de Hanno os seus condiscípulos, para nem falarmos dos seus professores? Era aluno sumamente medíocre e além disso um molenga que procurava esquivar-se temerosamente a tudo quanto exigia um pouco de valor, força, destreza e vivacidade. Às vezes, o senador Buddenbrook, no caminho para seu quarto de vestir, passava, na "galeria" do segundo andar, pelo quarto que Hanno habitava, desde que se tornara grande demais para dormir com Ida Jungmann; então ouvia os sons do harmônio ou a voz de Kai, que contava, baixinho, uma história misteriosa...

O próprio Kai evitava os exercícios atléticos, porque abominava a disciplina e a ordem legal que era preciso observar durante eles. "Não, Hanno, eu não vou", dizia ele. "Você vai? Má peste os mate! Tudo o que nos daria prazer ali nada vale." Locuções como "Má peste os mate" aprendera do pai. Hanno respondia então: "Se o sr. Fritsche, uma só vez, cheirasse a algo que não suor e cerveja, a coisa seria digna de ser considerada... Mas deixemos isto. Continue, Kai! Você não terminou a história de como tirou o anel do paul...". E Kai dizia: "Bem, mas quando lhe dou um sinal, você deve tocar...". E prosseguia na narração.

A dar-lhe crédito, havia algum tempo, numa noite abafada e em região estranha e irreconhecível, deslizara por um declive íngreme e escorregadio; no fundo, ao brilho pálido e trêmulo de fogos-fátuos, achara um pântano negro de onde, num borbulhar oco, constantemente subiam bolhas prateadas. Uma delas, perto da beira, voltava sempre de novo, e a cada vez que arrebentava assumia a forma de um anel. Kai, depois de muitos esforços perigosos, conseguira apanhá-la com a mão. Então, a bolha não mais se rompera; deixara-se colocar no dedo como um anel liso e compacto. Ele suspeitara, com boas razões, de qualidades extraordinárias nesse anel. Com o seu auxílio, chegara a subir novamente pelo declive escorregadio e alto, e bem pertinho, em meio da neblina vermelha, encontrara um castelo negro, silencioso e formidavelmente vigiado. Tinha penetrado nele, sempre com a ajuda do anel, e realizara as mais louváveis salvações e desencantações... Nos momentos mais esquisitos, Hanno tocava doces sequências de acordes sobre o harmônio... Quando não se opunham dificuldades cênicas intransponíveis, representavam também esses contos no palco do teatro de bonecos, com acompanhamento de música... Os exercícios atléticos, porém, só eram frequentados por Hanno quando o pai dava ordem expressa e rigorosa; então, o pequeno Kai o acompanhava.

O mesmo sucedia com a patinagem, no inverno, e, no verão, com os banhos no estabelecimento do sr. Asmussen, construção de madeira à beira do rio... "Tomar banhos! Nadar!", recomendara o dr. Langhals. "O garoto deve tomar banhos e aprender a nadar!" E o senador estava completamente de acordo. Mas havia um motivo principal que fazia com que Hanno se mantivesse, o quanto possível, afastado da patinagem, da natação e dos exercícios atléticos: os dois filhos do cônsul Hagenström, que participavam honrosamente de todas essas coisas, haviam se encarniçado contra ele; embora morassem na casa da avó do pequeno Buddenbrook, não omitiam nenhuma ocasião para humilhá-lo e atormentá-lo com a sua força superior. Beliscavam-no e ridicularizavam-no durante os exercícios atléticos; empurravam-no sobre os montões de neve acumulados à margem da pista de patinagem; assaltavam-no na piscina, proferindo gritos de ameaça... Hanno não tentava fugir, o que, aliás, teria sido inútil. Permanecia imóvel, com os seus braços de menina, até o ventre coberto pela água bastante turva em cuja superfície boiavam, aqui e ali, conjuntos de plantas verdes, os tais aguapés; de sobrancelhas franzidas, olhar sombrio e abaixado, e lábios levemente descompostos, esperava a chegada dos dois, que, seguros da sua presa, se aproximavam em saltos compridos, produzindo escuma. Tinham músculos nos braços, os dois Hagenström, e com eles o cingiam e mergulhavam-no, mergulhavam-no durante muito tempo, de modo que engolisse bastante daquela água suja e depois, torcendo-se de cá para lá, ofegasse por falta de ar... Uma única vez lhe coube em sorte uma espécie de vingança. Certa tarde, justamente quando os dois Hagenström o seguravam abaixo da superfície da água, um deles, de repente, proferiu um grito de raiva e dor; levantou a perna musculosa, de onde o sangue emanava em grandes gotas. Ao seu lado apareceu Kai, conde de Mölln; tendo obtido, de algum modo, o dinheiro para comprar o ingresso, chegara nadando de mergulho e mordera o jovem Hagenström; tinha-o mordido com todos os dentes, como um pequeno cachorro furioso. Os olhos azuis fulguravam através do cabelo ruivo e molhado que pendia por cima... Pobre dele; apanhou bastante por causa desse feito, o pequeno conde; deixou a piscina em mau estado. Mas o vigoroso filho do cônsul Hagenström também manquejava consideravelmente, ao caminhar para casa...

Remédios revigorantes e cultura física de toda sorte formavam a base dos cuidados que o senador Buddenbrook devotava ao filho. Tratava, porém, com a mesma atenção, de influenciar-lhe o espírito e dar-lhe impressões vivas do mundo prático para o qual Hanno era destinado.

Começava a introduzi-lo, aos poucos, no reino das suas futuras atividades; levava-o consigo, quando andava a negócios ou para o porto; deixava-o assistir, no cais, às conversas que tinha com os estivadores, numa mescla de dinamarquês e baixo-alemão, ou às conferências com os gerentes nos pequenos e mal iluminados escritórios dos depósitos; explicava-lhe as ordens que, lá fora, dava aos homens quando, entre brados cavos e arrastados, içavam os sacos de trigo para a altura dos silos... Para o próprio Thomas Buddenbrook, este pedacinho do mundo à beira do porto, entre navios, galpões e armazéns, onde pairava o cheiro de manteiga, peixes, água, alcatrão e ferro engraxado, havia sido em todos os tempos o lugar mais querido e interessante. Como o filho, por si só, não manifestasse prazer e simpatia por isso, cabia ao pai despertar esses sentimentos... Ora, como se chamam os vapores que fazem o tráfego para Copenhague? *Náiade... Halmstadt... Friederike Oeverdieck...*

— Bem, meu filho, já é alguma coisa que você saiba, pelo menos, estes três. Vai aprender os outros também... Pois é, dentre os homens que ali içam os sacos, há alguns que se chamam como você, meu caro, porque o seu avô serviu de padrinho. E entre os seus filhos existem muitos com o meu nome... e também com o da mamãe... Todos os anos, nós lhes fazemos um pequeno presente... Bem, eis um armazém onde passamos sem falar com o pessoal; não temos nada que mandar aqui; pertence a um concorrente...

— Quer acompanhar-me, Hanno? — disse ele em outra ocasião... — Vai ser lançado ao mar um novo navio da nossa companhia de navegação. Vou batizá-lo... Você tem vontade?

E Hanno respondeu que tinha vontade. Foi e ouviu o discurso de batismo que o pai fez; viu como quebrou uma garrafa de champanhe na proa, e de olhos ausentes seguiu a marcha do navio, que resvalava pelo plano inclinado, untado de sabão verde, até a água que fervilhava, escumando.

Em determinados dias do ano, no domingo de Ramos, dia das Confirmações, ou no dia do Ano-Bom, o senador Buddenbrook, de carruagem, empreendia uma série de visitas às casas onde tinham obrigações sociais. A esposa preferia em tais ocasiões desculpar-se, pretextando nervosismo e enxaqueca. Assim, Thomas ordenava que Hanno o acompanhasse. E Hanno, outra vez, não tinha vontade. Subia com o pai no carro de aluguel e, ao seu lado, mantinha-se quietinho nas salas de recepção, observando-lhe, com olhos mudos, o tratamento elegante, delicado e tão diferente, tão matizado, que dava às pessoas. Ouviu como o comandante da região, o tenente-coronel Von Rinnlingen, afirmou na despedida que estimava muito a honra dessa visita; viu então como o senador pôs a mão sobre o ombro do oficial, fingindo um sobressalto polido. Em outro lugar aceitava uma frase semelhante com calma e seriedade, enquanto, num terceiro, a retribuía, por sua vez, com um cumprimento ironicamente exagerado... Tudo isso com aquela rotina formal da palavra e do gesto que, visivelmente, gostava de exibir em presença do filho, pretendendo com isso obter efeitos educativos.

Mas o pequeno Johann via mais do que devia ver; os seus olhos, tímidos, castanhos e orlados de sombras azuladas, observavam demasiado bem. Não somente via a amabilidade certeira que o pai irradiava para todos; via também — via-o com perspicácia estranha e

atormentadora — o quanto era difícil *fazê-la*, via como o pai, após cada visita, se tornava mais taciturno e pálido, como, de olhos cerrados e pálpebras avermelhadas, se recostava contra o canto da carruagem; com o coração horrorizado notava como, no limiar da casa seguinte, deslizava uma máscara por sobre esse mesmo rosto, e como, sempre, de novo, uma elasticidade repentina se apoderava desse corpo fatigado...
Ao ver tudo isso: mímica, fala, porte, atividade e comércio com outras pessoas, o pequeno Johann não tinha a impressão de que se tratava da realização ingênua, natural e semiconsciente de interesses práticos que o pai tivesse em comum com os demais e quisesse defender contra eles, mas sim de um fim em si mesmo; parecia-lhe um esforço voluntário e artificial, onde, em vez do sentimento sincero e simples, tinha de trabalhar uma virtuosidade extremamente difícil e cansativa, para garantir a atitude impecável. Diante da ideia de que esperavam dele próprio que, também, um dia, se exibisse em reuniões públicas e agisse, falando e gesticulando, sob a pressão de todos esses olhares, Hanno fechava os olhos, num arrepio de relutância medrosa...

Ah, esse não era o efeito que Thomas Buddenbrook esperava produzir sobre o filho pela influência da sua personalidade! Os seus pensamentos a nada aspiravam senão despertar nele despreocupação, falta de considerações e um senso simples da vida prática.

— Parece que você gosta de viver à larga, meu caro — dizia ele quando Hanno, depois da refeição, pedia uma segunda ração de sobremesa ou meia xícara de café... — Então é preciso que se torne um bom comerciante e ganhe muito dinheiro! Quer?

E o pequeno Johann respondia: "Sim".

De vez em quando, a família era convidada para almoçar em casa do senador. Tia Antonie ou tio Christian, como de costume, faziam troça da pobre tia Klothilde e começavam a falar com ela na sua linguagem peculiar, arrastada, humilde e bonachona. Então acontecia às vezes que Hanno, sob a influência do vinho tinto, pesado e não habitual, durante um momento, também adotava esse tom, dirigindo-se a tia Klothilde com uma zombaria qualquer. Nesse caso ria-se Thomas Buddenbrook — num riso alto, cordial, animador e quase grato, como ri a pessoa que teve uma satisfação alegre e altamente agradável; punha-se até a ajudar o filho e a participar, por sua vez, dos motejos. E contudo havia anos e anos que abandonara esse modo de tratar a coitada da parente. Demonstrar superioridade sobre Klothilde, estreita, humilde, magrinha e sempre faminta, era tão barato, tão inteiramente sem perigo, que o senador, apesar de toda a inocência que reinava nessas ocasiões, o considerava ordinário. Experimentava esses sentimentos com relutância, com aquela relutância desesperada que, todos os dias, na vida prática, tinha de opor à sua natureza escrupulosa, quando, mais uma vez, era incapaz de compreender e de admitir que era possível estar a par duma situação, percebê-la a fundo e portanto aproveitar-se dela sem envergonhar-se... Mas aproveitar-se, sem se envergonhar, de uma situação, dizia de si para si, eis a essência da capacidade prática!

Ah, como ele estava feliz, encantado, cheio de esperança pelo mínimo sinal dessa capacidade que o pequeno Johann manifestasse!

3.

Havia vários anos os Buddenbrook se tinham desabituado das extensas viagens estivais que outrora costumavam fazer. Mesmo na primavera anterior, quando a senadora correspondera ao desejo de visitar o seu velho pai em Amsterdam, para, depois de tanto tempo, executar outra vez alguns duos de violino, o marido consentira apenas de modo bastante lacônico. Mas, antes de tudo por causa da saúde de Hanno, observava-se a regra de que Gerda, o pequeno Johann e Mademoiselle Jungmann, anualmente, durante todas as férias de verão, se transportassem para Travemünde...

Férias de verão na praia! Alguém, pelo mundo afora, entenderia a felicidade que isso significa? Depois da lerda e aflitiva monotonia de inúmeros dias escolares, quatro semanas de retiro pacato, sem mágoas, cheias do aroma de algas e do marulhar da ressaca branda... Quatro semanas, um espaço de tempo que, no início, era impossível medir, abranger com a vista, e em cujo remate não se podia acreditar; parecia até blasfêmia pouco delicada falar de um fim. Jamais o pequeno Johann compreendeu como esse ou aquele professor ousava, no fim das aulas, pronunciar locuções como, por exemplo: "Neste ponto continuaremos depois das férias e então passaremos para tal e tal assunto...". Depois das férias! Tinha-se mesmo a impressão de que esse homem incrível, no seu surrado terno, se alegrava com essa ideia! Depois das férias! Seria possível conceber esse pensamento? Tudo quanto jazia além dessas quatro semanas estava tão distante, tão maravilhosamente escondido numa névoa cinzenta!

No dia anterior, a inspeção do boletim passara-se mais ou menos bem. A viagem fizera-se na carruagem de aluguel, muito carregada. E agora, na primeira manhã, que despertar, naquela casinha suíça, uma das duas que, reunidas pela estreita construção central, formavam uma linha reta com a confeitaria e o edifício principal do balneário! Sobressaltou-o uma indeterminada sensação de felicidade que subia pelo corpo e lhe contraía o coração... Abriu os olhos e abraçou com um olhar ávido e encantado a mobília antiquada do pequeno quarto limpinho... Um segundo de perturbação sonolenta e voluptuosa — e então compreendeu que estava em Travemünde por quatro vastas semanas! Não se mexeu; permaneceu quietinho deitado de costas, na estreita cama de madeira amarela cujo lençol era muito fino e macio de tanta velhice; de vez em quando cerrava novamente os olhos e sentia como, nas respirações profundas e vagarosas, o peito lhe tremia de felicidade e inquietude.

O quarto estava aclarado pela luz amarelecida do dia que já penetrava pela cortina listrada. Ao redor reinava silêncio. Ida Jungmann e mamãe dormiam ainda. Nada se ouvia senão o ruído regular e pacato com que, lá embaixo, o criado do hotel limpava com o ancinho o saibro do jardim, bem como o zunir de uma mosca que, entre a cortina e a janela, tenazmente assaltava a vidraça; via-se a sombra que, em compridas linhas de zigue-zague, andava errando sobre o linho listrado... Calma! O ruído solitário do ancinho e o zunir monótono! E essa paz suavemente animada inspirava logo ao pequeno Johann o sentimento delicioso de retiro. Amava mais do que tudo esse balneário distinto, tranquilo e bem cuidado. Não; louvado seja Deus! nunca chegariam aqui aqueles surrados ternos que nesta terra representavam a gramática e a regra de três! Aqui não, porque a vida era bastante dispendiosa em Travemünde...

Um acesso de alegria fez com que saísse da cama, num pulo, e corresse descalço para a janela. Suspendeu a cortina. Desprendendo um gancho pintado de branco, abriu um batente. Seguiu com os olhos a mosca que se sumia, voejando por sobre os atalhos saibrosos e os canteiros de rosas do jardim balnear. O auditório de música, vazio e silencioso, no meio de um semicírculo de buxos, erigia-se em frente aos edifícios do hotel. O campo do Farol, assim denominado por causa da torre que se elevava em alguma parte à direita, dilatava-se sob o céu coberto de nuvens alvacentas. Ao longe, a grama curta, interrompida por manchas de terra desnuda, confundia-se com duras amófilas que se perdiam na areia, lá onde se enxergavam as filas dos pequenos chalés particulares e das cadeiras de praia, alinhadas diante do mar. Ele estava ali, o mar, sossegado na luz matutina, estendendo-se em tiras verde-garrafa e azuis, lisas e crespas. Por entre as balizas vermelhas que marcavam o canal navegável, surgiu um vapor, vindo de Copenhague, sem que fosse preciso saber se ele se chamava *Náiade* ou *Friederike Oeverdieck*. E, de novo, Hanno Buddenbrook, com tácita beatitude, aspirou profundamente o hálito aromático que o mar lhe enviava; acenou-lhe ternamente com os olhos, numa saudação muda, grata e carinhosa.

Então começou o dia, o primeiro dos míseros vinte e oito dias, que no princípio lhe tinham parecido a bem-aventurança eterna, e que, passados os primeiros, escoavam com rapidez desesperadora... A família tomava o café no terraço ou sob o alto castanheiro que se erguia diante da praça das crianças, ali onde pendia o grande balanço... E o cheiro que exalava a toalha lavada às pressas, quando o garçom a desdobrava, os guardanapos de papel de seda, o pão inusitado, a circunstância de se comerem os ovos de oveiros e com simples colheres de chá, em vez de colheres de osso, como em casa... tudo, tudo encantava o pequeno Johann.

E o que se seguia era tão agradável e fácil! Boa vida, maravilhosamente ociosa e recreativa, que passava sem incômodos nem aflições: de manhã, à beira-mar, enquanto lá em cima a orquestra do balneário executava o programa matinal, a gente se deitava para descansar perto da cadeira de praia, ou se entretinha em brinquedos delicados e sonhadores com a areia macia que não sujava; os olhos, sem fadiga e sem dor, vagavam e perdiam-se além da imensidade verde e azul; dali, livre e desimpedido chegava, com leve sussurro, um sopro forte, fresco, selvagem e deliciosamente aromático, envolvendo os ouvidos e produzindo uma tontura gostosa, atordoamento abrandado, onde submergia, quieta e feliz, a consciência de espaço, de tempo e de limites... Depois o banho, que aqui era coisa mais aprazível do que no estabelecimento do sr. Asmussen: não havia aguapés; a cristalina água verde-clara espumava ao longe, quando revolta; em vez de um assoalho de tábuas viscosas, o chão de areia levemente ondulada lisonjeava as plantas dos pés; e os filhos do cônsul Hagenström estavam distantes, muito distantes, na Noruega ou no Tirol. O cônsul gostava de extensas viagens de veraneio — e por que não? Não é?... Um passeio, para a gente se aquecer, ao longo da praia, até a pedra das Gaivotas ou o Templo Marítimo; uma refeiçãozinha tomada na cadeira de praia, e já se aproximava a hora em que se subia ao quarto, a fim de descansar durante alguns minutos, antes do almoço. A *table d'hôte* era divertida; o balneário achava-se em plena prosperidade; muitos hóspedes, famílias amigas dos Buddenbrook, hamburgueses e até veranistas ingleses e russos, ocupavam a grande sala do hotel; numa mesinha solene, um senhor vestido de preto servia a sopa, de uma terrina de prata polida; comiam-se quatro pratos, mais saborosos, mais bem acondicionados e, de qualquer jeito, preparados de maneira mais festiva do que em casa; em muitas mesas se bebia champanhe. Por vezes vinham cavalheiros da cidade que não se deixavam amarrar durante a semana inteira pelos seus negócios, queriam divertir-se e jogar um pouco à roleta depois da refeição. O cônsul Peter Döhlmann — cuja filha permanecera em casa —, com voz sonora e em baixo-alemão, contava histórias tão indecentes que as senhoras hamburguesas, tossindo de tanto rirem, lhe suplicavam que fizesse uma pequena pausa; o senador Kremer, o velho chefe de polícia; tio Christian e seu antigo condiscípulo, o senador Giesecke, que igualmente viajava sem a família e pagava todas as despesas de Christian Buddenbrook... Mais tarde, quando os adultos, aos sons da música, comiam a merenda sob o toldo da confeitaria, Hanno, escutando sem cansar, ficava sentado numa cadeira diante dos degraus do auditório... De tarde não faltavam distrações. Existia um tiro ao alvo no parque do balneário; à direita das casas suíças havia os estábulos com cavalos e burros, e com as vacas, cujo leite quente, espumoso e cheiroso se bebia à hora do lanche. Podia-se dar um passeio ao longo da Primeira Fila, para a aldeia; ali, barcos faziam a travessia para a península de Priwal, em cuja praia se achava âmbar. Na praça das crianças jogavam-se partidas de croquet, de que o menino participava. Às vezes, também, o pequeno Hanno se acomodava num dos bancos da colina arborizada atrás do hotel, lá onde pendia o grande sino que chamava os hóspedes para a *table d'hôte*; e ali, Ida Jungmann lia-lhe contos de fadas... Mas o mais indicado era sempre voltar para o mar; ainda no crepúsculo, o rosto virado para o horizonte aberto, Hanno permanecia sentado na ponta do molhe acenando com o lenço para os grandes navios que passavam; escutava como as pequenas ondas, num suave tagarelar, se chocavam contra os blocos dos penedos; toda a vastidão que o cercava estava cheia desse sussurro brando e magnífico que bondosamente alentava o pequeno Johann e o persuadia a fechar os olhos, presa de excessivo contentamento. Mas então dizia Ida Jungmann: "Vamos, Hanninho; temos de ir. Está na hora do jantar. Você vai morrer se quiser dormir aqui...". Como o coração se sentia sossegado e satisfeito, com que regularidade benéfica ele trabalhava, ao voltar da praia! Hanno tomava no quarto o seu jantar com leite ou cerveja de malte, enquanto a mãe, cercada de amigos, comia mais tarde no terraço envidraçado do hotel. E, apenas se achava o menino novamente entre os lençóis finos e velhos da cama, já caía sobre ele o sono, sem nenhum pavor nem febre, acompanhando as brandas e plenas pulsações do coração satisfeito e os ritmos do concerto noturno que entravam em surdina...

Nos domingos, tal qual alguns outros cavalheiros que os negócios, durante a semana, retinham na cidade, aparecia o senador e ficava com os seus até a manhã de segunda-feira. Mas embora então se servisse na *table d'hôte* sorvete e champanhe, embora se realizassem passeios de burro e excursões de veleiro pelo mar largo, o pequeno Johann não gostava muito desses domingos. Estavam perturbados a tranquilidade e o isolamento do balneário. Uma porção de pessoas da cidade que absolutamente não pertenciam ao ambiente, "mariposas da boa classe média", como Ida Jungmann as chamava com desdém jovial, povoavam de tarde o parque e a praia, para merendar, ouvir música e tomar banhos. Hanno teria preferido esperar, fechado no quarto, o escoamento desses desmancha-prazeres endomingados... Não, ele ficava contente quando, na segunda-feira, tudo voltava ao curso normal; então também já não estavam presentes os olhos do pai, que, como muito bem sentira, haviam pousado sobre ele durante todo o dia de domingo numa atenção crítica e investigadora...

E já haviam passado duas semanas. Hanno dizia de si para si e afirmava a todos que queriam ouvi-lo que ainda estava por chegar um lapso de tempo tão grande quanto as férias de São Miguel. Mas esse consolo era falaz, pois, atingido o auge das férias, a descida para o fim era tão terrivelmente rápida que ele teria gostado de agarrar-se a cada hora para não a deixar passar, a aspirar mais lentamente o ar marítimo para não desperdiçar a felicidade.

Mas o tempo decorria irresistível, na alternação de chuva e sol, de vento da terra e vento do mar, de calor calmo e abafadiço e tempestades barulhentas que não conseguiriam atravessar as águas e pareciam intermináveis. Havia dias em que o nordeste inundava a baía de ondas verde-escuras, abandonando na praia inúmeras algas, mariscos e medusas e ameaçando os chalés. Então, o mar turvo e tumultuoso estava em toda parte coberto de escuma. Vagalhões vigorosos irrompiam com calma inexorável e assustadora; inclinavam-se majestosamente, formando uma concavidade esverdeada, brilhante como metal polido, para afinal, na areia, esmagarem-se trovejando, estrondeando, sibilando e marulhando... Havia outros dias em que o vento oeste repelia o mar, de maneira que o fundo graciosamente ondulado se exibia ao longe e por toda parte se viam bancos nus de areia; enquanto isso, chovia a cântaros; o céu, a terra e o mar confundiam-se entre si; rajadas de vento atiravam a chuva contra as vidraças com tal força que a água, escorrendo em riachos, as tornava opacas. Então, Hanno, de preferência, se demorava na sala do hotel, diante do piano. Era um instrumento bastante martelado pelas valsas escocesas das reuniões; não se podiam tocar nele fantasias tão harmoniosas como no piano de cauda em casa; mas, ainda assim, permitia a sua tonalidade branda e cacarejante efeitos muito engraçados... E vinham outros dias, sonhadores, cerúleos, abafados, sem vento, dias em que as moscas azuis vagavam, sussurrando, pelo ar do campo do Farol. Mudo e espelhado, sem sopro nem movimento, estendia-se o mar. Três dias restavam ainda, dizia Hanno de si para si, e explicava ao mundo inteiro que sobrava um espaço de tempo tão grande quanto todas as férias de Pentecostes. Mas, se bem que esse cálculo fosse irrefutável, ele mesmo já não acreditava nisso; havia muito apossara-se da sua alma a certeza de que o homem do terno surrado tivera razão, que, apesar de tudo, as quatro semanas chegavam ao fim e que a gente teria de continuar onde havia parado, e passaria para tal e tal assunto...

A carruagem cheia de malas estacou diante do hotel. Chegara o dia. De manhã cedo, Hanno dissera adeus ao mar e à praia; agora o repetia para os garçons que recebiam as gorjetas, para o auditório, os canteiros de rosas e toda essa época estival. Então, por entre os cumprimentos do pessoal do hotel, a carruagem se pôs em movimento.

Passou pela alameda que dava para a aldeia e ladeou a Primeira Fila... Hanno recostou a cabeça no canto da carruagem e, ao lado de Ida Jungmann, sentada à sua frente, ossuda, de olhos claros e cabelos brancos, olhava pela janela. O céu matutino estava coberto de nuvens alvacentas. O Trave encrespava-se em pequenas ondas que corriam ligeiras, impulsionadas pelo vento. Às vezes, gotinhas de chuva batiam nas vidraças. Na saída da Primeira Fila, havia gente sentada nos portões das casas, cerzindo redes. Acorreram crianças descalças, fitando a carruagem com olhares curiosos. *Elas* não precisavam ir embora...

Quando a carruagem deixou atrás as últimas casas, Hanno inclinou-se para a frente, a fim de ver, mais uma vez, o farol. Reclinou-se depois e cerrou os olhos.

— Voltaremos no ano que vem, Hanninho — disse Ida Jungmann com voz profunda, alentadora.

Mas só faltava essa consolação para imprimir um movimento trêmulo ao queixo do menino e para fazer brotar as lágrimas por baixo das longas pestanas.

Hanno tinha as mãos e o rosto tostados pelo ar marítimo. Mas quem tencionasse com essa estada na praia fazê-lo mais duro, enérgico, animado e resistente teria fracassado de modo lamentável; a criança estava toda imbuída dessa verdade desesperadora. Essas quatro semanas de devoção diante do mar, semanas de paz e carinho, apenas lhe haviam tornado o coração ainda mais meigo, delicado, sonhador e sensível; Hanno apenas se sentia muito mais incapaz para conservar-se forte diante da expectativa da regra de três do sr. Tiedge e para suportar a ideia das datas históricas e das leis gramaticais que se deviam decorar. Via como, num momento de leviandade e desespero, atiraria os livros para longe e se deitaria para um sono pesado, com o fim de escapar a tudo isso; lembrava-se do medo que o acometia de manhã, medo das aulas, das catástrofes, dos Hagenström inimigos e das exigências do pai. E não podia deixar de desanimar por completo.

Mas a viagem matutina o animou um pouquinho, viagem acompanhada pelo pipilar dos pássaros, sobre os trilhos cheios de água da estrada alagada. Recordou-se de Kai e de como ia revê-lo, do sr. Pfühl, das lições com ele, do piano de cauda e do harmônio. Além disso, amanhã era domingo, e no primeiro dia de escola, depois de amanhã, não havia perigo. Olhem só; ele tinha ainda um pouco de areia nas botinas... pediria ao velho Grobleben que a deixasse ali dentro para sempre... Quanto a ele, tudo podia recomeçar: os ternos surrados, os Hagenström e o resto. Lembrar-se-ia da praia e do parque balneário, quando esses horrores novamente o assaltassem. Um brevíssimo pensamento torná-lo-ia impávido, imunizando-o contra todos os desgostos: a recordação daquele ruído com que chegavam, no silêncio da noite, chapinhando de encontro ao molhe, as pequenas ondas, vindas de longe, da distância que jazia num sono misterioso...

Apareceu a balsa; apareceram a avenida de Israelsdorf, o morro de Jerusalém e o campo da Fortaleza. A carruagem alcançou o portão da Fortaleza, a cujo lado direito se erguiam as muralhas da prisão onde o primo Weinschenk se achava encarcerado; rolou pela Burgstrasse e por sobre o morro de Koberg; transpôs a Breite Strasse e, apertados os freios, desceu pelo declive forte da Fischergrubestrasse... E aí estava a fachada vermelha com o terraço e as cariátides brancas. Quando, do calor do meio-dia que reinava na rua, entravam no vestíbulo lajeado e fresco, o senador, de caneta na mão, saiu do escritório para cumprimentá-los...

Lenta, muito lentamente, com lágrimas clandestinas, o pequeno Johann aprendeu de novo a viver sem o mar, a angustiar-se e aborrecer-se sobremaneira, a estar sempre alerta contra os Hagenström e a consolar-se com Kai, com o sr. Pfühl e com a música...

As primas Buddenbrook da Breite Strasse e também tia Klothilde, logo que avistaram o menino, lhe perguntaram sobre como lhe agradava a escola depois das férias — com aquele piscar irônico que fingia uma compreensão superior da sua situação, e com aquela estranha altivez dos adultos que trata tudo quanto concerne às crianças com o maior humor e superficialidade possíveis. Hanno resistiu a esse interrogatório.

Três ou quatro dias depois da volta à cidade, apareceu o médico da casa, o dr. Langhals, na Fischergrubestrasse, a fim de constatar os resultados do veraneio. Após uma conferência demorada com a senadora, apresentaram-lhe Hanno. Meio despido, o menino sujeitou-se a minucioso exame — exame do seu *status praensens*, como disse o dr. Langhals, fitando as unhas. Examinou a escassa musculatura do pequeno Johann, a largura do seu tórax e o funcionamento do coração; mandou que lhe relatassem todos os fenômenos vitais, e finalmente, com a seringa, tirou uma gota de sangue do braço delgado da criança, para fazer uma análise em casa. Novamente, não parecia muito satisfeito.

— Estamos bastante tostados pelo sol — verificou, enquanto abraçava Hanno, colocando-lhe sobre o ombro a pequena mão coberta de pelos pretos e levantando os olhos para a senadora e para Ida —, mas temos ainda uma fisionomia demasiado aflita.

— Ele está com saudades do mar — observou Gerda.

— Imaginem... Então você gosta tanto assim de ir para lá? — perguntou o dr. Langhals, encarando o pequeno Johann com os olhos vaidosos... Hanno empalideceu. Que significava essa pergunta para a qual o médico, visivelmente, aguardava uma resposta? Surgiu nele uma esperança insensata e fantástica, causada pela enfática convicção de que, não obstante todos os ternos surrados do mundo, nada era impossível a Deus.

— Sim... — proferiu, cravando fixamente no doutor os olhos alargados. Mas o médico nada de especial tivera em mira com aquela pergunta.

— Bem; não tardará o efeito dos banhos e do ar saudável... não tardará! — disse ele, dando palmadinhas nas costas do pequeno Johann. Afastou-o de si. Ergueu-se, com um aceno de cabeça para a senadora e Ida Jungmann, aceno altivo, benevolente e animador de médico sábio, acostumado a que as pessoas lhe pendam dos lábios e dos olhos. Terminou a consulta...

Era tia Antonie quem melhor compreendia a dor causada ao sobrinho pelo afastamento do mar, ferida que tão lentamente cicatrizava e que, tocada pela mínima aspereza da vida cotidiana, começava novamente a arder e sangrar. Com visível prazer, a sra. Permaneder ouvia o menino falar da vida em Travemünde, acompanhando-lhe vivamente os encômios cheios de saudade.

— Sim, Hanno — disse ela —, não se pode negar; Travemünde é um belo lugar. Até o túmulo, sabe?, vou me lembrar com gosto das semanas de verão que passei ali quando era uma tolinha bem moça. Morava com pessoas a quem queria muito, e acho que também gostavam de mim, pois naquele tempo eu era uma travessa bonitinha; agora que sou uma velhota posso dizê-lo; quase sempre eu estava de bom humor. Era gente boa, posso lhe garantir, gente leal, bondosa e direita e, além disso, tão inteligente, culta e entusiasta como em toda a minha vida não encontrei outra. E, assim, os dias que passei com eles eram extraordinariamente instrutivos. Quanto aos meus conceitos e conhecimentos, sabe? muito aprendi ali para o resto da minha vida. E não fosse alguma coisa, certos acontecimentos, que se meteram de permeio... em poucas palavras; assim é a vida... ah! sim, neste caso, eu teria podido aproveitar mais ainda. Quer ver quanto eu era boba naquela época? Pretendia retirar das medusas as estrelas coloridas. Levei para casa uma porção de medusas, embrulhadas num lenço, e deixei-as ao sol, na sacada, para que se evaporassem... Então as estrelas haveriam de sobrar, não é? Pois bem... Quando fui ver, achei uma mancha úmida bastante grande que cheirava a alga podre...

4.

Em princípios do ano de 1873, o Senado deferiu o pedido de anistia em favor de Hugo Weinschenk. Meio ano antes de expirar a pena, o antigo gerente foi solto.

Se a sra. Permaneder houvesse falado com franqueza, deveria ter confessado que esse acontecimento não lhe inspirava grande alegria e que ela teria preferido que, agora, tudo ficasse até o fim assim como estava. Vivia pacatamente na praça das Tílias, em companhia da filha e da neta; frequentava as casas do irmão, na Fischergrubestrasse, e da sua antiga amiga de pensionato Armgard von Schilling-Maiboom, que, desde a morte do marido, habitava na cidade. Aprendera, havia muito tempo, que fora das muralhas da sua cidade paterna não existia para ela lugar acertado e digno. Com as recordações que trouxera de Munique, com o seu estômago, que constantemente se tornava mais fraco e irritadiço, e com a sua crescente necessidade de sossego, absolutamente não tinha vontade de emigrar, em anos avançados, para uma grande cidade da pátria recém-unificada ou até para o estrangeiro.

— Minha querida filha — disse ela para Erika Weinschenk —, veio o momento em que preciso perguntar-lhe alguma coisa, algo de sério! Você ama ainda de todo o coração o seu marido, não é? Suficientemente para o seguir, com a criança, a qualquer parte do mundo; visto que, infelizmente, ele não pode permanecer aqui?

A sra. Erika Weinschenk, banhada em lágrimas que podiam significar muita coisa, deu as mesmas respostas prescritas pelo dever que a própria Tony, outrora, em circunstâncias semelhantes, na vila de Hamburgo, dera ao seu pai. Assim, a família começou a contar com a proximidade da separação...

Num dia quase tão horroroso quanto aquele em que o gerente Weinschenk fora preso, a sra. Permaneder, numa carruagem de aluguel fechada, foi à cadeia buscar o genro. Levou-o para o apartamento da praça das Tílias. Após ter cumprimentado a mulher e a criança, ele ficou no quarto que lhe haviam preparado; confuso e desnorteado, fumava charutos da manhã até a noite, sem se atrever a passar pela rua; na maioria das vezes nem sequer tomava as refeições com os seus; era um homem encanecido e totalmente desatinado.

A vida da prisão em nada prejudicara a sua resistência física, pois Hugo Weinschenk sempre tivera sólida constituição; não obstante, achava-se em estado lamentável. Esse homem provavelmente cometera apenas faltas que a maior parte dos seus colegas cometia sem receio todos os dias; se não o houvessem apanhado, teria com toda a certeza continuado a seguir o seu caminho, de cabeça erguida e de consciência intacta e leve. Era horrível como o desprestígio civil, a condenação penal e os três anos de prisão o haviam abalado por completo. Perante o tribunal afirmara, com profunda convicção, e os peritos tinham-no confirmado, que a manobra audaciosa empreendida por ele em prol da honra e vantagem da sua firma e de si próprio era considerada usança no mundo comercial. Mas os juízes, cavalheiros que, segundo a opinião do gerente, nada entendiam dessas coisas, que viviam guiados por outras ideias e outra concepção do mundo, haviam-no condenado por fraude. Essa sentença, que tinha o apoio do poder estatal, solapara-lhe de tal maneira a estima de si mesmo que não mais ousava arrostar ninguém. O andar elástico, o jeito empreendedor com que costumava balançar os quadris cobertos pela sobrecasaca, sacudindo os punhos e volvendo os olhos, a animação desmedida com que, das alturas da sua ignorância e incultura, proferia as suas perguntas e anedotas — tudo isso se fora para sempre! Fora-se de tal modo que os seus se espantavam com tamanho desalento, covardia e sombria falta de dignidade.

Durante oito ou dez dias, o sr. Hugo Weinschenk limitou-se a fumar; depois, começou a ler jornais e a escrever cartas. Decorridos outros oito ou dez dias, essa atividade teve como consequência a declaração, em frases um tanto vagas, de que em Londres ele poderia obter um novo emprego. Primeiro, viajaria para lá sozinho, a fim de encaminhar o assunto pessoalmente; quando tudo estivesse arranjado, chamaria a mulher e a filha.

Acompanhado por Erika, foi à estação numa carruagem fechada. Partiu sem ter visto nenhum dos outros parentes.

Alguns dias mais tarde, ainda de Hamburgo, chegou uma carta, endereçada à esposa, em que comunicava a sua decisão de jamais se reunir a ela e à criança e nem sequer dar notícias suas, antes de lhe poder garantir uma existência conveniente. E esse foi o último sinal de vida de Hugo Weinschenk. Desde então, ninguém mais ouviu falar nele. A sra. Permaneder, versada em tais assuntos e cheia de energia e circunspeção, várias vezes mandou intimar o genro por edital; explicava, com importância, que queria dar provas concludentes à ação de divórcio por motivo de abandono do lar; mas o antigo gerente estava e permanecia desaparecido. Desse modo, Erika Weinschenk, com a pequena Elisabeth, continuou habitando, em companhia da mãe, o belo apartamento na praça das Tílias.

5.

Como assunto de conversa, o matrimônio do qual nascera o pequeno Johann nunca perdera na cidade os seus atrativos. Já que cada um dos cônjuges tinha algo de extravagante e enigmático, o próprio matrimônio possuía o caráter do esquisito e duvidoso. Lograr saber alguma coisa sobre os esposos e sondar as relações entre ambos, apesar da escassez dos fatos exteriores, parecia tarefa difícil mas interessante... Nos salões e quartos, nos clubes e cassinos e até na Bolsa falava-se de Thomas e Gerda Buddenbrook, tanto mais quanto menos se sabia a seu respeito.

    Como fora que esses dois tinham chegado a casar-se, e como se davam um com o outro? A cidade lembrava-se daquela decisão brusca com que procedera, havia dezoito anos, Thomas Buddenbrook, que então tinha trinta. "Esta ou nenhuma!", dissera ele. Com Gerda, as coisas deviam ter sido parecidas: até a idade de vinte e sete anos, em Amsterdam, rejeitara todas as propostas, enquanto, imediatamente, aceitara este pretendente. Logo, um casamento de amor, era o que diziam. Embora de má vontade, tinham de admitir que os trezentos mil marcos de Gerda, nessa aliança, haviam apenas desempenhado papel secundário. Mas, pelo outro lado, percebera-se, desde o começo, muito pouco amor entre os dois, ou pelo menos aquilo que se entendia por amor. Desde o começo verificara-se nas suas relações apenas cortesia, uma cortesia absolutamente singular entre esposos, correta e respeitosa, a qual, coisa incompreensível, não se baseava em distância e estranheza interna, mas sim em recíproco conhecimento e intimidade, de caráter muito singular, mudo e profundo. Os anos nada haviam mudado. A alteração que tinham produzido consistia apenas em que a diferença de idade existente entre os dois, embora teoricamente insignificante, começava a marcar-se de modo perceptível...

Ao olhar os dois, verificava-se que ele era um homem um tanto corpulento que envelhecia rapidamente e tinha uma mulher moça a seu lado. Achavam que Thomas Buddenbrook tinha aspecto decrépito — sim, este adjetivo era acertado, apesar da elegância um pouco cômica, afinal de contas, com que se enfeitava. Enquanto isso, Gerda quase não mudara nos dezoito anos. Parecia, por assim dizer, conservada pela frieza nervosa em que vivia e que irradiava. O cabelo ruivo-escuro mantivera exatamente a mesma cor; o belo rosto mostrava a mesma harmonia das proporções, e o corpo, a distinção alta e esbelta. Nas comissuras dos olhos castanhos, um tanto pequenos, pouco distantes entre si, estendiam-se ainda as sombras azuladas... As pessoas não tinham confiança nesses olhos. Eram de uma expressão tão esquisita, e ninguém sabia decifrar o que se achava escrito neles. Essa mulher, cuja natureza era tão fria, tão retraída, fechada, reservada e pouco afável, e que unicamente na música despendia algum calor vital, essa mulher causava determinadas suspeitas. O povo desenterrava a pouca e empoeirada psicologia de que dispunha para empregá-la contra a esposa do senador Buddenbrook. Da água mansa te guarda! Pessoas assim, às vezes, são muito finórias. E, como todos andassem à cata de uma explicação e desejassem saber e compreender pelo menos uma parcela do caso, a fantasia modesta os induzia a achar, como única solução, que a bela Gerda enganava o velhote do marido.

Vigiavam-na bem, e não lhes levou muito tempo até concordarem que Gerda Buddenbrook, nas suas relações com o tenente Von Throta, ultrapassava, para não dizer mais, os limites da decência.

René Maria von Throta, natural da Renânia, servia como segundo-tenente num dos batalhões de infantaria aquartelados na cidade. A gola vermelha fazia bom efeito com o cabelo preto, que, repartido ao lado, se afastava, à direita, da fronte alva num topete alto, espesso e ondulado. Embora de físico avantajado, toda a sua aparência, os movimentos tanto quanto a fala, despertavam impressão nada militar. Ele gostava de enfiar a mão entre os botões da túnica ou, quando sentado, apoiar a face sobre as costas da mão. As mesuras que fazia careciam de toda rigidez; nem sequer se ouvia como batia os calcanhares. Vestia a farda sobre o corpo musculoso com tal indiferença e negligência como se fosse simples traje civil. Mesmo o bigodinho fino de adolescente, que, em linha oblíqua, lhe descia até as comissuras da boca, bigodinho ao qual não podia dar pontas nem arrojo, contribuía para aumentar ainda essa impressão total de pouca marcialidade. O que nele havia de mais singular eram os olhos: olhos grandes extraordinariamente brilhantes e tão negros que pareciam insondáveis profundezas em brasa, olhos que pousavam sobre as coisas e os rostos com fanatismo, seriedade e esplendor...

Não existia dúvida de que entrara no Exército contra a vontade ou ao menos sem amor à profissão. Não obstante a sua força física, era medíocre no serviço e malquisto entre os camaradas. Compartilhava-lhes demasiado pouco os interesses e divertimentos — interesses e divertimentos de jovens oficiais que acabam de voltar de uma campanha vitoriosa. Tinha o renome de ser um original desagradável e extravagante que dava passeios solitários, não gostava nem de cavalos, nem de caça, nem do jogo, nem das mulheres, dedicando-se de corpo e alma à música. Tocava diversos instrumentos. Com os seus olhos ardentes e a sua atitude pouco militar, ao mesmo tempo desleixada e peculiar a um comediante, comparecia a todas as óperas e concertos, ao passo que desdenhava o clube e o cassino.

Bem ou mal, efetuou as mais necessárias visitas às famílias proeminentes, mas declinou quase todos os convites, frequentando, a bem dizer, unicamente a casa dos Buddenbrook... em demasia, como achava a cidade, em demasia, como achava também o próprio senador...

Ninguém imaginava o que se passava no íntimo de Thomas Buddenbrook, ninguém devia imaginá-lo; justamente isso; manter em pé a ignorância de todo mundo a respeito da sua aflição, do seu ódio e da sua impotência, justamente isso era terrivelmente difícil! O povo começava a considerá-lo um tanto grotesco; experimentariam talvez compaixão e refreariam tais sentimentos se fizessem a mínima ideia da sensibilidade angustiada com que ele se precavia contra a zombaria; ele mesmo havia muito que a vira aproximar-se e a pressentia, antes de ela ocorrer a nenhum outro. A sua vaidade, essa "vaidade" amiúde ironizada, era em grande parte produto desse cuidado. O senador fora o primeiro a arrostar a sempre crescente desproporção entre a sua própria aparência e a de Gerda, estranhamente intacta, a que os anos nada podiam fazer; arrostara-a com receio, e agora, desde que o sr. Von Throta entrava na sua casa, era preciso combater e esconder com o resto das forças a sua preocupação; do contrário, pela simples notoriedade dessa preocupação, abandonaria o seu nome ao riso geral.

Gerda Buddenbrook e o jovem e esquisito tenente haviam se encontrado, como é natural, no terreno da música. O sr. Von Throta tocava piano, violino, viola, violoncelo e flauta, tudo com perfeição. Muitas vezes, a visita iminente se anunciava de antemão ao senador, quando o ordenança do tenente, com a caixa do violoncelo nas costas, passava diante das janelas do escritório e desaparecia na casa... Então, Thomas Buddenbrook permanecia sentado à escrivaninha, esperando até que o amigo da mulher também entrasse na sua própria casa, e que, lá em cima, no salão, borbotassem aquelas harmonias que, cantando, lamentando-se e jubilando de modo sobre-humano, se alçavam como mãos convulsivamente eretas e torcidas e, depois de todos os êxtases loucos e vagos, se perdiam, débeis, soluçantes, na noite e no silêncio! Oxalá elas estrondeassem e marulhassem, chorassem e exultassem, se cingissem, escumando, e se comportassem de maneira tão sobrenatural quanto quisessem! O pior, o verdadeiramente torturante, era a ausência de ruídos que as seguia, e que então reinava ali em cima, no salão, durante tanto, tanto tempo, sendo por demais profunda e desalmada para não causar horror. Nem um passo estremecia o forro; nem uma cadeira se mexia; era um silêncio desleal, pérfido, calado e dissimulador... Nesses momentos, Thomas Buddenbrook permanecia sentado, angustiando-se de tal modo que, por vezes, gemia baixinho.

Que temia ele? Novamente a cidade vira o sr. Von Throta entrar na sua casa. Eis o quadro que Thomas enxergava, por assim dizer, com os olhos dos outros, assim como se apresentava aos demais: via-se a si mesmo, homem envelhecido, gasto e mal-humorado, sentado ali embaixo, ao lado da janela do escritório, enquanto, em cima, a bela esposa musicava com o seu galã, e não somente musicava... Sim, desse modo apareciam as coisas aos outros; ele o sabia. E todavia sabia também que a palavra "galã", no fundo, era muito pouco adequada ao sr. Von Throta. Ai, quase teria sido feliz se pudesse chamá-lo e considerá-lo como tal, se o pudesse compreender e menosprezar como um rapaz volúvel, ignorante e ordinário que deixava emanar num pouquinho de arte a sua porção normal de leviandade, para conquistar corações de mulheres. Tentava tudo para classificá-lo nessa categoria de homens. Unicamente para esse fim, despertava em si mesmo os instintos dos seus antepassados: a desconfiança reservada do comerciante, estável e parco, contra a casta dos guerreiros, aventureira, inconstante e comercialmente pouco segura. Nos seus pensamentos, tanto quanto na conversa, não deixava de chamar o sr. Von Throta de "o tenente", empregando nisso uma acentuação desdenhosa; e, contudo, sentia com demasiada clareza que, entre todos, esse título era o menos próprio para expressar a essência desse moço...

Que temia Thomas Buddenbrook? Nada... Nada de definível. Ah, se se achasse em condições de reagir contra alguma coisa palpável, simples e brutal! Invejava a simplicidade com que o povo, na rua, imaginava o caso. Mas enquanto permanecia ali sentado, a cabeça entre as mãos, numa espreita torturante, sabia demasiado bem que "enganar" e "adultério" não eram termos apropriados para qualificar essas coisas cantantes ou abissalmente silenciosas que lá em cima se passavam.

Às vezes, ao olhar para fora, por sobre as cumeeiras cinzentas e os burgueses transeuntes, ao deixar descansar os olhos no painel comemorativo, presente de jubileu, que mostrava os retratos dos ancestrais, ao recordar a história da sua estirpe, dizia para si mesmo que isso era o fim de tudo, que só faltava o que agora sucedia. Sim, para coroar a obra só faltava que a sua própria pessoa se tornasse objeto de escárnio, que o seu nome, a sua vida familiar andasse na boca do mundo... Mas esse pensamento quase lhe fazia bem, porque lhe parecia tão simples, compreensível e normal, imaginável e exprimível, em comparação com o cismar inútil acerca desse mistério ignominioso, desse escândalo enigmático ali em cima...

Já não suportava a angústia. Empurrava a poltrona para trás. Deixava o escritório e subia ao primeiro andar. Aonde se dirigia? Ao salão, para cumprimentar o sr. Von Throta, despreocupadamente, com leve altivez, convidá-lo para o jantar e receber, como várias vezes, uma recusa? Pois o mais insuportável era que o tenente o evitava por completo, rejeitando quase todos os convites oficiais; somente se dignava manter as relações particulares e livres com a senadora...

Esperar? Em qualquer parte, talvez no gabinete de fumar? Esperar até que ele fosse embora, para depois ir ter com Gerda, explicar-se com ela, pedir-lhe contas? Não se pediam contas a Gerda; não era possível explicar-se com ela. Sobre o quê? A aliança com a esposa baseava-se em compreensão, consideração mútua e silêncio. Não convinha ridicularizar-se também diante dela. Fazer o papel de ciumento significava dar razão à gente da rua, proclamar o escândalo, torná-lo manifesto... Sentia ele ciúmes? De quem? De quê? Ah, nada disso! Um sentimento tão vigoroso é capaz de produzir ações, erradas e tolas talvez, mas incisivas e libertadoras. Não! O que sentia era apenas um pouco de medo, medo opressivo e perseguidor, medo de tudo isso...

Ia ao vestíbulo para lavar a testa com água-de-colônia; descia novamente ao primeiro andar, decidido a romper, a qualquer preço, o silêncio que reinava no salão. Mas, quando já empunhava a maçaneta preta e dourada da porta branca, recomeçava em acordes tempestuosos a música. Thomas recuava.

Pela escada da criadagem dirigia-se ao térreo; caminhava até o jardim, através do vestíbulo e da fria sala de estar; voltava ao vestíbulo e ocupava-se com o urso empalhado, para, depois, mexer na redoma de peixinhos dourados que se achava sobre o patamar. Era incapaz de encontrar sossego em qualquer parte; espreitava e escutava, cheio de vergonha e mágoa, abatido e acossado por esse medo do escândalo clandestino e do escândalo público...

Certa vez, numa dessas horas, no segundo andar, Thomas Buddenbrook inclinou-se por sobre a balaustrada da "galeria" e olhou através do vão da escada, banhado em luz, onde não se ouvia ruído nenhum; então, o pequeno Johann saiu do quarto. Vinha pelo corredor, para tratar algum assunto com Ida Jungmann. Um livro na mão, cosendo-se à parede, procurou passar pelo pai com um cumprimento murmurado; mas o senador lhe dirigiu a palavra.

— Então, Hanno, que anda fazendo?

— Trabalhando, papai. Vou procurar Ida, para ler com ela a minha tradução...

— Como vai o trabalho? Que tem de fazer?

E, sempre de pálpebras baixas, Hanno fez um rápido e visível esforço para apresentar uma resposta correta e clara, e demonstrar presença de espírito; engoliu apressadamente e disse:

— Temos de preparar Cornélio Nepos, fazer uma cópia a limpo de um cálculo comercial, estudar gramática francesa, os rios da América do Norte... corrigir uma composição alemã...

Calou-se, infeliz, porque no fim não intercalara um "e", abaixando resolvidamente a voz. Não sabia mais nada que acrescentar, e outra vez se saíra com uma resposta abrupta e incompleta...

— Só isso! — terminou ele com toda a decisão de que dispunha, embora sem erguer o olhar.

Mas o pai pareceu não lhe prestar atenção. Segurava entre as suas a pequena mão de Hanno, brincando com ela, distraído. Evidentemente, não percebera nada do que fora dito. Sem saber, apalpava as articulações delgadas e permaneceu calado.

Então, de repente, Hanno ouviu algo que não tinha nexo nenhum com a própria conversa; ouviu uma voz baixinha, angustiada, comovida e quase suplicante que nunca ainda ouvira; era, todavia, a voz do pai que dizia:

— Hanno... já vão duas horas que o tenente está com mamãe...

Eis que, a essas palavras, o pequeno Johann abriu os olhos castanhos de brilho dourado, dirigindo-os para o rosto do pai, rosto de pálpebras inflamadas, por baixo das sobrancelhas loiras, e de bochechas um tanto túmidas, ultrapassadas pelas pontas do bigode rijo e esticado. Ao fitá-lo, os olhos do menino tornaram-se tão grandes, claros e carinhosos como nunca. Deus sabe o quanto o compreendia. Mas uma coisa era certa, e ambos a sentiam: que nesses segundos, durante os quais os seus olhares descansavam um sobre o outro, desmoronava entre eles toda estranheza e frialdade, todo constrangimento e mal-entendido, e que Thomas Buddenbrook se podia fiar na devoção e compreensão do filho, não somente nesse caso, mas, sim, sempre que se tratasse de angústia e tormentos, em vez de energia, aptidão e vitalidade desembaraçada.

Ele não reparava nisso; obstinava-se em não fazê-lo. Com mais rigor do que de costume, ocupava o filho em exercícios práticos, no intuito de prepará-lo para as suas futuras atividades. Examinava-lhe a força de espírito. Insistia com ele para que manifestasse simpatia decidida à profissão que o esperava. Explodia de ira ao mínimo sinal de oposição e cansaço... Pois o caso era que Thomas Buddenbrook, na idade de quarenta e oito anos, cada vez mais considerava os seus dias contados e começava a levar em conta a proximidade da sua morte.

O seu estado físico piorara. Falta de apetite e insônia, tonturas e aqueles calafrios para que sempre tendera o obrigavam repetidas vezes a consultar o dr. Langhals. Mas não conseguia obedecer aos preceitos do médico. Não bastava para isso a sua força de vontade, prejudicada por anos cheios de inatividade laboriosa e apressada. Acostumara-se a dormir de manhã até muito tarde, se bem que todas as noites, furioso, resolvesse levantar-se cedo, para fazer, antes do chá, o passeio recomendado. Na realidade o fez só duas ou três vezes... E assim acontecia com todas as demais coisas. A contínua tensão da vontade, sem êxito nem satisfação, corroía-lhe a estima de si próprio e o desesperava. Estava longe de abster-se do gozo dos pequenos e acres cigarros russos que, desde a adolescência, todos os dias, fumava em massa. Sem rodeios, disse na cara vaidosa do dr. Langhals:

— Olhe, doutor: vedar-me os cigarros é sua obrigação... deveras uma obrigação muito fácil e muito agradável! Quem tem de observar o preceito sou eu! O senhor pode assistir como espectador... Não, colaboremos em comum a favor da minha saúde, mas os papéis se acham distribuídos de maneira injusta: a mim cabe parte demasiado grande do trabalho! Não se ria... Não estou gracejando... A gente se encontra numa solidão horrível... Eu fumo. Posso oferecer-lhe um cigarro?

E estendeu-lhe a cigarreira cinzelada.

Todas as suas forças diminuíam. O que aumentava nele era apenas a convicção de que tudo isso não podia durar muito tempo e que o seu óbito estava iminente. Vinham-lhe visões estranhas, cheias de pressentimentos. Por vezes, durante as refeições, acometia-o a sensação de que realmente já não se achava reunido com os seus, mas sim lhes dirigia o olhar de uma distância incerta e vaga... "Hei de morrer", dizia no seu íntimo, e novamente chamou Hanno para junto de si, a fim de exortá-lo:

— Pode ser que eu morra antes do que pensamos, meu filho. Então você deve estar pronto para ocupar o meu lugar! Também a mim, isto me aconteceu muito cedo... Você compreende finalmente que a sua indiferença me atormenta! Então, está resolvido... Sim... Sim... Isto não é uma resposta; mais uma vez, não é uma resposta! Pergunto se você está resolvido com ânimo e gosto... Pensa, por acaso, que tem bastante dinheiro e não precisa trabalhar? Não tem nada; você tem muito pouco; terá de depender do seu esforço. Se quiser viver, e até viver à larga, será necessário que se dedique a um trabalho difícil e duro, mais duro ainda do que o meu...

Mas não era só isso; já não era apenas a preocupação pelo futuro do filho e da firma que o fazia sofrer. Outra coisa, algo de novo, apoderava-se dele, esporeando-lhe as ideias cansadas... Já que não considerava o fim da sua existência terrena uma necessidade afastada, teórica e insignificante, mas sim coisa próxima e palpável, que era preciso preparar de imediato, começou a filosofar, a interrogar-se a si mesmo, a examinar a sua relação com a morte e os problemas metafísicos... E logo nas primeiras tentativas se convenceu de que ao seu espírito faltavam toda madureza e preparação para morrer.

O seu pai soubera reunir com muito prático senso de negócios o apego à letra de um fanático "bibliocristianismo". A mãe, mais tarde, herdara dele essas qualidades. Mas a Thomas Buddenbrook elas sempre se haviam conservado alheias. Durante toda a vida encarara as coisas primordiais e derradeiras com o ceticismo mundano do avô. Era, porém, por demais profundo e espirituoso e sentia demasiada necessidade de conceitos metafísicos, para se satisfazer com a superficialidade confortável do velho Johann Buddenbrook. Assim, dera a si próprio uma resposta histórica às questões da eternidade e imortalidade, constatando que ele mesmo vivera nos seus antepassados e viveria nos seus descendentes. Isso não estava somente de acordo com o seu senso de família, orgulho de patrício e respeito às tradições, mas também lhe tinha sido útil e o reconfortara na sua atividade, ambição e maneira de viver. Mas agora se tornava evidente que essa opinião se esboroava e se reduzia a nada diante do olho da morte, penetrante e próximo, e que ela era incapaz de produzir uma única hora de sossego e presteza.

Em diversos momentos da sua vida, Thomas Buddenbrook brincara com uma pequena tendência para o catolicismo. Todavia, estava cheio daquela sensação de responsabilidade do verdadeiro e apaixonado protestante, sentimento grave, profundo, rígido e inexorável que chega a atormentar o próprio portador. Não! diante do Supremo e Derradeiro não havia ajuda de fora, nem mediação, absolvição, alívio e consolo! Num esforço solitário, independente e pessoal, trabalhando fervorosa e aplicadamente, cada homem tinha de desenredar o enigma, antes que fosse tarde; era preciso alcançar esclarecimento rápido ou finar-se em desespero... Desiludido e desanimado, Thomas Buddenbrook afastava-se do seu único filho em quem esperava continuar a viver, vigoroso e rejuvenescido. Apressada e medrosamente, punha-se a procurar a verdade que, em qualquer lugar, devia existir para ele...

Era pleno verão do ano de 1874. Nuvens redondas e argênteas singravam o céu muito azul por sobre a simetria graciosa do jardim. Nos ramos da nogueira, os pássaros piavam em tom interrogativo. O chafariz murmurava no meio do círculo de altos gladíolos que o rodeava. O perfume dos lilases, infelizmente, mesclava-se com o aroma de xarope que uma cálida corrente de ar trazia da próxima refinaria de açúcar. Para a admiração do pessoal, o senador, nos últimos tempos, saía amiúde do escritório durante as horas do expediente; mãos nas costas, passeava no jardim, limpando os saibros com o ancinho, tirando o lodo do chafariz ou espacando um pé de roseira... O rosto, com as sobrancelhas loiras, uma das quais um pouco alçada, parecia sério e atento, absorto por essas ocupações. Mas as suas ideias iam longe, pelas trevas, nas suas próprias e penosas veredas.

Por vezes, ele se acomodava na altura do pequeno terraço, dentro do pavilhão totalmente envolto de trepadeiras. Olhava, sem nada enxergar, por sobre o jardim, para a parede traseira da sua casa avermelhada. O ar estava quente e doce. Era como se os ruídos pacatos em volta dele o alentassem e apaziguassem, procurando acalentá-lo. Cansado pela solidão e pelo silêncio, e por ter o olhar cravado no vazio, fechava os olhos, de quando em quando, para logo se empertigar outra vez, afugentando a paz que o cercava. "Preciso pensar", dizia quase em voz alta... "Preciso pôr tudo em ordem antes que seja tarde..."

Foi aí, nesse pavilhão, na pequena cadeira de balanço de vime amarelo, que, certo dia, durante quatro horas inteiras, leu com crescente comoção um livro que, meio procurado meio achado, lhe caíra nas mãos... Depois do desjejum, cigarro na boca, descobrira-o no gabinete de fumar, num canto remoto da biblioteca, escondido atrás de tomos mais vistosos. Lembrara-se de que, havia anos, o comprara numa livraria por preço de ocasião e sem lhe dar importância: obra mal impressa e mal encadernada, bastante volumosa, de papel fino e amarelecido, a segunda parte de um célebre sistema metafísico... Levara-a consigo para o jardim, e agora, em completo enlevo, estudava página por página...

Enchia-o um profundo e grato contentamento que ele antes não conhecera. Sentia a incomparável satisfação de ver como um cérebro poderoso e superior se apossava da vida, dessa vida tão forte, cruel e sardônica, para dominá-la e fazer-lhe justiça... Aqueles que sofrem e, continuamente, cheios de vergonha e má consciência, ocultam os seus tormentos à frieza e ao rigor da vida sentem essa espécie de satisfação, quando um grande sábio lhes confere, por princípio e com solenidade, o direito de sofrer pelo mundo — por esse mundo que se considerava o melhor possível e, na realidade, como se provara com ironia magistral, era o pior possível.

Ele não entendia tudo. Axiomas e hipóteses permaneciam pouco claros para ele. O seu intelecto, desacostumado a esse gênero de leitura, não era capaz de acompanhar todos os pensamentos. Mas era justamente a alternação de luz e trevas, de surda falta de compreensão, vago pressentimento e repentina clareza que o cativava. Decorriam as horas sem que tirasse os olhos do livro nem sequer mudasse a sua posição sobre a cadeira.

No começo passara por diversos trechos sem ler. Progredindo rapidamente, almejando, inconsciente e apressado, o essencial, o realmente importante, só se ocupara com este ou aquele período que o atraía. Mas então encontrou um capítulo extenso que leu da primeira à última linha, com os lábios firmemente cerrados e as sobrancelhas franzidas; leu seriamente, e a sua fisionomia mostrava uma gravidade perfeita e quase inânime, que nenhum sinal de vida em torno dele podia influenciar. Esse capítulo intitulava-se: "Sobre a morte e a sua relação com a indelebilidade da nossa essência pessoal".

Só poucas linhas faltavam quando, às quatro horas, a criada atravessou o jardim e o chamou para o almoço. Acenou que ia já. Leu as frases que restavam. Fechou o livro e olhou em redor de si... Tinha a impressão de que toda a sua natureza se achava alargada de modo formidável; sentia-se cheio duma ebriedade pesada e obscura. A sua inteligência estava nublada e totalmente embriagada por algo de indizivelmente novo, atraente e promissor, que lembrava o primeiro desejo esperançoso do amor. Mas quando, de mãos gélidas e pouco seguras, guardou o livro na gaveta da mesa rústica, reinavam na sua cabeça ardente uma pressão esquisita e uma tensão inquietante, como se alguma coisa quisesse arrebentar; não era capaz de conceber uma ideia completa.

"Que foi?", perguntou a si mesmo, ao entrar na casa. Subiu pela escada principal e acomodou-se à mesa, em companhia dos seus... "Que foi que se passou comigo? Que palavras se dirigiram a mim, Thomas Buddenbrook, conselheiro desta cidade e chefe da firma de cereais Johann Buddenbrook? Será que isso se endereçava a mim? Posso suportá-lo? Não sei o que foi... Sei somente que é demais, demais para o meu cérebro burguês..."

Permaneceu o dia inteiro nesse estado de lerdo arroubo, surdo, ébrio e vazio. Quando veio a noite, sentiu-se incapaz de erguer por mais tempo a cabeça sobre os ombros. Recolheu-se cedo. Durante três horas dormiu um sono profundo, tão profundo e inatingível como nunca em toda a sua vida. Então acordou, tão bruscamente, tão deliciosamente sobressaltado como acordam os homens solitários quando têm no coração um amor em botão.

Sabia-se sozinho no vasto aposento; Gerda dormia agora no quarto de Ida Jungmann, que, nos últimos tempos, para estar mais perto do pequeno Johann, se mudara para um dos três cômodos do outro andar. Em redor dele reinava noite espessa. As cortinas das duas janelas se achavam cerradas. Em profundo silêncio, no ar um tanto abafado, ele estava de costas, erguendo o olhar para as trevas.

Eis que, de súbito, a escuridão diante dos seus olhos pareceu rasgar-se, como se a muralha veludosa da noite se partisse, rachando e descobrindo um panorama de luz, imenso, impenetrável e eterno... *"Hei de viver!"*, disse Thomas Buddenbrook, quase em voz alta; sentiu como o peito lhe estremecia com um soluço íntimo. "Esta é a revelação: hei de viver! Algo há de viver... e pensar que não sou este 'algo', isso é um engano, é apenas um erro que a morte corrigirá. É isso! É isso!... Por quê?" — A essa pergunta, a noite o sepultou novamente. Outra vez não via, não sabia e não entendia mais nada. Deixou-se recair sobre o travesseiro, totalmente deslumbrado e exausto por esse átomo de verdade que lhe fora permitido enxergar.

Permaneceu deitado, sem se mexer, esperando fervorosamente. Sentia-se tentado a rezar para que essa verdade voltasse e o aclarasse. E ela voltou. De mãos postas, sem ousar fazer um movimento, assim ele estava deitado a olhar...

Que era a morte? A resposta não se lhe manifestou em palavras pobres e jactanciosas: sentiu-a; possuiu-a no seu íntimo. A morte era uma felicidade, tão profunda que só se deixava medir em momentos abençoados como este. Era o regresso de uma caminhada penosa através dum labirinto; era a emenda duma falta grave, a libertação dos mais repugnantes entraves e barreiras; reparava um acidente lamentável.

Fim e dissolução? Três vezes deplorável quem considerasse pavorosos esses termos insignificantes! Que é que ia findar e se dissolver? Este seu corpo... Essa sua personalidade individual, este obstáculo lerdo, renitente, defeituoso e detestável, *obstáculo que nos impedia de ser outra coisa melhor!*

Não eram os homens apenas produtos desastrados e erros crassos? Não caíam eles num cárcere torturante, logo ao nascerem? Prisão! Prisão! Em toda parte entraves e barreiras! Através das janelas gradeadas da sua individualidade, o homem, desesperado, crava os olhos nas muralhas das circunstâncias externas que o cercam, até que chegue a morte, dando-lhe o sinal da volta para a liberdade...

"Individualidade!... Ah, tudo quanto somos, podemos e temos parece pobre, pálido, insuficiente e aborrecido; justamente o que não somos, não podemos e não temos, é o que olhamos com aquela inveja ansiosa que se torna amor, porque receia tornar-se ódio.

"Trago em mim o germe, o começo, a possibilidade de todas as aptidões e atividades do mundo... Onde não poderia eu estar se não estivesse aqui! Quem, o que e como poderia eu ser, se eu não fosse eu, se esta minha aparência pessoal não me isolasse nem me separasse a consciência da de todos aqueles que não são eu! Organismo! Erupção cega, inconsiderada e lastimável do impulso da vontade pela noite isenta de espaço e tempo, do que enlanguescer num calabouço, mal aclarado pela vela trêmula e vacilante do intelecto!

"Esperei continuar a viver no meu filho? Numa personalidade mais medrosa, mais fraca, mais incerta ainda? Que engano tolo e infantil! Para que me serve um filho? Não preciso de filho! Onde estarei eu, depois de morto? Mas isso é tão lúcido e claro, tão maravilhosamente simples! Estarei em todos aqueles que já disseram 'Eu', que o dizem ou dirão, e *antes de tudo naqueles que o dizem mais convencidos, mais vigorosos e mais alegres...*

"Em qualquer parte do mundo cresce um menino, bem conformado e escorreito, capaz de desenvolver os seus talentos, de aparência agradável e de alma despreocupada, puro, cruel e esperto, um daqueles seres humanos cujo aspecto aumenta a felicidade dos felizes e desespera os infelizes... Eis o meu filho. Eis o que serei, em breve... em breve, logo que a morte me libertar da mísera ilusão de eu não ser tanto ele quanto eu.

"Terei eu alguma vez odiado a vida, esta vida pura, cruel e forte? Tolice e mal-entendido! Odiei apenas a mim mesmo por não poder suportá-la. Mas amo-os, amo-os a todos, os felizes, e dentro em breve cessarei de estar isolado de vocês por um cárcere apertado; dentro em breve, aquela parte de mim que os amar, o meu amor para com vocês se libertará e estará com vocês e dentro de vocês... com vocês e dentro de vocês!..."

Chorou. Estreitou o rosto contra o travesseiro e chorou, estremecido e elevado, como na embriaguez, por uma felicidade a cuja doçura dorida nenhuma no mundo se igualava. Era isso, tudo isso que, desde a tarde do dia anterior, o enchia de ebriedade surda, e que, no meio da noite, se movera no seu íntimo, acordando-o como um amor em botão. E enquanto, nesse instante, lhe era dado compreendê-lo e percebê-lo — não em palavras e sequências de pensamentos, mas sim em repentinas e beatíficas iluminações da sua alma —, já se achava livre, já estava realmente redimido e desimpedido de todos os entraves e barreiras, naturais e artificiais. Abriram-se as muralhas da cidade paterna, onde ele se encerrara espontânea e conscientemente; descortinava-se ao seu olhar o mundo, todo o mundo, do qual, na mocidade, vira este ou aquele pedacinho, e que a morte lhe prometia dar de presente na sua totalidade. As falazes formas da percepção de tempo e espaço e, com eles, da história, a preocupação de uma gloriosa continuidade histórica na pessoa de descendentes, o medo de qualquer dissolução e desagregação histórica futuras — tudo isso lhe largava o espírito; já não o impedia de compreender a eternidade constante. Nada começava e nada terminava. Existia somente um presente interminável, e essa força que trabalhava nele, amando a vida com um amor tão doce, tão dorido, tão impulsivo e tão ansioso, essa força, da qual a sua pessoa era apenas uma expressão desacertada, acharia sempre o aceno a esse presente.

"Hei de viver!", cochichou para dentro do travesseiro; chorou e... no instante seguinte já não sabia por quê. O seu cérebro permaneceu imóvel; extinguiu-se a sua sabedoria, e de súbito reinou nele novamente a escuridão emudecida. "Mas isto voltará!", afirmava ele a si próprio. "Já o possuí, não é?..." Enquanto sentia como o atordoamento e o sono o obumbravam irresistivelmente, prestou em si o juramento sagrado de nunca mais deixar escapar essa imensa felicidade, mas sim de encontrar as suas forças e de aprender, de ler, de estudar até que se tivesse apoderado, firme e inalienavelmente, de toda essa filosofia da qual todas essas percepções haviam nascido.

Mas isso não podia ser. Já na manhã seguinte, acordando com uma levíssima sensação de embaraço por causa das extravagâncias espirituais da noite passada, previa algo da irrealizabilidade desses belos projetos.

Levantou-se tarde. Teve logo de participar dos debates duma sessão da Assembleia. A vida pública, comercial e social nas ruas angulosas e esguias dessa mediana cidade portuária outra vez se apossava das suas forças e do seu espírito. Ainda o ocupava o projeto de reiniciar a leitura maravilhosa. Todavia, começava a perguntar a si mesmo se as experiências daquela noite eram, verdadeira e duradouramente, apropriadas para ele, e se resistiriam à prova prática da morte. Reagiam contra ele os seus instintos burgueses. A sua vaidade também se rebelava: medo de um papel esquisito e ridículo. Essas coisas lhe ficariam bem? Convinham elas ao senador Thomas Buddenbrook, chefe da firma Johann Buddenbrook?

Nunca mais chegou a lançar um olhar àquele livro estranho que escondia tantos tesouros, e ainda menos a adquirir os outros volumes da obra. O pedantismo nervoso que, havia anos, o possuía devorava-lhe os dias. Acossado por mil bagatelas indignas e cotidianas que a sua cabeça se atormentava por manter em ordem e despachar, não tinha bastante força de vontade para conseguir uma distribuição do seu tempo razoável e rendosa. Aproximadamente duas semanas após aquela tarde memorável chegara ao ponto de abandonar tudo e dizer à empregada que, por um descuido, um livro se achava na gaveta da mesa do jardim; que ela o retirasse e recolocasse na biblioteca.

Assim, pois, Thomas Buddenbrook, que avidamente erguera as mãos para as derradeiras e sublimes verdades, recuou cansado, até os conceitos e as ideias que lhe haviam sido ensinados na infância. Andava se lembrando do Deus único e personificado, pai dos seres humanos, que enviara à terra uma parte pessoal da sua essência para que ela sofresse e sangrasse em nosso lugar, este Deus que no dia do Juízo nos faria justiça, e a cujos pés os justos, no decorrer da eternidade que então começaria, seriam indenizados pelas misérias deste vale de lágrimas... Recordava-se de toda essa história, pouco clara e um pouco absurda, que, porém, não exigia compreensão, mas unicamente crença obediente; ela estaria à sua disposição, em palavras fixas e infantis, no momento das últimas angústias... Deveras?

Aí, por esse caminho também não alcançou a paz! Este homem, corroído pela preocupação com a honra da sua casa, com a esposa, o filho, o renome, a família, este homem gasto que, difícil e artificialmente, mantinha elegante, correto e erguido o seu corpo, torturou-se durante vários dias com o problema de como as coisas haveriam de ser: chegaria a alma ao céu logo depois da morte, ou começaria a bem-aventurança somente depois da ressurreição da carne? E onde estaria a alma durante esse intervalo? Jamais alguém, no colégio ou na igreja, o informara a tal respeito. Como era justificável deixar as pessoas em tamanha ignorância?... Ele estava a ponto de visitar o pastor Pringsheim para solicitar-lhe conselhos e consolo. Mas no último momento deixou de fazê-lo por medo do ridículo.

Finalmente abandonou todas essas coisas, remetendo-as ao critério de Deus. Mas, como a liquidação dos seus assuntos eternos tivesse chegado a um resultado tão pouco satisfatório, resolveu, pelo menos, despachar cuidadosamente os terrenos, realizando assim um propósito de há muito alimentado.

Um dia, depois do almoço, na sala de estar, onde a família tomava o café, o pequeno Johann ouviu o pai comunicar à mãe que esperava, para aquela tarde, a visita do advogado, dr. Fulano de Tal, a fim de fazer com a sua ajuda o testamento cuja fixação já não convinha adiar. Mais tarde, durante uma hora, Hanno tocou estudos ao piano de cauda. Depois, quando quis passar pelo corredor, encontrou o pai e um cavalheiro de comprido fraque preto que subiam pela escada principal!

— Hanno! — chamou o senador laconicamente. O pequeno Johann estacou. Engoliu e respondeu apressadamente e baixinho:

— Sim, papai...

— Preciso fazer um trabalho importante com este senhor — prosseguiu o pai. — Faça-me o favor de colocar-se diante desta porta — apontou para a entrada do gabinete de fumar — e cuide que ninguém, ouviu, absolutamente ninguém nos incomode.

— Sim, papai — disse o pequeno Johann. E pôs-se diante da porta, que se fechou atrás dos dois cavalheiros.

Ali permaneceu ele. Com uma das mãos segurava o nó de marujo que lhe cobria o peito. Com a língua esfregava um dente de que desconfiava. Escutava as vozes sérias e abafadas que chegavam até ele, do interior do cômodo. A cabeça com o cabelo castanho e ondulado que lhe caía por sobre as fontes estava um tanto inclinada. Sob as sobrancelhas franzidas, os olhos de brilho dourado, orlados por sombras azuladas, dirigiam-se para o lado, com uma expressão de repugnância e meditação, expressão semelhante àquela com que, junto ao ataúde da avó, aspirava o aroma das flores e aquele outro odor estranho todavia conhecido.

Ida Jungmann aproximou-se e disse:

— Hanninho, meu filho, que é feito de você? Que anda fazendo aqui?

O aprendiz corcunda chegou do escritório, um telegrama na mão, e perguntou pelo senador.

E em cada uma dessas ocasiões o pequeno Johann estendia o braço, revestido pela manga azul, enfeitada por uma âncora, e impedia a entrada; sacudia a cabeça e, depois de um instante de silêncio, dizia, em voz baixa e firme:

— Ninguém pode entrar. Papai está fazendo o testamento.

6.

Ao chegar o outono, o dr. Langhals disse com trejeitos femininos nos seus belos olhos:

— Os nervos, senhor senador... São unicamente os nervos que têm a culpa de tudo isso. E às vezes a circulação do sangue deixa também um pouco a desejar. Posso permitir-me um conselho? O senhor devia tirar mais um descanso este ano. Esses poucos domingos na praia naturalmente não conseguiram muito efeito... Estamos em fins de setembro. O balneário de Travemünde ainda se acha aberto. Vá para lá, senhor senador, e fique um pouquinho na praia. Quinze dias ou três semanas já servem para consertar alguma coisa...

E Thomas Buddenbrook disse amém. Quando os seus ficaram sabendo dessa decisão, Christian ofereceu-se para acompanhá-lo.

— Vou também, Thomas — decretou ele simplesmente. — Acho que você não tem objeções. — E, embora o senador tivesse uma porção de objeções, disse outra vez amém.

Agora, mais do que nunca, Christian era dono do seu tempo. Por causa da saúde incerta, vira-se forçado a abandonar a sua última atividade comercial, a agência de champanhe e conhaque. O fantasma do homem que, no crepúsculo, se achava sentado no sofá e acenava para ele felizmente não voltara mais. Mas a periódica "tortura" no lado esquerdo tornara-se ainda pior, se possível; acompanhava-a de perto grande número de outras moléstias que Christian, a toda hora, observava e descrevia meticulosamente. Como nos tempos passados, acontecia-lhe amiúde, durante as refeições, que os músculos de deglutição falhavam; então ficava com o bocado na garganta e deixava vagar os olhinhos redondos e encovados. Como nos tempos passados, sofria com frequência de uma indeterminada e invencível sensação de medo: receava que a língua, o esôfago, as extremidades e até o cérebro pudessem de repente ser acometidos por uma paralisia. É verdade que essa paralisia não veio a ser realidade; mas não era o medo dela ainda pior? Contava detalhadamente como, um dia, ao fazer chá, pusera o fósforo ardente sobre a garrafa de álcool e não sobre o fogareiro; desse jeito, faltara pouco para que não somente ele mas também os outros habitantes da casa e talvez os vizinhos perecessem de morte horrível... Isso já ia longe. Mas, com especial minuciosidade, insistência e esforço para se fazer compreendido, Christian descrevia uma anomalia medonha que nos últimos tempos verificara em si próprio: em certos dias, isto é, sob certas condições, climáticas e psíquicas, não podia ver uma janela aberta sem ser acometido pelo impulso nada justificado de saltar para fora... instinto feroz e mal domável, espécie de travessura insensata e desesperada! Num domingo, quando a família jantava na Fischergrubestrasse, relatou como, empregando todas as forças morais, tivera de rastejar para a janela aberta e fechá-la... A essa altura todos gritaram alto, e ninguém quis ouvir mais.

Ele constatava os fenômenos dessa espécie com certa satisfação horripilante. Coisa que, porém, não observava nem verificava, e de que não se dava conta, era a estranha falta de tato que, com os anos, se lhe tornava cada vez mais peculiar. Não somente contava no círculo da família anedotas que, quando muito, convinha narrar no clube, mas existiam também sintomas evidentes de que o seu senso de vergonha física estava diminuído. No intuito de demonstrar à sua cunhada Gerda a durabilidade das meias inglesas e, ao mesmo tempo, o seu recente emagrecimento, era capaz de alçar diante dela a calça axadrezada e larga até muito acima do joelho... "Olhe só como fiquei magro... Não será isto estranho e incompreensível?", dizia ele aflito, enquanto, de nariz encrespado, exibia a perna ossuda e curva, coberta por ceroulas brancas, sob as quais, melancolicamente, se delineava o joelho macilento...

Como dissemos, abandonara qualquer atividade comercial. Mas ainda assim procurava encher as horas do dia que não passava no clube. Gostava de salientar que, apesar de todos os obstáculos, nunca deixara de trabalhar. Aprofundava os seus conhecimentos de línguas. Por motivos científicos, sem finalidade prática, começara recentemente a aprender o chinês, aplicando nisso, durante quinze dias, muita energia. Agora, ocupava-se com o "completamento" de um dicionário inglês-alemão que lhe parecia insuficiente. Como, porém, de qualquer jeito precisasse de uma pequena mudança de ar, e como fosse desejável que o senador tivesse alguma companhia, essa ocupação não o podia amarrar à cidade...

Os dois irmãos viajavam para a praia; viajavam, enquanto a chuva tamborilava sobre o toldo da carruagem. Rodavam pela estrada que era um verdadeiro lago, e quase não falavam palavra nenhuma. Christian deixava correr os olhos, como se espreitasse algo de suspeito. Thomas, friorento, estava envolto no sobretudo; tinha olhos inflamados e cansados; as pontas esticadas e rijas do bigode ultrapassavam as faces alvacentas. À tarde chegaram ao parque do balneário; as rodas rangiam sobre o saibro encharcado. No terraço envidraçado do edifício central achava-se o velho corretor Siegismund Gosch, bebendo grogue de rum. Levantou-se, sibilando por entre os dentes. Acomodando-se ao seu lado, enquanto os criados carregavam as malas para cima, eles também tomaram bebidas quentes.

O sr. Gosch era igualmente veranista, assim como algumas poucas pessoas, uma família inglesa, uma solteirona holandesa e um solteiro de Hamburgo. Este, provavelmente, estava dormindo a sesta, antes de jantar. Reinava o mais profundo silêncio, só interrompido pelo murmúrio da chuva. Que durmam! O sr. Gosch não dormia de dia. Ficava contente quando, de noite, conseguia algumas horas de inconsciência. Não se sentia bem; precisava dessa tardia mudança de clima por causa do tremor, do tremor que lhe agitava os membros... Com os diabos! Mal podia segurar o copo de grogue. E, coisa mais infame ainda, só raramente era capaz de escrever, de modo que a tradução das obras completas de Lope de Vega avançava num ritmo lamentável. Estava muito mal disposto, e nas blasfêmias já não encontrava o verdadeiro prazer. "Que se enforquem!", disse ele, usando a sua locução predileta; repetia-a constantemente, muitas vezes sem o mínimo nexo.

E o senador? Como ia ele? Quanto tempo pensava demorar-se no lugar?

— Ah, o dr. Langhals mandou-me para cá por causa dos nervos — respondeu Thomas Buddenbrook. — Claro que obedeci, apesar deste tempo horrível. Que é que não se faz por medo do médico! E, realmente, sinto-me bastante mal. Ficaremos até que eu vá um pouco melhor.

— Sim; aliás, a minha saúde também está meio ruim — disse Christian, cheio de inveja e aborrecimento, porque Thomas só falava de si próprio. Aprontava-se para contar as histórias do vulto do sofá, da garrafa de álcool e da janela aberta, quando o irmão se levantou para inspecionar os quartos.

A chuva não diminuía. Roía a terra e dançava, em gotas saltitantes, sobre o mar, que, arrepiado pelo sudoeste, recuava da praia. Tudo envolto num véu cinzento. Os vapores passavam como sombras ou navios-fantasmas, desaparecendo no horizonte apagado.

Os hóspedes estranhos só se encontravam durante as refeições. De capa impermeável e galochas, o senador dava passeios em companhia do corretor Gosch, enquanto Christian, na confeitaria, bebia ponche sueco com a caixeira.

Duas ou três vezes, de tarde, quando se tinha a impressão de que o sol queria sair, apareciam, à hora da *table d'hôte*, alguns conhecidos da cidade que gostavam de distrair-se longe da sua família: o senador dr. Giesecke, amigo de Christian, e o cônsul Peter Döhlmann, que tinha mau aspecto, porque estragava a saúde pelo uso excessivo de sulfato de magnésio. Então, os cavalheiros nos seus sobretudos se acomodavam sob o toldo da confeitaria, defronte ao auditório onde já não havia concertos; tomavam o seu café e digeriam os cinco pratos da refeição, olhando o parque balneário outonal e palestrando entre si...

Falavam sobre os acontecimentos da cidade: a última enchente que invadira muitos porões, e durante a qual, na cidade baixa, o povo andara de canoa; o incêndio que devastara um armazém do porto; a eleição no Senado... Alfred Lauritzen, da firma Stürmann & Lauritzen, secos e molhados, a varejo e por atacado, havia sido eleito, na semana passada. O senador Buddenbrook não estava de acordo com isso. Disse que ele mesmo não dera o seu voto ao sr. Lauritzen; nada disso! Lauritzen era, sem dúvida, homem honesto e ótimo comerciante; mas não passava de classe média, da boa classe média, e o seu pai pescara ainda arenques do barril e os embrulhara para as empregadas com as próprias mãos... E agora se achava no Senado o dono de um varejo. O velho Johann Buddenbrook, avô do senador, brigara com o filho primogênito, porque este se casara com uma loja; assim se pensava naquela época sobre essas coisas.

— Mas o nível anda baixando, sim, senhor, o nível social do Senado torna-se cada vez mais baixo; o Senado está se democratizando, meu caro Giesecke, e isso não é nada bom. Capacidade comercial por si só não basta; acho que não deveríamos deixar de exigir um pouco mais. Alfred Lauritzen com os seus grandes pés e cara de barqueiro... vê-lo no Senado ofende-me... Ofende não sei o que no meu íntimo. É contrário a todo senso de estilo; em poucas palavras: é mau gosto.

Mas o senador Giesecke ficou um tanto melindrado. Afinal de

contas, ele mesmo só era filho de chefe de bombeiros... Não: honra ao mérito. Para isso tinha uma república.

— Aliás, você não deveria fumar tantos cigarros, Buddenbrook. Assim não aproveita o ar da praia.

— Sim, agora vou acabar com eles — disse Thomas Buddenbrook; jogou fora a ponta do cigarro e fechou os olhos.

A conversa deslizava indolentemente, enquanto a chuva toldava a vista do mar. Tratou-se do último escândalo da cidade, uma falsificação de letras promissórias, cometida pelo atacadista Kassbaum, de P. Philipp Kassbaum & Cia., que agora se achava trancafiado. Absolutamente não se irritaram; chamaram de asneira o feito de Kassbaum; riram-se e encolheram os ombros. O senador Giesecke relatou que o atacadista conservara o seu bom humor. Exigiria logo que colocassem um espelho na sua nova moradia, na cadeia.

— Ficarei aqui não somente durante anos, mas sim durante anos inteiros — dissera ele. — Por isso preciso de um espelho. — Como Christian Buddenbrook e Andreas Giesecke, ele tinha sido aluno do saudoso Marcellus Stengel.

Sem pestanejar, os cavalheiros, outra vez, riram um riso rápido e nasal... Siegismund Gosch pediu grogue de rum, com uma acentuação que expressava: que adianta a mísera vida? O cônsul Döhlmann fez honra de uma garrafa de aguardente, e Christian Buddenbrook, de novo, estava com o seu ponche sueco, que o senador Giesecke encomendara para si e o amigo. Depois de pouco tempo, Thomas Buddenbrook voltou a fumar.

E sempre naquele mesmo tom lerdo, desdenhoso, cético e negligente, sem interesse e com o cérebro pesado pela comida, pelas bebidas e pela chuva, falou-se em negócios, nos negócios de cada um dos presentes. Mas esse assunto também não chegou a animá-los.

— Ah, não há muito prazer nisso — disse Thomas Buddenbrook, de coração sufocado, enquanto, desgostoso, reclinava a cabeça por sobre o espaldar.

— Bem, e você, Döhlmann? — perguntou o senador Giesecke, bocejando... — Você se entregou por completo à aguardente, não é?

— A chaminé não fuma sem fogo — replicou o cônsul. — De vez em quando dou uma olhadela no escritório. O careca tem pouco cabelo para pentear.

— E todos os negócios importantes ficam de qualquer jeito nas mãos de Strunck & Hagenström — observou o corretor Gosch, aflito.

Apoiava os cotovelos longe de si na mesa, enquanto a cabeça maliciosa de ancião descansava sobre as mãos.

— Não se pode feder como uma estrumeira — disse o cônsul Döhlmann, numa pronúncia propositadamente ordinária. O cinismo desesperado chegou a desalentar cada um dos presentes. — Bem, e você, Buddenbrook? Trabalha ainda em alguma coisa?

— Não — respondeu Christian —, já não posso mais. — E sem transição, apercebendo-se da melancolia do ambiente e sentindo a necessidade de aprofundá-la, pôs-se a falar de Valparaíso, do escritório de Johnny Thunderstorm. Puxando o chapéu sobre a testa começou: — Ora, com *este* calor! Deus do céu! Trabalhar! *No*, Sir, como vê, não trabalhamos, Sir! — E a essas palavras Johnny Thunderstorm costumava soprar a fumaça na cara do chefe. Deus do céu! Mímica e gestos expressavam perfeitamente uma malandragem ao mesmo tempo impertinente e bonachona. O irmão permanecia imóvel.

O sr. Gosch procurou erguer o copo até a boca. Sibilando, recolocou-o sobre a mesa. Deu uma pancada no braço renitente. Depois alçou de golpe a taça para os lábios estreitos. Derramou grande parte e engoliu furiosamente o resto.

— Ah, Gosch, você sempre com esse tremor! — disse Döhlmann. — Você devia fazer como eu... Esse maldito sulfato de magnésio! Estouro quando não o tomo todos os dias; cheguei a esse ponto. E quando o tomo estouro ainda mais. Você sabe como se sente alguém que nunca, nunca pode dar cabo do almoço... Quero dizer, quando o tem no estômago? — E contou alguns detalhes repugnantes do seu estado físico. Christian Buddenbrook ouviu-os com interesse e horror, franzindo o nariz, e retribuiu-os com uma breve mas impressionante descrição da sua "tortura".

A chuva recrudescera de novo. Caía, densa e vertical, enchendo, incessante, o silêncio do parque com o seu marulhar monótono e desesperador.

— Ah, sim, a vida não vale nada — disse o senador Giesecke, que bebera muito.

— Já não gosto de viver — admitiu Christian.

— Que se enforquem! — exclamou o sr. Gosch.

— Aí vem Fiken Dahlbeck — disse o senador Giesecke. A proprietária do estábulo passou por eles com um balde de leite na mão. Sorriu para os cavalheiros. Era uma quarentona corpulenta e atrevida.

O senador Giesecke olhou-a com olhos sensuais.

— Que tetas! — gritou. A isso, o cônsul Döhlmann acrescentou uma piada sobremodo obscena, que os fez mais uma vez rirem aquela risada breve, desdenhosa e nasal.

Então chamaram o garçom.

— Acabo de terminar a garrafa, Schröder — disse Döhlmann. — É melhor pagar. Isso também nos acontece às vezes... E você, Christian? Acho que Giesecke paga a sua despesa.

Mas nesse instante o senador Buddenbrook se reanimou. Permanecera sentado, envolto no sobretudo, mãos no colo e cigarro na boca, sem dar sinal de interesse. Empertigando-se de súbito, perguntou asperamente:

— Não tem dinheiro, Christian? Então dê-me licença de emprestar-lhe essa bagatela.

Abriram os guarda-chuvas e saíram do toldo, para dar um pequeno passeio...

... De quando em quando, a sra. Permaneder vinha visitar o irmão. Passeavam então em direção à pedra das Gaivotas ou ao Templo Marítimo, onde Tony Buddenbrook, por motivos desconhecidos, sempre se perdia num indeterminado entusiasmo revolucionário. Repetidas vezes insistia sobre a liberdade e igualdade de todos os seres humanos, condenando simplesmente quaisquer categorias sociais; proferia palavras duras contra privilégios e arbitrariedades e exigia expressamente que se desse honra ao mérito. Depois disso punha-se a falar da vida. Conversava bem e distraía o irmão o melhor possível. Desde que andava por este mundo, essa criatura feliz jamais precisara engolir coisa alguma nem conformar-se com ela sem falar. A nenhuma lisonja nem ofensa que a vida lhe dirigia se havia calado. Tudo quanto lhe acontecia, todas as alegrias e todas as mágoas, desembaraçava-se delas numa onda de palavras banais e infantilmente imponentes que bastavam de sobejo à sua necessidade de comunicação. Não tinha estômago muito forte, mas o coração era leve e livre — ela mesma não sabia quanto. Não a devorava nada que não houvesse achado expressão, não a sobrecarregava nenhuma experiência dissimulada. E por isso ela não sofria com o seu passado. Sabia que tivera destino agitado e áspero, mas tudo isso não deixava nela sinais de peso e cansaço; no fundo, Tony nem sequer acreditava nessas coisas. Mas, como parecessem fatos unanimemente reconhecidos, aproveitava-se delas, gabando-se e falando a esse respeito com uma fisionomia bastante grave... Punha-se a ralhar; evocava com indignação sincera os nomes das pessoas que a tinham prejudicado na vida, a ela e à família Buddenbrook; com o tempo, o número se tornara considerável. "Trieschke Chorão!", gritou num desses passeios, "Grünlich! Permaneder! Tiburtius! Weinschenk! Os Hagenström! O promotor público! Severin! Quantos *filous*, Thomas! Mas Deus há de castigá-los um dia! Disso não duvido!"

Quando chegaram ao Templo Marítimo já caía o crepúsculo, pois o outono estava por findar. Achavam-se numa das câmaras que se abriam para a baía. Pairava ali um cheiro de madeira como nos vestiários de um estabelecimento balneário. Epígrafes, iniciais, corações e versos cobriam as paredes toscas. Lado a lado, os irmãos fitavam, por sobre o declive verde e úmido e a tira estreita de areia pedregosa, dirigindo o olhar ao mar turvo e agitado...

— Vastas ondas... — disse Thomas Buddenbrook. — Como elas se aproximam e se esmagam, se aproximam e se esmagam, uma após outra, sem fim, sem objetivo, monótonas e doidas. E todavia produzem um efeito calmante e consolador, como tudo quanto é simples e necessário. Aprendi a amar cada vez mais o oceano... Pode ser que outrora eu preferisse a montanha, pelo único motivo de ela estar tão distante. Agora não queria mais viajar para lá. Acho que ali experimentaria apenas medo e vergonha. Ela era por demais arbitrária, irregular, múltipla... Não há dúvida de que me sentiria demasiado inferior. Que espécie de homens são esses que têm predileção pela monotonia do mar? Parece-me que são aqueles que lançaram olhares excessivamente longos e profundos na confusão do mundo interno para poderem exigir do externo outra coisa a não ser, pelo menos, simplicidade... É apenas um detalhe se, na montanha, a gente faz subidas audaciosas, enquanto na praia descansa tranquilamente na areia. Mas eu conheço o olhar com que se presta homenagem a ambos. Olhos confiados, impávidos e felizes, cheios de ânimo empreendedor, firmeza e vitalidade, vagam de cume em cume; porém, na vastidão do mar, cujas ondas flutuam com esse fatalismo místico e atordoador, repousa sonhando um olhar velado, desalentado e consciente que, em qualquer parte e época, mergulhou demasiado fundo em tristes perturbações... Saúde e enfermidade, eis a diferença. Trepamos audazmente na maravilhosa multiplicidade das alturas denteadas, eretas e alcantiladas, para experimentarmos a nossa força vital, na qual nada ainda se gastou. Mas repousamos sobre a vasta simplicidade das coisas exteriores quando estamos cansados pela confusão das íntimas.

A sra. Permaneder permaneceu muda, intimidada e chocada, assim como emudecem pessoas inocentes quando, na sociedade, de súbito, se pronuncia algo de sério e valioso. "Destas coisas não se fala!", pensou ela, enquanto fixava os olhos na distância para não encontrar os do irmão. E silenciosamente, pedindo-lhe perdão por sentir vergonha dele, deu-lhe o braço.

7.

O inverno tinha chegado. Já passara o Natal. Estava-se em janeiro de 1875. A neve cobria as calçadas numa massa pisada, mesclada com areia e cinza; em ambos os lados da faixa encontravam-se cumuladas altas pilhas que se tornavam cada vez mais cinzentas, alcantiladas e porosas: a temperatura subira acima de zero. O pavimento estava úmido e sujo. Gotejavam as cumeeiras cinzentas. Mas por cima se estendia o céu num azul tenro e imaculado. Bilhões de átomos de luz pareciam dançar e cintilar como cristais na imensidão azul...

Reinava animação no centro da cidade. Era sábado e dia de feira. Sob as arcadas ogivais da Prefeitura, os açougueiros, nas suas bancas, pesavam a mercadoria com as mãos ensanguentadas. No próprio largo da feira, em torno do chafariz, realizava-se o mercado de peixe. Ali estavam sentadas mulheres nutridas, que escondiam as mãos em regalos de peles meio calvos e aqueciam os pés em fogareiros de carvão. Vigiando os prisioneiros úmidos, aliciavam com palavras joviais as cozinheiras e domésticas transeuntes. Estas não corriam perigo de serem logradas. Podiam ter certeza de comprar mercadoria fresca, pois quase todos os peixes viviam ainda, peixes gordos e musculosos... Alguns tinham boa vida. Nadando, algum tanto apertados, decerto, mas de bom ânimo, em baldes de água, nada tinham que sofrer. Mas os outros se achavam sobre as tábuas, de olhos horrivelmente arregalados, as guelras trabalhando sem cessar; duros de vida, torturados, batiam desesperadamente na mesa com o rabo, até que, por fim, alguém os agarrava e uma faca pontuda e atroz, rangendo, lhes cortava a goela. Enguias compridas e grossas torciam-se, serpeando em figuras fantásticas. Em cubas fundas formigavam os camarões negros do Báltico. Às vezes um linguado vigoroso se contraía convulsivamente, no seu medo doido, saltava para longe da tábua até o calçamento escorregadio, sujo de despojos. Então a proprietária tinha de correr atrás dele, proferindo frases severas e indignadas, para lembrar-lhe o seu dever...

Ao meio-dia, havia muito tráfego na Breite Strasse. Colegiais, de mochilas às costas, vinham caminhando; enchiam o ar com risos e vozearia, enquanto se atiravam bolas de neve meio derretida. Aprendizes de comércio, jovens de boa família, com bonés de marujo dinamarquês, vestidos na última moda, passavam com muita dignidade, orgulhosos por terem escapado ao curso comercial. Burgueses ajuizados, sumamente beneméritos, de barbas grisalhas e caras que expressavam a inabalável mentalidade nacional-liberal, passeando, com as bengalas na mão, lançavam olhares atentos para a fachada de tijolos vitrificados da Prefeitura. Dupla sentinela montava guarda diante do portão. Era porque o Senado se achava reunido. Os dois soldados, nos seus capotes, a espingarda sobre o ombro, pisavam fleumaticamente a neve lamacenta e meio líquida que cobria o chão. Encontravam-se diante da entrada; olhavam-se um ao outro; trocavam umas palavras e iam outra vez, cada um do seu lado. De quando em quando se aproximava um oficial, com a gola do capote levantada, ambas as mãos nos bolsos; seguiam na esteira de qualquer moça e, ao mesmo tempo, deixavam-se admirar pelas jovenzinhas de boa família. Então as sentinelas postavam-se diante das guaritas e apresentavam armas... Daí a algum tempo, teriam de fazer a saudação militar na ocasião da saída dos senadores. Mas a sessão só começara havia quarenta e cinco minutos. Podia ser que fossem rendidos antes do fim...

Mas de repente uma das sentinelas ouviu do interior do edifício um silvo rápido e discreto. No mesmo instante, reluziu no portão a casaca vermelha de Uhlefeldt, contínuo do Senado, que, sumamente apressado, apareceu com o tricórnio e a espada. Em voz baixa proferiu um "Atenção!" e retirou-se a toda a pressa. De dentro, das lajes do vestíbulo, já ecoavam passos...

As sentinelas fizeram continência. Bateram os calcanhares; endireitaram a nuca; encheram o tórax; descansaram as armas e depois, com alguns movimentos enérgicos, apresentaram-nas. Por entre eles passou rapidamente, soerguendo a cartola, um cavalheiro de estatura apenas mediana. Alçava uma das sobrancelhas loiras. As faces alvacentas eram ultrapassadas pelas pontas do bigode esticado. O senador Thomas Buddenbrook deixou a Prefeitura muito antes do fim da sessão.

Dobrou à direita, de modo que não tomou o rumo de casa. Em atitude correta, irrepreensível e elegante, caminhava com aqueles seus peculiares passos um pouco saltitantes. Desceu a Breite Strasse, constantemente cumprimentado por pessoas conhecidas. Usava luvas brancas de pelica. Por debaixo do braço esquerdo tinha a bengala de castão de prata. Atrás da lapela grossa do manto de peles via-se a gravata alva da casaca. Mas a fisionomia, embora arranjada cuidadosamente, parecia tresnoitada. Muitos, ao passarem por ele, observaram que súbitas lágrimas lhe brotavam dos olhos inflamados, e que mantinha os lábios cerrados de modo singular, prudente e descomposto. Às vezes engolia, como se a boca se tivesse enchido de um líquido. Então verificava-se pelos movimentos dos músculos faciais e temporais que apertava as mandíbulas.

— Que é isso, Buddenbrook? Faltando à sessão? Que coisa inédita! — disse alguém na entrada da Mühlenstrasse. Era Stephan Kistenmaker, a quem ele não vira aproximar-se. Stephan ainda era seu amigo e admirador, e em todas as questões públicas lhe repetia as opiniões. Tinha barba grisalha e redonda, sobrancelhas extremamente espessas, nariz comprido e poroso. Depois de ter feito bastante dinheiro, retirara-se, havia alguns anos, do negócio de vinhos que o seu irmão Eduard continuava por conta própria. Desde então levava vida de capitalista. Mas como, no fundo, se envergonhasse um pouco dessa situação, fingia continuamente estar muitíssimo ocupado. "Estou me extenuando", dizia, enquanto passava a mão pelo topete grisalho, ondulado pelo encrespador. "Mas o homem nasce para extenuar-se." Durante horas a fio, com gestos importantes, demorava-se na Bolsa, onde não tinha nada que fazer. Exercia uma porção de cargos insignificantes. Recentemente se fizera diretor dos Banhos Municipais. Assiduamente, enxugando a testa suada, servia de jurado, testamenteiro ou árbitro...

— Há sessão no Senado, Buddenbrook — repetiu ele —, e você está passeando?

— Ah, é você — disse o senador, baixinho, com os lábios que se movimentavam sem vontade... — Acontece-me que não enxergo nada durante minutos. Sofro dores terríveis.

— Dores? Onde?

— Dores de dentes. Já desde ontem. Não preguei olho a noite inteira... Ainda não fui ver o médico, porque, hoje de manhã, tive de trabalhar no escritório, e depois não quis faltar à sessão. Mas agora não pude suportá-la e vou ao Brecht...

— Onde é a dor?

— Aqui embaixo, à esquerda... Um dente molar... Claro que está oco... É insuportável... Adeusinho, Kistenmaker! Você compreende que estou com pressa...

— Ora, pensa que eu não estou? Estou horrivelmente atarefado... Adeusinho, e estimo melhoras! Mande extraí-lo! Bote fora, é sempre melhor...

Thomas Buddenbrook prosseguiu no caminho, apertando as mandíbulas, se bem que assim apenas piorasse o sofrimento. Era uma dor feroz, ardente e penetrante, um tormento teimoso que, saindo de um dente molar enfermo, se apossara de todo o lado esquerdo da maxila inferior. A inflamação palpitava ali como pequenos martelos em brasa, fazendo com que o calor febril lhe subisse ao rosto e as lágrimas lhe manassem dos olhos. A noite de insônia abalara-lhe fortemente os nervos. Agora mesmo, ao falar, tivera de conter-se, para que a voz não falhasse.

Na Mühlenstrasse, entrou numa casa pintada de cor parda, onde subiu até o primeiro andar. Ali, numa tabuleta de bronze, lia-se: "Brecht, dentista". O senador não viu a empregada que lhe abriu a porta. No corredor havia um cheiro quente de bife e couve-flor. Então, de súbito, aspirou o ar acre da sala de espera, aonde a moça o conduzira.

— Sente-se... Não vai demorar! — gritou a voz de uma velha. Era Josephus, que, no fundo da sala, estava sentado na gaiola polida, fixando-o com um olhar pérfido e oblíquo dos olhinhos peçonhentos.

Thomas Buddenbrook acomodou-se à mesa redonda. Procurou ler as piadas de uma revista satírica, mas logo a fechou com nojo. Apertou contra a face a prata fria do castão da bengala. Cerrou os olhos ardentes e gemeu. Em redor reinava profundo silêncio. Só Josephus, rangendo e crepitando, mordia a grade que o cercava. O Brecht devia ao seu renome o fazer esperar a freguesia, mesmo quando desocupado.

O senador levantou-se rapidamente. Bebeu um copo de água de uma garrafa que se achava na mesinha. O líquido tinha gosto de clorofórmio. Abriu a porta do corredor e pediu em tom irritado que o sr. Brecht tivesse a bondade de apressar-se, se não houvesse impedimentos urgentes. Acrescentou que estava com dores.

Imediatamente apareceram na porta do consultório o bigode grisalho, o nariz aquilino e a testa desnuda do dentista.

— Entre, por favor! — disse ele.

— Entre, por favor! — gritou também Josephus.

O senador correspondeu ao convite sem rir. "Um caso sério!", pensou o sr. Brecht, mudando de cor.

Ambos foram a passos ligeiros através da sala clara em direção à grande cadeira de dentista, com o apoio de cabeça e os braços forrados de veludo verde, e que se achava diante da janela. Enquanto se acomodava, Thomas Buddenbrook, em poucas palavras, explicou do que se tratava. Inclinou a cabeça para trás e fechou os olhos.

O sr. Brecht movimentou as alavancas da cadeira. Examinou então o dente por meio de um pequeno espelho e uma varinha de aço. A sua mão cheirava a sabonete de amêndoas, e o hálito a bife e couve-flor.

— É preciso recorrermos à extração — disse ele depois de alguns instantes, empalidecendo ainda mais.

— Recorra, então — respondeu o senador, cerrando as pálpebras mais firmemente ainda.

Fez-se uma pausa. O sr. Brecht, junto ao armário, preparou qualquer coisa. Procurou instrumentos. Depois aproximou-se outra vez do paciente.

— Pincelarei um pouquinho — disse ele. E começou logo a realizar essa decisão, untando a gengiva copiosamente com um líquido de cheiro áspero. Feito isso, pediu em voz abafada e insistente que o senador se mantivesse quieto e abrisse bem a boca. Pôs-se a trabalhar.

Thomas Buddenbrook, com ambas as mãos, agarrava-se fortemente às almofadas dos braços da cadeira. Sentiu apenas o momento em que o boticão se estreitava e fechava em volta do dente. Mas o ranger na boca, assim como a crescente pressão, cada vez mais dolorida e furiosa, que se exercia contra a sua cabeça, lhe demonstrava que tudo se passava conforme as regras. "Valha-me Deus!", pensou. "Agora, as coisas devem seguir o seu caminho. Isto cresce e continua crescendo desmedida e insuportavelmente, até a própria catástrofe, até uma dor doida, aguda e desumana que dilacera todo o cérebro... Então estará tudo terminado. Preciso esperar."

Decorreram três ou quatro segundos. O trêmulo esforço do sr. Brecht transmitiu-se ao corpo inteiro de Thomas Buddenbrook. O senador foi içado da cadeira e ouviu na garganta do dentista um ruído meio pipilante... De súbito houve um empurrão horrível, um abalo como se lhe quebrasse o pescoço, acompanhado por um breve estalo e rangido. Abriu rapidamente os olhos... A pressão cessara, mas a cabeça ribombava. A dor se enfurecia em ondas quentes na maxila inflamada e maltratada. O senador sentiu com toda a clareza que o objetivo não havia sido alcançado, mas que acontecera uma catástrofe inesperada que só piorava a situação... O sr. Brecht deu um passo para trás. Reclinou-se contra o armário de instrumentos, a cara pálida como a morte, e disse:

— A coroa... Já previa isso.

Thomas Buddenbrook cuspiu algum sangue na bacia azul a seu lado; a gengiva se achava ferida. Depois perguntou, meio desmaiado:

— Que previa? Que é que há com a coroa?

— Quebrou-se a coroa, senhor senador... Já o receava... O dente está muito defeituoso... Mas era o meu dever arriscar a experiência...

— E agora?

— Deixe tudo comigo, senhor senador.

— Que será preciso fazer?

— Teremos de afastar as raízes. Mediante a alavanca... Existem quatro...

— Quatro? Então terá de meter e apertar a alavanca quatro vezes?

— Infelizmente.

— Então basta por hoje! — disse o senador. Quis erguer-se depressa, mas permaneceu sentado e recostou a cabeça. — Meu amigo. Não pode esperar da minha parte senão resistência humana — disse ele. — Não estou muito bem das pernas neste momento... Por ora, não posso mais... O senhor teria a bondade de abrir a janela durante um instante?

O sr. Brecht o fez. Depois respondeu:

— Ser-me-ia perfeitamente agradável, senhor senador, se o senhor voltasse amanhã ou depois, a qualquer hora. Adiaríamos a intervenção até então. Devo confessar que eu mesmo... Tomarei a liberdade de fazer mais uma lavagem e de pincelar um pouco, para mitigar, provisoriamente, a dor...

Lavou e pincelou. Feito isso, o senador foi-se, acompanhado pelo sr. Brecht, que na porta gastou o resto das suas forças num encolher compassivo dos ombros.

— Não vai demorar... — gritou Josephus quando passavam pela sala de espera, e continuou a gritar quando Thomas Buddenbrook já descia pela escada.

Mediante a alavanca... Pois sim; isso, para amanhã. E agora? Ir para casa, descansar, procurar dormir. A dor dos nervos, propriamente, parecia atordoada. Na sua boca havia apenas uma sensação sombria e pesada de ardência. Para casa então... E devagar, caminhou pelas ruas, retribuindo mecanicamente os cumprimentos dos conhecidos; tinha os olhos incertos e meditativos como se pensasse sobre o que na realidade sentia.

Chegou à Fischergrubestrasse e começou a descer pelo passeio esquerdo. Depois de vinte passos, acometeu-o um mal-estar. "Entrarei no botequim ali em frente e beberei um conhaque", pensou, enquanto atravessava o pavimento. Quando alcançara o meio da rua, aconteceu-lhe... Era exatamente como se lhe apanhassem o cérebro; uma força irresistível num crescendo rápido, sempre mais rápido, o fez girar em círculos concêntricos, grandes primeiro, a cada vez menores depois, e por fim, com vigor inexorável, excessivo e brutal, o atirou contra o centro desses círculos, duro como pedra... Executando meia-volta, estatelou-se, de braços abertos, sobre o calçamento úmido.

Como a rua tinha declive bastante forte, o tronco se achava muito abaixo dos pés. Caíra de bruços. Por baixo começou a estender-se, imediatamente, uma poça de sangue. O chapéu rolou rua abaixo. O manto de peles estava salpicado de lodo e neve derretida. As mãos, nas luvas brancas de pelica, achavam-se num charco, espalmadas.

Assim Thomas Buddenbrook estava estirado e assim permaneceu até que chegaram alguns homens e o viraram.

8.

A sra. Permaneder subia pela escada principal. A mão esquerda colhia a parte da frente do vestido, enquanto a direita apertava contra a face o grande regalo marrom. Ela caía e tropeçava com as faces coradas, e no lábio superior, um tanto saliente, achavam-se gotinhas de suor. Embora ninguém lhe fosse ao encontro, cochichava sem cessar, durante a corrida apressada. De quando em quando, uma palavra repentina se desprendia do murmúrio, palavra a que o medo dava força e tom... "Não é nada...", dizia ela. "Não tem importância... Deus Nosso Senhor não permitirá... Ele sabe o que faz; acredito firmemente... Com certeza, não há perigo... Ah, meu Deus, vou rezar todos os dias..." De tanto medo, ela simplesmente falava tolices. Num único arremesso, correu até o segundo andar e através do corredor...

A porta da antessala achava-se aberta. Ali, Antonie encontrou a cunhada.

O belo rosto de Gerda Buddenbrook estava totalmente desfigurado pelo asco e pelo horror. Arregalava os olhos castanhos, pouco distantes entre si e cercados de sombras azuladas, numa expressão pisca de repugnância irada e confusa. Quando viu a sra. Permaneder, fez-lhe um rápido sinal com o braço estendido. Abraçou-a escondendo a cabeça no ombro de Tony.

— Gerda, Gerda! Que é que há? — gritou a sra. Permaneder. — Que aconteceu? Que significa isto? Dizem que ele caiu. Desmaiou? Como vai ele? Deus não pode querer o pior... Por misericórdia, fale...

Mas não recebeu resposta imediata. Sentiu apenas como todo o corpo de Gerda se dilatava num arrepio. Então ouviu um cochicho junto ao ombro.

— Esse aspecto que ele tinha... — compreendeu Tony — quando o trouxeram! Durante a vida inteira não aguentou um corpúsculo de pó no seu corpo... É uma vileza, uma infâmia que o fim venha desta maneira!

Ruídos abafados chegaram até elas. Abrira-se a porta do gabinete de vestir. Ida Jungmann achava-se no vão, de avental branco, com uma bacia nas mãos. Tinha os olhos avermelhados. Viu a sra. Permaneder e, de cabeça baixa, recuou um pouco, para deixá-la passar. Tremia-lhe o queixo rugoso.

As altas cortinas floreadas movimentaram-se na corrente de ar, quando Tony, seguida pela cunhada, entrou no quarto. Um cheiro de ácido carbônico, éter e outros remédios veio-lhes ao encontro. Na larga cama de mogno, por baixo da colcha vermelha, Thomas Buddenbrook achava-se de costas, despido, numa camisola bordada. Os olhos meio abertos estavam vidrados e revirados. Os lábios, sob o bigode desgrenhado, mexiam-se, gaguejando. Sons inarticulados, de quando em vez, lhe saíam da garganta. O jovem dr. Langhals inclinava-se sobre ele. Retirou-lhe do rosto uma atadura ensanguentada e mergulhou uma outra numa tigelinha que se encontrava sobre o criado-mudo. Depois auscultou o peito do paciente e tomou-lhe o pulso... Ao lado da cama, sobre a caixa de roupa suja, estava sentado o pequeno Johann, torcendo o nó de marujo. Com fisionomia cismadora, escutava os sons que o pai, atrás dele, proferia. Numa cadeira, achavam-se as vestes enlameadas do senador.

A sra. Permaneder acocorou-se ao lado da cama. Apanhou a mão de Thomas, que estava fria e pesada. Cravou-lhe os olhos no rosto... Começou a compreender que Deus Nosso Senhor, quer soubesse, quer não, o que fazia, em todo o caso tencionava "o pior".

— Tom! — chorou ela. — Não me reconhece? Como está? Será que nos quer abandonar? Você não nos vai deixar! Ah, não pode ser!

Nada sucedeu que se parecesse com uma resposta. Implorando socorro, ela ergueu os olhos para o dr. Langhals. Este permaneceu imóvel, com os belos olhos baixos. Na fisionomia, com certa satisfação para consigo mesmo, expressava a vontade de Deus...

Ida Jungmann voltou para ajudar onde houvesse alguma coisa que ajudar. O velho dr. Grabow apareceu pessoalmente, com o seu rosto comprido e brando. Apertou a mão de todos os presentes; olhou o enfermo, meneando a cabeça, e fez exatamente o que já fizera o dr. Langhals... A notícia espalhara-se na cidade com a rapidez de um raio. A campainha da porta de guarda-vento tocava sem cessar. As perguntas pelo estado do senador chegavam até o quarto. Não havia alteração, não havia... Todos recebiam a mesma resposta.

Os dois médicos insistiram em que era necessário contratar uma enfermeira para o serviço noturno. Mandaram buscar a irmã Leandra. Ela veio. Quando entrou, não havia no seu rosto nem um traço de surpresa ou de susto. Também esta vez depôs tranquilamente a touca, a mantilha e a bolsinha de couro, e com movimentos suaves e bondosos começou a trabalhar.

Horas a fio, o pequeno Johann se achava sentado na caixa de roupa suja, olhando tudo e ouvindo aqueles sons inarticulados. Estava na hora da sua aula particular de aritmética, mas ele compreendia que se passavam acontecimentos diante dos quais os ternos surrados tinham de emudecer. Foi só rápida e ironicamente que se lembrou das suas lições... Às vezes, quando a sra. Permaneder se aproximava dele, para abraçá-lo, o menino derramava lágrimas. Mas em geral cismava, de olhos piscos e secos, com expressão desgostosa, respirando em ritmo desregrado, como se esperasse aquele odor estranho e todavia tão conhecido...

Pelas quatro horas, a sra. Permaneder tomou uma resolução. Chamou o dr. Langhals para a peça vizinha. Cruzou os braços e inclinou a cabeça para trás, procurando, apesar disso, apertar o queixo contra o peito.

— Senhor doutor — disse ela —, há uma coisa que está no poder do senhor, e peço-lhe que o faça! Diga-me a verdade! Sou uma mulher endurecida pelo destino... Aprendi a suportar a verdade; pode acreditar! Será que meu irmão viverá ainda amanhã? Fale com toda a franqueza!

E o dr. Langhals desviou os belos olhos, fitando as unhas e falando da impotência humana, assim como da impossibilidade de dizer com certeza se o irmão da sra. Permaneder sobreviveria à noite ou se pereceria no próximo instante...

— Então sei o que devo fazer — replicou ela. Saiu e mandou buscar o pastor Pringsheim.

Este veio, trajando paramentos menores, sem gola de rendas, mas com batina comprida. Roçou pela irmã Leandra um olhar frio e acomodou-se ao lado da cama numa cadeira que lhe ofereceram. Exortou o doente a que o reconhecesse e lhe desse ouvidos. Mas, como esse esforço fracassasse, dirigiu-se diretamente a Deus, falando com ele num linguajar estilizado, com voz modulada, em sons ora sombrios, ora bruscamente elevados, enquanto na fisionomia se alternavam fanatismo lúgubre e doce enlevo... Rolava o "r" no palato de modo singularmente gorduroso e hábil. O pequeno Johann tinha a nítida impressão de que o pastor acabava de consumir café e pãezinhos com manteiga.

Disse o pregador que ele e os parentes ali reunidos já não suplicavam pela vida desse ente querido, pois viam que a sagrada vontade do Senhor era de chamá-lo a si. Rogavam-lhe apenas a mercê de uma morte suave... Feito isso, recitou com acentuação impressionante duas orações próprias para tal ocasião. Levantou-se. Apertou as mãos de Gerda Buddenbrook e da sra. Permaneder. Estreitando a cabeça do pequeno Johann entre ambas as mãos, fitou-lhe durante um minuto as pestanas abaixadas, trêmulo de melancolia e fervor. Cumprimentou a sra. Jungmann; lançou outro olhar frio sobre a irmã Leandra e executou uma saída correta.

O dr. Langhals fora para casa por alguns instantes. Ao voltar encontrou tudo como deixara. Após rápida conversa com a enfermeira, despediu-se novamente. Também o dr. Grabow veio mais uma vez ver o doente; de rosto brando, verificou se tudo se achava em ordem, a movimentar os lábios e produzir sons inarticulados. Caiu o crepúsculo. Lá fora, houve um arrebol invernal que, através da janela, iluminava suavemente as vestes enlameadas que se achavam dispostas numa cadeira.

Às cinco horas, a sra. Permaneder se deixou arrastar a um ato de imprudência. Estava sentada ao lado da cama, diante da cunhada. De repente, usando da sua voz gutural, começou a rezar um salmo, em voz muito alta e de mãos entrelaçadas...

— Ó Deus — disse ela —, terminai o seu sofrimento. Sede clemente e dai a este... — Mas a oração lhe brotava com tal ímpeto do fundo do coração que ela se ocupava apenas com a palavra que estava pronunciando, sem ponderar que não sabia o fim da estrofe e esta teria de ficar truncada, lamentavelmente, depois do terceiro verso. Foi o que sucedeu. Cortou a oração com voz elevada e substituiu o final com redobrada dignidade da atitude. Todos os presentes esperavam a continuação e se contraíam de embaraço. O pequeno Johann pigarreou com tal força que pareceu um soluço. E nada se ouviu no silêncio a não ser o estertor de Thomas Buddenbrook agonizante.

Todos se sentiram aliviados quando a criada anunciou que se servia alguma comida no aposento vizinho. Mas mal começavam, no quarto de Gerda, a consumir um pouco de sopa, a irmã Leandra apareceu na porta, fazendo-lhes um suave sinal.

O senador morrera. Após ter dado dois ou três leves soluços, emudeceu e deixou de movimentar os lábios. Foi a única alteração que se passou com ele; já antes, os olhos estavam mortos.

O dr. Langhals, que chegou alguns minutos mais tarde, colocou no peito do cadáver o estetoscópio preto; auscultou-o durante muito tempo e disse depois de conscienciosos exame:

— Sim, está acabado.

E, com o dedo anular da mão direita pálida e meiga, a irmã Leandra cuidadosamente fechou as pálpebras do falecido.

Neste momento, a sra. Permaneder, ao lado da cama, caiu de joelhos. Apertando o rosto contra a colcha, chorou em voz alta. Entregou-se inteiramente, sem a mínima surdina, a uma dessas refrescantes explosões sentimentais de que dispunha a sua natureza feliz... Com o rosto molhado por completo, mas revigorada, serenada e voltada ao equilíbrio psíquico, reergueu-se, sendo logo capaz de lembrar-se das participações de óbito que se deviam imprimir sem demora e com a máxima pressa — imensa quantidade de participações de feitio distinto...

Christian entrou em cena. Recebera no clube a notícia da queda do senador e saíra imediatamente. Mas o medo de algum aspecto pavoroso fizera com que desse um demorado passeio para fora do portão da Fortaleza, de modo que ninguém pudera encontrá-lo. Agora, contudo, compareceu e soube já no vestíbulo que o irmão falecera.

— Mas não é possível! — disse ele, enquanto, manquejando, de olhos vagos, subia pela escada.

Achava-se então, entre a irmã e a cunhada, diante do leito de morte. Ali estava, com o crânio calvo, as faces cavas, o bigode pendente e o enorme nariz corcovado; mantinha-se sobre as pernas tortas, um pouco dobradas nos joelhos, numa atitude que se assemelhava com um ponto de interrogação; os pequenos olhos encovados fitavam o rosto do irmão, que parecia tão taciturno, frio, reservado e perfeito, tão inacessível a qualquer juízo humano... As comissuras da boca de Thomas estavam repuxadas para baixo numa expressão quase desdenhosa. Ali jazia ele, a quem Christian lançara em rosto que não choraria na ocasião da morte do irmão; morrera, morrera simplesmente, sem dizer uma só palavra; retraíra-se a um silêncio distinto e intacto, abandonando o outro à sua vergonha, como tantas vezes em tempos de vida! Agira ele bem ou mal ao opor apenas frio menosprezo às moléstias de Christian, ao vulto do sofá, à garrafa de álcool e à janela aberta? Esse problema liquidou-se por si mesmo, tornara-se absurdo pelo fato de que a morte, teimosa, imprevisível e parcial, honrara e justificara só a ele, ao outro, aceitando-o e abrigando-o; fora somente ao irmão que ela fizera digno de homenagens, proporcionando-lhe imperiosamente o interesse e o respeito gerais, ao passo que rejeitava a Christian, e apenas prosseguiria a ridicularizá-lo por cinquenta ninharias e chicanas com que nenhum outro se importava. Jamais Thomas Buddenbrook impressionara mais o irmão do que nessa hora. É o êxito que vale. Unicamente a morte é capaz de inspirar aos demais a reverência diante dos nossos sofrimentos; por ela, os mais desprezíveis males fazem-se veneráveis. "Deram-lhe razão; curvo-me", pensou Christian. Com um gesto rápido e desajeitado, ajoelhou-se para beijar a mão fria que repousava sobre a colcha. Depois deu um passo para trás e pôs-se a andar pelo quarto, de olhos vagos.

Chegaram outras visitas: os velhos Kröger, as primas Buddenbrook da Breite Strasse e o velho sr. Marcus. Veio também a pobre Klothilde; magra e grisalha, colocou-se ao lado da cama, entrelaçando, de rosto impassível, as mãos revestidas com luvas de fio de Escócia.

— Vocês não devem pensar, Gerda e Tony — disse ela em voz incrivelmente lastimosa e arrastada —, que tenho um coração frio porque não choro. Não tenho mais lágrimas... — E, vendo-a ali tão ressequida e empoeirada, ninguém duvidava de que falava a verdade...

Finalmente, todos cederam o campo a uma mulher antipática e velha, cuja boca desdentada não cessava de mastigar. Viera para lavar e vestir o cadáver, com o auxílio da irmã Leandra.

A altas horas da noite, na sala de estar, achavam-se ainda reunidos Gerda Buddenbrook, a sra. Permaneder, Christian e o pequeno Johann. Trabalhavam atarefadamente por baixo do grande lustre a gás. Era preciso compor a lista das pessoas que receberiam as participações do óbito, assim como escrever os endereços nos envelopes. Todas as penas rangiam. De vez em quando, alguém tinha uma ideia e acrescentava mais um nome à lista... Hanno também tinha de ajudar, pois escrevia com letra limpa e o tempo urgia.

Na casa e na rua reinava silêncio. Raras vezes ouviam-se passos, que se perdiam na distância. A lâmpada a gás dava leves estalidos; murmurava-se este ou aquele nome; o papel crepitava. Por vezes os presentes se olhavam entre si, recordando-se do que sucedera.

A sra. Permaneder garatujava com a máxima diligência, mas exatamente de cinco em cinco minutos largava a pena e, levantando até a boca as mãos juntas, rebentava em pranto. "Não posso compreendê-lo!", gritava ela, indicando assim que, na realidade, pouco a pouco, compreendia o que acontecera.

— Mas agora acabou-se tudo! — proferiu, de súbito, totalmente desesperada, cingindo, entre lágrimas, o pescoço da cunhada com os braços. Então, reconfortada, pôs-se novamente a trabalhar.

O caso de Christian era parecido ao da pobre Klothilde. Ainda não derramara uma única lágrima, e envergonhava-se um tanto disso. A sensação do próprio ridículo sobrepujava nele qualquer outro sentimento. Além disso, estava gasto e embotado pela contínua ocupação com os seus peculiares estados e esquisitices. De vez em quando erguia-se; passava a mão pela testa nua e dizia em voz sufocada: "Pois é, é muito triste!". Dizia essas palavras de si para si, demonstrando o fato a si mesmo com certa insistência, e obrigando os olhos a umedecerem-se um pouquinho...

Subitamente, sucedeu algo que consternou a todos os presentes. O pequeno Johann pôs-se a rir. Ao escrever, havia encontrado um nome que achou irresistivelmente cômico. Repetiu-o, espirrando pelo nariz; inclinou-se para a frente, tremendo e soluçando, e não se pôde conter. No princípio pensavam que ele chorasse; mas não era assim. Os adultos olharam-no, confusos, sem compreensão. Depois, a mãe o mandou dormir...

9.

De um dente... O senador Buddenbrook morrera de um dente, diziam na cidade. Mas com todos os diabos! Disso não se morre! Ele estivera com dores; o sr. Brecht lhe quebrara uma arnela, e em consequência, sem mais nada, o senador caíra na rua. Onde já se ouviu uma coisa assim?

Mas tudo isso não importava agora; era com ele. O que, no momento, se precisava fazer era mandar coroas, coroas caras, coroas com que se poderiam colher glórias, que seriam mencionadas nos artigos dos jornais e demonstrariam a sua proveniência de gente leal e abastada. Mandaram-se essas coroas; afluíram de todos os lados, das sociedades tanto quanto das famílias e de particulares; coroas de louro, de flores aromáticas e de prata, com laçadas pretas e outras, nas cores da cidade, impressas com dedicatórias em letras negras ou douradas. E palmas, imensa quantidade de palmas...

Era um alto negócio para todas as lojas de flores, sobretudo para a dos Iwersen, defronte da casa dos Buddenbrook. Diversas vezes, a sra. Iwersen tocou a campainha da porta de guarda-vento, para entregar arranjos de múltiplas formas, enviados pelo senador Fulano, pelo cônsul Beltrano, ou pelos funcionários da repartição tal e tal... Numa das vezes pediu que a deixassem subir, a fim de ver o senador. Deram-lhe licença. Ela seguiu a srta. Jungmann pela escada principal, resvalando olhares mudos por sobre o esplendor da escadaria.

Andava em passos pesados, pois achava-se, como de costume, em estado interessante. A sua aparência em geral tornara-se um tanto vulgar, no decorrer dos anos; mas os olhos negros e estreitos, assim como as maçãs malaias, tinham conservado o seu encanto; via-se ainda perfeitamente que, em outros tempos, fora muito bonita... Fizeram-na entrar no salão, onde se encontrava o ataúde de Thomas Buddenbrook.

No meio do aposento vasto e claro, cujos móveis haviam sido removidos, ele jazia sobre as almofadas do caixão, forradas de seda branca; estava vestido e coberto de seda branca. Em redor pairava uma atordoadora mescla de perfumes de tuberosas, violetas e centenas de outras flores. À cabeça do catafalco, num semicírculo de castiçais de prata, dispostos em pedestais, velados de crepe, erguia-se o Cristo Redentor de Thorwaldsen. Os arranjos de flores, coroas, corbelhas e ramalhetes achavam-se de pé e deitados ao longo das paredes, bem como no assoalho e sobre a colcha. Palmas recostavam-se contra o ataúde e cobriam os pés do morto... No rosto do senador havia várias esfoladuras: sobretudo o nariz mostrava contusões. Mas o cabelo estava penteado como ele o usara em vida. O velho sr. Wenzel, com o encrespador, pela última vez lhe esticara o bigode, de modo que as pontas compridas e rijas ultrapassavam as faces alvas. A cabeça estava um pouquinho inclinada para o lado. Entre as mãos postas fixara-se uma cruz de marfim.

A sra. Iwersen estacou perto da porta, fitando dali o esquife, de olhos piscos. Mas a sra. Permaneder, toda vestida de preto e resfriada pelo choro, apareceu por entre os cortinados da sala de estar e, com palavras amáveis, convidou-a a aproximar-se. Só então a florista se atreveu a dar mais alguns passos sobre o assoalho parquetado. Tinha as mãos entrelaçadas por cima do ventre saliente. Os olhos negros e estreitos fixavam as plantas, os castiçais, as laçadas, toda aquela seda branca e o rosto de Thomas Buddenbrook. Seria difícil definir a expressão das feições pálidas e apagadas da mulher grávida. Por fim disse:

— Sim...

Soluçou uma vez, uma única vez, um soluço breve e indistinto, e virou-se para ir embora.

A sra. Permaneder gostava dessa espécie de visitas. Não saía de casa, e controlava com zelo incansável as homenagens que o povo, acotovelando-se, tributava aos restos mortais do irmão. Usando daquela sua voz gutural, lia muitas vezes os artigos de jornal onde, como na época do jubileu da firma, se celebravam os méritos do finado e se lastimava a perda insubstituível da sua personalidade. Na sala de estar, Tony assistia a todas as visitas de condolências que Gerda recebia; não acabavam mais: eram legião. Conferenciava com diversas pessoas a respeito do enterro, que devia assumir formas de indizível distinção. Arranjava cenas de despedida. Mandou subir o pessoal do escritório, para que dissesse um derradeiro adeus ao chefe. Então os estivadores tiveram de vir. Arrastavam os pés enormes por sobre o assoalho polido. Com evidente lealdade, os homenzarrões puxavam para baixo as comissuras da boca, espalhando um cheiro de trabalho físico, aguardente e fumo de mascar. Olhavam o esquife suntuoso, enquanto faziam girar os gorros nas mãos. Admiraram-se primeiro, para depois se aborrecerem, até que finalmente um dentre eles teve a coragem de despedir-se. Então, toda a turma o seguiu a passos lentos... A sra. Permaneder estava encantada. Afirmava que nas barbas de alguns haviam corrido lágrimas. Isso, simplesmente, não era verdade. Nada disso sucedera. Mas ela via as coisas dessa maneira, e isso a fazia feliz.

Chegou o dia do enterro. O caixão de metal achava-se hermeticamente fechado e coberto de flores. Ardiam as velas nos castiçais. A casa encheu-se de homens. Cercado de pessoas condolentes, da cidade e de fora, o pastor Pringsheim, em majestade ereta, erguia-se à cabeça do féretro, deixando descansar a cabeça expressiva sobre a volta de rendas como sobre um prato.

Um criado de aluguel bem adestrado, mistura de moço de recados e mestre de cerimônias, encarregara-se da direção formal das solenidades. A cartola na mão, sob as pontas dos pés, desceu pela escada principal, gritando num cochicho penetrante por sobre o vestíbulo que acabava de ser inundado de fiscais de imposto fardados e de estivadores nas tradicionais blusas, calções e cartolas:

— As salas estão cheias, mas há ainda algum lugar no corredor...

Depois emudeceram todos. O pastor Pringsheim começou a falar. A sua voz artística enchia a casa inteira com sonoridade modulada. Enquanto ele, em cima, ao lado da estátua de Cristo, ora torcia as mãos diante do rosto, ora as estendia abençoando, parava em frente da casa, sob o branco céu de inverno, a carruagem fúnebre de duas parelhas. As outras carruagens, em longa sequência, enfileiravam-se atrás, ao longo da rua, até o rio. Defronte ao portão postara-se, com as armas em descanso, uma companhia de soldados, chefiada pelo tenente Throta, que, de espada desembainhada, dirigia para o balcão os olhos ardentes... Nas janelas ao redor, e nos passeios, havia muitas pessoas de pescoço estendido.

Finalmente, iniciou-se um movimento no vestíbulo. Ressoou o comando do tenente, pronunciado em voz baixa. De um só golpe, os soldados apresentaram as armas, enquanto o sr. Von Throta abatia a espada. Apareceu o caixão. Carregado por quatro homens com mantos e tricórnios pretos, saiu do portão da casa, balançando, em marcha cautelosa. O vento conduziu por sobre as cabeças dos curiosos o perfume das flores, desgrenhando ao mesmo tempo o penacho preto que coroava o baldaquim da carruagem fúnebre; brincava nas crinas dos cavalos e arrepelava o crepe negro que cingia os chapéus do cocheiro e dos escudeiros. Alguns escassos flocos de neve desciam do céu em grandes e lentas espirais.

Os cavalos do carro fúnebre, todos cobertos de preto, de modo que apenas se viam os olhos inquietos, puseram-se vagarosamente em movimento, guiados pelos quatro peões de preto. Seguiam-nos os militares. As carruagens, uma após outra, pararam diante da casa. Christian Buddenbrook, em companhia do pastor, subiu na primeira. Depois, o pequeno Johann com um parente de Hamburgo, de aspecto nutrido. E lenta, muito lentamente, em longa fila, triste e solene, serpeou pelas ruas o cortejo fúnebre de Thomas Buddenbrook. Em todas as casas, o vento fustigava as bandeiras içadas a meio pau... Os funcionários públicos e os estivadores caminhavam a pé.

Lá fora, nos atalhos do cemitério, o féretro, seguido pela multidão pesarosa, passou pelas cruzes, estátuas, igrejinhas e salgueiros, para aproximar-se do mausoléu dos Buddenbrook. Ali já se achava alinhada a companhia de honra, apresentando novamente as armas. Por trás de um arbusto, ressoou em ritmos abafados e graves uma marcha fúnebre.

Mais uma vez havia-se afastado a tampa pétrea do túmulo com o escudo da família em baixo-relevo. Mais uma vez, à margem do bosque despido, os homens da cidade cercavam o abismo empedrado, onde agora Thomas Buddenbrook se reunia aos seus pais. Ali estavam eles, os cavalheiros de mérito ou dinheiro, de cabeças baixas ou melancolicamente inclinadas. Dentre eles, reconheciam-se os conselheiros pelas luvas e gravatas brancas. Ao longe empurravam-se os funcionários, estivadores, empregados do escritório e operários do depósito.

A música silenciou. Falou o pastor Pringsheim. E, quando as bênçãos se perdiam no ar frio, puseram-se todos os presentes a apertar as mãos do irmão e do filho do falecido.

Houve um desfile demorado. Christian Buddenbrook recebia todos os testemunhos de pêsames com aquela expressão meio distraída, meio embaraçada que lhe era peculiar em ocasião de solenidades. O pequeno Johann quedava-se ao seu lado, no seu espesso casacão de marujo. Mantinha dirigidos para o chão os olhos orlados por sombras azuladas, sem encarar ninguém. Com um trejeito melindroso, inclinava a cabeça para trás, de encontro ao vento.

DÉCIMA PRIMEIRA PARTE

I.

Acontece que nos lembramos desta ou daquela pessoa; pensamos em como ela tem passado ultimamente. E de chofre recordamo-nos de que não mais anda pelas ruas, que a sua voz já não soa no concerto geral das vozes, que esta pessoa simplesmente desapareceu do cenário e se acha por baixo da terra, em qualquer parte do cemitério diante do portão da Fortaleza.

A consulesa Buddenbrook, em solteira Stüwing, viúva de tio Gotthold, morrera. Também ela, que outrora havia sido motivo de tão violenta discórdia familiar, fora embelezada com a coroa expiatória e conciliadora da morte. As três filhas, Friederike, Henriette e Pfiffi, sentiam-se agora autorizadas para opor aos pêsames dos parentes uma fisionomia escandalizada, como se dissessem: "Estão vendo? Foram as perseguições de vocês que a mataram!...". Isso, se bem que a consulesa tivesse morrido velhíssima...

A sra. Kethelsen igualmente encontrara a paz. Durante os últimos anos havia sido torturada pela gota nos pés. Mas finara-se, meiga, simplória e apegada à sua crença infantil, invejada pela irmã culta que ainda, de vez em quando, tinha de combater tentações racionalistas da sua alma. Sesemi, embora cada vez menor e corcunda, estava presa a esta terra malfeita por uma constituição mais durável.

O cônsul Peter Döhlmann falecera. Gastara toda a fortuna em almoços, até finalmente sucumbir ao sulfato de magnésio. Deixou à filha uma renda de duzentos marcos anuais, esperando que a reverência geral diante do nome de Döhlmann a aposentasse no convento de São João.

Justus Kröger morrera também, e esta perda era séria. Pois, daí em diante, ninguém mais impedia a esposa indulgente de vender os restos da prataria, para mandar dinheiro ao filho depravado, Jakob, que, em qualquer parte do vasto mundo, vivia a sua vida airada...

Quem procurasse Christian Buddenbrook na cidade perdia o seu tempo. Já não morava dentro dos seus muros. Menos de um ano após a morte do senador mudara-se para Hamburgo. Ali, esposara diante de Deus e dos homens a uma dama com que, havia muito, estava ligado por laços estreitos, a srta. Aline Puvogel. Não existia ninguém para impedi-lo. Decerto, o sr. Stephan Kistenmaker lhe administrava a herança materna, conforme o cargo que o testamento do velho amigo lhe tinha confiado. Metade dos juros dessa herança, isto é, da parte que já não estava gasta de antemão, sempre ia para Hamburgo. De resto, Christian era dono das suas resoluções... Logo que se espalhou a notícia do casamento, a sra. Permaneder dirigiu uma carta comprida e extremamente hostil à sra. Aline Buddenbrook em Hamburgo, começando com o "Madame!" e contendo, em palavras cuidadosamente envenenadas, a declaração de que Antonie não tencionava reconhecer como parentes nem a destinatária nem os filhos dela.

O sr. Kistenmaker era testamentário, administrador da fortuna dos Buddenbrook e tutor do pequeno Johann. Respeitava grandemente esses cargos, que lhe proporcionavam um trabalho de alta importância. Davam-lhe o direito de afirmar, na Bolsa, que andava a extenuar-se, e de cofiar os cabelos, com todos os sinais de *surmenage*... E não se esqueça que, em recompensa das suas atividades, ele recebia, com absoluta pontualidade, dois por cento das rendas. Aliás, não tinha muita sorte nos negócios, e Gerda Buddenbrook achava logo motivos para estar pouco satisfeita.

Era preciso realizar a liquidação da firma, que devia desaparecer dentro de um ano. Assim o senador o decretara no testamento. A sra. Permaneder mostrava-se profundamente comovida com isso. "E Johann, o pequeno Johann, Hanno?", perguntava ela... O fato de o irmão ter passado por cima do filho e único herdeiro, de não ter querido manter para Hanno a vida da firma, a afligia e desapontava muito. Chorava amiúde, porque era necessário retirar a venerável tabuleta da firma, essa joia sagrada pela tradição de quatro gerações, e porque era preciso encerrar a sua história, não obstante a existência de um sucessor legal. Mas então se consolava com a ideia de que o fim da firma não era idêntico ao da família; o sobrinho teria de iniciar uma obra nova e original, para cumprir a sua nobre tarefa, que consistia em conservar o brilho, a fama do nome paterno e dar à família nova prosperidade. Não podia ser em vão que ele se parecia tanto com o bisavô...

Começou então a liquidação dos negócios, dirigida pelo sr. Kistenmaker e o velho sr. Marcus. Tomou isso um rumo extraordinariamente lamentável. O prazo estabelecido era curto. Eles queriam observá-lo com exatidão literal. O tempo urgia. Os assuntos pendentes foram despachados de modo precipitado e nocivo. Uma venda imprudente e desfavorável seguia a outra. O depósito e os armazéns não se converteram em dinheiro senão com grande prejuízo. E o que não estragava o zelo excessivo do sr. Kistenmaker conseguia-o a morosidade do velho sr. Marcus. Diziam na cidade que, no inverno, antes de sair, com muito cuidado, aquecia na estufa não somente o sobretudo e o chapéu, mas também a bengala. Se, por acaso, se oferecesse uma boa ocasião para fazer um negócio, com certeza a deixaria escapar... Em poucas palavras: as perdas se acumulavam. Teoricamente, Thomas Buddenbrook deixara uma fortuna de seiscentos e cinquenta mil marcos; um ano após a abertura do testamento, manifestou-se que não se podia, nem de longe, contar com essa importância...

Corriam pela cidade boatos indeterminados e exagerados a respeito da liquidação pouco propícia, boatos que foram alimentados pela notícia de que Gerda Buddenbrook tencionava vender a grande casa. Contavam-se enormidades sobre os apuros que a obrigavam a tanto, sobre a diminuição perigosa da fortuna dos Buddenbrook. Pouco a pouco, o ambiente da cidade mudou de tal maneira, que a viúva do senador sentiu a alteração na sua própria casa, primeiro surpreendida e com estranheza, depois com indignação crescente... Um dia, relatou à cunhada que vários artífices e fornecedores insistiram de modo pouco decente no pagamento de contas vultosas. Ao ouvir isso, a sra. Permaneder ficou durante muito tempo pasmada, para então rebentar numa risada horrorosa... Gerda Buddenbrook estava tão melindrada que até manifestava uma espécie de decisão quase firme de deixar a cidade, em companhia do pequeno Johann, no intuito de mudar-se para Amsterdam, onde tocaria duetos com o idoso pai. Mas esse projeto causou tamanha tempestade de espanto por parte da sra. Permaneder que a senadora, por ora, teve de abandoná-lo.

Como era de esperar, os protestos de Antonie concerniam também à venda da casa construída pelo irmão. Ela lamentava intensamente a má impressão que isso poderia provocar, queixando-se da nova perda de prestígio que a família sofreria. Mas não podia negar que teria sido pouco prático habitar mais tempo ainda a espaçosa e esplêndida casa, capricho dispendioso de Thomas Buddenbrook, e que Gerda tinha razão quando desejava morar numa pequena e cômoda vila, diante do portão da Fortaleza, em plena natureza...

Um dia sublime amanheceu para o corretor Siegismund Gosch. Glorificou-lhe a velhice um acontecimento capaz de lhe tirar durante algumas horas o tremor dos membros. Sucedeu que lhe foi dado ver-se no salão de Gerda Buddenbrook, sentado numa poltrona, frente a ela, negociando o preço da grande casa. O cabelo níveo lhe caía sobre a testa. Com o queixo avançado de modo diabólico, fitava nela os olhos e conseguia ter a perfeita aparência de um corcunda. Falava com voz sibilante sobre assuntos friamente comerciais; nada lhe traía a comoção da alma. Estava disposto a ficar com a casa. Estendendo a mão, com pérfido sorriso, ofereceu oitenta e cinco mil marcos. Era um preço aceitável, pois certo prejuízo parecia inevitável nessa venda. Devia-se, porém, ouvir a opinião do sr. Kistenmaker. Gerda viu-se obrigada a despedir o sr. Gosch sem fechar o negócio. Evidenciou-se que o sr. Kistenmaker não tinha vontade de permitir qualquer violação dos seus direitos. Desprezou a oferta do sr. Gosch; riu-se dela e jurou que obteriam muito mais. Continuou assegurando-o até que, para chegar a um fim, foi necessário ceder a casa, por setenta e cinco mil marcos, a um solteirão velhote que, de volta de viagens extensas, tencionava instalar-se na cidade...

O sr. Kistenmaker tratou também da compra da nova casa, vila pequena e agradável, um tanto cara talvez, mas situada numa alameda de castanheiros velhos, diante do portão da Fortaleza, e cercada por jardim e pomar bonitos, correspondendo inteiramente aos desejos de Gerda Buddenbrook... No outono de 1876, a senadora começou a habitá-la em companhia do filho e da criadagem, e com uma parte dos móveis. O resto, sob os lamentos da sra. Permaneder, teve de ser abandonado, passando para a posse do velho solteirão.

Houve mais alterações ainda! Mademoiselle Jungmann, Ida Jungmann, a serviço dos Buddenbrook há mais de quarenta anos, deixou a família, a fim de voltar para a sua terra prussiana, onde passaria o fim da vida com os parentes. Para dizer a verdade, fora despedida pela senadora. Quando a geração passada se emancipara dela, essa boa alma encontrara imediatamente o pequeno Johann, a quem podia mimar e educar, ler contos de Grimm e narrar a história do tio que morreu de soluço. Mas agora o pequeno Johann, realmente, já não era pequeno; tinha quinze anos, e era um rapaz a quem, apesar do seu físico delicado, ela não podia ser útil... E a relação entre ela e a mãe havia muito se tornara bastante tensa. Dona Ida jamais tinha sido capaz de considerar essa mulher, que entrara na família muito mais tarde do que ela própria, uma autêntica Buddenbrook. Além disso, com o decorrer dos anos, começara a ostentar a arrogância de velhas empregadas, usurpando direitos exagerados. Causava escândalo por dar demasiado valor à sua própria pessoa ou por ofender os direitos de Gerda na administração da casa... A situação chegara a ser insustentável. Houve cenas violentas, e, embora a sra. Permaneder se empenhasse por ela com o mesmo fervor com que falara a favor das casas e dos móveis, a velha Ida Jungmann foi despedida.

Chorou amargamente quando chegou a hora em que teve de dizer adeus ao pequeno Johann. Este a abraçou. Depois juntou as mãos nas costas. Apoiou-se numa perna, enquanto balançava a outra sobre a ponta do pé; acompanhou com os olhos a velha ama, que se ia. Era o mesmo olhar meditativo e dirigido para a própria alma que os olhos de brilho dourado, orlados de sombras azuladas, tinham empregado diante do cadáver da avó, da morte do pai, da liquidação da grande casa e em face de outras experiências de caráter menos exterior... A despedida da velha empregada, segundo a opinião do menino, enfileirava-se logicamente na série dos outros sintomas da dissolução, do fim, do remate e da decomposição a que assistira. Já não estranhava essas coisas; era esquisito que jamais as houvesse estranhado. Às vezes erguia a cabeça com o cabelo castanho e ondulado, e com os lábios sempre um tanto desfigurados, abrindo sensivelmente as narinas delicadas; então tinha-se a impressão de que, na atmosfera e no ambiente que o cercavam, ele farejava aquele aroma singularmente conhecido que, no esquife da avó, todos os perfumes de flores tinham sido incapazes de sobrepujar...

Sempre que a sra. Permaneder visitava a cunhada, atraía o sobrinho para si, a fim de falar-lhe do passado e daquele porvir que os Buddenbrook esperavam, além da vontade de Deus, sobretudo dele, do pequeno Johann. Quanto mais sombrio se mostrava o presente, tanto menos ela se saciava com descrições da vida distinta na casa dos pais e avós e de como o bisavô de Hanno viajava numa carruagem de duas parelhas... Certo dia, Antonie sofreu um violento ataque de convulsões estomacais pelo simples fato de Friederike, Henriette e Pfiffi Buddenbrook alegarem, uníssonas, que os Hagenström eram a nata da sociedade...

A respeito de Christian chegavam notícias desoladoras. Evidentemente, o casamento não tivera influência favorável sobre a sua saúde. Sinistras manias e alucinações tinham se repetido em medida crescente.

Por ordem da esposa e de um médico passara para um sanatório. Não gostava de estar ali; escrevia cartas queixosas aos seus, manifestando o forte desejo de se ver libertado daquele estabelecimento, onde, segundo parecia, o tratavam com muito rigor. Mas não o largavam, e provavelmente era melhor assim. Em todo o caso, essa situação facilitava à esposa prosseguir, sem considerações e obstáculos, na sua vida independente de outrora, gozando ao mesmo tempo das vantagens ideais e materiais que devia ao casamento.

2.

O mecanismo do despertador deu um pequeno estalo, e o relógio, fiel ao seu dever, pôs-se a tilintar cruelmente. Fez um ruído rouco e estrídulo, mais parecido com uma matraca do que com uma campainha: a engrenagem, que trabalhava havia muito tempo, já estava gasta. Mesmo assim ressoou durante minutos prolongados e penosos, pois lhe tinham dado corda com cuidado.

Hanno Buddenbrook sobressaltou-se no íntimo. Todos os dias, de manhã, o assustava o início desse barulho, ao mesmo tempo malicioso e singelo, que vinha da mesinha próxima à sua orelha. E sempre de novo se lhe contraíam as entranhas, de rancor, mágoa e desespero. Exteriormente, porém, permaneceu quieto; não mudando a sua posição na cama, abriu apenas os olhos num movimento rápido, como quem foge de algum sonho matutino e apagado.

Nessa manhã de inverno, o quarto estava frio. Reinava escuridão completa. O menino não podia distinguir nenhum objeto, nem enxergar os ponteiros do relógio. Mas sabia que eram seis horas, porque, ontem à noite, ele mesmo acertara o despertador para essa hora... Ontem... Ontem... Enquanto, deitado de costas, imóvel, com os nervos tensos, lutava pela decisão de acender a luz e deixar a cama, voltavam-lhe, pouco a pouco, as recordações de tudo quanto o entusiasmara ontem...

Fora domingo. Após ter aguentado, durante vários dias, os maus tratos do sr. Brecht, recebera licença de acompanhar a mãe ao Teatro Municipal, para ouvir o *Lohengrin*. Desde uma semana vivera tão somente no gosto antecipado dessa noite. Que pena que, antes de tais festas, sempre se acumulasse tanta coisa repugnante, estragando, até o último momento, a expectação alegre e desembaraçada. Mas finalmente, no sábado, tinha acabado a escola, e a broca terminara de zunir-lhe dolorosamente na boca... Por fim, tudo estava removido e superado. Numa resolução enérgica, ele adiara os deveres para depois da noite de domingo. Que lhe importava a segunda-feira? Chegaria ela a amanhecer? Não acredita em segunda-feira quem deverá ouvir o *Lohengrin* domingo à noite... Ele tencionara levantar-se cedo, segunda-feira, para despachar aquelas coisas insípidas, e pronto! Tinha andado sem preocupações, observando a alegria do seu coração, sonhando diante do piano e olvidando todas as contrariedades.

E afinal a felicidade se tornara realidade. Inundara-o com os seus encantos e consagrações, com os seus secretos arrepios e estremecimentos, com os seus soluços repentinos e íntimos, e com toda a sua embriaguez extática e insaciável... Decerto, na abertura, os violinos baratos da orquestra haviam falhado um pouquinho, e um homem gordo e fátuo, de barba ruiva, aproximara-se num barco sacolejante. Além disso achava-se na frisa vizinha o sr. Stephan Kistenmaker, tutor de Hanno, que resmungara porque distraíam o menino com tais divertimentos e o afastavam dos seus deveres. Mas a magnificência doce e transfigurada que Hanno escutava elevara-o acima de tudo isso...

E finalmente chegara o fim. Emudecera e extinguira-se a felicidade esplêndida e cantante. Hanno, de cabeça febril, reencontrara-se em casa, no seu quarto, verificando que só poucas horas de sono o separavam do cinzento da vida cotidiana. Então o havia dominado um ataque daquele desalento total que ele conhecia tão bem. Outra vez sentira como dói a beleza, como nos mergulha profundamente em vergonha e desesperança cheia de nostalgia, devorando-nos, ao mesmo tempo, a coragem e a capacidade para a existência vulgar. Um desânimo terrível, pesado como uma montanha, abatera-o, e mais uma vez não eram apenas as suas aflições particulares, mas sim um fardo que desde o começo lhe oprimia a alma e um dia a sufocaria.

Depois acertara o despertador e dormira, um sono tão profundo e inânime como o de quem nunca mais quer acordar. E agora chegara a segunda-feira. Eram seis horas, e ele não estava preparado para nenhuma aula!

Sentou-se na cama e acendeu a vela que se achava sobre o criado-mudo. Mas, como no ar gélido braços e ombros lhe tiritassem de frio, deixou-se logo recair, puxando o cobertor para cima.

Os ponteiros do relógio marcavam seis e dez... Ah, agora não adiantava levantar-se e trabalhar. Era demais. Havia lições que estudar para quase todas as aulas. Não valia a pena começar, e o termo que fixara, de qualquer modo, já estava ultrapassado... Seria tão certo como ontem lhe parecera, que ele, hoje, ia ser examinado em latim e em química? Era possível, era até provável, segundo todas as previsões humanas. No Ovídio, na aula passada, fora a vez daqueles cujos nomes se iniciavam com as últimas letras do alfabeto, de modo que hoje seria a vez dos AA e BB. Mas isto não era absolutamente certo, nem fora de qualquer dúvida! Aconteciam exceções à regra! Grande Deus, quanta coisa não fazia, às vezes, o acaso! E, enquanto ele se ocupava com essas ponderações falazes e forçadas, confundiam-se-lhe as ideias. Adormeceu de novo.

No pequeno quarto de colegial, frio e desnudo, viam-se uma gravura da Madona Sistina por cima da cama, a mesa desmontável no centro, a estante de livros cheia e em completa desordem, a escrivaninha retilínea de mogno, o harmônio e o estreito lavatório. Tudo jazia silencioso à luz trêmula da vela. A janela estava coberta de cristais de gelo, formando flores bizarras. A cortina não estava cerrada, para que a luz do dia entrasse mais cedo. Hanno Buddenbrook dormia, com a face estreitada contra o travesseiro. Dormia de lábios entreabertos e pestanas firme e profundamente abaixadas, com expressão de apego fervoroso e dolorido ao sono. O cabelo macio e castanho caía-lhe em ondulações por sobre as fontes. A pequena chama lentamente ia perdendo o seu brilho arruivado. Através da crosta de gelo na vidraça olhava, rija e pálida, a manhã amortecida.

Às sete horas, assustado, o menino voltou a acordar. Agora terminara também esse prazo. Levantar-se e suportar o dia — não havia remédio para evitá-lo. Apenas uma breve hora até o começo das aulas... O tempo urgia; nem se falava mais dos trabalhos. Todavia, permaneceu deitado, cheio de rancor, tristeza e acusação por causa desse brutal constrangimento de deixar, na meia escuridão fria, a cama quente, para meter-se em misérias e perigos na companhia de homens severos e malévolos. Ah, mais dois míseros minutos, não é?, perguntou ele ao travesseiro com exuberante ternura. E depois, num acesso de teimosia, presenteou-se com cinco minutos inteiros, para fechar mais um pouco os olhos. De vez em quando abria um olho, fixando, desesperado, o ponteiro que avançava no seu caminho, embotado, ignorante e correto...

Às sete e dez desprendeu-se da cama. Começou a movimentar-se pelo quarto com a maior pressa possível. A vela continuava ardendo, pois a luz do dia, por si só, não era suficiente. Soprando, Hanno derreteu uma das flores de gelo e viu que lá fora reinava cerração espessa.

Sentia um frio insuportável, que, por vezes, lhe sacudia o corpo em arrepios dolorosos. Ardiam-lhe as pontas dos dedos, de tal modo intumescidas, que nem podia usar a escova de unhas. Ao lavar o tronco, a mão inteiriçada deixou cair a esponja. Durante um momento ficou entorpecido e inerte, fumegando como um cavalo que sua.

E finalmente, com a respiração acelerada e os olhos turvos, achava-se pronto, apesar de tudo, diante da mesa desmontável. Apanhou a pasta de couro e reuniu as forças mentais que lhe sobravam no seu desespero, a fim de nela botar os livros necessários às aulas do dia. Esforçadamente, dirigiu os olhos para o ar, murmurando em voz medrosa:

— Religião... Latim... Química...

Abarrotou a pasta com os volumes defeituosos, salpicados de tinta...

Sim, ele era bastante alto, o pequeno Johann. Tinha mais de quinze anos e já não usava roupas de marujo dinamarquês, mas uma roupa marrom-clara com gravata azul de pintas brancas. Sobre o colete via-se a comprida e fina corrente de ouro do relógio que passara do bisavô até ele. No dedo anular da mão direita um tanto larga, mas delicadamente articulada, achava-se enfiado o velho anel-sinete com a pedra verde, herança familiar que agora também lhe pertencia... Vestiu o sobretudo de inverno, grosso e lanoso; pôs o chapéu; agarrou a pasta; apagou a vela e desceu correndo pela escada, até o térreo, passando pelo urso empalhado. Entrou à direita, na sala de jantar.

A srta. Clementine, nova empregada da mãe, moça magrinha com cabelos em franja, nariz pontiagudo e olhos míopes, já estava presente, mexendo na mesa de café.

— Que horas são? — perguntou ele por entre os dentes, embora o soubesse perfeitamente.

— Quinze para as oito — respondeu ela. A delgada mão vermelha, que parecia gotosa, apontou para o relógio de parede. — Trate de sumir-se, Hanno... — Com essas palavras colocou-lhe no lugar a xícara fumegante e aproximou dele o cesto de pão, a manteiga, o sal e o oveiro.

Ele não disse mais nada. Apanhou um pãozinho, e de pé, com o chapéu na cabeça e a pasta por baixo do braço, começou a ingerir o chocolate. A bebida quente lhe causou dores horríveis num dente que o sr. Brecht acabava de tratar... Deixou ficar a metade, desprezando também o ovo. De boca desfigurada, proferiu um som baixo que se podia interpretar como "adeusinho", e saiu correndo da casa.

Eram dez para as oito quando passou pelo jardim da frente. Deixou atrás a pequena vila vermelha e pôs-se a avançar apressadamente pela alameda invernosa, em direção à direita... Somente sobravam dez, nove, oito minutos. E o caminho era longo. Na cerração mal se enxergava até onde se tinha progredido. Ele aspirava, exalando-a novamente, essa cerração espessa, gélida; fazia-o com toda a força do peito delgado. Fincava a língua contra o dente molar que ainda ardia pelo efeito do chocolate. Maltratava com absurda violência os músculos das pernas. Embora banhado em suor, sentia-se gelado em cada membro. Os lados doíam-lhe de pontadas. A pouca comida que consumira revoltava-se no estômago contra esse passeio matutino. Tinha náuseas, e o coração nada era senão uma coisinha trêmula, batendo num ritmo inconstante que lhe cortava o fôlego.

O portão da Fortaleza! Apenas o portão da Fortaleza, e já eram quatro para as oito! Enquanto, transpirando frio, dorido, nauseado e mísero, se debatia através das ruas, espreitava por todos os lados, para ver se, acaso, descobria outros alunos... Não; não vinha mais ninguém. Todos já haviam chegado. Nesse instante, o relógio deu oito horas. Os sinos ressoaram de todas as torres, através da cerração. Aqueles do carrilhão de Santa Maria, em homenagem ao momento, até tocaram o hino *Agradecei a Deus*... Tocaram-no mal, como Hanno verificou, doido de raiva; não tinham a mínima noção de ritmo e estavam pessimamente afinados... Mas isso não era nada, não era nada! Sim; ele chegaria tarde; não existia mais nenhuma dúvida. O relógio do colégio andava um pouco atrasado, mas, apesar disso, ele chegaria tarde; tinha certeza. Fixava os rostos da gente que passava. Iam aos escritórios, para os seus negócios. Absolutamente não se apressavam; nada os ameaçava. Alguns retribuíam-lhe o olhar aflito e invejoso; examinavam-lhe, sorrindo, os trajes descompostos. Esse sorriso o punha fora de si. Que era que eles pensavam? Como julgavam a situação esses homens livres de angústias? O seu sorriso, meus senhores, tem origem na barbárie! — queria gritar-lhes na cara. Deveriam ponderar o quanto era almejável cair morto diante do portão cerrado do colégio...

Bateu-lhe no ouvido o toque da campainha, prolongado e estridente, anunciando o começo do serviço religioso que iniciava as aulas das segundas-feiras. Nesse instante, Hanno se encontrava ainda a vinte passos da comprida muralha vermelha, interrompida por duas entradas de ferro fundido e que separava da rua o pátio fronteiro do colégio. Sem mais dispor de força alguma para avançar e correr, o menino deixava o tronco simplesmente cair para a frente; as pernas, por bem ou por mal, deviam evitar a queda, movimentando-se também adiante, tropeçando e cambaleando. Assim, Hanno chegou ao primeiro portão, quando o toque da campainha já havia emudecido.

O bedel, o sr. Schlemiel, homem rechonchudo com cara grosseira de operário, estava a ponto de fechar a porta a chave.

— Ora... — disse ele, permitindo que o aluno Buddenbrook se enfiasse.

Talvez, talvez estivesse a salvo. Era preciso esgueirar-se na classe, sem ser visto, aguardar ali, às escondidas, o fim do serviço religioso que se realizava na sala de ginástica, e fazer como se tudo estivesse em perfeita ordem. Arfando, lutando pelo fôlego, esgotado e inteiriçado pelo suor frio, o menino arrastou-se sobre o pátio ladrilhado com lajes vermelhas e através da bela porta de vaivém, munida de vidraças variadas, que conduzia ao interior do edifício...

Tudo no estabelecimento era novo, limpo e bonito. Fizera-se justiça à época, e as partes cinzentas e velhas da antiga escola de convento, onde os pais da geração atual se haviam iniciado nas ciências, tinham sido arrasadas, para dar lugar a novas construções suntuosas e bem arejadas. Conservara-se o estilo do todo: por cima dos corredores e claustros estendiam-se solenemente as abóbadas ogivais. Mas em matéria de iluminação e aquecimento, tanto quanto na de espaço e claridade das classes, do aconchego das salas dos professores e da instalação prática do ensino de física, química e desenho, reinava todo o conforto dos tempos modernos...

Hanno Buddenbrook, exausto, apertou-se contra a parede e olhou em torno de si... Não, graças a Deus! Ninguém o vira. De corredores distantes chegou até ele o barulho da turba de alunos e professores que se dirigiam para a sala de ginástica, a fim de obterem uma pequena ajuda religiosa para os trabalhos da semana. Ali, em frente, tudo estava morto e silencioso. O caminho pela larga escada coberta de linóleo também estava livre. Com precaução, nas pontas dos pés, com o fôlego retido, escutando atentamente, subiu de mansinho. A sua classe, a do sétimo ano do curso comercial, situava-se no primeiro andar, oposta à escada. A porta estava aberta. No último degrau estacou; inclinou-se para a frente, a fim de espiar ao longo da comprida galeria, onde, em ambos os lados, se enfileiravam as entradas das diferentes classes, portas ornadas de tabuletas de porcelana. Deu três passos rápidos, inaudíveis, e achou-se na classe.

Estava vazia. As cortinas das três janelas largas achavam-se ainda cerradas. As lâmpadas a gás, ardentes, que pendiam do forro, ferviam com um ruído leve que rompia o silêncio. Quebra-luzes verdes espalhavam claridade por sobre as três fileiras de bancos de dois assentos, feitos de madeira branca. Diante deles encontrava-se, escura, reservada e professoral, a cátedra, encimada por um quadro-negro. Um revestimento de madeira amarela enfeitava a parte baixa das paredes. Em cima, a superfície nua e caiada era ornada com alguns mapas. Num cavalete ao lado da cátedra havia um segundo quadro-negro.

Hanno foi para o seu lugar, no meio da sala. Pôs a pasta na carteira. Deixou-se cair sobre o assento duro. Deitou os braços na tábua inclinada, para descansar neles a cabeça. Passou por ele uma sensação de indizível bem-estar. Esta sala rija e nua, decerto, era feia e odiosa; pesava-lhe sobre o coração toda a manhã ameaçadora, com seus inúmeros perigos iminentes. Mas, por ora, ele se achava a salvo; sentia-se fisicamente abrigado, podendo esperar a chegada dos acontecimentos. Além disso, a primeira aula, a de religião, com o sr. Ballerstedt, era de caráter bastante inocente... A vibração das linguetas de papel, que cobriam a abertura circular do canal de ventilação, demonstrava a entrada de ar quente. As chamas de gás também aqueciam a sala. Ah, a gente podia distender os músculos e deixar os membros hirtos e úmidos afrouxarem e derreterem-se lentamente. Subia-lhe pela cabeça um calor delicioso e insalubre, zunindo nos ouvidos e velando os olhos...

De chofre, ouviu um ruído atrás de si, que o fez sobressaltar-se e virar-se bruscamente... Imagine-se: por detrás do último banco surgiu o tronco de Kai, conde de Mölln. O jovem cavalheiro apareceu rastejando; pôs-se em pé e, num movimento leve e rápido, espancou as mãos para limpá-las do pó. De rosto radiante, foi ao encontro de Hanno Buddenbrook.

— Ah, é você, Hanno! — disse ele. — Eu me tinha escondido ali, porque pensava que você fosse um membro do corpo docente, quando chegou!

A voz desafinava ao falar, pois ele se achava na época da mudança, o que ainda não acontecia com o amigo. Crescera na mesma medida que este, mas, fora disso, conservara-se totalmente inalterado. Usava ainda roupa de cor indeterminada, em que, aqui e ali, faltavam botões. Um remendo enorme formava o traseiro das calças. As mãos, ainda não muito limpas, eram, todavia, de feitio aristocrático, delgadas, com dedos longos e esbeltos, e unhas pontudas. E ainda lhe caía sobre a testa imaculada e alabastrina o cabelo ruivo, fugidiamente repartido no meio. Os olhos azuis brilhavam com agudez e profundidade... Mais saliente do que outrora aparecia o contraste entre o asseio extremamente negligenciado e a raça pura desse rosto de ossos delicados, com a levíssima curva do nariz e o lábio superior um pouco arrebitado.

— Meu Deus, Kai — disse Hanno, de boca torcida, enquanto mexia com a mão na região do coração —, como pode você pregar-me um susto destes! Por que está aqui em cima? Por que se escondeu? Será que também chegou tarde?

— Qual nada! — respondeu Kai. — Já estou aqui há muito tempo... Você sabe melhor do que eu que nas manhãs de segunda a gente morre de saudade de voltar ao estabelecimento... Não; só fiquei aqui em cima por brincadeira. O "Professor Profundo" estava com a inspeção e não teve vergonha de guiar a populaça à missa. Bem, eu me mantive sempre atrás dele, bem pertinho... Por mais que ele se virasse, o místico, e olhasse em torno de si, eu sempre estive às suas costas até que ele se foi. Assim pude ficar aqui... Mas você... — disse ele cheio de compaixão, enquanto, com um gesto terno, se acomodava no banco, ao lado de Hanno. — Precisou correr, não é? Coitado! Parece esgotado. O cabelo está grudado nas fontes... — Tirando uma régua da mesa, descolou com seriedade e cuidado o cabelo do pequeno Johann. — Então dormiu demais... Imagine, eu sentado no lugar sagrado de Adolf Todtenhaupt, o primeiro aluno da classe! — interrompeu a si mesmo, dando uma olhada em redor. — Ora, uma única vez não lhe fará mal... Então, dormiu demais?

Hanno voltara a descansar o rosto nos braços cruzados.

— Você sabe que estive no teatro ontem à noite — disse ele, depois de grave suspiro.

— Ah, sim; tinha me esquecido... Foi bonito?

Kai não recebeu resposta.

— Está com sorte — prosseguiu em tom persuasivo. — Devia pensar nisso, Hanno. Olhe, eu nunca fui ao teatro, e durante muitos anos não terei a mínima oportunidade de ir...

— Se, pelo menos, não houvesse a ressaca... — disse Hanno, em voz sufocada.

— Sim; eu também conheço essa sensação. — E Kai inclinou-se para levantar o chapéu e o sobretudo do amigo, que se achavam no chão. Apanhou as coisas e, a passos silenciosos, levou-as para o corredor.

— Nesse caso, não decorou muito bem os versos das *Metamorfoses*? — perguntou ao voltar.

— Não — disse Hanno.

— E terá por acaso preparado o exame de geografia?

— Não tenho nada e não sei nada — respondeu Hanno.

— Inglês e química também não? *All right!* Somos amigos de coração e companheiros de armas! — Kai falava com visível alívio. — Acho-me na mesma situação — explicou alegremente. — No sábado não trabalhei porque havia ainda o domingo, e no domingo não o fiz por razões de piedade... Não, tolice! Antes de tudo, porque tinha de trabalhar em coisas melhores; claro! — disse com súbita seriedade, enquanto um leve rubor lhe passava pelo rosto. — Pois é; pode ser que o dia de hoje se torne muito divertido.

— Se eu levar mais uma repreensão rodarei no fim do ano; e com certeza levarei uma, se ele me examinar em latim. É a vez da letra B, Kai; não há remédio...

— Vamos ver! Como diz César: "Perigos só me ameaçaram pelas costas; quando virem luzir a testa de César..." — Mas Kai não chegou a terminar a declamação. Também ele tinha pressentimentos sinistros. Foi para a cátedra. Acomodou-se na poltrona e começou a balançar-se nela, de fisionomia sombria. Hanno Buddenbrook ainda deixava descansar a testa sobre os braços cruzados. Assim, ficaram sentados durante alguns momentos, um frente ao outro, sem falarem.

De repente, em algum lugar a muita distância, ressoou um zunido surdo que rapidamente se tornou um bramido e, no decorrer de meio minuto, se aproximou assustadoramente...

— A populaça — disse Kai, irritado. — Cruzes! Como eles acabam depressa com isso! A aula não diminuiu nem dez minutos...

Descendo da cátedra, foi à porta, para misturar-se aos alunos que entravam. Hanno limitou-se a erguer a cabeça durante um momento, esboçando um trejeito, e permaneceu sentado.

E eles vinham chegando, arrastando os pés, pisando os degraus, com um tumulto de vozes másculas, infantis e esganiçadas da época da mudança. Flutuando escada acima, inundaram o corredor e irromperam na sala, que, de súbito, ficou cheia de vida, movimento e ruído. Entraram, a rapaziada, os companheiros de Hanno e Kai, alunos do sétimo ano do curso comercial, em número de vinte e cinco aproximadamente. Mãos nos bolsos ou balançando os braços, foram vagarosamente para os seus lugares, onde abriram as Bíblias. Havia entre eles fisionomias agradáveis, sãs e vigorosas, e outras suspeitas e duvidosas; havia rapagões altos e robustos que tencionavam, sem perda de tempo, tornar-se comerciantes ou mesmo navegar, e que já não se importavam com coisa alguma, e baixinhos estrênuos, adiantados para a idade, que brilhavam em todas as matérias onde se precisava decorar alguma coisa. Adolf Todtenhaupt, o primeiro aluno, sabia tudo. Durante toda a vida escolar, nunca deixara de responder a pergunta alguma. Parte dessa reputação era devida à sua aplicação muda e apaixonada; outra parte ao fato de que os professores tomavam cuidado em não lhe perguntar coisas que talvez não soubesse. Se Adolf Todtenhaupt alguma vez emudecesse, eles ficariam aflitos e melindrados, e a sua crença na perfeição humana sofreria um abalo... Ele possuía um crânio estranhamente corcovado onde o cabelo loiro se colava com a lisura de um espelho; os olhos cinzentos estavam orlados por olheiras pretas; das mangas demasiado curtas da jaqueta limpinha saíam mãos compridas e tostadas. Sentou-se ao lado de Hanno Buddenbrook, com um sorriso suave e um tanto traiçoeiro. Deu bom-dia ao vizinho, servindo-se da pronúncia costumeira, que desfigurava as palavras num som nasal e indolente. Depois, enquanto todos ao redor se preparavam para a aula, conversavam a meia-voz, bocejavam ou riam, começou a escrever silenciosamente, no diário da classe, manejando a pena, com incomparável correção, entre os dedos delgados e eretos.

Decorridos mais dois minutos, ouviram-se passos no corredor. Os alunos dos primeiros bancos ergueram-se sem pressa. Mais para trás, este ou aquele lhes seguia o exemplo, enquanto outros não se deixavam incomodar nas suas ocupações e apenas notavam que o sr. Ballerstedt entrava na sala, pendurava o chapéu na porta e subia para a cátedra.

Era um quarentão de corpulência simpática, com grande careca, curta barba ruiva e tez rosada. Uma expressão mista de untuosidade e confortável sensualismo lhe brincava em torno dos lábios úmidos. Tomou do caderno de notas, que folheou sem falar. Mas, como o silêncio dos alunos deixasse muito a desejar, levantou a cabeça. Estendeu o braço por sobre a cátedra e, enquanto o rosto inchava e lentamente se tingia de um rubor escuro, movimentou algumas vezes o punho fraco e alvo para cima e para baixo. A isso, os lábios, durante meio minuto, trabalharam convulsiva e infrutiferamente, para no fim nada produzirem, senão um breve "Ora!", opresso e arfante... Então continuou a lutar algum tempo para encontrar outros termos de repreensão; voltou-se novamente para o caderno de notas, tranquilizou-se e deu-se por satisfeito. Era esse o jeito do sr. Ballerstedt.

Tivera outrora a intenção de tornar-se pregador, mas afinal a sua tendência para a gagueira, assim como uma inclinação para a boa vida mundana, fizeram com que adotasse a carreira pedagógica. Era solteiro e possuía fortuna regular. No dedo exibia um pequeno brilhante. Gostava muito de beber e comer. Frequentava as rodas dos colegas unicamente em ocasiões de serviço; fora disso, tinha relações com o mundo elegante dos comerciantes da cidade e até com os oficiais aquartelados ali. Duas vezes por dia, tomava as refeições no melhor hotel da cidade. Era sócio do clube. Quando, às duas ou três horas da manhã, encontrava alunos maiores em qualquer parte da cidade, sobressaltava-se, proferia um "Bom dia" e passava em claro sobre o assunto... Hanno Buddenbrook nada tinha a temer da parte dele, pois nunca lhe fazia perguntas. Com demasiada frequência o professor se encontrara com tio Christian num terreno puramente humano, para achar prazer em conflitos oficiais com o sobrinho...

— Ora... — disse ele mais de uma vez, deixando correr os olhos sobre a turma. Movimentou de novo o punho debilmente cerrado e examinou o caderno de notas. — Perlemann! O resumo!

Em alguma parte da classe levantou-se Perlemann. Mal se viu como emergia. Era um dos pequenos, adiantados.

— O resumo — disse em voz baixa e polida, avançando a cabeça com um sorriso receoso. — O Livro de Jó divide-se em três partes. Primeiro, a situação de Jó antes de achar-se na provação ou no castigo do Senhor, capítulo I, versículos 1 até 6; segundo, a própria provação e o que sucedeu durante ela, capítulo...

— Muito bem, Perlemann — interrompeu-o o sr. Ballerstedt, comovido por tanta docilidade tímida, e escreveu uma boa nota no caderno. — Heinricy, prossiga.

Heinricy era um daqueles rapagões altos que já não se importam com coisa alguma. Meteu no bolso o canivete com que se havia ocupado. Barulhentamente, pôs-se em pé; deixou pender o lábio inferior e pigarreou com voz de homem, rouca e rude. Todos lastimaram que ele substituísse o brando Perlemann. Num meio sono, os alunos sonhavam e modorravam na sala cálida, por baixo das lâmpadas a gás que zuniam levemente. Todos se sentiam cansados do domingo, e todos, na fria manhã nebulosa, se tinham arrancado das camas com suspiros e batendo os dentes. Cada um teria preferido que o pequeno Perlemann continuasse a sussurrar durante a aula inteira, ao passo que Heinricy, com certeza, procuraria brigas...

— Não estive presente quando se explicou isso — disse em tom grosseiro.

O sr. Ballerstedt inchou-se; movimentou o punho fraco; os lábios trabalharam; de sobrancelhas alçadas, fitou o rosto do jovem Heinricy. A cabeça violentamente corada tremia pelo esforço que nele lutava. Finalmente conseguiu proferir um "Ora"... que quebrou o encanto.

— De você nunca se pode exigir uma resposta — continuou com facilidade e eloquência —; sempre tem uma desculpa preparada, Heinricy. Se esteve doente na aula passada, teve, nos últimos dias, ocasiões suficientes para informar-se sobre a matéria tratada. Como a primeira parte se ocupa com a situação antes da provação e a segunda, com a própria provação, deveria ser claro como o sol que a terceira parte descreve a situação *depois* da referida miséria. Mas o que lhe faz falta é a verdadeira dedicação. Você não somente é um homem fraco, mas também se acha a todo momento disposto a disfarçar e desculpar a sua fraqueza. Lembre-se, porém, Heinricy, que não se pode esperar nem reerguimento nem melhora enquanto as coisas fiquem assim. Sente-se! Wasservogel, prossiga você!

Heinricy, impassível e teimoso, acomodou-se, ruidosamente, com barulho de pés e rangidos. Cochichou uma impertinência em direção ao vizinho e voltou a sacar o canivete. O aluno Wasservogel levantou-se, garoto de olhos inflamados, nariz arrebitado, orelhas de abano e unhas roídas. Em voz fanhosa e efeminada, arrematou o resumo. Pôs-se a falar de Jó, homem do país de Uz, e do que se passara com ele. Tinha o Velho Testamento aberto por trás das costas do colega que se achava à sua frente. Com a expressão de perfeita inocência e meditação fervorosa, leu no livro; depois, fixando um ponto da parede, por entre tropeços e acessos de tosse grasnante, repetiu as frases lidas num lamentável alemão moderno... Havia em Wasservogel algo de extremamente repulsivo, mas o sr. Ballerstedt elogiou-o muito pelo seu trabalho. O aluno Wasservogel tinha uma vida agradável, porque a maioria dos professores gostava de louvá-lo além dos seus méritos, para mostrar a ele, a si próprios e aos demais que a sua feiura absolutamente não os induzia a serem injustos para com ele...

E a aula de religião prosseguia. Foram chamados mais alguns alunos, a fim de demonstrarem a sua sabedoria em matéria de Jó, homem do país de Uz. Gottlieb Kassbaum, filho do malogrado atacadista, a despeito da sua confusa situação familiar, recebeu uma nota magnífica por saber exatamente que Jó possuía sete mil ovelhas, três mil camelos, quinhentas juntas de bois, quinhentas jumentas e família numerosíssima.

Depois, o professor deu licença de abrirem as Bíblias, que, pela maior parte, já se achavam abertas. Continuou-se a leitura. Quando chegavam a um trecho que, na opinião do sr. Ballerstedt, necessitava de uma explicação, este se inchava, dizia "Ora" e, após os preparos usuais, fazia uma pequena conferência sobre o ponto duvidoso, entremeada por observações moralistas de caráter geral. Ninguém escutava. Reinavam na sala paz e sonolência. Pela obra constante dos aquecedores e das lâmpadas a gás, o calor já se tornava bastante forte. O ar estava viciado pelos vinte e cinco corpos que nele resfolegavam e transpiravam. A tepidez, o suave zunir das chamas e a voz monótona do leitor envolviam os cérebros aborrecidos, acalentando-os na beatitude de sonhos surdos. Kai, conde de Mölln, abrira, além da Bíblia, também as *Histórias extraordinárias* de Edgar Allan Poe, que lia apoiando a cabeça sobre a mão aristocrática e pouco limpa. Hanno estava recostado e encolhido, olhando, de boca frouxa e olhos quentes e divagantes, o Livro de Jó, cujas linhas e letras se confundiam num formigueiro negro. Às vezes, ao recordar-se do tema do Graal e da ida à igreja, no *Lohengrin*, descia lentamente as pálpebras, sentindo um soluço no seu íntimo. E o coração rezava para que esta aula matutina, cheia de paz e nada perigosa, nunca terminasse.

E, todavia, veio o fim, como o requer a ordem das coisas: o uivo estridente da campainha do bedel, ressoando e ecoando pelos corredores, arrancou os vinte e cinco cérebros da cálida modorra.

— Por hoje chega! — disse o sr. Ballerstedt, e mandou que lhe entregassem o diário de classe. Documentou pela assinatura que, durante uma hora, atendera à sua obrigação.

Hanno Buddenbrook fechou a Bíblia, espichando-se trêmulo, com um bocejo nervoso. Mas, ao baixar os braços e distender os membros, teve de respirar rápida e penosamente, para regular o ritmo do coração, que durante um momento, débil e vacilante, havia falhado. Agora viria a aula de latim... Relanceou para Kai um súplice olhar de esguelha. O amigo parecia não ter reparado no fim da aula. Continuava absorto pela leitura particular. Hanno retirou da pasta o Ovídio encadernado em papelão marmoreado e procurou os versos que se deviam saber de cor para aquele dia... Não; não havia esperança de que ele ainda pudesse familiarizar-se com essas linhas pretas que, munidas com sinais feitos a lápis, se agrupavam em filas retas, numeradas de cinco em cinco. Por enquanto, encaravam-no como desconhecidas, envoltas numa escuridão desesperadora. Mal lhes entendia o sentido, e muito menos ainda teria sido capaz de recitar uma única dentre elas. E das outras que as seguiam, e que ele devia preparar para a aula próxima, não decifrava nem uma frase.

— Que quer dizer *"deciderant, patula Jovis arbore, glandes"*? — dirigiu-se em voz agoniada a Adolf Todtenhaupt, que, ao seu lado, trabalhava no diário de classe. — Tudo isto é pura bobagem! Só para chatear a gente...

— Como? — perguntou Todtenhaupt, continuando a escrever...
— As bolotas da árvore de Júpiter... É o carvalho... É, eu mesmo não sei muito bem...

— Sopre-me um pouquinho, pelo amor de Deus, Todtenhaupt, quando eu for interrogado! — implorou Hanno, empurrando o livro para longe de si. Observou com olhar sombrio o primeiro aluno, que anuíra de modo distraído e sem se obrigar a nada. Deslizou até a ponta do banco e levantou-se.

A situação tinha mudado. O sr. Ballerstedt deixara a sala. No seu lugar, ocupava a cátedra, ereto e teso, um homenzinho débil e extenuado, de escassa barba branca; o pescoço fino e vermelho lhe saía de um colarinho estreito; numa das mãos cobertas de pelos alvos segurava diante de si a cartola, com a abertura para cima. Os alunos lhe haviam dado a alcunha de "Aranha"; em realidade, chamava-se Hückopp. Como, durante o recreio, lhe coubesse por sorte a inspeção do corredor, sentia-se obrigado a cuidar também da ordem nas classes...

— Apaguem as lâmpadas! Descerrem as cortinas! Abram as janelas! — disse ele, dando à voz um máximo de força imperiosa, enquanto, num movimento desajeitadamente enérgico, gesticulava com o braço como se fizesse girar uma manivela... — E que todos desçam! Saiam ao ar livre, com os diabos!

Extinguiram-se as lâmpadas; as cortinas voejaram para cima; a luz pálida do dia começou a encher a peça; ao ar frio o nevoeiro irrompeu através das largas janelas, enquanto os discípulos do sétimo ano se empurravam, ao lado do professor Hückopp, em direção à saída. Só o primeiro aluno tinha o direito de permanecer na classe.

Hanno e Kai encontravam-se na porta e desceram, lado a lado, pela escada confortável. Embaixo, passearam pelo claustro estilizado. Ambos estavam calados. Hanno tinha aspecto miserável, e Kai andava com os seus pensamentos. Começaram a caminhar de cá para lá pelo pátio principal, no meio dos companheiros de diferentes idades que, em turba barulhenta, se movimentavam no vermelho úmido das lajes.

Um cavalheiro moço, de cavanhaque loiro, tinha de cuidar da ordem. Era o "Professor Elegante". Chamava-se dr. Goldener e mantinha um pensionato para meninos, frequentado por filhos de ricos fazendeiros da aristocracia do Holstein e Mecklemburgo. Sob a influência dos rapazes feudais confiados à sua custódia, esmerava a aparência de modo absolutamente desconhecido entre os seus colegas. Usava gravatas variadas, de seda, casacos cintados, calças de cores delicadas, atadas com fitas por baixo das solas, e lenços perfumados com bordas multicores. Era filho de gente modesta, de maneira que tal suntuosidade, no fundo, não condizia com ele. Os pés enormes, por exemplo, pareciam um tanto ridículos nas botinas pontiagudas. Por motivos incompreensíveis orgulhava-se muito das suas mãos grosseiras e vermelhas, que não cessava de esfregar entre si, entrelaçando-as e examinando-as com olhares investigadores. Costumava ter a cabeça atirada para um lado; de olhos piscos, nariz franzido e boca meio aberta, constantemente fazia um trejeito como quem se põe a dizer: "E agora?". Contudo, era por demais distinto para não passar em branco por sobre todas as pequenas travessuras que, por acaso, ocorriam no pátio. Fingia não ver que este ou aquele aluno levara um livro consigo, no intuito de preparar-se no último momento; não via que os seus pensionistas entregavam dinheiro ao sr. Schlemiel, o bedel, para que este lhes comprasse doces; não via como uma pequena luta livre entre dois alunos do quinto ano degenerava em pancadaria em torno da qual logo se formava um ringue de peritos; parecia ignorar que, num canto afastado, alguém que manifestara certa mentalidade covarde, desleal e pouco camarada era arrastado para o poço pelos seus companheiros de classe, a fim de ser ignominiosamente molhado...

Era uma geração valente e um tanto bruta aquela turma barulhenta em meio à qual Hanno e Kai andavam passeando. Crescida na atmosfera duma pátria rejuvenescida e vitoriosa na guerra, ela adotava costumes de rude virilidade. Falava-se numa gíria ao mesmo tempo relaxada e marcial, e que abundava em termos técnicos. Capacidade de beber e fumar, força física e virtudes de ginasta eram altamente apreciadas, enquanto calma e elegância eram os mais desprezíveis vícios. Quem se encontrasse com a gola do casaco levantada tinha de esperar por um banho no poço. E quem fosse apanhado na rua usando bengala recebia na sala de ginástica um castigo corporal, tão vergonhoso quanto dolorido...

Aquilo que Hanno e Kai falavam entre si perdia-se, estranho e singular, na vozeria que enchia o ar frio e úmido. Havia muito, esta amizade era conhecida no colégio inteiro. Os professores toleravam-na de mau grado, porque lhes inspirava a ideia de distúrbios e oposição. Os camaradas, incapazes de decifrar-lhe o caráter, tinham se acostumado a admiti-la com certa relutância tímida, considerando os dois amigos *outlaws* e originais bizarros que era melhor abandonar a si próprios... Além disso, gozava Kai, conde de Mölln, de algum respeito por causa da selvageria e insubmissão desenfreada que se conheciam nele. E, quanto a Hanno Buddenbrook, até o grande Heinricy, que surrava a todos, não se podia resolver a dar nele por causa da sua covardia e elegância; tinha um certo medo da maciez de seu cabelo, da delicadeza dos seus membros e do seu olhar aflito, acanhado e frio...

— Estou com medo — disse Hanno a Kai, enquanto estacava junto a uma das muralhas laterais do pátio. Recostando-se contra ela, com um bocejo friorento, cerrou mais firmemente o casaco... — Estou com um pavor doido, Kai, que me dói por todo o corpo. Será que o sr. Mantelsack é realmente homem para a gente sentir tanto medo dele? Diga você mesmo! Quem me dera que essa nojenta aula de Ovídio estivesse terminada! E eu já tivesse levado a minha repreensão no diário de classe e rodasse e tudo se achasse em ordem! Não é disso que tenho medo; tenho medo do escândalo que se liga com essas coisas...

Kai abandonou-se aos seus pensamentos.

— Esse Roderich Usher é o personagem mais maravilhoso que já se inventou! — disse ele rapidamente e sem nexo. — Passei toda a aula lendo... Quem me dera escrever uma novela tão boa!

O caso era que Kai se dedicava à literatura. Nessa paixão é que pensara quando, de manhã, falara a Hanno de melhores ocupações do que os deveres; e Hanno compreendera-o muito bem. Da inclinação para narrar histórias que Kai manifestara em tempos de menino, haviam-se desenvolvido experiências literárias. Havia pouco concluíra uma obra, conto de fadas, aventura inconsideradamente fantástica, onde tudo resplandecia num brilho escuro. Por entre metais e brasas misteriosas, a ação passava-se nas mais profundas e sagradas oficinas da terra e, ao mesmo tempo, naquelas da alma humana. As forças primordiais da natureza e da alma foram misturadas, empregadas, alteradas e purificadas da maneira mais singular. E tudo estava escrito com terna paixão, num estilo cheio de fervor e nostalgia, muito expressivo e algo exagerado...

Hanno conhecia bem essa história e gostava muito dela. Mas, no momento, não se via disposto a falar dos trabalhos de Kai ou de Edgar Allan Poe. Bocejou de novo. Deu um suspiro, enquanto, simultaneamente, cantarolava um motivo que, havia pouco, inventara no piano. Era um hábito que adquirira. Costumava suspirar amiúde e respirar a plenos pulmões, na premente necessidade de dar um ritmo mais alegre ao coração, cujo funcionamento não era suficiente, e habituar-se a executar a respiração no compasso de um tema musical, qualquer trecho de melodia que ele mesmo ou algum outro compusera...

— Olhe só, aí vem o Bom Deus! — disse Kai. — Anda passeando pelos seus prados.

— Que prados bonitos — disse Hanno, pondo-se a rir. Acometeu-o uma risada nervosa que não quis parar. Metendo o lenço diante da boca, olhou por cima para aquele a quem Kai chamara de "Bom Deus".

Era o diretor, o dr. Wulicke, chefe do estabelecimento, que aparecera no pátio: homem extraordinariamente alto, de chapéu preto com abas largas, de barba aparada, barriga pontuda, calças demasiado curtas e punhos de camisa afunilados e muito sujos. Passou com uma cara que, de tanta ira, tinha aspecto quase sofredor. Atravessando rapidamente o pátio, apontou com o braço ereto para a bomba de água... A água estava jorrando! Grande número de alunos passou por ele correndo; precipitaram-se, no intuito de remediar a desgraça e fechar a torneira. Mas, mesmo depois, ficaram ainda muito tempo olhando, de fisionomias assustadas, ora a bomba, ora o diretor. Este se virou para o dr. Goldener, que, de rosto corado, acorrera. Admoestou-o em voz profunda, sombria e comovida, num discurso mesclado de resmungos inarticulados...

O diretor Wulicke era homem pavoroso. Substituíra o ancião, jovial e humano, sob cujo governo o pai e o tio de Hanno haviam estudado, e que morrera logo após o ano de 71. Naquele tempo, o dr. Wulicke, antes professor num ginásio prussiano, fora chamado a dirigir o estabelecimento, e com ele entrara no velho colégio um espírito diferente, novo. Outrora, a cultura clássica era considerada ali objetivo agradável, que tinha em si próprio o seu fim, procurado com calma, ócio e alegre idealismo. Agora, nesse mesmo lugar, as ideias de autoridade, dever, poder, serviço e carreira tinham chegado às mais altas honras. O "imperativo categórico do nosso filósofo Kant" era o pendão que o diretor Wulicke, em cada discurso festivo, desfraldava ameaçadoramente. A escola se tornara Estado dentro do Estado. A rigidez autoritária da Prússia reinava ali tão poderosamente que não só os professores, mas também os alunos se sentiam como funcionários públicos, preocupados apenas com a promoção, anelando obter as graças dos potentados... Logo após a entrada do novo diretor iniciara-se a reconstrução e renovação do estabelecimento, sob os mais excelentes pontos de vista higiênicos e estéticos. Tudo havia sido arrematado com perfeição. Mas restava saber se, antigamente, quando havia nessas salas menos conforto moderno e mais candura, sentimento, alegria, benevolência e aconchego, a escola não era um instituto mais simpático e mais benfazejo...

O diretor Wulicke em particular tinha a terribilidade enigmática, ambígua, teimosa e ciumenta do Deus do Velho Testamento. Era espantoso no sorriso tanto quanto na ira. A desmedida autoridade que reunia nas mãos o fazia horrivelmente caprichoso e indecifrável. Era capaz de dizer alguma coisa engraçada e de tornar-se furioso quando alguém se ria. Nenhuma das suas trêmulas criaturas sabia como portar-se em sua presença. Restava apenas a solução de o venerarem, prostrados no chão, e de evitarem por meio de humildade insensata que ele os ceifasse na sua fúria e os esmagasse na sua suma equidade...

O apelido que Kai lhe pusera era usado apenas por este e por Hanno Buddenbrook. Precaviam-se diante dos companheiros, receando os olhares pasmos e frios, cheios de incompreensão, que eles tão bem conheciam... Não, não existia um só assunto em que esses dois se entendessem com os camaradas. Era-lhes alheia até aquela espécie de oposição e vingança com que os demais se satisfaziam; desprezavam as alcunhas costumeiras porque elas manifestavam um gênero de humor que não lhes dizia nada e nem sequer os fazia sorrir. Era tão fácil, tão barato, tão sem graça chamar de "Aranha" o professor Hückopp, e o sr. Ballerstedt de "Cacatua"; essas coisas representavam tão mísera compensação pelo constrangimento do serviço! Não, Kai, conde de Mölln, era um pouco mais mordaz! Para o seu uso e para o de Hanno adotara o costume de falar dos professores tão somente sob o seu verdadeiro nome civil, acrescentando a palavra "senhor": "O sr. Ballerstedt", "O sr. Mantelsack", "O sr. Hückopp"... Disso resultavam, por assim dizer, uma frieza reservada e irônica, uma distância e estranheza sarcástica... Falavam do "corpo docente" e divertiam-se durante recreios inteiros, imaginando-o como criatura real, espécie de monstro de formas repugnantes e fantásticas. E o termo "estabelecimento", empregavam-no com uma acentuação que parecia dizer tratar-se de uma instituição como a que abrigava tio Christian...

O "Bom Deus" continuou ainda durante algum tempo a encher o mundo de pânico, apontando, com repreensões horríveis, para alguns papéis de sanduíches que, aqui e ali, se achavam no chão. Mas o seu aspecto fizera que melhorasse o humor de Kai. Arrastou Hanno consigo para um dos portões pelo qual entravam os professores da segunda aula. Começou a fazer mesuras sobremodo profundas diante dos seminaristas pálidos, magrinhos e míseros que passavam em direção aos pátios de trás, onde estavam os seus alunos, os do primeiro e segundo ano. Kai inclinava-se desmedidamente, olhando-os de baixo, com olhares cheios de reverência. Então apareceu o sr. Tietge, senil professor de aritmética, segurando alguns livros com a mão trêmula, envesgando os olhos de jeito impossível, como que para dentro de si, torto, amarelo e escarrando. Ao vê-lo, Kai disse em voz sonora:

— Bom dia, senhor cadáver. — E dirigiu para o ar o olhar claro e agudo...

Nesse instante a campainha soou, estridente. Sem demora, de todos os lados os alunos se puseram a fluir para as entradas. Mas Hanno não cessava de rir. Ria-se ainda na escada, de tal modo que os companheiros de classe, cercando-o e a Kai, o encaravam com olhos frios, pasmos e mesmo um pouco repugnados por tanta tolice...

Fez-se silêncio na classe. Todos se levantaram unanimemente quando o professor Mantelsack entrou. Era o regente da classe, e o costume mandava respeitar o regente da classe. Inclinando-se, fechou a porta atrás de si e espichou o pescoço para ver se todos estavam de pé. Pendurou o chapéu no cabide e foi depressa para a cátedra, erguendo e abaixando a cabeça em rápida alternação. Plantou-se ao lado da mesa e olhou um pouquinho através da janela, enquanto o dedo indicador, enfeitado por grande anel-sinete, se mexia entre o pescoço e o colarinho. Era homem de estatura média, com escassos cabelos grisalhos, barba crespa à Júpiter, olhos salientes e míopes, cor de safira, brilhando por trás de lentes muito fortes. Vestia sobrecasaca aberta, de macia fazenda cinzenta, que gostava de acariciar na região dos quadris com a mão rugosa de dedos curtos. As suas calças, iguais às de todos os professores, com exceção do elegante dr. Goldener, eram por demais curtas, deixando ver os canos de um par de botinas muito largas, espelhentas de tão bem engraxadas.

De repente desviou o olhar da janela. Soltou um pequeno suspiro jovial, enquanto encarava a classe silenciosa. Disse "Sim, senhor!" e sorriu amavelmente para alguns alunos. Uma onda de alívio passou pela sala. Era evidente que estava bem-humorado. Tanta coisa dependia, realmente tudo dependia de o dr. Mantelsack estar ou não bem-humorado. Sabia-se que se entregava, inconscientemente e sem a mínima autocrítica, aos seus caprichos. A sua injustiça era singular e extremamente ingênua, e os seus favores, graciosos e volúveis como a Fortuna. Tinha sempre alguns favoritos, dois ou três, que tratava de "tu" e pelo primeiro nome, e que levavam uma vida paradisíaca. Podiam dizer o que quisessem, e a resposta, em todos os casos, estava certa. Após a aula, o professor Mantelsack conversava com eles de maneira absolutamente humana. Um dia, porém, depois das férias, por exemplo — só Deus sabia por quê —, viam-se derrubados, aniquilados, abolidos, rejeitados, e um outro era chamado pelo primeiro nome... A esses felizardos, o professor marcava-lhes os erros nos trabalhos escritos com riscos finos e elegantes, de modo que as suas produções, embora insuficientes, conservavam um aspecto limpo. Por outros cadernos passava com a pena larga e irada, inundando-os de vermelho, até darem a impressão de lamentável desordem. E como não contasse os erros, mas desse as notas conforme a quantidade de tinta vermelha que gastara, os seus favoritos saíam dos exames com enormes vantagens. O dr. Mantelsack não tinha más intenções ao agir assim. Achava o seu procedimento inteiramente acertado, e nem sequer pensava em parcialidade. Se alguém tivesse a desesperada coragem de protestar, perderia a chance de se ver, um dia, tratado de "tu" e pelo primeiro nome. E ninguém abandonava essa esperança...

Agora o professor cruzou as pernas, ainda de pé, e folheou a agenda. Hanno Buddenbrook, no seu assento, inclinou-se para a frente e torceu as mãos por baixo do banco. O B! Era a vez da letra B! Num instante ressoaria o seu nome. E ele ia levantar-se e não saberia nem uma linha, e haveria um escândalo, uma catástrofe barulhenta e horrorosa, por mais bem-humorado que estivesse o regente da classe... Os segundos prolongaram-se penosamente. "Buddenbrook"... Agora, ele diria "Buddenbrook"...

— Edgar! — disse o dr. Mantelsack. Fechou a agenda, deixando o indicador por entre as páginas. Acomodou-se à cátedra, como se tudo estivesse em perfeita ordem.

Como? Que foi isso? Edgar... Era Lüders, o gordo Lüders, ali, ao lado da janela; a letra L, de quem absolutamente não era a vez. Seria possível? O dr. Mantelsack estava de humor tão radiante que simplesmente escolhera um dos seus favoritos, sem se importar com a ordem em que deveria arguir.

O gordo Lüders ergueu-se. Tinha cara de buldogue e apáticos olhos castanhos. Embora ocupasse um excelente lugar e pudesse, com a máxima comodidade, dar uma olhada no livro, era por demais preguiçoso até para isso. Sentia-se demasiado seguro do paraíso e respondeu sem mais aquela:

— Ontem não pude estudar. Estive com dor de cabeça.

— Ah, Edgar, deixas-me em branco? — disse o dr. Mantelsack, aflito... — Não me queres recitar os versos da idade áurea? Que lástima, meu amigo! Estiveste com dor de cabeça? Mas parece-me que me deverias ter falado dela no começo da aula, antes de seres chamado... Será que não tiveste dores de cabeça também há alguns dias? É preciso que faças alguma coisa contra elas, pois, caso contrário, haverá o perigo de retrogradares... Timm, tenha a bondade de substituí-lo!

Lüders voltou a sentar-se. Nesse instante, todos o odiavam. Era visível que o humor do professor piorava consideravelmente, e que Lüders, talvez já na aula seguinte, seria tratado pelo nome da família... Timm levantou-se, num dos últimos bancos. Era um garoto loiro, de aparência rústica, casaco marrom-claro e dedos curtos e largos. Tinha a boca aberta em forma de funil, com uma expressão de aplicação e estupidez. A toda a pressa, endireitou o livro, enquanto olhava esforçadamente para a frente. Depois baixou a cabeça e começou a ler, monotonamente, tropeçando e arrastando as palavras, assim como uma criança lê a cartilha: *"Aurea prima sata este aetas..."*.

Era evidente que, nesse dia, o dr. Mantelsack fazia perguntas a esmo, não se importando com a ordem alfabética. Já não existia a probabilidade ameaçadora de Hanno ser examinado. Isto só poderia acontecer por um infeliz acaso. Trocou com Kai um olhar ditoso e começou a distender e descansar um pouquinho os membros...

De súbito, Timm foi interrompido na sua leitura. Não se sabe se o dr. Mantelsack não entendeu bem a recitação ou se quis fazer algum exercício: em todo caso deixou a cátedra, para passar devagar pela classe. De Ovídio na mão, postou-se ao lado de Timm. Este, com gestos rápidos e invisíveis, havia afastado o livro, de modo que se achava totalmente desamparado. A boca em forma de funil engolia em seco. Olhou o regente com os olhos azuis, leais e confusos, mas não proferiu mais nenhuma sílaba.

— Então, Timm... — disse o dr. Mantelsack. — Por que não prossegue?

E Timm pôs a mão na cabeça, revirando os olhos. Respirou violentamente e terminou por dizer com um sorriso:

— Fico tão confuso quando o senhor se acha perto de mim!

O dr. Mantelsack também sorriu; sorriu lisonjeado e disse:

— Então, cobre ânimo e continue. — Com isso, voltou para a cátedra.

E Timm cobrou ânimo. Aproximou novamente o livro; abriu-o, enquanto, com manifesto esforço de compor-se, deixava correr os olhos. Depois baixou a cabeça e reencontrou o seu norte.

— Estou contente — disse o professor quando Timm chegara ao fim. — Você aprendeu bem; não há dúvida. Apenas carece demasiado do senso rítmico, Timm. Ganhou clareza a respeito das elisões, e todavia não declamou propriamente hexâmetros. Tenho a impressão de que decorou tudo como se fosse prosa... Mas, como já disse, aplicou-se; fez o que pôde, e quem sempre se esforça... Pode sentar-se.

Timm sentou-se, orgulhoso e radiante. O dr. Mantelsack escreveu uma nota na agenda, com certeza uma nota que exprimia a sua satisfação. Porém, o mais esquisito era que nesse momento não só o professor, mas também o próprio Timm e todos os seus companheiros opinavam com toda a sinceridade que Timm de fato era aluno aplicado e bonzinho, o qual merecera inteiramente aquela boa nota. Até Hanno Buddenbrook não pôde esquivar-se a essa impressão, se bem que sentisse no íntimo alguma coisa reagir contra ela... De novo aguardou com atenção o nome que ressoaria...

— Mumme! — disse o dr. Mantelsack. — Mais uma vez: *Aurea prima...*

Mumme! Ainda bem! Graças a Deus. Agora era provável que Hanno se acharia a salvo. Os versos não se recitariam pela terceira vez e, na preparação do dever, a letra B acabava de ser arguida...

Levantou-se Mumme, rapaz macilento e pálido, com mãos trêmulas e óculos de lentes redondas, muito grandes. Sofria dos olhos e era tão míope que, quando se achava de pé, não podia ler num livro posto diante dele. Precisava aprender de cor, e de fato aprendera. Como, porém, fosse muito pouco prendado e além disso não esperasse ser examinado, naquele dia não sabia quase nada e emudeceu logo após as primeiras palavras. O dr. Mantelsack acudiu-lhe; acudiu-lhe mais uma vez, em voz um tanto nervosa e, pela terceira vez, numa tonalidade sumamente exasperada. Mas, quando Mumme encalhou por completo, o regente viu-se presa de ira violenta.

— Grau zero, Mumme! Sente-se! Você é uma figura lamentável! Asseguro-lhe, senhor cretino! Estúpido e além disso preguiçoso, é demais...

Mumme estava esmagado. Parecia a desgraça personificada. Nesse instante não existia ninguém na sala que não o desprezasse. Outra vez a repugnância, espécie de náusea, subiu em Hanno Buddenbrook, apertando-lhe a garganta. Mas ao mesmo tempo observou com horrível clarividência o que acontecia. Com raiva violenta, o dr. Mantelsack marcou atrás do nome de Mumme um sinal de sinistra significação. Feito isso, de cenho franzido, procurou na agenda. A fúria o fez passar à ordem do dia; informou-se de quem era a vez; claro! E, precisamente quando essa percepção veio dominar a Hanno Buddenbrook, este já ouvia o seu nome, ouvia-o como que num pesadelo.

— Buddenbrook! — O dr. Mantelsack gritara "Buddenbrook". O som da palavra continuava vibrando no ar e, contudo, Hanno não acreditava. Os ouvidos zuniam-lhe. Permaneceu sentado.

— *Sr.* Buddenbrook! — disse o dr. Mantelsack fitando-o com os olhos salientes, cor de safira, que brilhavam por trás das fortes lentes. — Queira ter a bondade!...

Pois bem! Tinha de ser. Era inevitável que acontecesse. De maneira muito diferente da que ele imaginara. Mas, mesmo assim, tudo estava perdido. Agora, ele se sentia calmo. Haveria muita gritaria? Ergueu-se e estava a ponto de prestar uma desculpa ridícula e absurda, dizendo que "tinha esquecido" de decorar os versos, quando, de súbito, viu que o aluno sentado à sua frente lhe estendia o livro aberto.

Este aluno, Hans Hermann Kilian, era um baixote de cabelos castanhos gordurosos e espáduas largas. Queria tornar-se oficial do Exército e embebera-se de tanto espírito de camaradagem que não abandonava nem sequer a Hanno Buddenbrook, de quem não gostava. Até lhe assinalou, com o indicador, o trecho onde devia iniciar...

E Hanno cravou os olhos ali. Começou a ler. Com voz vacilante, de sobrancelhas e lábios torcidos, leu que a idade áurea fora a primeira a nascer, idade que cultivara a lealdade e o direito, espontaneamente, sem vingador nem lei escrita. "Não existiam castigo ou medo", disse em latim. "Nem se liam palavras ameaçadoras em tábuas êneas, pregadas na muralha, nem temia a multidão súplice o rosto do seu juiz..." Hanno declamou de fisionomia atormentada e desgostosa; de propósito, leu mal e sem coerência, negligenciando, voluntariamente, algumas elisões, marcadas a lápis no livro de Kilian; recitou versos cheios de erros; tropeçou e deu-se a aparência de progredir com dificuldade, sempre aguardando que o regente descobrisse tudo e se lançasse sobre ele... O prazer furtivo de enxergar o livro aberto causou-lhe comichões na pele. Mas a repugnância era mais forte e, propositadamente, ele logrou o menos que pôde, só para tornar o logro menos vulgar. Depois calou-se. Fez um silêncio em que não se atreveu a erguer o olhar. Este silêncio era pavoroso. Hanno estava convencido de que o dr. Mantelsack vira tudo. Tinha os lábios inteiramente brancos. Mas finalmente o professor disse com um suspiro:

— Ah, Buddenbrook! *Si tacuisses!* Você desculpe o ter me servido, excepcionalmente, do clássico "tu"... Sabe o que fez? Aviltou a beleza; conduziu-se como um bárbaro, como um vândalo! Você é uma criatura avessa às musas, Buddenbrook. Isso se vê logo na sua cara. Quando me pergunto se você passou todo o tempo tossindo ou recitando versos sublimes, inclino-me mais para a primeira alternativa. Timm desenvolveu pouco senso de ritmo, mas, comparado com você, é um gênio, um rapsodo... Sente-se, infeliz. Você estudou; está certo, você estudou. Não lhe posso dar má nota. Acho que se aplicou na medida das suas forças... Escute: ouvi dizer que você tem talento para a música, que toca piano. Como é possível? Pois bem, sente-se; de qualquer jeito, trabalhou. Basta.

Escreveu na agenda uma nota sofrível. Hanno Buddenbrook sentou-se. Foi como anteriormente, no caso do rapsodo Timm. Hanno não se pôde abster de acreditar sinceramente no elogio que as palavras do dr. Mantelsack haviam expressado. Nesse momento, com toda a seriedade, ele era da opinião de ser um aluno pouco inteligente, mas esforçado, que vencera o perigo com relativa honra. Sentia nitidamente que os colegas, sem excetuar Hans Hermann Kilian, pensavam o mesmo. Novamente surgiu nele uma espécie de nojo, mas estava por demais exausto para meditar sobre os acontecimentos. Pálido e trêmulo, cerrou os olhos, caindo em letargia...

O dr. Mantelsack, por sua vez, prosseguiu. Passou para os versos que deveriam ser preparados. Pediu a Petersen que traduzisse. Petersen levantou-se, disposto, alegre e confiante, em atitude corajosa, valente e pronto para atirar-se à luta. E, todavia, estava fadado a perecer! Sim; a aula não passaria sem uma catástrofe, muito mais terrível do que aquela do pobre míope Mumme...

Petersen traduzia, lançando de vez em quando um olhar para o outro lado do livro, onde, propriamente, nada tinha que ver. Fazia-o com jeito. Fingia que alguma coisa o importunava ali; passava com a mão por cima da página e soprava nela, como que para afastar um corpúsculo de pó ou de qualquer coisa assim que o incomodasse. E, contudo, deu-se o acontecimento horripilante.

O dr. Mantelsack, de chofre, fez um gesto violento, a que Petersen respondeu com outro igual. No mesmo instante, o professor deixou a cátedra, precipitando-se literalmente classe adentro. Em passos irresistíveis, foi para junto de Petersen.

— Você tem uma cola no livro, uma tradução — disse ele, quando se encontrava a seu lado.

— Uma cola... eu... não... — gaguejou Petersen. Era um garoto bonito, com um topete loiro por sobre a fronte. Tinha olhos azuis, extraordinariamente belos, que agora bruxuleavam de medo.

— Você não tem uma cola no livro?

— Não... senhor... doutor... Uma cola?... O senhor está enganado... Está me fazendo uma acusação falsa... — Petersen serviu-se de uma linguagem que, em geral, não se usava; o medo fez que falasse com suma correção, no intuito de comover o professor. — Não fraudo — disse, na sua desmedida infelicidade. — Sempre me portei honestamente... Durante toda a minha vida!

Mas o dr. Mantelsack tinha demasiada certeza do lamentável fato.

— Dê-me o seu livro — disse friamente.

Petersen agarrou-se ao livro. Ergueu-o com ambas as mãos, num gesto conjurador. De língua meio paralisada, continuou a clamar:

— Acredite-me, senhor professor... senhor doutor... Não há nada no livro... Não tenho cola nenhuma... Não fraudei... Sempre me portei honestamente...

— Dê-me o livro — repetiu o regente, batendo com o pé. A isso, Petersen afrouxou. O seu rosto tingiu-se de cinza.

— Muito bem — disse ao entregar o livro —, aqui está. Sim, há uma cola nele. Olhe, aqui está! Mas não a empreguei! — gritou subitamente, à toa.

O professor Mantelsack pareceu não ouvir essa mentira insensata. Retirou a cola. Olhou com cara de quem toca imundícies malcheirosas. Meteu-a no bolso e, com desdém, atirou o Ovídio para o lugar de Petersen.

— O diário de classe! — disse sombriamente.

Serviçal, Adolf Todtenhaupt trouxe o diário. Petersen levou uma repreensão por tentativa de fraude que, por muito tempo, o aniquilou e lhe tirou a última possibilidade de ser promovido na Páscoa.

— Você é uma vergonha para a aula — acrescentou o dr. Mantelsack, enquanto voltava para a cátedra.

Petersen sentou-se, executado. Viu-se nitidamente como o vizinho se afastou um pouquinho dele. Todos o observaram com sentimentos mesclados de repugnância, compaixão e horror. Ele caíra; ficara solitário e em completo abandono, pelo fato de ter sido apanhado. A seu respeito existia na classe apenas uma opinião: que, realmente, ele era "uma vergonha para a aula". Reconheciam e aprovavam a sua queda com a mesma falta de oposição com que haviam reconhecido e aprovado os êxitos de Timm e Buddenbrook e a desgraça do pobre Mumme... E o próprio Petersen o fez também.

Aqueles dentre esses vinte e cinco rapazes que possuíam constituição vigorosa, mentalidade robusta e capacidade para a vida, tal qual ela era, consideravam, nesse instante, as coisas assim como se apresentavam, não se sentindo ofendidos por elas e achando tudo natural e certo. Mas havia também olhos que, sombrios e meditativos, fixavam um ponto no ar... O pequeno Johann fitou as largas costas de Hans Hermann Kilian, e os olhos castanhos, orlados de azul, estavam cheios de abominação, resistência e medo... O dr. Mantelsack continuou a ensinar. Arguiu outro aluno qualquer, Adolf Todtenhaupt, pois, por aquele dia, perdera a vontade de fazer perguntas aos duvidosos. E depois foi a vez de alguém que se preparara mal e nem sequer sabia o que queria dizer *"patula Jovis arbore, glandes"*. Buddenbrook teve de dizer-lhe... Deu a resposta em voz baixa, sem erguer os olhos, e recebeu um aceno de cabeça por parte do dr. Mantelsack.

Terminadas as exibições dos alunos, a aula perdeu todo o interesse. O dr. Mantelsack fez um da elite traduzir, de própria iniciativa, a parte não preparada, prestando-lhe tão pouca atenção quanto os outros vinte e quatro que começavam a preparar-se para a próxima aula. O que se seguia era diferente. Não se podia dar notas por isso nem julgar o zelo dos alunos... Além disso, a aula estava por acabar. Acabou; tocou-se a campainha. Assim escapara Hanno. Recebera até um aceno de cabeça.

— Então? — disse Kai, ao passarem, no meio dos companheiros, pelos corredores góticos, em direção à sala de química... — Que acha agora, Hanno? Quando virem luzir a testa de César... Você teve uma sorte incrível!

— Sinto-me mal, Kai — disse o pequeno Johann. — Eu não a quis, essa sorte; ela me causa náuseas...

E Kai sabia que, na situação de Hanno, teria sentido a mesma coisa.

A sala de química era abobadada e tinha bancadas em forma de anfiteatro, comprida mesa para experiências e duas vitrines cheias de vidrinhos. Na classe, o ar estivera muito quente para o fim, mas aqui se achava saturado de ácido sulfídrico, com que acabavam de fazer experiências. Reinava um cheiro horrível. Kai abriu a janela. Depois roubou o caderno de Adolf Todtenhaupt e meteu-se, a toda a pressa, a copiar o dever que era preciso apresentar naquele dia. Hanno e alguns outros lhe imitaram o exemplo. Isso encheu o recreio inteiro, até ressoar a campainha e o dr. Marotzke aparecer.

Este era o "Professor Profundo", como Kai e Hanno o chamavam: homem trigueiro, de estatura mediana e tez muito amarela; tinha duas bossas na fronte, barba dura e suja e cabelos da mesma espécie. Parecia sempre mal lavado e tresnoitado, mas essa aparência, provavelmente, enganava. Ensinava ciências, porém a sua matéria preferida eram as matemáticas. Passava por um pensador poderoso nesse terreno especial. Gostava de falar sobre os trechos filosóficos da Bíblia. Às vezes, quando se achava bem-disposto e sonhador, dignava-se fazer comentários esquisitos de autores místicos aos alunos dos últimos anos do ginásio... Mas, fora disso, era oficial de reserva, e isso com entusiasmo. Na sua qualidade de funcionário público e, ao mesmo tempo, de militar, achava-se muito bem acreditado junto ao diretor Wulicke. De todos os professores era ele quem melhor cuidava da disciplina; com olhares críticos, examinava as fileiras dos alunos alinhados em continência; exigia respostas precisas e lacônicas. Essa mescla de misticismo e marcialidade era um tanto repugnante...

Mostraram-lhe os deveres. O dr. Marotzke passou pela sala, tocando cada um dos cadernos com o dedo. Certos alunos que não tinham trabalhado lhe exibiram livros diferentes, ou trabalhos velhos, sem que ele o verificasse.

Feito isso, começou a aula propriamente dita. Assim como na aula passada, em matéria de Ovídio, os jovens tinham agora de demonstrar conhecimentos e aplicação com respeito a boro, cloro e estrôncio. Hans Hermann Kilian recebeu elogios por saber que sulfato de bário, $BaSO_4$, era o meio mais usado para fazer falsificações. De resto, era o melhor da classe, pelo simples motivo de querer entrar no Exército. Hanno e Kai não sabiam nada e foram castigados na agenda do dr. Marotzke.

E quando haviam terminado os exames, interrogatórios e distribuições de notas, estava também esgotado o interesse que ambas as partes tinham na lição de química. O dr. Marotzke pôs-se a fazer algumas experiências, dando estalos e desenvolvendo vapores coloridos, mas apenas para encher o fim da aula. Finalmente ditou o dever a ser estudado para a próxima lição. Então tocou a campainha, e a terceira aula acabava também.

Todos estavam contentes, com exceção de Petersen, a vítima do dia. Pois agora havia de chegar uma aula alegre, de que ninguém precisava ter medo, e que nada prometia senão travessuras e divertimentos. Era a lição de inglês do candidato Modersohn, jovem filólogo que, desde algumas semanas, ensinava no colégio a título de experiência, ou, como Kai, conde de Mölln, o definia, se exibia numa breve temporada, para lograr um contrato. Mas ele tinha pouca probabilidade de consegui-lo; nas suas aulas reinava demasiada alegria...

Alguns permaneceram na sala de química; outros subiram para a classe; mas não era preciso suportar o frio do pátio, visto que o sr. Modersohn, tendo de manter a ordem no corredor, não se atrevia a mandar ninguém para baixo. Além disso, era necessário preparar-lhe a recepção...

O barulho na classe não diminuiu nem um pouquinho quando a campainha tocou, para anunciar o início da quarta aula. Todo mundo ria e tagarelava, animado pela ideia da festa que se seguiria. O conde de Mölln, a cabeça apoiada em ambas as mãos, continuou a ocupar-se com Roderich Usher. Hanno, quieto, ficou a olhar o tumulto. Alguns imitavam vozes de animais. Um cocoricó de galo rasgou o ar. Mais para trás se achava Wasservogel, grunhindo como um porco, sem que se pudesse notar que esses sons lhe saíam da boca. O quadro-negro estava enfeitado por um grande desenho a giz, carranca vesga, obra do rapsodo Timm. E, quando o sr. Modersohn entrou, não pôde fechar a porta, apesar dos maiores esforços; havia uma grossa pinha na fresta, que teve de ser removida por Adolf Todtenhaupt...

O candidato Modersohn era um baixote insignificante, que, ao andar, avançava um ombro. Tinha cara torcida e azeda e barba muito preta, muito escassa. Os olhos lustrosos não paravam de piscar. A toda hora aspirava, abrindo a boca como para dizer alguma coisa. Mas não achava as palavras necessárias. A três passos da porta pisou numa espoleta de rara qualidade, que produziu um estrondo como se tivesse pisado em dinamite. Sobressaltou-se violentamente; então, na sua aflição, esboçou um sorriso, fingindo que nada tinha acontecido. Plantou-se diante da fileira central de bancos. Na sua atitude peculiar, inclinou-se para a frente, apoiando uma das palmas na tábua do primeiro banco. Mas os alunos, conhecendo-lhe o costume, tinham untado com tinta esse lugar da mesa, de modo que ele manchou por completo a pequena mão desajeitada. Fez como se não o percebesse. Escondeu nas costas a mão úmida e enegrecida, piscou e disse em voz mole e branda:

— A ordem na classe deixa a desejar.

Nesse instante, Hanno Buddenbrook lhe quis bem. Imóvel, olhou-lhe a cara descomposta e aflita. Mas o grunhido de Wasservogel tornou-se cada vez mais forte e natural. De repente, um punhado de ervilhas crepitou contra a vidraça; ricocheteando, caíram ruidosamente no chão.

— Está granizando — disse alguém em voz alta e clara. O sr. Modersohn pareceu acreditar, pois, sem mais nada, retirou-se para a cátedra e pediu o diário de classe. Não o fez na intenção de castigar alguém, mas por não conhecer os alunos, com poucas exceções, se bem que já tivesse ensinado umas cinco ou seis vezes nessa classe. Assim, via-se forçado a procurar os nomes, a esmo, na lista.

— Feddermann — disse ele —, queira recitar o poema.

— Ausente! — gritou um coro de vozes. Enquanto isso, Feddermann, gordo e avantajado, se encontrava no seu lugar, jogando, com alta destreza, ervilhas através da sala.

O sr. Modersohn piscou. Soletrando, proferiu outro nome.

— Wasservogel — disse.

— Morreu! — gritou Petersen na alegria do desespero. E, por entre sapateados, grunhidos, ganidos e gargalhadas, repetiram todos que Wasservogel estava morto.

O sr. Modersohn piscou outra vez. Deixou correr os olhos. Fez um trejeito azedo e voltou a olhar o diário da classe, apontando com a mãozinha desajeitada para o nome que tencionava chamar.

— Perlemann — disse com pouca confiança.

— Infelizmente foi acometido de demência — disse Kai, conde de Mölln, com calma e firmeza. Em crescente algazarra, confirmou-se também essa notícia.

A isso o sr. Modersohn se levantou, para berrar através do barulho:

— Buddenbrook, você vai fazer cem linhas. Se rir outra vez vai levar uma repreensão.

Então sentou-se de novo... Realmente, Buddenbrook rira-se. A piada de Kai provocara-lhe um riso baixinho e violento que ele não soube reter. Achou-a boa, e sobretudo o "infelizmente" o abalara pela sua comicidade. Mas, quando o sr. Modersohn lhe dirigiu bruscamente a palavra, sossegou e encarou o candidato com um olhar mudo e sombrio. Nesse momento viu-o na sua totalidade: cada miserável pelo da barba que, em toda parte, deixava transluzir a pele, bem como os olhos castanhos, lustrosos e desesperados; viu que parecia usar dois pares de punhos por cima das mãozinhas desajeitadas, porque as mangas da camisa em torno dos pulsos tinham o mesmo comprimento e largura dos próprios punhos; viu toda a figura pobre e lamentável do professor. Viu-lhe mesmo o íntimo. Hanno Buddenbrook era quase o único aluno cujo nome o sr. Modersohn conhecia. E o candidato aproveitava-se disso, para, constantemente, chamá-lo à ordem, mandando-lhe fazer linhas e tiranizando-o. Conhecia o aluno Buddenbrook apenas porque este diferia dos demais pela conduta quieta, e o candidato explorava essa mansidão, fazendo-o incessantemente sentir a sua autoridade, que não ousava impor aos outros, barulhentos e insolentes. "Até a compaixão nos é impossibilitada pela infâmia desse mundo", pensou Hanno. "Não faço parte daqueles que o torturam e ridicularizam, candidato Modersohn, porque acho isso brutal, feio e vulgar. E como retribui ao meu comportamento? Mas assim é a vida, assim será sempre em toda parte", pensou, enquanto o medo e as náuseas voltavam a subir nele... "E ainda por cima tenho de ler-lhe na alma com tão nojenta clareza!"

Finalmente, encontrou alguém que não era nem morto nem demente e estava disposto a recitar os versos ingleses. Tratava-se de um poema com o título "The Monkey", infantilidade que se oferecia a esses moços, que, pela maior parte, almejavam entrar no comércio ou na Marinha e passar pelos conflitos da vida séria.

Monkey, little merry fellow,
Thou art nature's punchinello...

Havia uma porção de estrofes, e o aluno Kassbaum leu-as do seu livro. Não era preciso constranger-se por causa do sr. Modersohn. E o barulho tornava-se cada vez mais forte. Todos os pés se achavam em movimento, esfregando-se no assoalho poeirento. O galo cantava, o porco grunhia, as ervilhas voavam. O desenfreamento embriagava os vinte e cinco. Os instintos desordenados dos seus dezesseis ou dezessete anos acordavam. Erguiam-se folhas com os mais obscenos desenhos a lápis, que passavam pela classe, provocando risadas cobiçosas...

De repente, emudeceram todos. O aluno que recitava interrompeu a si mesmo. O próprio sr. Modersohn endireitou-se, para escutar. Acontecia algo de ameno: sons finos e puros saíam do fundo da sala, ressoando, doces, delicados e ternos, através do súbito silêncio. Era uma caixa de música que alguém trouxera, e que tocava "O meu coração te pertence"..., em plena aula de inglês. Mas, justamente no momento em que terminou a graciosa melodia, sucedeu uma coisa horrível...

irrompendo por sobre todos os presentes, com força cruel, inesperada, desmedida e paralisante.

Sem que ninguém tivesse batido, abriu-se, de um só golpe, vastamente a porta. Entrou qualquer coisa comprida e monstruosa, proferindo um resmungo sombrio. Com um único passo achou-se na frente dos bancos... Era o "Bom Deus".

O sr. Modersohn ficou pálido como cinza. Arrastou a poltrona do estrado e limpou-a com o lenço. Os alunos tinham saltado em pé como um só homem. Apertaram os braços contra o lado; puseram-se nas pontas dos pés; inclinaram as cabeças e, de tanta devoção fervorosa, mordiam as línguas. Reinava um silêncio profundo. Alguém deu um suspiro, arrancado com esforço. Depois, novamente, não se ouviu nada.

Durante algum tempo, o diretor Wulicke passou em revista as colunas em continência. Ergueu os braços com os punhos sujos em forma de funil e baixou-os, de dedos espalmados, como para atacar um teclado a toda a força.

— Sentem-se — disse ele com a voz profunda de contrabaixo. Os alunos deixaram-se cair sobre os assentos. O sr. Modersohn, de mãos trêmulas, aproximou a cadeira de braços. O diretor acomodou-se ao lado da cátedra.

— Faça-me o favor de continuar — disse ele; e essas palavras soaram tão terrivelmente, como se tivesse dito: "Vamos ver, e mal haja aquele que...".

Era claro o motivo por que o diretor aparecera. O sr. Modersohn devia dar-lhe uma prova da sua arte de ensinar; devia mostrar o que o sétimo ano do curso comercial aprendera durante seis ou sete aulas. A existência e o futuro do sr. Modersohn estavam em jogo. O candidato oferecia um aspecto lamentável quando, novamente no estrado, pediu a alguém que recitasse, outra vez, o poema "The Monkey". Se, até então, apenas alunos haviam sido arguidos e criticados, o mesmo sucedia agora ao professor... Ai, ambas as partes andavam mal! O diretor surgira num assalto imprevisto e ninguém, com exceção de dois ou três, estava preparado. Era impossível ao sr. Modersohn examinar durante a aula inteira somente a Adolf Todtenhaupt, que sabia tudo. Em presença do diretor, os alunos já não podiam ter os livros abertos durante a recitação do "The Monkey", de modo que esta saiu pessimamente. E, quando chegou a vez da leitura de *Ivanhoe*, o jovem conde de Mölln foi quase o único que soube traduzir, porque tinha interesse particular no romance. Os demais tropeçavam, tossindo e desamparados, por entre os vocábulos. Hanno Buddenbrook também foi interrogado e não conseguiu traduzir uma só linha. O diretor Wulicke proferiu um som parecido com o de um rabecão quando se toca a corda mais baixa. O sr. Modersohn torceu as mãozinhas desajeitadas, manchadas de tinta, enquanto, gemendo, repetia:

— E nas outras lições tudo andava muito bem! Tudo andava às mil maravilhas nas outras lições!

Quando a campainha tocou, ele ainda repetia essas palavras, dirigindo-se, no seu desespero, ora aos alunos, ora ao diretor. Mas o "Bom Deus" mantinha-se ereto na sua terribilidade, os braços cruzados por sobre a poltrona e olhando a classe com um frio meneio de cabeça... E depois pediu o diário da classe; todos aqueles cujas produções haviam sido insuficientes ou nulas levaram uma repreensão por causa da preguiça; eram seis ou sete alunos ao mesmo tempo. O sr. Modersohn não podia levar repreensão, mas o seu destino era pior do que o de todos os outros; quedava-se perto do diretor, pálido, abatido e aniquilado. Hanno Buddenbrook, porém, achava-se entre os alunos castigados...

— Eu vou lhes estragar a carreira, a vocês todos — acrescentou o diretor Wulicke. E com essas palavras desapareceu.

A campainha tocou. Estava terminada a aula. E dizer que tomara esse rumo! Sim, assim era a vida. Quando a gente mais se amedronta tudo anda bem, como por ironia; mas, quando ninguém aguarda nada de mau, chega a desgraça. A promoção de Hanno, por ocasião da Páscoa, era definitivamente impossível. O menino levantou-se e saiu da sala, de olhos cansados, esfregando a língua no dente molar enfermo.

Kai foi para junto do amigo e desceu com ele ao pátio, no meio dos companheiros excitados que discutiam os extraordinários acontecimentos. Relanceou um olhar preocupado e carinhoso para o rosto de Hanno e disse:

— Desculpe, Hanno, por ter traduzido, em vez de levar também uma repreensão! É tão infame...

— Mas, na outra aula, eu disse também o significado de "*patula Jovis arbore, glandes*"... — respondeu Hanno. — Que se pode fazer, Kai? Não falemos mais nisso! Não há remédio.

— Sim, acho também que não há... Então, o "Bom Deus" quer estragar-lhe a carreira. Você terá de conformar-se, Hanno, se for esta a inescrutável vontade "Dele"... A carreira, que palavra simpática! A carreira do sr. Modersohn acabou-se também. Ele nunca chegará a ser professor efetivo, esse coitado! Pois é, há professores efetivos e há professores auxiliares, sabe? Mas professores, só, não há... É uma dessas coisas que não se compreendem facilmente, porque só existem para pessoas muito adultas e para quem amadureceu na vida. Uma inteligência singela deverá pensar que um sujeito ou é professor ou não é. Eu queria colocar-me diante do "Bom Deus" ou do sr. Marotzke, para lhes explicar isto. Que aconteceria então? Eles o considerariam uma ofensa e me esmagariam por falta de respeito, ainda que eu tenha manifestado uma apreciação muito mais alta da sua profissão do que eles mesmos são capazes de possuir... Sim, senhor; mas vamos deixá-los em paz! Todos são rinocerontes.

Passeavam pelo pátio. Hanno escutava com agrado as sabedorias que Kai proferia para fazê-lo esquecer o castigo.

— Olhe: eis aqui uma porta, a porta do pátio. Está aberta, e lá fora é a rua. E se saíssemos e déssemos um pequeno passeio na calçada? É recreio; temos ainda seis minutos, e poderíamos voltar pontualmente. Mas é impossível. Compreende? Eis aqui a porta; está aberta; não há grade, nada, nenhum obstáculo. Estamos na soleira. E todavia é impossível. O simples pensamento de sair por um único segundo é impossível... Bem, vamos prescindir disso! Mas examinemos um outro exemplo. Seria absolutamente errado se disséssemos que agora são aproximadamente onze e meia. Não, agora é a vez da aula de geografia; eis o que é! Ora, pergunto a todo mundo: Será isto uma vida? Tudo está desfigurado... Santo Deus, tomara que o estabelecimento nos permitisse escapar do seu carinhoso abraço!

— Sim, e o que virá então? Ah, não, Kai, deixe disso! Então as coisas não seriam melhores. Que poderei fazer? Pelo menos a gente se acha abrigada aqui. Desde que o meu pai morreu, o sr. Stephan Kistenmaker e o pastor Pringsheim encarregaram-se de perguntar-me todos os dias sobre o que eu quero ser. Não sei. Não lhes posso dar resposta nenhuma. Não quero ser nada. Tenho medo de tudo isso...

— Como pode falar com esse desalento! Você com a sua música...

— Que é que há na minha música, Kai? Não quero nada nela. Será que devo viajar pelo mundo e tocar? Primeiro, eles não me dariam licença, e segundo, eu nunca terei bastante classe para isso. Não sei quase nada. Sei apenas fantasiar um pouco, quando estou sozinho. E, além disso, acho que uma vida feita de viagens deve ser horrível... Com você o caso é diferente. Você tem mais coragem. Está aqui na escola e ri de tudo e possui alguma coisa que opor-lhes. Quer escrever; quer contar aos homens algo de belo e interessante. Bem, isso é alguma coisa. E com certeza chegará a ser famoso. Você é tão hábil. Qual é o motivo? Você é mais alegre. De vez em quando, nas aulas, nós nos encaramos um ao outro, como ainda há pouco, com o sr. Mantelsack, quando o Petersen, como se fosse o único que tivesse fraudado, levou a repreensão. Nós pensamos o mesmo, mas você faz um trejeito e é orgulhoso... Eu não posso agir como você. Fico tão cansado. Queria dormir e não saber de nada. Eu queria morrer, Kai!... Não, não há nada em mim. Não sou capaz de querer alguma coisa. Não tenho sequer o desejo de tornar-me famoso. Tenho medo disso, como se aí houvesse alguma coisa que não fosse direita! De mim não pode surgir nada de bom; convença-se! Há alguns dias, depois da lição de crisma, o pastor Pringsheim disse para alguém que se devia abrir mão de mim: que eu descendia de uma família em decadência...

— Ele disse isso? — perguntou Kai com intenso interesse...

— Sim. Alude ao meu tio Christian, que se acha em Hamburgo, num hospício... Sem dúvida ele tem razão. Que abram mão de mim! Eu lhes ficaria muito grato! Ando com tantas preocupações, e tudo me é tão difícil. Suponha que eu me corte o dedo, que me fira em qualquer parte... uma ferida que no corpo de qualquer outro estaria boa em oito dias comigo leva quatro semanas. Não se quer fechar; inflama-se; torna-se perigosa e me causa sofrimentos loucos... O sr. Brecht disse-me, há pouco, que os meus dentes eram um caso sério, quase todos estão minados e gastos; daqueles que já me arrancou nem se fala. É assim que ando agora. E com que mastigarei aos trinta ou quarenta anos? Não tenho nenhuma esperança...

— Bem — disse Kai, acelerando o passo —, agora me fale um pouco do seu piano. É que quero escrever uma coisa maravilhosa, sabe? Uma maravilha! Talvez vá começar logo na aula de desenho. Você vai tocar hoje de tarde?

Hanno permaneceu calado durante uns instantes. Subira-lhe no olhar algo de embaciado, confuso e caloroso.

— Sim, acho que vou tocar, embora não deva. Eu deveria estudar as minhas sonatas e exercícios e então parar. Mas acho que vou tocar. Não posso deixar de fazê-lo, ainda que, com isso, tudo fique pior.

— Pior?

Hanno não respondeu.

— Eu sei o que você sente quando toca — disse Kai. Depois, ambos permaneceram calados.

Achavam-se numa idade esquisita. Kai enrubescera fortemente: olhou o chão, sem abaixar a cabeça. Hanno tinha o rosto pálido. Estava muito sério e dirigiu para o lado os olhos velados.

Então o sr. Schlemiel tocou a campainha. Subiram.

Veio a aula de geografia e, com ela, o exame escrito; exame muito importante sobre o território Hesse-Nassau. Entrou um homem de barba ruiva e cara descorada, vestindo fraque pardo. Nas mãos, cujos poros se encontravam vastamente abertos, não crescia nem um pelo. Esse homem era o "Professor Chistoso", o dr. Mühsam. De vez em quando sofria de hemorragias pulmonares. Falava constantemente em tom de ironia, porque se considerava tão espirituoso quanto doente. Em casa possuía uma espécie de arquivo de Heine, coleção de documentos e objetos que tinham relação com o irreverente e enfermo poeta. Agora, o dr. Mühsam fixou no quadro-negro as fronteiras de Hesse-Nassau. Feito isso, pediu, com um sorriso, ao mesmo tempo melancólico e sarcástico, que os senhores alunos anotassem nos cadernos tudo quanto o país oferecia de interessante. Com isso parecia querer zombar tanto dos alunos como do território de Hesse-Nassau. Contudo, era um exame muito importante e de que todo mundo tinha medo.

Hanno Buddenbrook não sabia nada de Hesse-Nassau, ou muito pouco, pelo menos quase nada. Quis dar uma olhadela para o caderno de Adolf Todtenhaupt, mas "Heinrich Heine", que apesar da sua ironia superior e sofredora vigiava cada movimento com a máxima atenção, reparou logo nele e disse:

— Sr. Buddenbrook, sinto vontade de mandá-lo fechar o caderno; mas receio que com isso o senhor saia lucrando. Prossiga.

Essa observação continha duas piadas. Primeiro: o dr. Mühsam tratou Hanno de "senhor", e segundo: a palavra "lucrar". Hanno Buddenbrook, porém, continuou a modorrar por sobre o caderno e finalmente entregou uma folha quase vazia. Saiu outra vez em companhia de Kai.

Por aquele dia não havia mais dificuldades. Feliz daquele que tivesse escapado e cuja consciência não se achasse agravada por uma repreensão. Podia acomodar-se e desenhar, livre e animado, na sala clara do sr. Drägemüller...

A sala de desenho era espaçosa e cheia de luz. Cópias em gesso de estátuas antigas viam-se nas prateleiras que se estendiam ao longo das paredes. Numa grande estante, havia uma porção de cubos de madeira e móveis em miniatura que serviam também de modelos. O sr. Drägemüller era homem rechonchudo, de barba redonda e aparada, e que usava peruca castanha, lisa e barata, traiçoeiramente despregada na nuca. Possuía duas perucas, uma de cabelos mais compridos e outra mais curta. Depois de fazer aparar a barba, colocava a mais curta... Tinha aliás peculiaridades engraçadas. Em vez de "lápis" dizia "estilo". Além disso, espalhava por toda parte um cheiro de óleo ou álcool. Havia quem dissesse que o sr. Drägemüller bebia petróleo. Eram para ele momentos supremos, quando, em lugar de algum professor ausente, podia ensinar outra matéria que não fosse desenho. Então conferenciava sobre a política de Bismarck, acompanhando o discurso com impressionantes movimentos espirais desde o nariz até o ombro. Falava do socialismo com ódio e pavor... "Temos de amparar-nos mutuamente", costumava dizer aos maus alunos, segurando-os pelo braço. "O socialismo se acha *ante-portas!*" Mexia-se com agilidade convulsiva. Gostava de acomodar-se ao lado de um aluno, espalhando violento cheiro de álcool e dando-lhe, com o anel-sinete, pancadinhas na testa. Abruptamente, proferia palavras avulsas: "Perspectiva"... "Sombra projetada!"... "Estilo!"... "Socialismo!"... "Amparo mútuo!"... Dito isso, ia-se embora.

Durante essa hora, Kai concebeu um novo trabalho literário, enquanto Hanno se distraía com a representação imaginária de uma abertura de orquestra. Depois terminou a aula. Foram buscar os seus objetos. A saída pelo portão do pátio estava franqueada. Podiam ir para casa.

Hanno e Kai tinham o mesmo caminho. Com os livros sob o braço, andaram juntos até a pequena vila vermelha, no subúrbio distante. O jovem conde de Mölln tinha ainda que transpor sozinho uma longa caminhada até a morada paterna. Nem sequer usava sobretudo.

A cerração que reinara de manhã tornara-se neve, caindo em grandes flocos macios e transformando-se em lama. Diante do portão da casa dos Buddenbrook, os amigos se separaram. Mas, quando Hanno já tinha atravessado a metade do jardim, Kai voltou mais uma vez, para pousar-lhe o braço em volta do pescoço.

— Não desanime... É melhor que não toque hoje! — disse baixinho. Com isso, a sua figura esbelta e negligenciada desapareceu no nevoeiro.

Hanno deixou os livros sobre a bandeja que o urso, no corredor, lhe estendia. Foi à sala de estar para ver a mãe. Sentada no sofá, ela lia uma brochura amarela. Enquanto o filho passava pelo tapete, dirigiu para ele os olhos castanhos, pouco distantes entre si, em cujas comissuras havia sombras azuladas. Quando Hanno se achou na sua frente, Gerda tomou-lhe a cabeça entre as mãos, para beijá-lo na testa.

Ele subiu ao quarto, onde Clementine lhe preparara um pequeno almoço. Lavou-se e comeu. Ao terminar, retirou da escrivaninha um maço daqueles pequenos e acres cigarros russos que para ele também já não tinham segredos. Pôs-se a fumar. Depois sentou-se ao harmônio e tocou alguma coisa de Bach, algo de bem difícil, rigoroso e *fugato*. Finalmente, entrelaçou as mãos por trás da cabeça e olhou através da janela, para a neve que caía dançando em profundo silêncio. Afora ela, não havia mais nada que ver. Por baixo da janela já não existia aquele jardim gracioso de outrora, onde o chafariz murmurava. A vista lhe estava cortada pelo muro cinzento da vila vizinha.

Comeu-se às quatro horas. Havia só Gerda Buddenbrook, o pequeno Johann e Clementine. Mais tarde, Hanno fez, no salão, os preparos para a música. Esperou a mãe no piano de cauda. Tocaram a sonata opus 24 de Beethoven. No adágio, o violino cantou como um anjo, mas Gerda, pouco satisfeita apesar disso, tirou o instrumento do queixo. Examinou-o com mau humor e disse que estava mal afinado. Não tocou mais e subiu para descansar.

Hanno permaneceu no salão. Foi à porta envidraçada que dava para o terraço estreito. Durante alguns minutos olhou o jardim encharcado. Mas, de chofre, deu um passo para trás. Num movimento brusco cobriu a porta com a cortina amarela. Aproximou-se do piano, visivelmente comovido. Alguns instantes ficou ali, de pé. O seu olhar, imóvel e vago, dirigia-se para determinado ponto, e depois, lentamente, se tornou mais escuro, velando-se e confundindo-se... O menino sentou-se e começou uma das suas fantasias.

Era um motivo muito simples que Hanno tocava para si próprio, um nada, fragmento de melodia inexistente, figura de um compasso e meio. Da primeira vez o fez ressoar nas oitavas baixas, como voz isolada, com uma força que ninguém teria esperado dele. Era como se trombetas, imperiosa e unissonamente, o anunciassem como matéria primordial e ponto de partida de todos os acontecimentos iminentes. Nesse instante não podia ainda prever o que tudo isso significaria. Mas, quando Hanno o repetiu, nos agudos, com um colorido de sons que se parecia com prata baça, tornou-se evidente que, na sua essência, esse motivo consistia em uma única resolução, queda nostálgica e dorida de uma tonalidade para outra... Nada era senão uma invenção pobre, de curto alcance; recebia, porém, valor estranho, misterioso e importante pela decisão preciosa e solene com que o menino a criava e produzia. E agora se iniciaram cadências animadas, incessante vaivém de síncopes, diaceradas por gritos, procurando e vagando, como se uma alma se inquietasse com coisas que aprendera, e que, todavia, não queriam emudecer nela, mas se repetiam em harmonias sempre novas e esperançosas, perguntando e queixando-se, amortecendo e anelando. E as síncopes tornaram-se cada vez mais violentas, fugindo sem norte das terças que as perseguiam. Os gritos de medo, porém, que se inseriam, reuniram-se, encarnaram-se, tornaram-se melodia. Veio o momento em que chegaram a dominar, vigorosa e humildemente, qual o canto de uma orquestra de instrumentos de sopro, realçado, suplicante e fervoroso. Emudecera, vencido, aquele elemento instável que se atirara para a frente, flutuando, divagando e escapando. Em ritmo simples e imutável ressoou o hino compungido da oração infantil... Terminou com um final de música sacra. Seguiu-se uma fermata, e depois o silêncio. Eis que, de repente, muito baixinho, numa tonalidade ainda de prata baça, voltou o primeiro motivo, aquela invenção pobre, figura tola ou enigmática, queda suave e dorida de uma tonalidade para outra. Fez-se então enorme tumulto e pressa exaltada; preponderavam acentos que se assemelhavam a fanfarras, expressando energia feroz. Que acontecia? Que se preparava? Soava aquilo como se cornetas chamassem para a partida. Houve então algo de um recolhimento, uma concentração; encadearam-se ritmos mais firmes; iniciou-se uma composição nova, improvisação atrevida, espécie de canção de caçadores, arrojada e tormentosa. Mas não era alegre; estava cheia, no seu íntimo, da arrogância causada pelo desespero. Os sinais que se entremeavam eram como berros de pavor. E sempre de novo, entre os demais sons, ouvia-se, em harmonias caricaturadas e esquisitas, o motivo, aquele primeiro e enigmático motivo, angustioso, fátuo e doce... Então começou irresistível alternação de ocorrências cujo sentido e natureza não se podiam decifrar, sequência de aventuras sonoras, rítmicas e harmônicas que Hanno não dominava, mas que assumiam forma sob os dedos agitados, e que ele experimentava sem as conhecer anteriormente... Estava sentado, inclinando-se algum tanto por sobre o teclado, com os lábios descerrados, o olhar distante e profundo; o cabelo castanho, em ondulações macias, cobria-lhe as fontes. Que acontecia? Que era aquilo que se passava com ele? Porventura ali se superavam obstáculos terríveis, se matavam dragões, se galgavam penedos, se venciam rios a nado e se atravessavam chamas? E, ora em forma de gargalhada estridente, ora qual promessa incompreensível e ditosa, entremeava-se o primeiro motivo, criação frívola, aquela queda de uma tonalidade para outra... Sim! Era como se esse motivo o instigasse a esforços impetuosos e sempre novos. Seguiram-no arremessos de oitavas furiosas que acabavam em gritos. Depois, principiou um crescendo, clímax lento e irremovível, impulso ascendente da cromática, cheio de nostalgia selvagem e insuperável, e que se via bruscamente interrompido por repentinos pianíssimos, assustadores e incitantes, dando a impressão de que o chão lhe deslizava sob os pés, mergulhando-o num mar de cobiça... Uma vez, os primeiros acordes daquela oração compungida e súplice procuraram tornar-se audíveis, mas logo a vaga das cacofonias impetuosas irrompeu contra ela, conglomerando-se, rolando para a frente, retrocedendo, subindo, submergindo-se e lutando de novo, em busca de um inefável objetivo, que tinha de chegar, forçosamente, agora mesmo, nesse instante, alcançado esse apogeu medonho onde a avidez torturante se tornava insuportável... E ele chegou; já não foi possível retardá-lo; as convulsões do desejo não se deixavam mais prolongar. Veio como se se rasgasse uma cortina, se abrissem portões, se descerrassem espinhais e desmoronassem muralhas de chamas... Surgiu a resposta, o desfecho, a realização perfeita; numa exultação encantada, tudo se desenredou; resultou uma harmonia que, em um *ritardando* doce e cheio de saudade, logo se transformou numa outra... Era o motivo, o primeiro motivo que ressoava! E o que então se iniciava era uma festa, um triunfo, orgia desenfreada desse mesmo grupo de sons que se ostentava com todo e qualquer matiz de tonalidades, brotando através de todas as oitavas, chorando, morrendo em trêmulos convulsivos, cantando, rejubilando-se e soluçando, e que, enfeitado com toda a pompa do equipamento orquestral, se pavoneava vitoriosamente, por entre estrondos e tinidos, escumando no brilho de pérolas... No culto fanático desse nada, desse fragmento de melodia, curta e infantil invenção harmônica de um compasso e meio, havia algo de brutal e embotado e, ao mesmo tempo, de ascético e religioso, alguma coisa de crença e abandono de si próprio... Manifestou-se certa viciosidade, no exagero e na insaciabilidade com que o menino gozava e explorava sua invenção; um desespero cínico, desejo de volúpia tanto quanto de ocaso, mostrou-se na cobiça com que sugava dela a derradeira doçura, até o esgotamento, até o nojo e o tédio; então, finalmente, fruto do cansaço depois de tamanhos excessos, pôs-se a murmurar um prolongado e suave *arpeggio* em menor, subindo um tom, dissolvendo-se em maior e agonizando em melancolia hesitante.

 Durante um momento ainda, Hanno permaneceu imóvel, o queixo sobre o peito, mãos no colo. Depois levantou-se e fechou o piano. Estava muito pálido. Os seus joelhos não tinham força nenhuma.

Ardiam-lhe os olhos. Foi para a sala vizinha, onde se estendeu sobre o divã. Ficou assim muito tempo, sem se mexer.

Mais tarde jantaram. Então, jogou uma partida de xadrez com a mãe; não houve vencedor. Mas, passada a meia-noite, Hanno, no seu quarto, ainda se achava sentado diante do harmônio, à luz de uma vela. Como já não pudesse fazer ruído, tocou apenas em imaginação. E, todavia, tencionava erguer-se às cinco e meia da madrugada, para fazer as lições mais importantes.

Foi esse um dia na vida do pequeno Johann.

3.

Casos de tifo costumam decorrer da seguinte maneira:
O enfermo sente nascer em si uma depressão anímica que, rapidamente, se aprofunda e se torna débil desesperança. Ao mesmo tempo, apodera-se dele uma fadiga física que se estende não só aos músculos e tendões, mas também às funções de todos os órgãos internos, sobretudo às do estômago, que, com repugnância, recusa a comida. Existe forte necessidade de dormir, mas, apesar do extremo cansaço, o sono permanece irrequieto, superficial, angustiado e pouco restaurador. O cérebro dói; acha-se apático e turbado, como que envolto em névoas e agindo por tonturas. Em todos os membros há uma dor indeterminada. De vez em quando, sem motivo especial, jorra sangue do nariz... Esta é a introdução.
Então um violento ataque de calafrios, sacudindo o corpo inteiro e fazendo os dentes chocarem-se entre si, dá o sinal do começo da febre, que logo alcança os mais altos graus. Sobre a pele do peito e do ventre tornam-se agora visíveis esparsas manchas vermelhas, do tamanho de lentilhas, que se podem apagar pela pressão do dedo, mas voltam de imediato. O pulso bate com rapidez vertiginosa, chegando a marcar até cem pulsações por minuto. Assim, com uma temperatura de quarenta graus, passa-se a primeira semana.
Na segunda, o paciente encontra-se livre das dores dos membros e da cabeça. Em compensação, a vertigem tornou-se muito mais violenta, e no ouvido produzem-se tais zumbidos e zunidos que até resultam em surdez. A expressão fisionômica chega a ser estúpida. A boca começa a ficar aberta; os olhos estão velados e impassíveis. A consciência acha-se obscurecida. A sonolência domina o enfermo, que, muitas

vezes, sem dormir realmente, cai num atordoamento plúmbeo. Entretanto, enche o quarto com divagações, fantasias barulhentas e excitadas. O seu abandono indolente aumentou, a ponto de dar-lhe aspecto sujo e nauseante. As gengivas, os dentes e a língua estão cobertos por uma massa enegrecida que empesta a respiração. Imóvel, o doente permanece deitado de costas, com o ventre inchado. Afunda-se na cama, de pernas abertas. Tudo nele trabalha apressadamente, a respiração tanto quanto o pulso, que faz até cento e vinte pulsações fugidias e convulsivas. As pálpebras ficam semicerradas, e as faces já não se acham, como no início, em brasa vermelha pelo calor da febre, mas assumiram um colorido azulado. No ventre e no peito aumentou o número das manchas rubras do tamanho de lentilhas. A temperatura alcança quarenta e um graus...

Na terceira semana, a fraqueza está no auge. Emudeceram os altos delírios. Ninguém sabe dizer se o espírito do doente mergulhou na noite vazia, ou se, alheio e avesso ao estado físico, se detém em sonhos distantes, profundos e tranquilos, que nada, nem som, nem sinal, denuncia. O corpo jaz numa insensibilidade sem limites... Esta é a época da decisão...

Em certos casos, há circunstâncias especiais que dificultam o diagnóstico. Acontece, por exemplo, que os sintomas iniciais da doença — depressão, fadiga, falta de apetite, sono inquieto e dores de cabeça — já se manifestavam, e com frequência, quando o paciente, esperança dos seus, ainda andava de saúde perfeita; de modo que mesmo um súbito aumento desses fenômenos mal se nota como algo de extraordinário... Um bom médico de sólidos conhecimentos, como, para mencionarmos um nome, o dr. Langhals, com as mãozinhas cobertas de pelos negros, será contudo capaz de pôr os pingos nos "ii". A aparição das fatais manchas rubras no ventre e no peito dar-lhe-á, além disso, certeza absoluta. Não duvidará a respeito das medidas que deverá tomar e dos remédios indicados. Cuidará de proporcionar ao paciente um quarto bastante espaçoso, amiúde ventilado, cuja temperatura não ultrapasse dezessete graus. Insistirá no mais absoluto asseio. Mandando renovar, sempre, os lençóis, procurará proteger o corpo do doente contra as chagas do decúbito durante o maior tempo possível — em certos casos, esse lapso não será grande. Exigirá que se limpe constantemente a cavidade da boca, mediante trapos de linho molhado. Quanto aos remédios, servir-se-á de uma mistura de iodo e de *kalium jodatum*; receitará quinino e antipirina. Estando o estômago e os intestinos fortemente atacados, prescreverá um regime ao mesmo tempo muito leve e fortalecedor. Combaterá, por meio de banhos, a febre héctica; de três em três horas, sem cessar, de dia e de noite, o doente receberá esses banhos, que, a partir do pé da banheira, devem ser lentamente refrigerados. Depois de cada banho, o médico mandará dar-lhe algo de fortificante e estimulante, conhaque ou também champanhe...

Porém, todos esses recursos se empregam totalmente a esmo, na esperança de que, por acaso, possam produzir algum efeito. Mas não se sabe se o seu uso não carece de todo valor e sentido. Pois existe *uma* coisa que o médico ignora; acerca de *um* problema, ele anda às escuras; *uma* alternativa lhe fica completamente incerta até a terceira semana, até a crise e a decisão. Não se sabe se a doença que chama de "tifo", nesse caso especial, representa apenas uma desgraça, insignificante no fundo, consequência desagradável de uma infecção que talvez tivesse sido evitável e se deve combater com os meios da ciência; ou se ela é simplesmente uma forma de dissolução, disfarce da própria morte que, do mesmo modo, poderia aparecer sob outra máscara, e contra a qual não há defesa.

Casos de tifo costumam decorrer da seguinte maneira: aos distantes sonhos febris, ao abandono ardente do enfermo chega o chamado da vida, em voz inconfundível e animadora. No caminho estranho e quente pelo qual ele passeia e que o conduz para a sombra, a frescura e a paz, o espírito será alcançado por essa voz dura e vigorosa. Escutando atentamente, o homem ouvirá esse brado claro, alegre e um pouco zombador que o exorta a voltar e regressar, brado que lhe vem de um país que deixara longe, para trás, e quase já esquecera. Se então se levantar nele como que uma percepção da sua covarde falta ao dever, envergonhando-o, criando nele energia renovada, coragem e alegria, amor e solidariedade para com o formigueiro cínico, variegado e brutal a que virou as costas, por mais longe que se tenha desviado no atalho estranho e quente, ele há de regressar e viver. Mas se se sobressaltar de medo e antipatia ao som da voz da vida que ouvir, essa recordação, esse som folgazão e provocador terá por resultado um meneio de cabeça e um gesto negativo do braço; ele se precipitará para diante no caminho que se lhe abriu para a fuga... e então, não há dúvida, terá de morrer.

4.

— Não está certo, Gerda, não está certo! — disse a velha srta. Weichbrodt pela centésima vez, em voz aflita e cheia de censura. Naquela noite, ela ocupava um lugar no sofá, na sala de estar da sua antiga discípula. Em torno da mesa central redonda, Gerda Buddenbrook, a sra. Permaneder, sua filha Erika, a pobre Klothilde e as três primas Buddenbrook da Breite Strasse formavam um círculo. As fitas verdes da touca caíam sobre os ombros infantis de Sesemi, que tinha de erguer um deles muito alto, para poder gesticular com o braço por cima da mesa. Tão minúscula se tornara ela, no decorrer de setenta e cinco anos!

— Não está certo, Gerda. Eu lhe digo que não acho isso bem-feito! — repetiu ela, trêmula e zelosa. — Encontro-me à beira do túmulo; só me resta um breve prazo, e você me quer... Você nos quer deixar; quer separar-se de nós, para sempre... mudar-se... Se se tratasse apenas de uma viagem, de uma visita a Amsterdam... Mas para sempre! — Sacudiu a cabeça de pássaro velho com os olhos castanhos, inteligentes e tristes. — É verdade que você perdeu muita coisa...

— Não, ela perdeu tudo! — disse a sra. Permaneder. — Não devemos ser egoístas, Therese. Gerda quer ir embora, e ela irá; não há remédio. Ela veio com Thomas, há vinte e um anos; e nós todos lhe quisemos bem, embora sempre lhe tivéssemos sido antipáticos... Sim, Gerda! é assim; não o negue! Mas Thomas já não existe, e... ninguém existe mais. Que somos nós para ela? Nada. A sua partida nos causa dor; mas vá com Deus, Gerda; agradeço-lhe não ter viajado antes, quando Thomas morreu...

Era depois do jantar, numa noite de outono. O pequeno Johann — Justus Johann Kaspar —, bem munido com as bênçãos do pastor

Pringsheim, repousava, havia seis meses, lá fora, à beira do bosque, sob a cruz de pedra lioz e o escudo da família. Diante da casa murmurava a chuva nas árvores meio desfolhadas da alameda. Por vezes, rajadas de vento a empurravam contra as vidraças. Todas as oito senhoras estavam vestidas de preto.

Era uma pequena reunião familiar, por causa da despedida, despedida de Gerda Buddenbrook, que estava a ponto de deixar a cidade e voltar para Amsterdam, a fim de tocar duos com o velho pai, como fazia antigamente. Já não a retinha obrigação nenhuma. A sra. Permaneder nada mais podia opor a essa resolução. Conformava-se com ela, ainda que, no íntimo, a tornasse profundamente infeliz. Se a viúva do senador tivesse permanecido na cidade, se tivesse continuado a manter o seu lugar e posição na sociedade e a deixar a fortuna onde estava, ter-se-ia conservado um pouco de prestígio para o nome da família... Seja como for, Antonie estava disposta a erguer a cabeça enquanto vivesse e homens a olhassem. O seu avô viajara numa carruagem de duas parelhas...

Não obstante a vida agitada que jazia atrás dela, e apesar da fraqueza do seu estômago, Tony não traía os cinquenta anos. A tez se tornara um tanto veludosa e baça, e no lábio superior — o bonito lábio superior de Tony Buddenbrook — o buço crescia mais copiosamente. Mas no topete liso, por baixo da touquinha de luto, não se via um único fio branco.

A sua prima, a pobre Klothilde, suportava com indiferença e brandura a partida de Gerda, assim como se devem suportar todas as vicissitudes deste mundo. Havia pouco, durante o jantar, silenciosa e valentemente, fizera honra aos pratos, e agora estava ali sentada, cinzenta e magrinha como sempre, arrastando palavras amáveis.

Erika Weinschenk, que, então, tinha trinta e um anos, igualmente não era quem se exaltasse por causa da despedida da tia. Passara por experiências mais duras e cedo adotara uma natureza resignada. Nos seus olhos azuis e cansados — olhos do sr. Grünlich — lia-se a conformidade com uma vida fracassada; e a voz impassível, um tanto queixosa, às vezes manifestava o mesmo sentimento.

As fisionomias das três primas Buddenbrook, filhas de tio Gotthold, estavam, como de costume, cheias de melindre e crítica. Friederike e Henriette, as irmãs mais velhas, haviam se tornado, no decurso dos anos, cada vez mais macilentas e agressivas, enquanto Pfiffi, a caçula, de cinquenta e três anos, parecia por demais baixinha e corpulenta...

A velha consulesa Kröger, viúva de tio Justus, também tinha sido convidada. Mas achava-se indisposta e, possivelmente, não possuía vestido apresentável; não se sabia.

Falavam da viagem de Gerda, do trem que tomaria e da venda da vila e dos imóveis, de que o corretor Gosch se encarregara. Pois Gerda não levaria nada consigo, e iria como viera.

Depois, a sra. Permaneder pôs-se a falar sobre a vida, considerando-a do seu lado mais importante e fazendo observações acerca do passado e do futuro, embora a respeito do futuro nada se pudesse dizer.

— Sim! Quanto a mim, quando eu estiver morta, Erika pode também mudar-se — disse ela. — Mas eu não aguento nenhum outro lugar. E, enquanto eu viver, vamos amparar-nos mutuamente, nós, as poucas pessoas que sobram... Uma vez por semana, vocês virão jantar comigo... E então leremos os documentos da família... — Apontou para a pasta que se achava na mesa, diante dela. — Sim, Gerda; eu ficarei com eles. Muito obrigada! Está combinado... Ouviu, Thilda?... Se bem que, agora, você pudesse convidar-nos tão bem como eu; pois, no fundo, não anda pior do que nós. Pois é; assim é a vida. A gente se afadiga, faz esforços e luta... E você ficou sentada, aguardando tudo com paciência... E, todavia, você é um camelo, Thilda; não me leve a mal...

— Mas Tony! — disse Klothilde com um sorriso.

— Lastimo não me poder despedir de Christian — disse Gerda, e assim a conversa chegou a ocupar-se dele. Havia pouca esperança de que, um dia, ele saísse do hospício onde se encontrava encerrado. Decerto, o seu caso não era tão sério que ele não pudesse movimentar-se em liberdade. Mas a esposa gostava por demais da situação atual; como a sra. Permaneder afirmava, estava em conluio com o médico, de modo que Christian, provavelmente, terminaria os dias no sanatório.

A isso se fez uma pausa. Baixinho, hesitantemente, a palestra voltou aos acontecimentos recentes. Quando se mencionou o nome do pequeno Johann, originou-se novo silêncio na sala. Ouvia-se apenas o murmúrio mais forte da chuva, diante da casa.

Uma espécie de segredo pesado pairava sobre a derradeira doença de Hanno, que se passara de modo extremamente terrível. Não se olhavam entre si, enquanto falavam dela, em voz abafada, com alusões e meias palavras. Então relembraram aquele último episódio... a visita desse condezinho esfarrapado que, quase com violência, abrira caminho para o quarto do doente... Hanno havia sorrido ao ouvir-lhe a voz, embora, além dele, já não reconhecesse ninguém. Sem cessar, Kai lhe beijara ambas as mãos.

— Beijou-lhe as mãos? — perguntaram as primas Buddenbrook.
— Sim. Muitas vezes.
Todas ficaram algum tempo meditando a esse respeito.
De súbito, a sra. Permaneder rebentou em pranto.
— Amei-o tanto... — soluçou ela. — Vocês não têm ideia de quanto o amei... Mais do que vocês todas... Sim, Gerda, desculpe-me; você é a mãe... Ah, ele foi um anjo...
— Agora é que ele é um anjo — corrigiu Sesemi.
— Hanno, pequeno Hanno — prosseguiu a sra. Permaneder, e as lágrimas corriam-lhe sobre a pele veludosa e baça das faces... — Tom, papai, o avô, e todos os outros! Para onde foram eles? Nunca mais os veremos. Ai, tudo é tão duro e tão triste!
— Havemos de reencontrá-los — disse Friederike Buddenbrook, enquanto juntava as mãos firmemente no colo. Baixou os olhos, furando o ar com o nariz.
— Pois é. Assim dizem... Ah, Friederike, existem horas em que isto não consola, valha-me Deus! Horas em que a gente duvida da justiça, da bondade... de tudo. A vida, sabem, quebra muita coisa em nós e destrói muitas crenças... Um reencontro... Oxalá seja verdade...
Nesse momento, porém, Sesemi Weichbrodt levantou-se junto à mesa tão alto quanto pôde. Pôs-se nas pontas dos pés; esticou o pescoço; deu palmadinhas na tábua. A touca tremia-lhe sobre a cabeça.
— É verdade! — disse ela com todo o vigor de que dispunha, fitando as demais com olhar desafiador.
Erguia-se ali, vencedora na boa luta que durante toda a vida travara contra as dúvidas da sua razão professoral; erguia-se, corcunda, minúscula e trêmula de convicção, pequena profetisa, vingadora e entusiasta.

POSFÁCIO
Os Buddenbrook — Popular e subestimado

Helmut Galle*

Em 1900, ao terminar *Os Buddenbrook*, Thomas Mann contava apenas 25 anos de idade. Seu primeiro romance consagrou a fama do jovem escritor, concedeu-lhe o prêmio Nobel em 1929 e é, até hoje, seu livro mais popular, particularmente na Alemanha, com vendas de mais de 5 milhões de exemplares, quatro adaptações para o cinema e traduções em 42 línguas. Quando Herbert Caro começou a traduzir a obra do autor para a Livraria do Globo, no início dos anos 1940, ele sugeriu que o primeiro volume fosse este, e não *A montanha mágica*.** Ainda que setores da crítica literária, medindo o livro nos padrões da narrativa vanguardista do século xx, pareçam colocar mais ênfase em *A montanha mágica* e no *Doutor Fausto*, *Os Buddenbrook* foi objeto de inúmeros artigos, monografias e manuais de pesquisa que documentam sua relevância e atualidade. A edição comentada alemã de 2002, realizada por Eckhard Heftrich, na qual se baseia esta revisão da tradução de Herbert Caro, reúne em mais de setecentas páginas as anotações do autor, suas fontes, ensaios sobre origem e recepção, comentários detalhados e um registro da fortuna crítica. No que se segue serão abordados o processo da criação e alguns aspectos debatidos pela crítica.

---

* Helmut Galle é livre-docente em literatura alemã e professor de língua e literatura alemã na Universidade de São Paulo.
** Caro comenta isso numa carta de 14 de outubro de 1941, traduzida no livro de Karl-Joseph Kuschel et al., *Terra Mátria: A família de Thomas Mann e o Brasil*. Rio de Janeiro: Civilização Brasileira, 2013. O original da carta encontra-se em fac-símile na revista *Contingentia*, v. 2, pp. 70-3, 2 maio 2007.

O PROCESSO DA CRIAÇÃO

Em 1897, o editor Samuel Fischer escreveu uma carta ao jovem escritor — até então quase incógnito — na qual se declarou prestes a publicar um volume de novelas e o encorajou a enviar "uma obra de prosa maior, talvez um romance, mesmo que não seja muito extenso".* Mann aceitou com prazer, particularmente porque tinha concebido havia alguns meses uma "novela de rapaz" (*Knabennovelle*), que considerou passível de ser desdobrada para um formato maior; esta iria ser a parte final do romance sobre Hanno, o último rebento da dinastia Buddenbrook. Mann tinha certeza de que o material do romance só podia ser a história da sua própria família, uma estirpe de comerciantes de Lübeck, cidade cuja riqueza remontava à Idade Média, quando surgiu como capital da Liga Hanseática, uma rede de mercadores que se estendeu de Londres a Novgorod. Muito cedo Mann também já devia ter decidido o tema principal de seu livro, porque o primeiro título, comunicado numa carta, era *Abwärts* [Decaindo]. Ainda que o material autobiográfico e a memória familiar garantissem, de certa maneira, a trama e o tema, o jovem teve grande respeito pela extensão de um romance, que exigiu uma composição mais complexa e um pano de fundo mais denso do que uma novela. Sentindo a necessidade de apoiar seu trabalho em uma base de dados maior, buscou ampliar seus conhecimentos através de pesquisas abrangentes tanto sobre as biografias dos seus parentes quanto sobre a cidade natal e os assuntos do comércio. Entre os documentos usados, encontra-se uma crônica da família Mann anotada inicialmente numa Bíblia hereditária a partir de 1644. As anotações e os documentos cobrem 250 anos, terminando com o testamento e a morte de seu pai, o senador Thomas Johann Heinrich Mann, no ano de 1891.

Durante o trabalho no texto, esse material foi concentrado em uma trama de quatro décadas (1835-77) e em quatro gerações: o paulatino declínio econômico da casa Buddenbrook, começando no seu auge e terminando com a morte prematura do último herdeiro. A história da família Mann se convertera, nas mãos do autor, numa narrativa realista e, ao mesmo tempo, simbólica, de dimensões épicas — que ele mesmo chamou, anos depois, de "um pedaço da história da alma da

---

* Thomas Mann, *Große kommentierte Frankfurter Ausgabe*. Vol 1.2 *Buddenbrooks. Verfall einer Familie*. Kommentar von Eckhard Heftrich und Stephan Stachorski unter Mitarbeit von Herbert Lehnert. Frankfurt: Fischer, 2002, p. 10. (Daqui por diante, GKFA 1.2)

burguesia europeia".* O tamanho do manuscrito concluído assustou, de fato, seu editor, que sugeriu cortar mais que a metade do texto, levando em consideração questões comerciais e a capacidade reduzida dos leitores em tempos modernos — a literatura do final do século XIX foi marcada, com efeito, por formas mais breves. Samuel Fischer temia que o romance de mil páginas distribuídas em dois volumes e escrito por um autor praticamente desconhecido fosse um fracasso nas livrarias, tanto mais porque o livro de novelas tinha vendido apenas 403 exemplares de uma tiragem de 2 mil. É notável que Thomas Mann tenha tido a coragem e a autoconfiança de desafiar o grande Samuel Fischer, naquele momento um homem experimentado e exitoso, cuja empresa editava, desde a fundação recente em 1886, tudo que era vanguarda europeia: de Ibsen, Tolstói e Zola a Schnitzler, Hauptmann e Hofmannsthal. Recusando-se vigorosamente a fazer qualquer corte, Mann conseguiu, no final, impor-se contra as objeções do parecerista Moritz Heimann, que se queixava de que "o sócio-histórico, na sua essência não poético, apesar de receber o espaço legítimo numa obra como a presente [...], era às vezes tratado demasiadamente como natureza-morta, ou seja: era descrito".** Heimann contestava não somente o narrador que se estendia desnecessariamente em detalhes, como também as deficiências na assimilação desses elementos na prosa literária, o que resultava num estilo semelhante ao da escrita historiográfica. Voltaremos a essa crítica adiante.

As descrições minuciosas, evidentes já nas primeiras páginas, em que o narrador se detém nos detalhes do traje de cada um dos personagens, poderiam ser consideradas um tributo atrasado ao naturalismo que dominava as décadas que precederam a redação do romance. De fato, *Os Buddenbrook*, designado pelo próprio autor como "talvez o primeiro e único romance naturalista da Alemanha",*** figura como obra de transição entre o realismo do século XIX e as revoluções da literatura moderna. Já o gênero da saga familiar e o uso do nome como título evocam associações com o ciclo *Les Rougon-Macquart*, de Émile Zola; Thomas Mann, porém, negou ter conhecimento da obra do francês quando escrevia seu romance — o que é difícil de crer diante da importância de

---

* Thomas Mann, *Gesammelte Werke. Bd. 11: Reden und Aufsätze 3*. Frankfurt: Fischer, 1974, p. 383. (Daqui por diante, GW 11)
** GKFA 1.2, p. 683.
*** Thomas Mann, *Gesammelte Werke in 13 Bänden. Bd. 12: Betrachtungen eines Unpolitischen*. Frankfurt: Fischer, 1974, p. 89. (Daqui por diante, GW 12)

Zola na época. Mais provável é que Mann — então ainda "apolítico" — quisesse evitar que sua imagem pública fosse associada ao homem cuja obra estava sendo ofuscada, naquele momento, pelo comprometimento político com a denúncia do antissemitismo no processo Dreyfus. O que Mann admitiu, no entanto, foi a impressão que um outro romance de família de linhagem francesa, o *Renée Mauperin*, dos Irmãos Goncourt, tinha exercido sobre ele. A "elegância e clareza" dos capítulos curtos, que ele admirava, lhe pareceram uma estrutura viável para seu romance extenso.* Outros modelos que o autor indicou posteriormente foram os noruegueses Alexander Kielland e Jonas Lie, famosos na segunda metade do século XIX por seus romances ambientados no comércio de cidades nórdicas. Enquanto certos paralelos entre personagens da novela *En Malstrøm* (1884), de Lie, foram comprovados pela crítica,** outras referências sugeridas por Mann como Ibsen, Fontane e Tolstói parecem ser motivadas pelo desejo de marcar um nível literário no qual ele quis se inscrever, conforme sustenta Thomas Sprecher.*** Os nomes têm em comum a pertinência a uma ampla corrente europeia de literatura realista e suas transformações naturalistas das últimas décadas.

O determinismo biológico que prevalece sobre o destino dos indivíduos e da família, conduzindo-os a uma decadência incontornável, também pode ser visto como elemento dessa herança naturalista, assim como as já mencionadas descrições e o uso de diversas línguas e dialetos nos diálogos, que, contudo, não se reduzem a meros signos do real de um ambiente sócio-histórico. Assim, a mistura do baixo alemão**** com o

---

* GKFA 1.2, p. 13.
** GKFA 1.2, pp. 30, 269.
*** Thomas Sprecher, "Strategien der Ruhmesverwaltung. Skizzen zu Thesen". In: ANSEL, M.; FRIEDRICH, H.-E.; LAUER, G. (Orgs.). *Die Erfindung des Schriftstellers Thomas Mann*. Berlim; Nova York: Walter de Gruyter, 2009, p. 38.
**** Diante da falta de dialetos do português, Herbert Caro se viu obrigado a não transpor esse aspecto onipresente no romance: Mann utiliza o baixo alemão, o dialeto da própria cidade de Lübeck, da Baviária, da Prússia Oriental, além do francês, do inglês e até do polonês numa transcrição fonética distorcida (VI, 4: "Meiboschekochane" = "Mój Boze Kochanie": "meu Deus, amor"). No caso das frases iniciais, o tradutor tentou compensar o problema pela expressão antiquada "com a breca", que pode também destacar que o falante pertence a uma época desvanecida. Sobre os dialetos e sua função para a caracterização de estatuto social, geração e individualidade, ver Ernest M. Wolf, "Scheidung und Mischung: Sprache und Gesellschaft in Thomas Manns *Buddenbrooks*". *Orbis Litterarum*, v. 38, 1983, pp. 235-53.
Na carta mencionada de Herbert Caro a Thomas Mann, de 14 de outubro de 1941, Caro fala do problema de traduzir o dialeto, particularmente no caso do bávaro Permaneder. Numa carta anterior ele já teria pedido informações sobre o procedimento de outros tradutores, particularmente em línguas românicas. "Nesse ínterim", ele escreve, "eu acredito ter chegado a um resultado satisfatório por meio do uso da cor local do português." (apud Karl-Joseph Kuschel, op. cit., p. 280)

francês nas primeiras frases caracteriza o espírito do patriarca Johann Buddenbrook — no original "M. Johann Buddenbrook", ou seja, "Monsieur", em consonância com sua preferência pela cultura e língua francesas — um espírito manifestado ainda no traje, no "rabicho" empoado e em sua aversão à religião. Os detalhes evocam, além de uma aparência física, uma pessoa típica de certa época, região e camada burguesa. No livro inteiro, as nuances no uso dos diferentes dialetos e dos registros do alto alemão localizam os personagens e as situações num mapa altamente diferenciado de distinções sociais, geracionais, individuais e temperamentais, revelando suas pretensões vazias, hipocrisias e tolices. O conjunto das partes descritivas converte os membros da família Buddenbrook, seus domésticos, trabalhadores, concorrentes e demais personagens em representantes de uma época histórica da Alemanha, e o livro, no primeiro panorama literário da sociedade alemã — uma lacuna evidente do realismo poético das décadas anteriores, no contraste com a literatura inglesa e francesa. Ao mesmo tempo, os detalhes descritivos se juntam para formar uma rede simbólica que vai além da representação fiel de superfícies visuais, própria ao naturalismo, e participam de um tecido que garante a unidade da composição épica.

Outros componentes desse tecido, muitas vezes relacionados às descrições, são os leitmotiven. Mann nunca escondeu a admiração que nutria pelo compositor Wagner e a força embriagante da sua música adquire um papel explícito na parte final do romance, em que Hanno se entrega completamente ao *Lohengrin*, "com seus encantos e consagrações, com os seus secretos arrepios e estremecimentos, com os seus soluços repentinos e íntimos e com toda a sua embriaguez extática e insaciável [...]".* É a música de *Tristão e Isolda* à qual Pfühl se recusa inicialmente por causa de sua "perversidade", mas depois se deixa seduzir por Gerda e tanto ele quanto ela e, finalmente, Hanno tocam harmonias inauditas inspiradas nessa ópera que é a mais avançada do compositor. Semelhanças e alusões à tetralogia *O anel do Nibelungo* há várias: o motivo principal do declínio de uma dinastia, o começo da trama com a celebração da nova casa, os adversários com traços sinistros — a família dos concorrentes vitoriosos se chama "Hagenström" (e Hagen é o expoente das forças "escuras" no *Anel*) e, talvez, até a intrepidez do pequeno Kai deva remeter a Siegfried, como comenta Heftrich.** Para

---

* Ver, nesta edição, p. 634.
** GKFA 1.2, p. 363.

Thomas Mann, a paradoxal ordem da produção, cronologicamente inversa, do final para o começo, também podia ser equiparada com o *Anel*: a morte de Siegfried e a de Hanno Buddenbrook correspondem aos núcleos iniciais para o desenvolvimento dos épicos. Mas o autor fez questão, sobretudo, de aplicar à narrativa a técnica composicional de Wagner, o leitmotiv. Isso nem era uma novidade absoluta: o motivo recorrente é um recurso estilístico específico desde a Antiguidade (o epíteto de Homero) e o leitmotiv no sentido mais estrito — a repetição de uma certa palavra ou de um sintagma — encontra-se também em Ibsen, Kielland e outros autores da época.* Para Mann, porém, esse recurso — junto com a ironia — iria ser o elemento distintivo que ele cultivaria em toda sua obra. O apetite constante da pobre Klothilde, o estalido dos beijos da Sesemi Weichbrodt e os achaques de Christian, além de hilários, são elementos que criam unidade por meio do estilo numa obra imensa em que a ação em si e os personagens são, no fundo, contingentes e incoerentes. Motivos menos periféricos e mais significativos no romance são o próprio casarão, a crônica familiar, o saldo da empresa e recorrentes traços físicos (os dentes) nos quais se manifesta o declínio. Posteriormente, o autor veio a considerar o manuseio do leitmotiv no primeiro romance ainda um pouco mecânico, comparado com o restante de sua obra a partir de *Tonio Kröger*, mas mesmo se esse for o caso, os leitmotiven em *Os Buddenbrook* cumprem perfeitamente sua função e contribuem para o prazer estético do leitor.

Aos dezenove anos, Thomas Mann havia lido *O nascimento da tragédia*, obra na qual Nietzsche ainda professava a crença na capacidade do seu amigo Wagner de restituir a atitude trágica dos gregos mediante a música dionisíaca do *Gesamtkunstwerk*. Wagner e Nietzsche — e pela intermediação de Nietzsche, Schopenhauer — continuariam a ser estrelas norteadoras de seu pensamento e suas preferências estéticas por toda vida. Em *Os Buddenbrook* é antes Schopenhauer que transparece, com sua visão pessimista da eterna vontade cega que move o mundo e o ser humano, causando sofrimento. No capítulo 5 da décima parte, Thomas Buddenbrook, decepcionado pela esposa fria, vivencia quase uma epifania na leitura da "segunda parte de um célebre sistema metafísico", que pode ser reconhecido facilmente como a obra principal

---

* Marx, Leonie "Thomas Mann und die skandinavischen Literaturen". In: KOOPMANN, H. (Org.). *Thomas-Mann-Handbuch*. Frankfurt Fisher, 2005, p. 184.

de Schopenhauer.* Não é apenas Thomas Buddenbrook que encontra consolo na ideia de continuação da vida além da existência individual, pois o leitor também consegue compensar afetivamente o desenlace infeliz do destino da família Buddenbrook, a angustiante internação de Christian e as mortes repugnantes, primeiro de Thomas e depois do seu filho, porque os acontecimentos se vinculam a uma filosofia influente e real fora do mundo do romance, que dá respaldo a uma interpretação positiva do desenvolvimento aparentemente negativo. O mesmo acontece com a sensibilidade musical de Hanno, que corresponde àquela decadência que Nietzsche, em seus anos mais maduros, percebeu na obra de Wagner. Porque o outro lado da doença e da falta de vontade vital é o vasto mundo de sensações refinadas que lhe abre a música — uma música cujo poder o leitor podia e pode experimentar em qualquer momento na sua realidade. De acordo com alguns críticos, a sequência das gerações, na sua vida intelectual, corresponde ao modelo das etapas da consciência de Schopenhauer: ingenuidade (Johann), religiosidade (Jean), filosofia (Thomas) e arte (Hanno).** Mas a veia realista do autor prevalece também neste aspecto: a epifania filosófica e a embriaguez lírica ocupam lugares destacados, prazerosos, mas eles não têm a última palavra. Os protagonistas morrem em condições pouco edificantes e nada sóbrias, e o que resta são as mulheres com seus diálogos patéticos.

Nesse sentido, *Os Buddenbrook* permanece mais fiel a Schopenhauer e a Wagner do que ao Nietzsche tardio que propagou uma saída da decadência civilizatória da burguesia. Personagens que encarnam essa visão não são nem os Buddenbrook nem os vitoriosos Hagenström, que, apesar da sua atual prosperidade, somente repetem o ciclo eterno de ascensão e queda das famílias. Quem se aproxima da ideia do novo homem, livre de considerações éticas e obrigações sociais, é talvez o pequeno Kai, uma figura secundária que é a mais próxima de Hanno e ao mesmo tempo seu oposto. Pela criatividade e a capacidade de superar a esfera da sua origem, ele pode inclusive ser visto como mais uma máscara do autor, cuja experiência autobiográfica se espelha também em Thomas e Christian, mas sobretudo em Hanno.

---

* Ver, nesta edição, p. 590.
** Fotis Jannidis, "'Unser moderner Dichter' — Thomas Manns *Buddenbrooks. Verfall einer Familie* (1901)". In: LUSERKE-JAQUI, M. (Org.). *Deutschsprachige Romane der klassischen Moderne*. Berlim; Nova York: Walter de Gruyter, 2008, p. 56.

ECONOMIA E FAMÍLIA

Nos numerosos esboços e esquemas que prepararam e acompanharam a redação do romance encontram-se quadros comparativos com a idade exata dos protagonistas, plantas da casa, excertos de enciclopédias, listas de perguntas sobre fatos históricos, além de cômputos sobre ingressos, pagamentos e saldos que dizem respeito à situação financeira dos Buddenbrook. A economia, as posses quantificadas da empresa são, sem dúvida, um dos temas centrais do romance. O casarão inaugurado na primeira parte do romance simboliza fisicamente o lugar que a família ocupa na sociedade, no caso, o segmento superior da burguesia da cidade que ao mesmo tempo se apresenta como Estado ("república") quase autônomo — Lübeck perdeu seu estatuto de Cidade Imperial Livre somente em 1937. Mas a base dessa posição é a propriedade em forma de bens imóveis, de capital e do crédito que o empresário recebe dos seus pares. Se o romance conta, por um lado, as biografias e peripécias dos protagonistas — em primeiro lugar da terceira geração: Antonie, Thomas, Christian e Clara —, é, por outro lado, a história da empresa que forma a trama. O fim da casa Buddenbrook coincide com a morte do seu chefe, Thomas, e do seu herdeiro masculino, Johann. Paralelamente ao declínio da vitalidade dos integrantes da família, ocorre a diminuição do lucro e da riqueza. Com efeito, ambos parecem indissociavelmente conjugados.

A primeira parte do livro mostra todos reunidos para celebrar a inauguração da casa: familiares imediatos, amigos e afins. Essa situação social será substituída, nas últimas duas partes, por extensas cenas nas quais os indivíduos estão sozinhos com suas ocupações solitárias: Thomas em sua leitura e seus pensamentos, Hanno na solidão da escola e do seu quarto. É uma história de crescente isolamento, introversão e de "separações", como observa Scherpe.*** Essa solidão contrasta com o fato de eles dedicarem sua vida à ideia coletiva da empresa familiar, em nome da qual sacrificam sua felicidade individual. Johann, o velho, e o cônsul Jean se casaram com mulheres que não amavam por causa da empresa, mas eles não foram infelizes por isso. Thomas também sabe renunciar à moça amada porque ela não tem o dinheiro, nem o status social necessários para ser sua esposa. Já Tony passa por uma fase de rebeldia até que aceita casar-se com um homem repugnante, somente

---

*** Klaus R. Scherpe, "100 Jahre Weltanschauung, was noch? Thomas Manns 'Buddenbrooks' noch einmal gelesen". *Weimarer Beitrräge*, v. 49, n. 4, 2003, p. 583.

porque o pai considera que a contabilidade dele é impecável. Christian é o único da terceira geração que se subtrai resolutamente ao trabalho e aos bons costumes, e apenas se resigna a trabalhar quando é forçado pelo pai e pelo irmão. Mas ele também não chega mais perto de satisfazer seus desejos: internado num manicômio pela própria mulher, com a qual finalmente pôde se casar, termina privado até do exercício mínimo do livre-arbítrio. O pequeno Hanno, de fato, se recusa ao trabalho e à responsabilidade, sentindo o sofrimento do pai. Ele vive, por um breve tempo, as delícias da música, que são, no simbolismo do romance, somente um antegosto da dissolução na morte.

Como se vê, os esforços dos membros da família Buddenbrook não servem para a felicidade individual — eles se dirigem ao aumento e à continuação da empresa como um fim em si. É certo que a riqueza, os privilégios e o respeito dos cidadãos de Lübeck lhes dão uma certa satisfação. Mas, na realidade, esses benefícios não são os objetivos em nome dos quais eles se submetem às privações do prazer. Thomas Buddenbrook se resigna a essa vida porque se sente obrigado a isso de forma quase natural. O livro de Max Weber sobre a *Ética protestante e o espírito do capitalismo* foi publicado alguns anos após *Os Buddenbrook* (1904-5), mas já foi observado várias vezes que o personagem incorpora perfeitamente o tipo descrito pelo sociólogo.* Thomas vive para o trabalho, e não o contrário, e realiza assim o ideal protestante da ascese dentro do mundo.**

Por outro lado, toda a abdicação dos protagonistas não leva sequer ao sucesso mercantil, o que contradiz, de certa maneira, a lógica do capitalismo. Por essa razão, vários críticos procuraram pelas causas do declínio da família na história econômica. Como Kinder constata, os anos entre 1840 e 1871 correspondem à fase acelerada da industrialização da Alemanha, ou seja, o período da trama coincide quase por completo com o processo da dinamização da economia, que apostava cada vez mais em negócios financiados por créditos.*** Empreendimentos arriscados começaram a ser procurados na medida em que se podia calcular e manipular o risco mediante intervenções no mercado. Assim, chegou-se à conclusão de que nem o jovem chefe Thomas consegue adaptar-se às novas condições e, por isso, a casa Buddenbrook não cresce, mas fica atrás da companhia dos Hagenström. Numa só ocasião, Thomas Buddenbrook faz um negócio

---

* Anna Kinder, *Geldströme: Ökonomie im Romanwerk Thomas Manns*. Berlim: Walter de Gruyter, 2013, p. 18.
** Franco Moretti lembra que Weber ficou impressionado com a descrição do romance. Ver: Franco Moretti, *O burguês: Entre história e literatura*. Trad. de A. Morales. São Paulo: Três Estrelas, 2014, p. 25.
*** Anna Kinder, op. cit., p. 30.

especulativo e um pouco duvidoso: ele compra a colheita de Pöppenrade "em pé", ou seja, antes da colheita efetiva e por um preço muito abaixo daquilo que o trigo custaria quando seria ceifado de fato. Mas neste caso não se trata, como observou Jochen Vogt, de um novo tipo de negócio especulativo como surgiram na segunda metade do século, mas sim de uma prática tradicional; o risco não depende do mercado mas do tempo incalculável que — fatalmente — leva ao fracasso da transação.*

Os outros infortúnios econômicos, porém, geralmente dependem da falência de companhias nas quais a casa Buddenbrook teve participações e de uma estratégia infeliz de distribuir maiores quantias como heranças e dotes. Mas tudo isso deve acontecer também na casa dos Hagenström e, para o leitor, não fica claro quais são os mecanismos econômicos que causam a ruína. Nas palavras de Peter von Matt:

> Pois, quando nos recusamos à magia desta voz narradora e avaliamos sobriamente como acontece o fracasso econômico de Thomas Buddenbrook em detalhe, descobrimos que isso é muito mais asseverado do que comprovado e evidenciado. [...] Devemos acreditar que a companhia está piorando, assim como devemos acreditar que a concorrência da família Hagenström está prosperando imensamente, só porque seu chefe tem uma condição biológica diferente, não é um homem esbelto, sensível como Thomas Buddenbrook, mas uma massa gorda de homem que gera vários filhos brigões e apresenta um crânio enorme e barbeado. Mas, porque é contado de forma tão arrebatadora, acreditamos com prazer.**

De fato, não convence muito que os Hagenström pertençam a um novo tipo de empresário, menos escrupuloso, o tipo do *bourgeois*, enquanto os Buddenbrook ainda representam um ideal humano de cidadão consciente e sensato. Pela lógica do próprio livro, é muito mais um processo cíclico, no qual uma família nova sobe, chega a seu auge, se esgota e desvanece. Essa lógica é comentada já na primeira parte, no exemplo dos Ratenkamp, que fracassaram como agora os Buddenbrook e — isso é de supor — os Hagenström irão fracassar no futuro quando a vitalidade dos seus genes se esvair.

Ainda que o ciclo de ascensão e declínio econômico obedeça, de acordo com a narrativa, a uma lei biológica, diante da qual todas as

---

* Jochen Vogt apud ibid., p. 38.
** Peter von Matt, "Der Chef in der Krise". In: Sinnstifter 2005. Ausgewählte Texte. Edition Stifterverband, 2005, p. 22. Disponível em: <www.stifterverband.info/publikationen_und_podcasts/edition_stifterverband/sinnstifter/sinnstifter_2005.pdf>. Acesso em: 3 fev. 2016.

famílias são iguais, os Hagenström têm algumas características distintivas. Enquanto o cabelo copioso de Tony é loiro, sua companheira Julinha Hagenström tem "grandes olhos negros", a mãe tem "cabelos pretos, extraordinariamente espessos", e o irmão Hermann apresenta um "nariz achatado [que] cobria um tanto do lábio superior". Esses traços físicos foram registrados como estereótipos judaicos, que se associam com o fato de Hagenström ser um novo-rico vinculado, através do casamento, a uma casa de exportação em Frankfurt, naquele momento o centro do novo capital especulativo do qual a casa Rothschild se tornou emblemática. Nos planos iniciais, a esposa de Hagenström deveria conservar o nome Kohn, em vez de Semlinger.* Ou seja: para o público da época ficava mais ou menos evidente que a concorrência dos Buddenbrook é, parcialmente, judia. O sentimento antissemita — sempre presente nas entrelinhas no repúdio de Tony a Hermann e Julinha — fica mais claro na oitava parte, quando se trata do negócio especulativo da colheita de Pöppenrade. Para Thomas, se aproveitar da urgência do fazendeiro seria pouco ético, e ele associa a prática sugerida por Tony ao estado de Hesse, "onde grande parte dos camponeses se encontra na mão dos judeus [...] Deus sabe quem será o usurário que há de apanhar o pobre sr. von Maiboom".** Retomando a relação do nome Hagenström com *O anel do Nibelungo*, onde Hagen é filho do anão ganancioso Alberich e adversário de Siegfried, fica claro que os Hagenström correspondem a um *frame* que evoca ressentimento antissemita.

Sobre a questão se Thomas e Heinrich Mann, em sua juventude, poderiam ter compartilhado uma atitude antissemita geral, Golo Mann, filho de Thomas e historiador, respondeu numa carta de 1981: "Como jovens patrícios provincianos poderiam, nos anos 1890, não ser antissemitas?".*** Com efeito, a imagem dos judeus como causa do capitalismo moderno circulava e era elemento — muito mais explícito — do romance *Soll und Haben* [Débito e crédito] (1855), de Gustav Freytag. No livro, os judeus Veitel Itzig e Hirsch Ehrenthal representam um tipo de

---

* GKFA I.2, p. 157.
** Ver, nesta edição, p. 420.
*** Numa carta a Marcel Reich-Ranicki (Viola Roggenkamp, "'Tom, ich bin eine Gans' Tony Buddenbrook — die Entwertung vitaler Weiblichkeit". In: GUTJAHR, O. (Org.). *Buddenbrooks von und nach Thomas Mann: Generation und Geld in John von Düffels Bühnenfassung und Stephan Kimmigs Inszenierung am Thalia-Theater Hamburg*. Würzburg: Königshausen und Neumann, 2006, p. 128). Sobre motivos tendencialmente antissemitas na obra de Thomas Mann, ver, sobretudo, Yahya A. Elsaghe, *Die imaginäre Nation: Thomas Mann und das "Deutsche"*. München: W. Fink, 2000 e, do mesmo autor, "Lübeck versus Berlin in Thomas Manns *Buddenbrooks*". *Monatshefte*, v. 106, n. 1, 2014, pp. 17-36.

economia imoral e destruidora que contrasta com a atitude correta e tradicional dos comerciantes alemães. N'*Os Buddenbrook*, a caracterização da família Hagenström é mais sutil, mas Mann não evita o esquematismo antissemita que volta, muito mais evidente, na novela *Wälsungenblut* [Sangue dos Volsungos] (1906) e se repete em vários outros personagens. Ainda que Thomas Mann tenha se autodeclarado filossemita, fosse casado com a judia Katia Pringsheim e, a partir do final da Primeira Guerra, tenha se tornado um defensor público dos judeus contra os ataques nazistas, certos aspectos da sua obra ficcional continuam ambíguos.

O declínio da família Buddenbrook, porém, nem precisava da colaboração de malfeitores judeus. Os sinais do crescente esgotamento das forças vitais são motivação suficiente e parecem uma lei natural. A construção ficcional mostrou-se tão eficiente que deu origem à "síndrome Buddenbrook", um conceito da teoria econômica para descrever a incapacidade de empresas familiares de sobreviver a mais que três gerações. "O efeito Buddenbrook", explica Ghanbari, "denota um modelo de três fases: fundação, consolidação e, finalmente, decadência. Cada fase corresponde a uma geração."* Para o autor, no entanto, isso não constitui uma lei absoluta mas pode ser evitado por uma estratégia prudente de casamentos e a "adoção" de sogros. O problema da família Buddenbrook, então, é uma política errada: se os patriarcas pensassem mais no *oikos*, casando suas filhas com homens aptos a serem integrados na empresa, poderiam chegar a uma estabilidade igual às sociedades anônimas que começam a suplantar as empresas tradicionais no final do século XIX. Ou seja: a casa Buddenbrook não fracassa porque os casamentos são arranjados, mas porque não são suficientemente arranjados.

De qualquer forma, as informações sobre a atuação comercial dos Buddenbrook que o romance fornece não servem para um entendimento mais profundo dos mecanismos da economia, embora Thomas Mann tenha frequentado, durante um semestre, as preleções de Max Haushofer, reconhecido professor de economia nacional. As notícias sobre falências de parceiros e os balanços do capital cada vez mais reduzido são, em primeiro lugar, sinais narrativos para um processo inerente e inevitável da história familiar que está no primeiro plano.

---

* Nacim Ghanbari, *Das Haus: Eine deutsche Literaturgeschichte 1850-1926*. Berlim: Walter de Gruyter, 2011, p. 72.

REALISMO, NARRAÇÃO, HUMOR, IRONIA, MODERNIDADE

Seria difícil resumir a ação do romance. Uma síntese se reduziria à mera ideia do declínio ou se perderia nas contingências de vidas pouco significativas e atos pouco espetaculares. O empenho do realismo em apresentar o mundo contemporâneo de forma verista tem um preço: os personagens se tornam tão triviais e chatos como seus modelos. Nenhum dos protagonistas se destaca por um caráter excepcional ou uma subjetividade mais do que banal e medíocre. Mesmo Tony, a figura que talvez atraia a simpatia dos leitores mais do que qualquer outra, tem qualidades pouco virtuosas: ela é presunçosa, ingênua, até meio parva, e as zombarias que ela faz com as pessoas à margem da sociedade de Lübeck são criticadas pelo narrador, ainda que em tom meio irônico.

Se o romance conquistou um público grande e constante, isso não se deve ao interesse provocado pela fábula, mas pelas propriedades do discurso. Trata-se do fenômeno que já pode ser observado em Flaubert: quanto menos chamativa a trama, tanto mais elaborado o estilo. Sobre a "destilação da vida burguesa em *Os Buddenbrook*", escreve Franco Moretti:

> Ressurgindo a cada página conforme a técnica do leitmotiv, os enchimentos de Mann perdem até o último vestígio de função narrativa para se tornarem simplesmente... *estilo*. Tudo decai e morre ali (tal como em Wagner), mas as expressões do leitmotiv permanecem, tornando Lübeck e sua gente discretamente inolvidáveis. Assim como no álbum de família dos Buddenbrooks, no qual "se conferia respeitosa significância até aos eventos mais modestos". Palavras que sintetizam primorosamente a seriedade com que o burguês enxergava sua existência cotidiana [...].*

"Enchimentos" (*fillers*), esclarece o autor, são os elementos da narrativa que não constituem "momentos decisivos", mas que "preenchem" o espaço entre esses momentos como "satélites" (Chatman) e cuja função é "tênue, unilateral, parasitária" (Barthes).** O romance de Mann, de acordo com Moretti, consiste quase só desses elementos secundários, que se transformaram em um fim em si mesmos, como, de forma análoga, o trabalho profissional se tornou um fim em si para Thomas e para os outros burgueses que são seus leitores.

---

* Franco Moretti, op. cit., p. 85.
** Ibid., p. 75 e ss.

O que contribui para o efeito prazeroso deste estilo, além dos leitmotiven já comentados, é o humor que reveste todos os acontecimentos, os banais e os tristes. Thomas Mann, um observador agudo da vida real, guarnece seus personagens, sejam eles centrais ou não, com pormenores ligeiramente grotescos e graciosos. Num dos poucos momentos altamente dramáticos, na manifestação dos trabalhadores, a tensão é amenizada já pelas falas cômicas em dialeto e o conflito se resolve como um verdadeiro chiste quando Carl Smolt, após ter sido esclarecido de que Lübeck já é uma república, exige "mais uma".* Note-se que há um alto número de nomes que são trocadilhos, como Sesemi Weichbrodt (Pão Mole), Bendix Grünlich (Benedito Esverdeado), Aline Puvogel (Alina Pássaro Pô), sra. Himmelsbürger (Cidadã do Céu), Mme. Krauseminz (Menta Crespa), Hugo Weinschenk (Hugo Botequineiro), Edmund Pfühl (Edmundo Almofada), dr. Mantelsack (Saco de Sobretudo) e Adolf Todtenhaupt (Adolfo Testa da Morte). Com exceção talvez de Hanno (a figura com maior teor autobiográfico), o tom satírico não deixa nenhuma personagem intacta, mas tampouco abala sua dignidade humana fundamental, porque o autor aplica seu sarcasmo em dosagens bem medidas e proporcionais. Portanto, este universo já é meio ridículo e assim o destino horroroso se torna suportável e até prazeroso — para os leitores.

O humor — que não é claramente distinguido da ironia por Thomas Mann** — é a base da sua atitude diante de uma realidade sórdida. Certa indulgência principalmente com relação à imperfeição dos seres humanos permeia toda a representação do romance. Nesse sentido, o humor funciona tendencialmente como no realismo burguês de G. Keller a T. Fontane: poetiza a realidade, tira-lhe algo de sua brutalidade, sem escondê-la. Esse verdadeiro humor, como afirmou Käte Hamburger, é "o reflexo sorridente de um significado essencial numa aparência imprópria". Os personagens meio grotescos que compõem o mundo do romance podem ser vistos como representação "imprópria" de "uma realidade no fundo cruel e feia, perigosa e deprimente".***

A ironia, por outro lado, pode ser concebida como uma fresta entre os acontecimentos e o seu significado. Num momento sério e altamente comovente, quando a florista Anna Iwersen se despede para sempre do

---

* Ver, nesta edição, p. 187.
** Helmut Koopmann, "Humor und Ironie". In: KOOPMANN, H. (Org.). *Thomas-Mann-Handbuch*. Frankfurt: Fischer, 2005, p. 836.
*** Apud Koopmann, ibid., p. 842.

seu ex-namorado amortalhado, o narrador acrescenta sem transição: "A sra. Permaneder gostava dessa espécie de visitas. Não saía da casa, e controlava com zelo incansável as homenagens que o povo, acotovelando-se, tributava aos restos mortais do irmão".* Por meio do narrador indiscreto, o leitor percebe que, atrás do luto e da cerimônia solene, todos continuam do seu jeito: para Tony, a morte é, sobretudo, uma ocasião de representar o lugar que ela supostamente ainda ocupa na cidade. O funeral é um funeral, mas também é muitas outras coisas.

Na primeira página, quando o narrador apresenta o exame da pequena Tony, que deve recitar o primeiro parágrafo da segunda parte do catecismo, ele se refere à edição recente deste, "sob os auspícios do venerando e sapientíssimo Senado da cidade".** Como o comentário de Heftrich informa, essas palavras correspondem literalmente ao título do catecismo luterano de Lübeck (mesmo que a data seja 1837).*** A frase cita um elemento da realidade histórica ipsis litteris e, ao mesmo tempo, expõe uma gravidade anacrônica: o mundo é este, mas sua representação irônica proporciona um olhar diferente.

Para dar um último exemplo: As palavras iniciais do romance recebem seu eco no final,**** quando Sesemi Weichbrodt afirma enfaticamente que "é verdade" — ou seja: é verdade que há "um reencontro" no além. Parece que a crença firme da velha, que ela podia preservar apenas "por pequenas lutas bem sérias",***** se impõe aqui às dúvidas de Tony. O narrador constata: "Erguia-se ali, vencedora na boa luta que durante toda a vida travara contra as dúvidas da sua razão professoral; erguia-se, corcunda, minúscula e trêmula de convicção, pequena profetisa, vingadora e entusiasta".******

A ironia que coloca em questão essa fé cristã manifesta-se no fato de a declaração vir de uma figura cuja postura tem muito pouco de "vencedora". Não se trata de uma sabedoria expressa por alguém que, de fato, chegou a sua convicção após severas lutas internas. Trata-se exatamente do leitmotiv de Sesemi Weichbrodt, a fala que ela repete

---

* Ver, nesta edição, p. 621.
** Ver, nesta edição, p. 11.
*** GKFA 1.2, p. 230.
**** Infelizmente, essa correspondência não pode ser percebida na tradução. No original, Tony fala "Was ist das. Was — ist das [...]" e a exclamação da sra. Weichbrodt responde: "Es ist so!" (GKFA 1.1, pp. 9 e 837). Na tradução de Caro: "Que significa isto? Que significa isto? [...]" e "É verdade!". Aqui se perde a repetição das palavras e, por consequência, o leitmotiv que abre e fecha o romance.
***** Ver, nesta edição, p. 85.
****** Ver, nesta edição, p. 679.

para distinguir-se da irmã desprezada, desde sua primeira aparição no romance. A ironia também é patente pelo contraste entre a dimensão da queda da família, como é conhecida pelo leitor, e a limitação dessa fé subjetiva que, de maneira alguma, tenta relacionar a afirmação àquilo que aconteceu. Considerando a ironia como princípio da construção do romance, Scherpe quer estender seu efeito distanciador e relativizante à própria representação: ela impediria que o romance repetisse "a grandiosa mentira do realismo de que as coisas são o que são".*

A instância responsável pela ironia e pelo humor é o narrador. É "a voz" dele que nos transmite a fábula exatamente dessa forma para deixar-nos saber que a afirmação da Mme. Weichbrodt e o significado da história não são congruentes. Este narrador impessoal e "onisciente" (na terminologia mais exata de G. Genette, um narrador heterodiegético com focalização zero) não perde o controle sobre os fatos do mundo narrado, como constata Moritz Bassler,** ele sabe bem o que acontece, conhece os pensamentos dos personagens e mantém sua distância irônica em relação a tudo que apresenta.

É importante notar que a ironia não se manifesta explicitamente em comentários, como era comum no século XVIII. Já Flaubert decretou que o autor, igual a Deus, deveria abster-se de expressar sua opinião sobre os elementos da sua criação; consequentemente, seus romances são observados por uma instância completamente neutra que não comenta ou avalia. Neste sentido, o narrador "onisciente" dos *Buddenbrook* se assemelha aos narradores avançados do romance realista da segunda metade do século XIX. Em acréscimo, já foi observado que boa parte da narrativa não é constituída por narração mas por descrições. As descrições e os diálogos são recursos que priorizam mostrar (*showing*) em vez de contar (*telling*) e, na virada do século, representam uma vertente inovadora, teorizada por Henry James e Percy Lubbock.***

De fato, o primeiro capítulo é dominado por discurso direto e descrições cuja origem não é revelada: o narrador, por assim dizer, se torna invisível e apresenta, em primeiro lugar, a cena com seus elementos visuais e acústicos. Durante muito tempo, observa Fotis Jannidis, o leitor não consegue orientar-se na situação e tampouco sabe quais das

---

* Klaus Scherpe, op. cit., p. 570.
** Moritz Bassler, *Deutsche Erzählprosa 1850-1950: Eine Geschichte literarischer Verfahren*. Berlim: Erich Schmidt Verlag, 2015, p. 149.
*** Matthias Bauer, *Romantheorie und Erzählforschung: Eine Einführung*. 2. ed. Stuttgart: Metzler, 2005, p. 75.

múltiplas informações serão relevantes na continuação da história e, por conseguinte, "sua atenção é exigida para tudo".*

Se o narrador é responsável pela forma da representação, o estilo deve ser atribuído ao autor mesmo. Jannidis chama esse estilo de "arriscado" porque ele se expõe — no original alemão muito mais do que na tradução — com arcaísmos, idiotismos, expressões poéticas e rebuscadas, imitações de registros, socioletos e dialetos e construções sintáticas de complexidade vertiginosa. Em resumo: o estilo do narrador e dos personagens manifesta uma maestria linguística no alemão sem par no século XX. Esse é um traço que afasta o romance da tradição realista do século anterior, porque é verdade que Flaubert cultivou seu estilo como nenhum outro, mas o ideal do *mot juste* não era salientar, mas sim naturalizar a palavra. O estilo de Thomas Mann, muitas vezes, polariza o público: uns ficam enfastiados pela suposta vaidade do autor, outros admiram o artista requintado. Mas, além da polêmica, esse estilo é um aspecto moderno, na medida em que rompe com o ilusionismo da literatura realista e coloca a artificialidade da representação verbal no primeiro plano.

Na busca por um entendimento mais adequado da modernidade de *Os Buddenbrook*, Fotis Jannidis, cujo artigo já inspirou várias observações neste posfácio, sugere que não é justo e cientificamente lícito medir um romance de 1901 pelo padrão abstraído de algumas poucas obras vinculadas às vanguardas do século XX (por exemplo: *Em busca do tempo perdido*, *Ulysses*, *Mrs. Dalloway*, *Bebuquin*, *O homem sem qualidades*, *O castelo*, *Berlim Alexanderplatz*, *A morte de Virgílio*). São critérios estabelecidos a posteriori pela teoria literária que não considera a totalidade do campo literário da época e as expectativas dos leitores contemporâneos ao aparecimento da obra. É claro que *Os Buddenbrook* não pratica o fluxo de consciência como *Lieutenant Gustl*, de Schnitzler, publicado no ano anterior, ou a fragmentação radical de *As anotações de Malte Laurids Brigge*, iniciado por Rilke em 1904. Mas seria "menos moderno" por isso? De fato, os romances de Thomas Mann, na crítica alemã, nunca foram considerados vanguardistas, tendo recebido, geralmente, o rótulo "Klassische Moderne", ou seja, de modernistas moderados.**

---

* Fotis Jannidis, op. cit., p. 63 e ss.
** Existem duas acepções de *"Klassische Moderne"*: uma abrange todas as obras já consagradas da época entre 1890 e 1933 (cf. Matttias Luserke-Jaqui (Org.). *Deutschsprachige Romane der klassischen Moderne*. Berlim; Nova York: Walter de Gruyter, 2008, p.V.). A outra se refere aos autores mais "conservadores" (H. Hesse, Th. Mann, S. Zweig) em contraposição à "modernidade enfática" de F. Kafka, A. Döblin, C. Einstein e G. Benn (cf. Moritz Bassler, op. cit.).

A técnica da montagem, considerada um princípio fundamental das "vanguardas enfáticas" (Bassler), já foi contemplada como um procedimento típico dos romances de Mann. Com efeito, *Os Buddenbrook* inclui muitos trechos — o capítulo sobre o tifo, extraído de uma enciclopédia, é apenas o mais famoso — que foram incorporados por Mann na narrativa a partir dos seus estudos preliminares. Ao contrário do que se observa em obras anteriores, esses elementos muitas vezes não passaram por um processo maior de adaptação estilística, mas figuram na narrativa sem grandes alterações. Não obstante, essa técnica não é visível para o leitor, porque faltam marcadores textuais que evidenciem a colagem como princípio estético. Comentando a integração da teoria musical de Adorno no *Doutor Fausto*, Becker observa: "Aqui monta-se um conhecimento [...] mediante uma forma de montagem não perceptível. Esse procedimento tem pouco em comum com a escrita de montagem e documentação da modernidade vanguardista praticada desde o dadaísmo e, ultimamente, desde Döblin".*

Para Jannidis, *Os Buddenbrook* localiza-se "num campo dinâmico e expansivo de estratégias de escrita e de autoria" próprio ao romance moderno *amplo sensu*.** As resenhas da época destacaram, entre outras coisas, a falta de motivação causal, o que corresponde à constatação de que a lógica da decadência é um construto, isto é, ela não surge como efeito dos acontecimentos, mas é construída a partir do fim.*** O darwinismo — em voga na época — deve ter contribuído para os resenhistas acharem a "crueldade da vida" mais "natural". Jannidis diz que, em resumo, para o público de 1900, os elementos modernos de *Os Buddenbrook* foram o naturalismo, o modo descritivo, o tema da decadência e o romance de comerciantes. Já "a extensão do romance e, relacionado a isso, seu modo narrativo objetivo e uma atitude complexa irônico-humorística em combinação com uma atmosfera basicamente pessimista" soaram inusitados.****

---

* Sabina Becker, "Zwischen Klassizität und Moderne Die Romanpoetik Thomas Manns". In: ANSEL, M.; FRIEDRICH, H.-E.; LAUER, G. (Orgs.). *Die Erfindung des Schriftstellers Thomas Mann*. Berlim; Nova York: Walter de Gruyter, 2009, p. 116.
** Fotis Jannidis, op. cit., p. 72.
*** Ibid., p. 57.
**** Ibid., p. 72.

FICÇÃO E REALIDADE

No ano de 1906, Thomas Mann publicou um ensaio chamado "Bilse und ich" [Bilse e eu], primeiramente num jornal de Munique e depois como livro, que chegou a quatro tiragens até 1910. Nesse texto, o autor desenvolve reflexões extensas sobre sua estética e reage a acusações que surgiram durante um processo realizado em 1905 na sua cidade natal. Nesse processo, um advogado acusou seu próprio primo de calúnia por ter escrito um romance cujo protagonista, alcoólatra e adúltero, supostamente apresentava semelhanças com ele próprio, o advogado.* No tribunal, o romance de Mann foi mencionado várias vezes tanto pelo acusado quanto pelo arguidor. O primeiro queria que Mann desse um parecer de que o romance seria uma ficção ao mesmo título que *Os Buddenbrook* e, por isso, não poderia difamar uma pessoa real. O segundo chamou *Os Buddenbrook* um "romance Bilse" (*Bilse-Roman*, ou seja, um *roman à clef* publicado com intenções difamatórias). Esclareça-se que Fritz Oswald Bilse foi um oficial prussiano que publicou em 1903 um romance satírico sobre uma guarnição provinciana. O livro virou best-seller e provocou a denúncia de alguns oficiais que se consideravam difamados. Bilse foi condenado a seis meses de prisão.

Em síntese, Mann ficou alarmado pelo fato de *Os Buddenbrook* haver sido relacionado, no processo em Lübeck, com um caso escandaloso e um tipo de literatura que ele considerava de segunda categoria. Ele temia por sua reputação pública e pela avaliação dos seus livros. Por isso, o ensaio "Bilse und ich" empreende uma argumentação que reclama o direito de usar modelos reais em vez de inventar os personagens. Grandes autores como Goethe e Turguêniev, Mann ponderou, teriam criado seus protagonistas a partir de arquétipos vivos e não seria "acaso se alguém, procurando por poetas fortes e indubitavelmente puros no passado que, em vez de 'inventar' livremente, preferem se apoiar em algo dado, preferencialmente, na realidade, encontrasse justamente os grandes e maiores nomes; e que, pelo contrário, não seriam os nomes mais caros que se noticiariam quando fosse pesquisada a história da literatura escrita pelos grandes 'inventores'".** Inventar, de acordo com o autor, não seria a maior realização do romancista, mas sim o ato

---

* Michael Ansel, "Buddenbrooks, Bilse und Biller. Thomas Mann, der Schlüsselroman und die Kunstfreiheit". Palestra de 2 de fevereiro de 2007 na Evangelische Akademie Tutzing, 2007, p. 3. Disponível em: <web.ev-akademie-tutzing.de/cms/get_it.php?ID=604>. Acesso em: 3 fev. 2016.
** GKFA 14.1, p. 98 e ss.

de dotar os personagens de ânimo ("Beseelung"), o "aprofundamento subjetivo da cópia de uma realidade".* Nesse sentido, seus personagens teriam mais semelhança com o próprio autor do que com seus arquétipos e, por isso, a distorção satírica se dirigia, em primeiro lugar, contra o autor. Dessa maneira, Mann consegue rebater as denúncias e, acima disso, construir uma imagem de mártir. Porque "observar" é "paixão, martírio, heroísmo".**

O ensaio não era uma manobra fútil. Na sua cidade natal houve várias pessoas, incluindo um tio e uma tia, que se sentiram traídas pela representação do romance. Em Lübeck circulavam listas que, supostamente, ofereciam a chave para decifrar uns trinta ou mais nomes do romance.*** Ainda que o nome da cidade não conste em nenhuma página, ela era reconhecível nas descrições e, pelos dados biográficos do autor, então já públicos, era mais ou menos claro que a família Buddenbrook e a família Mann compartilhavam inúmeros traços. Por outro lado, a grande maioria dessas pessoas era desconhecida fora de Lübeck e, se alguém se lembra delas hoje, é porque serviram de modelo para os personagens. É compreensível que o tio que se reconhecia em Christian Buddenbrook ficasse pouco entusiasmado; provavelmente, ele sofreu o escárnio dos seus conhecidos. Se tivesse processado seu sobrinho, um juiz teria que ponderar a liberdade da arte contra os direitos individuais da pessoa. Não foi o que aconteceu, mas pode-se supor que os personagens do romance permitiram que seus modelos fossem reconhecidos facilmente, o que talvez tenha causado um certo prejuízo à reputação destes, fossem os retratos fiéis ou exagerados.

Contudo, o livro não foi publicado com a intenção de difamar alguém. Um verdadeiro *roman à clef* é escrito e publicado com o intuito de comunicar informações sobre "pessoas e acontecimentos reais que, por meio de procedimentos de encriptação específicos, ficam escondidos e reconhecíveis ao mesmo tempo".**** Thomas Mann, evidentemente, não queria comunicar algo sobre seus familiares. Eles lhe serviram de material para representar uma família burguesa de forma concreta, exemplar e simbólica. O problema que surgiu nesse caso (e em vários outros posteriores) era que o autor fez questão dos detalhes observados

---

* Ibid., p. 101.
** Ibid., p. 106.
*** Peter de Mendelssohn, *Der Zauberer*. Frankfurt: S. Fischer, 1996, pp. 730-2.
**** Klaus Kanzog, "Schlüsselliteratur". In: MÜLLER, J.-D. (Org.). *Reallexikon der deutschen Literaturwissenschaft*. Berlim; Nova York: Walter de Gruyter, 2003, p. 380.

nitidamente na realidade e incorporados na ficção mediante expressões linguísticas muito eficientes.

Já foi observado que ele se utilizou extensamente de pesquisas, documentos e memórias familiares para compor o romance. Ao contrário do que pediria a praxe literária, ele não submeteu todos os fragmentos reais a uma transformação para assimilá-los. Por consequência, o mundo ficcional é invadido por referências pouco ou nada camufladas a objetos, lugares e momentos históricos. Quem vivia em Lübeck devia reconhecer os lugares, pessoas e processos, quem vivia na Alemanha, percebeu pelo menos um grau muito alto de realidade contemporânea no mundo d'*Os Buddenbrook*. Lembramos da filosofia de Schopenhauer e da música de Wagner, que exercem um papel muito significativo para a história. Não se trata de uma filosofia ou uma música inventada. De fato, o leitor precisa dessas referências para compreender o que acontece com os protagonistas Thomas e Hanno. É verdade que o narrador é extremamente hábil, descrevendo e analisando aquilo que acontece na recepção das obras pelos sujeitos fictícios. Mas o romance depende, até certo ponto, da existência real dessas obras e o leitor que nunca ouviu o *Tristan* e tampouco sabe da existência de *O mundo como vontade e representação* não pode aproveitar muito do potencial da leitura.

O que acontece na narração — e nesse ponto as afirmações do ensaio de 1906 devem ser respeitadas — é uma subjetivação da experiência, para a qual o autor recorreu à memória e à imaginação. Assim, os personagens, sobretudo Hanno e Thomas, são providos de sensações e pensamentos que, embora não sejam "inventados", ainda são produções intelectuais de Mann. A maestria do jovem autor, porém, consiste não só em "dar alma" aos personagens mediante sua própria subjetividade. Ela deve ser vista igualmente na capacidade de amalgamar aquela extensa camada de elementos reais, até então inusitada, com uma crescente carga de reflexão e sensibilidade, e, por fim, mas não menos importante, integrar tudo numa composição épica que se expande sobre quatro gerações e mil páginas sem perder a atenção do leitor.

REFERÊNCIAS BIBLIOGRÁFICAS DO POSFÁCIO

OBRAS DE THOMAS MANN

MANN, Thomas. *Große kommentierte Frankfurter Ausgabe.* (GKFA)
    v. 1.1. *Buddenbrooks. Verfall einer Familie* [*Textband*]. Hg. und textkritisch durchgesehen von Eckhard Heftrich. Frankfurt: Fischer, 2002. (GKFA 1.1)
    v. 1.2 *Buddenbrooks. Verfall einer Familie.* Kommentar von Eckhard Heftrich und Stephan Stachorski unter Mitarbeit von Herbert Lehnert. Frankfurt: Fischer, 2002. (GKFA 1.2)
    v. 14.1. *Essays I: 1914-1926.* Text und Kommentar. Hg. v. Heinrich Detering. Frankfurt: Fischer, 2002. (GKFA 14.1)
——. *Gesammelte Werke. Bd. 11: Reden und Aufsätze 3.* Frankfurt: Fischer, 1974. (GW 11)
——. *Gesammelte Werke in 13 Bänden. Bd. 12: Betrachtungen eines Unpolitischen.* Frankfurt: Fischer, 1974. (GW 12)

OBRAS SOBRE THOMAS MANN

ANSEL, Michael. "Buddenbrooks, Bilse und Biller. Thomas Mann, der Schlüsselroman und die Kunstfreiheit". Palestra de 2 fev. 2007 na Evangelische Akademie Tutzing: 2007. Disponível em: <web.ev-akademie-tutzing.de/cms/get_it.php?ID=604>. Acesso em: 3 fev. 2016.
BASSLER, Moritz. *Deutsche Erzählprosa 1850-1950: Eine Geschichte literarischer Verfahren.* Berlim: Erich Schmidt Verlag, 2015.
BAUER, Matthias. *Romantheorie und Erzählforschung: Eine Einführung.* 2. ed. Stuttgart: Metzler, 2005.
BECKER, Sabina. "Zwischen Klassizität und Moderne Die Romanpoetik Thomas Manns". In: ANSEL, M.; FRIEDRICH, H.-E.; LAUER, G. (Orgs.). *Die Erfindung des Schriftstellers Thomas Mann.* Berlim; Nova York: Walter de Gruyter, 2009, pp. 97-121.

DEUTSCHMANN, Christoph. "Der kollektive 'Buddenbrooks-Effekt'. Die Finanzmärkte und die Mittelschichten". *MPlfG Working Paper*, v. 8, n. 5, pp. 3-23, 2008.
ELSAGHE, Yahya A. *Die imaginäre Nation: Thomas Mann und das "Deutsche"*. München: W. Fink, 2000.
――――. "Lübeck versus Berlin in Thomas Manns *Buddenbrooks*". *Monatshefte*, v. 106, n. 1, 2014, pp. 17-36.
GHANBARI, Nacim. *Das Haus: Eine deutsche Literaturgeschichte 1850-1926*. Berlim: Walter de Gruyter, 2011.
JANNIDIS, Fotis. "'Unser moderner Dichter' — Thomas Manns *Buddenbrooks. Verfall einer Familie* (1901)". In: LUSERKE-JAQUI, M. (Org.). *Deutschsprachige Romane der klassischen Moderne*. Berlim; Nova York: Walter de Gruyter, 2008, pp. 47-72.
KANZOG, Klaus. "Schlüsselliteratur". In: MÜLLER, J.-D. (Org.). *Reallexikon der deutschen Literaturwissenschaft*. Berlim; Nova York: Walter de Gruyter, 2003, pp. 380-3.
KINDER, Anna. *Geldströme: Ökonomie im Romanwerk Thomas Manns*. Berlim: Walter de Gruyter, 2013.
KOOPMANN, Helmut. "Humor und Ironie". In: KOOPMANN, H. (Org.). *Thomas-Mann-Handbuch*. Frankfurt: Fischer, 2005, pp. 836-53.
KOPPENSTEINER, Hans-Georg. "*Buddenbrooks*, *Os Maias* und *Madame Bovary*: 'Wirklichkeit' im europäischen Roman gegen Ende des 19. Jahrhunderts". Wien; Berlin; Münster: Lit, 2014.
KUSCHEL, Karl-Josef; MANN, Frido; SOETHE, Paulo Astor. *Terra Mátria: A família de Thomas Mann e o Brasil*. Rio de Janeiro: Civilização Brasileira, 2013.
LUSERKE-JAQUI, Matthias (Org.). *Deutschsprachige Romane der klassischen Moderne*. Berlim; Nova York: Walter de Gruyter, 2008.
MARX, Leonie. "Thomas Mann und die skandinavischen Literaturen". In: KOOPMANN, H. (Org.). *Thomas-Mann-Handbuch*. Frankfurt: Fischer, 2005, pp. 164-99.
MATT, Peter von. "Der Chef in der Krise". In: *Sinnstifter 2005. Ausgewählte Texte*. Edition Stifterverband, 2005, pp. 7-23. Disponível em: <www.stifterverband.info/publikationen_und_podcasts/edition_stifterverband/sinnstifter/sinnstifter_2005.pdf>. Acesso em: 3 fev. 2016.
MENDELSSOHN, Peter de. *Der Zauberer*. Frankfurt: Fischer, 1996.
MORETTI, Franco. *O burguês: Entre história e literatura*. Trad. de A. Morales. São Paulo: Três Estrelas, 2014.
ROGGENKAMP, Viola. "'Tom, ich bin eine Gans' Tony Buddenbrook — die Entwertung vitaler Weiblichkeit". In: GUTJAHR, O. (Org.). *Buddenbrooks von und nach Thomas Mann: Generation und Geld in John von Düffels Bühnenfassung und Stephan Kimmigs Inszenierung am Thalia-Theater Hamburg*. Würzburg: Königshausen und Neumann, 2006.
SCHERPE, Klaus R. "100 Jahre Weltanschauung, was noch? Thomas Manns 'Buddenbrooks' noch einmal gelesen". *Weimarer Beitrräge*, v. 49, n. 4, 2003, pp. 570-84.

SPRECHER, Thomas. "Strategien der Ruhmesverwaltung. Skizzen zu Thesen". In: ANSEL, M.; FRIEDRICH, H.-E.; LAUER, G. (Orgs.). *Die Erfindung des Schriftstellers Thomas Mann*. Berlim; Nova York: Walter de Gruyter, 2009, pp. 37-46.

WENZEL, Georg. *Buddenbrooks*. In: HANSEN, V. (Org.). *Thomas Mann. Romane und Erzählungen*. Stuttgart: Reclam, 1993, pp. 11-46.

WOLF, Ernest M. "Scheidung und Mischung: Sprache und Gesellschaft in Thomas Manns *Buddenbrooks*". *Orbis Litterarum*, v. 38, 1983, pp. 235-53.

WYSLING, Hans. *Buddenbrooks*. In: KOOPMANN, H. (Org.). *Thomas-Mann-Handbuch*. Frankfurt: Fischer, 2005, pp. 363-84.

CRONOLOGIA

6 DE JUNHO DE 1875
Paul Thomas Mann, segundo filho de Thomas Johann Heinrich Mann e sua esposa, Julia, em solteira Da Silva-Bruhns, nasce em Lübeck. Os irmãos são: Luiz Heinrich (1871), Julia (1877), Carla (1881), Viktor (1890)

1889
Entra no Gymnasium Katharineum

1893
Termina o ginásio e muda-se para Munique
Coordena o jornal escolar *Der Frühlingssturm* [A tempestade primaveril]

1894
Estágio na instituição Süddeutsche Feuerversicherungsbank
Decaída, a primeira novela

1894-5
Aluno ouvinte na Technische Hochschule de Munique. Frequenta aulas de história da arte, história da literatura e economia nacional

1895-8
Temporadas na Itália, em Roma e Palestrina, com Heinrich Mann

1897
Começa a escrever *Os Buddenbrook*

1898
Primeiro volume de novelas, *O pequeno sr. Friedmann*

1898-9
Redator na revista satírica *Simplicissimus*

1901
Publica *Os Buddenbrook: Decadência de uma família* em dois volumes

1903
Tristão, segunda coletânea de novelas, entre as quais "Tonio Kröger"

3 DE OUTUBRO DE 1904
Noivado com Katia Pringsheim, nascida em 24 de julho de 1883

11 DE FEVEREIRO DE 1905
Casamento em Munique

9 DE NOVEMBRO DE 1905
Nasce a filha Erika Julia Hedwig

1906
Fiorenza, peça em três atos
Bilse und ich [Bilse e eu]

18 DE NOVEMBRO DE 1906
Nasce o filho Klaus Heinrich Thomas

1907
Versuch über das Theater [Ensaio sobre o teatro]

1909
Sua alteza real

27 DE MARÇO DE 1909
Nasce o filho Angelus Gottfried Thomas (Golo)

7 DE JUNHO DE 1910
Nasce a filha Monika

1912
A morte em Veneza. Começa a trabalhar em *A montanha mágica*

JANEIRO DE 1914
Compra uma casa em Munique, situada na Poschingerstrasse, 1

1915
Friedrich und die grosse Koalition [Frederico e a grande coalizão]

1918
Betrachtungen eines Unpolitischen [Considerações de um apolítico]

24 DE ABRIL DE 1918
Nasce a filha Elisabeth Veronika

1919
Um homem e seu cão

21 DE ABRIL DE 1919
Nasce o filho Michael Thomas

1922
Goethe e Tolstói e *Von deutscher Republik* [Sobre a república alemã]

1924
A montanha mágica

1926
Unordnung und frühes Leid [Desordem e primeiro sofrimento]. Início da redação da tetralogia *José e seus irmãos*
Lübeck als geistige Lebensform [Lübeck como modo de vida espiritual]

10 DE DEZEMBRO DE 1929
Recebe o prêmio Nobel de literatura

1930
Mário e o mágico
Deutsche Ansprache: Ein Appell an die Vernunft [Elocução alemã: Um apelo à razão]

1932
Goethe como representante da era burguesa
Discursos no primeiro centenário da morte de Goethe

1933
Sofrimento e grandeza de Richard Wagner
José e seus irmãos: As histórias de Jacó

11 DE FEVEREIRO DE 1933
Parte para a Holanda. Início do exílio

OUTONO DE 1933
Estabelece-se em Küsnacht, no cantão suíço de Zurique

1934
José e seus irmãos: O jovem José

MAIO-JUNHO DE 1934
Primeira viagem aos Estados Unidos

1936
Perde a cidadania alemã e torna-se cidadão da antiga Tchecoslováquia
José e seus irmãos: José no Egito

1938
Bruder Hitler [Irmão Hitler]

SETEMBRO DE 1938
Muda-se para os Estados Unidos. Trabalha como professor de humanidades na Universidade de Princeton

1939
Carlota em Weimar

1940
As cabeças trocadas

ABRIL DE 1941
Passa a viver na Califórnia, em Pacific Palisades

1942
Deutsche Hörer! 25 Radiosendungen nach Deutschland [Ouvintes alemães! 25 transmissões radiofônicas para a Alemanha]

1943
José e seus irmãos: José, o Provedor

23 DE JUNHO DE 1944
Torna-se cidadão americano

1945
Deutschland und die Deutschen [Alemanha e os alemães]
Deutsche Hörer! 55 Radiosendungen nach Deutschland [Ouvintes alemães! 55 transmissões radiofônicas para a Alemanha]
Dostoiévski, com moderação

1947
Doutor Fausto

ABRIL-SETEMBRO DE 1947
Primeira viagem à Europa depois da guerra

1949
A gênese do Doutor Fausto: Romance sobre um romance

21 DE ABRIL DE 1949
Morte do irmão Viktor

MAIO-AGOSTO DE 1949
Segunda viagem à Europa e primeira visita à Alemanha do pós-guerra. Faz conferências em Frankfurt am Main e em Weimar sobre os duzentos anos do nascimento de Goethe

21 DE MAIO DE 1949
Suicídio do filho Klaus

1950
Meine Zeit [Meu tempo]

12 DE MARÇO DE 1950
Morte do irmão Heinrich

1951
O eleito

JUNHO DE 1952
Retorna à Europa

DEZEMBRO DE 1952
Muda-se definitivamente para a Suíça e se instala em Erlenbach, próximo a Zurique

1953
A enganada

1954
Confissões do impostor Felix Krull

ABRIL DE 1954
Passa a viver em Kilchberg, Suíça, na Alte Landstrasse, 39

1955
Versuch über Schiller [Ensaio sobre Schiller]

8 e 14 DE MAIO DE 1955
Palestras sobre Schiller em Stuttgart e em Weimar

12 DE AGOSTO DE 1955
Thomas Mann falece

SUGESTÕES DE LEITURA

BARBOSA, João Alexandre. "Uma antologia de Thomas Mann". In: ———. *Entre livros*. Cotia, SP: Ateliê Editorial, 1999.
BRADBURY, Malcolm. "Thomas Mann". In: ———. *O mundo moderno: Dez grandes escritores*. São Paulo: Companhia das Letras, 1989, pp. 97-117.
CARPEAUX, Otto Maria. "O admirável Thomas Mann". In: ———. *A cinza do purgatório*. Balneário Camboriú, SC: Danúbio, 2015. Ensaio. (E-book)
CHACON, Vamireh. *Thomas Mann e o Brasil*. Rio de Janeiro: Tempo Brasileiro, 1975. (Temas de Todo Tempo, 18)
DORNBUSCH, Claudia Sibylle. *Aspectos interculturais da recepção de Thomas Mann no Brasil*. São Paulo: FFLCH-USP, 1992. Dissertação (Mestrado em Letras).
FLEISCHER, Marion et al. *Textos e estudos de literatura alemã*. São Paulo: Edusp; Difusão Europeia do Livro, 1968.
GAY, Peter. *Represálias selvagens: Realidade e ficção na literatura de Charles Dickens, Gustave Flaubert e Thomas Mann*. São Paulo: Companhia das Letras, 2010.
HAMILTON, Nigel. *Os irmãos Mann: As vidas de Heinrich e Thomas Mann*. São Paulo: Paz e Terra, 1985. (Coleção Testemunhos).
HEISE, Eloá. "Thomas Mann: Um clássico da modernidade". *Revista de Letras*, Curitiba: UFPR, v. 39, pp. 239-46, 1990.
HOLANDA, Sérgio Buarque de. "Thomas Mann e o Brasil". In: ———. *O espírito e a letra: Estudos de crítica literária I e II*. Org., introd. e notas de Antonio Arnoni Prado. São Paulo: Companhia das Letras, 1996, pp. 251-6. v. 1.
KUSCHEL, Karl-Josef; MANN, Frido; SOETHE, Paulo Astor. *Terra Mátria: A família de Thomas Mann e o Brasil*. Rio de Janeiro: Civilização Brasileira, 2013.
LEPENIES, Wolf. "Alemanha". In: ———. *As três culturas*. Trad. de Maria Clara Cescato. São Paulo: Edusp, 1996, pp. 199-343. (Ponta, 13).
MAZZARI, Marcus. "Um ABC do terror: representações literárias da escola". In: ———. *Labirintos da aprendizagem*. São Paulo: Ed. 34, 2010.
MIELIETINSKI, E. M. "A antítese: Joyce e Thomas Mann". In: ———. *A poética do mito*. Rio de Janeiro: Forense Universitária, 1987, pp. 354-404.

MORETTI, Franco. *O burguês: Entre história e literatura*. Trad. de A. Morales. São Paulo: Três Estrelas, 2014.
PRATER, Donald. *Thomas Mann: Uma biografia*. Rio de Janeiro: Nova Fronteira, 2000.
RÖHL, Ruth. "Traço estilístico em Thomas Mann". *Revista de Letras*, Curitiba: UFPR, v. 39, pp. 227-37, 1990.
ROSENFELD, Anatol. *Texto/ contexto*. 3ª ed. São Paulo: Perspectiva, 1976. (Debates, 76).
———. *Thomas Mann*. São Paulo: Perspectiva; Edusp; Campinas: Ed. da Unicamp, 1994. (Debates, 259).
———. *Letras e leituras*. São Paulo: Perspectiva; Edusp; Campinas: Ed. da Unicamp, 1994. (Debates, 260).
THEODOR, Erwin. *O universo fragmentário*. Trad. de Marion Fleischer. São Paulo: Companhia Editora Nacional; Edusp, 1975. (Letras e Linguística, 11)
———. *Perfis e sombras: Estudos de literatura alemã*. São Paulo: EPU, 1990.

Esta obra foi composta em Fournier
por Alexandre Pimenta e impressa
em ofsete pela Geográfica sobre
papel Pólen Soft da Suzano S.A.
para a Editora Schwarcz
em janeiro de 2022

A marca FSC® é a garantia de que a madeira utilizada na fabricação do papel deste livro provém de florestas que foram gerenciadas de maneira ambientalmente correta, socialmente justa e economicamente viável, além de outras fontes de origem controlada.